In Berlin (1932)

Jedes Menschenleben ist zugleich einzigartig und repräsentativ; in jedem persönlichen Schicksal, jedem individuellen Drama spiegelt und variiert sich das Drama einer Generation, einer Klasse, eines Volkes und einer Zeit.

Klaus Mann, *Der Wendepunkt*

Meine erste Begegnung mit Annemarie Schwarzenbach liegt nun mehr als fünfzehn Jahre zurück. Sie kam über den Umweg eines Fotos zustande, und ich verdankte es meiner Zürcher Freundin Nicole Müller, jenes unvergeßliche Bild zu entdecken, das Marianne Breslauer 1932 in Berlin aufgenommen hatte. Kurz vor ihrem Tod im Februar 2001 erzählte diese ehemalige Schülerin Man Rays: »Die Annemarie hatte auf mich dieselbe Wirkung wie auf alle anderen: diese merkwürdige Mischung aus einem Mann und einer Frau. [...] Für mich sah sie so aus, wie ich mir den Engel Gabriel im Paradies vorstelle. [...] Überhaupt nicht wie ein lebendes Wesen, sondern wie ein Kunstwerk.« Sehr merkwürdige Sätze, die jedoch wunderbar die rätselhafte Schönheit der jungen Frau – sie war damals vierundzwanzig Jahre alt – und die beunruhigende Faszination zum Ausdruck bringen, die sie in ihrer Umgebung auslöste.

Nicole Müller und ich wollten gern mehr wissen und begannen, uns über das Leben Annemarie Schwarzenbachs zu informieren: Sie wurde 1908 in Zürich in eine reiche Familie des konservativen Großbürgertums hineingeboren, verbrachte ihre

Kindheit im Schatten einer besitzergreifenden Mutter und starb früh im Alter von vierunddreißig Jahren. Wir erfuhren auch von ihrer Begabung als Pianistin, ihrem frühen Drang zum Schreiben, ihrer Liebe zu Frauen, ihrem Kampf gegen jede Form des Faschismus, ihrer Freundschaft mit Klaus und Erika Mann, ihren Reisen in alle vier Himmelsrichtungen, ihrer Ehe mit einem französischen Diplomaten, ihrem Gefallen an Tabak, Alkohol und Morphium ...

Das etwas unscharfe berühmte Foto, das die ganze Titelseite einer Schweizer Zeitschrift einnahm, war von einer auffallenden Ambivalenz durchdrungen. Es begann schon damit, daß dieses androgyne Wesen eine intensive Präsenz ausstrahlte, die im Gegensatz zu dem abwesenden Blick stand. Das runde Kinn hob sich von den spitzen Ecken des Kragens ab. Über dem geöffneten Hemd, das den schlanken Hals freigab, waren die Lippen geschlossen. Hinzu kam, daß die Fotografin, ob mit Absicht oder nicht, eine Beleuchtung von der Seite gewählt hatte, so daß die rechte Hälfte des Gesichts im Schatten lag. Wie gespalten zwischen Schwäche und Stärke ließ die Porträtierte eine mit Zweifeln gemischte heftige Entschlossenheit erkennen und vor allem eine unergründliche Hoffnungslosigkeit, die dieses Bild mit einer dunklen Note überzog.

Wir lasen einige Bücher, die auf deutsch erschienen waren, insbesondere *Das glückliche Tal*. Wir hatten den Wunsch, die französischen Leser mit der unnachahmlich elegischen Prosa dieses Textes bekannt zu machen, aber der Verlag Lieu commun zeigte sich eher an einer Biographie interessiert. Wir beschlossen, sie gemeinsam zu schreiben, und so erschien 1989 *L'Ange inconsolable* (auf deutsch *Der untröstliche Engel*[1]). Damals waren noch zahlreiche Zeitzeugen am Leben. Sie unterzogen sich für uns der Mühe, fast fünfzig Jahre in ihren Erinnerungen zurückzugehen.

Heute ist Annemarie Schwarzenbach besonders in ihrem Herkunftsland, aber auch in Deutschland als Persönlichkeit

von großer Bandbreite bekannt: Zwölf Bände mit ausgewählten Werken sind veröffentlicht, ihr Werk ist Gegenstand von wissenschaftlichen Arbeiten, von Lesungen und Kolloquien, ihre Fotos werden ausgestellt, eine zweite Biographie erschien vor zehn Jahren in Deutschland, außerdem zwei biographische Romane, ein Dokumentarfilm wurde gedreht, Film- und Theaterprojekte wurden realisiert. Diese Entwicklung machte eine neue Biographie erforderlich, um so mehr als jüngere Entdekkungen erlaubten, Licht in Phasen ihres Lebens zu bringen, die bisher im Dunkeln lagen.

Konnte ich wirklich an *Der untröstliche Engel* herumbasteln? War dieses Buch nicht der erste Baustein eines biographischen Monumentalwerkes, das wahrscheinlich im Laufe der Zeit immer weiter wachsen würde? Anstatt jene Biographie umzuschreiben oder sogar zu verstümmeln, zog ich es vor, sie unangetastet zu lassen – als einen Meilenstein, an dem man die Fortschritte der Forschung und die Weiterentwicklung der Analysen würde messen können.

Es gab einen noch wichtigeren Grund, ein neues Buch zu schreiben: In den zwölf Jahren, die diese beiden Biographien voneinander trennen, habe ich vier Werke von Annemarie Schwarzenbach ins Französische übersetzt: Erzählungen *(Bei diesem Regen)*, ein »nicht-persönliches Tagebuch« *(Tod in Persien)*, Reportagen aus den Vereinigten Staaten *(Jenseits von New York)*, Aufsätze aus Afghanistan *(Alle Wege sind offen)*[2]. Der enge Kontakt zu diesen verschiedenen Formen der schriftstellerischen Arbeit erlaubte mir, eine nähere Vorstellung vom inneren Universum Annemarie Schwarzenbachs zu gewinnen, die Vielfalt und die große Ursprünglichkeit ihres Werkes besser zu erfassen. Da ihr Schreiben sehr eng mit ihren eigenen Erfahrungen verknüpft ist, hat diese Arbeit mich außerdem veranlaßt, fortlaufend die Ereignisse ihres Lebens nachzuverfolgen. Meine Recherchen haben mich in unerwartete Richtungen geführt. Namen wurden erwähnt, die mir wie ein Sesam-öffne-

dich neue Fährten und ungeahnte Sichtweisen erschlossen. Natürlich blieben auch Türen verschlossen, aber insgesamt habe ich großes Glück gehabt, insbesondere, da ich die Briefe an Claude Bourdet und an Marie-Louise Bodmer entdeckte, die einander zeitlich folgen und die letzten zehn Jahre von Annemarie Schwarzenbachs Leben abdecken. Bis zum Schluß haben die Ergebnisse meiner Nachforschungen mich in dem Gedanken bestärkt, daß eine neue Biographie keineswegs überflüssig wäre.

Das Foto, das Marianne Breslauer im Jahr 1932 aufgenommen hat, ist besonders verwirrend, weil Annemaries Blick so wirkt, als richte er sich auf einen Punkt jenseits des Objektivs und sei gleichzeitig einer offenbar düsteren inneren Welt zugewandt. Erst 1998 habe ich durch ihre eigene Hand eine erste Antwort auf dieses Rätsel bekommen. Als ich zum letzten Mal Claude Achille Clarac besuchte, jenen Mann aus Nantes, den sie 1935 in Teheran geheiratet hatte, sah ich zu meiner Überraschung, wie er ebendieses Foto zwischen seinen Papieren hervorzog. Aber bei genauerem Hinsehen war es nicht genau das gleiche. Vielmehr handelte es sich um einen ausgezeichneten Abzug, den sie ihm Ende 1934 kurz nach der Verlobung geschickt hatte und auf den sie mit ihrer feinen, regelmäßigen Handschrift geschrieben hatte: »Einige Ähnlichkeit mit – Annemarie.« Auf der Rückseite erläuterte ein dreisprachiger Text die Umstände, unter denen sie fotografiert worden war. Sie erklärte darin auch, daß ihre Mutter dieses Porträt haßte, weil ihr Ausdruck *»a little bit mad«* (ein bißchen verrückt) sei, und fügte hinzu: »Vielleicht, mein Liebes, hältst Du diesen Blick aus? Das war beim Fixieren der *dunklen Seite*[3]...«

Die dunkle Seite... Es war also dieses Umkippen in ihren eigenen düsteren Anteil, der ihrem Blick diesen so schmerzhaft entrückten Charakter gab.

Zwei Jahre später, als ich mich schließlich entschieden hatte, einem Weg zu folgen, den Claude Clarac mir schon vor langer

für die Zeitschrift *Wandervogel* geschrieben hat, lassen erahnen, mit welchem Interesse sie die Tagung des Ernst Merz verfolgt haben muß. Alle diese Texte behandeln die Frage nach dem Platz des Individuums in der Gesellschaft, seine Einsamkeit und seine Sehnsucht, sich in eine Gruppe einzufügen. In einem der Aufsätze erklärt sie sich ohne Umschweife dazu bereit, die Gemeinschaft zugunsten der Freundschaft und einer relativen Einsamkeit zu opfern. Der Text mit dem Titel *Zur Mädchenfrage* überrascht durch seinen unverblümt herausfordernden und unversöhnlichen Ton. Annemarie beurteilt die Mädchen wegen ihrer Passivität und ihres Mangels an eigener Persönlichkeit als schlichtweg unwürdig, im *Wandervogel* zu bleiben:

> In den Diskussionen war kein Mädchen fähig, wirklich eine Meinung zu vertreten oder persönliche Kraft zu beweisen. Daß die Buben uns im Spiel weit überlegen sind, ist weiter nicht merkwürdig. Aber im allgemeinen sind wir Mädchen absolut nicht unter den Buben stehend. Ich meine, die jungen Mädchen zwischen 15 und 21 brauchen sich wahrhaftig nicht vor der Überlegenheit des männlichen Geschlechts zu fürchten. Aber im Wandervogel ja. Es gibt hundert Erklärungen, aber keine Entschuldigungen dafür.[1]

Sie beklagt die Unfähigkeit der Mädchen, eine herausragende Führungspersönlichkeit hervorzubringen und gemäß ihren eigenen Maßstäben zu denken. Hierher rührt die Heftigkeit, mit der sie sie ermahnt, sich von der männlichen Bevormundung zu emanzipieren und sich zu einer eigenständigen Kraft zusammenzuschließen.

Im Oktober 1925 findet Annemarie außerdem sehr harte Worte über ihre Mitschülerinnen in dem 1793 gegründeten und international renommierten *Hochalpinen Töchterinstitut Fetan*. Bei Ernst Merz, der ein Freund und Vertrauter geworden ist,

beklagt sie sich über den Mangel an Intelligenz, die kleinlichen und oberflächlichen Interessen und die Trägheit der Mädchen. Sie dagegen wirft sich mit Haut und Haaren ins Studium. Getrieben von einer unstillbaren intellektuellen Neugier und dem Ehrgeiz, sich an die Spitze der Klasse zu setzen, arbeitet sie oft sehr ausdauernd, und sie erreicht bald ihr Ziel. Während sie allergrößte Mühe hat, Gesprächspartnerinnen mit ihrer Reife und Reflexionsfähigkeit zu finden, kann sie in ihren Briefen an den Pfarrer schwarz auf weiß die Gedanken niederlegen, die sie umtreiben.

Sie ist noch nicht achtzehn Jahre alt, und doch sind schon die Grundideen ihres zukünftigen Lebenskonzeptes, an dem sie immer festhalten wird, in sie eingeschrieben. Woher bezieht sie diese Vorstellungen? Großenteils aus ihrer religiösen Erziehung und noch direkter aus der Lektüre der Bibel, von der sie sich häufig in ihren Büchern inspirieren läßt, und zwar sowohl in der Form als auch im Inhalt. Im Mittelpunkt ihrer persönlichen Ethik steht die Sünde, und ihr Schuldgefühl ist so überwältigend, daß es jede Fähigkeit zum Glück zerstört. Annemarie kann sich faktisch nicht gestatten, glücklich zu sein. So erklärt sie Ernst Merz, daß jede Lust zu lachen sogleich von einem Gefühl unendlicher Traurigkeit erstickt wird. Und jemanden vor Glück strahlen zu sehen stürzt sie buchstäblich in Verzweiflung. Denn wie kann man glücklich sein, wenn man den Weg zur Erlösung nicht gefunden hat? Außerdem macht sie das Leiden zum Motor ihrer fundamentalen Suche. Kleine Glücksmomente haben für sie lediglich die Funktion, das Leben »erträglich« zu machen. Sie betrachtet das Leiden als eine Quelle von Größe, und sie glaubt, daß ihre Traurigkeit sie über die anderen hinaus hebt. Die Arroganz dieses Gedankens entgeht ihr keineswegs, aber sie bekennt, daß sie nicht anders kann, als unbedeutende Menschen verachten – also solche, die nicht nachdenken und ihre eigenen Bedingungen nicht hinterfragen:

> Im Moment, da ich glücklich bin, bin ich klein wie alle, und das ertrage ich nicht. Darum will ich Größe und leidvolle Größe. Ich denke immer wieder an Beethoven. Kein Mensch litt so wie er – und doch schrieb er den Jubel der 9. Symphonie![2]

Die große Frage, die ihrem Leben eine entscheidende Orientierung gibt, lautet: Wie kann man über die Sünde triumphieren und die ursprüngliche Reinheit wieder erlangen? Die einzige Lösung, so denkt sie, besteht darin, sich mit Mut zu wappnen und dem Weg zu folgen, zu dem eine innere Stimme hinführt:

> Ich möchte ja nichts anderes als wandern – von Welt zu Welt, und nicht aufhören, bis ich endlich Gottes Verzeihung erlange und den Quell der Reinheit finde. Ich habe mich noch nie so nach etwas gesehnt wie nach diesem heiligen Wasser. Aber man findet es ja nicht.[3]

So sind schon 1926 die Weichen eines Lebens gestellt, das auf der Suche nach einem unerreichbaren Absoluten umherirren wird. Ella Maillart schreibt später, daß Annemarie den »grausamen Weg der Hölle«[4] gewählt hat.

In den beiden Jahren in Fetan lernt Annemarie ein Leben in Gemeinschaft kennen. Fotoalben der Schülerinnen aus jener Zeit belegen die zärtlich-empfindsame Atmosphäre, die in einem Internat dieser Art herrschte. Die deutsche Filmemacherin Leontine Sagan hat diese Stimmung einige Jahre später auf realistische und subtile Weise in ihrem Film *Mädchen in Uniform* (1931) wachgerufen. Auf den Fotos aus Fetan sticht Annemaries Andersartigkeit ins Auge: Sie hat kurze Haare, schon den geistesabwesenden Blick und einen Ausdruck hochmütiger Wildheit, der keineswegs ohne Reiz ist. Anläßlich einer Tanz- oder Theateraufführung trägt sie ein Zigeunerkostüm, das ihr ausgezeichnet steht. Man könnte meinen, einen schönen Kna-

ben vor sich zu haben. Ihre Freundinnen bewundern sie, denn sie fürchtet weder physische noch intellektuelle Anstrengung, und die Bewunderung hat manchmal etwas von Anbetung: Es fehlt nicht viel, und sie streiten sich darum, ihre Strümpfe zu stopfen. Sie aber hält Distanz zu den meisten ihrer Mitschülerinnen, und die Glücklichen, die ihrem Freundeskreis angehören, müssen heftige Eifersuchtsreaktionen der anderen aushalten. Annemarie schert sich nicht darum. Sonntags morgens bleibt sie lange im Bett, umgeben von ihren Heften und ihren Büchern, und träumt von großen und schönen Dingen.

Am 29. Oktober 1927 macht sie eine glänzende Matura. Ihre Entscheidung steht fest: Sie wird sich an der Universität Zürich einschreiben, um Geschichte und Literatur zu studieren. Bevor sie Fetan verläßt, schreibt sie in das Notizbuch einer ihrer Freundinnen: »Jetzt kann ich Dir nur sagen, daß Du unter den Menschen bist, die ich am meisten vermissen werde. (Weißt Du, wenn ich friere!)«

Annemarie ist neunzehneinhalb Jahre alt, als sie das Studium aufnimmt, und genau dreiundzwanzig, als sie es abschließt. Nach dem ersten Jahr in Zürich, das von einem kurzen Aufenthalt in Nordamerika unterbrochen wird, verbringt sie das darauffolgende Jahr in Paris und schließlich die drei letzten Semester wieder in ihrer Geburtsstadt. Aus dieser Zeit datieren ihre ersten heute verfügbaren Texte, denn die aus ihrer Jugend gelten als verschollen. *Gespräch* ebenso wie die drei *Pariser Novellen,* sämtlich zwischen 1928 und 1930 verfaßt, sind ganz und gar autobiographische Arbeiten. Sie haben insofern grundlegende Bedeutung, als Annemarie hier Interessenschwerpunkte und Reflexionen erörtert, von denen ihr ganzes Leben bestimmt werden wird.

In der Universität ruft sie Erstaunen und Faszination hervor, wie ihr Kommilitone Hugo Mettler in einer posthumen Hommage bezeugen wird. Die Studenten können nicht anders, als sich nach dieser schlanken und hochaufgeschossenen jungen

Im Institut Fetan (1925–1927)

Frau umzudrehen – sie ist einen Meter sechsundsiebzig groß –, deren aristokratisches Auftreten ihr den Beinamen »Königliche Hoheit« einbringt. Aber was für eine fremdartige Erscheinung! Dieser Jungenhaarschnitt, der sich von den langen Haaren der anderen Mädchen abhebt, diese verwirrende androgyne Ausstrahlung, dieser abwesende Blick – alles trägt dazu bei, sie mit einem Geheimnis zu umgeben. Sie wirkt so verschlossen, daß die Studenten sie untereinander mit mythischen Namen belegen. In ihren Augen ist sie mal die Göttin Diana, jungfräulich und keusch, unerbittlich und grausam, mal scheint sie den tödlichen Zauber der Loreley zu haben. Sie ist Penthesilea, die die Herzen zerfleischt, oder auch Judith, die Holofernes tötet.

Annemarie ist sich der Wirkung bewußt, die sie auf ihre Kommilitonen hat. In Fetan hatte sie Unruhe erregt und eine gewisse Zwietracht unter den jungen Mädchen des Internats gestiftet. In der Universität sind überwiegend Männer. Sie spürt deren Wunsch, sie kennenzulernen, und den Verdruß, den ihre extreme Zurückhaltung auslöst. Weiß sie, daß die Studenten sie untereinander auch »die Feindin« nennen? Aber sie hat andere Sorgen und ist ganz zufrieden, durch den scheuen Respekt geschützt zu sein, den ihr ungewöhnliches Verhalten den anderen einflößt. Und wie um die Fragen zu beantworten, die jene nicht zu stellen wagen, schreibt sie *Gespräch*. Dieser autobiographische Text, der in Stil und Tonfall an die Bibel erinnert, beginnt mit den Worten:

> Ihr versteht das Eigentliche und Letzte nicht, spielend kann man es in Gesprächen streifen, ohne daß Ihr es fühlt. Die brennende Nähe. Wißt, diese Nähe ist mein Geheimnis. Ich lasse Euch nahe kommen, weil ich davon erfüllt bin und meine Gedanken. Aber [...] ich (lese) in Euren Gesichtern die Fremdheit, die Fremdheit Eurer Augen und Eurer Lippen. Wie, ahnt Ihr denn nicht, daß hinter dem Spiel ein Ernst sein muß? Glaubt Ihr, ich spreche leer, aus Luft und Schall?[5]

Sie wirft ihnen ihren Mangel an Ernsthaftigkeit vor, ihr oberflächliches Geplapper, das sich im Kreis dreht, ihre Art zu sprechen, die allein dem Ziel dient, die Einsamkeit aufzubrechen – und nicht aus einer Notwendigkeit rührt, »von Gott vorangetrieben«. Sie dagegen strebt jenen Zustand »brennender Nähe« an, in dem man einander verstehen lernt, ohne ein Wort sagen zu müssen. In dem man, Seite an Seite, ein Bewußtsein von den beiden Polen menschlichen Lebens – »die Größe unserer Einsamkeit und die Schönheit des Zusammenseins« – erlangt. Aber dafür muß man zuerst fähig sein, den Dingen auf den Grund zu gehen, man muß von der »Kraft spiritueller Leidenschaft besessen« sein, von jenem unentrinnbaren Bedürfnis, die Welt zu prüfen und einen »Sinn« jenseits der äußeren Erscheinungen zu suchen. Man ist, schreibt Annemarie, der Diener dieser »neuen Kraft«, die in gewisser Hinsicht eine Art höherer Offenbarung, ein Zeichen Gottes ist. Wer von ihr verlassen wird, ist »leer« und kann nur abwarten, ob die Kraft sich seiner erneut annimmt.

Wer von Leidenschaft spricht, meint auch Leiden – ein geeigneter Zustand, um Abgründe auszuforschen. Annemarie treibt einen wahren Kult damit. Da man nicht in die Tiefe hinabtauchen kann, ohne ein Risiko einzugehen, erhebt sie außerdem »gefährlich leben« zum Prinzip und erklärt alle jene zu »Sklaven« ihrer Ängstlichkeit, die sorgfältig die gefährlichen Wege meiden – »Habt Ihr nicht gesehen, daß sie am höchsten führen?« – und deren Leben in der Konsequenz banal und konturlos ist. Sie dagegen weigert sich, Sklavin zu sein: »Glaubt mir: Zuerst müssen wir Ketten zerbrechen. Die Ketten der Menschen und Dinge. Zuerst müssen wir die breite Straße verlassen und Irrwege gehen.« Ein Programm, das sie Buchstabe für Buchstabe befolgt.

In *Gespräch* setzt Annemarie sich auch mit der Einsamkeit auseinander. Sie bekennt, daß sie einen wahren »Heißhunger nach Menschen« hat, und gesteht, daß sie sich in Momenten

der Schwäche gelegentlich der Illusion hingibt, die Einsamkeit könnte besiegt werden. Aber: »Narrheit ist es, von Zweisamkeit zu sprechen. Man stirbt allein. Und das einsame Sterben, kraß in seiner Unumgänglichkeit, ist nur Symbol des einsamen Lebens.« In der Tat: Wenn eine Kraft »von unbegreiflicher Macht« uns dem anderen zutreibt, wenn wir uns mit ihm zu verbinden wünschen, »ist das Erwachen selten ohne Schmerzen«. Schmerzhaft ist nicht nur die Unmöglichkeit, in das Universum des anderen einzudringen, sondern auch, einander wechselseitig die eigenen Schwächen zu enthüllen. Mit einem wachen Gespür für die »Scham der Seele« fügt Annemarie hinzu, daß es extrem schwierig ist, nicht das zu verletzen, was untrennbar zum Wesen des anderen gehört, das, was er nicht teilen kann: »Es ist hier, daß der Freund beginnt, den Freund zu verachten.« Letzten Endes, wenn wir ehrlich mit uns selbst sind, sagt sie, müssen wir doch zugeben, daß die berühmte »zweite Hälfte«, die wir alle suchen, nicht existiert. Jedoch will sie sich diesem traurigen Zustand nicht überlassen. Die Aufdeckung dieser tiefen Wahrheiten hindert sie nicht daran, sie unaufhörlich in Frage zu stellen und ihr Leben ganz und gar einer Pendelbewegung zwischen Einsamkeit und »Gemeinschaft« zu verschreiben – einem Spannungsfeld, das sie in paradoxer und sehr bezeichnender Weise als zugleich »wohltuend« und »schmerzhaft« beurteilt.

Annemaries Betrachtungen hindern Pfarrer Ernst Merz nicht daran, sein Leben mit ihr teilen zu wollen. Jedenfalls vertraut er dies im Jahr 1928 seinem Tagebuch an. Ob er gewagt hat, mit ihr darüber zu sprechen? Es ist zu bezweifeln, denn sie hatte ihm im selben Jahr geschrieben: »Weil ich weiß, daß Du nicht so denkst wie die andern, kann ich Dir sagen, daß ich [...] nur Frauen mit wirklicher Leidenschaft lieben kann.«[6] Wie auch für viele homosexuelle Männer, die ihr begegnet sind, war sie für ihn wahrscheinlich die einzige Frau, die er jemals geliebt hat.

Im Oktober 1928 reist Annemarie von der Schweiz in die französische Hauptstadt und macht damit den Auftakt für zahlreiche Aufbrüche, die in ihrem Leben stattfinden werden. Sie fährt nicht allein: Ihre Cousinen Gundalena und Elisabeth Wille begleiten sie. Die drei jungen Frauen wohnen am Boulevard Saint-Michel, im internationalen Studentenheim. Ein Jahr lang wird Annemarie an der *Sorbonne* Vorlesungen in Geschichte, Philosophie und Psychologie hören.

Abgesehen von den unvermeidlichen Schlangen bei der Selbstbedienung im Studentenheim und der Kunst, ihr Bett auf »französische Art« zu machen, entdeckt sie ein wunderbares Paris – und anfangs ist sie von der Stadt verzaubert. Sie liebt die Auslagen der Gemüsehändler in der Rue Saint-Jacques, die Cafés, in denen Rotwein und »Grenadine« serviert wird und wo man beim ersten Sonnenstrahl die Stühle auf die Bürgersteige stellt. Man trifft sie in den Bars des Quartier Latin, im *La Coupole,* in den Nachtlokalen von Montparnasse, in den Künstlerateliers. Oft muß sie steile, enge Treppen hochklettern, um die unglaublich winzigen Zimmer zu erreichen, in denen sich bei Alkoholdunst und Zigarettenrauch die Abendessen in die Länge ziehen. Sie bleibt nicht unbemerkt und gewinnt schnell Freunde, besonders in einer Gruppe russischer Emigranten, die während der Oktoberrevolution nach Frankreich geflohen sind. Die Kontakte sind zahlreich und anregend: »Zum ersten Mal wurden mir die großen Aussichten des Lebens bewußt, die Grenzen weiteten sich, die Hindernisse wurden sichtlich kleiner, ja ihre Wichtigkeit schrumpfte zusammen zu lächerlicher Belanglosigkeit.«[7]

Auch wenn sie abends spät nach Hause kommt, ist ihr Tag noch nicht zu Ende. Zumal eine Straßenlaterne die ganze Nacht über einen Lichtschein in ihr Zimmer wirft. Sie liest einige Kapitel der *Aufzeichnungen des Malte Laurids Brigge* von Rilke oder Gedichte von Stefan George.

Aber die Desillusionierung läßt nicht lange auf sich warten.

Als der Winter hereinbricht und dichter Nebel Paris einhüllt, beginnt sie, die Stadt mit Rilkes Augen zu sehen. Sie fühlt sich abgestoßen vom ewigen Grau, vom schmutzigen Straßenpflaster, vom Dunst der Feuchtigkeit, der sich mit dem Geruch der Fleischereien und der Müllwagen vermischt. Man wird den klebrigen Staub nicht mehr los, der sich auf alles legt, aufs Gesicht und auf die Kleidung. Der Krach der Autos und der Straßenbahnen, die permanente Hast der Leute auf den Boulevards: All das erscheint ihr unerträglich. Paris wirkt auf sie wie ein Gefängnis, das von Menschen mit »Sargeswünschen«[8] gebaut wurde.

Hinzu kommt, daß sie sich im Milieu der Pariser Boheme nicht wirklich wohl fühlt. Mehr denn je ist sie sich des Grabens bewußt, der sie in sozialer Hinsicht von den anderen trennt. Ihre noblen Manieren, ihre gepflegte Kleidung, der Umstand, daß sie niemals Geldsorgen hat – all das ruft ihr den Unterschied ins Gedächtnis. Sie fühlt sich entsetzlich allein, fremd, verloren. Zum Glück kann sie schreiben. In drei Texten mit den Titeln *Pariser Novelle I,* Pariser *Novelle II* und *Paris III* verarbeitet sie gelebte Erfahrungen und Eindrücke und führt Überlegungen weiter aus, die in Ansätzen bereits in *Gespräch* zu finden sind.

Zu Silvester, berichtet sie in der *Pariser Novelle I,* wirken die rachitischen Weihnachtsbäume, die im Wind auf den Bürgersteigen der Hauptstadt liegen, wie »kleine Leichen« auf sie. Die Erinnerung an die prächtigen Tannenbäume ihrer Kindheit in Bocken wird wach, an die Glocken der Schweizer Heimat, die zu Christi Geburt läuten, an »den dunklen Saum des schlafenden Waldes«. Ein ungeheures Heimweh überkommt sie, und ihre Gedanken fliegen zu ihrer Mutter: »Mutter, Du fühlst, daß wir Dich lieben. Seitdem wir von Dir fortgegangen sind.« Sogleich bohrt das Schuldgefühl in ihr. Warum hat sie sie »zurückgelassen«? War es nötig, daß sie sich von ihr entfernte, um zu merken, daß sie sie liebte? Wie konnte sie ihr so weh tun? »Die Mütter«, schreibt Annemarie, »wollen nichts: Sie sehen

zu. Und wir gehen immer weiter fort. Ein dünner Streifen bezeichnet den Weg, ein schmal schimmerndes Silberband aus Tränen. Eine Mutter weint.« Für einen Moment glaubt sie, daß es ein Mittel zur Erlösung gibt: »Wir denken an sie, in jedem unserer Schmerzen. Und jeden unserer Schmerzen bringen wir ihr dar wie einen Tribut.« Aber gleich darauf verurteilt sie es als anmaßend, sich vorzustellen, eine solche »Vergeltung« sei möglich. In Wirklichkeit ist »die Schuld viel tiefer«.

Um welche Schuld handelt es sich? Annemarie macht sich den Vorwurf, Renées »zarte« Fürsorge mißachtet, ihr »tausend kleine Demütigungen« zugefügt und – vor allem – ihr ihren Drang nach Freiheit aufgezwungen zu haben, jene unverzichtbare Voraussetzung für die Suche nach »Sinn« und nach »Erlösung«, die ihre Lebensaufgabe ausmacht. Außerdem weiß sie, daß ihre Mutter als Angehörige der älteren Generation in Traditionen gefangen ist und dieses drängende Bedürfnis nach Freiheit nicht nachvollziehen kann. Hin- und hergerissen zwischen ihrer eigenen Sehnsucht und ihrer Loyalität, formuliert Annemarie ihr unlösbares Dilemma: »Alles Suchen ist ein Fortgehen. Man geht weit von seiner Mutter fort [...] Und weiter geht man, fort von sich selbst: Wie könnte man sich sonst so hoffnungslos verloren fühlen. Dann irrt man durch die endlosen Ebenen, und man ist durstig und kann doch nicht nach Hause finden.« Klingt das nicht wie die Vorausahnung ihres eigenen Schicksals?

In der *Pariser Novelle II* greift sie die Themen der Liebe und der Einsamkeit erneut auf und erweitert sie. Diesmal handelt es sich um eine Beziehung zwischen einem Mann und einer Frau. Die Erzählerin überläßt sich in einem Moment der Verlassenheit dem Bedürfnis, aus ihrer Einsamkeit auszubrechen, und verbringt mit einem Mann vier Wochen Ferien. Anschließend mutmaßt sie, daß Liebe die Zugehörigkeit zum anderen voraussetzt, also die Enteignung des Selbst und damit die Aufhebung dessen, was sie die »Freiheit des Herzens« nennt: »Wie kann

ich meine Seele verschenken? Es war, als nehme man mir die Luft zum Atmen und das Licht zu sehen.« Jene Freiheit des Herzens zu opfern ist in ihren Augen ein unverzeihliches »Sakrileg«, denn das bedeutet, »eine Welt töten, um daraus eine neue zu erbauen«. Sie ist bereit, auf die Liebe zu verzichten, weil die Liebe – weit davon entfernt, ihr das erhoffte Glück zu bringen – nur dazu führt, ihr ihre Einsamkeit noch schärfer bewußt zu machen. Die Distanz zwischen den anderen, die sich mit dem zufriedengeben, was sie finden, und ihr, die »in allen Leiden der Welt einen Sinn, einen Gott, Wahres« sucht, ist unaufhebbar.

Ende September 1929 schickt ihr einer ihrer Freunde, der Geograph Albrecht Haushofer, Gedichte, in denen sich zurückhaltend sein Wunsch mitteilt, um ihre Hand anzuhalten. Sie antwortet ihm: »Ich weiß nicht, ob Sie sich in mich hineinversetzen können und damit einsehen, daß es für mich unmöglich ist, einen solchen Vorschlag anzunehmen? Vielleicht bin ich einfach zu jung, zu erfüllt von selbständigen Plänen.«[9] Kurz zuvor hat sie Ernst Merz geschrieben, daß die meisten Frauen »für einen Mann (leben)« und »ihre besten Kräfte (...) nur durch ihn (entfalten)«.[10] Diesem Schicksal verweigert sie sich. Sie möchte ihre Freiheit selbst gestalten.

Aber wie kann sie in einer Welt leben, in der die Liebe unmöglich und die Einsamkeit unvermeidlich ist? Es ist die Schriftstellerei und nur sie, die das Wunder vollbringt, Annemarie Momente des Glücks zu verschaffen. Schon 1925 spricht sie von der »außerordentlichen« Freude, mit Worten Musik zu machen. Vier Jahre später schreibt sie: »Musik ist ganz ohne Geschehen, und dennoch lassen wir uns erschüttern. Ich möchte ein Buch schreiben, das man langsam und laut lesen könnte, und jeder Satz, selbst zusammenhanglos, wäre klangvoll und schön.«[11] In ihren Augen wäre es ideal, eine Art des automatischen Schreibens zu erreichen, bei der sie ihren Federhalter unmittelbar ihren Gedanken folgen ließe, um aus den Tiefen ihrer selbst den »wahren Sinn« zu holen.

Es ist charakteristisch für Annemarie, daß sie Traurigkeit als quasi unverzichtbare Bedingung für ihre Tätigkeit als Schriftstellerin ansieht. Sie liebt ihre Leiden, weil sie »fruchtbar« sind und die Inspiration sprudeln lassen. Von dem Prozeß, der zur Metamorphose des Leidens in Worte führt, behauptet sie, er könne nicht das Ergebnis eines Lernvorgangs sein, sondern sei eine Gabe, die der Schriftsteller, »der Geliebte der Götter«[12], zugeteilt bekomme. Für sie ist diese Gabe gleichbedeutend mit der des Lebens.

Nach dem Jahr in Paris setzt Annemarie im Oktober 1929 ihr Studium an der Universität Zürich fort. Der Zufall will es, daß am 13. desselben Monats in der *Neuen Zürcher Zeitung – der NZZ* – ihre neue Erzählung mit dem Titel *Erik* veröffentlicht wird. Die größte Tageszeitung der deutschsprachigen Schweiz eröffnet damit eine Zusammenarbeit, die von nun an dauerhaft Bestand hat. Sechs Monate später folgt ein Essay mit dem eindeutigen Titel *Stellung der Jugend*[13]. Wie sie an Albrecht Haushofer schreibt, ist es in einer Periode des Umbruchs erforderlich, die alten Werte genau zu durchleuchten und nur diejenigen beizubehalten, die einer gewissenhaften Prüfung standhalten. In ihrem Aufsatz analysiert Annemarie die Ratlosigkeit ihrer Generation – einer Generation, die sich nach dem Ersten Weltkrieg in einer Welt ohne moralische, religiöse und politische Orientierungen wiederfindet. Dieser völlig verunsicherten Jugend, die eine bessere Welt auf einer gesunden Basis aufbauen möchte, werfen die »Alten« Arroganz und Anmaßung vor:

> Aber wir wollen nicht leben ohne diesen Glauben! Und ist es nicht stets die Eigenschaft der Jugend gewesen, das Unglaubliche zu wollen, das Unerreichbare zu versuchen, das Unmögliche für möglich zu halten! Selbst in einer entgötterten Welt werden wir an den Menschen glauben, und ohne

diesen naiven und heiligen Optimismus ist niemals ein Fortschritt erreicht worden.[14]

Den Erwachsenen, die der jüngeren Generation Respektlosigkeit gegenüber den traditionellen Werten vorwerfen, antwortet Annemarie, daß dieser nichts übergeben worden sei, was sie achten könnte. Dennoch hindere diese »heillose und fragwürdige« Epoche sie nicht daran, an das »Göttliche« zu glauben: »Und so suchen wir jetzt nach einem neuen Gott, und in unserer heimlichsten Hoffnung wissen wir, daß er sich uns offenbaren wird. In welcher Form das auch geschehen mag, wir wollen bereit sein, ihn zu empfangen.« Und obwohl jeder mit seinen eigenen Vorstellungen vom Fortschritt, von der Schönheit, vom Göttlichen und vom Glück allein ist, hat die ganze Jugend, so behauptet Annemarie, gemeinsam ein neues »Gefühl von der Welt«, das sie mit diesen Worten beschreibt:

> Wir lieben das Leben [...] – Man fragt uns, ob wir glücklicher würden durch unsere Art zu leben. Aber uns ist das nicht so wichtig; selbst wenn wir kein Ziel kennen, so fühlen wir uns doch als eine Gemeinschaft, weil wir jung und ziellos sind und voller Sehnsucht. Und selbst wenn wir kein Glück kennen, so wissen wir doch, daß Glück im Sinne der Ruhe auch Stillstand, auch Spannungslosigkeit ist. Uns muß das Leben Bewegung sein, unser Körper, unser Geist immer in Sehnsucht und Tätigkeit ist uns wortloser Beweis dafür. Wir vertrauen uns, unserer Voraussetzungslosigkeit, unserem Dasein, selbst ohne es zu verstehen. Wir warten, daß daraus etwas komme. Daß wir reif werden. Wir wollen nicht Lust oder Unlust, wir wollen das Werk.[15]

Ist ihr bewußt, daß der letzte Satz nicht die Zielsetzung einer ganzen Generation ausdrückt, sondern ihre ganz eigene – oder aber die einer winzigen Minderheit? Sagt sie nicht selbst, daß

Claude Bourdet im April 1932

sie von der Krankheit befallen ist, »alles wissen zu wollen«[16]? Sie möchte ihre Sehnsucht stillen, »aus den Dingen den verborgenen Reichtum zu holen«, und die Anforderung erfüllen, die sie an sich stellt, nämlich »einzudringen in die Geheimnisse des Bodens und der Atmosphäre«[17]. Dafür ist sie bereit, die Bürde eines Lebens ohne Ruhe und ohne Atempause zu ertragen, und sie übersieht vollkommen die extremen Folgen einer solchen Wahl.

1930 macht sich am Ende des ersten Semesters die Last des Studiums hart bemerkbar. Annemarie hat das Gefühl, in einem »Panzer« eingeschlossen zu sein, der sie ihrer Freiheit zu schreiben beraubt. Ihre einzige Motivation zu arbeiten ist die Aussicht, bald zu promovieren. »Ich möchte frei werden für ganz andere Dinge, und dafür muß ich mein Studium bald zu Ende bringen«, schreibt sie am 18. Juni an Albrecht Haushofer, der vielleicht insgeheim hofft, daß sie eines Tages seinen scheuen Avancen nachgeben werde.

Ahnt er, daß er keineswegs ihr einziger Verehrer ist? Einige Tage vorher ist auf einer glanzvollen Gartenparty, wie Renée Schwarzenbach sie zu organisieren weiß, ein anderer Mann ihrem Charme erlegen: ein Franzose namens Claude Bourdet, der sie über die gemeinsame Freundin Dominique Schlumberger kennengelernt hat.

Zwar wird Claude Bourdet zehn Jahre später eine wichtige Figur in der französischen Résistance und nach dem Krieg als Journalist und engagierter Politiker berühmt sein[18], aber 1930 ist er nur ein eher schüchterner junger Mann. Allerdings ist sein Familienstammbaum durchaus bedeutend: Er ist ein Enkel des berühmten Chirurgen Samuel Pozzi, eines Pioniers in der Gynäkologie, und Sohn der Dichterin Catherine Pozzi und des Dramaturgen Édouard Bourdet. 1928 ist er nach zwei Jahren in der Vorbereitungsklasse am Gymnasium *Hoche* in Versailles an das eidgenössische Polytechnikum in Zürich gegangen, um ein Ingenieursstudium zu absolvieren.

Der Brief, den Claude Bourdet am 6. Juni 1930 seiner Mutter geschrieben hat, ist ein interessantes Dokument, insbesondere da es sich wahrscheinlich um das einzige Zeugnis handelt, das einen Empfang auf Bocken aus der Sicht eines Franzosen beschreibt:

> Die Schwarzenbachs [...] haben in Horgen ein so schönes Anwesen, daß es in der ganzen Schweiz berühmt ist. [...] Sie gaben um halb sechs auf einer Gartenparty ein Konzert, ein deutsches Frauenquartett spielte Boccherini, Scarlatti, Pergolesi und Händel, es sang eine Freundin von Frau Schwarzenbach, die vom Wagnerfestival in Paris kam, sie wurde auf dem Cembalo begleitet. Dann ein Quartett mit der *Unvollendeten* und schließlich ein paar weniger gute Sachen von Dvořák.
>
> Danach wurde an kleinen Tischen gegessen, die im Park verstreut standen, man bediente sich selbst an dem riesigen Buffet, das aus dem Hotel Baur am See stammte. Dann tanzte man zum Klang eines Modellorchesters, in dem drei ehrenwerte Zürcher Größen, Bankiers oder Industrielle, sechshändig Klavier spielten, zwei Violinspieler vom Nachmittag kratzten im Takt auf ihren Geigen, die Cellospielerin schlug die große Pauke auf dem Cellokoffer, und die Sängerin schüttelte frenetisch einen Zigarrenkasten und lachte die ganze Zeit ohne Grund. Annemarie Schwarzenbachs Bruder spielte dazu Saxophon, und alle Leute schienen sich bestens zu amüsieren.

Aber es ist die junge Tochter des Hauses, die Claude Bourdet vor allem auffällt. In dem Brief an seine Mutter bezeichnet er sie als »sehr hübsch, groß und sympathisch«. Sehr viel später schreibt er in einem kurzen Text, in dem er seine Erinnerungen an sie festhält[19]:

Sie war ein großes junges Mädchen, zart und athletisch zugleich, ein bißchen unbeholfen im Auftreten und männlich; ihre Stimme war tief und weich, ein wenig brüchig, auch ihr blauer Blick unendlich sanft, gleichfalls wie zerbrochen oder *widerstrebend*. [...] Dominique hatte mir gesagt, daß sie mir gefallen würde – ich war vom ersten Tag an betört, elendig getroffen wie jemand, der sich ganz und gar unfähig fühlt, das zu erreichen, was er am stärksten ersehnt. Ihre Familie [...], ihr herrschaftlicher Wohnsitz, [...] ihr in der Schweiz berühmter Reichtum und vor allem ihre Schönheit, ihre Kultur, ihre Redegewandtheit machten einen Halbwüchsigen wie mich sprachlos.

Ende Juli wird Annemarie im Rot-Kreuz-Krankenhaus am Blinddarm operiert. Claude Bourdet berichtet von dem Besuch, den er ihr mit der gemeinsamen Freundin Valérie Kollbrunner, einer Medizinstudentin, abstattet :

Ich habe mit Valérie K. Annemarie Schwarzenbach besucht, die ganz rosig war, rosarot in einem großen weißen Bett; ich habe ihr einen großen Strauß Gladiolen mitgebracht, auch rosa. Symphonie in Rosa, für blonde Kinder. Sie las *Défense de l'Occident* von dem hervorragenden Massis. [...] Die kleine Schwarzenbach futterte zwei Tage nach ihrer Operation Brathähnchen, Kekse usw. Valérie K. war entsetzt. In Zürich schlägt man alle Rekorde: nach einer Operation innerhalb einer Woche wieder auf den Beinen.[20]

Claude Bourdet hat die etwa fünfzig Briefe von Annemarie sorgfältig in ihren Briefumschlägen aufbewahrt. Der Text, den er ihr zum Gedächtnis geschrieben hat, endet mit den Worten: »Die Erinnerung an sie, die Farbe ihrer Handschrift lassen mich beben, als wenn es gestern gewesen wäre.«

Drittes Kapitel

Die Enfants terribles

(1930)

Am Lido von Venedig mit Herbert Franz und Klaus und Erika Mann
(Mai 1932)

> Wenn wir die Distanz messen könnten, die uns von denen trennt, denen wir uns am nächsten gauben, hätten wir Angst.
>
> Jean Cocteau, *Opium*

Ein entscheidender Wendepunkt in Annemarie Schwarzenbachs Leben ereignet sich im letzten Vierteljahr 1930: der Beginn einer prägenden, vielschichtigen und bewegten Freundschaft mit Klaus und Erika Mann.

Seit einiger Zeit sind die beiden ältesten Kinder des Schriftstellers Thomas Mann Gegenstand des gesellschaftlichen Tagesgesprächs. Schon als Jugendliche haben sie gemeinsam mit einer Bande von Freunden, zu denen auch die beiden Töchter des Dirigenten Bruno Walter gehörten, allerlei Unsinn getrieben und in dem vornehmen Münchner Viertel, in dem ihre Eltern wohnten, einigen Schrecken verbreitet. Sie wurden daraufhin in Internate geschickt, in denen die pädagogischen Methoden für die damalige Zeit erstaunlich liberal und fortschrittlich waren. Klaus fand es im Gegensatz zu seiner Schwester – aber vielleicht angeregt vom Beispiel seines Vaters! – nicht der Mühe wert, das Abitur zu machen, und im Jahr 1924 landeten beide in Berlin: er als Theaterkritiker, sie als Schülerin des Regisseurs Max Reinhardt. Im Jahr darauf veröffentlichte Klaus nicht nur seinen ersten Band mit Erzählungen und seinen ersten Roman, sondern er betrat die Theaterbühne. Gemeinsam mit seiner Schwester und Pamela Wedekind spielte er in Hamburg

in einer Inszenierung von Gustaf Gründgens, dem aufsteigenden Stern am Theaterhimmel und späteren *Mephisto,* eins seiner eigenen Stücke: *Anja und Esther.* Der aufsehenerregende Skandalerfolg amüsierte die vier Freunde sehr. Aber als sie achtzehn Monate später mit einem anderen Stück von Klaus, *Revue zu Vieren,* auf Tournee gehen wollten, gaben sich die beiden Paare (Klaus hatte sich mit Pamela verlobt, Erika hatte Gründgens geheiratet) angesichts der zweifelhaften Qualität des Textes und der allgemeinen Empörung geschlagen. Entnervt von den sehr schlechten Kritiken in der Presse, beschlossen die Geschwister Mann, eine Weltreise zu machen, um sich auf andere Gedanken zu bringen. Gleich bei ihrer Rückkehr im Juli 1928 veröffentlichten sie ihren Reisebericht, und der Nobelpreis für Literatur, der ihrem berühmten Vater 1929 verliehen wurde, kam gerade rechtzeitig, so daß sie die Schulden abbezahlen konnten, die sich während ihrer Rundreise angesammelt hatten. Erika fand neue Engagements im Theater sowie als Presse- und Radiojournalistin, und Klaus machte sich daran, einen zweiten Band Erzählungen, einen zweiten Roman und eine Komödie, die völlig erfolglos blieb, zu schreiben.

So also ist die Situation der »enfants terribles« von Thomas und Katia Mann, als Annemarie Schwarzenbach zum ersten Mal ihren Weg kreuzt. Bei einem Essen in München im September 1930 lernt sie zunächst Erika kennen. Es ist Liebe auf den ersten Blick. Diese schöne junge Frau von fünfundzwanzig Jahren, so dynamisch und lustig, unglaublich stark und selbstsicher, ist die Verführung in Person. Annemarie liebt sie sofort – und im selben Moment ist sie schon unglücklich, denn diese Liebe ist hoffnungslos. Erika ist für ihren Charme und ihre Intelligenz sicherlich nicht unempfänglich. Dennoch kommt es für sie nicht in Frage, über eine zwar starke, aber einfache Freundschaft hinauszugehen. Im übrigen hat sie bereits eine Beziehung mit der Schauspielerin Therese Giehse, und beide sind überaus beansprucht durch die Proben für *Geschwister,* das Stück, das

Klaus in Anlehnung an Jean Cocteaus *Les Enfants terribles* geschrieben hat.

Nach ihrer ersten Begegnung schreiben Erika und Annemarie einander regelmäßig, und ihr Briefwechsel, der in den ersten drei Jahren besonders intensiv ist, wird sich bis zum Tod der Schweizerin fortsetzen. Von dieser Korrespondenz existieren heute nur noch achtundachtzig Briefe von Annemarie und ein einziger – der letzte – von Erika aus dem Jahr 1942.

Für Annemarie Schwarzenbach ist es wie ein Geschenk der Vorsehung, daß die Tochter des »Zauberers«, wie die Geschwister Mann ihren Vater nennen, in ihr Leben tritt. Sie bewundert Erikas natürlichen Charme, der ihr von vielen Zeitzeugen attestiert wird, ihre außerordentliche Sicherheit, ihre Drolligkeit, ihre Schlagfertigkeit, ihre Streitlust – sämtlich Eigenschaften, die Annemarie schmerzlich fehlen. Außerdem fühlt sie eine tiefe Verwandtschaft mit der Abenteurerin und Rebellin, mit der modernen und furchtlosen Frau, die am Steuer ihres Ford umherrast. Und obwohl Erika nur zweieinhalb Jahre älter ist als sie, begibt Annemarie sich auf Anhieb unter ihre Führung. Die Tochter Thomas Manns ist von nun an ihre Wegweiserin, ihr Halt, ihre Ratgeberin. Dies sind übrigens Rollen, die Erika vollkommen entsprechen und die sie gern gegenüber all jenen übernimmt, die wie ihr Bruder Klaus und ihr Jugendfreund Ricki Hallgarten weniger gut für die Wechselfälle des Lebens gewappnet sind. In ihren Briefen nennt Annemarie sie ihren »älteren Bruder«[1] und unterschreibt meistens mit »Dein Kind«; sie wiederholt damit – vermutlich unbewußt – ein sehr vertrautes Muster, in dem sie diejenige ist, die es zu unterstützen und zu schützen gilt. Erika wird neben der Mutter zum zweiten Pol in Annemaries Leben, und sie steht mehrfach im Zentrum schwerwiegender Entscheidungen, zu denen die Jüngere genötigt ist. »Du weißt«, offenbart Annemarie am 19. Mai 1935 Klaus Mann, »mich kann nichts freuen, nichts stärken, nichts sicher machen, wenn es nicht E.s Zustimmung hat.« Wenig spä-

ter erklärt sie, daß diese »liebende Abhängigkeit« so prägend wie eine Erziehung bei den Jesuiten oder der Besuch einer Militärschule war ...

Was genau schreiben die beiden Frauen einander während der ersten Monate ihrer Korrespondenz? Annemarie empfindet wegen der Trennung von Erika einen reißenden Schmerz, und in ihrem ersten Brief sagt sie, daß sie einzig und allein wegen ihrer guten Erziehung der Welt ihre Verzweiflung nicht ins Gesicht schreit. Brief für Brief wiederholt sie ihren Wunsch, in Erikas Nähe zu leben. Erika ihrerseits bemüht sich offensichtlich, das Feuer der Freundin zu dämpfen und sie auf Distanz zu halten. Sie überhört Annemaries Mutmaßung, ein Foto könne ihr helfen, so gut es eben gehe, die Trennung zu ertragen, und es dauert trotz vielfach wiederholter Bitten ein Jahr, bis sie den Wunsch erfüllt. Es ist außerdem viel die Rede vom Schreiben und von Annemaries Zweifeln an ihrem schriftstellerischen Talent. Die Freundin wird ihre Vertraute und zudem die Frau, mit der sie ihre Leidenschaft für Autos teilen kann: Sie erkundigt sich häufig nach dem Zustand von Erikas Ford, berichtet ihr von den kleinen Scherereien, die ihr Victory macht, und vergleicht die Leistungen der beiden Fahrzeuge, als ob es sich dabei um liebe Wesen handelte.

Ein anderes immer wieder auftauchendes Thema in Annemaries Briefen sind die Konflikte mit ihren Eltern wegen ihres sogenannten »schlechten« Umgangs. Dieses Mal handelt es sich um zwei Repräsentanten der zeitgenössischen literarischen und künstlerischen Welt, die sie vor kurzem kennengelernt hat: Ruth Landshoff-Yorck und deren Freund Karl Vollmoeller. Letzterer ist nicht nur der Autor des Drehbuchs zu Sternbergs *Der blaue Engel,* sondern auch glücklicher Besitzer des berühmten venezianischen Palazzo Vendramin, in dem Wagner starb. Ruth ist eine Nichte des berühmten Verlegers Samuel Fischer und eine Cousine Fritz Landshoffs, des späteren Exil-Verlegers. F. W. Murnau entdeckte sie sehr früh und gab ihr

eine kleine Rolle in seinem Film *Nosferatu, eine Symphonie des Grauens.* Annemarie hat ihren Eltern zwar berichtet, daß sie im September für einige Tage nach Venedig eingeladen war, aber sie hat ihnen verschwiegen, daß sie länger dort geblieben ist. Als sie später einmal zu Hause von dieser Eskapade erzählt, bekommt ihre Mutter einen Wutausbruch. Renée Schwarzenbach betrachtet diesen Besuch als Verrat, und sie geht so weit, ihrer Tochter zu sagen, daß sie ihr Verhalten erniedrigend findet. Aber damit nicht genug, berichtet Annemarie: »Verstehst Du, sie sind einfach überzeugt, daß bei mir etwas ›nicht stimmt‹, daß ich irgendwo nicht normal, nicht zurechnungsfähig und zu allem noch hervorragend herzlos sei.« Ohne Zweifel versteht Erika die Aufregung ihrer Freundin angesichts solcher Anklagen. Aber man stelle sich ihr Erstaunen vor, als sie einige Zeilen weiter liest: »Seltsam ist ja, daß ich mich meinen Eltern gerade jetzt ganz selten stark verbunden fühle, [...] sie sind ja auch beide ganz wunderbar. Du mußt sie unbedingt kennenlernen!«[2] Sie ermißt bald den Zwiespalt, der ihre Freundin zerreißt.

Für Annemarie hat der Vorfall schwerwiegende Konsequenzen. Ihre Eltern untersagen ihr formell, die Schweiz zu verlassen, und als sie einige Wochen später den Wunsch äußert, im November 1930 in München bei der Premiere von *Geschwister* dabeizusein, verlangt ihr Vater kategorisch: Entweder begleitet sie ihn nach Amerika, oder sie bleibt in Zürich! Noch akzeptiert sie wohl oder übel die Rolle der »gefangenen Prinzessin«. Um ihr aus dem Machteinfluß der Eltern herauszuhelfen, schlägt Erika ihr vor, das Studium in einer anderen Universitätsstadt fortzusetzen. Annemarie entgegnet ihr, das komme nicht in Frage, und wie um sich selbst zu überzeugen, fügt sie hinzu, daß sie dort, wo sie ist, alles in allem sehr gut aufgehoben sei und daß sie sich nur »Mühe geben«[3] müsse, damit alles wieder in Ordnung komme.

Und tatsächlich gibt sie sich extrem viel Mühe: Innerhalb von

sechs Monaten schreibt sie ihre Doktorarbeit in Geschichte, verfaßt ihren ersten Roman und einige Erzählungen, organisiert eine öffentliche Lesung ihrer eigenen literarischen Werke und einen Vortragsabend für die Manns. Daß sie durchhält, ist zweifellos der Aussicht auf dieses letzte Ereignis zu verdanken und wie immer ihrem Durst nach Erkenntnis und ihrem unbändigen Bedürfnis zu schreiben.

Gleich bei ihrer Rückkehr aus Paris im Sommer 1929 hat sie beschlossen, ihr Geschichtsstudium mit dem Titel »Dr. phil.« abzuschließen. Als Gegenstand ihrer Dissertation hat sie die Geschichte des Oberengadin im Mittelalter und am Beginn der Neuzeit gewählt. Sie liebt die Region Engadin ganz besonders, da sie als Kind oft hier gewesen ist. Bis zu ihrem Tod bevorzugt sie diese Gegend, von der sie einmal sagt, daß sie sich hier »leichter als sonst wo«[4] fühle. Aber die Arbeitsaufgabe ist schwierig. Die Vorlesungen beginnen schon um acht Uhr morgens und dauern an einigen Tagen bis neunzehn Uhr. Außerdem muß sie Referate zu Themen wie »Das Heroïsche bei Nietzsche, Spitteler und George« oder über den Dichter Georg Trakl vorbereiten. Ihr Professor, der die Qualität ihrer Arbeit durchaus erkennt, gibt ihr zu bedenken, daß sie noch sehr jung ist. Was er nicht weiß, ist, daß diese Dissertation für Annemarie eine Bürde ist, von der sie sich möglichst schnell befreien möchte, damit sie endlich ihren Traum verwirklichen kann: sich ganz dem Schreiben zu widmen. Allein diese Hoffnung flößt ihr die nötige Entschlossenheit ein, um die enorme Aufgabe zu bewältigen, die sie sich gestellt hat: »Wie hübsch, sich das ›Nachher‹ als das ersehnte Zeitalter, das restlos befreite, aller Stundenpläne beraubte, aller Möglichkeiten volle auszudenken!«[5]

Dennoch übersteigt es ihre Kraft, der Versuchung zu schreiben zu widerstehen. Sie schreibt *Ruth,* eine Erzählung von vier Seiten, die zwei Jahre später im *Amalthea Almanach* erscheint. Seit Dezember 1930 arbeitet sie an ihrem ersten Roman,

Freunde um Bernhard[6], den sie für Erika schreibt, wie sie ihr einige Zeit später gesteht. Dieses Projekt liegt ihr so sehr am Herzen, daß sie nachts davon träumt. Manchmal geht sie so weit, gewappnet »mit dem Mut der Verzweiflung« die Vorlesungen am frühen Vormittag zu schwänzen, um sich fünf oder sechs Stunden hintereinander ins Arbeitszimmer ihres Vaters zurückzuziehen. Abends strengt sie sich an, das Nötigste für die Universität nachzuholen. Zwei Monate später ist ihr Roman so gut wie fertig. Am 27. Dezember schreibt sie die dreißigseitige Erzählung *Yelinda,* und später erzählt sie Erika: »Eigentlich wollte ich lernen u. keine Zeile schreiben, aber mir kamen die Sätze schon klingend u. fertig u. bewegten mich sehr, da ließ ich denn die Repetitorien ein wenig auf der Seite u. schrieb mit Eifer, bis es fertig war.« Wenn man die wenigen Streichungen im Manuskript sieht, erkennt man, mit welcher erstaunlichen Leichtigkeit sie geschrieben hat. Sie jedoch zweifelt ständig an ihren Fähigkeiten und durchlebt Momente der Depression, in denen sie fragt: »Was tut man, wenn jede Begabung versagt? Auf was hin lebt man denn...« Aber sowie ihr Federhalter erneut ungehindert über das Papier gleitet, fühlt sie ein Glück ohnegleichen und sieht in diesem »Wunder« eine »Bestätigung des Lebens. Eine ganz irrationale Bestätigung.«[7]

Am 31. Oktober 1930 hat sie Gelegenheit, sich als Schriftstellerin vorzustellen, denn sie ist von einem Frauenclub zu einer öffentlichen Lesung eingeladen. Sie hat *Erik,* Auszüge aus *Freunde um Bernhard* und *Ruth* für die Präsentation ausgewählt: »Und dann gab es Beifall, Blumen, Thee, Kuchen«, schreibt sie am selben Abend vor dem Schlafengehen an Erika, glücklich über den Erfolg. Sie erklärt, sie habe den Rat der Freundin, die sie auch »die Schauspielerin« nennt, befolgt und langsam gelesen.

Zu dieser Zeit ist jene Schauspielerin in München stark mit den Proben zu *Geschwister* beschäftigt. Aber schon bei der Premiere am 12. November wird das Stück ausgepfiffen. Die Vor-

stellungen müssen sofort eingestellt werden. Annemarie ist empört und versucht, ihre Beziehungen spielen zu lassen, damit die kleine Truppe im Theater Zürich auftreten kann. Vergeblich. Glücklicherweise hat sie mehr Erfolg mit ihrer Idee, einen Vortragsabend für Klaus und Erika Mann zu organisieren. Gegenstand soll die zeitgenössische deutsche Literatur sein. Nach einem Monat geheimer Verhandlungen mit dem Studentenkomitee einigen beide Seiten sich auf das Datum des 16. Dezember. Annemarie erwartet diesen Tag voller Ungeduld, denn sie weiß, daß sie endlich jenen Mann kennenlernen wird, den ein Zeitzeuge so beschrieben hat: »Er war das vollendete Bild eines ›jungen, gebildeten Mannes von Welt‹: Sauber wie aus dem Ei gepellt, lässig, elegant gekleidet, schlank und rank sozusagen, mit einem gescheiten, rassigen Gesicht, mit nervösen Bewegungen und einer auffallend schnellen Aussprache.«[8] Dieser Mann ist Erikas Bruder. Aber Annemarie weiß noch nicht, wie einschneidend die Begegnung sein wird. Mit Klaus Mann kommt auch die Politik in ihr Leben.

Drei Monate vorher – genau am 14. September 1930 – ist die NSDAP, die Nationalsozialistische Deutsche Arbeiterpartei, mit mehr als sechs Millionen Wählerstimmen im Reichstag die zweitstärkste Partei nach den Sozialisten geworden. Von einem Tag zum anderen ist ihr ein enormer Sprung von zwölf auf 107 Sitze gelungen. Angesichts dieses Sieges einer unverhohlen antidemokratischen Bewegung wird Klaus Mann klar, daß eine Diktatur droht. Er macht sich Vorwürfe, sich bisher zu wenig um Politik gekümmert zu haben. Zwar hat er schon 1927 in seinem Essay *Heute und morgen* von der »sozialen Verpflichtung«[9] des Intellektuellen gesprochen, aber diese Formulierung ist eher theoretisch geblieben. Am Tag nach dem Schock der Reichstagswahl wird er zum ernsthaft engagierten Schriftsteller. Bald hat er Gelegenheit, dies zu beweisen, als nämlich Stefan Zweig den Sieg der Nazis als »im Innersten natürliche und

durchaus zu bejahende Revolte der Jugend gegen die Langsamkeit und Unentschlossenheit der ›hohen Politik‹« deutet. Klaus Mann antwortet ihm umgehend in einem offenen Brief mit dem Titel »Jugend und Radikalismus«:

> Es gibt auch ein Alles-verstehen-Können, eine Bereitwilligkeit der Jugend gegenüber, die zu weit geht. [...] Ein großer Teil meiner Altersgenossen [...] hat sich mit all dem Elan, der dem »Vorwärts!« vorbehalten sein müßte, für das »Rückwärts!« entschieden. Das dürfen wir unter keinen Umständen gutheißen. Unter gar keinen Umständen. [...] Es ist also so, Stefan Zweig, daß ich meine eigene Generation vor Ihnen preisgebe oder wenigstens den Teil der Generation, den Sie gerade entschuldigen. Zwischen uns und denen ist keine Verbindung möglich.[10]

Der Kampf gegen Hitler hat von jetzt an absolute Priorität für Klaus – mehr noch: Er wird zu seinem Lebensinhalt. Zwei Monate später ergreift er anläßlich des Vortragsabends im Polytechnikum von Zürich das Wort, um ebendiese »reaktionären Ausschreitungen« einer Jugend zu geißeln, von der er sich vollständig distanziert. Danach spricht er von der anderen Jugend, die ihren Weg sucht und kreativ ist. Von den jungen Autoren, die an jenem Tag geehrt werden, ist heute nur noch Joseph Roth außerhalb Deutschlands bekannt. Klaus Mann gibt anschließend das Wort an Erika weiter, die die Ausführungen ihres Bruders mit einer Lesung von Gedichten und Prosatexten illustriert. Drei Tage später erscheint in der *Neuen Zürcher Zeitung* ein Artikel von Annemarie über jenen Abend. Sie lobt die warme und anrührende Stimme ihrer Freundin und berichtet abschließend über das Interesse und den sehr stürmischen Beifall des Publikums, das gewöhnlich äußerst reserviert ist. Eine Woche später berichtet sie Erika, daß sie Briefe von begeisterten Zuhörern erhält, und sie fügt hinzu: »Euer Erfolg war

unbestritten, niemand würde pfeifen, führtest Du hier die ›Geschwister‹ auf.«[11]

Die Geschwister Klaus und Erika sind einander so nah, daß sie über zwanzig Jahre lang als Zwillinge auftreten! Klaus ist genau ein Jahr nach Erika geboren, am 18. November 1906. Beide verbindet seit ihrer frühesten Kindheit eine fast symbiotische Beziehung, aber man kann sich kaum gegensätzlichere Temperamente vorstellen. Erika ist extrovertiert und von einer unerschütterlichen Sicherheit, während Klaus schon als Kind verschlossen, hypersensibel und psychisch fragil war. In diesem »Paar« ist Erika seit eh und je das dominierende Element, und sie übernimmt gegenüber ihren kleinen Brüdern sogar die Rolle der Ersatzmutter, als Katia Mann wegen einer ersten Tuberkuloseerkrankung mehrere Monate in einem Sanatorium verbringen muß. Klaus erfindet sich seine eigene Welt, erzählt seinem zwei Jahre jüngeren Bruder Golo phantastische und manchmal unheimliche Geschichten, und sobald er schreiben kann, füllt er ganze Schulhefte mit schwarzer Tinte. Aus seinen Tagebüchern geht hervor, daß nur der Gedanke an seine Schwester (und an seine Mutter) diesen depressiven und selbstmordgefährdeten jungen Mann ans Leben band.

Als Annemarie ihm im Dezember 1930 in Zürich begegnet, ist er nicht wirklich ein Unbekannter für sie. Ein Jahr zuvor hat sie für die *Neue Zürcher Zeitung* einen kurzen Artikel verfaßt, der sich mit seinem zweiten Band *Erzählungen* beschäftigte. Sie hat darin die »Schwermut des Unabwendbaren« hervorgehoben, die über diesen Texten liege, und mit den Worten geschlossen: »Man kann dieses Buch lieben oder es ablehnen, aber unleugbar trägt es das Zeichen des Talents.«[12]

Zwischen Annemarie und Klaus Mann bestehen mehrere auffallende Parallelen. Alle beide sind »auf dieser Erde nicht heimisch«, um Worte aufzugreifen, die Jean Cocteau auf Klaus gemünzt hat. Genau wie sie ist er wund vor Andersartigkeit und Einsamkeit. Wie sie ist er von Erika emotional abhängig.

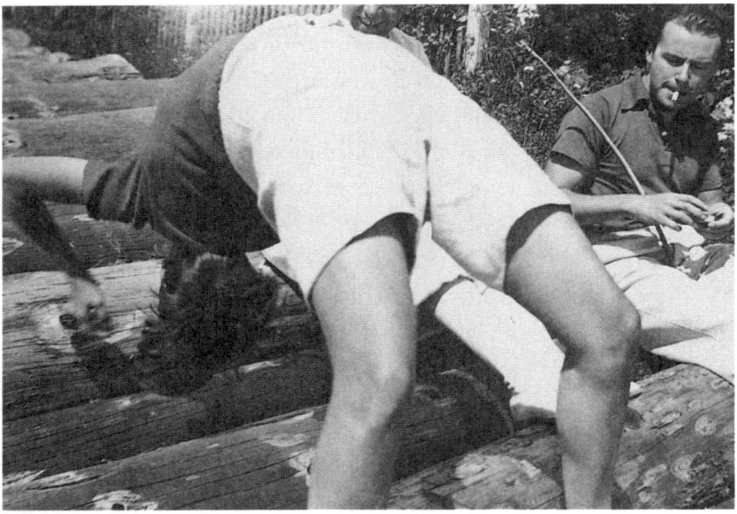

Mit Klaus Mann (etwa 1932)

Und so wie Annemarie der Allmacht ihrer Mutter entkommen möchte, so versucht Klaus verzweifelt, sich aus dem Schatten seines Vaters zu lösen. Um ihr Elend zu lindern, haben beide schon in jungen Jahren Zuflucht im Schreiben gesucht, und es besteht kein Zweifel, daß auch Klaus Mann diesen Satz von Annemarie hätte sagen können: »Wirklich, ich lebe nur, wenn ich schreibe.«[13] Und schließlich schreiben beide nur autobiographisch, denn sie werden, wie sie übereinstimmend sagen, durch das, was ihnen »auf den Nägeln brennt«[14], zum Schreiben gedrängt.

Einig sind sie auch in der Analyse der Situation ihrer Generation, dieser *lost generation* – ein Ausdruck von Gertrude Stein –, deren einziges gemeinsames Programm inmitten der Ruinen traditioneller Werte die Suche nach einem Ziel ist. Hat Annemarie Texte von Klaus über dieses Thema gelesen, bevor sie ihren Artikel *Stellung der Jugend* geschrieben hat? Die Gedankengänge und manchmal auch die Formulierungen ähneln sich so, daß man das glauben könnte. In Klaus Manns Essay *Heute und morgen* von 1927 stand der Satz: »Das höchste Gut ist Bewegung.« Drei Jahre später antwortet Annemarie wie ein Echo: »Uns muß das Leben Bewegung sein.« Es ist ihr gemeinsames Credo, daß man gegenüber »allen Möglichkeiten offen« sein muß und daß es nichts Schlimmeres als Unbeweglichkeit gibt. Auf der Suche nach einer neuen Transzendenz glauben sie in der Schönheit einer Landschaft oder eines Körpers, in der Harmonie von Klängen oder Farben eine Offenbarung der »Vollkommenheit Gottes« zu entdecken. Außerdem sind sie in ihrer Haltung gegenüber ihren Eltern auf derselben Wellenlänge: Es kommt nicht in Frage, gegen sie zu revoltieren, sie anzuklagen oder zu hassen. So wie Klaus Mann die Auffassung vertritt, es sei »abgeschmackt«, gegen die ältere Generation »bis ins Endlose zu polemisieren«, schreibt Annemarie in *Paris III:* »Haben wir denn noch nicht genug mit unseren Vätern gestritten. [...] Wir gehen dem Leben entgegen. Die Andern

dem Tod. Sollten wir, die Glücklicheren, nicht loyaler sein?« Jenseits vom Mitgefühl haben sie für diese Position einen gewichtigen Grund: Der Bruch verläuft nicht so sehr zwischen den Generationen, sondern vielmehr zwischen den Weltanschauungen und zwischen absolut unvereinbaren Zielsetzungen. Klaus Manns offener Brief an Stefan Zweig hat deutlich gezeigt: Innerhalb einer Generation kann der Kampf zum Bruderzwist werden.

Annemarie und Klaus erleben die spezifische Ratlosigkeit und Beunruhigung ihrer Generation als ihre ganz persönliche »difficulté d'être«[15], die sie daran hindert, längere Zeit an einem Ort zu bleiben. Sie sind Getriebene in einer fortwährenden Flucht nach vorn. Dieser innere Zwang bestimmt ihre Lebensweise, aus der Ruhe per definitionem ausgeschlossen ist, und verdammt sie dazu umherzuirren. Ende 1930 ist Klaus Mann bereits an Hotelzimmer gewöhnt. Einige Monate später wird er sein Gedicht *Gruß an das zwölfhundertste Hotelzimmer* schreiben. Er wird niemals ein festes Zuhause haben. Und für Annemarie ist der »Aufbruch« nur noch eine Frage von Monaten.

Die Sinnsuche der Generation, die Anfang des 20. Jahrhunderts geboren wurde, steht im Mittelpunkt des ersten Romans, den Annemarie unmittelbar nach ihrem Zusammentreffen mit Erika Mann zu schreiben beginnt: *Freunde um Bernhard*. Einige dieser Freunde haben viele Gemeinsamkeiten mit der Autorin, allen voran Bernhard. Dieser junge Mann aus »guter Familie« möchte Pianist werden und gerät in Konflikt mit seinen Eltern, weil er darauf besteht, sich sein Umfeld in einem abweichenden Milieu zu suchen und ein »liederliches« Leben zu führen. Seine Mutter fühlt sich hintergangen, weil er »durch irgendwelche nicht sichtbaren Fäden mit anderen Welten zusammenhing«, und sein Vater verbietet ihm, diesen Weg fortzusetzen. Aber infolge unerwarteter finanzieller Probleme verschlägt es Bernhard im Alter von siebzehn Jahren allein nach Paris, wo

er seinen Lebensunterhalt verdienen muß und seine Klavierausbildung fortsetzt. Da er schön und anziehend ist, gewinnt er schnell zahlreiche Freunde unter den Jugendlichen, die zu ihrer Orientierung nichts als das Chaos ihrer Gefühle haben. Dies drückt Gert, ein weiteres Alter ego von Annemarie, mit den Worten aus: »Wir Jungen sind ja viel verletzlicher, weil wir geöffneter sind, unser Leben ist eine einzige Frage, und wir leben nur von den Erregungen unserer Seele.« Darauf erwidert der Ältere, Gerald:

> Es ist gut, ihr sollt nur durch Frage und Unruhe leben; [...] Ich möchte, daß ihr immer bereit seid aufzubrechen; ihr dürft euch nicht zu leicht einem Gesetz unterwerfen, ihr dürft nicht zu rasch seßhaft werden. [...] (Aber) ihr sollt euch die Freiheit bewahren, ich meine die freie Entscheidung der Seele, und ihr sollt euch vor eurer Beunruhigung nicht fürchten: Das Leben ist vielfältig und beunruhigend, und daher kommt seine Schönheit und seine Fruchtbarkeit.[16]

Zwischen den Zeilen scheint schon das Thema der Reise auf, als Symbol der Freiheit, von der Gerald spricht, und über die er am Ende des Buches zu Bernhard sagt: »Wir werden bald verreisen [...], wir werden auf den großen Straßen fahren bis dahin, wo die Ferne zu Ende ist, und dann hinein in eine neue, noch unerreichbarere.«

Außer ihren Zweifeln, ihren Hoffnungen, ihrer Verzweiflung und vor allem ihrer Einsamkeit verbindet eine gewisse sexuelle Unbestimmtheit alle diese jungen Menschen gleichsam in einer melancholischen Liebesrunde, in der die Partner austauschbar scheinen und alle Kombinationen als möglich. Als die Presse die »Perversität« der Beziehungen brandmarkt, die Klaus Mann in *Geschwister* beschrieben hat, ahnt Annemarie Schwarzenbach für ihren Roman ein ähnliches Schicksal voraus. Aber als das Buch im Juni 1931 erscheint, fällt die Kritik überwiegend wohl-

wollend aus. Eduard Korrodi, der mächtige Chefredakteur des Literaturressorts der *Neuen Zürcher Zeitung,* lobt, die Form sei »von sehr viel Takt und Grazie«. Er beklagt allerdings zugleich den Mangel an »Gehalt« und geht vermutlich davon aus, daß nichts Großes folgen wird. In Wahrheit aber führt Annemarie hier eine Form der Literatur ein, die sie bis zum Schluß weiterentwickeln und verfeinern wird: Charakteristisch ist, daß sie darin nicht allein Ereignisse, sondern Atmosphären und innere Landschaften darstellt, und die Subtilität, mit der Annemarie Gefühle und Seelenzustände nachzeichnet, entgeht einem aufmerksamen Leser nicht.

Auf dem Buchdeckel bildet die Edition Almathea in einem ovalen Medaillon ein Foto der Autorin ab. Die Aufnahme ist aus einem originellen Blickwinkel heraus gemacht, halb von hinten, halb im Profil. Die Anziehungskraft des Bildes ist so unwiderstehlich, heißt es, daß eines Tages jemand die Vitrine einer Buchhandlung aufbricht, um ein Exemplar zu stehlen.

Am 16. Dezember 1930, am Tag der Vortragsveranstaltung der Geschwister Mann, ist Erika nach Bocken eingeladen. Sie verbringt hier zwei Nächte. Renée und Emmy sind sehr von der Tochter des Zauberers eingenommen, und das ist gut für Annemarie. Es ist anzunehmen, daß die Freundschaft der beiden Frauen den Schwarzenbachs zunächst geschmeichelt hat, denn Erikas Eltern sind offensichtlich nicht irgendwer. Außerdem bewegt man sich ein wenig in derselben Welt: Intellektuelle und Künstler wie Gerhart Hauptmann, Bruno Walter und Wilhelm Furtwängler sind die bevorzugten Gäste beider Familien.

Den Briefen von Ende Dezember ist zu entnehmen, daß die Begegnung in Zürich die beiden Frauen offenbar fester miteinander verbunden hat. Annemarie spricht Erika mit einem erfundenen Ausdruck an: »Liebes Kinderhäutchen«[17], und sie beschwört die Gespräche, die sich bis ein Uhr nachts hingezogen haben. Als nach der Vortragsveranstaltung bei der Zahlung des

vereinbarten Honorars in Höhe von 500 Schweizer Franken an die Manns Probleme auftauchen, beeilt Annemarie sich, ihnen den Betrag vorzustrecken. Es ist nicht bekannt, ob sie ihr das Geld jemals zurückerstattet haben, aber man darf es bezweifeln. Die »enfants terribles« haben tatsächlich eine eigenartige Tendenz, andere als ihre Schuldner zu betrachten, und die Zukunft wird zeigen, daß sie wenig Skrupel haben, von Annemaries Großzügigkeit zu profitieren. Sie nennen sie »Miro-Prinzeß«, »Prinzeßchen« oder ganz einfach »Miro«. Dieser letzte Spitzname ist übrigens die Unterschrift, die regelmäßig unter Annemaries Briefen an Klaus Mann auftaucht, abgesehen von sehr seltenen Ausnahmen. Aus dieser Korrespondenz wurden ungefähr fünfzig Briefe gefunden, die häufig viel länger und inhaltlich dichter sind als die an Erika. Sie enthalten unter anderem tiefgründige Debatten über das Engagement des Intellektuellen für die Probleme seiner Zeit, detaillierte Reisebeschreibungen, psychologische Analysen insbesondere in bezug auf die Drogensucht, und sie sind eine reiche Informationsquelle zum Werdegang ihrer Verfasserin.

Einige Wochen nach Erikas Besuch in Bocken ist Annemarie zum Essen in das große Haus der Manns in der Poschingerstraße in München eingeladen, und bei dieser Gelegenheit lernt sie den Zauberer kennen. In *Der Wendepunkt* erinnert Klaus sich an die Reaktion seines Vaters, als er Annemarie zum ersten Mal begegnete: »... der Zauberer (sah) sie mit einer Mischung aus Besorgnis und Wohlgefallen von der Seite an, um schließlich festzustellen: ›Merkwürdig, wenn Sie ein Junge wären, dann müßten Sie doch als ungewöhnlich hübsch gelten.‹«[18] Welch eigentümliche Erklärung... Wie dem auch sei, die Tagebücher Thomas Manns, in denen Annemaries Name häufig vorkommt, lassen ein gewisses Interesse an der schönen Schweizerin und später sogar an ihrem literarischen und journalistischen Werk erkennen.

Annemarie wird sehr rasch ein häufiger Gast am Tisch der

Manns. Daß sie Zugang zu dieser Familie findet, ist wie die Entdeckung eines neuen Kontinentes der Antipoden ihrer Herkunft. Sie ist offensichtlich von der Person Thomas Mann und von allen seinen Kindern fasziniert, die die hochwertigste Literatur mit der Muttermilch eingesogen haben. Vor allem aber entdeckt sie ein liberales und tolerantes Milieu, in dem die Beziehungen zwischen Eltern und Kindern unendlich viel offener als bei ihr zu Hause sind und in dem vollkommen gegenteilige politische Auffassungen vertreten werden: Während man in Zürich auf einen Sieg der Nazis hofft, fürchtet man dies in München wie die Pest. Und da Annemarie sich nie im geringsten zu den Prinzipien der Militärherrschaft hingezogen gefühlt hat, die von den Willes und den Schwarzenbachs lauthals gepredigt werden, hört sie aufmerksam den manchmal hitzigen Debatten zu, deren Zeugin sie wird.

In der Familie Mann herrscht nicht wirklich Einstimmigkeit. Zwar ist Hitler der gemeinsame Gegner, aber jeder drückt auf eigene Weise seine Opposition gegenüber dem sich ausbreitenden Nationalsozialismus aus, und die Unterschiede in der Analyse der politischen Ereignisse und in den Schlußfolgerungen sind unübersehbar. Nachdem Thomas Mann seine konservativen und nationalistischen Positionen aufgegeben hat, die er während des Ersten Weltkrieges in seinen *Betrachtungen eines Unpolitischen* vertrat, nähert er sich nun denen seines Bruders Heinrich an. Dieser ist mit einer seltenen Hellsicht ausgestattet und in Deutschland einer der engagiertesten Vertreter einer humanistischen und pazifistischen Strömung, die in Frankreich von Romain Rolland verkörpert wird. Heinrich Mann ist Republikaner der ersten Stunde, er wiederholt seine Appelle, die gefährdete Demokratie zu schützen, und fordert alle nichtfaschistischen Parteien auf, ihre Streitereien zu vergessen und gemeinsam Front gegen die Nazis zu machen. Klarer kann keine Sprache sein.

Für die Äußerungen seines Bruders Thomas gilt das viel we-

niger. Einen Monat nach den katastrophalen Reichstagswahlen im September 1930 hält sich der Literaturnobelpreisträger in Berlin auf, um seine *Deutsche Ansprache* zu halten. Darin warnt er die Deutschen vor dem Heranbranden der schrecklichsten Barbarei und bittet sie, die Werte der Republik zu verteidigen. Aber auf die Frage, wohin der Nationalsozialismus Deutschland führen kann, gibt er diese Antwort: »Das wissen wir aus dem einfachen Grunde nicht, weil er es selbst nicht weiß.« Ganz anders sein ältester Sohn: Der ist von einem derartig eklatanten Mangel an Urteilskraft weit entfernt. Bereits zu diesem Zeitpunkt ist Klaus Mann zutiefst davon überzeugt, daß die Machenschaften der Nazis »nur zu einem Ziele führen können: zu einem neuen Kriege und zum Untergang der europäischen Zivilisation«[19].

Annemarie sieht fast von Tag zu Tag, wie die politischen Ereignisse sich auf die Familie Mann auswirken. Sie weiß, daß Thomas Manns berühmte *Deutsche Ansprache* unter den Pfiffen von etwa zwanzig SA-Männern zu Ende ging. Ist sie dabei, als der Zauberer berichtet, daß er Hals über Kopf den Saal verlassen mußte und nur dank der Geistesgegenwart Bruno Walters durch eine Geheimtür entkommen konnte? Am Tisch der Manns zieht Klaus gemeinsam mit seiner Mutter die Möglichkeit in Betracht, Deutschland verlassen zu müssen, und dies ist der Augenblick, in dem das schreckliche Wort ausgesprochen wird: »Exil.« Annemarie ermißt voll und ganz die Gefahr, in der ihre Freunde sich befinden, und sie leidet darunter, deren Schicksal nicht zu teilen. Je mehr sich der Schraubstock um die anderen zuzieht, desto stärker ist Annemarie sich der Distanz bewußt, die sie von ihnen trennt, denn ihre Lage als Schweizerin ist sehr viel komfortabler. Aber der Kampf der Freunde ist auch der ihre. Und schon grübelt sie, wie sie ihnen helfen und beweisen kann, daß auch sie fähig ist, an ihrer einmal getroffenen Wahl konsequent festzuhalten. In ihren Augen ist dies eine Verpflichtung aus Solidarität und Loyalität.

Viertes Kapitel

Berlin
(1931–1932)

Im Engadin mit dem Hund Dokterli
(Sommer 1934)

Wir werden auf den großen Straßen fahren, bis dahin, wo die Ferne zu Ende ist.

Annemarie Schwarzenbach, *Freunde um Bernhard*

Nach dem Vortragsabend von Klaus und Erika Mann in Zürich wachsen Annemarie Flügel. Da sie ihre Freunde möglichst bald wiedertreffen möchte, geht sie mit doppeltem Arbeitseifer daran, ihre Prüfungen vorzubereiten und ihre Doktorarbeit zu korrigieren. Es macht sie froh zu sehen, wie ihr Tintenfaß sich leert und der Stapel der Seiten, die noch durchzusehen sind, zusammenschmilzt. Aber diese verstärkte Aktivität hindert sie nicht daran, sich mit mindestens ebensoviel Energie ihrer schriftstellerischen Arbeit zu widmen. Außerdem verbringt sie Stunden am Klavier und übt gemeinsam mit einem ihrer Cousins für ein kleines Weihnachtskonzert, das im Kreis der Familie stattfinden soll. Gleich nach Silvester entschließt sie sich, für zwei Tage nach Lenzerheide im Kanton Graubünden zu fahren, zu ihrer Freundin Hanna Kiel, Kunsthistorikerin und Besitzerin des Landhauses Canols.

Als sie nach Zürich zurückkehrt, fühlt sie sich kaum erholt und macht sich Sorgen um ihren Zustand: Ihre Erinnerungslücken sind so schwerwiegend, daß sie sich wundert, überhaupt noch ihren Namen zu kennen. Ihr Arzt rät ihr, mindestens acht Tage lang in den Bergen auszuspannen. Was könnte heilsamer und belebender sein als die Sonne im Engadin? Also bricht sie drei Wochen später nach Sankt Moritz auf, wo ihre Ferien im

Hotel Suvretta House allerdings eher mondäne Züge annehmen. Da es um Annemaries Gesundheit geht, wendet ihre Familie nichts gegen diesen Urlaub ein. Aber als Erika Mann sie Ende Januar einlädt, nach München zu kommen und den Karneval mitzufeiern, antwortet Annemarie, daß sie in ihren »Entschließungen noch nicht ganz frei« sei und daß sie vor allem keine Lust habe, ihre Eltern zu verärgern. Außerdem ist sie wegen der bevorstehenden Prüfungen zu nervös, um sich wirklich amüsieren zu können. Den März verbringt sie mit der Durchsicht ihrer Dissertation – eine wahre »Folter«, so daß sie abends kein Wort mehr begreift. In solchen Augenblicken findet sie heilsame Zuflucht in der Musik. Ein zusätzlicher Trost ist die Vorstellung von der riesigen Freiheit, die sie gewinnen wird, wenn sie erst einmal ihren Titel in der Tasche hat.

Während der drei Prüfungswochen muß sie sich über ihre Müdigkeit, ihre Kopfschmerzen und ihre wachsende Einsamkeit hinwegsetzen. Schließlich werden ihre Mühen mit dem Titel »Dr. phil.« belohnt. Er steht von nun an in ihrem Briefkopf. Von Ende April 1931 an sind »alle Wege offen«, und Annemarie ist fest entschlossen, sie zu entdecken.

Zunächst will sie vor allem die wohlverdienten Ferien machen. Mit dem prachtvollen grünen Victory, den ihre Eltern ihr ein Jahr zuvor geschenkt haben, kann sie ihren Wunsch nach Ausbruch verwirklichen. Das Auto erleichtert es ihr außerdem, in Gesellschaft zu reisen. Anfang Mai macht Annemarie sich mit ihrer Freundin Valérie Kollbrunner auf den Weg nach München, anschließend fahren Hanna Kiel und sie gemeinsam nach Paris, wo sie im Hotel Matignon wohnen. Annemaries drittes Ziel ist Bandol an der Côte d'Azur, denn dort hält Klaus Mann sich gerade auf. Schnell zeigt sich aber, daß dieser neue Lebensstil ihr weder körperlich noch psychisch gut bekommt. Handelt es sich um Nachwirkungen der intensiven Anstrengungen der letzten Monate? Jedenfalls schreibt sie Erika aus Paris, daß sie krank geworden sei, »mit Fieber und Nichtsprechenkönnen«.

Außerdem ist sie deprimiert: »Ich lerne nämlich jeden Tag, daß ich verwöhnt bin (!) u. daß das Leben ganz anders aussieht.«[1] Einen Monat später, zurück in Bocken, leidet sie unter Schwindel und unerträglichen Kopfschmerzen.

Als sie sich wieder erholt hat, bricht sie in Richtung Österreich auf, um in der Nähe von Salzburg Erika in der Sommerfrische zu treffen. Hier begegnet sie zum ersten Mal der Frau, mit der ihre Freundin zusammenlebt: der Schauspielerin Therese Giehse. Im August verbringt sie einige Zeit mit Ricki Hallgarten und seiner Freundin Eva Hermann am Ammersee. So vergeht der Sommer mit Vergnügungsreisen und Besuchen bei Freunden. Annemarie ist unruhig – aber das hat auch berufliche Gründe. Der Piper Verlag hat sie gebeten, an der Reiseführerreihe mit dem Titel *Was nicht im Baedeker steht* mitzuarbeiten.[2] Im Gegensatz zu traditionellen Reiseführern, die in unpersönlicher Weise Sehenswürdigkeiten auflisten und beschreiben, sollen diese Bücher den Leser inspirieren, ungewöhnlichere Entdeckungen zu machen. Der Leiter dieser Reihe ist Eduard Korrodi, der, wie wir gesehen haben, auch der Chefredakteur der Literaturbeilage der *NZZ* ist. Neben Annemarie hat er für die beiden Bände über die Schweiz auch Hans Rudolf Schmid und Manuel Gasser verpflichtet. Für den ersten Band, der den Osten und den Süden behandelt, soll Annemarie unter anderem Beiträge über den Tessin und über Graubünden schreiben. Zu diesem Zweck fährt sie Anfang September 1931 nach Ascona und Lugano, und sie genießt es, daß die Tessiner Sonne ihr die Schreibarbeit versüßt. Aber besonders beflügelt fühlt sie sich, weil sie mit ihrem zweiten Roman, *Aufbruch im Herbst,* vorankommt.

Über dieses Buch ist nicht viel bekannt, denn es wurde niemals veröffentlicht und gilt heute als verschollen. Annemarie liest am 4. Januar 1932 in Sankt Gallen Auszüge daraus. Der Artikel, der drei Tage später im *St. Galler Tagblatt* erscheint, hebt den Mut der Autorin hervor, »die den Garten der Aristo-

kratie (verläßt) und versucht, den Geist der Vorstädte zu erfassen«; alle Figuren, »innerlich Einsame«, drängten danach, ihre Fesseln zu zerreißen; schutzlos einer tiefen seelischen Not ausgeliefert, fragten sie sich voller Angst, wohin ihr Weg sie führe. Der Artikel schließt damit, daß die »vorbildliche« Qualität der Sprache, die Einfachheit und Klarheit des Ausdrucks und die Kunst des Dialogs die rigorose Disziplin verrieten, der die Autorin sich unterworfen habe.

An diesem Roman überrascht ein weiteres Mal die sehr enge Verknüpfung zwischen Fiktion und Annemaries eigenem Leben. Genau wie in *Freunde um Bernhard* werden die Ereignisse ihres Lebens und ihr »Weltgefühl« unmittelbar und spontan zum literarischen Sujet. Dies ist eine weitere Besonderheit, die sie in die Nähe Klaus Manns rückt. Ihm werfen einige Kritiker vor, seine Erlebnisse auszuplündern, bevor sie überhaupt eingetreten sind. Aber für Annemarie nimmt die Welt erst im Schreiben die Dimension der Wirklichkeit an, so daß sie hierbei versuchen kann, sie sich anzueignen. Mit anderen Worten: Die Welt – die äußere *und* die innere – existiert real erst von dem Augenblick an, da sie in Worte übersetzt werden kann.

Annemarie hat beschlossen, aus Zürich fortzugehen. Aber wohin zieht es sie? Nachdem sie anfangs zwischen Paris und Berlin schwankt, entscheidet sie sich sehr schnell für die deutsche Hauptstadt, und diese Wahl ist leicht nachvollziehbar. Anfang der dreißiger Jahre ist Berlin nicht nur die künstlerische Hauptstadt ganz Europas, sondern auch die kulturelle Hauptstadt der deutschsprachigen Länder, und so kommt es, daß die Stadt eine unbedingt notwendige Station für jeden ist, der eine künstlerische oder literarische Laufbahn einschlagen möchte. Die Metropole ist wie in einem Zustand ständiger Erregung und zieht enorm viele begabte Schriftsteller, Maler, Theater- und Filmschauspieler, Regisseure und Musiker an. Unter ihnen sind große Namen: Fritz Lang, Bertolt Brecht, Marlene Dietrich, Pe-

ter Lorre, Kurt Weill, Wilhelm Furtwängler, Max Beckmann... Annemarie ist überzeugt, daß sie in Berlin die besten Kontakte zu Verlagen, Literaturagenten und Zeitungen knüpfen kann. Außerdem fühlt sie sich der deutschen Jugend näher als den strengen und rigiden Schweizern: Hoffnungsträger sind in ihren Augen die jungen Deutschen gerade wegen ihrer Zweifel und Unsicherheiten. Und schließlich wird sie in Berlin regelmäßig Klaus und Erika treffen können. So geht sie also nach Berlin.

In Bocken brechen infolgedessen im Sommer 1931 erneut heftigste Konflikte auf, und die Atmosphäre wird geradezu unerträglich. Es ist die »Hölle«, schreibt Annemarie an Erika. Einige Tage lang weigern sich Renée und Alfred Schwarzenbach, mit ihrer Tochter zu sprechen, und zwingen sie, schriftlich mit ihnen zu kommunizieren.[3] Der Zankapfel ist immer derselbe: Man verlangt nicht mehr und nicht weniger, als daß sie sich von ihrem »Umgang« lossagen soll. Aber Annemarie gibt nicht einen Fingerbreit nach, und erst die direkte Einmischung von seiten Hanna Kiels Anfang September scheint die Gemüter zu besänftigen. Dennoch hat Annemarie ein schlechtes Gewissen, ihre Mutter zu »verlassen«, indem sie nach Berlin geht, und sie braucht einen triftigen Grund. Glücklicherweise macht ihr einer ihrer Universitätsprofessoren, Carl J. Burckhardt, den Vorschlag, zur Vorbereitung eines biographischen Werkes eine Recherchearbeit zu übernehmen. Angesichts dieses glänzenden Alibis stellt sich ihrer Abreise nichts mehr in den Weg. Am 19. September setzt sie sich ans Steuer ihres frischlackierten Victory und nimmt Kurs auf die deutsche Metropole – glücklich, »die hemmungsreiche, in Wohlleben und Nichtigkeit verkommene Stadt Zürich«[4] zu verlassen.

Dennoch ist es nicht einfach, der mütterlichen Herrschaft zu entkommen. Eigentlich wollte Annemarie über München fahren, um Erika zu besuchen, aber sie sieht sich genötigt, einen Umweg über das Elsaß zu machen, wo Freunde ihrer Familie

ein Schloß besitzen. Sie überwindet ihre Enttäuschung, und ihre schlechte Laune verfliegt, als sie ein Wochenende lang die Behaglichkeit eines Kaminfeuers und den spektakulären Anblick der herbstlich gefärbten Bäume genießt. Als sie endlich über Freiburg im Breisgau und Fulda ihr Ziel erreicht, wird sie ein weiteres Mal von ihrer Familie eingeholt: Ihre Cousine Elisabeth Albers-Schönberg, Ehefrau eines deutschen Adligen, ist beauftragt, die Neuberlinerin in ihrer Wohnung im Villenviertel Frohnau am nordwestlichen Rand Berlins aufzunehmen. Annemarie bleibt hier keinen vollen Monat. Sie möchte näher am Zentrum wohnen und findet zunächst eine Unterkunft in der Hohenzollernstraße und sechs Monate später in der Königin-Elisabeth-Straße, wenige Schritte von ihrer Freundin Maria Daelen entfernt, die sie vor drei Jahren in Paris im Internationalen Studentenwohnheim kennengelernt hat. Von nun an werden die von der Familie angeordneten Besuche selten.

Annemarie Schwarzenbach ist sehr beschäftigt. Gleich zu Beginn ihres Aufenthaltes in Berlin nimmt sie gewissenhaft die wissenschaftliche Arbeit in Angriff, mit der sie betraut ist, aber dann wird sie sehr schnell vom Hauch der Freiheit erfaßt, der durch die Hauptstadt weht. Der Kontrast zu der bedrückenden und eisigen Atmosphäre in Zürich ist eklatant. Zwar verschärft sich zum Zeitpunkt ihrer Ankunft in Berlin die Wirtschaftskrise von Tag zu Tag und treibt eine wachsende Zahl an Arbeitslosen auf die Straße – inzwischen sind es fast fünf Millionen. Aber Annemarie gehört nicht zu den Mittellosen, sondern für sie ist Berlin die Stadt der unbegrenzten Möglichkeiten. Ob sie, bevor sie hierherkam, wußte, daß Berlin seit den zwanziger Jahren auch eine Hochburg der homosexuellen »Befreiung« ist? Jedenfalls entdeckt sie bald einige Lesbierinnen-Bars, von denen es in den westlichen Vierteln, insbesondere um den Nollendorfplatz herum, nur so wimmelt. Sie besucht Transvestitenclubs, obwohl diese großen »Nachtvögel«, wie sie sie nennt, ihr starke Angst einflößen[5]. Im Laufe einiger Wochen wird sie Stammgast

im geschlossenen Club *Maly und Igel* und bei *Ariane,* einer neuen Bar für Lesbierinnen. Ihre androgyne Erscheinung, ihr Bubikopf und ihre Männerhemden entsprechen perfekt dem weiblichen Schönheitsideal der dreißiger Jahre und verschaffen ihr einen Erfolg, der ihrem »übernatürlichen« Charme entspricht.

Aus Briefen, die sie an Erika geschickt hat, geht jedoch hervor, daß sich nach der anfänglichen Euphorie Zweifel einstellen: Wohin wird diese plötzliche Freiheit führen, nach der sie doch so sehnsüchtig gelechzt hat? Ist dies eine Lebensweise, die zu ihr paßt? Kaum zwei Wochen nach ihrer Ankunft in Berlin schreibt sie an Erika, daß sie »zum ersten Mal in ihrem ereigniskurzen Leben einen ›Nervenzusammenbruch‹«[6] hatte und sich eines Nachts zwischen vier und sieben Uhr mit ihrem Wagen fast zu Tode gefahren hätte. Was geht in ihr vor? Ihre Freundin Ruth Landshoff-Yorck erklärt:

> Zum ersten Male in ihrem jungen Leben war sie ganz ohne Schutz, das heißt, niemand verbot ihr etwas, und niemand befahl. [...] Sie lebte gefährlich. Sie trank zuviel. Sie ging nie vor Sonnenaufgang schlafen. Sie war sehr zugetan einem kühl zynischen Mädchen, das in einer Bar Getränke servierte und [...] rücksichtslos gegen Nebenmenschen war.[7]

Tatsächlich fühlt Annemarie sich nun, da sie dem universitären und vor allem dem familiären Korsett entkommen ist, vollkommen verloren. Mit Erikas Hilfe, die einen kurzen Abstecher in die deutsche Hauptstadt unternimmt, beginnt sie zu begreifen, daß »das Dasein in Berlin nur möglich ist, wenn man sich sehr streng beschränkt, was Zeit, Menschen und Reden anbetrifft«[8]. Aber die darauffolgenden Briefe verraten ihre Unfähigkeit, die Verwicklungen ihrer »Herzenszustände« zu entwirren. Sie gibt zu, sich dafür zu schämen, daß sie mit vierundzwanzig Jahren noch die »Probleme der 18jährigen« hat, und mit bestürzender

Klarheit stellt sie Erika die drängende Frage: »Ob es mir wohl endlich gelingen wird, erwachsen zu werden?«[9] Auch wenn sie daran zu zweifeln scheint, bemüht sie sich, möglichst gut die Rolle eines, wie sie sagt, »Lehrling des Lebens«[10] zu spielen. Die in Berlin vorherrschende Atmosphäre der sozialen und politischen Krise ist nicht geeignet, ihr bei dieser Aufgabe zu helfen. Und so ist sie zwischen »großer Gleichgültigkeit« gegenüber ihrer Umgebung und der Sehnsucht, ihr »Leben einzusetzen«, hin und her gerissen[11].

In Berlin ist Annemarie Schwarzenbach von unzähligen Freundinnen umgeben, von denen viele aus demselben Milieu stammen wie sie selbst. Neben Hanna Kiel und Ruth Landshoff-Yorck gehören dazu unter anderem die Journalistin Ursula von Hohenlohe, die Ärztin Maria Daelen, Lisa von Cramm, Ehefrau des Tennischampions Gottfried von Cramm, und die Fotografin Marianne Breslauer. Letztere, eine ehemalige Schülerin Man Rays, beginnt zu jener Zeit mit einer Porträtserie von Frauen, die sie alle fünf bis zehn Jahre wiederaufnehmen möchte, um eine Chronik ihrer Entwicklung zu erstellen. Aber dieses Vorhaben wird mit Hitlers Machtantritt restlos im Keim erstickt. Übrig geblieben ist lediglich ein Porträt von Annemarie, das 1932 im Ullstein-Studio aufgenommen wurde und noch heute eine seltene Faszination ausstrahlt. Mehr als ein halbes Jahrhundert später schildert die Fotografin ihre erste Begegnung mit Annemarie: »[Sie] hatte auf mich dieselbe Wirkung wie auf alle anderen: diese merkwürdige Mischung aus einem Mann und einer Frau. [...] Für mich sah sie so aus, wie ich mir den Engel Gabriel im Paradies vorstelle. [...] Überhaupt nicht wie ein lebendes Wesen, sondern wie ein Kunstwerk.«[12]

Verzaubert von ihrer engelsgleichen und melancholischen Schönheit, sind Annemaries Freundinnen bereit, sie zu bemuttern und die Rolle der Trösterin zu übernehmen, die sie immerzu herausfordert. Aber früher oder später geben es alle wieder auf, nämlich wenn sie bemerken, daß nichts die junge

Schweizerin wirklich trösten oder ihrem Weltschmerz entreißen kann.

Wie gewohnt geht Annemarie daran, ihre Traurigkeit fruchtbar zu machen, indem sie ihre Berliner Krisen literarisch verarbeitet. Noch während sie in den beiden letzten Monaten des Jahres 1931 *Aufbruch im Herbst* abschließt, beginnt sie, die *Lyrische Novelle*[13] zu schreiben. Darin schildert sie einen jungen Mann von zwanzig Jahren, der unglücklich in eine Kabarettsängerin verliebt ist. Am Ende des Buches ist der Held anscheinend so weit gereift, daß er sich diese Worte erlauben kann: »Ich weiß jetzt, wie das Leben ist und daß man nichts erhält, ohne auf etwas zu verzichten.«

Der Rowohlt Verlag kann dieses Buch erst im April 1933 veröffentlichen, zu einer Zeit also, die aus politischen Gründen wenig geeignet ist, der Öffentlichkeit eine so persönlich geprägte Erzählung nahezubringen. Die Kritik ist geteilt. Eduard Korrodi urteilt sehr hart, ebenso Charly Clerc, ein Professor für Literatur, der im allgemeinen nachsichtiger ist. Die Strenge seiner Rezension erschüttert Annemarie, und in einem Brief an ihn gibt sie unumwunden zu, der Stoff sei angesichts der Schwere der europäischen Krise »leichtfertig«. Sie beteuert, daß sie in Zukunft unpersönlicher schreiben wolle, und fügt hinzu, der Hauptfehler dieses Buches bestehe darin, daß die Hauptperson in Wirklichkeit ... eine junge Frau sei.[14]

In einer Besprechung, die am 14. Mai 1933 in der Baseler *National-Zeitung* erscheint, argumentiert Klaus Mann nuancierter als seine Kollegen: Er beklagt »die fast penetrante Atmosphäre von sozialer Sorglosigkeit«, aber er preist die Schönheit des Stils und bescheinigt ihm »Leichtigkeit, Duft und Rhythmus«.[15] Die Nüchternheit der Sprache erinnert ihn an Hemingway, und er findet, daß die literarische Begabung seiner Freundin besonders in den wunderbaren Beschreibungen der Natur sichtbar wird, mit denen der Text ausgeschmückt ist. Der Kritiker Carl Seelig, der mit vielen Schriftstellern befreun-

det ist, stellt die »Musikalität des Stils« heraus und fühlt sich durch Annemaries Schreibweise an bestimmte Texte von Knut Hamsun erinnert. In der Tat machen die Durchsichtigkeit und die Genauigkeit der Sprache diesen Text zu einem originalen und modernen Werk. Quer durch die Erzählung, die von Melancholie und Unwirklichkeit durchdrungen ist, wechselt sich ein geschärftes Bewußtsein von der Welt mit einem Gefühl des Fremdseins ab.

Warum hat Annemarie Schwarzenbach ihre eigenen Gefühle auf einen Mann übertragen? Warum hat sie nicht die Geschichte einer Liebe zwischen zwei Frauen erzählt? Es ist sehr wahrscheinlich, daß sie ihre Familie schonen und außerdem sicherstellen wollte, ihr Buch in einem angesehenen Verlag veröffentlichen zu können. Dabei kommt der gleitende Übergang vom Femininen zum Maskulinen in ihrer Korrespondenz häufig vor, wenn es um sie selbst oder um Freundinnen geht. Zum Beispiel schreibt sie an Erika Mann, daß sie »ein freier Mann« sei. Und wenn sie für einen Mann gehalten wird, nimmt sie daran keineswegs Anstoß, sondern zeigt im Gegenteil lebhaftes Vergnügen. Wahrscheinlich kultiviert sie mehr oder weniger bewußt diese Zweideutigkeit, die in jener Zeit in der Luft liegt und ihr die Gunst sowohl von Frauen als auch von Männern einträgt.

Denn in Berlin sind in Annemaries Nähe auch Männer sehr präsent, insbesondere Schriftsteller, darunter Wilhelm Speyer, Bruno Frank, Erich Maria Remarque, Roger Martin du Gard und – natürlich – Klaus Mann. Übrigens setzen sie ihr in ihren Werken manches Denkmal. Wilhelm Speyer, der sich in die schöne junge Schweizerin verliebt hat, nimmt sie in seinen beiden Romanen *Die goldene Horde* und *Sommer in Italien. Eine Liebesgeschichte* zum Vorbild von Frauengestalten. Roger Martin du Gard, mit dem sie sich, wie sie sagt, besonders gut versteht, widmet ihr ein Exemplar seines Buches *Confidence africaine* mit den unvergeßlichen Worten: »Für Annemarie Schwarzenbach als Dank, daß sie auf dieser Welt ihr schönes

Antlitz eines untröstlichen Engels trägt.« Klaus Mann läßt sich von der androgynen Schönheit des »Schweizerkinds« mehrfach zu Romanfiguren inspirieren, zum Beispiel zur Johanna in *Flucht in den Norden* oder zur Doris in seiner Erzählung *Afrikanische Romanze.*

Da Annemarie jetzt in einer der europäischen Hauptstädte der Filmindustrie lebt, besucht sie häufig die Lichtspielhäuser. Gerade zum Zeitpunkt ihrer Ankunft in Berlin ist ein Film in die Kinos gekommen, der in die Filmgeschichte eingehen wird: *M – Eine Stadt sucht einen Mörder,* der erste Film, mit dem Fritz Lang von sich reden machte. Ob sie ihn gesehen hat? Eins ist sicher: Am 27. November 1927 besucht sie die Premiere des Films *Mädchen in Uniform* von Leontine Sagan, in dem Erika Mann eine kleine Rolle spielt[16]. Dieser Film erzählt in Anlehnung an ein Erfolgsstück von Christa Winsloe von einer Internatsschülerin, die sich in eine ihrer Lehrerinnen verliebt, und Annemarie fühlt sich hier ganz sicher an die Atmosphäre des Instituts Fetan erinnert.

Einige Monate später bietet sich ihr die Möglichkeit, journalistisch zu arbeiten: Die *NZZ* öffnet ihr von Zeit zu Zeit die Spalten der Rubrik Film. Sie verfaßt nun ausführliche, sehr gut durchdachte Artikel. So behandelt sie zum Beispiel Cocteaus Film *Das Blut eines Dichters,* und einen anderen Aufsatz widmet sie dem Genie Sternbergs. Ihn bewundert sie, weil es ihm gelungen ist, Marlene Dietrich in *Blonde Venus* mit den vielen Facetten ihres Talents zu zeigen, nachdem er sie ein Jahr zuvor entdeckt und in *Der blaue Engel* zum ersten Mal vorgestellt hat. In einem dritten Artikel analysiert sie den spezifischen Charakter des Films als Kunstwerk und befaßt sich mit der engen Zusammenarbeit, die zwischen Drehbuchautor und Regisseur stattfinden muß, damit ein hochwertiger Film entstehen kann. Außerdem entdeckt sie den sowjetischen Film, unter anderem Eisensteins *Panzerkreuzer Potemkin,* und sie besucht die UFA-Studios, jenes Unternehmen für Filmproduktion und -ver-

leih, das Fritz Lang 1927 mit den kostspieligen Dreharbeiten für *Metropolis* beinahe ruiniert hätte.

Was aber weiß man in Bocken von Annemaries Lebensweise? Wahrscheinlich viel mehr, als ihr lieb ist, denn die Schwarzenbachs haben zahlreiche Angehörige und Bekannte in der deutschen Hauptstadt – und die Nachrichten sind beunruhigend. Glücklicherweise rückt Weihnachten näher. Aus Annemaries Briefen an Erika vom Dezember 1931 geht hervor, daß ihre Bilanz dieses ersten Berlin-Aufenthaltes von zweieinhalb Monaten gemischt ausfällt: Sie weiß, daß sie in ihren Gefühlsbindungen gegenüber anderen Menschen zurückhaltender sein müßte; sie stellt fest, daß sie besser schreiben kann, wenn sie dabei Platten auf ihrem Grammophon hört und »auf den nüchternen Magen« Alkohol trinkt – ein Umstand, der ihre Freundin Ruth Landshoff-York schwer schockiert. Annemarie trifft die bittere Feststellung: »Ich glaube überhaupt nicht mehr, [...] daß es so etwas wie eine glückliche Liebe gibt, es ist immer scheußlich, ernüchternd u. grenzenlos vereinsamend.«[17] Als sie nach einer Stippvisite bei den Manns in München in die Schweiz zurückkehrt, glaubt sie, ein wenig über »das harte Metier des Lebens« gelernt zu haben.

In Bocken sind die Festlichkeiten zum Jahresausklang »königlich«: Einem Empfang beim Infanten von Spanien folgt ein Ball, dann ein Essen mit den beiden Töchtern des Königs von Spanien ... Diese gesellschaftlichen Verpflichtungen verderben Annemarie die Laune, zumal sie ihretwegen München – und damit Erika – früher als vorgesehen verlassen mußte. Sie schmollt und zieht sich in ihre Lektüre zurück, reitet dann aber doch gemeinsam mit ihrer Mutter und ihrem Bruder Hasi aus und stellt voller Verwunderung fest, daß Renée ihr keinerlei Vorwürfe macht. Schließlich bricht sie wie immer zum Skifahren nach Graubünden auf: zuerst nach Arosa, wo sie Ursula von Hohenlohe wiedertrifft, und nach einem Abstecher nach Sankt Moritz geht es weiter nach Lenzerheide zu Hanna Kiel.

An diesem Jahresanfang 1932 hat Annemarie die ersten Anwandlungen jenes Gefühls, das man mit den Worten Catherine Pozzis das »Leiden an Europa« nennen könnte. Am 3. Januar schreibt sie an Erika: »Ich finde, daß man Europa u. die alten Wege für ein Weilchen verlassen sollte, hier verlangt man zu wenig Mut u. zu viel Geduld von uns.« In diesem Satz kommt vor allem das dringende Bedürfnis zum Ausdruck, Abstand zu den politischen Ereignissen zu gewinnen, die mehr und mehr die Atmosphäre vergiften, und für die Geschwister Mann kommt dieser Vorschlag gerade zur rechten Zeit.

Zehn Tage später nimmt Erika in München auf Einladung der Internationalen Frauenliga an einer Versammlung für Frieden und Freiheit teil. Sie soll nach einer kurzen Ansprache der französischen Pazifistin Marcelle Capy einige Texte aus der deutschen Zeitschrift *Die Zukunft* vortragen. Aber ihre Lesung wird von SA-Angehörigen in Zivil gestört, so daß die Polizei eingreifen muß. Schon in den folgenden Tagen verbreitet die Nazi-Presse unverhohlene Drohungen gegen die Familie Mann. Die Frauen der Liga werden als »pazifistische Megärenversammlung« und als »Zuhälterinnen der jüdischen Sklavenhalter« beschimpft, und Erika ist die Zielscheibe übler Verleumdungen. Klaus antwortet öffentlich auf die gegen seine Schwester gerichteten »Gemeinheiten«[18]. Angestachelt von der Heftigkeit der Angriffe, strengt Erika umgehend Verleumdungsklagen gegen zwei Tageszeitungen an. Sie erhält zwar eine Entschädigung, aber diese Intrige läutet dennoch das Ende ihrer Karriere als Schauspielerin ein. Von nun an bekommt sie an keinem Theater mehr ein Engagement.

Die Geschwister Mann reagieren auf Annemaries Reiseprojekt unter anderem so sehr interessiert, weil sie darin die Chance sehen, Ricki Hallgarten, ihren Freund aus Kindertagen, von seinen schwermütigen Gedanken abzubringen. Er ist von Beruf Zeichner und Illustrator, und er leidet wiederholt unter Depressionen, die sich wegen seiner Vorahnung einer ungeheu-

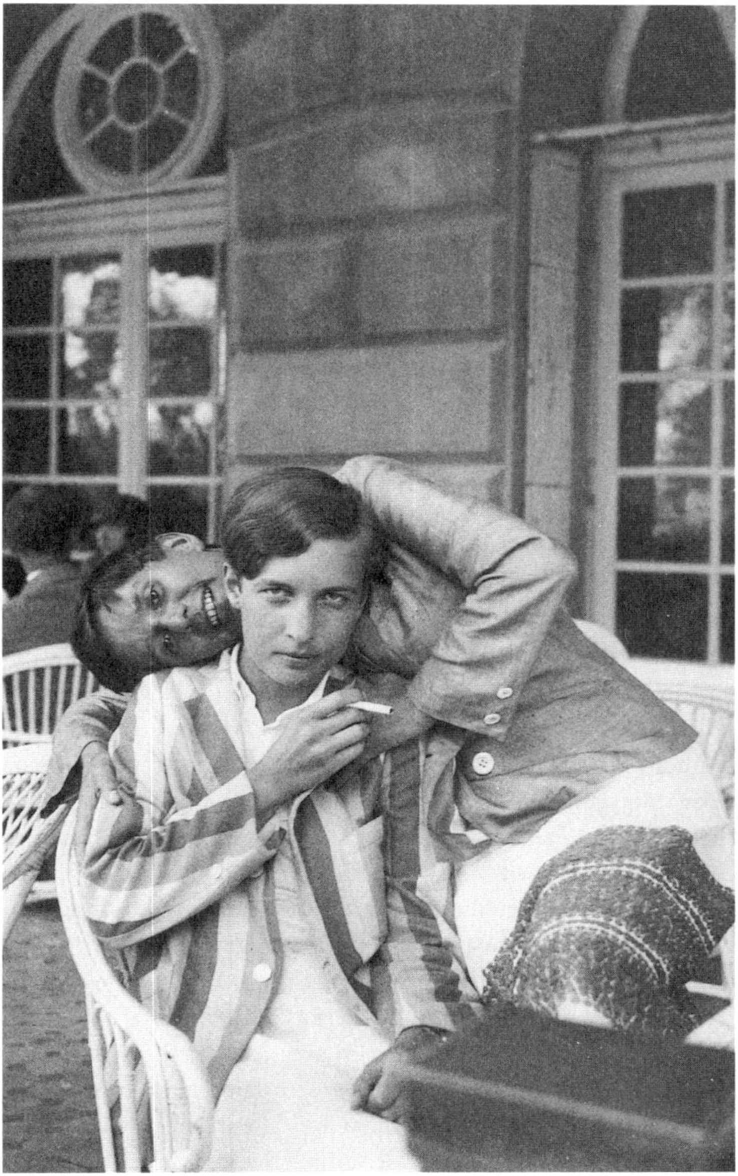

Mit Erika Mann im Hotel des Bains am Lido (Mai 1932)

ren politischen Katastrophe mehr und mehr verschlimmern. 1930 hat Erika mit ihm zusammen ein Stück für Kinder geschrieben, *Jans Wunderhündchen,* dann, im Juni 1931, hat sie ihn auf eine 10 000 Kilometer lange Autorallye quer durch Europa mitgenommen, die von der Firma Ford organisiert wurde – und sie gingen als Sieger daraus hervor. Im Frühjahr 1932 illustriert Ricki *Stoffel fliegt übers Meer,* Erika Manns erstes Kinderbuch, und als sie ihm vorschlägt, mit ihr, Klaus und Annemarie eine große Reise zu unternehmen, sagt er begeistert zu. Die vier Freunde beschließen, mit zwei Autos den Balkan und Kleinasien bis nach Persien zu durchqueren.

Wie kommen sie gerade auf Persien? Wahrscheinlich hat Klaus Mann große Lust, auf den Spuren von Alexander dem Großen zu reisen, den er 1929 zur Hauptfigur eines Romans gemacht hat. Möglich ist auch, daß die Idee von Annemarie kam, denn die Historikerin in ihr fühlt sich von dieser Wiege der Zivilisation stark angezogen. In den folgenden Monaten übernimmt sie es, Reiseführer und Straßenkarten zu studieren und Kontakte zu Verlegern und Zeitungen zu knüpfen, die an Artikeln und Reiseberichten interessiert sein könnten. Sie regelt darüber hinaus die Finanzierungsprobleme, während Ricki sich um alle Einzelheiten der Ausrüstung kümmert. Die Abreise ist auf den 6. Mai 1932 festgelegt. Zwei Tage vorher gelingt es Erika und Klaus, einen Termin im Studio der Filmgesellschaft Emelka zu bekommen. Das Quartett wird für die Tagesnachrichten gefilmt.

Aber dann schlägt einige Stunden später wie eine Bombe die Nachricht ein, daß Ricki sich eine Kugel mitten ins Herz geschossen hat. In seiner Autobiographie berichtet Klaus: »Alptraumhafte Szene! [...] Annemaries Gesicht – ›son beau visage d'ange inconsolable‹[19] – wurde weiß wie die Wand [...], und Erika, ach, mit welch herzzerbrechender Vehemenz die Tränen aus ihr brachen!«[20] Es ist ein schrecklicher Schock, vor allem für die Manns, die alle ihre Bemühungen zunichte gemacht se-

hen und ihren besten Freund verlieren. Wie Ricki ist auch Klaus vom Selbstmord fasziniert. Noch vor wenigen Monaten hat er den vielen Freunden, die sich bereits das Leben genommen haben, einen Artikel gewidmet und geschrieben, dies sei die nobelste aller Gesten. Er erklärt nun: »Es waren wohl zwei verschiedene Fahrten, die ihn gleichzeitig lockten und für die er sich gleichzeitig in Bereitschaft hielt. Die eine, die nach Teheran gehen sollte, hätte er mit uns, uns zuliebe, aus Liebe zu uns gemacht; auf die andere aber begibt man sich allein, in einem Panzer von Einsamkeit, den keine Liebe mehr durchdringen kann.«[21]

Nach der Beerdigung ist keine Rede mehr von der Reise nach Persien. Klaus, Erika und Annemarie beschließen gemeinsam mit Herbert Franz (Babs), sich in Venedig von ihrer Erschütterung zu erholen. Sie logieren am Strand des Lido im Hôtel des Bains, das zu dieser Zeit fast leer ist. Zwanzig Jahre später wird Thomas Mann hier seine Erzählung *Tod in Venedig* in Szene setzen. Obwohl das Meer kalt ist, baden sie, sie fahren in Gondeln spazieren, schlendern durch die zahllosen Gassen, bekommen viele Regengüssen ab, sehen sich im Dogenpalast die Bilder von Tintoretto und Veronese an und in der Accademia die Madonnen von Bellini. Annemarie hat eine Filmkamera mitgenommen, aber unglücklicherweise sind die Filme später verschwunden. Dafür belegen wenigstens einige sehr schöne Fotos diesen Aufenthalt. Auf einem davon sieht man Annemarie zwischen Klaus und Erika in einer Gondel sitzen. Das »Schweizerkind« sieht mürrisch aus. Im *Wendepunkt* erklärt Klaus den Grund: Sie hat mit ihrer Mutter telefoniert, die wegen eines Mißerfolgs ihres besten Pferdes übel gelaunt war und ihrer Tochter vorgeworfen hat, ein lasterhaftes Leben zu führen. »Immer wieder das alte Lied«, kommentiert Annemarie. Aber noch wütender macht sie die Nachricht von der Behandlung Toscaninis durch die Anhänger des Duce: »Ihm ins Gesicht zu schlagen! Dieses Faschistenpack! Weil er ihre idiotische Hymne

nicht spielen wollte! Und niemand protestiert gegen das Ungeheuerliche! Alles geht weiter in Venedig, in Italien, in Europa, als ob nichts geschehen wäre! Es ist zum Wahnsinnigwerden!«[22]

Der politischen Situation zu entfliehen ist also unmöglich. Als die Freunde nach zwei Wochen wieder aufbrechen, erfahren sie, daß Brüning vom Amt des Kanzlers zurückgetreten ist, um gegen den Aufbau paramilitärischer Organisationen durch die NSDAP zu protestieren, und daß von Papen an seine Stelle getreten ist. In der Voraussicht, daß von Papen sich zum gefügigen Instrument der Nazis machen lassen wird, notiert Klaus am 1. Juni 1932 in sein Tagebuch: »Mißtrauen und Angst.«

Von Venedig geht es zurück nach Berlin. Annemarie Schwarzenbach schreibt ein Theaterstück, *Cromwell,* aber sie bekennt später selbst, daß es ihr nicht gelungen ist, den Stoff zu meistern, und das Stück wird nicht veröffentlicht. Der Verlag, dem sie es anbietet, lobt zwar ihren Stil, empfiehlt ihr aber, etwas Einfacheres zu schreiben.

Inzwischen geht die historische Entwicklung unerbittlich ihren Gang. Annemarie nimmt mehr denn je die Bedrohung wahr, die über Deutschland lauert, aber was kann sie tun? Da sie die verbreitete nationalistische Gesinnung entsetzlich findet, muß sie eine Tätigkeit finden, die sie möglichst weit von der politischen Lage entfernt. Hier taucht erneut die Asienidee auf. Gemeinsam mit Klaus Mann und Hanna Kiel sieht sie einen Dokumentarfilm von Victor Turin mit dem Titel *Turksib.* Darin wird über den Bau des Schienenweges berichtet, der den Mittleren Orient durchqueren und Zugang zu den Weizen- und Baumwollfeldern Turkestans eröffnen soll. Annemarie ist von der Schönheit der Landschaft betört und entdeckt ihr Interesse am Kulturfilm. Sie nimmt die Lektüre wieder auf, mit der sie die Persienreise vorbereitet hat, und beginnt nun, in den Berliner Museen auch die Sammlungen archäologischer Funde aus Asien zu studieren. »Sie wissen, daß ich den Nationalismus

nicht liebe, wohl aber die gemeinsame europäische Kultur. Wo findet man sie heute noch außer in ihren Grundlagen? Und es sind sehr gewaltige und hinreißende Zeugnisse von Mykenae und Knossos bis zu Ur, Kisch oder Tell Halaf«, schreibt sie am 4. Juli 1932 an Claude Bourdet.

Diese Sehnsucht nach dem Orient entwickelt sich in den folgenden Monaten weiter, parallel zu einer anderen Idee: für Zeitungen zu arbeiten. In der Absicht, Reportagen in Skandinavien zu machen, nimmt Annemarie Kontakt zu der Agentur Akademia auf. Da auch die Geschwister Mann vorhaben, dorthin zu fahren, möchte sie sie begleiten und bei dieser Gelegenheit ihre Schwester Suzanne besuchen. Am 23. Juli holt Klaus sie in Stockholm vom Bahnhof ab, am nächsten Tag schiffen sie sich nach Helsinki ein, dann fahren sie in Erikas Ford zu Klaus' Freund Hans Aminoff. Am letzten Abend essen sie Flußkrebse und Erdbeeren mit Gin, und Erika schaukelt im Takt zu den Stücken von Bach und Chopin, die Annemarie auf dem Klavier spielt. Dieser Aufenthalt im Land der tausend Seen inspiriert Klaus zu seinem Roman *Flucht in den Norden*, und er verleiht seiner Hauptperson Johanna die Züge von Annemarie.

Zu dieser Zeit wird in Deutschland gewählt: Die Nazis gewinnen 230 Sitze und werden auf einen Schlag stärkste Partei im Reichstag. Die Schlinge um die Weimarer Republik zieht sich weiter zu.

Gleich nach ihrer Rückkehr nach Bocken über Berlin, München und Salzburg muß Annemarie sich an die Arbeit machen, um rechtzeitig die zehn Aufsätze abzuliefern, die sie Piper für den zweiten Band der Reiseführer zugesagt hat. Dieses Mal geht es um Regionen im Norden und Westen der Schweiz, und deswegen unternimmt sie kurze Reisen in den Kanton Wallis, nach Genf und in den Bezirk Nyon. Nachdem sie diese Aufgabe erfüllt hat, mit der sie ein Gutteil des Monats September vollkommen beschäftigt ist, macht sie am 2. Oktober eine Lesung im Radio, bricht dann wieder nach Berlin auf und genehmigt

sich einen Umweg durch Österreich, um zwei Tage auf dem Anwesen einer »reizenden Freundin«, der Komteß Palffy-Erdödy, zu verbringen.

Während der drei letzten Monate des Jahres 1932 sind Annemaries Aktivitäten in Berlin ganz unterschiedlich. Sie steht früh auf, um die wunderbaren Pferde zu satteln, die ihr in der Kaserne der Reichswehr zur Verfügung stehen, sie macht lange Spaziergänge in den umliegenden Wäldern, sie schreibt viel – »Ich bin ganz besessen von Schreibwut«, berichtet sie Erika –, und sie hat viele Kontakte mit Repräsentanten des literarischen und journalistischen Milieus. Eines Tages Ende Oktober schlägt Ruth Landshoff-Yorck ihr vor, sie zum Tee bei ihrer Freundin Mopsa Sternheim zu begleiten. Ruth wird sich ihr ganzes Leben lang Vorwürfe machen, eine Begegnung herbeigeführt zu haben, die schwerwiegende Konsequenzen nach sich ziehen sollte.

Mopsa ist die Tochter des expressionistischen Dramatikers Carl Sternheim und eine enge Freundin der Geschwister Mann. Sehr zum Bedauern von René Crevel, der sie trotz seiner Homosexualität gern geheiratet hätte, ist sie mit dem österreichischen Künstler Rudolf Carl von Ripper liiert. Dieser Baron hat dank seiner Beziehungen die Möglichkeit, problemlos Rauschgift zu beschaffen und die Sucht seiner Geliebten zu befriedigen. Dies erklärt, warum Mopsa die letzte Rettung für alle Drogenabhängigen ist.

Im November 1932 erhält Annemarie ihre Morphium-»Taufe«, wahrscheinlich in Anwesenheit der Geschwister Mann. Klaus und Erika sind bereits in die Freuden der künstlichen Paradiese eingeführt. Während eines Aufenthaltes in Fez im Jahr 1930 haben sie am eigenen Leib die Schrecken einer Überdosis Haschisch erlebt. Klaus hat schon 1929 Morphium ausprobiert, danach hat er es mit Heroin versucht und gemeinsam mit Jean Cocteau Opium geraucht. In seinem Tage-

buch dokumentiert er seinen Drogenkonsum peinlich genau. Am 14. November 1932 schreibt er: »Genommen (3).« Die Zahl steht für drei Tabletten. Entweder injiziert er sich das Morphium, oder er nimmt es in Form von Eukodal-Tabletten, deren Wirkstoff Codein-Chlorhydrat ist, ein Morphiumderivat, das für seine vergiftende Wirkung bekannt ist. Aus Annemaries Brief an Erika vom 24. November 1932 ist zu schließen, daß sie anscheinend zu dieser Zeit mit den »Medikamenten« begonnen hat: hauptsächlich mit Eukodal und Benzedrin.

Der Umgang der drei Freunde mit Drogen und ihre Reaktionen darauf sind extrem verschieden. Während sie für Erika ein geselliges Vergnügen darstellen und das Zusammensein mit den Freunden verschönern sollen, dienen sie Klaus und Annemarie dazu, ihr Gefühl der Einsamkeit und ihren Lebensschmerz zu lindern. Im Beisein der Geschwister Mann gelingt es Annemarie meistens, die Kontrolle über ihren Konsum zu behalten, aber sie ist sich der Gefahr bewußt, auf gefährliche Abwege zu geraten, sowie sie wieder allein ist. Hinzu kommt, daß ihr Organismus anders als der ihrer Freunde die Drogen sehr schlecht verträgt. Manchmal erschreckt sie ihre Umgebung mit ihrer außergewöhnlichen Blässe so sehr, daß man um ihr Leben fürchtet. Aber wie durch ein Wunder erweisen sich die Sorgen einige Tage später schon wieder als unbegründet.

Obwohl Erika in dem Trio diejenige zu sein scheint, die die Situation am besten im Griff hat, gibt auch sie sich dramatischen Exzessen hin. In einem Brief vom März 1933, also gerade als die Familie Mann ins Exil geht, warnt sie ihren Bruder Klaus vor der Versuchung, zu dem »kleinbürgerlichen Laster« zu greifen. Sie schreibt, daß sie selbst soeben gemeinsam mit Annemarie eine Drogenerfahrung gemacht hat, die fast so traumatisch war wie die in Fez. Sie haben ein Pulver eingenommen, das sofort einen unerträglichen Juckreiz verursacht hat, und zwei Stunden später hatten beide so entsetzliche Magenkrämpfe, daß sie um drei Uhr morgens den Arzt rufen mußten.

Entgegen ihren wiederholten Beteuerungen, vernünftig zu sein, rutscht Annemarie nach der ersten Berührung mit den Drogen sofort in die Abhängigkeit und die Gewöhnung. Sehr schnell entsteht ein Zustand, in dem das Rauschgift ihr nichts von dem Genuß bereitet, der zu erwarten wäre, sondern ausschließlich die Funktion hat, die Sucht ihres Organismus zu stillen.

Ella Maillart berichtet, was Annemarie ihr 1939 auf der gemeinsamen Reise nach Kabul gesagt hat:

> Wir wollen rasch von hier fort. Wenn ich nicht in einer Stadt bin, weiß ich, daß ich keines kriege, und kann leichter leben. In einer Stadt denke ich dauernd: Jeden Moment kann die Versuchung über mich kommen, ich werde nachgeben, verlockt durch den Gedanken an die wenigen Minuten des Vergessens, die mir das Gift verschafft – obwohl ich weiß, daß ich dafür mit stundenlangen Qualen büßen muß. Es bereitet mir nicht einmal Vergnügen, es ist eher wie eine Pause im Nichts... die einzige Entspannung, die ich kenne. Die übrige Zeit, selbst während der endlosen Nächte, lebe ich in der Furcht, daß [...] diese bohrende Versuchung den Wall meiner Entschlossenheit durchbrechen wird.[23]

Seit Ende 1932 kehren die Wörter »Thun« und »Fisch« – Decknamen für Rauschgift[24] – sowohl in »Miros« Briefen an Klaus Mann als auch in dessen Tagebuch regelmäßig wieder. Beide ermuntern einander wechselseitig ständig, sich von der »verfluchten Droge« zu befreien, und bewerten ihren Konsum als »Sünde«. Nach einer Entziehungskur verbergen sie voreinander, daß sie rückfällig geworden sind. Selbst Menschen, die Annemarie sehr nahe stehen und sich nicht vorstellen können, daß eine so ehrliche und aufrichtige Freundin sie belügen könnte, müssen überrascht feststellen, daß sie hintergangen worden sind.

Aber 1932 ist die Lage noch nicht so zugespitzt. Die Weihnachtsferien kommen wie gerufen, um vorläufig mit den Ausschweifungen in Berlin Schluß zu machen. Nachdem Renée und Alfred Schwarzenbach noch Anfang November ein kleines Vermögen ausgegeben und Annemarie einen prächtigen Mercedes-Mannheim geschenkt haben, drehen sie ihrer Tochter plötzlich den Geldhahn zu. Vermutlich hoffen sie, auf diese Weise ihren maßlosen Lebenswandel zu bremsen. Das Ergebnis ist, daß Annemarie sich von diesem Zeitpunkt an in finanziellen Schwierigkeiten befindet, die zwar relativ, aber deswegen nicht weniger real sind. Der Unterhalt des kostspieligen Autos belastet ihr Budget zusehends, und drei Wochen nach Weihnachten schreibt sie an Erika, daß sie Probleme hat, »auch nur das Dringendste aufzutreiben«. Also muß sie sich nun etwas einfallen lassen, um Geld zu verdienen, und genau damit befaßt sie sich zu Beginn des Jahres 1933.

Zu dieser Zeit dröhnt der Lärm der Militärstiefel auf den Pflastersteinen Berlins immer ohrenbetäubender.

Fünftes Kapitel

Die schwarze Wolke
(1933)

In Berlin (1933)

Ich habe viele Freunde, aber keinen Weggenossen.

Annemarie Schwarzenbach, Brief an Ernst Merz

Während Annemarie Schwarzenbach sich in Sankt Moritz in Maria Daelens Gesellschaft von den Familienfesten erholt, landet Erika Mann einen großen Coup: Sie eröffnet am 1. Januar 1933 in München ihr antifaschistisches literarisches Kabarett, die *Pfeffermühle.* Wir wissen, welche Ereignisse vor mehr als einem Jahr dazu geführt haben, daß sie als Schauspielerin praktisch keine Engagements mehr bekommen hat. Vielleicht hoffte man, ihr kämpferisches Wesen auf diese Weise zu bezwingen. Aber da kannte man die Tochter des Zauberers schlecht: Angesichts der Scherereien verdoppelte sich ihre natürliche Angriffslust. Die deutschen Theater weigern sich, sie spielen zu lassen? Na und?! Dann gründet sie eben ihr eigenes Theater. Oder lieber ein Kabarett. Das wird amüsanter sein, und man wird ordentlich lachen über den jämmerlichen Versager mit dem Schnurrbart und die Hampelmänner in Braunhemden, die ihm geschlossen hinterherlaufen! Gesagt, getan. Binnen drei Monaten ist mit Hilfe von einem halben Dutzend Künstlern – darunter ihre Freundin Therese Giehse, Star der Münchner Kammerspiele, und der Komponist Magnus Henning – alles fertig. Erika mietet die *Bonbonniere,* zufällig direkt neben dem *Hofbräuhaus,* dem berühmten Bierlokal, in dem Hitler gerade seinen Machtantritt vorbereitet. Mit Unterstützung von Klaus

schreibt sie den größten Teil der Texte, die vorgetragen werden sollen: Chansons, Sketche, Gedichte und Geschichten, die unter dem Deckmantel der Naivität die faschistischen Machenschaften entlarven. Der Erfolg ist so groß, daß die kleine Truppe nach zwei Monaten ein größeres Haus suchen muß.

Annemarie ist seit Mitte Januar wieder in Berlin, aber die Entfernung von Erika und die Verschärfung der politischen Situation scheinen auf ihre persönlichen Probleme zurückzuwirken. Kaum angekommen, zieht sie sich schon infolge übermäßigen Cognackonsums eine Alkoholvergiftung zu. Glücklicherweise hat sie in Maria Daelen eine aufmerksame Freundin und kompetente Medizinerin, die sie eine ganze Nacht lang pflegt. Nur schlecht erholt von dieser Episode, setzt Annemarie sich am nächsten Tag ans Steuer ihres nagelneuen Mercedes-Mannheim und stößt mit einer Straßenbahn zusammen.

Am 28. Januar schreibt Klaus Mann in sein Tagebuch: »Schleichers Demission, wieder Papen, oh *zähe* Katastrophe!« Nicht mal zwei Tage später kippt die Welt, als die Nazis mit großem Pomp Hitlers Ernennung zum Reichskanzler feiern. Zur gleichen Zeit liegt Annemarie mit einer schweren Grippe im Bett, und es ist ihr angenehm, daß das Fieber sie in einen halbbewußten Zustand taucht. Klaus Mann hat am Morgen Berlin verlassen, um in Leipzig einen Freund zu treffen. Als er aus dem Zug steigt, erfährt er die Neuigkeit von Hitlers Ernennung, und er ist fassungslos. Es ist noch nicht ein Jahr her, daß er zufällig im Teesalon des Carlton Hotels Hitler gesehen hat, wie er Erdbeertörtchen mit Sahne »verschmauste«.[1] Das abscheuliche Schauspiel, in dem sich die »bleich gedunsene Visage« dieses »bösartigen Spießers mit hysterisch getrübtem Blick« zeigte, hatte ihn eher beruhigt. War es nicht unvorstellbar, daß eine derartige »Niete« jemals an die Macht kommen könnte? Fataler Irrtum. Dieser 30. Januar 1933 markiert den Beginn des ›tausendjährigen Reiches‹. Die Tage der Manns in Deutschland sind gezählt.

Aber noch widersteht Bayern. München feiert seinen letzten Karneval in wilder und verzweifelter Freiheit. Annemarie ist nicht mit von der Partie: Die drastische Kürzung ihrer Geldmittel zwingt sie, ihre Reisekosten zu senken, und sie kann sich glücklich schätzen, daß sie am 10. Februar noch bei einer Aufführung der *Pfeffermühle* dabeisein kann, bevor sie zum Skifahren nach Österreich reist.

In der Nacht vom 27. zum 28. Februar 1933, mitten in der karnevalistischen Euphorie und den letzten Konfettis, schlägt die Nachricht wie eine Bombe ein: Der Reichstag brennt, und sofort bezichtigen die Nazis die Kommunisten! Klaus Mann notiert am selben Tag mit der ihm eigenen Hellsichtigkeit: »Dieser Brand kommt denen so unheimlich gelegen – ob sie ihn nicht selbst bereitet haben?«[2]

Eine Woche später bekommt die NSDAP bei den Reichstagswahlen vierundvierzig Prozent der Stimmen. Klaus und Erika sind in Lenzerheide in Graubünden. Sie haben einen Monat Zeit, um die Texte für das neue Programm der *Pfeffermühle* zu schreiben, deren Wiedereröffnung auf den 1. April festgelegt ist. Annemarie besucht sie für einige Tage. Aus Zeitungen und Rundfunk ergießt sich eine Flut katastrophaler Nachrichten. Die bayrische Opposition ist nun restlos vernichtet, und als die »enfants terribles« am 10. März nach München zurückkehren, empfängt die inzwischen gleichgeschaltete Stadt jubelnd einen Getreuen des Führers, den »›Gauleiter‹ [...] Ritter von Epp«[3]. Der Chauffeur der Manns – zwar Spitzel im Dienste der Nazis, aber Spitzel mit Herz! – gibt Klaus und Erika zu verstehen, daß ihre Verhaftung unmittelbar bevorstehe. Sie rufen ihre Eltern an, die gerade Ferien in Arosa machen, und können sie nur mit Mühe davon überzeugen, in der Schweiz zu bleiben. Am 12. März fährt Erika zu ihnen, und am Tag darauf steigt Klaus in den Zug nach Paris. Kaum hat er sich im Hôtel Jacob et d'Angleterre eingerichtet, als er drei lange Striche quer über seine Tagebuchseite zieht und die Worte schreibt: »Beginn der

Emigration«. Er ahnt nicht, daß zwölf Jahre vergehen werden, bevor er wieder deutschen Boden betreten kann.

Als diese dramatischen Ereignisse stattfinden, bereitet Annemarie sich für die Abreise nach Tirol vor. Als sie am 1. April wieder in Berlin ist, wird gerade zum Boykott jüdischer Geschäfte aufgerufen. Der Reichstag hat inzwischen sein eigenes Todesurteil unterzeichnet und alle Macht auf Hitler übertragen. Die Diktatur setzt sich durch. Für die Schweizerin gibt es keinen Zweifel: Ihr Platz kann nur in der Opposition sein. Eine Woche später schreibt sie dies Klaus Mann in einem langen Brief, in dem sie als Historikerin die Gründe für den Erfolg der Nazis analysiert und schlußfolgert, daß es die *vox populi* sei, die die Geschichte mache, sehr häufig unter dem Druck der Verzweiflung und entgegen den Analysen der Intellektuellen. Und sie hofft, daß die Staatsbürger, die so gierig nach Ordnung und Disziplin sind und Hitler großenteils wegen ihrer unreflektierten Angst vor dem Kommunismus gewählt haben, bald begreifen werden, daß der Terror von rechts nicht besser ist als der von links.[4]

Aber die allerwichtigste Frage ist von nun an, welche Form ihr politisches Engagement annehmen kann, diese »Mission«, der sie sich auf keinen Fall entziehen möchte. Eins ist sicher: In Berlin »ist das Verhängnis ganz nah«. Und da sie überhaupt keine Lust hat, »unter der schwarzen Wolke«[5] zu bleiben, will sie es ihren Freunden gleichtun und die Flucht ergreifen, auch ohne durch die Ereignisse unmittelbar dazu gezwungen zu sein. Diese Flucht soll ihrem Leben eine konstruktive Orientierung geben: Sie ist alles andere als ein Ausdruck fehlenden Mutes und soll zu einer Suche nach Sinn werden, abseits von den Gefahren und der Verirrung der Welt. Angesichts des Dramas, das sich in Deutschland ereignet, möchte Annemarie sich davonmachen und auf Distanz gehen – genau dies drückt der Titel des Werkes aus, das sie zu Beginn des Jahres zu schreiben angefangen hat: *Flucht nach oben.*[6]

Die Hauptfigur des Romans, Francis von Ruthern, ältester Sohn eines preußischen Adligen, kehrt nach achtjährigem Aufenthalt in Südamerika nach Europa zurück. Aber es gelingt ihm nicht, wieder im normalen Leben Fuß zu fassen. Als er sich wehrlos einem Gefühl von Entwurzelung und Einsamkeit ausgesetzt sieht und der Verzweiflung nahe ist, findet er Zuflucht in einem Skiort oberhalb von Innsbruck. Dort begegnet er einigen Männern und Frauen, die untereinander von einem Gefühl der Fremdheit überwältigt sind, von ihrer Unfähigkeit, zu kommunizieren, zu lieben, ihren Weg zu finden. Die Tage in den Bergen vergehen zwischen der grenzenlosen Weite der Schneefelder, den Skikursen und dem gelangweilten Dasein in einem Luxushotel. Jeder lebt in der Erwartung eines Ereignisses, das seinem Leben eine Richtung geben könnte. Schließlich bietet sich Francis eine »Chance«: Als sein Bruder Karl Eduard, Offizier der Berufsarmee, sich eine Kugel ins Herz geschossen hat, muß Francis ins Tal zurückkehren, wo ihm »alles offen (steht)«[7]. Karl Eduards Tod und die Konfrontation mit einer Welt, die von einer Woge des Nationalismus überschwemmt wird, bewirken in ihm eine Art von Katharsis: Er entdeckt den Wert des Lebens und der Liebe. Und er weiß nun, daß er eine Wahl treffen muß, die ihm helfen wird, »erwachsen zu werden«. Er fühlt sich dem Aufruhr der Welt nicht gewachsen, wo entfesselte menschliche Kräfte gegeneinander kämpfen, und begreift, daß sein Platz oben in den Bergen ist, wo er den Erwartungen der anderen gerecht werden und zugleich seine eigenen Fähigkeiten entwickeln kann. Sofort bei seiner Rückkehr bekommt er hierfür die Bestätigung, als er einen Jungen retten kann, der sich im Schnee und im Nebel verlaufen hat.

Dieser gut aufgebaute und bis zur letzten Zeile fesselnde Roman, in dem ganz gegensätzliche Charaktere entwickelt werden, nimmt einen Sonderplatz in Annemarie Schwarzenbachs literarischem Schaffen ein: Es ist der einzige Text dieses Umfangs, in dem sie selbst nicht direkt vorkommt. Zwar hat sie

darin ihr Leben von Anfang 1933 verarbeitet, als sie zwischen Berlin und verschiedenen Skiorten hin und her fuhr. Und es hallt auch das Echo der Reflexionen nach, die wahrscheinlich durch Ricki Hallgartens Selbstmord ausgelöst wurden. Aber sie schreibt diesen Roman vor allem, um anhand der Figur von Francis ihre Empfindungen in einer Welt am Abgrund auszudrücken und den Entwurf einer eigenen Perspektive zu versuchen.

Am 4. Juli 1933 nimmt sie in Zürich an einer öffentlichen Lesung teil und trägt Auszüge aus *Flucht nach oben* und eine Erzählung mit dem Titel *Der Fluß* vor. Fünf Artikel, die in verschiedenen Tageszeitungen erscheinen, belegen das Interesse, das dem Talent der jungen Frau entgegengebracht wird. Immer ist es die Musikalität ihrer Sprache, die auf Anhieb auffällt. Ein Kritiker hebt außerdem ihre Fähigkeit hervor, die Beunruhigung und Ratlosigkeit ihrer Generation auszudrücken. Nachdem sie Klaus Mann am 11. Mai in Le Lavandou einige Passagen vorgelesen hat – am Tag, nachdem sie den Roman fertiggestellt hat –, notiert er in seinem Tagebuch: »Es ist wirklich ganz schön; wesentlicher Fortschritt.« Aber aus Gründen, die vermutlich mit der damaligen politischen Lage zu tun haben, kann der Roman nicht veröffentlicht werden. Nachdem das mehr als dreihundert Seiten starke Manuskript lange Zeit als verschollen galt, wurde es 1997 in der Zürcher Zentralbibliothek im Nachlaß der Edition Oprecht wiedergefunden, der Annemarie es vermutlich selbst übergeben hatte.[8]

Während der Arbeit an diesem Roman denkt sie genau wie ihr Alter ego Francis darüber nach, wie sie sich nützlich machen könnte. Aus ihrer Sicht besteht die dringendste Aufgabe darin, laut und deutlich ihre Gegnerschaft zum Naziregime zu bekennen. Am 8. April 1933 schreibt sie an Klaus Mann:

> Auch die Opposition hat ihre Aufgabe. Ich meine: Von Deutschland kann man sich nicht abwenden, das hieße die

Freiheit des Individuums zu überschätzen. Opposition wäre also nicht Flucht oder Abkehr oder gar pharisäische Verachtung, sondern Pflege der geistigen Werte, an die man glaubt, bis zur besseren Stunde.

Das ist die Grundidee. Aber wie kann man sie in die Praxis umsetzen? Die ambitionierte Antwort drängt sich bald auf: indem man eine antifaschistische Zeitschrift gründet. Die erste Person, der Annemarie dieses Projekt offenbart, ist nicht Klaus Mann, sondern jener französische Freund, den sie drei Jahre zuvor kennengelernt hat: Claude Bourdet. Am 16. April ist sie in Hamburg, wo sie gemeinsam mit Maria Daelen das Osterwochenende verbringt. Mitten in der Nacht skizziert sie in unregelmäßiger Schrift mit dem Bleistift das Konzept einer »apolitischen« Zeitschrift mit humanistischer Ausrichtung, die den Antifaschisten Gehör verschaffen und ihnen ermöglichen würde, in angemessener Weise gegen die zunehmenden systematischen Verletzungen individueller Freiheit zu protestieren. Es würde sich um eine »unabhängige Monatszeitschrift« handeln, deren Struktur sie sehr präzise definiert: Man würde darin Artikel von Oppositionellen ihrer Generation veröffentlichen, wichtige Artikel der »Alten« – »von Goethe bis Thomas Mann«! –, Berichte von Menschen, die in Deutschland verfolgt werden, und schließlich Kritiken aktueller literarischer Werke, Filme und Theaterstücke.[9] Die materielle Seite dieses Projektes entgeht ihr nicht: Sie schlägt vor, daß die Zeitschrift in der Schweiz gedruckt und veröffentlicht werden sollte, zum Beispiel bei Conzett & Huber, die die Wochenzeitung *Zürcher Illustrierte* herausgeben, und sie denkt daran, an vermögende Privatleute heranzutreten, um die Finanzierung zu sichern.

Annemarie vertraut ihre Idee Claude Bourdet an, weil sie es gerne sähe, wenn gerade Franzosen einen Beitrag zu einem solchen oppositionellen Organ leisten würden. Die Zeitschrift könnte zweisprachig sein, oder wenn sie nur auf deutsch er-

schiene, würden französische Artikel ins Deutsche übersetzt. Außerdem faßt sie ins Auge, die Leitung der Redaktion mit Claude Bourdet und Klaus Mann zu teilen. Diese Wahl ist nicht zufällig. Sie kennt die Verbundenheit ihres französischen Freundes mit den geistigen Werten des europäischen Humanismus – eine Verbundenheit, an der er im Laufe seines gesamten Werdegangs als politischer Mensch und Journalist festhalten wird. Sie weiß auch, daß der Kampf gegen den Nationalsozialismus von nun an im Zentrum von Klaus Manns Leben steht und daß diese Zeitschrift für ihn wie für alle Intellektuellen, die aus ihrem Land vertrieben wurden, ein ideales Forum darstellen würde. Aber da ist noch etwas, und darin äußert sich ein weiteres Mal Annemaries tiefe Freundschaft zu diesem »kleinen Bruder« (der »große Bruder« ist natürlich Erika). Sie schlägt Klaus vor, Redaktionsmitglied zu werden, weil sie von ganzem Herzen hofft, dies würde sein ziemlich schlechtes Image verbessern, das sich infolge seiner Skandaltheaterstücke in der Öffentlichkeit hartnäckig hält. Diese Zeitschrift, glaubt sie, gäbe ihm die Gelegenheit, zu zeigen, daß er seriös und absolut imstande ist, zum Wortführer der Emigration zu werden.[10]

Am 3. Mai 1933 trifft sie ihn in Le Lavandou im Hôtel des Roches fleuries wieder und berichtet ihm von ihrem Projekt. Klaus Mann ist sofort begeistert. Er erkennt die Idee auf Anhieb als »große Chance« für sich.[11] Gleich am nächsten Tag schreibt Annemarie erneut an Claude Bourdet, um ihre Bitte um Beteiligung zu wiederholen und bestimmte Aspekte zu präzisieren, über die Klaus und sie sich verständigt haben: Die Zeitschrift wird Artikel auf französisch und auf deutsch veröffentlichen – daher die Notwendigkeit, einen französischen Chefredakteur zu haben –, sie wird wahrscheinlich zugleich in Zürich und Paris erscheinen, die erste Nummer soll womöglich im Juli herauskommen, spätestens am 1. August. Bleibt nur, einen Geschäftsführer zu finden – und sich an die Arbeit zu machen! »Wir glauben, daß es sich lohnt und machen läßt – daß

es aber Zeit, Anstrengung und *dévouément* erfordert.«[12] Am Rand dieses Briefes fügt Klaus Mann mit der Hand ein paar Zeilen hinzu. Er hat Claude Bourdet niemals getroffen, aber Annemarie und Erika haben ihm viel von dem originellen jungen Franzosen erzählt, der als Ingenieurstudent in Zürich Gedichte in deutscher Sprache schreibt. Er weiß, daß die »Unbeholfenheit« dieser Texte einen unwiderstehlichen Reiz auf seine Schwester ausübt. Annemarie Schwarzenbach plant übrigens, sie zusammen mit denen der Geschwister Mann in einem Band zu veröffentlichen – ein Projekt, das niemals realisiert werden wird.

Es ist Klaus auch klar, daß Claudes Mutter, Catherine Pozzi, exzellente Beziehungen im literarischen Milieu hat, insbesondere zu Jean Paulhan, dem Leiter der *Nouvelle Revue française*. Er hat außerdem erfahren, daß Gallimard eine »ausländische Reihe«[13] ins Leben rufen will. Klaus Mann überlegt, wer einen Kontakt anbahnen könnte, und er bittet Annemarie, diese Fährte zu verfolgen. Zur gleichen Zeit beginnt er, Kontakt zu verschiedenen Schriftstellerfreunden aufzunehmen, und schon am 7. Mai skizziert er den Inhalt der ersten beiden Nummern. Zu diesem Zeitpunkt ist der Name der Zeitschrift bereits gefunden: Sie wird *Die Sammlung* heißen, denn ihre Bestimmung wird sein, alle zu versammeln, die sich gegen die Nazibarbarei stellen und die Demokratie verteidigen wollen. Aber nun muß auch eine andere, unvergleichlich heiklere Frage in Angriff genommen werden: Woher bekommt man das nötige Geld? In diesem Punkt verläßt Klaus Mann sich im wesentlichen auf Annemarie, deren Familie bekanntlich eine der reichsten der Schweiz ist. Er scheint allerdings zu vergessen, daß erstens die Schwarzenbachs ihre Tochter jetzt finanziell kürzer halten und zweitens das geplante Projekt in radikalem Widerspruch zu deren politischen Auffassungen steht. Es ist sicher, daß Annemarie nicht auf Unterstützung von seiten ihrer Eltern hoffen kann. Sie wendet sich statt dessen an ihren Onkel Georg Reinhart, zu

dem sie seit ihrer Kindheit eine bevorzugte Beziehung unterhält. Am 11. Mai – einen Tag nach den Bücherverbrennungen, denen die Werke der größten deutschsprachigen Schriftsteller zum Opfer gefallen sind – schreibt sie ihm von Sanary aus einen Brief, in dem diesmal von einer alle zwei Monate erscheinenden Zeitschrift die Rede ist, die französische, deutsche und englische Artikel enthalten und ab Mitte Juli erscheinen soll. Dann fügt sie hinzu: »Nun aber – brauchen wir etwas Geld, etwa 6000 Frs im Ganzen, um die ersten Nummern sicherzustellen.« Die Formulierung »ein bißchen Geld« ist ein schöner Euphemismus, denn es handelt sich um eine ziemlich beachtliche Summe.[14]

Die Antwort läßt nicht auf sich warten. Sie ist negativ. Onkel Georg, den Annemarie schon im April um Unterstützung für ein Kulturfilmprojekt gebeten hat, gibt der Zeitschrift nicht die geringste Chance auf Erfolg, sondern hält sie wegen ihrer Ausrichtung und ihrer mageren Absatzmöglichkeiten von vornherein für zum Scheitern verurteilt. Außerdem hat er überhaupt kein Vertrauen zu Klaus Mann, über den er offensichtlich denkbar Schlechtes gehört hat. Vermutlich erfaßt seine Nichte bei dieser Gelegenheit voll und ganz den beklagenswerten Ruf ihres Freundes. In einem zweiten Brief an Georg Reinhart erweckt sie den Eindruck, als mache sie einen Rückzieher und erkenne an, daß dieser Mißkredit, so unverdient er in ihren Augen auch ist, Klaus veranlassen könnte, darauf zu verzichten, sich als »Repräsentanten« der Exilliteratur darzustellen. Aber dies dient offensichtlich dem Zweck, den Onkel, dem sie sich durch echte Zuneigung verbunden fühlt, nicht traurig zu machen.[15] In Wahrheit kommt es weder für Klaus Mann auch nur einen Moment lang in Frage, *Die Sammlung* fallenzulassen, noch denkt Annemarie daran, ihren Freund im Stich zu lassen – was im übrigen darauf hinausliefe, daß sie sich selbst fallenließe, denn sie ist die Urheberin des Projektes.

Währenddessen ist der Druck von seiten der Familie enorm.

Sollte Georg Reinhart entgegen Annemaries ausdrücklicher Bitte die Schwarzenbachs über die Pläne ihrer Tochter informiert haben? Fest steht, daß Annemarie Anfang Juni einen Brief ihres Vaters erhält, der sie an die Pflichten erinnert, die ihr Name ihr auferlege. Erika Mann berichtet Thomas Mann davon am 4. Juni mit den Worten: »... er schreibt, keiner dürfe so kleinlich sein, über den unbedeutenden und gewiß überflüssigen Exzessen, die die Hitlerbewegung mit sich bringe, das Große, Reinigende, Aufbauende, Notwendige der prächtigen Sache zu vergessen.« Sie fügt hinzu, Alfred Schwarzenbach ermahne seine Tochter, »sie solle (sie, Annemarie) doch umgehend nach Deutschland fahren und am Aufbau dieses neuen geistigen Deutschlands mithelfen, und nicht etwa eine Zeitschrift machen, die, ›farblos internationalistisch‹, wie sie sei, glatt weggespült werden müßte«.

Aber Annemarie gibt nicht nach. Während ihre Mutter sich in Begleitung von Emmy Krüger in München aufhält und die Hakenkreuze am Hauptquartier der Nazis fotografiert, ist sie in Paris, um die Verhandlungen um *Die Sammlung* zu beschleunigen. Am 14. Juni unternimmt sie zwei wichtige Schritte: Sie trifft sich mit Catherine Pozzi, der Mutter Claude Bourdets, und unterzeichnet mit Klaus eine Zahlungs-»Garantie«, mit der beide sich verpflichten, einen monatlichen Beitrag von pauschal sechshundert Schweizer Franken zu leisten, um die Autorenhonorare für die drei ersten Nummern zu sichern. Anlaß für die Unterredung mit Catherine Pozzi ist die Notwendigkeit, einen Verlag zu finden, der Herstellung und Vertrieb von *Die Sammlung* übernehmen kann. Die Dichterin weiß, daß ihr Sohn sich freut, für die Co-Leitung der Zeitschrift vorgesehen zu sein, auch wenn er ihr in seinem Brief vom 15. Mai auseinandergesetzt hat: »Alles, was ich verlange, ist, daß wir uns nicht wie die *NRF*[16] von der III. Internationale ins Schlepptau nehmen lassen; ich mag die Kommunisten sehr, aber nicht den Literasnobimarxismus.« Dennoch und obwohl sie stark bezweifelt,

daß Gallimard sich für die fragliche Zeitschrift interessieren könnte, ist sie entschlossen, alle Mittel dafür einzusetzen, Jean Paulhan für ein Treffen mit der Schweizerin zu gewinnen. Ein erster telefonischer Versuch, den sie am Morgen ihrer Verabredung mit Annemarie unternimmt, scheitert: Jean Paulhan ist nicht der Mann, der sich aus dem erstbesten Anlaß von der Stelle rührt.

Die Unterredung in Catherine Pozzis Wohnung in der Avenue d'Iéna findet also nur zwischen den beiden Frauen statt. Claude Bourdets Mutter ist auf Anhieb von Annemaries Schönheit eingenommen. Ihre Wahrnehmung geht dabei weit über die physische Erscheinung hinaus, wie folgende Zeilen belegen, die sie ihrem Sohn gleich nach dem Aufbruch der Besucherin schreibt: »Welche Anmut in diesem ernsten Gesicht. Aber sie hat einen unruhigen Blick, wie durch unsichtbare Schmerzen heimgesucht. [...] Man hat bei ihr das Gefühl einer merkwürdigen Instabilität. Sie steckt einen mit dem Leiden an Europa an.«[17]

Während Annemarie Schwarzenbach ausführlich von der Zeitschrift spricht, die ihr so sehr am Herzen liegt, erkennt Catherine Pozzi, zwischen Faszination und Beunruhigung schwankend, ihr nobles Wesen und ertappt sich bei dem Gedanken, daß diese überaus liebenswerte junge Frau »nicht sehr ausgeglichen« ist. Sie ist darum nicht weniger von deren leidenschaftlichem Wunsch, sich im antifaschistischen Kampf zu engagieren, beeindruckt. Und auch wenn sie – wiederum treffsicher – fürchtet, daß Annemarie darüber ihre eigene schriftstellerische Arbeit vergißt und Klaus Mann ihr »undankbare Aufgaben« überläßt, zögert sie nicht, Paulhan ein zweites Mal zu drängen, diesmal mit Erfolg. Er sagt zu, am 23. Juni zum Essen in die Avenue d'Iéna zu kommen. Man höre, in welch unnachahmlichem Stil seine Gastgeberin ihre Einladung bestätigt: »Ich erwarte Sie also am Freitag um halb eins zum Essen mit Anne-Marie Schwarzenbach, zwanzigjährige Roman-

autorin und noch unverwirklichte Kommunistin.[18] Sie ist eine Freundin von Claude, was keine Auszeichnung ist, und eine Enkelin von Bismarck, was keine mehr ist.« Mit welch bewundernswerter Meisterschaft Catherine Pozzi die Kunst der Vereinfachung beherrscht! Die Schweizerin ist um fünf Jahre jünger gemacht, ihr Vorname ist in zwei Teile geteilt und ihr Stammbaum um einige Verzweigungen ärmer. Ganz zu schweigen von dem politischen Etikett, das damals Leute der Rechten systematisch allen zugewiesen haben, die auf der anderen Seite standen.

Inzwischen hat Fritz Landshoff, ehemaliger Co-Direktor des Kiepenheuer Verlages, Kontakt zu Klaus Mann aufgenommen. Nachdem er Berlin am Tag nach dem Reichstagsbrand Hals über Kopf verlassen mußte, hat er dem Querido Verlag in Amsterdam vorgeschlagen, eine deutsche Sparte zu schaffen, die den ins Exil getriebenen Schriftstellern offen stehen soll. Da er Klaus Mann für einen wichtigen Repräsentanten der antifaschistischen Literatur hält, möchte er sich seiner Mitarbeit vergewissern. Das ist ein wirklicher Glücksfall für den Sohn Thomas Manns, eine Anerkennung der Treffsicherheit seiner politischen Positionen und seiner Fähigkeiten auf dem Gebiet der Literatur. Am 16. Juni unterzeichnet er mit Querido einen Vertrag, der Amsterdam für die nächsten fünf Jahre zu seinem Hauptaufenthaltsort macht und ihm außerdem eine editorische und wirtschaftliche Struktur für *Die Sammlung* bietet.

Das hindert Annemarie aber nicht daran, sich eine Woche später mit Jean Paulhan zum Essen zu treffen. Auch Erika ist eingeladen. Sie hinterläßt einen sehr schlechten Eindruck bei Catherine Pozzi, die sie als »aufgehetzt [...] und voller vermeintlich moderner Fetische«[19] empfindet. Es ist nicht bekannt, wie Paulhan auf den Vorschlag, eine Zeitschrift zu gründen, reagiert, aber offensichtlich kann er nicht viel tun. So oder so hat Klaus Mann bereits Garantien von seiten Queridos bekommen, und von nun an gehört das Projekt ihm. Claude Bourdets

Catherine Pozzi mit Paul Valéry
(etwa 1924)

Name wird nicht mehr erwähnt, aber der Franzose ist nicht im geringsten nachtragend, wie einen Monat später diese Worte beweisen: »Klaus, solange Sie den Geist verteidigen, werde ich Sie mögen und bewundern.«[20] Annemaries Rolle beschränkt sich fast ausschließlich darauf, die Publikation mit ihrer monatlichen Spende zu unterstützen. Klaus Mann ist der einzige Chefredakteur der *Sammlung*.

Die erste Nummer erscheint am 1. September 1933. Unter dem Patronat von André Gide, Aldous Huxley und Heinrich Mann wird die Zeitschrift sich trotz enormer Probleme im Management und in der Finanzierung zwei volle Jahre halten. Wie ihr Name verspricht, gibt sie mehr als einhundertundfünfzig Autoren Gelegenheit, sich zu äußern, und bezeugt auf diese Weise die Vielfalt der politischen Positionen unter den Antifaschisten. Schriftsteller wie Bertolt Brecht, Joseph Roth, Jakob Wassermann sind hier nebeneinander in vollkommenem Einvernehmen vertreten. Der kosmopolitische Charakter der Zeitschrift *Die Sammlung* wird durch so berühmte Persönlichkeiten wie Boris Pasternak, Ernest Hemingway, Jean Cocteau oder Albert Einstein repräsentiert. Aber Klaus Mann sieht sich sehr schnell mit unlösbaren Schwierigkeiten konfrontiert, verursacht durch die Unentschiedenheit einiger bekannter Autoren, die aus Sorge, in Deutschland nicht mehr verlegt zu werden, vor einem endgültigen Bruch mit dem neuen Regime zurückschrecken: Thomas Mann, Stefan Zweig, Hermann Hesse, Alfred Döblin, Robert Musil treten schon nach Erscheinen der ersten Nummer den Rückzug an – natürlich zur großen Freude der Nazis.

Mehrere Faktoren können erklären, warum Annemarie zwei Monate, nachdem sie das Projekt initiiert hat, die Idee aufgegeben hat, sich an der Leitung der Zeitschrift zu beteiligen. Die negative Antwort ihres Onkels Georg und die Vorhaltungen ihres Vaters sind sicher nicht ohne Wirkung geblieben. Wie so oft hat ihr schlechtes Gewissen die Oberhand gewonnen, und sie schreibt am 2. Juni an Claude Bourdet: »Ich habe die reizend-

In Andorra (Mai 1933)

In San Cugat (Mai 1933)

sten Eltern der Welt, und ich liebe meine Familie. Ich kann nicht existieren, ohne mich fortwährend darum zu bemühen, daß ich mit ihnen einig bin, mit ihrem Leben, weil ich mich ihnen gegenüber verantwortlich fühle.« Möglicherweise hat auch Catherine Pozzi sie indirekt auf die Gefahr aufmerksam gemacht, daß ihre Mitwirkung an der Zeitschrift sich auf Routinearbeiten beschränken könnte. Aber vor allem gibt es ein völlig andersgeartetes Projekt, das von nun an große Anziehungskraft auf Annemarie ausübt: Man hat ihr vorgeschlagen, eine Gruppe von Archäologen zu begleiten, die sechs Monate im Nahen Osten verbringen sollen, und diese Expedition könnte nicht besser gelegen kommen. Für sie ist dies die ersehnte Gelegenheit, endlich dem europäischen Chaos zu entkommen, sich aus der Abhängigkeit von ihren Freunden zu lösen und sich selbst zu beweisen, daß sie fähig ist, eine »objektive«[21] Leistung zu vollbringen.

Sie hört dennoch nicht auf, am Schicksal des Projekts *Die Sammlung* Anteil zu nehmen. Zwei Wochen nach Erscheinen der ersten Nummer bekommt Klaus Mann einen Brief von ihr, in dem sie die Absagen von Thomas Mann und Stefan Zweig als »Stoß in den Rücken« bezeichnet; sie ist mit Recht darüber empört, daß die »Älteren«, denen die Zeitschrift sich großzügig als »Sprachrohr« anbietet, sich so feige und treulos gegenüber denen verhalten, die den Mut haben, die Freiheit zu verteidigen.[22] Sie verbirgt ihrem Freund nicht, daß er sich über die Enttäuschungen, die ihn erwarten, keine Illusionen machen soll. Aber nicht einen Moment lang zieht sie in Betracht, ihn fallenzulassen. Ihre Unterstützung hält weit über die ersten drei Monate an, und sie bezahlt sogar ihr Abonnement. Ihre Briefe an Klaus belegen ihre unumstößliche Zuneigung und ihre dauernde Sorge, *Die Sammlung* mit der nötigen finanziellen Hilfe zu versorgen, auch auf die Gefahr hin, an die Großzügigkeit einiger Freunde appellieren zu müssen, wenn sie selbst knapp bei Kasse ist.

Man mag sich wundern, daß sie unter diesen Bedingungen nicht einen einzigen eigenen Text darin veröffentlichen konnte. Ihr Beitrag beschränkt sich auf zwei Literaturkritiken, die in den Nummern eins und zwei erscheinen: Die erste behandelt den Roman *Schau heimwärts, Engel* von Thomas Wolfe, die zweite *Fontamara* von Ignazio Silone. 1934 erhält Klaus Mann einen weiteren Text von ihr, aber auf Annemaries ausdrücklichen Wunsch wird dieses Publikationsvorhaben später aufgegeben.

Außer durch die Gründung der *Sammlung* ist das Jahr 1933 durch ein weiteres berufliches Ereignis geprägt, das für Annemarie Schwarzenbachs Karriere sehr bedeutsam ist: Sie gibt ihr Debüt als Journalistin – in einem Beruf, den sie bis an ihr Lebensende mit wachsender Intensität ausüben wird. Die Fotografin Marianne Breslauer hat ihr vorgeschlagen, sie in die spanischen Pyrenäen zu begleiten und Artikel zu Fotos zu schreiben, die Lily Abegg von der Berliner Agentur Akademia bei ihr in Auftrag gegeben hat. Die beiden Frauen sind bis Ende Mai circa zwölf Tage lang zwischen Barcelona und Pamplona in Annemaries Kabriolett unterwegs. Marianne Breslauer erinnert sich später, daß ihre Reisebegleiterin »sehr schnell und sehr gut« Auto fuhr und daß sie es sehr »schick« fand, wie Annemarie ihre Chesterfield am Zigarettenanzünder ansteckte: »Sie rauchte viel und sehr anmutig. Ich mag Rauchen im Prinzip gar nicht, aber bei ihr war es attraktiv!« Und sie fügt hinzu:

> Wir arbeiteten sehr gut zusammen, Annemarie und ich, ohne Mühe. In Barcelona verbrachten wir einen Abend mit Piet Meyer, einem sehr attraktiven Schweizer, der dort lebte und uns in berühmte Päderasten-Vorstellungen mitnahm. Ich war damals sehr beeindruckt und verblüfft, kam mir vor wie die Unschuld vom Lande, während Annemarie sehr sicher und überlegen wirkte. Ich erinnere mich deutlicher dann erst wieder an Pamplona, was für mich ein wichtiges Ziel war, da wir damals große Hemingway-Leser waren.[23]

Die beiden Reisenden gehen auch hin und wieder ins Kino. In San Sebastián sehen sie einen Film von Stroheim und *Tumulte* von Robert Siodmak mit dem Schauspieler Emil Jannings. Der Artikel, den Annemarie für die *Neue Zürcher Zeitung* über das »Kino in der spanischen Provinz« schreibt, wird erst anderthalb Jahre später veröffentlicht[24], aber auf dieser Rundreise entstehen vor allem vier andere Artikel, die sehr repräsentativ für ihr sich mehr und mehr entwickelndes Interesse an politischen und sozialen Problemen sind. In einem Kommentar zu den Gesichtern von Kindern, die Marianne Breslauer mit der Kamera festgehalten hat, weist sie zum Beispiel auf den rückständigen Charakter der spanischen Schulen hin, in denen man die Mädchen nur in Religion und in guten Manieren unterrichtet, und sie äußert die Hoffnung, daß die Republik ihnen Zugang zum Universitätsstudium eröffnen wird. Sie schreibt außerdem mit viel Anteilnahme über die Armut der Zigeunerkinder, von ihrem entwurzelten Leben, und man spürt ihre Nähe zu diesen noch jungen Seelen, die zu früh von den Widrigkeiten des Lebens gezeichnet wurden. Ihr Mitgefühl gilt auch den spanischen Frauen, die bis spät in den Abend in der Fabrik oder auf dem Feld arbeiten müssen und den größten Teil des Tages von ihren Kindern getrennt sind.

Ein Aufsatz über die Republik Andorra läßt zwischen den Zeilen Annemaries Sachkenntnis als Historikerin erkennen: Sie beschreibt die Kämpfe, die dieses winzige Land schon im neunten Jahrhundert ausgefochten hat, um seine Unabhängigkeit zu erlangen, und anläßlich des Aufstandes, der etwa einen Monat nach ihrem Besuch dort ausbricht, versichert sie dieses Volk, das sich nach Freiheit und Unabhängigkeit sehnt, ihrer Unterstützung. Marianne Breslauer hat sie dabei fotografiert, wie sie mit einem schweren Schlüssel das Gebäude aufschließt, in dem das nationale Archiv eingelagert ist. Es ist genau dieser Schlüssel, den die Aufständischen dem Präfekten von Perpignan verweigern werden. Annemarie läßt trotzdem dieses Foto veröf-

fentlichen, in ihren Augen ein Symbol der verhöhnten Freiheit. Die beiden Frauen besuchen auch das Kloster, das Ignatius von Loyola gegründet hat. Ein Jahr zuvor waren die Jesuiten gezwungen, es zu verlassen und nach Belgien zu fliehen. Annemarie zeichnet die Stille und die Weite dieses geweihten Ortes nach, der früher von Spiritualität erfüllt war.

Bei ihrer Rückkehr erwartet die Journalistinnen eine böse Überraschung: Da Marianne Breslauer Jüdin ist, kann sie von nun an ihre Fotos nicht mehr in Deutschland veröffentlichen. Dank der Intervention von Arnold Kübler, dem Chefredakteur der *Zürcher Illustrierten,* erscheinen sie in der Schweiz, allerdings ohne daß der Name der Fotografin genannt wird; er taucht nur in dem Aufsatz über Loyola auf, versteckt in der Formel »Brauer-Akademie«.

Als ihre Artikel in der Schweizer Presse erscheinen, ist Annemarie in die letzten Vorbereitungen ihrer Reise in den Nahen Osten vertieft. Ihr letzter Aufenthalt in Berlin Anfang August hat sie, sofern das überhaupt nötig war, von der Richtigkeit ihrer Abreise überzeugt. Die Mittel, die Hitler einsetzt, um die Arbeitslosigkeit zu senken und das Land zu beherrschen, widern sie an, schreibt sie an Claude Bourdet am 23. August 1933, ebenso wie die Unterwerfung vieler Deutscher, die sie für »recht anständige Leute« gehalten hat – auch wenn sie deren Gründe nachvollziehen kann: »Um zu leben und zu arbeiten, muß man Nazi sein.« Sie scheint jedoch unschlüssig zu sein, wie sie sich angesichts der drohenden Kriegsgefahr, die sie bereits zu diesem Zeitpunkt wahrnimmt, verhalten soll: »Alles, was wir tun, ist vorläufig, nahezu unnütz – außer vielleicht, uns mit Leib und Seele in die Politik zu stürzen, in jene Opposition, die unsere ist und der die Zukunft gehört.«[25]

Genau dies versucht ihr französischer Freund zu tun: In der Hoffnung, daß Dollfuß gegenüber Nazideutschland die Unabhängigkeit Österreichs aufrechterhalten wird, hat er sich von zwei französischen Zeitschriften beauftragen lassen, nach

Wien zu fahren und den Bundeskanzler zu interviewen. Claude Bourdet hat Vertrauen zu Dollfuß, er ist überzeugt, daß dieser »christliche Gewerkschafter ländlicher Abstammung«[26] sein Volk bewegen wird, die europäische Kultur zu schützen. Und er wundert sich, daß Frankreich eine »gewisse ›faschistische‹ Tendenz der österreichischen Regierung«[27] fürchtet – eine Sorge, die Annemarie teilt: »Rettest Du den europäischen Geist, oder siehst Du ein, daß auch Dollfuß nur ein Mensch und ein ›kleiner Napoleon‹ ist, und sehr für vieles eintritt, was wir durchaus nicht lieben?« schreibt sie ihm im Sommer.[28] Diese Analyse wird durch die Auflösung des Parlaments, den erbitterten Kampf gegen die Sozialdemokraten und die blutige Niederschlagung des republikanischen Schutzbundes in Wien am 12. März 1934 bestätigt. Vier Jahre nach diesen dramatischen Ereignissen wird sie Dollfuß im Moment des Anschlusses anklagen, die Demokratie in Österreich getötet und die Stimme des Volkes erstickt zu haben.

Annemarie hat einen so überempfindlichen Sinn für die Relativität jeder Stellungnahme, daß sie sich nicht »mit Leib und Seele in die Politik stürzen« kann. Dies ist in ihren Augen eine Frage der Aufrichtigkeit den anderen und sich selbst gegenüber. Außerdem fühlt sie sich zu anderen Aufgaben berufen. Während Klaus in seiner Tätigkeit als Chefredakteur seiner Zeitschrift *Die Sammlung* aufgeht und Erika sich darauf vorbereitet, die Vorstellungen der *Pfeffermühle* in Zürich wiederaufzunehmen, freut sie sich, daß sie ihre Kompetenzen als Historikerin nutzen kann. Sie stürzt sich in eine Arbeit, die sie ganz besonders in jener Phase des sich verschärfenden Nationalismus fasziniert: zu den Quellen der Zivilisation zurückzukehren und Spuren zutage zu fördern, die die gemeinsamen Wurzeln der europäischen Völker bezeugen. Zwei Jahre später wird sie die Gründe ihrer Abreise wie folgt analysieren:

Habe ich Europa und meine Heimat nicht aus Gewissenhaftigkeit verlassen? [...] es galt dort, sich zu entscheiden und für etwas zu kämpfen, selbst wenn man den großen Zwiespalt, der die Völker zerreißt und die Menschen vergiftet, nicht gewählt hatte. Untätig zuzuschauen war gewissenlos – und ich ertrug es auch nicht. Noch viel weniger wollte ich kämpfen, mir kam die Rolle falsch vor, die man mir auflegte. Ja, ich bin aus Gewissenhaftigkeit weggegangen, und viele haben mich um meine Freiheit und um meine Wahl beneidet.[29]

Sechstes Kapitel

Sehnsucht nach dem Orient

(1934)

In Persepolis (1934)

Die wahren Wandrer aber sind's, die ziehen
Aus Wandertrieb leicht wie die Feder fort.
Sie können ihrem Schicksal nie entfliehen,
Und »weiter, weiter« heißt ihr Losungswort.

Charles Baudelaire, *Die Blumen des Bösen*

Offenbar ist es eine sehr entschlossene Frau, die im Oktober 1933 Vorbereitungen trifft, den europäischen Kontinent zu verlassen – entschlossen, bei einer Gruppe von Archäologen in die Lehre zu gehen und ihre Tätigkeit als Journalistin auszubauen. Ihre Zusammenarbeit mit Arnold Kübler, dem Chefredakteur der beliebten Wochenzeitung *Zürcher Illustrierte,* hat sich als sehr fruchtbar erwiesen. Er beschäftigt sich seit vier Jahren damit, politische und soziale Geschehnisse fotojournalistisch zu begleiten, und schätzt die professionelle Sorgfalt sehr, mit der Annemarie ihre Artikel über die spanischen Pyrenäen verfaßt hat. Er möchte gern weiter mit ihr zusammenarbeiten, zumal sie von nun an bereit ist, sich selber mit der Fotografie zu befassen.

Am 27. Oktober 1933 bildet er Annemarie auf der Titelseite seiner Zeitschrift mit einem ganzseitigen Porträt ab, stellt sie als »unsere Mitarbeiterin« vor und erklärt, daß er die Exklusivrechte ihrer Fotoreportagen aus dem Orient besitzt. Keine Frage: Die außergewöhnliche Anziehungskraft ihres Gesichtes hat ihm zumindest für diese Ausgabe zusätzliche Leser gewonnen. Zu diesem Zeitpunkt ist Annemarie bereits in der Türkei, aber er ist sich sicher, daß sie sich über diese Würdigung freut.

Er verschafft ihr damit eine Anerkennung, die sie insbesondere angesichts der Feindseligkeit ihrer Familie bitter nötig hat. Schon vor ihrer Abreise hat sie sich darum gekümmert, daß Arnold Kübler ihr einen formellen Vertrag gibt, damit sie ihren Angehörigen zeigen kann, daß sie weder so »dilettantisch« noch so »unfähig« ist, wie jene meinen. In Bocken soll man wissen, daß sie sich sehr um eine gewisse finanzielle Unabhängigkeit bemüht und daß sie keineswegs aus einer Laune heraus auf die Reise geht, sondern Ziele verfolgt und sich ernsthaft beruflich engagiert.

Es kommt Annemarie sehr zugute, daß sie nicht nur das Vertrauen der *Zürcher Illustrierten* genießt, sondern nach wie vor auch das der *Neuen Zürcher Zeitung*, und da sie Kontakt zu der radikal-demokratisch orientierten Baseler Tageszeitung *National-Zeitung* und zu der von Karl von Schumacher geleiteten Wochenzeitung *Die Weltwoche* aufgenommen hat, ist ihre Position zusätzlich gefestigt. Die Weichen sind also gestellt, so daß ihre Reise bestens gelingen kann, und sie schreibt an Claude Bourdet, daß sie »viel Mut« hat. Aber man spürt, daß sie zwischen ihrer Sehnsucht nach Aufbruch und der Sehnsucht, bei ihren Freunden zu bleiben, hin- und hergerissen ist.

Ein paar Dinge bleiben noch zu tun, bevor es losgeht: eine Mandeloperation Anfang September, Ferien mit Maria Daelen in Porto Ronco am Lago Maggiore in der Nähe von Locarno. Sie nutzt diese Reise, um Erich Maria Remarque zu besuchen, der sich einige Kilometer entfernt in Ascona aufhält. Zurück in Zürich, ist sie am 30. September unter den Zuschauern, als die *Pfeffermühle* ihre Vorstellungen wiederaufnimmt. Am Tag vor ihrer Abreise ißt sie bei Thomas Mann in Küsnacht zu Abend. Schließlich steigt sie am 12. Oktober in Genf in den Orient-Expreß, begleitet von Alfred Pasternek, jenem Freund, dem sie ihre erste Begegnung mit Erika verdankt.

Innerhalb von knapp sieben Monaten führt ihre Reise sie von der Türkei nach Syrien, von Beirut nach Damaskus und

Jerusalem und schließlich von Bagdad nach Teheran. Schon auf der ersten Seite ihres Reisetagebuchs verwendet sie ein Wort, das ihren seelischen Zustand in vollkommener Weise trifft: »Melancholie.« Diese Melancholie hüllt alle Eindrücke, die sie an den Toren Asiens gewinnt, wie in einen leichten, aber beständigen Schleier ein. Sie liegt über dem Balkan, den grauen Bergen, den braunen Ebenen, den Schafherden und den Maisfeldern, den zerfurchten Gesichtern der Frauen unter ihren Kopftüchern. Annemarie erlebt diesen Eintritt in eine vollkommen fremde Welt wie ein Eintauchen ins Zeitlose und Ungewisse, aber sie nimmt alles wahr, was um sie herum ist, auch die Blicke – die Blicke der Tiere und der Männer, die Blicke der Frauen und Kinder, Blicke voller Weisheit, frei von Spott, gelassen dank der Erfahrung von Leiden. Oder brennende Blicke. Vor ihren Augen taucht eine ganze Landschaft asiatischer Ortschaften auf – die spitzen Stacheln der Minarette, die Kuppeln der Moscheen – und ein ganzes Volk von Bettlern, Wasserträgern, Blinden, Popen und Handwerkern inmitten von Gerüchen, die manchmal an der Grenze des Erträglichen sind.

Nach Istanbul folgen vierundzwanzig Stunden Zugfahrt zwischen Ankara und Konya. Der Ford der Archäologengruppe, der sie sich angeschlossen hat, durchkreuzt die ausgedörrten, von harten Windstößen gepeitschten Steppen Anatoliens. Von Zeit zu Zeit zeichnen sich vor einem klaren Himmel auf den Bergrücken lange Karawanen von Kamelen ab, oder kurdische Reiterscharen galoppieren in einer Wolke aus Staub vorbei. Annemarie Schwarzenbach wird nicht müde, die Landschaften, die sie gelegentlich auch zu Pferde durchquert, zu beschreiben: Wechsel von Hügeln und Ebenen, von landwirtschaftlich genutzten Feldern und ausgedehnten Sandflächen, auf denen nichts als hohe Disteln wachsen. Aber meistens sind die Orte eher unheimlich, in fahles Licht getauchte Mondlandschaften, unwirklich anmutende Erscheinungen geologischer Strukturen, die den Raum überwuchern: Felskegel, Pyramiden,

Türme, verwunschene Wege, Höhlenwohnungen. Dann plötzlich öffnen sich die Schleusen des Himmels, gießen über diese Apokalypse eine Flut aus Licht, und alles ist ganz verwandelt. Annemarie vergleicht ihre Erleichterung mit der Peter Schlemihls, als er zu seinen Füßen seinen Schatten wiederfindet... Sie erlebt krasse Temperaturschwankungen, ungeheuer heftige Gewitter, die Allgegenwart der Natur, die den Menschen unaufhörlich mit seiner Bedeutungslosigkeit konfrontiert. Und mit der Furcht, die diese ungewöhnlichen Erfahrungen hervorrufen, ist aufs engste die Frage nach dem Ziel der Reise verbunden. Wohin führen diese Straßen, die im Kreis zu verlaufen scheinen? Wohin, wenn nicht in eine unbekannte und gefährliche Welt? »Die Europäer fürchten sich in diesem Land. Keiner von ihnen wird heimisch; daran ändern die Jahre nichts. Man stellt ihnen große Aufgaben, sie lösen sie, ohne daß der Erfolg sie zufriedener macht.«[1]

Dennoch heißt es weiterfahren. Annemarie steigt wieder in den Zug, um das Taurus-Gebirge zu überqueren, und nach zwei Monaten ohne einen einzigen Baum erreicht sie endlich das Mittelmeer, die Palmen und die Riesenkakteen. Noch vier Stunden bis zur syrischen Grenze. Am 8. Dezember ist sie in Aleppo, zwischen Meer und Wüste, und notiert in ihr Tagebuch: »Einige Tage später fuhren wir nach dem Dorfe Rihanija, welches auf halbem Wege zwischen Aleppo und Antiocha liegt. Dort, als Gast der amerikanischen Expedition, lernte ich in den nächsten Wochen die Grundlagen der praktischen Archäologie.«[2] Aber es ist eine lebendige Welt, die sie umgibt, und sie beschreibt sie: überdachte Basare, Stoffe und Teppiche in leuchtenden Farben, die über den Brüstungen der Höfe ausgebreitet sind, schreiende Esel, zwischen den Stoffballen schlafende Kamele, große in Turbane gehüllte Nubier, schwarz verschleierte Frauen wie Nachtvögel. Hinter der exotischen Oberfläche nimmt sie die harte soziale Realität wahr: Beim Besuch einer Wollfabrik erfährt sie, unter welch inhumanen Bedingungen

die Beduinenfrauen arbeiten müssen und daß sie zudem ihrem Arbeitgeber und ihrem Ehemann vollständig unterworfen sind. »Sie arbeiten wie Tiere... die meisten sterben mit 35 Jahren«[3], erklärt der Webereibesitzer.

Im Rahmen einer viertägigen Exkursion besucht sie zunächst Damaskus und anschließend die Ruinen des Jupitertempels in Baalbek. In Beirut trifft sie beim Antikendienst Henri Seyrig[4] und Daniel Schlumberger[5], und sie entdeckt im archäologischen Museum von Professor Ingholdt aufregende Zeugnisse der Geschichte des Orients. Der Libanon, der so aufnahmebereit für ein Gemisch von Ethnien ist, wirkt auf sie wie ein Pulverfaß. Schließlich fährt sie über Tartus und Latakia nach Rihanija zurück.

Am Neujahrstag 1934 folgt sie den Spuren der Kreuzfahrer und der Prinzen von Antiochia, Bohemund und Tankred, bis nach Baghras. Sie fragt sich, welche Motive all diese Menschen getrieben haben, sich in diese abgelegenen Gegenden zu verirren, und ist versucht, die Kreuzzüge mit einer Art Europa-Flucht gleichzusetzen:

> Wahrscheinlich wollten sie [...] nicht mehr nach Hause zurückkehren. Europa versank [...] Nur – hier zu sterben, muß sie das grausamste Heimweh gekostet haben. Denn es gibt ja immer nur eine einzige Wirklichkeit, man ist immer bereit, am gestrigen Tag zu zweifeln, und was weiter zurück liegt, kann man nur noch unter Schmerzen beschwören.[6]

Am 5. Januar läßt Annemarie die Ausgrabungsstätte von Rihanija, den Regen und die Kälte hinter sich und kehrt nach Beirut zurück. Auf dem Weg entlang der Küste fühlt sie sich an die Côte d'Azur erinnert. Aber im Orient glitzert das Mittelmeer noch stärker, und die Luft ist noch klarer. In der darauffolgenden Nacht fällt Schnee. Annemarie und ihre Reisegefährten laufen auf ihren Skiern auf die Weinberghöhen über Bamdun,

um von hier aus den phantastischen Anblick der verwandelten Landschaft zu genießen. Am nächsten Morgen beobachtet sie durch das Fenster den Sonnenaufgang und bestaunt das immer wiederkehrende Wunder eines neu erwachenden Tages.

In Beirut feiern die Menschen gerade mit einem Umzug der Gaukler, Tänzer, dressierten Affen, Messerkämpfer und Wahrsager das Ende des Ramadan. Musik und Farben verbinden sich mit der außergewöhnlichen Schönheit der Gesichter. Annemarie unternimmt allein einen Ausflug nach Byblos, heute Dschubail, eine paradiesische, menschenleere Gegend: Sie schwimmt so weit hinaus, bis sie über dem Strand die schneebedeckten Gipfel der libanesischen Gebirgskette sehen kann, und läßt sich danach von der Sonne trocknen. Am nächsten Tag gerät sie in den Bergen in ein Unwetter mit Schnee und Hagel.

Am Vorabend ihrer Abreise von Beirut im Januar sinnt sie der glücklichen und friedlichen Zeit nach, die sie in dieser Stadt verbracht hat. Sie hat das Gefühl, in ihrer Willenskraft für ihre zukünftigen Projekte gestärkt zu sein, und vor allem ist ihr im Laufe der wiederholten Ankünfte und Aufbrüche, die ihren Aufenthalten einen stark »episodenhaften« Charakter verliehen haben, bewußt geworden, daß sie ihren Ehrgeiz auf klar umrissene Aufgaben beschränken muß. Angesichts der Bedrohungen, mit denen die Welt konfrontiert ist, und der Umwälzungen, die sich anbahnen, scheint ihr diese Erkenntnis der einzige Weg zu sein, eine gewisse Würde zu bewahren und »in Harmonie mit dem, was wir lieben«[7], zu leben.

Die mehrstündige Autofahrt nach Jerusalem stellt Annemaries Geduld trotz der Schönheit der Landschaft auf eine harte Probe: »Wer kennte nicht jenen Zweifel an der Realität, der uns, dem Wort Vertrauende, ergreift, wenn ein Mensch oder ein Ort, den unsere Liebe seit langem phantasievoll umkleidete und beim Namen nannte, Gestalt annehmen soll?«[8] Aber endlich ist die lang ersehnte faszinierende weiße Stadt inmitten von Olivenbäumen zu sehen. Annemarie logiert in einem Kloster. Dort

Mit anatolischen Bauern in der Nähe von Kayseri
(Türkei, November 1933)

herrscht eine fast unerträgliche Kälte. Am Abend stürzt sich das ganze Team, das seit mehreren Monaten klassische Musik entbehren mußte, in die Zionshalle, wo der polnische Violinist Bronisław Huberman in Begleitung des philharmonischen Orchesters von Jerusalem die Violinkonzerte von Brahms und Beethoven vorträgt. Gleich nach diesem kulturellen Ereignis schreibt sie in ihr Tagebuch: »Ich erinnerte mich der Argumente, die die Rückkehr nach Palästina als eine romantische Schwärmerei der Zionisten ausgeben wollen, die von keinem realen und praktischen Standpunkt aus haltbar und vernünftig sei. [...] Kein Land außer Palästina kann den Gedanken des jüdischen Volkes tragen: Daneben scheint das arabische Problem gering.«[9]

Nach drei Tagen in Jerusalem fährt sie am See Genezareth vorbei nach Damaskus und fliegt über Nacht in den Irak. Als der Tag anbricht, sieht sie einen Augenblick lang unter dem Flugzeug hinwegfliehende Gazellenherden und dann in der Ferne das schimmernde Band des Euphrat. Wenig später tauchen die goldenen Türme der Moschee von Bagdad auf, und Annemarie stellt erneut ihre Uhr um eine Stunde vor, Beleg ihres allmählichen Vordringens ins Herz des Orients.

Ungefähr einen Monat lang besucht sie die zahlreichen irakischen Ausgrabungsstätten bei Bagdad. Sie beklagt die Touristenströme in Babylon, fühlt sich an die Hochzeit von Alexander dem Großen und Roxane und an seinen Tod in den Mauern dieser antiken Stadt erinnert. Auf dem Rückweg gerät sie zum ersten Mal in ihrem Leben in einen Sandsturm. Gleich am nächsten Tag macht sie sich bei noch anhaltendem Sturm entlang den »paradiesischen« Ufern des Euphrat auf den Weg nach Hilla, überquert endlose, mit Beduinenzelten übersäte Ebenen, bis sie schließlich Ur erreicht. Es ist Sonntag. Sie wird von dem berühmten englischen Archäologen Sir Leonard Woolley empfangen. Er bietet ihr an, ihr persönlich die Tempel, Paläste, Zikkurate[10] und Königsgräber zu zeigen, die seine Mitarbeiter frei-

gelegt haben. Danach fährt sie durch eine ehemals fruchtbare Wüstengegend, die nun den Schakalen und Schlangen überlassen ist, und schließt sich in Warka einem deutschen Ausgrabungsteam an. Hajj, Kut, Ktesiphon, Tell Asmar. In Kut findet die Gruppe im *Government Resthouse* lediglich zwei kalte, völlig kahle und zugige Zimmer als Unterkunft vor. Annemarie und ihre Begleiter müssen die Nacht auf staubigen, wackelnden Liegestühlen verbringen. Am nächsten Morgen müssen sie erleben, daß man ihren Tee aus dem Wasser des WC-Reservoirs zubereitet!

Anschließend geht es weiter nach Karbala und Nadschaf, in die heiligen Städte der Schiiten. Annemarie ist sehr beunruhigt über die persischen Pilger, die ihr noch fanatischer als die irakischen erscheinen: »Diese persischen Pilger sind ein unheimliches Volk. Bleich, düster, schwarzbärtig, bieten sie den Anblick von Menschen, die um jeden Preis die Realität verleugnen und ihr entfliehen wollen.«[11] Bei dieser Gelegenheit begreift sie, wie negativ und gefährlich der Einfluß eines in sich abgeschlossenen Denksystems sein kann. Und die Erinnerung an die Geschehnisse in Europa wird wach...

Der Aufenthalt im Irak nähert sich seinem Ende: Annemarie besucht noch Ukhaidir, die riesige Festung mitten in der Wüste, und Kufa, die Stadt, von der die Legende sagt, sie sei von Verrätern bewohnt, denn hier wurde Mohammeds Cousin und Schwiegersohn Ali ermordet. Entgegen ihrer Planung ist Annemarie am 26. Februar noch immer in Bagdad: Es ist unmöglich, nach Persien zu reisen, da die verschneiten Bergpässe für Autos gesperrt sind. In der Wartezeit nimmt Annemarie an einigen Schakaljagden teil. Als ein Unwetter losbricht, verkriecht sie sich in ihrem Hotelzimmer. Zwei Tage später läßt das milde Klima den Schnee endlich schmelzen. Die Reisende läßt den größten Teil ihres Gepäcks in der irakischen Hauptstadt und dringt nun in die Region vor, in der einmal das ruhmreiche Imperium der Achämeniden und der Sassaniden lag.

Da ist zunächst eine endlose Reihe von Bergketten und großen Tälern, dann folgen die weiten Mohnfelder Kurdistans, die Städte Kermanschah und Hamadan und schließlich Teheran. Annemarie hofft, in der Ausgrabungsstätte des antiken Rhagai, wo Alexander der Große mit seiner Armee haltgemacht hat, Professor Erich Schmidt zu treffen. Wie zuvor in Syrien unternimmt sie auch hier, sofern die Arbeit es zuläßt, ausgedehnte Tagestouren: Sie überquert das gewaltige Elburs-Massiv, um in die fruchtbare grüne Provinz Masanderan und ans Ufer des Kaspischen Meers zu gelangen. Wald wechselt mit Reisfeldern ab, in denen die Malaria wütet. Am Abend des 25. März, am Palmsonntag, stellt sie eine große Ähnlichkeit zwischen der Landschaft um Ab-e-Garm und den Bergen Graubündens fest. Die Heimkehr ist nah ... Aber vorher kommt eine letzte Expedition nach Ispahan, Persepolis und Schiras:

> Die Fahrt nach Persepolis dauerte zwei Tage. Doch mußten wir immer bis tief in die Nacht hinein fahren, denn es regnete und die Straße war schlecht. Bäche stürzten über sie hinweg; Löcher, Gräben, richtige Flußbette bildeten sich. Es gab Reifenpannen, man saß in der Dunkelheit am Straßenrand und flickte. Oder der Magnet wurde naß – das war ein großer Ärger. [...] Gegen Abend erreichten wir das Dach von Persien, eine ungeheure Einöde. Ich glaubte, daß wir jeden Augenblick am Ende der Welt sein würden. [...] Persepolis lag am Ende einer neuen Ebene, seine Säulen ragten auf hoher Terrasse wunderbar in den bewölkten Nachthimmel, und der Name wurde Wirklichkeit.[12]

Die Reiseaufzeichnungen enden am 15. April 1934 in der Hafenstadt Pahlewi am Kaspischen Meer, wo der Kaviar auf den Weg nach Europa gebracht wird. Annemarie schlägt nun dieselbe Route ein, denn sie hat gehört, daß die Reise über die Sowjetunion nur etwa halb so viel kostet wie die über den Bal-

kan. Am Quai liegt schon das russische Schiff, das sie nach Baku bringen soll. Und genau vierundzwanzig Stunden später verschickt sie von Baku aus zwei Postkarten: eine an Klaus Mann und eine andere an Claude Bourdet. Schon Anfang April hat sie diesen beiden Freunden geschrieben, daß sie fast entschlossen sei, bereits im Oktober nach Persien zurückzukehren, um ein dreimonatiges Praktikum in der Ausgrabungsstätte von Rayy zu absolvieren:

> Ich kann, wenn ich an Europa denke, nichts finden, was mich dort hielte oder mir auch nur recht erträglich schiene [...] Ich würde in Rhagai hauptsächlich Schädel messen und die Absurdität der deutschen Rassen-Idioten an iranischen Beispielen kundtun, das allein kommt mir verführerisch vor.[13]

Bei ihrer Rückkehr Ende April 1934 hindert diese Zukunftsperspektive sie nicht daran, sich voll und ganz der Wiedersehensfreude mit dem »geliebten Europa« zu überlassen. In ihrem Gepäck hat sie ein Reisetagebuch, das sie sofort nach ihrer Ankunft zu einem Buch umarbeitet. Es erscheint sechs Monate später unter dem Titel *Winter in Vorderasien* im Zürcher Rascher Verlag. Sie muß sich an der Finanzierung der ersten tausend Exemplare beteiligen und die Hälfte der Druckkosten übernehmen – eine Summe, die ihr zurückgezahlt werden soll, sobald dieses Kontingent verkauft ist. Aber zwischen 1934 und 1940 werden nur neunundachtzig Exemplare abgesetzt. Das Buch ist mit sechzehn Fotos illustriert und in einem Stil geschrieben, der sich meistens um strikte Objektivität bemüht. Der Verleger, dem die *Lyrische Novelle* sehr gefallen hat, kann sich nicht versagen, dazu die Bemerkung zu machen: »Auch habe ich das Gefühl, daß irgendwelche Hemmungen vorliegen, so daß Sie nicht immer schreiben, was Sie schreiben möchten.«[14] Annemarie gibt dies sofort zu. Nachdem sie festgestellt

hat, daß das Schweizer Publikum keine sehr intimen Aufzeichnungen lesen möchte, hat sie beschlossen, »etwas Unanfechtbares zu schreiben« und alles wegzulassen oder zu unterdrücken, »was zu persönlich werden wollte«.[15] Kaum zwei Wochen nach ihrem Aufbruch hatte sie bereits Claude Bourdet anvertraut: »Ehrlich wird es nicht, denn ich schreibe nicht alles. Keine schlimmen Träume.«[16] Aber wenn die persönlichen Reflexionen auch selten sind, so fehlen sie dennoch nicht vollständig. Es ist vor allem die Frage nach dem Warum der Reise, die Annemarie quält. Es scheint ihr, als »ob es die Flucht ins Unerreichbare ist, die uns zwingt, Unbequemlichkeit und Einsamkeit auf uns zu nehmen und das gewohnte Leben willkürlich an einer Stelle abzubrechen, ohne dafür einen vernünftigen Grund angeben zu können.«[17]

Wenn man mehr erfahren möchte, insbesondere über ihre Gesundheit und ihren psychischen Zustand, muß man ihre Korrespondenz lesen, denn ihren Freunden schildert sie die »schlechten Träume«, die sie während der Reise hat: Kaum ist sie in Ankara angekommen, leidet sie auch schon unter Heimweh, betrinkt sich, nimmt Rauschgift, wird krank, zweifelt an ihren archäologischen Kompetenzen. In den Briefen ist von Whiskyflaschen die Rede, von merkwürdigen nächtlichen Eskapaden, von einem Abend in Aleppo in Begleitung von Prostituierten, von der Einnahme von »Fisch« – und auf allen Etappen der Reise von zahlreichen Frauen, die sich durch Annemaries Zerbrechlichkeit angezogen fühlen und ihr mit verschwenderischer Fürsorge und Zärtlichkeit begegnen. Spöttisch schreibt Erika Mann am 24. Januar 1934 an ihren Bruder: »Von Miro laufen auch bei mir die trockenen und verwirrten Briefe ein. Es ist ein Sonderbares mit dem Kinde. Und leider wird wohl nie etwas dabei herauskommen, weder menschlich noch produktiv. Auch ihre Skepsis sich selber gegenüber hat etwas Schlappes, und was sie aus der Reise macht, ist nicht viel: Whisky, Thunfisch, ein bißchen Fern-Hochmut – wie wir ihn

in Korea auch hatten –, aber wir waren jünger, und die Zeiten waren anders.«

Weiß die Direktorin der *Pfeffermühle* denn nicht, daß »Prinzessin Miro« Verträge mit verschiedenen Schweizer Tages- und Wochenzeitungen hat? Daß sie ein Reisetagebuch führen und Erläuterungen zu ihren Fotografien schreiben muß? Daß sie archäologische Studien betreibt und Arabisch lernt? Man könnte es glauben. Gewiß läßt sich nicht bestreiten, daß Annemarie ein exzessives Leben geführt hat. Am 8. Februar zog sie sich eine so schwere Vergiftung zu, daß sie in ihrem Zimmer bleiben mußte, während unten im Hotelsaal Minister und Diplomaten einen der seltenen Tanzabende feierten. Aber zwischen zweimaligem Erbrechen hat sie dennoch die Kraft gefunden, an Klaus Mann zu schreiben und ihn zu beruhigen: »Mit dem Fisch verhält es sich aber nicht so schlimm, Klausilein – ich habe keine Zeit dazu, weil man hier oft um 5 Uhr aufstehen muß.« Trotz ihres schlechten Gesundheitszustands hat sie sich nach der Zeitschrift *Die Sammlung* erkundigt und dem Freund versichert, daß sie so oder so einen Weg finden würde, falls er Geld brauchen sollte. Alle Briefe an Klaus Mann aus dieser Zeit zeigen übrigens, daß sie immerzu bemüht ist, ihr eigenes Budget so gut wie möglich zu verwalten und auf diese Weise sicherzustellen, daß sie ihm einen monatlichen Zuschuß von dreihundert Schweizer Franken schicken kann. Um das Erscheinen der Zeitschrift abzusichern, hat sie sogar erwogen, ein Projekt zu verschieben, das ihr seit dem Sommer 1933 am Herzen liegt: im Tessin oder in Graubünden ein Ferienhaus zu mieten, wo ihre Freunde sie besuchen können.

In Asien ist die Briefbeförderung derartig langsam und unzuverlässig, daß Annemarie sich mehrfach beklagt, *Die Sammlung* nicht zu erhalten. Und es hat keinen Sinn, auf die deutschen Buchhandlungen in Teheran zu zählen, denn hier ist außer Naziliteratur nicht viel zu finden. Anfang März schickt sie Klaus Mann – möglicherweise auf seine Bitte hin – einen

Text über Gertrude Bell, jene englische Reisende, über die Thomas Edward Lawrence (besser bekannt unter dem Namen Lawrence von Arabien) einmal geschrieben hat: »Ihr Leben war eine einzige Serie von Krisen.« Annemarie berichtet, daß dieser kleine »poetische Ausflug« eine angenehme Abwechslung von der Strenge ihrer trockenen journalistischen Arbeiten war. Dennoch zögert sie. Zwar ist sie sich sehr wohl der großen Ehre bewußt, die es bedeuten würde, wenn sie ihre Arbeit an der Seite renommierter Autoren in der *Sammlung* veröffentlichen könnte. Aber sie weiß zugleich, daß die Nazis die Zeitschrift mit einem Bannfluch belegt haben, und sie fürchtet, ein Aufenthalt in Deutschland könnte ihr untersagt werden. Dann wäre es ihr unmöglich, nach ihrer Rückkehr aus Asien ihre Freunde in Berlin zu besuchen. Aus Freundschaft zu Klaus Mann ist sie letztlich bereit, ihre Bewegungsfreiheit zu opfern.

Es ist nicht bekannt, ob der Chefredakteur der *Sammlung* das Manuskript, von dem es heute keine Spur mehr gibt, angenommen hat. So oder so ist es Annemarie selbst, die ihn kurze Zeit später bittet, den Text zurückzuhalten, und zwar aus Beweggründen, die mit dem deutschen Botschafter in Teheran, Wipert von Blücher, und seiner »mehr als reizenden«[18] Ehefrau zusammenhängen. Während ihrer Persienreise hat sie bei ihnen gewohnt, und sie hofft, erneut ihre Gastfreundschaft zu genießen, wenn sie im September nach Teheran zurückkehrt. Zudem ist sie überzeugt, daß eine Veröffentlichung unter ihrem Namen in einer offen anti-nationalsozialistischen Zeitschrift ihrem Gastgeber schaden und ihn sogar seinen Posten kosten könnte.

Trotz dieser Vorsicht wird ihr schon im Juli 1934 der Aufenthalt in Deutschland verboten, und infolgedessen kann sie auch nicht mehr in der deutschen Gesandtschaft in Teheran wohnen. Offensichtlich wissen die Verantwortlichen im Reich, daß sie für *Die Sammlung* bürgt, denn schon mit der ersten Nummer, in der eine Buchkritik von ihr erschien, war ihre Mit-

wirkung erkennbar. Anfang Juni besucht sie in Berlin Baronin Maud von Thyssen-Bornemisza, die daraufhin verhaftet und aufs Polizeirevier gebracht wird. Die Nazis sind davon überzeugt, daß Annemarie eine Spionin im Dienste Erika Manns ist, und verhören Maud von Thyssen mehrere Stunden lang. Sie wird erst freigelassen, als ein Freund von Hanna Kiel, der bei der SS ist, interveniert.

In der *Sammlung* vom März 1935 widmet Klaus Mann Annemaries Buch *Winter in Vorderasien* einen kurzen Artikel. Er stellt die Genauigkeit ihrer Beobachtungen und das bemerkenswerte sprachliche Niveau heraus und kündigt an, daß demnächst ein Band mit Erzählungen erscheinen wird, für den die Autorin ihre persönlichen Aufzeichnungen reserviert hat. Und tatsächlich: Kaum hat sie den letzten Punkt unter ihr Manuskript gesetzt, beginnt Annemarie »emsig wie eine Biene«, eine Reihe von Geschichten zu schreiben, die von ihrer Orientreise inspiriert sind. Sie erzählt von Männern und Frauen, die aus Abenteuerlust, politischen oder beruflichen Gründen Europa oder Amerika verlassen haben und denen schnell klar wird, daß sie »nicht zu lang in diesem Erdteil bleiben« sollten. »Die kleinen Geschichten sind alle harmlos, so richtig packend und erschütternd wird nichts vorkommen, nicht einmal eine Liebesgeschichte – kann man das den Lesern bieten?« fragt sie Klaus und gibt selbst die Antwort: »Ja, und weshalb nicht?«[19] Die Arbeit geht ihr so leicht von der Hand, daß sie schon fast Angst bekommt, aber die sehr positive Rückmeldung von Erika ermutigt sie fortzufahren. Klaus seinerseits findet ihre Texte atmosphärisch sehr dicht, »très à la Hemingway«, und schon im August 1934 sendet Annemarie einen Teil ihres Manuskriptes an den Rascher Verlag, der gerade im Begriff ist, *Winter in Vorderasien* herauszubringen. Einige Wochen zuvor hat sie Rascher in einem Brief geschrieben, wie unangenehm es ihr ist, als reiche Tochter mit außergewöhnlichen Privilegien zu gelten. Sie versichert, daß sie niemals ihren Vater um Hilfe in einer »be-

ruflichen Angelegenheit« bitten würde, und fügt hinzu: »Außerdem arbeite ich wie jeder andere, nach bestem Talent und Möglichkeit – und es widerstrebt schließlich jedem, wenn seine Arbeit als eine Art von Zeitvertreib angesehen wird.«[20]

Angesichts der alarmierenden Nachrichten aus Hitlerdeutschland, die Tag für Tag die Zeitungen füllen, kann jedoch Annemarie Schwarzenbachs Schreibwut nicht ihre ständig wachsende Beklemmung überdecken. Nach der brutalen Eliminierung Röhms und führender Persönlichkeiten der SA sowie zahlreicher Regimegegner in der Nacht der langen Messer am 30. Juni hofft Annemarie, ohne wirklich daran zu glauben, daß dieses Blutbad wenigstens die Menschen aufrütteln und die Machenschaften der Schweizer Frontisten entlarven wird, die zunehmend von sich reden machen. Sie selbst muß ständig eine einigermaßen haltbare Position zwischen einer Familie, die den Aufstieg des Faschismus begrüßt, und ihren im Widerstand engagierten Freunden finden. Sobald sie den Füller aus der Hand legt, hat sie das Gefühl, in ein kreisendes aschgraues Loch zu fallen: »Ich habe eine grenzenlose Angst [...] vor jeder Stunde, die man sich noch allein läßt diesem grauen Kreisel gegenüber. Mit was, Klaus, treibt man sich denn diese hoffnungslose Angst wieder aus den verruchten Gedanken?« schreibt sie ihm am 14. Juli. Zu diesem Zeitpunkt hat sie gerade mit Maud von Thyssen zwei Wochen in Österreich verbracht – zwei Wochen, die zum Ende ihrer Beziehung geführt haben, so daß sie verzweifelt ist: »Ich habe überhaupt keine Lust mehr zu leben. [...] Ich verlasse Maud, diese kindliche Freundin voller Zärtlichkeit und Grausamkeit, mit dem Gefühl von ›unmöglich‹, vollkommen entmutigt.«[21] Auch ihre Drogensucht verschlimmert sich. Im übrigen ist dies schon seit ihrer Rückkehr aus dem Orient ein Thema, um so mehr, als sie berichtet, jemanden zu kennen, der ihr alle möglichen und denkbaren Rezepte ausstellen kann. Zunächst halten Erikas Warnungen sie noch davon ab, Rauschgift zu nehmen. Aber das Bedürfnis ist so stark, daß sie nachts

davon träumt. Ein Treffen mit Mopsa Sternheim reicht, damit die Drogen wieder griffbereit sind, und an einigen Abenden eskalieren die »Thunfeste« mit den Geschwistern Mann und Therese Giehse. Die Spritze geht reihum, und da Klaus es mit der Hygiene nicht immer sehr genau nimmt, bekommt er von Zeit zu Zeit extrem schmerzhafte Entzündungen.

Angesichts all dieser destabilisierenden Faktoren kommen die Erinnerungen an die Zeit im Orient wieder an die Oberfläche – »wohl auch Persien zufolge, was schon wieder sein großes Hochebenen-Gesicht öffnet ...« In Annemaries Augen wirkt Bocken irreal, ein bißchen wie ein Ferienort, während die wesentlichen Ereignisse in Persien stattfinden: »Hier sei ein künstliches Gebilde und gar nicht mehr ›Erde‹, dort wieder Sonne und Schatten, Staub, Einsamkeit, Besinnung. Und gerade dann erhebt sich das WOZU in seiner grausamsten entmutigendsten Form.«[22] Sie versucht nicht, dieser Frage auszuweichen – ganz im Gegenteil. Ihre Entscheidung steht fest: Sie wird nach Persien zurückkehren. Aber anstatt einen Direktflug nach Bagdad zu nehmen, wie sie ursprünglich geplant hat, unternimmt sie zuvor einen kühnen Schritt, der für eine junge Frau großbürgerlicher Herkunft sehr ungewöhnlich ist: Sie begleitet Klaus Mann zum ersten sowjetischen Schriftstellerkongreß, der am 17. August in Moskau eröffnet wird.

Als Mitglied einer zwölfköpfigen Delegation deutscher Schriftsteller – darunter Ernst Toller, Balder Olden, Theodor Plivier, Johannes R. Becher, Albert Ehrenstein und Oskar Maria Graf – ist Klaus Mann nicht als Redner, sondern als Zuhörer eingeladen worden. Das sowjetische Regime befindet sich damals, kurz vor Beginn des stalinistischen Terrors, in einer Periode relativer Durchlässigkeit, und die Organisatoren des Kongresses haben darauf geachtet, auch »›linksbürgerliche‹ Elemente« einzubeziehen, die für eine Volksfront in Frage kommen. Im *Wendepunkt* erklärt Klaus Mann sehr genau, daß er diese Ein-

ladung angenommen hat, weil er »an die Möglichkeit und Wünschbarkeit einer Zusammenarbeit zwischen Osten und Westen (glaubte), zwischen Demokratie und Sozialismus – [...] zur Rettung [...] der [...] von einem gemeinsamen Feinde bedrohten Zivilisation«.[23] Wie Annemarie ist er der Auffassung, daß von diesem gemeinsamen Feind, dem Faschismus, eine wesentlich größere Gefahr ausgeht als vom Kommunismus, da er »die leicht erregbaren Massen mit dem Gift rassistischen und nationalistischen Größenwahns infiziert«.[24]

Die zwei Freunde haben sich von Zürich aus am 13. August über Wien und Warschau auf den Weg nach Moskau gemacht und treffen dort drei Tage später ein. Beide wollen ihre Eindrücke von dieser Reise festhalten: Klaus in seinen *Notizen in Moskau,* die bereits im Oktober in der *Sammlung* erscheinen, und Annemarie in ihren *Notizen zum Schriftstellerkongreß in Moskau*[25]. Der Kongreß ist eine gewaltige Demonstration im Stil eines Volksfestes. Versammelt sind sechzig Delegationen aus verschiedenen Sowjetrepubliken und etwa vierzig ausländische Schriftsteller. Das Publikum in dem brechendvollen Saal setzt sich aus Bauern, Arbeitern und Soldaten, darunter zahlreichen Frauen, zusammen. Dafür ist allerdings Annemarie eine von ganz wenigen offiziell eingeladenen Vertreterinnen ihres Geschlechts. Der bayrische Schriftsteller Oskar Maria Graf, dem Klaus sie vorstellt, schreibt kurz darauf: »Es handelte sich bei ihr um eine schreibende Millionärstochter aus der Schweiz, die aus Spielerei und wahrscheinlich, um sich irgendwie interessant zu machen, regen Verkehr mit Prominenten pflegte und große Reisen machte.«[26] Eine schwer nachvollziehbare Einschätzung, wenn man Annemaries Zurückhaltung kennt und ihre Notizen über den Kongreß liest.

Klaus und sie werden herzlich empfangen, und schon am ersten Tag fühlen sie sich wie im Schlaraffenland für Schriftsteller – so groß ist die Leidenschaft des Volkes für die Literatur. Riesige Porträts von Dichtern, darunter Dante, Shakespeare,

Tolstoi, Goethe, schmücken den Saal. Man berichtet ihnen, daß der Papiermangel das einzige Problem ist! Annemarie kommentiert am 19. August in einem Brief an Claude Bourdet: »Während es in Europa kaum mehr Leser gibt und der Schriftsteller [...] froh sein muß, wenn er einen schlecht zahlenden Verleger findet – steht hier ein Mann wie Gorki neben Stalin im Mittelpunkt des breitesten Interesses, er ist ein wahrer Nationalheld – und um das Schrifttum bemüht sich einfach jedermann.« Während *Die Sammlung* sich mit gravierenden finanziellen Problemen herumschlägt, bekommen sie hier eine qualitativ hochwertige Literaturzeitschrift zu sehen, die zweimal monatlich erscheint und gerade mal fünfzehn Rubel kostet. An die zehntausend Exemplare jeder Ausgabe sind regelmäßig in weniger als vier Tagen verkauft! Aber die beiden Freunde stellen bald fest, daß die betreffenden Texte ausschließlich den Aufbau des Sozialismus, den Fortschritt in den Kolchosen, die Produktionsergebnisse in den Fabriken und die Leistung der Wirtschaft behandeln. Eines späten Abends gesteht ihnen Johannes R. Becher – nicht ganz nüchtern – im Vertrauen, daß alle diese Bücher absolut langweilig seien.

Wie dem auch sei – Annemarie ist tief beeindruckt vom Enthusiasmus der Sowjetbürger, von ihrer Entschlossenheit, der Ausbeutung des Menschen durch den Menschen ein Ende zu machen, von den Mitteln, die eingesetzt werden, um das Leben aller Bürger zu verbessern. Bei uns, schreibt diese Tochter eines »Kapitalisten«, sind die Menschen viel fatalistischer und neigen dazu, ihre Lebensbedingungen hinzunehmen, als ob ihr Schicksal ein für allemal durch einen göttlichen Beschluß festgelegt wäre.

> Damit finden sich besonders jene leicht ab, die eventuell die Macht hätten, diese Zustände zu ändern. Denn da es ihnen gutgeht, tun sie zwar ihr Bestes, doch nichts über das Maß menschlicher Kräfte hinaus. Sie haben auch genug Ablen-

> kungen, um nicht Tag und Nacht an das Elend jener zu denken, die ihrerseits keine Ablenkungen haben, aber auch keine Möglichkeit einzugreifen. Ich wiederhole: Das ist menschlich. Aber natürlich wird ein ehemaliger Konfektionsarbeiter, ein ehemaliger Metallarbeiter, ein ehemaliger Knecht mehr als Menschliches daransetzen, seine einmal gewonnene Macht anzuwenden und die Verhältnisse zu ändern. Diese Leute haben Tag und Nacht gearbeitet, und wir sehen, daß es möglich ist, Utopien in Wirklichkeit zu verwandeln.[27]

Dennoch ist sie von zwei Besonderheiten dieser Wirklichkeit schockiert, die auch charakteristisch für den Faschismus sind: von der totalen Unterwerfung der »Genossen« unter die Partei und von der Allgegenwart des Militärs.

Im Laufe des Kongresses initiiert Louis Aragon eine Debatte über das Verhältnis zwischen Individualismus und Kollektivismus, die Annemaries und Klaus' ganze Aufmerksamkeit auf sich zieht. Karl Radek, Vertreter der offiziellen Parteilinie, verurteilt den Individualismus als »muffigen Rest des bürgerlichen Gedankengutes«. Darauf antwortet Jean-Richard Bloch mit der Formulierung: »Individualismus – nein, Individuum – ja!«[28] und wird damit zum Fürsprecher individueller Freiheiten.

Eine Woche nach ihrer Ankunft in Moskau stellen die beiden Freunde fest, daß im Land des »historischen Materialismus« die Literatur infolge ihrer strikt sozialen Rolle ihrer notwendigen metaphysischen Dimension beraubt ist. Unabhängig voneinander notieren beide, daß die unumgänglichen Themen der Literatur immer und ewig der Tod, die Liebe und die Einsamkeit sein werden. Diese Themen kommen in den Büchern von Ilja Ehrenburg nicht vor. Daß hier zwei Konzeptionen von der Welt einander verständnislos gegenüberstehen, wird deutlich, als André Malraux die Arbeiter nach ihrem Verhältnis zum Tod fragt und sie daraufhin in Gelächter ausbrechen. Zum

Schluß schreibt Annemarie, wie um ihre persönliche Auffassung von der Rolle des Schriftstellers zu bestärken: »Ich glaube nicht, daß es auf jeden Fall seine Aufgabe ist, kämpferische und politische Entscheidungen seiner persönlichen Arbeit voranzusetzen.«[29]

Am 26. August verläßt Klaus Mann Moskau, um über Leningrad nach Finnland weiterzureisen. Miro begleitet ihn bis zur Stadt von Peter dem Großen. Sie besuchen die Eremitage, sehen sich lange zwei »zauberhafte« Madonnen von Leonardo da Vinci an und Rembrandts Bildnis vom Verlorenen Sohn: »das ergreifendste Bild der Welt«, kommentiert Klaus, und seine Freundin empfindet es als »fast unerträglich ergreifend«. Als sie am 28. August auf dem Bahnsteig auf die Abfahrt von Klaus' Zug warten, ziehen sie eine letzte Bilanz und fragen sich, ob der »Bolschewismus« als Modell einer neuen Gesellschaft dienen könnte, das dem europäischen Faschismus ein Ende bereiten würde. Nach Annemaries Auffassung »kann man jedoch von hier keinesfalls einfach abschreiben. Man möchte, es wäre dann doch ganz anders ...«[30]

Annemarie verbringt noch einen Tag an der Newa. Die beeindruckende Größe der Paläste, die ihre Ufer säumen, und ihre »despotische Einsamkeit« scheinen ihr Asien anzukündigen, »so daß man dahinter nichts als die Steppe vermutet«,[31] wie ihr der »sehr nervöse«[32] Malraux vorhergesagt hat. Dann fährt sie zurück nach Moskau. In dieser dritten Woche in der sowjetischen Hauptstadt bekommt sie nun einen direkteren Kontakt zum Alltagsleben und ist nicht mehr so sehr, wie am Anfang ihres Aufenthalts, die Beobachterin von außen. Mal überfliegt sie im Flugzeug Moskau, mal geht sie ins Kino. Bei dieser Gelegenheit lernt sie den holländischen Regisseur Joris Ivens kennen und spielt eine Zeitlang sogar mit dem Gedanken, mit seinem Team nach China zu gehen. Seine Filme *Neue Erde* und *Elend in der Borinage,* die von den harten Realitäten der Arbeitswelt handeln, hinterlassen bei ihr einen starken Eindruck.

In ihren Aufzeichnungen äußert sie sich empört über die Absurdität eines Kapitalismus, der den Arbeitern die Früchte ihrer Arbeit vorenthält. Aber die größte Überraschung ist, daß diese Enkelin eines Generals nach einem Besuch bei der Roten Armee – nicht ohne Selbstironie – erklärt, sie fange an, sich »zu einem Militaristen zurückzubekehren«.

> Es herrscht eine vorzügliche Disziplin, doch ist sie nicht mittels der formellen Autorität erreicht, die bei uns so unnatürlich und abstoßend wirkt. Hier darf ein Soldat das Maul auftun, fragen und sogar kritisieren. [...] Bei uns behauptet man auch, im Militärdienst einen pädagogischen Zweck zu erfüllen. Die Erziehung besteht aber darin, daß die Leute es sich gefallen lassen, wenn sie wegen eines falsch gestellten Fußes um ihren Urlaub kommen und wegen einer vergessenen Zahnbürste von Unteroffizieren angebrüllt werden und nicht mit der Wimper zucken dürfen. Sie lernen, ihr Essen in zwei Minuten zu verschlingen und auf gestellte Fragen stereotype Antworten zu brüllen. [...] In der Roten Armee werden die Leute zu frei denkenden und vernünftig handelnden Menschen erzogen.[33]

Am 6. September 1934 steigt Annemarie in den Zug, der sie über Tibilissi und Baku nach Teheran bringen soll. Einige Tage zuvor hat sie Claude Bourdet gestanden, daß sie schon jetzt unter Heimweh leidet. Und sie fügt hinzu: »Manchmal frage ich mich, welcher Teufel mich dazu zwingen mag, mich diesen seltsamen Selbst-Prüfungen zu unterziehen. Ich bin doch so *ungern* allein.«[34]

Siebtes Kapitel

Persien

(1934–1935)

In der Nähe von Teheran (Sommer 1935)

> Die Anmut ihres zarten Körpers, die blassen Schläfen, die die Nachdenklichkeit ihres Gesichtes betonten, wirkten ungemein stark auf jene, die von der tragischen Größe der Androgynie angezogen werden.
>
> Ella Maillart, *Der bittere Weg*

Als Kontrapunkt zum sowjetischen Schriftstellerkongreß gab es für Klaus und Annemarie in Moskau nicht nur feuchtfröhliche Bankette, auf denen sie nach kaukasischer Sitte Toasts auf verschiedene sowjetische Minister ausbringen mußten, sondern wie immer nahmen sie auch Drogen. Klaus hatte Thun-Tabletten dabei, und er ließ seine Freundin auf der Fahrt von Zürich nach Moskau daran teilhaben. Am Abend ihrer Ankunft zogen sie sich früh in ihr Zimmer im Hotel Metropol zurück, um zu zweit ein Thun-Fest zu feiern. Klaus notierte darüber am folgenden Tag: »Amitié«, ein Ausdruck, den er mehrfach in seinem Tagebuch verwendet und der sich auf Momente besonders intensiver seelischer und emotionaler Begegnung zu beziehen scheint.

Diese Annäherung an Klaus fällt in eine Zeit, in der sich für Annemarie sehr dringlich die Frage einer Heirat stellt. Anfang Mai 1934 hat sie unmittelbar nach ihrer Rückkehr aus Persien von dort einen »ganz hochgestimmten Ehe-Antrag«[1] bekommen. Kam er vielleicht von Chefik, jenem »arabischen Freund«, der ihr jeden Tag per Luftpost einen Brief schickt und sie inständig bittet, sich mit ihm in Batavia (heute Djakarta) zu tref-

fen? Oder von jemand anderem? An Anwärtern fehlt es nicht. So oder so: Kaum hat sie Klaus Mann von diesem Antrag berichtet, verwirft sie ihn sogleich mit dem Argument, daß sie ihre Freunde nicht entbehren könnte und daß sie zu viel Heimweh hätte. Aber nachdem die Idee sich einmal in ihrem Kopf eingenistet hat, läßt sie sie nicht mehr los. Der größte Vorteil einer Heirat bestünde offensichtlich darin, sie in privater und beruflicher Hinsicht aus der Bevormundung durch ihre Familie zu lösen und ihren Handlungsspielraum zu erweitern.

Diese Avancen erinnern sie daran, daß ein anderer Mann sich ernsthaft für sie interessiert und ihr vor ihrer Abreise nach Vorderasien unumwunden seine Liebe erklärt hat: Claude Bourdet. Seit sie sich kennen, haben Annemaries Gefühle für ihn sich von einer einfachen Freundschaft zu einer »zärtlichen Freundschaft« gewandelt. Er erinnert sich später, wie sie ihn im Jahr 1933 eines Nachts in ihrem Mercedes nach Hause gefahren hat:

> Sie hielt das Auto an – es war in einer Straße im oberen Zürich –, sie drehte sich zu mir, eine Straßenlaterne beschien uns durch die Windschutzscheibe, sie hielt mir von sich aus den Mund hin und küßte mich wirklich, ihre Haare streiften sacht meine Wange – niemals werde ich ihre Haare vergessen, durch die das Licht der Straßenlaterne leuchtete. Seit diesem Tag gehörte ich für immer ihr, und obwohl ich sie nie mehr geküßt habe und es ihr nie mehr gesagt habe, habe ich es oft geschrieben: »*Ich liebe dich.*«[2]

Als Annemarie Ende April 1934 in die Schweiz zurückkehrte, leistete Claude Bourdet in Grenoble seinen Militärdienst ab. Sie schickte ihm Brief um Brief – meistens per Expreß –, Telegramm um Telegramm, um ihm Termine für ein Treffen vorzuschlagen, die sie jedoch wenig später wieder absagte, da sie unentwegt zwischen Zürich, Basel, Nyon, Berlin, dem Tessin und Tirol hin und her fuhr. Claude hatte stark den Eindruck,

daß Annemarie ihre Pläne jeweils in Abhängigkeit von denen änderte, die er die »durchreisenden Sterne« nannte. Sicherlich wußte er von ihrer Vorliebe für Frauen, aber – »war das so sicher oder so definitiv?« Am 18. Juni kündigte sie ihm an, daß sie ihm gern einen sehr wichtigen Vorschlag machen würde, ohne ihm schon zu offenbaren, worum es ging. Am 1. Juli bat sie ihn nahezu flehentlich, einen »Sonderurlaub von vier Tagen« zu beantragen und mit dem Flugzeug zu ihr nach Tirol zu kommen. Seinen Vorgesetzten gegenüber sollte er »eine sehr dringende Angelegenheit« als Grund angeben! Claude Bourdet bekam lediglich zwei Tage frei, so daß er eine so weite Reise nicht machen konnte. Zwei Wochen später schrieb sie ihm: »Es ist notwendig, Claude, daß Du mir einige genaue Angaben machst«, und sie listete folgende Fragen auf:

1. Was willst Du nach Deinem Militärdienst machen? Wie alt bist Du, welchen Beruf willst Du ausüben, wo wirst Du leben?
2. Wie unabhängig bist Du? a) gegenüber Deinen Eltern? b) in finanzieller Hinsicht? Hast Du viel Geld?
3. Was denkst Du, wann und wie wir uns sehen können?[3]

Viele Jahre später erinnert Bourdet sich an diesen oder vielleicht an einen anderen, verschollenen Brief und schreibt: »Ich glaubte zu verstehen, daß sie mir anbot, mit ihr zu leben: Ich war außer mir, überglücklich und gleichzeitig verzweifelt – denn Mama lag im Sterben. Ich antwortete ihr, daß ich Mama nicht verlassen konnte.«[4] Catherine Pozzi litt schon lange an Tuberkulose und hatte tatsächlich nur noch einige Wochen zu leben.

Es hat sich also vor Annemaries Abreise nach Moskau keine Möglichkeit für ein Zusammentreffen mit Claude gefunden. Unmittelbar bevor sie die sowjetische Hauptstadt verläßt, schreibt sie Ende August einen Brief an Klaus Mann, der unter

anderem »Bemerkungen über Heiraten«[5] enthält. Welcher Art sind sie genau? Niemand wird das jemals wissen, da der Brief verlorenging, aber es scheint, als habe Klaus zu dieser Zeit ernsthaft erwogen, sein Schicksal an das von Miro zu binden. Ein Jahr später schreibt er in sein Tagebuch: »Ich beschäftige mich wieder mehr mit ihr. Hätte ich mit ihr leben können? Könnte ich mit ihr leben?«[6]

Auch von Moskau aus schreibt Annemarie zwei ausführliche Briefe und ein Telegramm an Claude Bourdet. Sicherlich bedauert sie, daß sie ihn nicht hat wiedersehen können, aber man spürt nichts mehr von der nervösen Ungeduld der vorausgegangenen Wochen.

Nach einigen Tagen auf den großen Routen des Kaukasus erreicht Annemarie Schwarzenbach Persien. Mitte September 1934 schließt sie sich Professor Erich Schmidt und der »Joint Expedition to Persia« an. Rayy liegt etwa dreißig Kilometer südöstlich von Teheran, an der Stelle des antiken Rhagai, das man in der Bibel und in der Awesta erwähnt findet. Diese 500 v. Chr. gegründete Stadt blühte unter den Achämeniden, den Griechen, den Sassaniden und den Parthern, bevor sie im Jahr 1220 von den Mongolen zerstört wurde. Im Zuge der Ausgrabungen werden die Grundrisse von Gebäuden freigelegt, die anscheinend einmal Paläste waren, und es werden zahlreiche Reliquien und wunderschöne Töpferwaren aus der Zeit der Seleukiden gefunden.

Für Annemarie unterscheidet sich dieser zweite Persienaufenthalt sehr von dem ersten. In den Ausgrabungsstätten, in denen sie im Auftrag der Museen von Boston und Philadelphia arbeitet, beginnt der Tag um fünf Uhr früh, und die Vormittage, die der Suche nach kostbaren Überresten der Vergangenheit gewidmet sind, ziehen sich in die Länge. Nachmittags hat sie gemeinsam mit ihrem Team im »Museum« der amerikanischen Mission zu tun, und oft geht die Arbeit nach dem Abendessen weiter: Beim Schein der Petroleumlampe registriert sie die

Objekte und erstellt auf der Maschine Listen für den Katalog, während ihre Kollegen unter dem Mikroskop die Inschriften der Münzen entziffern oder die freigelegten Grundrisse der Stadt aufzeichnen. Manchmal raucht sie vor dem Schlafengehen mit ihren Freunden ein bißchen Haschisch. Nach etwa zehn Tagen mit diesem Ablauf schreibt sie an Claude Bourdet: »Ich finde das fremdartig, hart und tröstlich. Es ist ziemlich nah – stelle ich mir vor – am Leben.« Nah am Leben vielleicht, aber fern von *ihrem* Leben, denn sie fährt fort: »Ich schreibe nicht. Ich glaube, ich werde damit im Winter wieder anfangen, in der Schweiz. [...] Aber ich habe Angst vor der Rückkehr. Ich glaube an nichts und an niemanden, und ich zweifle an meinem Leben. Deswegen fühle ich mich versucht, hier zu bleiben, fern der Welt.«[7]

Was sie nicht sagt, ist, daß sich nachts eine unerklärliche Angst ihrer bemächtigt. Es beginnt damit, daß sie sich fürchtet, allein den Granatapfelgarten zu durchqueren, wenn sie zu ihrem Zimmer gehen möchte. Und das, obwohl sie schon so vielen schrecklichen Gefahren die Stirn geboten hat, ohne zu zittern! Aber in Rayy ähneln die Nächte in nichts den leichten, klaren Nächten von Persepolis, die sich stets in eine Zukunft voller Versprechen öffneten. Hier dagegen sind sie von einer ausweglosen Dunkelheit. Ausgestreckt auf ihrem Bett nimmt Annemarie die ungewohnten Geräusche dieser fremdartigen Welt wahr: Glocken von Karawanen, die auf dem Weg vorbeiziehen, die Rufe der Kameltreiber, das Rauschen des Flusses, der jenseits der Gartenmauer entlangströmt. Sie fühlt sich entsetzlich verlassen und schutzlos diesem grenzenlosen Land ausgeliefert.

Ein Mann wird sie davor bewahren, in Verzweiflung zu versinken: Claude Achille Clarac, zweiter Sekretär der französischen Gesandtschaft in Persien, trifft am 23. September in Teheran ein. Er stammt aus Nantes, und nachdem er drei Jahre lang in Washington unter der Leitung von Paul Claudel seine

ersten diplomatischen Erfahrungen gesammelt hat, kommt er nun zum ersten Mal in diesen Teil der Welt, in dem er im Laufe der Jahre eine glänzende Karriere machen wird. Die Erinnerung an seine erste Begegnung mit Annemarie Schwarzenbach wird ihm für immer im Gedächtnis bleiben: der Anblick einer außergewöhnlich schönen und reizvollen Frau, die mitten in einer Staubwolke damit beschäftigt ist, in der Erde zu kratzen. Es ist ein Traumbild, das in vollkommener Weise mit »der irrealen Atmosphäre des persischen Hochplateaus«[8] verschmilzt. Claude Clarac lädt die Schweizerin zum Essen ein und stellt ihr in der Gesandtschaft ein Zimmer und ein Bad zur Verfügung – Aufmerksamkeiten, die sie sehr zu schätzen weiß, denn in der Ausgrabungsstätte läßt der Komfort zu wünschen übrig. Sie verbringen ganze Abende damit zu diskutieren, sie entdecken, daß sie das Interesse für Geschichte und Archäologie teilen, und unternehmen lange Ausfahrten im Auto bis spät in die Nacht. Die Leute fangen an zu tuscheln. Man rät ihnen, vorsichtig zu sein.

Zur gleichen Zeit hält Claude Bourdet sich im Haus seiner Familie im Périgord auf. Auf seinem Tisch stehen drei Fotos: »Eine Catherine mit der Rose, die Annemarie aus Chiraz und Dollfuß mit dem himmelblauen Auge. Meine Ikonen: meine Mutter, meine Schwester *(for she is that more than all for me)*[9] – und ein Mann, *mein Vater vielleicht*[10].«[11]

Am 4. November klagt Annemarie in einem Brief an Klaus, sie könne nicht mehr: »Das Land ist zu groß, das Leben hier draußen zu abseitig [...], das in den breiten Straßen der Hauptstadt wiederum zu menschenreich.« Sie will nur noch eins: zurück in die Schweiz und ihre Freunde wiedersehen. Sie bedauert nur, daß sie dafür einen gewissen Claude Achille zurücklassen muß... Dies ist das erste Mal, daß Klaus seinen Namen liest, aber mehr erfährt er jetzt noch nicht über ihn. Nur, daß sie auch einen Kurdenprinzen heiraten könnte: »Er besitzt mehr als ein Dorf – aber ich hänge doch zu sehr an Euch.«

Am 22. November schreibt sie an Claude Bourdet:

> Du weißt, daß Du mich in der letzten Zeit ein bißchen verlassen hast? Ich habe in unserer Ausgrabungsstätte gelebt, ganz abgeschnitten von der Welt und meinen Freunden, und dies ist dabei herausgekommen: Ich habe mich mit dem einzigen Mann verlobt, der die Welt, die ich liebe, mit meiner neuen Umgebung im Orient verbindet. Es ist Claude Achille Clarac, französischer Gesandter – und Dein Onkel Pozzi[12] wird also unser Chef in Teheran sein!

Man kann sich vorstellen, was für ein Schock es für Claude Bourdet gewesen sein muß zu erfahren, sein Onkel werde die Frau, die er liebt, mit einem anderen trauen. Später schreibt er:

> Am 3. Dezember, am Tag vor Mamas Tod, bekam ich einen Brief von Annemarie, in dem sie mir ihre Verlobung mit Claude Clarac mitteilte, dem zweiten Sekretär meines Onkels in der französischen Botschaft. Ich war getroffen wie ein Mann, dem man die Hälfte seines Lebens entreißt. Am Tag darauf starb Mama, und ich verlor die andere Hälfte. Niemals, nicht einmal im Konzentrationslager[13], habe ich mich so verlassen gefühlt wie an jenem 4. Dezember 1934.[14]

Inzwischen ist die Neuigkeit auch zu Erika durchgedrungen. Sie beeilt sich, ihren Bruder zu benachrichtigen. Am 30. November wird Klaus in seinem Hotel in Amsterdam vom Telegrammboten aus dem Schlaf gerissen. Er kommentiert: »Das wäre – wahrscheinlich – la fin de l'amitié.«[15] Am 1. Dezember nimmt Erika sich die Zeit, ihm Einzelheiten zu berichten: Annemarie habe ihr schwarz auf weiß geschrieben, daß sie zuerst ihre Eltern um Erlaubnis bitten müsse, einen »katholischen Franzosen« zu heiraten. Und sie fährt fort:

> Mir wäre Frontenführer Henne lieber gewesen für sie. Denn er äußerte zu einer Dame, die es mir selber erzählte, daß er zur Front nur gegangen sei, aus Dégout und eines Korbes wegen, den Annemarie ihm gab. Zu schweigen vom Feldzug gegen uns, den er natürlich nur aus diesem Grund leitete. Er aber ist der sogenannte Führer, und die Schweiz wäre gerettet, nähme Prinzeßchen ihn in ihre Arme.

Erika Manns sarkastischer Ton rührt aus einer Verbitterung, die im Grunde nachvollziehbar ist, wenn man weiß, was für einen Ärger sie seit vierzehn Tagen hat. Die Frontisten – also die Schweizer Sympathisanten der Nazis, deren Anführer Rudolf Henne ist – haben eine derartig aggressive Intrige gegen sie entfesselt, daß das Kabarett in Gefahr ist, mit Mann und Maus unterzugehen.

Seit 1933 ist die Politik der Schweiz gegenüber den Flüchtlingen aus Nazideutschland von einer Härte, die um so mehr schockiert, als das Land mit seiner humanitären Haltung im Ersten Weltkrieg seinem Ruf als Zufluchtsort vollkommen gerecht geworden ist. Die nur anfangs noch relativ liberale Flüchtlingsgesetzgebung macht es den Emigranten sehr schnell unmöglich, sich längere Zeit in der Schweiz aufzuhalten, denn sie dürfen keine berufliche Tätigkeit ausüben. Juden werden schlicht und einfach für unerwünscht erklärt. Erst 1944, also als sicher ist, daß Hitler den Krieg verlieren wird, erhalten sie endlich den Status politischer Flüchtlinge. Antisemitismus, gepaart mit Fremdenfeindlichkeit, führt dazu, daß das Land bei Kriegsbeginn nur etwa einhundertundzwanzig Personen ein verlängertes Asylrecht einräumt, darunter Thomas Mann, der den Vorteil hat, finanzielle Sicherheiten zu bieten, und dessen Nobelpreis die Schweiz im Abglanz seines internationalen Ruhmes strahlen läßt.

Ohne Frage hat die Berühmtheit ihres Vaters zunächst dazu

beigetragen, daß Erika ihr antifaschistisches Kabarett in Zürich eröffnen kann. Zwar haben die Frontisten im Oktober 1933 ein wenig von sich reden gemacht, aber noch halten sie sich zurück. Dennoch ersucht der deutsche Botschafter in Bern, Ernst von Weizsäcker, den Bundesrat und anschließend die Regierungen der Kantone, die Vorstellungen der *Pfeffermühle* zu untersagen. Ohne Erfolg. Im Februar 1934 wird Thomas Mann bedeutet, er solle auf die Direktorin des Kabaretts einwirken und sie davon abbringen, ihre unterminierende Tätigkeit fortzusetzen. Darauf antwortet er, seine Tochter sei nicht die Frau, die sich Vorschriften machen lasse – auch nicht von ihrem Vater.

Im November 1934 eskaliert die Angelegenheit. Es beginnt mit einem anonymen Flugblatt, in dem Erika bezichtigt wird, eine intime Beziehung zu einem Mitglied des Nationalrates zu unterhalten, und zwar zum Sozialdemokraten Schneider, den sie nie in ihrem Leben getroffen hat. Wie durch Zufall hat dieser selbe Schneider einige Tage zuvor gefordert, Ulrich Wille, einen Bruder von Renée Schwarzenbach, von der Truppe abzuberufen. Warum? Weil jener in München ohne Rücksicht auf das Neutralitätsprinzip und ohne Wissen der Regierung geheime Unterredungen mit Hitler und Rudolf Heß geführt hat, später mit Goebbels in Rom und schließlich in Kiel mit Reichswehrminister Blomberg. Dies war keineswegs das erste Mal, denn Ulrich Wille hatte schon 1923 Hitler in Zürich empfangen und ihm ermöglicht, sein Programm einigen Persönlichkeiten aus der Wirtschaft vorzustellen, die ihm daraufhin finanzielle Unterstützung zusagten. Es ist übrigens nicht auszuschließen, daß der Industrielle Alfred Schwarzenbach, Annemaries Vater, unter den großzügigen Geldgebern war.

Trotz des Skandals, der durch Schneiders Enthüllungen ausgelöst wird, bleibt Ulrich Wille im Amt. Am 16. November schöpft Erika Verdacht, als preiswerte Karten für ihre Vorstellung gleich blockweise gekauft werden, und sie erreicht,

daß im Saal zivile Polizisten anwesend sind. Tatsächlich bricht auf ein Signal von James Schwarzenbach – Neffe von Alfred und Cousin von Annemarie – ein regelrechter Tumult aus: Pfiffe und Schmährufe im Stil von »Tod den Juden!« arten in Krawalle aus, die Schläger sind mit Schraubenschlüsseln bewaffnet. Die Polizei verhaftet vierundzwanzig Personen, darunter auch James Schwarzenbach, der jedoch leugnet, mit den Frontisten gemeinsame Sache zu machen. Vier Tage später veröffentlicht die *Neue Zürcher Zeitung* einen Brief, in dem er Erika Mann beschuldigt, Kommunistin zu sein und das Neutralitätsprinzip der Schweiz zu verletzen. An den beiden darauffolgenden Abenden wird die Agitation fortgesetzt, und nun wird auch Rudolf Henne verhaftet – der Mann, der Chef der Frontisten geworden sein soll, weil er einen Korb bekommen hat. Erika erhält Entführungsdrohungen und sieht sich gezwungen, sich unter Polizeischutz zu begeben. In ihrer Antwort auf James Schwarzenbach, die in fast allen Schweizer Tageszeitungen erscheint – nur die *NZZ* weigert sich, ihr Platz einzuräumen –, bemüht sie sich, die Gemüter zu besänftigen. Zu spät: Der Zug ist abgefahren. Nicht die Frontisten sollen für den Konflikt verantwortlich sein, sondern das antifaschistische Kabarett von Erika Mann! Die Novembertournee wird zwar noch fortgesetzt, aber im Dezember muß das Programm nach neun Vorstellungen, die fast immer unter Polizeischutz stattfinden, abgebrochen werden, denn mehrere Kantone haben ihr Engagement wieder gekündigt. Am Ende fragt Erika sich, ob die Lösung nicht darin bestünde, sich auf dem Mond niederzulassen, denn der Planet Erde und besonders die Schweiz sind in ihren Augen unbewohnbar geworden.

Ihrer Meinung nach kann diese Intrige nur von einer einzigen Person ausgelöst worden sein: von Renée Schwarzenbach, dieser »strammen Nationalsozialistin«, die erklärt hat, Erika mache gemeinsame Sache mit dem »kommunistischen Flüchtlingsgesindel«[16], das gekommen sei, um die friedliche

Schweiz zu vergiften. Seit ihrer Ankunft auf dem Territorium der Schweiz Anfang April 1933 ist Erika in Bocken zur persona non grata geworden. Thomas Mann mutmaßt, Renée Schwarzenbach gebe Erika die Schuld an den Schwierigkeiten ihres Bruders Ulrich Wille, und notiert in seinem Tagebuch, in der Vorstellung hätten »von der Schwarzenbach bezahlte Rowdys Skandal gemacht«[17]. Er vermerkt auch, daß die Polizei »sehr scharf gegen die alte Schwarzenbach«[18] gewesen sei – eine Aussage, die von keinem anderen Dokument bestätigt wird. Renées Mutter Clara Wille äußert sich im übrigen in einem Brief an ihren Enkel Jürg Wille entrüstet über die Machenschaften der Frontisten und die Feindseligkeit gegen Erika Manns Kabarett.

Man sieht: Als Annemarie Mitte Dezember aus Persien zurückkehrt, gerät sie mitten in ein Psychodrama. Erikas Empörung gegenüber den Familien Wille und Schwarzenbach hat ihren Höhepunkt erreicht. Annemarie erfaßt den Ernst der Lage und zögert nun nicht länger, klar Position zu beziehen. Zwar kann sie nicht einen Augenblick lang glauben, daß ihre Mutter den Eklat um Erikas Kabarett ausgelöst haben soll: Sie kennt die typischen Verhaltensweisen in ihrem Milieu, und sie weiß, daß man hier nichts so fürchtet wie Skandale. Aber dennoch schont sie ihre Familie nicht. Sie macht ihr vor allem den Vorwurf, den perfiden Anschuldigungen gegen ihre Freundin zugestimmt und so gegen die elementarsten Prinzipien des Anstands und der Loyalität verstoßen zu haben. Außerdem äußert sie deutlich, auf welche Seite sie sich stellt, und sie nimmt sofort Kontakt zu den Zeitungsredaktionen auf, die sie kennt. Schließlich schreibt sie einen Artikel, in dem sie sich öffentlich für die *Pfeffermühle* einsetzt und die Verletzung »einer der besten Schweizer Traditionen« »durch die gemeinen Mittel des Faustrechts« geißelt. Diese Stellungnahme erscheint jedoch erst am 27. Dezember in der *Zürcher Post*.

In der Zwischenzeit verhält Erika sich abweisend, und Annemarie leidet schwer darunter. Sie kann ihre Verzweiflung nur

lindern, indem sie sich »mit Thunfisch« ernährt und all das physische Elend in Kauf nimmt, das damit einhergeht: Erbrechen, Schlaflosigkeit, Weinkrämpfe. Nachdem sie monatelang versucht hat, durch ihre Flucht ihren Status als schwarzes Schaf zu verschleiern, ist sie auf der einen Seite beinahe erleichtert, daß die Umstände ihr nun die Distanzierung von ihrer Familie erleichtern. Aber auf der anderen Seite ist die Vorstellung, ihr letzter Aufenthalt in Persien und ihre Verlobung könnten Erika veranlassen, sich endgültig von ihr zu distanzieren, vollkommen unerträglich. Am 21. Dezember schreibt sie an Klaus: »Du [...] weißt es doch, daß man nicht ohne Eri auskommt. Ich wußte es auch, immer schon. Aber jetzt, ich habe sie gefragt, ob sie nach Sils kommt – u. werde ihr sanftes Nein nie wieder vergessen.«

Diese Verweigerung berührt Annemarie auch deswegen so besonders schmerzhaft, weil sie in Sils gerade jetzt einen Traum verwirklicht, den sie seit mehr als einem Jahr umzusetzen versucht: ein Haus zu haben, in dem ihre Freunde sie besuchen können. Im Juli hat sie Klaus berichtet, daß ein Makler aus Sankt Moritz ihr »ein Bauernhaus (alt u. aus Stein, mit 7 Stuben und Heuschober) am Silsersee« versprochen hat und daß ihr Vater vielleicht einwilligt, es ihr zu kaufen.[19] Ende September berichtet sie Claude Bourdet: »Ich werde vom 1. Januar an ein Haus in Sils im Engadin haben.« Da sie es nicht kaufen kann, mietet sie es für ein Jahr.

Weihnachten schickt sie der Familie Mann Blumen. Am Tag, nach dem ihr Artikel erschienen ist, nimmt sie in Bern an einer Kundgebung gegen die Frontisten teil und besucht bei dieser Gelegenheit die Manns. Das ist die Versöhnung. Thomas Mann hält in seinem Tagebuch fest: »Sehr abgemagert [...] ausgehungert. Erika stärkte sie mit Eiern und Thee.« Ebenfalls mit Datum vom 28. Dezember findet man in Klaus' Tagebuch die andere Seite der Medaille: »Sie ist schön, mager und lieb. Sehr dem Thun verfallen. Zusammen von dieser Speise gespeist (zu

dritt). Leben. Rätselhaft.« Alle drei verbringen schließlich Silvester mit Freunden in Zürich. Im Laufe dieses Abends amüsieren sie sich, wie um das Verhängnis abzuwenden, bei einer »Partie ›Führer-Quartett‹« – ein Spiel, das in den Wohnzimmern Furore macht: »›Der Führer als Naturfreund – als Hundefreund.‹«[20]

In Wirklichkeit hat diese Jahreswende rein gar nichts Erfreuliches, weder für Annemarie noch für die Geschwister Mann, deshalb steigt ihr Drogenkonsum in besorgniserregende Höhen. Klaus nimmt seit mehreren Monaten in immer kürzeren Abständen abwechselnd Heroin und Morphium und weiß sich schließlich nicht anders zu helfen, als Erika zu bitten, seine Reserven vor ihm zu verstecken. Für Annemarie ist es bereits zu spät: Sie wird Anfang Januar in die Klinik von Doktor Ruppaner in Samedan (Oberengadin) eingewiesen. Sie ist mitten in ihrer Entziehungskur, als sie von ihrem Vater einen Brief erhält, der ihr den Gnadenstoß gibt: Am 12. Januar begeht sie einen Selbstmordversuch.

Was war der Inhalt dieses Briefes? Tatsächlich haben Annemaries Eltern erst zu diesem Zeitpunkt ihre Drogensucht entdeckt. Und ihr Vater, der sie bis jetzt immer verteidigt hat – trotz ihres Lebenswandels, trotz ihres Umgangs, trotz ihrer kürzlich erfolgten Parteinahme für antifaschistische Emigranten –, ist der Meinung, daß sie ihre Familie verraten hat, und verliert die Hoffnung, daß sie auf den rechten Weg zurückfindet. Claude Bourdet, der sich nach seinen Worten nach Samedan begeben hat, »wie man sich Abelards Besuch bei Héloïse vorstellen kann, nachdem sie ins Kloster eingetreten ist«, berichtet, daß Annemarie in diesem Moment »einen aufreibenden Kampf zwischen ihren Eltern und ihren Freunden (von Cramms[21] Frau und zwei anderen Mädchen) aushielt. Die Eltern – der Vater war da – wollten sie diesem Milieu entreißen. Sie hatten recht, aber sie waren die Ungeschicktheit selbst. Ich verteidigte Annemarie gegenüber ihrem Vater und versuchte,

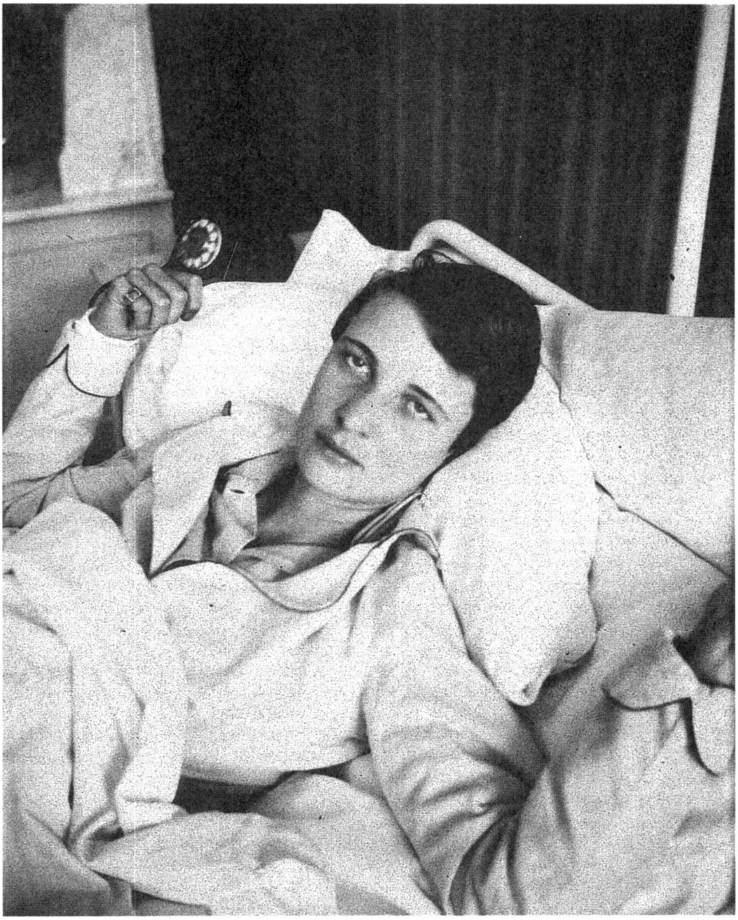

In Samedan (Januar 1935)

diesem beschränkten alten Schweizer begreiflich zu machen, daß nach ihrer Heirat alles anders werden würde – nach dieser Heirat, die mich zur Verzweiflung trieb. Wie herzzerreißend waren diese Wochen.«[22] Das Foto, das Claude bei seinem Besuch von Annemarie aufgenommen hat, ist der beste Beweis: Mehr als jedes andere enthüllt es die Tragik in ihrem »schönen Antlitz eines untröstlichen Engels«.

Da die Krise nun entschärft ist, entfaltet sie zunächst einmal eine heilsame Wirkung. Annemarie freut sich wahrzunehmen, daß ihre Eltern sich von nun an ernsthaft bemühen, sie zu schonen. Was die heikle Frage ihrer Heirat betrifft, ist vereinbart worden, daß bis Anfang März zwischen ihr und ihren Freunden nicht mehr darüber geredet werden soll, damit sie Zeit zum Nachdenken hat. Sie erholt sich nur langsam: »Es braucht Zeit, man muß ins Nichts hineintauchen, die Erinnerung wiederfinden, die Vorstellung. [...] Gestern hatte ich einen furchtbaren Schwächeanfall, man hat mich wieder ins Krankenhaus gebracht«, schreibt sie im Februar aus Sils-Baselgia an Claude Bourdet. Sie wird von einer »famosen« neuen Freundin, der Deutschen Margot Lind aus Hamburg, gepflegt.

Einen Monat nach dem Selbstmordversuch ist sie so weit wiederhergestellt, daß sie sich auf die Pisten von Sankt Moritz wagen kann, aber ein Sturz mit den Skiern zwingt sie, einen Besuch bei Thomas Mann abzusagen, der in dem nahe gelegenen Dorf Chantarella Urlaub macht. Dieser Sturz ist nicht sehr schlimm: Zwei Tage später verläßt sie das Engadin, um ein langes Wochenende mit Erika und Therese Giehse im Haus des Zauberers in Küsnacht zu verbringen.

Ende Februar ist Annemarie entschlossen, Claude Clarac zu heiraten, um so mehr, als ihr Vater und ihre Großmutter sehr einverstanden sind. Renée Schwarzenbach macht sich keine Illusionen über die Erfolgschancen einer solchen Verbindung, aber sie ist bereit, ihre Tochter nach Beirut zu begleiten, wo die Hochzeit stattfinden soll.[23] Wenn sie allerdings gehofft haben

sollte, auf der Überfahrt mit ihrer Tochter allein zu sein, läßt die Enttäuschung nicht auf sich warten: Da die Vorstellung, in Teheran ganz isoliert zu sein, Annemarie beunruhigt, beschließt sie, Margot Lind mitzunehmen, und reserviert auf dem Schiff einen zusätzlichen Platz.

Am 15. März brechen die beiden jungen Frauen gemeinsam nach Paris auf. Annemarie sieht hier Claude Bourdet wieder und gibt bei Vera Borea[24] in der rue Saint-Honoré ihr Hochzeitskleid in Auftrag. Es ist außerdem vereinbart, daß sie hier ihren Vater treffen soll, der wegen einer Reise nach Amerika ihrer Hochzeit nicht beiwohnen kann. Unter dem Vorwand, sie müsse nach Nantes fahren, um sich ihren zukünftigen Schwiegereltern vorzustellen, sagt sie jedoch diese Verabredung ab. Es ist ein Blitzbesuch, aber Claudes Familie ist sehr beeindruckt und wird nicht müde, Lobreden auf die junge Schweizerin zu halten. Aber da ist sie schon wieder auf dem Weg in die Niederlande, wo Erika und ihre *Pfeffermühle* auf Tournee sind. Am 1. April besucht sie die Premiere des Kabaretts in Den Haag, dann macht sie für eine Kleideranprobe und ein Treffen mit Claude Bourdet erneut einen Abstecher nach Paris.

Renée ist empört, daß Annemarie es vorgezogen hat, sich mit Erika Mann zu treffen, anstatt in Paris auf ihren Vater zu warten und sich vor ihrer Abreise nach Persien von ihm zu verabschieden, und sie annulliert am 25. März ihre Kabinenreservierung. Annemarie erfährt davon drei Tage später von ihrem Reisebüro. Am Ende begleiten weder Margot Lind noch Renée Schwarzenbach sie nach Beirut.

Allmählich hat Annemarie sich an die Idee gewöhnt, daß sie die Schweiz bald verlassen muß: »Es ist so schwer zu wissen, daß Dinge getan werden müssen und daß es reiner Zufall ist. Ich würde gern den Zufall aus meinem Leben verbannen.«[25] Tief im Innern hat sie das Gefühl, daß die Heirat mit Claude Clarac in ihrer Situation die beste Lösung ist. Hinzu kommt, daß »er so sehr darauf besteht, und mit solch liebevoller Inten-

sität« und sie ihm »ungern Schmerzen zufügen« möchte[26]. In einer Situation, in der ihre Beziehungen zu ihrer Familie und zu ihren Freunden an ihre Grenzen gestoßen sind, verkörpert Claude für sie einen Rückhalt und eine Präsenz, die sie dringend braucht, um wieder Vertrauen zu fassen. Sie hat ihm geschrieben, daß es in ihrem Leben drei überaus wichtige Dinge gibt, auf die sie niemals verzichten würde: ihre Freiheit, ihre Freundschaft mit Klaus und Erika Mann und ihre Arbeit als Journalistin und Schriftstellerin. Sofort hat er ihr geantwortet, daß sie nichts davon wegen der Heirat aufgeben müßte. Annemarie ihrerseits hat ihm versichert, daß ihre journalistische Tätigkeit keinen politischen Charakter hat und daher der strengen beruflichen Zurückhaltung des Diplomaten nicht schaden kann. Im übrigen ist sie der Meinung, daß im Fall einer ungünstigen politischen Entwicklung einzig und allein sein Beruf ein Hinderungsgrund für ihre Heirat sein könnte, aber sie geht fest davon aus, daß Claude kraft seines Urteilsvermögen und seiner Intelligenz die eventuell notwendigen Entscheidungen treffen würde. Jedenfalls, schreibt sie an Klaus Mann, wird sie immer die Möglichkeit haben, sich wieder von ihm zu trennen. Aber dank dieser Ehe mit einem Ausländer wird sie nicht mehr ständig im Schweizer Rampenlicht stehen. Das hat den enormen Vorteil, daß sie in ihren Äußerungen eine viel größere Freiheit haben wird und daß gleichzeitig ihre Familie und Freunde geschützt sein werden. Annemarie ist sich darüber im klaren, daß sie durch ihre Heirat mit Claude Clarac französische Staatsbürgerin wird und ihre Schweizer Staatsangehörigkeit verliert. Übrigens hofft sie, daß sie, wenn dieser neue Status erst einmal erreicht ist, Klaus Mann zu einem vorschriftsmäßigen französischen Paß verhelfen kann. Wie die meisten Emigranten steht auch ihr Freund in dieser Hinsicht vor ungeheuren Problemen und ist in Gefahr, in die Staatenlosigkeit gestoßen zu werden.

In Bocken treibt Renée Schwarzenbach ihre Tochter in die Enge: Sie sagt ihr ins Gesicht, daß sie auf diese Heirat, die sie

für arrangiert hält, nicht hereinfalle, und prophezeit ihr ein »Desaster«. Aber Annemarie will diese Erfahrung unbedingt ausprobieren und hält die »Notwendigkeit der Handlung«[27] für unumkehrbar. Gleichzeitig beruhigt sie sich damit, daß sie in drei Monaten in die Schweiz zurückkehren wird, um den Sommer mit Erika in Sils zu verbringen. Dennoch gibt sie gegenüber Claude Bourdet zu, daß es sie enorme Kraft kostet, gegen die aufkommende Depression anzukämpfen: »Ich muß meinen ganzen Mut zusammennehmen. [...] Aber ich weiß, daß der Mut wächst, wenn man sich bemüht, mutig zu sein.«[28] Zehn Tage, bevor sie Europa verläßt und zu ihrer dritten Reise nach Persien aufbricht, schildert sie Klaus Mann ihr Lebensgefühl wie folgt:

> Zurückdenkend, zerfetzt sich mir das Leben der letzten Jahre in lauter kleine Episoden, die dem *Ganzen* mit unheimlicher Deutlichkeit das Provisorische einprägen. Nichts dauert, nichts rundet sich, nichts ist zu halten – und genau so wird, zum allerletzten Mal zurückdenkend, das Sterben sich präsentieren.[29]

Am 16. April 1935 nimmt Annemarie ihren ganzen Mut zusammen. Trotz ihrer Vorbehalte ist Renée Schwarzenbach bereit, sie bis Triest zu begleiten. »In Wirklichkeit habe ich panische Angst«[30], gesteht Annemarie Claude Bourdet. Die Fotos, die Renée im Hafen vor der Einschiffung nach Beirut aufgenommen hat, sind eine dramatische Illustration der Schilderung, die ihre Tochter vier Jahre später Ella Maillart gibt: »Ich hatte das Gefühl, als führe ich in ein Gefängnis. Ich weiß nicht warum [...], aber ich war zu schwach, meine Freiheit zu retten, als es noch möglich war.«[31] In ihrem von Müdigkeit und Depression gezeichneten Gesicht sind die unruhigen Augen von tiefen schwarzen Ringen umrandet.

Claude Clarac seinerseits hat seine Familie Ende 1934 über

seine Verlobung mit Annemarie informiert. Er hat sie als eine junge Frau vorgestellt – sie ist fünf Jahre jünger als er –, »die gewohnt ist, unabhängig zu leben, ein sehr aktives intellektuelles Leben führt und wesentlich wohlhabender« als er selbst ist: »Wir werden in einem absoluten wechselseitigen Vertrauen zusammenleben, ohne zu versuchen, einander zu beherrschen. Da wir vereinbart haben, einander die Freiheit zu lassen, zu gehen, uns zu trennen, uns zurückzuziehen, wenn wir es wollen, hoffe ich, daß wir dies niemals brauchen werden.«[32] Er gesteht, von diesem Wendepunkt in seinem Schicksal überrascht zu sein, aber da er davon ausgeht, daß »dieses ganze Spiel der Umstände vorbestimmt« ist, hütet er sich, dagegen zu rebellieren. Bisher hatte Claude nämlich eine Vorliebe für Männer. Er weiß, daß Annemarie ihrerseits nicht auf die »seelische, gefühlsmäßige und körperliche Nähe zu Frauen« verzichten kann[33]. Dennoch wird er von seinen Gefühlen überwältigt. Später wird er sagen: »Sie war die einzige Frau, die ich geliebt habe.«

Achtes Kapitel

Tod in Persien
(1935)

Mit Claude Clarac zu Besuch bei Nezam Radjé Nouri in Golandnak
(Persien, Sommer 1935)

Du weißt doch, daß kein Mensch auch nur für einen noch so kurzen Augenblick in das Herz des anderen eindringen und sich mit ihm vereinigen kann.

Annemarie Schwarzenbach, *Tod in Persien*

Beirut, 13. April 1935. Claude Clarac empfängt Annemarie am Pier. Er hat eine große Überraschung für sie: einen Buick-Packard-Sportwagen – sein Hochzeitsgeschenk. Nach einem kurzen Aufenthalt im Hotel Saint-Georges brechen sie nach Teheran auf. Da Claude mit seinem alten Dodge gekommen ist, setzt sich jeder ans Steuer des eigenen Autos. Sie lassen Bagdad südöstlich liegen und fahren in Richtung Norden durch Syrien, den Irak und das persische Kurdistan. Ihre Reiseroute ist voller Zwischenfälle und Abenteuer. In Palmira übernachten sie im Hotel von Marga d'Andurain, einer »modernen Zenobia«, Herrscherin über einen Beduinenstamm. Auch Henri Seyrig, Konservator der Antikensammlung von Beirut und enger Freund von Marga, ist da. Das Paar verbringt hier eine denkwürdige Nacht, in der Seyrig alle erdenkliche Mühe hat, die Hausherrin davon zu überzeugen, nicht in laufende Stammesfehden einzugreifen – wie sie es den französischen Behörden nach dem höchst verdächtigen Tod ihres beduinischen Ehemannes versprochen hat.

Im Irak müssen Claude und Annemarie kurz hinter Mossul den vom Hochwasser angeschwollenen Großen Zab überqueren. Die nächsten Etappen heißen Arbil, Ourmia, dann ein

Dorf am Ende der Welt an den Ufern des Arak, dem Grenzfluß zwischen dem Iran und Rußland, und schließlich Tabriz. In Ourmia genießen sie drei Tage lang die Gastfreundschaft lazaristischer Mönche. Die Missionare mit den langen Bärten berichten ihnen von Massakern, die die Türken fünfzehn Jahre zuvor an Christen verübt haben. Annemarie macht über alle Ereignisse Aufzeichnungen, und viele der Personen, denen sie im Laufe dieser Reise begegnet, tauchen später in einem Zyklus von Erzählungen wieder auf. Außerdem macht sie Fotos. In den achtzehn Monaten zwischen Dezember 1933 und Juni 1935 erscheinen von ihr nicht weniger als sechzig Artikel in der Schweizer Presse. In der Ausgabe vom 17. Juli 1935 stellt die *Zürcher Illustrierte* auf zwei Seiten alle ihre Auslandskorrespondenten vor und schreibt über die Persien-Verantwortliche: »Wir schätzen an den Bildberichten der jungen Dame die menschliche Haltung und die Zuverlässigkeit, die eine Frucht der wissenschaftlichen Erziehung ist.«

Am 21. Mai um elf Uhr werden Claude Clarac und Annemarie Schwarzenbach von Jean Pozzi, dem französischen Botschafter im Iran und Onkel von Claude Bourdet, im großen Saal der französischen Vertretung in Teheran im Beisein eines lazaristischen Mönchs getraut. Ihre Trauzeugen sind der Erste Sekretär der königlichen Vertretung von Italien und der Kanzler der französischen Gesandtschaft, Marcel Bleuzet. Annemarie wird französische Staatsbürgerin und bekommt einen Diplomatenpaß ausgehändigt, der ihr in Zukunft das Reisen enorm erleichtert. Zugleich verliert sie die Schweizer Staatsbürgerschaft, so daß sie von nun an gezwungen ist, jedesmal, wenn sie einige Zeit in ihrem Silser Haus verbringen möchte, um eine Aufenthaltsgenehmigung zu bitten. Ihre Aufsätze unterzeichnet sie jetzt mit »Annemarie Clark« oder »Annemarie Clark-Schwarzenbach«, häufig mit dem vorangestellten »Dr.«. Das Pseudonym »Clark« nimmt sie an, um der Karriere ihres Mannes nicht zu schaden.

1935 leben in Teheran – heute eine Stadt mit mehr als fünf Millionen Einwohnern – nicht mehr als 300 000 Menschen. Seit die Dynastie der Pahlewis im Jahr 1925 den Thron bestieg und Reza Schah gekrönt wurde, der ein autoritäres, zentralisiertes Regime installierte, ist die Hauptstadt zunehmend verwestlicht. Die Vorliebe der Machthaber für breite Straßen mit schnurgeraden Verläufen hat ein wahres Erdbeben ausgelöst, das die Innenstadt in eine riesige Baustelle verwandelt hat. Die Situation der Frauen ist besser geworden: Sie dürfen nun denselben Bürgersteig wie die Männer benutzen, und diejenigen, die es bei der Polizei beantragen, dürfen westliche Kleidung tragen. Die Modernisierung der Kleiderordnung betrifft auch die Männer: Beamte müssen nun Krawatte und Jackett tragen. Im Jahr 1935 wird Persien offiziell in Iran umbenannt und die erste Universität des Landes gegründet. Zahlreiche Cafés und ein Dutzend Kinos werden eröffnet. Nach wie vor jedoch bleibt Elektrizität ein Luxus, den sich sogar die französische Gesandtschaft – im Gegensatz zu den anderen Ländervertretungen – bisher noch nicht geleistet hat. Licht wird mit Öllampen und Gas erzeugt. In den Wintermonaten, die in der Regel eiskalt sind, kann keine Post zugestellt werden, denn die Pässe sind verschneit, und die Straße ist der einzige Zugang zur Hauptstadt, seit die deutsche Fluggesellschaft bankrott gemacht hat. Die Eisenbahn existiert noch nicht.

Die Sommer dagegen sind glühendheiß. Um der drückenden Hitze in der Hauptstadt zu entgehen, wird um diese Zeit das diplomatische Corps immer näher ans Gebirge nach Chimran verlegt. In jenem Jahr hat Claude Clarac schon in den letzten Frühlingstagen eine Unterkunft gemietet, die zwanzig Kilometer von Teheran entfernt im Dorf Farmanieh liegt. Es handelt sich dabei um ein Landhaus auf dem Besitz des Prinzen Firouz-Mirza, des ehemaligen Finanzministers, der vier Jahre später ins Gefängnis geworfen und ermordet wird. Das Haus liegt in einem Park und ist mit seinen verputzten Ziegeln und den

Stuckdekorationen ganz im regionalen Stil gebaut.[1] Zwischen zwei Reihen orientalischer Platanen erstreckt sich ein großes Bassin, aus dem das Wasser sich von einem Becken zum nächsten Becken ergießt. Bei Abendgesellschaften werden die Marmoreinfassungen dieser Wassertreppe mit Lampen beleuchtet, die den Zauber des Ortes noch verstärken. Das Personal – das ist der einzige Luxus der Diplomaten in dieser entlegenen Gegend – hat das ganze Geschirr und die Möbel aus dem Kanzleigebäude, in dem Claude das restliche Jahr über wohnt, nach Farmanieh gebracht. Die Küche ist ausgezeichnet.

Annemarie ist auf Anhieb die Herrin des Hauses. Sie liebt die märchenhafte Landschaft und die Ruhe dieser persischen Oase. Früh am Morgen setzt sie sich in den Garten, um den Novellenzyklus abzuschließen, den sie vor einem Jahr begonnen hat. Der Rhythmus dieser Tage ist immer gleich. Nachdem sie einige Stunden geschrieben hat, schwimmt sie in dem großen schattigen Wasserbecken. Gegen drei Uhr, während Claude Siesta macht, fährt sie mit dem Auto ins Nachbardorf und übt Klavier – auf dem Flügel in der verlassenen deutschen Vertretung. Am späten Nachmittag reitet sie aus oder macht einen Spaziergang. Die Abende gehören dem gesellschaftlichen Leben und sind keineswegs immer langweilig. Sie trifft Maud von Rosen wieder, eine exzentrische schwedische Baroneß, »schön wie ein Erzengel«[2], die sie im Vorjahr kennengelernt hat und über deren Eskapaden sie in ihrer Novelle *Eine Frau allein* erzählt. Sie sieht auch Henri Seyrig und seine Frau wieder, die zu Besuch gekommen sind. Das Lob, das Seyrig ihren Novellen ausspricht, ist Balsam für ihre Seele. Zwei Wochen später, Anfang Juli, ist ihr Manuskript fertig. Es enthält achtzehn Erzählungen. Sie nennt es *Der Falkenkäfig* und schickt es an Fritz Landshoff, der *Die Sammlung* herausgibt. Aber weder er noch einer der anderen Verleger, die sie anspricht, kann oder will den Band veröffentlichen. Selbst die Fürsprache von Stefan Zweig und Thomas Mann, die das Buch im darauffolgenden

In Farmanieh mit dem Hund Toufane (Sommer 1935)

Jahr ihren jeweiligen Verlegern vorschlagen, bleibt ohne Wirkung. Heute gelten sechs dieser Texte als verschollen.[3]

»Dies wird ein Buch über Syrien und über Persien sein, und es wird traurig sein. [...] Alle die Novellen handeln von Europäern, die sich in diese Länder verirrt haben. Es sind gefährliche Länder«, erklärt Annemarie.[4] Denn wenn der erste Kontakt mit dem Zauber dieser Landschaften geradezu magisch ist, dann »ist die Natur hier so stark, daß sie einen tötet. Man müßte aufhören, ein Mensch zu sein, an die menschlichen Bedingungen gebunden. Man müßte ein Stück Wüste und ein Stück Gebirge werden können und ein Streifen Abendhimmel. Man müßte sich dem Land anvertrauen und darin aufgehen. Dagegen zu leben ist ein solches Wagnis, daß man vor Angst umkommt.«[5] Auch diese entwurzelten Wesen sind sehr schnell mit sich selbst und ihrer Einsamkeit konfrontiert: »Ich bin geflohen [...] Ich bin ein feiger Mensch [...] Jetzt bin ich allein und ungeduldig, denn ich möchte zurückkehren ...«[6] Diese Worte, die Annemarie einer ihrer Figuren in den Mund legt, sind die exakte Wiedergabe ihrer eigenen Qualen, denn nichts kann ihr Leiden an Europa lindern – es ist »wie eine physische Krankheit« – und nichts ihr Gefühl der Isolation, in geographischer und menschlicher Hinsicht. Über Claude, den sie einmal als »Bengel« bezeichnet, schreibt sie: »Er ist sehr jung und sehr lieb. Und er hat niemals gelitten.«[7] Zwei Tage vor ihrer Hochzeit klingt in einem Brief an Klaus Mann schon eine problematische Entwicklung an:

> Siehst Du, jetzt realisiere ich es erst ganz, wie selten und fast unmöglich es ist, mit einem »neuen« Menschen so zu leben, wie ich es mit Dir ohne Zweifel und ohne Schwierigkeit und wie gern vermochte. Ich sehe aber, daß Claude davon nichts ahnt und ich ihn also auch nicht leiden mache – ich bin froh darüber, nur muß ich mich manchmal wundern, daß er nicht darauf verfällt, daß ich vielleicht, weit von Erika entfernt,

> nicht eben sehr *glücklich* sein könnte. Er hat die Gabe, alles mit Gleichmut so hinzunehmen, wie es sich ergibt – d. h., er lebt ganz und gar in der Wirklichkeit und quält sich deshalb wenig um das Vorher oder Weitentfernte.[8]

Als Annemarie diese Zeilen schreibt, weiß sie bereits, daß Erika lediglich bis Mitte Juli in Sils bleiben kann. Sie gibt daher ihren eigenen Plan auf, schon im Sommer in die Schweiz zurückzukehren. Diese Entscheidung hat in ihren Augen mehrere Vorteile: Sie braucht Claude nicht zu kränken, sie gibt niemandem Anlaß zu Klatsch, und sie kann ihre eigenen Kräfte schonen. Das hindert sie jedoch nicht daran, ein Treffen mit Klaus zu planen. Sie schlägt ihm vor, nach Teheran zu kommen, sobald die Hitzeperiode vorbei ist, rät ihm, die Route über Baku und Pahlewi zu nehmen, wo sie ihn mit dem Auto abholen möchte, und kündigt an, daß sie ihm gemeinsam mit Claude das »merkwürdige, feindliche Land« zeigen wird. Um seinen Besuch sicherzustellen, schickt sie ihm Geld für die Reise. »Auch Claude freut sich«, bemerkt sie und fügt hinzu: »der Ahnungslose«.[9] Mitte Juli 1935 ist Claude Clarac tatsächlich immer noch der einzige, der nicht ahnt, daß seine Frau die Absicht hat, zur gleichen Zeit wie Klaus Mann nach Europa zurückzufahren. Auch noch den ganzen Winter lang »dieses idiotische Gesellschaftsleben« zu ertragen und ihre Rolle als Ehefrau eines Diplomaten zu spielen, was sie ausschließlich »aus Loyalität gegenüber Claudes Karriere«[10] akzeptiert, geht offensichtlich über ihre Kraft.

Als Claude Bourdet sich wundert – und diskret mißbilligt –, daß sie schon nach drei Monaten erwägt, ihren Mann allein zu lassen, antwortet sie ihm: »Ich habe geheiratet, um das Leben, das mir wichtig ist, in ein legitimes Leben umzuwandeln – um nicht in zwei Teile zerrissen zu werden – um der Linie meiner Entwicklung zu folgen. Ich werde tun, was ich als Claudes Frau zu tun habe, aber ich werde nicht mein Leben opfern.«[11]

In der Tat können weder Claudes liebevolle Aufmerksamkeiten noch die friedliche Pracht des Gartens von Farmanieh die Anwesenheit der Geschwister Mann ersetzen, und obwohl sie sich heldenhaft bemüht, mutig und geduldig zu sein, bringt sie »trotz allem es nicht fertig, sich *nicht unglücklich* zu fühlen«.[12] Das einzige, was ihr hilft, in Gedanken diesem abwechselnd trostlosen und schönen Land zu entfliehen, sind ihre literarische Tätigkeit und ihre Briefwechsel – und, Monat für Monat, *Die Sammlung*. Zu jener Zeit liegt Klaus Manns Zeitschrift im Todeskampf. Annemarie setzt Himmel und Hölle in Bewegung, um finanzielle Hilfe ausfindig zu machen, verschickt vom Iran aus Geldscheine in Briefumschlägen, organisiert komplizierte Transaktionen, in der Hoffnung, Fritz Landshoff eine Summe Geld zukommen lassen zu können. Aber als sie den *Falkenkäfig* abgeschlossen hat, steht sie mit einemmal vor einer Leere, die ihren Zustand noch verschlimmert. Ihr Unwohlsein, das vom Brechreiz bis zur Ohnmacht reicht, ist seit ihrer Ankunft in Persien zum Dauerzustand geworden. Claude schreibt es der Malaria zu, von der sie schon zweimal niedergestreckt wurde, aber es ist auch auf das Rauschgift zurückzuführen – Morphium, Opium, Eukodal –, ihr ständiger Begleiter.

Eines Tages im Juli hat sie erneut Malariafieber. Als sie vor Schüttelfrost zitternd auf ihrem Bett liegt und auf die Linderung wartet, die das Fieber bringen wird, bekommt sie Besuch von der ältesten Tochter des türkischen Botschafters. Dies ist der Beginn einer ebenso kurzen wie dramatischen Liebesbeziehung. Yale leidet nicht nur unter der Trennung von ihrer Mutter, die die Familie verlassen hat, und unter dem Jähzorn ihres Vaters, der sich in seiner männlichen Ehre gekränkt fühlt, sondern überdies ist sie an einem unheilbaren Lungenleiden erkrankt. Seit ihrer ersten Begegnung empfindet Annemarie die Nähe des jungen Mädchens als den einzigen Halt in diesem Land, das auf menschliches Leiden nur mit allgemeiner

Gleichgültigkeit reagiert. Als sie wieder gesund ist, fährt sie Tag für Tag die Strecke von Farmanieh zum Garten der türkischen Familie in Teheran und verbringt den Nachmittag ausgestreckt unter dem Schatten eines Baumes an der Seite von Yale. Manchmal sehen sie den Tennisspielern zu, aber nie lange, denn die Sonne strengt die junge Türkin an. Der Botschafter ist über diese allzu enge Freundschaft verärgert und befiehlt seiner Tochter, sie zu beenden. Ob dies der Moment ist, in dem Annemarie davon träumt, nach Istanbul zu fliehen? Jedenfalls ruft Erika ihren Bruder an und berichtet ihm, das »Schweizerkind« habe einen »Skandal in Teheran«[13] verursacht.

Es wird höchste Zeit, die Hauptstadt zu verlassen, zumal Annemarie beginnt, Persien – und die Hitze – zu »hassen«. Um der Glut zu entkommen, nimmt Claude die Einladung seiner Kollegen aus der britischen Gesandtschaft an, die beiden ersten Augustwochen in einem Camp aus Leinenzelten zu verbringen – in 2500 Meter Höhe in einem der schönsten Hochtäler des Landes. Er hofft, daß diese Reise seiner Frau helfen wird, sich wieder zu fangen. Achtzig Kilometer trennen Teheran von jenem »glücklichen Tal«. Hinter Abala beginnt auf dem Rükken der Maulesel der lange Aufstieg in Richtung Paß. Es folgt ein Tal nach dem anderen, mal steinig, mal von Gras bewachsen, meistens verlassen. Die Natur ist so gewaltig, daß man sich sehr klein und wie außerhalb der Welt fühlt. In der Ferne erhebt sich der Demawend wie ein Leuchtturm, dessen Fuß immer unsichtbar bleibt. Nach acht Stunden tauchen hinter einer Wegbiegung am grünen Ufer des Lar die weißen Zelte der Engländer auf.

Vormittags betrachtet Annemarie, vor der Sonne durch das Vordach ihres Zeltes geschützt, die vor ihren Augen ausgebreitete Landschaft: zu ihren Füßen die Sandbänke am Ufer des silbernen Flußlaufs, am Horizont der vom Schnee gestreifte Kegel des Demawend. Unter dem tiefblauen Himmel rahmen Bergwände aus grauem Basalt die saftigen Wiesen, auf denen

die riesigen Pferdeherden des Schahs grasen. Hin und wieder tauchen plötzlich Steinböcke auf, die jedoch zu schnell verschwinden, um auf einem Foto festgehalten zu werden. Am anderen Ufer des Lar steht eine Tschaikane, eine Berghütte, in der die Reisenden sich um den Samovar scharen und essen und sogar übernachten können. Gegen fünf Uhr nachmittags ist es endlich möglich, das Zelt zu verlassen, ein paar Forellen zu angeln und in der starken Strömung des Flusses zu baden.

Dennoch kann auch das »glückliche Tal« Annemaries düstere Gedanken nicht vertreiben. Die grelle Sonne ermüdet ihre Augen, die schlaflosen Nächte quälen sie. Um ihre Ängste und ihre Verzweiflung einzudämmen, beginnt sie ein »unpersönliches« Tagebuch, dem sie später den Titel *Tod in Persien* geben wird. Sie hat das Gefühl, daß dieses Tal der äußerste Ort ist, von dem es keine Rückkehr mehr gibt. Sie ist am »Weltende« angekommen; in diesen entlegenen Regionen können weder die Gefahr noch die Angst mit Worten dargestellt werden. Aber paradoxerweise strömen die Worte nur so aus ihr heraus, um die verschlungenen Pfade zu erkunden und aufzudecken, die sie in diese Sackgasse geführt haben, wo »man sich endlich den großen Höhenwinden (preisgeben muß), die auch unsere letzten Hoffnungen in Fetzen reißen«.[14] Und als ihre Qualen ihren Höhepunkt erreichen, in dem Moment, als sie erfährt, daß Yale gestorben ist, und sie entschlossen ist, Selbstmord zu begehen, ist es der Name ihrer Mutter, der sich ihr aufdrängt:

> Mutter, denkt man (wie der Name zum Weinen verhilft!) – ich habe irgend etwas, ganz am Anfang, falsch gemacht. Aber nicht ich war es, sondern das Leben. Alle Wege, welche ich auch ging, welchen ich auch entging, endeten hier, in diesem »glücklichen Tal«, von dem es keinen Ausweg mehr gibt und welches deshalb schon dem Ort des Todes ähnlich sein muß.[15]

Ein anderer Weg, diesem Tal ohne Ausweg zu entkommen, besteht darin, den Freunden in Europa zu schreiben und Zukunftspläne zu schmieden. Annemarie tröstet Klaus, dessen Zeitschrift gerade zum vierundzwanzigsten und letzten Mal erschienen ist, und schlägt ihm vor, von nun an abwechselnd in Amsterdam und der Stadt zu leben, in die Claude demnächst versetzt wird – sei es London oder Paris: »Du könntest dann, neben uns, eine Arbeits- und Schlafstube haben, ohne daß Dich das Übrige allzu viel zu bekümmern und bedrücken brauchte. Wohnst Du quasi mit uns zusammen, so richtet sich alles von selbst erträglich und freundlich ein, und wir könnten, Du und ich, ungestört so arbeiten, wie es uns richtig erscheint.«[16] Und da er sich darauf vorbereitet, sie im Iran zu besuchen, gibt sie ihm detaillierte Ratschläge, wie er am leichtesten ein Visum erhält, zählt genau auf, welchen Proviant er für die Reise benötigt – »eine Schachtel Kekse, ein Stückchen Käse und Schokolade, auch Obst und Mineralwasser« –, welche Kleidung er mitnehmen soll – »ein Wintermantel [...] dazu einen Deiner grauen Anzüge, Pullover, ja und den Smoking« –, welche Medikamente vorbeugend gegen Typhus einzunehmen sind – »und trink unterwegs, schon in Rußland, kein ungekochtes Wasser.«[17]

Klaus hält sich seit dem 12. September in Prag auf und wartet verzweifelt auf sein russisches Visum. Wahrscheinlich hat er das Empfehlungsschreiben nicht rechtzeitig erhalten, das Clarac ihm am 25. August geschickt hat und das ihm die Behördengänge hätte erleichtern sollen. In diesem Schreiben führte Clarac aus: »Herr Mann kommt als Tourist in den Iran und wird für mehrere Monate mein Gast sein.« Erika, die bei dieser Reise kein gutes Gefühl hat, ruft ihren Bruder am 19. September an. Sie führt eine Malaria-Epidemie, einen drohenden Krieg – die italienischen Truppen sind kurz davor, in Abessinien einzumarschieren – und den schlechten Gesundheitszustand ihrer Freundin ins Feld, um ihn davon abzuhalten, sich

Mit Claude Clarac in Chariz-Danek (Elburs, Sommer 1935)

bis nach Teheran zu wagen. Klaus ist verunsichert und wirft am nächsten Tag eine alte englische Münze: »Kopf oder Schrift.«[18] Das Ergebnis ist negativ, und da er auch an diesem Tag sein Visum nicht erhält, läßt er an Annemarie telegraphieren, daß er nicht kommen wird. Gleich darauf bereut er, daß er dies nicht selbst gemacht hat, denn der Portier hat das Telegramm in zu teurer Form aufgegeben, und Klaus ist wütend, daß über dreihundert Kronen verschwendet wurden. Natürlich ist Annemarie enttäuscht, aber dennoch hält sie seine Entscheidung für vernünftig, und sie findet darin einen zusätzlichen Grund, so bald wie möglich in die Schweiz zu fahren.

Wenn sie den Schock dieser Enttäuschung gut verkraftet, dann auch, weil eine Frau von nun an alle ihre Gedanken beansprucht: Barbara Wright, eine amerikanische Fotografin, die Claude Clarac während seiner Dienstzeit in Washington kennengelernt und nun nach Teheran eingeladen hat. Da er eine Zeitlang daran gedacht hat, sie zu heiraten, hat er sie damals auch seinen Eltern vorgestellt. Aber sie hat in Nantes einen sehr schlechten Eindruck hinterlassen. Nach der Hölle des überstandenen Sommers kommt der Besuch dieser Frau, deren »sehr lustige und hübsche Briefe«[19] Annemarie sofort gefallen haben, ganz unverhofft: »Barbara ist hinreißend, und sehr klug, und ganz nach unserem Herzen. Außerdem hat sie mich gern – Du weißt, das wirkt Wunder, und ich gewinne täglich an Lebensmut. [...] Persien erhält nochmals seinen alten Zauber, und Claude wird von mir mit gerechteren Augen betrachtet.«[20]

Gemeinsam verbringen sie einige Tage auf dem Elburs-Massiv, wo Prinz Firouz-Mirza das Jagdgebiet von Chariz-Danek besitzt. Kurz darauf fahren die beiden Frauen nach Ispahan und Persepolis. Sie stellen fest, daß die Ausgrabungen nicht mehr unter deutscher Leitung stehen, da Professor Herzfeld als deutscher Jude ins Exil in die USA gehen mußte. Die jungen amerikanischen Archäologen, denen die Ausgrabungen nun überlassen sind, wirken auf Annemarie wie »Pfadfinder«. Aber

das Leben wird nun wieder schön. Ganz bestimmt wäre sie ohne Baa, wie sie die Freundin nennt, dem Rauschgift und der Verzweiflung, Persien nicht verlassen zu können, noch weiter verfallen. Dank der Amerikanerin kann sie die Bande zerreißen, die sie in diesem Land halten, in dem sie beinahe Leib und Seele verloren hätte.

Im Oktober 1935 kommt die Stunde des Abschieds: Barbara kehrt in die USA zurück, und Annemarie geht nach Europa. Sie rechnet fest damit, Claude Clarac im März wiederzusehen, da er zu diesem Zeitpunkt wahrscheinlich seinen nächsten Urlaub haben wird. Tatsächlich aber werden sie sich erst im Sommer 1937 das nächste Mal begegnen. Die Bilanz dieser sechs Monate gemeinsamen Lebens zieht sie am 7. November in einem Brief an Claude Bourdet. Darin erklärt sie, daß sie nicht dafür gemacht sei, die Rolle einer Diplomatenehefrau zu übernehmen: »Vor allem haßte ich es, meine Zeit mit Leuten zu verbringen, die ich nicht gewählt hatte.« Sie ist außerdem enttäuscht festzustellen, daß ihr Ehemann im Gegensatz zu ihr seine besten Seiten nicht einem »absoluten Ziel« widmet und daß er »intellektuelle Arbeit für Ferien und persönlichen Luxus hält«. »Ich sehe ein,« fährt sie fort, »daß man Zugeständnisse machen muß, wenn man einen Freund gewinnen möchte, aber ich muß auch *make up my mind*[21], was mein eigenes Leben mit seinen Notwendigkeiten betrifft.«

Diese »Notwendigkeiten« nimmt Claude Clarac zu jener Zeit nur undeutlich wahr. Fünfzig Jahre später sagt er über die Frau, die bis zu ihrem Tod mit ihm verheiratet blieb:

> Sie wollte verstanden, verwöhnt, bemitleidet werden; die zärtliche Leichtigkeit, mit der sie sich hingab, rechtfertigte diesen Anspruch auch. Jedoch widerstand sie »heldenhaft« jedem Einfall, der ihre gefühlsmäßige und literarische Festung hätte verwüsten können. [...] Ich bin [...] überzeugt, daß der Schlüssel der Tragödie, deren Opfer sie war, genau

> in der angeborenen oder aufrechterhaltenen Unmöglichkeit lag, die widerstreitenden Elemente ihrer Persönlichkeit im Feuer einer großen und wahren Leidenschaft miteinander zu verschmelzen. So über jemanden zu sprechen, der mir einmal so nahe stand, zieht mir noch heute das zusammen, was mir als Herz geblieben ist; ich tue das [...] ohne den leisesten Groll. Aber ich muß entweder sehr verrückt oder sehr verliebt gewesen sein, als ich all das übersehen habe. Darin, das ist mir heute klar, liegt meine eigentliche Schuld. Unsere wechselseitige Unabhängigkeit war eine Illusion. Wahr ist, daß ich, selbst wenn ich die Wunde erkannt hätte, unter der meine Frau litt, ganz zweifellos unfähig gewesen wäre, sie zu schließen.[22]

In bezug auf Annemaries Persönlichkeit und die Heirat führt er aus:

> Die Komplexität ihres Charakters, die sie in einem Universum aus Widersprüchen zu leben zwang, war unerschöpflich. [...] Da sie zwischen ihren gegensätzlichen Bedürfnissen nach Flucht und nach Bindung so zerrissen war, war es unmöglich, ihr in ihre literarisch geprägte emotionale Welt zu folgen, in die sie sich eingeschlossen hatte. Ich bin davon überzeugt, daß sie für mich alles an Liebe empfunden hat, was sie überhaupt für einen Mann fühlen konnte; und ich meinerseits erkläre, daß ich verliebt in sie war, denn das ist die Wahrheit. Die Idee, uns durch eine Heirat zusammenzutun, war völlig absurd. Sie brauchte mich nicht im geringsten; ich war an sie durch eins dieser Gefühle gebunden, die zu den schlimmsten Unvorsichtigkeiten führen. Sie war Korrespondentin der *Zürcher Zeitung;* sie war im Kampf gegen den Nationalsozialismus engagiert. Wie sollte man das alles mit dem Leben einer französischen Diplomatenehefrau vereinbaren? Sie war schön; sie hatte einen unwiderstehlichen

natürlichen Charme. Ihre Begabung, ihre Intelligenz, ihre vornehme Ausstrahlung machten sie zu einer so außerordentlichen Erscheinung, daß meine kleinbürgerliche Vorsicht sich in Luft auflöste.[23]

Für Claude Clarac bleibt die Erinnerung an jenen Sommer 1935, den er mit Annemarie in Farmanieh verbracht hat, für immer unauslöschlich. Als Gelegenheitsdichter widmet er ihr später ein Gedicht, an dem er bis zu seinem Tod immer wieder feilt. Hier folgt die letzte Fassung:

Farmanieh

Farmanieh, Farmanieh, geliebte Einsiedelei,
in der wir den Sommer fern der Stadt verbrachten,
deren blendende Mauern und beißender Staub
diese Zeit des Jahres sehr unangenehm machen.
Zwar war der Ort nicht besonders kühl,
aber ein persischer Prinz hatte in der Mitte des Gartens,
dessen Pracht von einem luxuriösen Wasser genährt wurde,
zwei Ferienorte geschaffen.
Ich bewohnte denjenigen, den er für Feste mit Freunden
oder den Empfang von Gästen bestimmt hatte.
Man mußte am Fuße des Berges steinige Wege gehen,
bevor man in die blonden Schatten der orientalischen Platanen
eindringen konnte, die von weitem das Tor zu Farmanieh anzeigten.

Die Frau, die ich liebte, verklärte mit ihrer schlanken Schönheit,
ihrer natürlichen Anmut, ihren angeborenen Talenten
den Raum, in dem sie sich bewegte,
sie schien immer in diesen einzigartigen Ort

wie in eine Straße zu neuer Wandlung einzutreten.
Unsere Vorlieben waren zahlreich, aber ein stillschweigender
Pakt
heiligte zwischen uns eine Komplizenschaft,
die erheblich unsere Ehe begründete;
Und es gefiel mir zu denken, daß unsere Körper
im Schwarm der Küsse, in erfundenen Zärtlichkeiten
das übersetzten, was sie anders nicht auszudrücken
vermochten.

Unsere Tage verbrachten wir im Austausch von
Kleinigkeiten,
mit Arbeit, mit Muße, im Spiel mit unseren Hunden,
und am Abend aßen wir im Schein der kristallenen Leuchter,
in der Nähe eines Beckens, von steinernen Stufen eingefaßt,
von wo eine Wassertreppe in türkisblauen Stufen
im Schein des Mondes in die Wüste hinabführte.
Wir erfreuten uns auch der Ruhestunden,
in denen wir, Flüchtlinge einer in den Armen des anderen,
zwischen Wachen und Schlaf,
vom Traum zur Vision oder vom Zweifel zur Kraft
wechselten.
Die Improvisationen der verliebten Nachtigallen
untermalten die Ränder der Nacht mit Klageliedern,
während unter dem Kuppeldach unseres Palastes
ein Springbrunnen vor unendlichem Schmerz weinte.

Ich war zu sehr von mir selbst betrunken, zu besetzt von
Träumen,
um das geflügelte Wesen lange zu halten,
das ich geheiratet hatte und von dem ich nicht ahnte,
wie kurz sein Leben sein würde; aber lange Zeit nach
ihrem lautlosen Verschwinden taucht das Werk, das sie
hinterlassen hat,

aus dem Vergessen auf, und unsere Schatten,
die durch einen hartnäckigen Reiz zur vollkommenen
 Harmonie
dieses iranischen Gartens erstarrt sind,
machen daraus den Altar
eines Traumes, hängend an den Zweigen des Zufalls.

Neuntes Kapitel

Sils-Baselgia
(1935–1936)

Mit dem Mercedes-Mannheim (etwa 1936)

Wo ich mich leichter fühle als anderswo.

Annemarie Schwarzenbach, *Brief an Erika Mann*

Das Europa, das Annemarie bei ihrer Rückkehr vorfindet, ist nicht dasselbe, das sie sieben Monate zuvor verlassen hat. Während ihrer Abwesenheit hat sich der dunkle Schatten des Nationalsozialismus weiter ausgebreitet. Im Januar 1935 haben neunzig Prozent der Bewohner des Saargebietes sich für eine Wiederangliederung ans Deutsche Reich ausgesprochen – ein Ergebnis, das Klaus Mann als »unsere ärgste politische Niederlage«[1] seit dem Machtantritt der Nazis bezeichnet. Im März hat Hitler in einem offenen Verstoß gegen den Versailler Vertrag die Militärpflicht wiedereingeführt, und im Mai ist die deutsche Wiederbewaffnung mit dem britisch-deutschen Flottenabkommen stillschweigend akzeptiert worden. Während diese Entwicklung die westlichen Demokratien nicht übermäßig zu beunruhigen scheint, stellt sie allerdings die Emigranten vor wachsende Schwierigkeiten. Annemaries engste Freunde müssen sich Tag für Tag wegen ihrer Pässe mit Problemen herumschlagen, die ihnen das Leben schwermachen. Die beste Lösung ist, einen Partner zu finden, mit dem man eine Scheinehe eingehen kann – aber das ist nicht so einfach. Nach mehr als einem Jahr der Suche heiratet Erika Mann im Juni 1935 den englischen Dichter Wystan H. Auden – genau eine Woche, bevor ihr die deutsche Staatsangehörigkeit aberkannt wird! Ihre

Freundin Therese Giehse muß noch ein weiteres Jahr warten, bevor sie mit dem englischen Schriftsteller John Hampson-Simpson denselben Schritt tun kann. Klaus ist im November 1934 ausgebürgert worden. Zwar wird er von den Niederlanden wenigstens einen provisorischen Paß erhalten, aber erst 1937, als alle Mitglieder der Familie Mann außer Erika die tschechische Staatsbürgerschaft erhalten, kann er zur Ruhe kommen.

Zu den administrativen Schikanen kommen die Rückschläge, die die Geschwister Mann in ihrem Kampf gegen den Nationalsozialismus hinnehmen müssen. Obwohl die *Pfeffermühle* auf ihrer Jahrestournee durch die Niederlande, Luxemburg und Belgien weiterhin wahre Triumphe feiert, können die örtlichen Behörden immer weniger dem Druck standhalten, den die deutschen Botschafter ausüben: Die Leiterin des Kabaretts wird aufgefordert, auf alle politischen Anspielungen zu verzichten und ihr Publikum nur noch zu amüsieren. Klaus seinerseits ist ab August 1935 mangels Abonnenten und finanzieller Mittel nicht länger in der Lage, *Die Sammlung* herauszugeben. Diese Niederlage ist kaum geeignet, seine seelische Verfassung zu verbessern. Ohnehin ist er nach René Crevels Selbstmord zwei Monate zuvor und wegen der Fortentwicklung von Hitlers Politik, die seiner Meinung nach auf einen Krieg hinausläuft, sehr deprimiert. Die Chronik dieses Alptraums und seines immer bedrohlicheren Drogenkonsums zieht sich im Jahr 1935 durch sein ganzes Tagebuch. Zwar scheint ihm Annemaries Einweisung ins Krankenhaus im Januar zunächst eine Warnung zu sein, aber schon wenige Tage später ist alle Vorsicht wieder vergessen: »Ach, wie es schmeckt!«[2], und er vergleicht die Spuren, die die Nadeln der Spritzen auf seinem Oberschenkel hinterlassen haben, mit den »Biß-Spuren einer Liebesnacht«[3]. Sein Tagebuch ist gespickt mit Angaben wie »Arzt. Apotheke. Genommen«, »Wieder zu viel genommen«, und »Ich muß aufhören«. Obwohl er weiß, daß er mit dem

Feuer spielt, ist er offensichtlich nicht in der Lage, die Situation zu beherrschen. In hohen Dosen genommen, hindert ihn der »schlimme und süße Trost« am Arbeiten, aber meistens versetzt die Droge seiner literarischen Produktivität einen Schub. Mit der ihm eigenen Klarsicht stellt er fest: »Die Gier nach der Droge ist kaum zu unterscheiden von der Lust auf den Tod.«[4] Die einzige Lösung, die er sich vorstellen kann, ist: »Ich muß [...] eine feste Liaison haben; oder der Thun siegt.«[5]

Am 27. Oktober, am Tag nachdem er dies geschrieben hat, ruft Annemarie von Wien aus Erika an. Bevor sie in die Schweiz zurückfährt, möchte sie einen Abstecher nach Berlin machen, um Maud von Thyssen zu besuchen, die sich hier von einem schweren Verkehrsunfall erholt. Die »Kommandeuse«[6] der *Pfeffermühle* freut sich keineswegs über die Nachricht von Annemaries Rückkehr. Im Gegenteil fürchtet sie, daß deren Anwesenheit in der Schweiz neue Feindseligkeiten der Familie Schwarzenbach auslösen könnte: »Wahrlich, ich sage Dir, sie ist den Verdruß nicht wert, den man allezeit mit ihr hat. Besser, sie bliebe fern«[7], schreibt sie an ihren Bruder. Auch Klaus, der Annemarie seit ihrem gemeinsamen Aufenthalt in der Sowjetunion vor mehr als einem Jahr nicht mehr gesehen hat, scheint durch ihre Rückkehr aus der Ruhe gebracht zu sein, wenn auch in einem deutlich positiveren Sinn: In seinem Tagebuch fragt er sich erneut, ob er fähig wäre, mit ihr zusammenzuleben. Dennoch ist selbst diese Perspektive nicht geeignet, seine düsteren Gedanken zu zerstreuen: »Am weitaus liebsten freilich wäre ich sofort tot.«[8]

Als die Schweizerin am 5. November ihren Antrittsbesuch bei der Familie Mann macht, entgeht es weder dem Vater noch der Tochter, daß sie noch immer »lieb«, aber sehr abhängig vom Morphium ist. Am 9. November feiert Erika mit der ganzen Familie und einigen Freunden ihren dreißigsten Geburtstag. Annemarie ist dabei – »in Hosen!«, schreit Thomas Mann in seinem Tagebuch auf. Als »die Greise« zu Bett gegangen

sind, wird aus dem Fest eine Orgie: Was mit Musik und Tanzen begann, geht nun mit Alkohol und Rauschgift weiter. In dieser Nacht injiziert Klaus sich reines Morphium und beobachtet mit Interesse, daß die Wirkung eine völlig andere ist als die des Eukodal: »Der physische Schock stärker – le coup de révolver[9] –; die Euphorie geringer.« Trotz Erikas wiederholter Warnungen reduziert er seinen Konsum nicht. Annemarie dagegen war sich schon vor ihrem Aufbruch in den Iran vollkommen der Schwere ihres Krankheitszustandes bewußt und sehr entschlossen, sich zu pflegen, um ihre »besten Kräfte« zu erhalten. Mitte November beginnt sie in der Klinik von Doktor Forel in Prangins bei Nyon mit einer Entziehungskur. Am Vorabend ihrer Reise in die französische Schweiz telefoniert sie von Bocken aus mit Klaus, der anschließend notiert: »Die Arme, Liebe, so Gefährdete. Ich möchte wohl mit ihr befreundeter sein; aber zu allem kommt ihre wunderliche menschliche Unzuverlässigkeit; besser: Unfaßbarkeit.« Nur zwei Zeilen weiter gesteht er, sich erneut Rauschgift beschafft zu haben: »Unbeherrscht.«[10]

Für Annemarie hat nun der Leidensweg begonnen – eine Tortur, die für jeden, der es nicht am eigenen Leib erlebt hat, unvorstellbar ist. Die Kur besteht zunächst in der Verringerung der Morphiumdosen und gleichzeitig in der Verabreichung von starken Schlafmitteln. Schon am zweiten Tag revoltiert der Organismus, fordert laut und vernehmlich sein Recht, und die klassischen Symptome des Entzugs bereiten dem Patienten Höllenqualen: das Gefühl, im Bereich der Handgelenke und Knie auseinandergerissen zu werden, der Zusammenbruch der Darmtätigkeit, Erbrechen, kalter Schweiß, unstillbare Krämpfe am ganzen Körper. Klaus Mann wird diesen Zustand später, als er selbst diese Hölle durchschritten hat, mit den konvulsivischen Zuckungen eines Fisches vergleichen, der seinem natürlichen Element entrissen ist. Die Bestrafung erscheint im Verhältnis zu dem begangenen Fehler als eklatante Ungerech-

tigkeit. Annemarie nutzt einen kurzen Moment der Ruhe, um ihren Freund zu beschwören: »Es lohnt sich nicht [...] es ist zu entsetzlich nachher. Ich mag es Dir nicht schildern, aber schlimmer kann nichts sein.«[11] Parallel zu dieser Entziehung geht sie in psychologische Behandlung bei Doktor Forel, dessen menschliche Qualitäten sie schätzt, ohne jedoch zu begreifen, was er mit den Gesprächen erreichen will. Sie ist überzeugt, daß ihre »Seelenkomplexe« einzig und allein auf das schwierige Verhältnis zu ihrer Mutter und ihre Beziehung mit Clarac zurückzuführen sind. Anstatt in sich selbst die Ursachen ihrer vielfältigen Abhängigkeiten zu suchen, erwartet sie, daß alle beide sie »schonen« werden, wenn sie erst einmal vom Rauschgift geheilt ist, so daß sie »frei genug« sein wird, ihrer »geistigen Verantwortung leben zu dürfen«.[12] Sie behauptet, entschlossen zu sein, sich von den Drogen zu befreien, aber setzt dieser Enthaltsamkeit gleich wieder Grenzen und fällt in eine kindliche Haltung zurück: Sie stellt sich vor, daß Erika Klaus und ihr, falls sie brav sind, erlauben wird, bei ihren berühmten Festen Rauschgift zu nehmen. Als Klaus Mann anderthalb Jahre später seine erste Entziehungskur durchmacht, hat er genau dieselbe doppeldeutige Haltung: Die Sehnsucht, endgültig aufzuhören, wird sofort durch den Wunsch, früher oder später wieder anzufangen, außer Kraft gesetzt. »Wozu soll man 80 werden?« fragt er seine Mutter.[13]

Merkwürdiges Zusammentreffen: Gerade als Annemarie in Prangins die schrecklichen Folgen der Rauschgiftsucht durchlebt, wird Klaus von einer Überdosis – vermutlich Optalidon – niedergestreckt, und seine Depressionen sind so schwer, daß er zum ersten Mal in seinem Leben einen Weinkrampf hat – eine gute halbe Stunde lang. Seine Eltern müssen einen Arzt rufen. Am darauffolgenden Tag hat er ein Gespräch mit einem Psychologen namens Doktor Katzenstein, aber auch ihm begegnet er mit derselben Abwehrhaltung, die jede tiefergehende Reflexion seines Zustandes blockiert: »Aber was soll's, ich wußte

schon alles vorher.«[14] Annemarie, die inzwischen neue Lust am Leben hat, versucht, ihn moralisch wiederaufzurichten: »Du *darfst* nicht so deprimiert sein! Wir haben doch einfach keine Zeit dafür – schau, was Du gemacht hast: Die *Sammlung* – ist doch da und ist wichtig gewesen, bleibt es als ein Dokument.«[15] Sie rät ihm, nicht allein zu bleiben, denn sie hat selbst erfahren, wie ausgesprochen hilfreich die wärmende Nähe eines zugewandten Menschen sein kann. Sie hat das Glück, solch zärtliche Zuwendung in Prangins zu finden, wo ihre »außergewöhnliche Anziehungskraft«, wie Clarac es nennt, unter den anderen Patienten eine derartige Aufregung hervorruft, daß Doktor Forel sie aus der Nähe beaufsichtigen lassen muß und ihr formell untersagt, ihre Klinikfreundinnen zu treffen. In Annemaries Briefen ist die Rede von einer gewissen Janine Auzépy, mit der sie angeblich »wie die Enfants terribles [...] im Tiefsten harmlos«[16] zusammen ist, und von einer Frau Maquinay, deren Reize unwiderstehlich zu sein scheinen: »Ich bin selten so gegen alles Gewissen einer reinen ›Verführung der Sinne‹ erlegen.«[17]

Haben diese kleinen Skandale ihre Entlassung aus der Klinik beschleunigt? Dies ist nicht ganz ausgeschlossen, denn die Entziehung hat nur zwei Wochen gedauert – eine Zeitspanne, die keineswegs ausreicht, um den Organismus genügend zu entgiften. Am 5. Dezember ist Annemarie in Basel, um das neue Programm der *Pfeffermühle* anzusehen. Als acht Tage später auch Klaus kommt, findet er, daß sie in einem besseren Zustand, aber »immer noch sehr durchsichtig«[18] ist. Eine Durchsichtigkeit, für die offensichtlich Magnus Henning kein Auge hat. Im Gegenteil: Für den Komponisten und Pianisten in Erika Manns Truppe ist die Anwesenheit der Schweizerin nichts als eine Quelle von Konflikten und Spannungen.

Während der folgenden neun Monate bleibt Annemarie in Europa und teilt ihre Zeit zwischen den jeweiligen Aufenthaltsorten der Geschwister Mann und Sils, einem kleinen Dorf, das

etwa zwölf Kilometer von Sankt Moritz entfernt liegt und fünfzig Jahre zuvor der Sommerwohnsitz Nietzsches war. Anders als der deutsche Philosoph, der Sils-Maria als Domizil gewählt hat, wohnt Annemarie in Sils-Baselgia, dem an der Westflanke des Tales gelegenen Teil des Dorfes. Die italienische Grenze ist nur dreißig Kilometer entfernt.

Der Kanton Graubünden und speziell das Engadin sind Annemarie seit ihrer Kindheit sehr vertraut. Hier hat sie häufig mit ihren Eltern Ferien gemacht, und sie hat zwei Jahre im Internat von Fetan verbracht. Daher ist es kein Zufall, daß diese Region der Gegenstand ihrer Doktorarbeit ist und daß sie ihr in dem Reiseführer von Piper dreißig Seiten gewidmet hat. Darin beschreibt sie Sankt Moritz als »eine Stadt auf 1800 Meter Höhe, in einem Hochtal, nicht einer Kohlengrube, nicht eines Elektrizitätswerkes wegen, nein, einfach des Vergnügens halber, beinahe zum Spaß hierhergesetzt«.[19] Zwischen 1931 und 1934 hat sie häufig im Suvretta House logiert, einem der größten Hotels dieses luxuriösen Ortes, in dem übrigens 1927 die erste Skischule der Welt gegründet wurde. Sie trifft hier Verwandte und vor allem eine Menge begüterte Freunde, die im Palace, im Carlton oder im Grand Hôtel wohnen. Aber vor allem liebt sie den Sonnenschein und den Frieden in diesem »unübertrefflich schönen Tal«[20], wo das ewige Eis sich vor dem einzigartig strahlend blauen Himmel abzeichnet. Sie geht so weit, Sils mit Venedig zu vergleichen: »Es liegt doch schon jenseits der höchsten Erhebungen und öffnet sich mit sichtlicher Bereitwilligkeit gegen die italienischen Landschaften. Ja, gerade die Verbindung von südlichem Licht und nordischer Herbheit gibt ihm jenen schwer zu fassenden und einzigartigen Reiz. Man spricht gern vom Engadiner Himmel, von seiner überraschenden und tiefen Bläue, das ist ein südliches Blau, man kennt es von den Küsten des Mittelmeers, von den Bergen hinter Genua oder Neapel.«[21]

Anfang 1935 hatte Annemarie kaum genug Zeit, sich an ihr

neues Haus zu gewöhnen. Dennoch hat sie vor ihrer Abreise nach Persien Wert darauf gelegt, für sechs Monate im voraus die Miete zu bezahlen, damit die Geschwister Mann das Haus nutzen können, das sie sich von Anfang an als eine Art »zionistische Heimstätte«[22] vorgestellt hat. Das Jägerhaus – es wurde so genannt, weil es ursprünglich im Besitz der Schreinerfamilie Jäger war – gehörte 1935 der Familie Godly, die auch das nahe gelegene Gasthaus Chastè führte. Annemarie rät ihren Freunden, sich bei Problemen an Annigna Godly zu wenden, die Gasthauswirtin, zu der sie später eine feste Freundschaft knüpft.

Tatsächlich verbringen Klaus, Erika und Therese Giehse im Frühsommer 1935 vierzehn Tage in Sils. Bei den Spaziergängen in Richtung Chantarella und auf den Pfaden über das Geröll ist Klaus tief berührt von der Schönheit der Landschaft, die Nietzsche ein halbes Jahrhundert zuvor »das Land der silbernen Farben« genannt hat. In der Sonne auf einer steinernen Fensterbank sitzend, vertieft er sich – sehr passend – in die Lektüre dieses Philosophen, und in der Ruhe dieses Ortes kommt er mit dem Schreiben des allerletzten Kapitels seines Romans über Tschaikowski, *Symphonie Pathétique,* gut voran. In Persien macht Annemarie sich inzwischen um das Wohlbefinden ihrer Freunde Sorgen: »Hoffentlich findet Ihr es dort wohnlich, obwohl es recht unordentlich aussehen mußte. Haltet Euch sehr an Frau Godly, sie ist redlich, und denkt Euch aus und berichtet mir, wie man die kleine Häuslichkeit herrichten könnte!«[23] Einen Monat später vertraut sie jedoch ihrem Freund an, daß die monatliche Miete in Höhe von zweihundert Schweizer Franken ihre Möglichkeiten übersteigt, und sie erwägt daher, ihren Vater zu bitten, daß er ihr ein kleines Haus baut. Aber aus diesem Projekt wird nie etwas.

Das Jägerhaus liegt ganz am Ende des Dorfes von Sils-Baselgia. Es wurde Anfang des 17. Jahrhunderts gebaut und gehört zu den traditionellen Engadiner Gebäuden. Der Putz ist

Das Jägerhaus in Sils-Baselgia (Ende der dreißiger Jahre)

mit einer Kalkfarbe getüncht, und die Fassade mit ihren unregelmäßig angeordneten kleinen Fenstern, deren Leibungen sich von innen nach außen erweitern, wird von einem dreieckigen überstehenden Dachfirst geschmückt. Wenn man die Stufen einer doppelten Freitreppe hochgestiegen ist und die Haustür geöffnet hat, betritt man eine riesige Diele mit einem gedrungenen Gewölbe, in dem sich die Wohnräume und die Scheune befinden. Auf jeder Seite liegen drei Zimmer nebeneinander: rechts das Hauptzimmer, das mit dem Holz der Arve getäfelt ist, einer Zirbelkiefer, die noch in zweitausendfünfhundert Meter Höhe gedeiht. Ihr Holz ist hell und erstaunlich glatt. Ein großer gekachelter Holzofen, der von der angrenzenden Küche aus befeuert wird, ist die Hauptwärmequelle dieses Hauses, das alles in allem keinen besonderen Komfort bietet. Die Besonderheit dieses Hauptzimmers ist eine gerade Treppe, die neben dem Ofen zu einer Falltür führt, durch die man zum Zimmer im ersten Stock gelangt – Annemaries Zimmer.

Gleich Anfang Januar 1936 treffen Erika, Klaus und Fritz Landshoff sich mit Miro in Sils. Die Tage vergehen mit Skiwanderungen, mit endlosen Diskussionen, mit Besuchen in den Bars der Luxushotels von Sankt Moritz. Während Annemarie ein Abenteuer mit einer Belgierin hat, die im Palace wohnt, begeistert Klaus sich für Maupassants Roman *Bel-Ami,* den er gerade zu lesen begonnen hat. Erika macht sich einen Spaß daraus, in einer Kristallkugel zu lesen: Sie prophezeit ihren Freunden, daß sie in zehn oder fünfzehn Jahren sterben werden und daß sie selbst neunzig werden wird. Eine Prognose, die sich nur zur Hälfte erfüllt: Erika wird im Alter von vierundsechzig Jahren sterben, fast zwanzig Jahre vor Fritz Landshoff.

Am 5. Januar, als Erika und Fritz gerade wieder weggefahren sind, kommt Sonia Sekula, Studentin an der Kunstschule von Florenz[24], auf Einladung von Annemarie nach Sils. Die beiden Frauen haben sich vor einem Jahr kennengelernt. Klaus Mann forscht den Neuankömmling sofort nach seinen politi-

schen Meinungen aus, und er ist entsetzt über das Ausmaß der Verwüstung, die die italienische Propaganda in einer so jungen Seele angerichtet hat – sie ist erst achtzehn Jahre alt. Deshalb macht er sich noch am selben Abend an ihre politische Aufklärung. Am Tag darauf findet er den Titel des neuen Romans, den er auf Anregung von Hermann Kesten über das Beispiel seines Exschwagers – des Schauspielers Gustaf Gründgens, der unter den Nazis eine glänzende Karriere macht – schreiben will. Das Buch wird *Mephisto* heißen. In den nächsten Tagen kommt er unter der Silser Frühlingssonne zwischen zwei Skiausflügen ins Fex-Tal mit seinem Manuskript schnell voran, und am 12. Januar – am Vorabend von Sonia Sekulas Abreise – liest er seinen Freunden das zweite Kapitel vor. Klaus bleibt noch weitere vier Tage, allein mit Miro. Wie sollten sie der Versuchung durch das Morphium widerstehen können? Trotzdem stellt Klaus mit Erstaunen fest, daß die »theoretische Lust darauf« sehr groß ist, jedoch merkwürdigerweise »das ›praktische‹ Bedürfnis« danach sehr gering.[25] Kaum ist er wieder abgereist und in den Zug nach Zürich gestiegen, wird Annemarie, die zuvor schon leicht angegriffen war, richtig krank. Auch wenn sie von einer »Grippe« spricht, sehen die Symptome dieser Erkrankung Entzugserscheinungen zum Verwechseln ähnlich. Ein erneuter Krankenhausaufenthalt wird erwogen, dieses Mal in Samedan, in der Klinik von Doktor Ruppaner, wo sie sich bereits vor einem Jahr aufgehalten hat. Dank der Hilfe eines Arztes, der am Ort gefunden wird, schafft sie es jedoch, die Krise zu überwinden. Aber die Einsamkeit bedrückt sie, besonders am Abend, und sie hat allergrößte Mühe, ihre Dämonen zu verscheuchen: »Siehst Du«, schreibt sie an Klaus, »mir ist doch allzu deutlich, [...] daß ich stets nur eine latente Gefahr übertöne und zurückdränge, es ist ein stetiger Energieverbrauch [...] Wenn ich aber plötzlich, nach irgendeinem Zeitablauf, vom Widerstand genug habe – war es dann so wichtig, ob ich ein wenig länger aushielt?«[26]

Mit Busy Bodmer auf dem zugefrorenen See von Sankt Moritz
(etwa 1930)

In jenem Winter verbringt sie viel Zeit mit einem Paar, mit dem sie eine über Jahre wachsende Freundschaft verbindet: Marie-Louise[27] und Robert Bodmer, die von ihren Freunden Busy und Bobby genannt werden. Die beiden Frauen kennen sich schon sehr lange, denn Busy war im Gymnasium in Zürich in derselben Klasse wie Annemaries jüngerer Bruder Freddy. Sie sind einander auch im Musikkonservatorium begegnet, wo beide Klavierunterricht genommen haben, und außerdem bei Pferderennen. Busy ist eine furchtlose Reiterin und überhaupt eine große Tierfreundin. Übrigens hat sie als erste Schweizerin Veterinärmedizin studiert, das Studium allerdings aufgegeben, als sie 1931 zwanzigjährig einen siebzehn Jahre älteren Mann geheiratet hat, der aus einer ersten Ehe drei Söhne mitbrachte. Der Zufall und die übersichtliche Größe der Schweiz wollen, daß Robert Bodmer mütterlicherseits ein entfernter Verwandter von Annemarie ist. Das Ehepaar Bodmer, das in Hergiswil bei Luzern lebt, verbringt mit seinen Kindern jeden Winter vier oder fünf Wochen im Hotel Sonne in Silvaplana, einem Dorf am gleichnamigen See auf halber Strecke zwischen Sankt Moritz und Sils.

Als Annemarie erfährt, daß die *Pfeffermühle* Ende November 1935 im Hotel Adler in Luzern auftreten wird, sagt sie den Bodmers Bescheid, die sofort einen Strauß »herrlicher Rosen«[28] als Willkommensgruß an Erika Mann schicken. Wie ihr Gästebuch bezeugt, haben damals in Hergiswil mehrere Besuche stattgefunden, und auch Klaus und Erika Mann, Therese Giehse und Magnus Henning haben Busy und Bobby kennengelernt. Die beiden haben im Dezember auch eine Vorstellung in Basel besucht. Allmählich gehören die »Bodmerli« quasi zur Familie, man mag ihre Höflichkeit, ihre Fröhlichkeit und ihren Sinn für Gastfreundschaft. Im Winter 1936 nimmt Annemarie in ihrer Begleitung an verschiedenen traditionellen regionalen Sportveranstaltungen teil – darunter das »Skijöring«, ein »weißer Rennsport«, bei dem sich Skifahrer von einem Pferd im Ga-

lopp über einen vereisten See ziehen lassen – und fährt mit ihnen die Pisten von Sankt Moritz herunter.

Zur gleichen Zeit werden in Garmisch-Partenkirchen die IV. Olympischen Winterspiele eröffnet. Trotz der Ausschreitungen der Nazis, die sechs Monate zuvor in den Nürnberger Gesetzen Juden zur niederen Menschenrasse erklärt haben, findet sich die ganze »schöne Welt« hier ein, klagt Klaus Mann: Er hätte sich von den westlichen Demokratien eine mutigere Haltung gewünscht – zum Beispiel den eindeutigen und klaren Boykott dieser Veranstaltung. Am 7. März besetzen die deutschen Truppen unter Mißachtung des Locarno-Paktes das entmilitarisierte linke Rheinufer, und Hitler löst – »als scherzhafte Dreingabe« – den Reichstag auf. In Amsterdam hört Klaus die Rede des Führers und kommentiert voller Vorahnungen: »Er füllt den unschuldigen Äther mit seinen Lügen. Und der Krieg kommt näher.«[29]

Bei Frühlingsbeginn, als Annemarie unter der Einsamkeit leidet und ihr Manuskript *Tod in Persien* abgeschlossen hat, beschließt sie, Erika auf ihrer Tournee in den Niederlanden zu folgen, aber da Alfred Schwarzenbach schwerwiegende Gesundheitsprobleme hat, muß sie ihre Abreise verschieben. Sowie der Zustand ihres Vaters sich wieder gebessert hat, bricht sie nach Rotterdam auf, wo die *Pfeffermühle* Abend für Abend triumphiert. Am 26. April feiert Erika in Amsterdam die tausendste Vorstellung ihres Kabaretts. Es ist nicht bekannt, ob Annemarie dabei ist. Ungefähr zu diesem Zeitpunkt ruft ein Telegramm sie dringend nach Bocken. Ihr Vater mußte sich einer Operation unterziehen, und es wird befürchtet, er habe eine Bauchfellentzündung. Die Situation wird als so besorgniserregend eingeschätzt, daß Alfred Schwarzenbach junior gemeinsam mit seiner Frau aus New York kommt und Suzanne Öhman aus Stockholm anreist. Am 9. Mai ist die Todesgefahr offensichtlich abgewendet, und Annemarie fährt über Basel

nach Paris, um sich dort mit Erika Mann und Fritz Landshoff zu treffen. Am 24. trifft sie sich in Toulouse mit Klaus, der nach einem Monat intensiver Arbeit in Sanary-sur-Mer gerade den Schlußpunkt unter seinen Roman *Mephisto* gesetzt hat. Genau wie seine Schwester braucht er unbedingt einen Urlaub. In den beiden Autos – dem Ford von Erika und dem Mercedes-Mannheim von Annemarie – überqueren sie die Pyrenäen über den Puymorens-Paß, wo langsam der Schnee schmilzt, und später schiffen sie sich in Barcelona mit den Autos für die Überfahrt nach Mallorca ein.

Die beiden Wochen im Hotel Camp de Mar in Andraitx sind ein angenehmes Zwischenspiel. Auf dem Programm stehen: Baden im Meer, Ausflüge, Lesen, Flirts. Annemarie und Klaus vergessen darüber dennoch nicht das Arbeiten. Während er sein Manuskript überarbeitet und es in die Maschine tippt, redigiert sie zwei Artikel, die einige Wochen später in der Baseler *National-Zeitung* erscheinen werden. In dem einen behandelt sie die Grenze, die durch die Pyrenäen gebildet wird, und erläutert die Funktion dieser natürlichen Barriere als Trennungslinie zwischen Norden und Süden, Europa und Afrika. In dem anderen, der Mallorca gewidmet ist, beschreibt sie Ähnlichkeiten zwischen dieser Insel und Landschaften in Syrien, dem Libanon oder Frankreich und bestaunt die Mischung aus europäischen und orientalischen Elementen. Und sie schließt mit den für sie so charakteristischen Worten: »Eines Tages werde ich wieder aufbrechen und die Insel verlassen müssen – getrieben von meiner Ungeduld, erfaßt von Unstetheit, Zwang und Bereitschaft zu namenlosen Zielen.«[30]

Während des Aufenthaltes findet ein beunruhigender Zwischenfall statt, den Klaus Mann mit Datum vom 7. Juni in seinem Tagebuch schildert: »Beim Diner im Speisesaal, Miros schwere, ziemlich arge Exzesse: sinkt bewußtlos über den Tisch – Haar im Spinat – kotzt, schlägt um sich, wir müssen sie in ihr Zimmer *tragen.*« Das Rauschgift entfaltet allmählich seine zer-

störerische Wirkung. Bei dieser Gelegenheit erfährt Klaus von seiner Schwester sonderbare »Thun-Geschichten«, die sich nicht nur auf Annemarie, sondern auch auf ihren gemeinsamen Freund Fritz Landshoff beziehen. Das klassische Versteckspiel zwischen Drogenabhängigen, bei dem die Leidensgenossen einander wechselseitig Versprechungen abringen, die doch keiner von ihnen selber einhalten kann.

Nach einer einwöchigen Fahrt über Marseille, Nizza und Lugano, die mehrfach von Pannen unterbrochen wird, trifft das Trio am 20. Juni 1936 in Sils Therese Giehse. Bald darauf sind die drei Frauen unter sich, denn Klaus muß nach Zürich fahren, um die Veröffentlichung seines Romans vorzubereiten. Dennoch hat er die Zeit, einen Blick in das Manuskript von *Tod in Persien* zu werfen, und er findet, es enthalte »Material zu einem interessanten Roman«.[31] Ende Juni kommt Thomas Mann, der eine Schwäche für die schöne Annemarie hat, gemeinsam mit seiner Frau Katia und dem Sohn Golo für fünf Tage nach Sils. Er wohnt im Hotel Margna, nur wenige Schritte vom Jägerhaus entfernt. Bei dieser Gelegenheit sieht er sich dieses »wunderliche Haus« an und begegnet einem Freund, für den er sich so sehr interessiert, daß er ihn mehrfach in seinem Tagebuch erwähnt: Doktor oder Doktorli, Annemaries Airedaleterrier, der Zwillingsbruder seines eigenen Hundes Toby. Er wurde ursprünglich »Doktor Dollfuß« getauft, aber nach der Ermordung des österreichischen Kanzlers wurde sein Name gekürzt. Dieser »sehr erheiternde« Hund[32], der jedes Tier jagt, das seinen Weg kreuzt, und selbst vor Hirschkühen nicht haltmacht, ist auf zahlreichen Fotos abgebildet, und in den Briefen an Busy Bodmer ist häufig die Rede von seinen Eskapaden. Diese Freundin hat nämlich den Hund ganz in ihr Herz geschlossen, und sie nimmt ihn in Pension, wenn Annemarie auf Reisen ist. Kurz vor Thomas Manns Ankunft ist Doktorli bei der Jagd nach einer Katze im Misthaufen gelandet! Annemarie mag ihn noch so gründlich im Wasser des Inn waschen, wie sie

Busy Bodmer schreibt – es bleibt dabei, fügt Therese Giehse hinzu, daß er »übel riecht«[33]. Der Geruch ist gerade eben verflogen, als das Ehepaar Mann in Sils ankommt.

Dieser Aufenthalt steht ganz im Zeichen eines großen Spaziergangs ins Fex-Tal und einer Lesung von zwei Novellen aus *Der Falkenkäfig*, die Annemarie ihren Freunden vorträgt. Thomas Mann findet sie offensichtlich interessant genug, um die Autorin in ihrem Wunsch zu unterstützen, den Sammelband zu publizieren, denn er schreibt sofort einen entsprechenden Brief an seinen Verleger Gottfried Bermann Fischer. Ohne Erfolg.

Zu diesem Zeitpunkt sind die Olympischen Spiele in Berlin auf ihrem Höhepunkt, und Nazideutschland streut weiterhin allen dort anwesenden Nationen Sand in die Augen. In Spanien gewinnen die Truppen der Frankisten Boden. Die Idee, sich vom europäischen Vulkan zu entfernen und in den USA ihr Glück zu versuchen, wie es andere Emigranten bereits vor ihnen getan haben, beschäftigt die Geschwister Mann immer stärker. Schon im Mai hat Erika wegen der Einschränkungen, die ihrem Kabarett auferlegt worden sind, Kontakt zu einem Literaturagenten aufgenommen, der ihr möglicherweise helfen könnte, eine Tournee in den USA auf die Beine zu stellen. Und tatsächlich organisiert Rudolf Kommer sofort eine Sondervorstellung der *Pfeffermühle* für einen eng begrenzten Kreis amerikanischer Mäzene. Sie findet im Schloß Leopoldskron statt, Max Reinhardts Salzburger Privatresidenz. Dies bleibt übrigens die einzige Gelegenheit für das Kabarett, in Österreich aufzutreten, denn Erikas Anfragen in diesem Land haben niemals zu einem Engagement geführt. Jene Abendvorstellung am 14. August 1936, bei der auch Annemarie anwesend ist, läuft unter merkwürdigen Bedingungen ab: Da Max Reinhardt bis zum Hals in Schulden steckt, hat man ihm den Strom abgestellt, und die Truppe muß bei Kerzenlicht direkt auf dem Boden spielen. Das Publikum besteht aus reichen Amerikanern, die nicht viel von den vorgetragenen Texten verstehen, aber

höflich applaudieren. Unter ihnen ist ein Star, eine Frau, deren Muttersprache Deutsch ist, die jedoch nicht dazu kommt, die Vorstellung zu verfolgen, da sie ununterbrochen ans Telefon gerufen wird: Marlene Dietrich. Annemarie, die 1932 die Entwicklung der Schauspielerin in *Blonde Venus* bemerkenswert gefunden hat, kommentiert: »Sehr schön, etwas dumm.«[34]

Zwölf Tage später schifft Miro sich in Le Havre für die Überfahrt in die USA ein. Allein. Sie ist ziemlich stolz, damit ihren Freunden zu beweisen, daß sie nun »gesund und erwachsen« ist, und das heißt, vom Rauschgift befreit und zu eigenen Projekten fähig, anstatt »an Eris Rockschößen zu hängen«.[35] Tatsächlich hat Barbara Wright sie eingeladen, mit ihr gemeinsam den ganzen September lang Reportagen in »sozial interessanten und wenig bekannten amerikanischen Gebieten«[36] vorzubereiten und zu schreiben, und dieser Vorschlag kommt wie gerufen. Zum einen, weil auch Erika nun mit ihrem Kabarett auf die andere Seite des Atlantiks reisen muß, und zum anderen, weil Annemarie erneut journalistisch arbeiten und zugleich versuchen kann, finanziell unabhängig zu werden. Denn in der letzten Zeit haben sich ihre Geldsorgen bitter bemerkbar gemacht, so sehr, daß Klaus Mann die hundert Franken nicht mehr erhalten hat, die sie ihm monatlich hat zukommen lassen – trotz der Einstellung der *Sammlung*. Auch er hat mit einem amerikanischen Literaturagenten wegen seiner Ankunft in den Vereinigten Staaten verhandelt, und obwohl sich die Dinge für ihn nicht besonders gut anlassen, ist er fest entschlossen, seine Schwester zu begleiten. Annemarie hat ihm versichert, daß er von Barbaras zahlreichen Beziehungen wird profitieren können und daß er Kontakt zu Personen aufnehmen könnte, die am Schicksal eines jungen deutschen Emigranten interessiert sind. Sie rät ihm, in der Zwischenzeit schon einen Vortrag oder Artikel über die Situation der emigrierten deutschen Jugend vorzubereiten oder auch über die Teilung der

deutschen Literatur in zwei Lager – »eine noch nie dagewesene Tatsache!«[37]

In diesem Jahr – 1936 – hat Annemarie sechs Monate in Sils-Baselgia verbracht: ihr längster Aufenthalt dort. Als sie Ende August ihr Heimatland verläßt, bleiben im Engadin viele Menschen zurück, vielfach aus bescheidenen Verhältnissen, die ihr sehr zugetan sind. Die »Frau Doktor«, wie sie in einer Mischung aus Respekt und Bewunderung genannt wird, gehört nun in Sils dazu. Ihr freundliches Auftreten, ihre Großzügigkeit, ihre ungekünstelte Natürlichkeit haben Herrn Schulthess, den Pastor, ebenso verzaubert wie Herrn Zuan, den Postboten, und sie alle wollen gern dieser schönen fremden Frau zu Diensten sein, die aus ihrem abgeschiedenen Flecken Erde das Zentrum der Welt gemacht hat, als sie eines Tages am Steuer eines märchenhaften Autos – etwas Vergleichbares hatte man in diesem Dorf am Ende der Welt noch nie gesehen! – hierherkam.

In Sils erwartet man ungeduldig ihre Rückkehr.

ZEHNTES KAPITEL

Die neue Welt
(1936–1937)

In den USA (1937)

Das Leben verlangt von uns, daß wir aus unseren Schwächen unsere Kraft ziehen.

Annemarie Schwarzenbach, *Flucht nach oben*

Zwischen September 1936 und Januar 1938 unternimmt Annemarie zwei Reisen in die Vereinigten Staaten, die sich insgesamt auf eine Dauer von sechs Monaten erstrecken. Es ist für sie eine Periode intensiver journalistischer Tätigkeit. Nachdem sie eine erste Serie von Reportagen in den Industriestädten von Pennsylvania (Scottsrun, Pittsburgh) fertiggestellt hat, verbringt sie sieben Monate in Europa. Ihr Interesse konzentriert sich nun auf die sozioökonomische Lage und die politische Entwicklung in den baltischen Staaten, der Sowjetunion und in Skandinavien. Bei ihrem zweiten Aufenthalt in den USA interessiert sie sich besonders für die Lebensbedingungen der Landarbeiter und für die Rassenprobleme in den Südstaaten.

Das Amerika, das Annemarie entdeckt, ist ein zutiefst zerrüttetes Land. Sieben Jahre zuvor, im Oktober 1929, hat der Börsenkrach an der Wall Street das ökonomische Gefüge erschüttert und zu Rezession und Armut geführt. Jeder vierte Amerikaner ist arbeitslos. Der Sturz der Aktienkurse hat die ländlichen Gebiete ganz besonders schwer getroffen. Acht Millionen Bauern und Pächter sitzen auf der Straße und suchen Arbeit. Der demokratische Präsident Franklin D. Roosevelt, der im November 1932 gewählt wurde, hat sofort bei seinem Amtsantritt seinen berühmten New Deal ins Leben gerufen, ein

Reformprogramm, das nicht mehr auf dem Laissez-faire der Republikaner beruht, sondern auf staatlicher Regulierung und verstärkter gesellschaftlicher Solidarität. Diese Politik, mit der die Rechte der Arbeitnehmer gestärkt werden sollen, ohne die unternehmerische Freiheit einschneidend zu beschränken, wird in konservativen Kreisen heftig kritisiert und als kommunistisch diffamiert. Roosevelt jedoch wendet sich regelmäßig in Kamingesprächen, die im Radio übertragen werden, an die Bevölkerung, die ihn mehrheitlich unterstützt, und es gelingt ihm, den Amerikanern ihr Vertrauen zurückzugeben.

Um die zahlreichen Hilfsmaßnahmen für die Landwirte (zinsgünstige Darlehen, Schulungen zur Pflege des Bodens, Musterfarmen und ähnliches) besser bekanntzumachen, richtet die Regierung 1935 eine »Behörde für Umsiedlung« (Resettlement Administration) ein, die zwei Jahre später von der Farm Security Administration (FSA) abgelöst wird. Diese Behörde möchte einen fotografischen Dokumentationsdienst aufbauen und betraut mit dieser Aufgabe Roy Stryker. Bis 1942 arbeitet er daran, hauptsächlich in den ländlichen Gebieten eine umfangreiche fotografische Studie zu erstellen. Sie soll bei den Amerikanern ein Bewußtsein dafür schaffen, daß ein großer Teil der Bevölkerung in Armut lebt, und sie appelliert zugleich an die Hilfsbereitschaft und Solidarität derjenigen Menschen, die von der Krise verschont geblieben sind. Bis heute gilt die FSA als eines der ehrgeizigsten fotografischen Projekte, in dem eine ganze Gesellschaft abgebildet werden sollte. Die ungefähr 270 000 Negative in den Archiven der FSA sind das Werk von etwa dreißig Fotografen. Einige unter ihnen sind berühmt geworden, so etwa Walker Evans, Dorothea Lange, Russell Lee, Ben Shahn, Arthur Rothstein. Sie haben einen neuen Reportagestil eingeführt, die sozialdokumentarische Fotografie, die die Not eines Volkes in Zeiten fortschreitender Rezession festhält.

Nach ihrer Ankunft im September 1936 wird Annemarie in Washington von Barbara Wrights Mutter aufgenommen, die

ein kleines rotes Backsteinhaus in der Waterside Drive beim Rock Creek Park bewohnt. Frau Wright ist vermögend und unterhält einen Salon. Annemarie nimmt an zahlreichen Cocktailpartys teil, auf denen sich die »gute Gesellschaft« der Hauptstadt drängelt. So kommt es, daß sie sehr schnell Roy Stryker kennenlernt. Er berät sie und verschafft ihr Zugang zu den Fotos der Resettlement Administration. Einige davon verwendet sie zur Illustration ihrer ersten Artikel, die schon im Folgemonat in der *Zürcher Illustrierten* erscheinen. Diese Texte, die am Vorabend von Roosevelts Wiederwahl verfaßt sind, schildern den Zustand Amerikas während der Großen Depression und zeigen den Europäern auf diese Weise, daß der Mythos von Onkel Tom eine oberflächliche und realitätsferne Illusion ist. Die Titel sprechen für sich: »Arme Amerikaner«, »König Baumwolle ... und seine Untertanen in den USA«. Während einer Reportage im Bundesstaat Maine, der im Frühling von Überschwemmungen verwüstet worden ist, entdeckt sie drei Jahre nach dem Inkrafttreten des New Deal seine praktischen Auswirkungen. Ganz offensichtlich ist Annemarie von Roosevelts Politik begeistert: »Da und dort hat die Regierung eingegriffen, regelnd und wiederaufbauend. Überall stößt man auf ›Civilian Conservation Corps‹ (CCC)-Camps, die Lager für junge Arbeitslose, und auf Arbeitsstellen der ›Public Works Administration‹, der PWA.«[1] Und sie gibt die Worte eines Farmers wieder, der den Sieg der Republikaner auf lokaler Ebene wie folgt kommentiert: »Bei uns in Maine ist die Krise vorbei, dank Roosevelt, wie mir scheint. Ich kenne meine Bauern: Sie haben ihn nicht mehr nötig und kehren zu ihren alten Bräuchen zurück. Und doch sollte man meinen, sie hätten ein bißchen Dankbarkeit und Einsicht aus der Krisenzeit lernen können.«[2]

Am 18. September gehen Klaus und Erika nach einer neuntägigen Überfahrt in New York von Bord. Als sie in ihrem Hotel ankommen, erfahren sie derartig alarmierende Neuigkeiten

über Annemarie, daß Erika sofort nach Washington weiterreist. Es scheint, daß der Gebrauch einer nicht sterilisierten Spritze eine Blutvergiftung hervorgerufen hat; Martin Gumpert, Arzt und Freund der Familie, rettet sie im allerletzten Moment. Ihre Umgebung kommt mit dem Schrecken davon, aber Annemarie braucht einige Zeit, um sich zu erholen. Sollte die bewußte Spritze auch einen chronischen Abszeß verursacht haben? Folgende Worte an Busy Bodmer vom 9. November legen diese Vermutung nahe: »ABER gesund bin ich noch keineswegs, vorgestern hat man mir zum 2. Mal die Narkose-Maske über die Nase gestülpt und das böse Bein geschnitten, es sieht schon wie ein Schlachtfeld aus – dazu Schmerzen, Liegen, Temperatur ... manchmal geht mir die Geduld aus, aber Erika bringt mich stets wieder zu artiger Vernunft.« Erika dagegen macht sich nicht mehr viele Illusionen: »Annemarie geht es besser, da aber ihr Unverstand keinerlei Grenzen kennt, wird sie in Bälde alles wieder verdorben haben«, schreibt sie an ihre Mutter am 27. November.

Das letzte Viertel des Jahres 1936 verbringt Annemarie teils in Washington bei Barbara Wright und teils in New York, wo sie wie die Geschwister Mann im Hotel Bedford logiert, 118 East, 40th Street. Dieses Hotel wird von Herrn Nägel geführt, einem Deutschen, der mit einer Amerikanerin verheiratet ist, und es ist die bevorzugte Adresse zahlreicher jüdischer und anderer deutscher Flüchtlinge. Annemarie bereitet ihre nächsten Reportagen vor, schreibt ihre Artikel, hilft manchmal Klaus bei der Übersetzung seiner Texte ins Englische. Erika muß die Premiere ihres Kabaretts vorbereiten – es heißt nun *Peppermill* –, die am 5. Januar 1937 stattfinden soll. Termine, Mittagessen und Cocktailpartys jagen einander, und als der Rest der Truppe Ende November dazu stößt, sind die Spannungen groß: »Es herrscht: größte Nervosität wegen der englischen Sprache, beunruhigteste Eifersucht wegen der vielen und undurchschaubaren Beziehungen und Freundschaften, die in der Zwischenzeit

Ansichtskarte vom Hotel Bedford (1937)

sich angesponnen.«[3] Erika selbst trifft häufig – viel zu häufig nach dem Geschmack von Therese Giehse – zwei Männer, die ihr intensiv den Hof machen: Martin Gumpert und Maurice Wertheim. Letzterer ist ein New Yorker Bankier und bereit, die *Pfeffermühle* mit einer Spende zu unterstützen, selbst wenn er dabei Geld verliert, und Erika versucht, ihn so lange wie möglich zu schonen. Therese Giehse, die nicht einen Augenblick lang daran glaubt, daß die Truppe sich in den Vereinigten Staaten durchsetzen kann, sich aber dem Willen der »Kommandeuse« gebeugt hat, ist außer sich vor Zorn. Die Ereignisse geben ihr recht: Die Premiere der *Peppermill* im Chanin Auditorium von New York (im Winkel zwischen der Lexington Avenue und der 42. Straße) ist ein wahres Fiasko. Die Schauspieler beherrschen die englische Sprache zu schlecht, um Spaß am Spielen zu haben, und da die Amerikaner keine Einzelheiten der europäischen Politik kennen, reagieren sie nicht auf die vielen Anspielungen und Andeutungen in den Texten. Außerdem ist ihnen diese Art der Show vollkommen fremd – sie wundern sich, daß darin weder Girls noch *stepdancers* auftreten! Die Presse ist nicht zimperlich. Obwohl der Truppe in der New School for Social Research ein herzlicherer Empfang bereitet wird, ist das Kabarett nicht zu retten. Nach vier Jahren Lebensdauer ist dies ohne Zweifel das endgültige Aus für die *Pfeffermühle*.

Dieser schmerzliche Mißerfolg hat mindestens zwei verhängnisvolle Konsequenzen: ein enormes finanzielles Defizit, das jedoch der »unermeßlich reiche« Bankier Wertheim sofort ausgleicht, und den Ausbruch von Haßgefühlen, die bisher zurückgehalten worden waren, um den Zusammenhalt der Gruppe nicht zu gefährden. Mehrere Zeugnisse belegen, daß Erika Mann ihre Künstler nicht sehr rücksichtsvoll behandelt hat. So hat sie zum Beispiel den größten Teil der Truppe in der dritten Klasse reisen lassen, während sie selbst und ihre beiden engsten Mitarbeiter – Therese Giehse und Magnus Henning – es sich in

der ersten Klasse bequem gemacht haben. Diesmal aber sind es eben diese Privilegierten, die Vorwürfe erheben. Erstens mußten sie den Atlantik in einem Zementfrachtschiff überqueren, anstatt wie jeder normale Passagier das Passagierschiff zu nehmen. Zweitens verstehen sie nicht, warum sie so schlecht bezahlt werden, wenn doch Erika »mit einem Millionär lebt«. Das Bedford wird zum Schauplatz eines ausgewachsenen Psychodramas, das seinen Höhepunkt erreicht, als Therese Giehse und Martin Gumpert drohen, sich umzubringen.

Annemarie ist über das Verhalten ihrer Freundin empört und ergreift unmißverständlich Partei für die Mitglieder des Kabaretts. Erika berichtet Klaus in einem Brief wie folgt von den Ereignissen: »Annemarie [...] bewegte sich aussprachentrunken von Stube zu Stube – großen Schaden stiftend durch elenden Seelentratsch und unzweckmäßigst-puerile Landerziehungsheim-Manieren.« Nicht genug, daß sie diese schmeichelhaften Attribute auflistet – sie tituliert Annemarie, die ihr vorwirft, gemeinsame Front mit einem »Dreckskapitalisten« zu machen, als »gewiegte Revolutionärin und Kommunistin«. Aber mehr noch: Erika kann der Schweizerin – im selben Brief als »zarte Irrenhausgestalt«[4] verunglimpft – nicht verzeihen, daß sie gegenüber Maurice Wertheim beiläufig bemerkt hat, Erikas Verhältnis zu der Truppe sei nicht so gut, wie es aussehe, und er solle lieber den Künstlern die überfälligen Honorare zahlen, statt Erikas Schulden zu begleichen. Es ist durchaus möglich, daß Miro auch »Privates« ausgeplaudert hat, zum Beispiel über Erikas Beziehung zu Martin Gumpert. Wie dem auch sei – nach diesem Vorfall bleibt eine gewisse Kälte zwischen den beiden Frauen bestehen. Annemarie versichert Klaus, sehr wohl gewußt zu haben, was sie tat, mit dem Risiko, sich den Zorn der »Kommandeuse« zuzuziehen: »Ich hätte es so leicht gehabt, mich abseits zu halten und meine Position zu meinem puren Vorteil auszunützen. Aber – die letzte Zeit in New York war schlimm, für alle Beteiligten, durch das fatale Zusammentref-

fen menschlicher und anderer Faktoren – die, das wissen wir doch, bisher gerade von Eri nie getrennt behandelt und eingereiht wurden.«[5]

Anderthalb Monate nach diesen Vorkommnissen ist die Erinnerung an den New Yorker Alptraum noch so wach, daß es Annemarie endlich einmal nicht stört, nichts von Erika zu hören. Tatsächlich ist seit Mitte Januar 1937 ihre ganze Aufmerksamkeit auf ihr Reportageprojekt in der Bergbauregion von Alleghany und in Pittsburgh konzentriert. Es interessiert sie besonders, wie sich nun, da Roosevelt den Arbeitnehmern das Recht auf gewerkschaftliche Organisation zugesprochen hat, die Arbeiterbewegung entwickelt, während General Motors durch einen Streik lahmgelegt wird. Sie hat sich sehr genau informiert und weiß daher, daß das Komitee für Industrielle Organisation (CIO), die neue Gewerkschaft, die 1935 von John L. Lewis gegründet wurde, jedem industriellen Sektor eine offizielle und legale Vertretung geben möchte, mit deren Hilfe die Arbeiter ihren Forderungen Gehör verschaffen können. Lewis hat bereits für die Bergarbeiter die Organisation Vereinigte Bergarbeiter Amerikas gegründet, er leitet den Streik in der Automobilindustrie und will sich nun auch den Stahlarbeitern von Pittsburgh zuwenden. Überflüssig zu sagen, daß er für die Unternehmer ein rotes Tuch ist: »(Sie) fürchteten ihn mehr als die ganze Kommunistische Partei (der er nicht angehört)«,[6] kommentiert Annemarie.

Gemeinsam mit Barbara Wright macht sie sich auf den Weg in diese Region, als ob sie an die Front führe: »Kleiden Sie sich unauffällig. Halten Sie nicht beständig eine Leica ans Auge gedrückt. Lassen Sie Ihren Ford nicht zu oft waschen!«[7] hat man ihr in Washington geraten. In Scottsrun fotografiert sie die elenden Unterkünfte der Bergleute, die auf der kohlschwarzen Erde erbaut sind, führt Gespräche mit Männern – schwarzen, weißen, jungen, alten und behinderten –, die seit der Schlie-

ßung der Mine arbeitslos sind und von der Suppenküche leben. Überall spürt sie die Not einer Bevölkerung auf, die der wirtschaftlichen Talfahrt machtlos gegenübersteht und deren Vertrauen sie offensichtlich gewinnen kann. Geschult durch die Arbeit für die FSA haben ihre Fotos an Aussagekraft gewonnen. Sie bilden nicht mehr einfach Landschaften ab, sondern Menschen, die in ihrer übermächtigen ökonomischen und sozialen Realität gefangen sind. Annemarie richtet ihren Blick mit unbedingter, engagierter Humanität auf die resignierten Gesichter, die sich ihrem Objektiv ganz ungekünstelt darbieten. Und ihre Bilder haben jene Qualität, die sie selbst so definiert: »Ein Bild ist erst gut, wenn sein Gehalt dem Betrachter sozusagen ›in die Augen springt‹.«[8]

Einem Teil der Arbeitslosen hat die Regierung Roosevelt in der Stadt Westmoreland die Möglichkeit einer Umschulung angeboten: Jeder Bergmann erhält ein Haus mit Garten und einen Arbeitsplatz in einer landwirtschaftlichen Kooperative, die auf Hühnerzucht spezialisiert ist. Annemarie besucht die »Westmoreland-Heimstätten« und lobt diese Maßnahmen, die den Armen wieder zu einer Würde verhelfen, sofern sie fähig sind, initiativ zu handeln und sich in einem kollektiven Projekt einzusetzen. Noch wichtiger aber findet sie es, dafür zu kämpfen, daß »das Element ›Arbeit‹ nicht mehr unter dem Schlagwort ›Freiheit‹ rechtlos den Mächten der Konjunktur, des Profitsystems und der Willkür der Unternehmerschaft ausgeliefert sei«.[9]

In der Nähe von Pittsburgh, einer von Hüttenwerken dominierten Stadt, »wo tönender Reichtum und schreiende Armut nachbarlich beieinander wohnen«[10], besuchen die beiden Frauen eines der größten Stahlwerke der Vereinigten Staaten, die Firma Jones & Laughlin. Dank Barbaras guter Beziehungen erhält Annemarie von Laughlins Tochter persönlich die Empfehlungsschreiben, die man unbedingt braucht, wenn man – eskortiert von einem bewaffneten privaten Sicherheitsdienst –

in diese Fabrik hineinkommen möchte, in der die Presse nicht gern gesehen ist. Am Tag darauf erklärt ihr ein führender Gewerkschaftsfunktionär: »Sie haben begriffen: Zwanzigtausend Männer in einer Stadt hängen von einer einzigen privaten Firma ab. Aber die Firma hängt ebenso von diesen zwanzigtausend Männern ab. [...] Eine Industrie steht auf den beiden Grundpfeilern ›Kapital‹ und ›Arbeit‹ – und die Arbeit kann nicht mehr nur eine Funktion, der Arbeiter nicht mehr mit seiner Arbeitskraft und Existenz abhängig von der Kapitalmacht sein.«[11] Der Großindustriellentochter Annemarie leuchten diese Aussagen vollkommen ein, denn sie wünscht sich für die Menschen, die von ihrer Hände Arbeit leben, die Sicherung angemessener Lebensbedingungen.

An einem Sonntag ist sie anwesend, als die Arbeiter der Kleinstadt Isabella Mine ihr erstes Versammlungslokal einweihen, das mit Mitteln der Gewerkschaft gebaut worden ist. Sie ist beeindruckt, wie diszipliniert die Menschen mehrere Stunden lang den Ausführungen zuhören, die frei von jeder Demagogie sind, und es überrascht sie, zu sehen, daß die Zugehörigkeit zu verschiedenen Nationen und Rassen unter Menschen, die sich für eine gemeinsame Sache miteinander verbrüdern, belanglos wird: »Menschenrechte gegen Besitzesrechte.« Und sie prangert das Sprichwort an, wonach jeder in Amerika sein Glück machen kann, wenn er sich nur Mühe gibt: »Das ist die alte Rechtfertigung reaktionärer Kreise für den Mangel sozialer Gesetzgebung, an Versicherungs- und Fürsorgemaßnahmen.«[12] In dem Maße, wie ihr Fotografierstil sich entwickelt, wird auch ihr Schreibstil bissig, ja geradezu kämpferisch. Daß ein entschlossener Mann wie Lewis Amerika über mehrere Wochen in Atem halten kann, scheint ihr zu symbolisieren, daß für die Schwachen und Ausgebeuteten bessere Zeiten kommen werden. Annemarie erfaßt die Art und Weise, in der das Amerika des New Deal jeden einzelnen in das ökonomische und soziale Gefüge einzugliedern sucht, und es ist ihr Ziel, in Europa

eine Diskussion über die Zukunft der Demokratie anzustoßen. In ihren Augen ist dies die einzige, aber grundlegende Rechtfertigung für ihre »bescheidene Tätigkeit« eines »labor writer«.[13] An Klaus Mann, der inzwischen nach Europa zurückgekehrt ist, schreibt sie am 31. Januar 1937: »Es ist und bleibt schändlich, daß Du dies alles weder gesehen noch erfahren hast.«

Aber was denkt man in Bocken über solche Stellungnahmen? Drei Monate nach dieser Reportage veröffentlicht die Baseler *National-Zeitung* zwei von Annemaries Artikeln. Ernst Merz, der vielleicht zufällig über einen von ihnen gestolpert ist, informiert in aller Unschuld die Schwarzenbachs. Die wutentbrannte Reaktion von Renée sagt viel darüber, was sie von den Aktivitäten ihrer Tochter und von Leuten hält, die sich für ihre Arbeit interessieren: »Ich verstehe nicht, wie ein Mensch wie Sie eine ›National-Zeitung‹ lesen kann! Wie kommen Sie dazu? Ein solch hetzendes Blatt, voller Unrichtigkeiten – einseitig eingestellt – unschweizerisch.« Und die *Weltwoche* bezeichnet sie schlicht und einfach als »ein unmögliches Blatt«[14]. Man fragt sich, welche Bezeichnung die Hausherrin von Bocken wohl benutzen würde, wenn sie die noch viel schärfer formulierten Artikel kennte, die auch in der *ABC* erscheinen werden, einer linken Wochenzeitschrift, deren erste Nummer im Februar desselben Jahres herauskommen wird...

Gleich nach ihrer Rückkehr aus Pittsburgh beschließt Annemarie, zusammen mit Therese Giehse nach Europa zurückzufahren. Die Giehse, deren Nerven durch den Mißerfolg der *Peppermill* und noch mehr durch Erikas Beziehungen zu Männern auf eine harte Probe gestellt worden sind, braucht dringend Erholung, und Miro schlägt ihr vor, sich in Sils auszuruhen. Mitte Februar verlassen sie in Le Havre das Schiff und finden sich in einem Europa wieder, in dem neue Bündnisse die kollektive Sicherheit bedrohen. Während die Demokratien vor Angst, Krieg gegen die Diktaturen führen zu müssen, regelrecht paralysiert

sind, ist es Deutschland gelungen, aus seiner diplomatischen Isolation herauszukommen. Nachdem Mussolini sich zunächst Frankreich und Großbritannien angeschlossen und die deutschen Vorstöße verurteilt hatte, hat er sich nun Hitler zugewandt, der ihn im Äthiopienkrieg unterstützt hat. Die Achse Rom-Berlin, die im November 1936 ausgerufen wurde, stabilisiert sich von Tag zu Tag, während gleichzeitig General Franco, der ebenfalls die Unterstützung dieser Achse genießt, vor den Toren Madrids steht.

In den rund zwei Monaten, die Annemarie in Sils verbringt, überarbeitet sie ihre Aufsätze und bereitet – ermutigt von dem Echo, das sie bekommen hat – zukünftige Reportagen vor. Eins ihrer Hauptanliegen ist jetzt, nach Moskau zu fahren und dort nach den nachgelassenen Dokumenten von Lorenz Saladin zu forschen, einem bekannten Schweizer Bergsteiger, der im September 1936 als erster den Khan Tengri (7200 Meter hoch, zwischen dem sowjetischen und chinesischen Turkestan) bezwungen hat und anschließend an seinen Erfrierungen gestorben ist. Tatsächlich gelingt es Annemarie, Saladins Gefährten bei jener Bergtour ausfindig zu machen. Sie erstatten ihr einen ausführlichen Bericht über die Ereignisse und stellen ihr Hunderte von Fotos zur Verfügung, die der Bergsteiger auf seinen vielen Expeditionen aufgenommen hat, darunter auch diejenigen aus Kaukasien und Pamir, die seinen Ruhm begründet haben. Diese Materialien ermöglichen ihr, eine Biographie über Saladin zu schreiben. Das Buch erscheint 1938 unter dem Titel *Lorenz Saladin. Ein Leben für die Berge*[15] in der Edition Hallwag und wird Annemarie Schwarzenbachs größter Bucherfolg.

Unmittelbar vor ihrem Aufbruch zu dieser zweimonatigen Reise quer durch Nord- und Osteuropa hält sie am 29. April 1937 im Radio einen Vortrag über die Zukunft der Demokratie in Amerika. Auf dem alten Kontinent wird die Demokratie mehr und mehr ausgehöhlt: Drei Tage zuvor haben die deut-

schen Bomber der Legion Condor an die fünfzig Tonnen Bomben über der spanischen Baskenstadt Guernica abgeworfen. Und während der ganzen Dauer ihrer Reise, die sie mit der Eisenbahn unternimmt, stellt die Schweizerin das Ausmaß der Schäden fest, die durch das Vordringen der Nationalsozialisten innerhalb und außerhalb des Reiches angerichtet werden. Sie versteht ihre Reportagen als »menschliche Dokumente« und sucht die Begegnung mit Durchschnittsdeutschen, darauf bedacht, ihnen anonym das Wort zu erteilen, und im Vertrauen darauf, daß diese Stimmen »trotz Gleichschaltung und Unterdrückung« eines Tages triumphieren werden. So erzählt ihr zum Beispiel ein Förster:

> Da schickt man mir einen ganz jungen, dummen und obendrein frechen Burschen, der von Wald und Holz und Forstwirtschaft noch nie etwas gehört hat, aber er nennt sich »Forst-Experte« und trägt Uniform, und der Gauleiter selbst hat ihn geschickt – da kann er sich natürlich alles erlauben. »Aufforsten«, sagt er zu mir, »schneller aufforsten, Deutschland braucht Holz, wir müssen autark werden.« Als könne man den Kiefern befehlen, im Namen des Führers, sie sollten schneller wachsen. [...] Diese Herren Partei-Beamte mit ihren hochtrabenden Titeln – das sind alles Nichtskönner. Leute, die versagt haben im praktischen Leben, in ihrem Beruf, schon in der Schule – Leute, die nichts Anständiges gelernt haben und nun in der Partei ihr Glück machen wollen.[16]

Der Zufall will, daß sie in der Reichsstadt Danzig am Vorabend der Kulturtagung ankommt, die Goebbels mit seiner Anwesenheit beehren soll. Sie fotografiert die Straßen, die mit Hakenkreuzfahnen beflaggt sind, die Aufmärsche der Hitlerjugend, einen Kiosk, an dem die Nazipresse sich mit bedrohlichen Schlagzeilen breitmacht. Sie kommt mit einer Frau ins Gespräch, deren Mann und drei Kinder an diesem historischen

Tag im Dienst der Partei im Einsatz sind, und bekommt zu hören: »Wir üben keine Kritik. [...] Und die Jugend gehört eben unserem Führer.« Dieselbe Frau beklagt sich über die von Hitler angeordnete Geldentwertung und erklärt: »Die Juden und die Polen haben das ausgemacht, um uns zu schaden.«[17] Annemarie zieht es vor, diese Dinge mit Humor zu nehmen – »mir gefällt diese saubere Linie sehr, ich fühle mich so recht von Herzen wohl hier«, schreibt sie am 5. Mai 1937 an Klaus – und setzt ihre Reise in Richtung Ostpreußen fort. Dort machen ihr die Begegnungen mit Landwirten, die nicht auf die Partei hereinfallen, und die Anzeichen des Widerstands von Katholiken gegen ihre Verfolgung wieder Mut, daß die Deutschen diese »schweren Zeiten« überwinden werden.

Auf der Zugfahrt in die baltischen Staaten trifft sie auf Jugendliche, die ihre nazitreuen Kameraden im Kampf unterstützen wollen und nur in Begriffen wie »völkische Einheit« und »Gehorsam« reden. In Kaunas, der damaligen Hauptstadt Litauens, fällt ihr auf, wie begeistert und tatkräftig die junge Generation sich dem Aufbau des Landes widmet, das gerade erst seit fünfzehn Jahren unabhängig ist. Allerdings ist sie von der weitverbreiteten nationalistischen Arroganz, der Fremdenfeindlichkeit und dem Antisemitismus schockiert. Riga, die prachtvolle Hauptstadt Lettlands, hinterläßt kaum einen besseren Eindruck: Man sieht sie schief an, weil sie Deutsch spricht, eine Sprache, die hier jeder versteht, aber zu sprechen verweigert. In Estland kann sie sich nicht einmal auf englisch verständigen, da alle Sprachen außer dem Estnischen verpönt sind. Daß hier die aufgeschlossensten Menschen bereit sind, auf russisch mit ihr zu kommunizieren, bringt sie nicht viel weiter. Immerhin ist sie erleichtert, keine Spur eines aggressiven Nationalismus zu finden. Nachdem sie die ausgedehnten Pinienwälder durchquert hat, die den Reichtum des Landes ausmachen, fotografiert sie im Hafen der Hauptstadt Tallin zwei kräftige Bäuerinnen beim Abladen von Holz. In der Universität von Dorpat

ist sie vom Geist der Toleranz gegenüber den deutschen und russischen Minderheiten angenehm überrascht.

Ende Mai 1937 erreicht Annemarie Moskau, wo seit dem Vorjahr die großen Prozesse stattfinden, die Stalin gegen seine realen oder vermeintlichen Gegner angestrengt hat. Karl Radek, den Annemarie drei Jahre zuvor auf dem Schriftstellerkongreß kennengelernt hat, ist schon verurteilt. »WIE kommen diese ›Geständnisse‹ zustande???«, fragt Klaus Mann sich am 29. Januar 1937 in seinem Tagebuch in der Vorahnung, daß es sich um eine juristische Farce handelt. Jenseits ihrer Recherchen wegen Saladin trifft Annemarie Johannes R. Becher wieder, mit dem sie lange Diskussionen führt. Aber er mag sich noch so sehr bemühen, ihr die Besonderheiten der slawischen Seele zu erklären – sie ist entsetzt über die politischen Morde und Deportationen nach Sibirien. Als sie Becher zuhört, wie er politisch korrekt Ideen der Parteilinie vertritt, wird ihr außerdem klar, daß das Regime sich seit 1934 weiter verhärtet hat und überhaupt keinen Raum für individuelle Reflexion oder Kritik läßt.

Von Moskau fährt sie nach Leningrad und anschließend nach Helsinki, wo sie von ihrem Schwager abgeholt wird. Er nimmt sie gleich zu einer Segelregatta mit, die nach finnischer Sitte ausgesprochen feuchtfröhlich ist. Am Tag darauf fliegt sie nach Stockholm, um hier auf Barbara Wright und deren Freund Michael Logan zu warten. Sie verbringt eine Woche bei ihrer Schwester Suzanne, sammelt Informationen über Schweden und trifft sich mit Studenten. Etwa um den 10. Juni herum kommen die beiden Amerikaner an. Anscheinend hat Barbara in dieser Gegend einen journalistischen Auftrag und beabsichtigt, Michael, einen Ballettänzer, in die Geheimnisse des Berufes einzuweihen, da er infolge eines Unfalls zu einer beruflichen Umorientierung gezwungen ist. Am 29. Juni kommen alle drei in Sils an. Erika und Therese Giehse sind schon da, ebenso Klaus und sein neuer Freund, der amerikanische Journalist Thomas

Quinn Curtiss. Während dieses Aufenthalts schreibt Klaus *Ludwig*, seine Erzählung über König Ludwig II. von Bayern.

Mitte Juli kehrt Erika mit ihren zwölf Koffern nach New York zurück. Klaus begleitet sie bis Paris. Einige Tage später fährt auch Annemarie dorthin, um Claude Clarac zu treffen, den sie seit Oktober 1935 nicht mehr gesehen hat. Anfang Juni hat sie beunruhigende Nachrichten von ihrem Mann bekommen, von denen sie Klaus mit diesen Worten berichtet hat: »Die persische Krankheit scheint ihn, vielleicht weil er sich ihr so lange verschloß, fast heftiger und wehrloser gepackt zu haben als mich, die ich sie doch stets durch das Medium der Droge sozusagen ›brach‹ und träumend besänftigte.«[18]

Nachdem Clarac drei Jahre ohne den kleinsten Europa-Urlaub in der Teheraner Botschaft verbracht hat, freut er sich darauf, seine Eltern und Annemarie wiederzusehen. Aber bei seiner Ankunft in Marseille am 2. August erwartet ihn eine schreckliche Nachricht: Einige Tage zuvor ist sein Vater auf seinem Besitz in der Noé-Nive im Schwimmbecken ertrunken. Annemarie und Clarac fahren auf dem schnellsten Weg nach Nantes, aber es ist schon zu spät, der Beerdigung von Achille Clarac beizuwohnen. Während dieser Tage voller Trauer in der Noé-Nive zeigt Claude seiner Frau die Umgebung: Er fotografiert Annemarie – mit dem Rücken zum Objektiv – auf der Divatte, der erhöhten Straße an der Loire, beim Entziffern des Schildes, das von der Segnung der Kapelle Saint-Simon durch Richelieu im Jahr 1640 berichtet. Ein anderes Foto zeigt Annemarie von vorn, an eine kleine Mauer gelehnt, die ihr bis zur Brust reicht. Auf beiden Bildern ist sie einfach gekleidet: Sie trägt eine Hose und eine Bluse, deren Ärmel sie fast bis zur Schulter hochgekrempelt hat – ein Aufzug, den die Familie ihres Mannes ein bißchen exzentrisch findet. Aber ihre Freundlichkeit, ihre guten Manieren und ihre Liebe zu Kindern bringen ihr die Sympathie der ganzen Familie ein, besonders die ihrer Schwägerin, die drei kleine Töchter hat. Die älteste war

damals erst acht Jahre alt, aber sie erinnert sich bis heute an einen Mann und eine Frau, die wie zwei große Jugendliche aus einer anderen Welt wirkten und zum Abendessen gleich gekleidet erschienen: in grauen Hosen und einem Hemd aus weißer Seide.

Es war geplant, daß Klaus Mann und Claude Clarac sich in jenem Sommer 1937 kennenlernen sollten, aber diese Begegnung konnte am Ende doch nicht stattfinden. Angesichts der besonderen Situation möchte Claude einige Zeit bei seiner Mutter bleiben. Annemarie fährt nach einer Woche zu Klaus und Thomas Curtiss nach Paris. Sie besuchen gemeinsam eine große Ausstellung französischer Malerei und nehmen am 17. August den Nachtzug nach Zürich. Claude und Annemarie treffen sich später in Begleitung von Barbara Wright und Michael Logan in Sils wieder.

Das Karussell der Beziehungen, die sich nun zwischen den vier Freunden bilden und wieder lösen, erinnert ein bißchen an die Beziehungsgeflechte in *Freunde um Bernhard.* Claude verliebt sich in den amerikanischen Tänzer, und die Fotos, die er in jener »glücklichen Ruhepause« im Haus seiner Frau macht, spiegeln seine Gefühle wider: Michael vor dem Himmel von Sils, Annemarie und Michael das Tal überragend, Barbara im Gras ausgestreckt, Annemarie im Gegenlicht am Seeufer, mit dem Finger auf irgendwelche unsichtbaren Berggipfel weisend. Die Wirklichkeit hat jedoch eine andere zutiefst materielle Facette: Annemarie sieht sich gezwungen, nicht nur Essen und Trinken für vier Personen zu bezahlen, sondern auch, wie sie Klaus schreibt, »Zigaretten, Wäsche, Porto, Friseur, Drinks, Kino, Benzin, Telegramme, Zahnpasta – kurz: ALLES.« Sie wirft Claude vor – dabei schon erwägend, daß sie »wohl etwas ungerecht« ihm gegenüber ist –, daß er trotz seiner »bedeutenden Reserven« auf Kosten der Prinzessin lebt, keine Rücksicht auf die Bedürfnisse anderer nimmt und vor allem vor den wahren Problemen davonläuft:

> Was mich daran so enerviert und kränkt, ist wohl, [...] daß mir dieses ganze schweigende »laisser-aller« fremd ist. Das war immer der Kern und Anfang unserer tieferen Mißhelligkeiten –, ich glaube, hätte ich es nicht beim Fextal-Spaziergang vom Zaun gebrochen, er hätte es bis heute vermieden, über meine Briefe und unsere Scheidung oder Nicht-Scheidung zu reden.[19]

Was ist bei jenem Gespräch herausgekommen? Offensichtlich nichts, was in Richtung Scheidung geht. Aber Mitte September trennen ihre Wege sich wieder: Während Annemarie in die Vereinigten Staaten aufbricht, begibt Claude sich nach Paris, wo ihn eine Berufung in die zentrale Verwaltung erwartet. Erst fünf Jahre später treffen sie sich wieder, und zwar auf dem afrikanischen Kontinent.

Im Laufe des Sommers fragt Annemarie ihren Vater, ob er ihr das Haus in Sils kaufen würde, um sie von der monatlichen Miete zu entlasten, für die ihre Mittel kaum ausreichen. Es ist nicht das erste und auch nicht das letzte Mal, daß sie ihn um etwas bittet, ohne daß Renée Schwarzenbach davon erfährt. Nach dem Tod ihres Mannes entdeckt sie in den Schubladen des Büros in Thalwil ein Paket mit Briefen, die an Doktor Alfred Schwarzenbach adressiert sind – eine ganze geheime Korrespondenz, die belegt, daß der Seidenbaron sich gegenüber seiner Tochter häufig großzügig gezeigt hat. Aber dieses Mal ist die Antwort negativ, denn auch er leidet unter den Nachwirkungen der Wirtschaftskrise. Um seine Absage plausibel zu machen, führt er all die Ärgernisse ins Feld, mit denen Hauseigentümer häufig konfrontiert sind, eine Argumentation, die Annemarie vollkommen versteht. Das Wesentliche ist für sie zu diesem Zeitpunkt, gemeinsam mit Barbara wieder nach Amerika fahren zu können, dort von neuem ihre journalistische Tätigkeit auszuüben und in der Nähe der Geschwister Mann zu leben. Klaus und sein Freund Curtiss haben sich schon am

18. September auf der *Champlain* eingeschifft. Da Annemarie gegenüber Erika eine gute Figur machen möchte, gibt sie sich Mühe, ihre Nerven, die in den letzten Wochen viel auszuhalten hatten, »etwas zu kurieren«. Zehn Tage nach einem Abendessen bei Thomas Mann, der bei dieser Gelegenheit Barbara Wright kennengelernt hat, verlassen die beiden Frauen Europa. Ein Treffen mit Klaus und Erika ist schon für den 5. Oktober im Bedford verabredet.

Nach dem Erfolg ihrer ersten Reportagen über die Vereinigten Staaten hat Annemarie von verschiedenen Schweizer Zeitungen den Auftrag, über die Südstaaten, diese »Stiefkinder« der amerikanischen Nation, zu schreiben. Ende Oktober machen sich die beiden Frauen, jede ausgerüstet mit einer Spiegelreflexkamera, in ihrem Ford 8 wieder auf den Weg und unternehmen eine Reise, die einen guten Monat dauern wird. »Die Vision eines besseren Lebens, der langgehegte amerikanische Traum wird schattenhaft, je weiter die Straßen nach Süden führen«,[20] schreibt die Schweizerin. Im Laufe dieser zweiten Reise quer durch Tennessee, Virginia, Alabama, Georgia, Nord- und Süd-Carolina findet sie ein besonders abgewirtschaftetes Amerika vor, denn die Wirtschaftskrise ist in diesen Regionen noch durch Naturkatastrophen verschärft worden: Sandstürme, Überschwemmungen, Krankheitsbefall der Baumwolle. Hinzu kommt, daß sich hier die ökonomischen und sozialen Strukturen in den letzten sechzig Jahren, das heißt seit dem Ende des Sezessionskrieges, nicht weiterentwickelt haben. Schwarze, die auch wegen Bagatelldelikten häufig zu Zwangsarbeit verurteilt werden, sind selbst im Gefängnis noch Opfer von Rassentrennung.

In zahlreichen Artikeln, die Annemarie für die Schweizer Presse verfaßt, prangert sie das System des »Sharecropping« – »Ernteteilen« – an, eine moderne Form von Sklaverei, die die Baumwollpflücker – Schwarze und arme Weiße – in einer Form

der Abhängigkeit gehalten hat, die dem Feudalismus alle Ehre gemacht hätte: Für ein Stück Erde, eine Hütte, ein paar Gerätschaften und einen Maulesel müssen sie dem Plantagenbesitzer die Hälfte ihrer Ernte abgeben. Da sie kein Bargeld ausgezahlt bekommen, sind sie zudem gezwungen, auf Kredit im Laden des Pflanzers einzukaufen – wo die Produkte zwischen zehn und fünfundzwanzig Prozent teurer sind als üblich. Die Folge ist, daß die Familien sich von Generation zu Generation weiter verschulden. Nachdem die Wirtschaftskrise König Baumwolle entthront und den Skandal offenbart hat, versucht Roosevelt, mit Hilfe einer radikalen Umstellung diesen Vergessenen ihre Würde zurückzugeben: Anstelle der Baumwolle bauen sie nun generell Produkte des täglichen Bedarfs wie Mais, Obst, Gemüse und Kartoffeln an und lernen, die Erde nach den Regeln eines Kollektivs zu kultivieren. In Georgia besucht Annemarie die landwirtschaftliche Gemeinschaft von Pine Mountain Valley, fotografiert ehemalige »Sharecroppers«, die Rinder züchten und sich auf die Hühnerzucht spezialisiert haben, und sie drückt ihre Hoffnung aus, daß das Leben dieser Menschen in Zukunft besser mit dem Ideal von Freiheit und Streben nach Glück übereinstimmen wird, das in der Amerikanischen Unabhängigkeitserklärung verankert ist.

Sie besucht ein weiteres Symbol der Ära Roosevelt: den Norris-Damm, eins von zahlreichen Bauwerken, die die Tennessee Valley Authority (TVA) gebaut hat, um den Lauf des Tennessee bis zu seiner Mündung in den Ohio zu regulieren und auf diese Weise weitere Flutkatastrophen zu verhindern. Aber ihre Begeisterung für diese Projekte bekommt einen kräftigen Dämpfer, als sie die »Schattenseite« von Knoxville entdeckt, wo das Hauptquartier der TVA sich niedergelassen hat:

> Es wirkt wie bittere Ironie, daß hier, dreißig Meilen vom Norris-Damm entfernt, ganze Quartiere weder mit elektrischem Licht noch mit laufendem Wasser versorgt sind. [...]

> Am steilen Abhang stehen Häuser, lichtlos und leblos wie Kulissen, kein Feuer in den Kaminen, die Türen verschlossen. Hier wohnt niemand, möchte man denken – hier kann niemand wohnen. [...] Heute ist es das Quartier seiner ärmsten Bewohner. Blasse Kinder spielen unter den Pfeilern der Brücke, klettern im Stahlgerüst, gedeihen im Schatten. Negerburschen, dünn und schlotternd in ihren zu leichten Kleidern. [...] Eine Indianerin säugt ihr Jüngstes, einen kränklichen Buben, den sie mir herzeigt: »Er will nicht leben«, sagt sie, »ich weiß nicht, was ihm fehlt.«[21]

In der Westfront Street scheint sich das ganze Elend dieses Volkes von ausgehungerten Arbeitslosen zu konzentrieren, denen die Sonnenseite und der Wohlstand von Knoxville verwehrt ist. Ihr »einziger Glanz«, fährt Annemarie zynisch fort, sind »sechs große, schwarz lackierte, spiegelglatte Automobile. Wenn die Motoren anspringen und die Wagen in die Straße einbiegen, erkennt man, daß es Leichenwagen sind.«[22] Eines Abends, als sie einen letzten Blick in die Westfront Street wirft, kommt sie zu dem Schluß, daß »die ›Vision des besseren Lebens‹ darüber wie die schwindende Mondsichel (schimmert)...«[23]

Dieser Pessimismus ist auch durch einen weiteren Skandal begründet: die Ausbeutung eines ländlichen Proletariats durch die Industriellen aus dem Norden, die sich in den Regionen des Südens niedergelassen haben, wo die Arbeitskraft billig ist. Das System, das sie eingeführt haben, ähnelt aufs Haar dem der Baumwollplantagen: Der Firma gehören die Unterkünfte, in denen die Arbeiter leben, und anstatt ihnen ihren Lohn in Bargeld auszuzahlen, gibt sie Einkaufsgutscheine an sie aus, damit sie sich in den firmeneigenen Läden versorgen. Annemarie beschreibt die elende Behausung, in der eine Textilarbeiterin mit ihrem kranken Mann, acht Kindern und zwei Enkelkindern lebt, und sie erklärt, daß ein Schweizer Bauer eine solche Hütte

nicht mal als Viehstall benutzen würde. Aber noch mehr wundert sie sich, daß diese Frau sich nicht über ihr Schicksal beklagt, und sie fragt, wie man eigentlich helfen kann, »wenn die Leute selbst ihre Lage nicht realisieren?«[24] Es gibt nur einen Weg, antwortet ihr Myles Horton[25], der Gründer der Highlander Folk School in Monteagle (Tennessee): »Um Armut zu bekämpfen, muß man die Unwissenheit der Armen bekämpfen.«[26] Mit anderen Worten: die Arbeiter über ihre Rechte aufklären und ihnen beibringen, ihre Rechte zu verteidigen. Hieran arbeitet Myles Horton in seiner Schule in enger Zusammenarbeit mit der Gewerkschaftsbewegung.

Annemarie macht sich auch zum Echo von John L. Lewis (CIO), um die wiederholten Verstöße gegen das Arbeitsrecht anzuprangern: die Beschäftigung von Kindern unter sechzehn Jahren, die unrechtmäßigen Entlassungen, die höllischen Arbeitsrhythmen der Textilarbeiter, die unbezahlten Überstunden, die gesundheitsschädlichen Unterkünfte, die Unterernährung. Nachdem sie Holzarbeiter gesehen hat, die mit dem Gewehr in der Hand ihren Wald vor der Abholzung durch die Holzspekulanten verteidigen, Bergarbeiter, die wegen der einseitigen Kürzungen ihrer Löhne streiken, Arbeiterinnen, die wegen ihrer gewerkschaftlichen Aktivität ins Gefängnis geworfen werden, schreibt sie am 10. November 1937 an Klaus: »Manchmal wünschte ich doch, Du würdest einmal mitfahren – weil uns vieles, was sich hier vorbereitet, direkt angeht und weil es Zukunft bedeutet.«

Schon vor ihrer Rückkehr nach Washington und New York macht Annemarie sich daran, einen Aufsatz nach dem anderen zu schreiben. Ungefähr zwanzig davon werden veröffentlicht, darunter fünf in der *Thurgauer Zeitung,* einer Tageszeitung, mit deren Chefredakteur Eric Streiff sie bis zu ihrem Tod zusammenarbeitet. Im Juni 1938 erscheint in der *Zürcher Illustrierten* eine fünfseitige Reportage mit dem Titel *Das Drama im amerikanischen Plantagen-Gürtel,* die mit elf Fotos, darun-

ter zwei von Barbara Wright, illustriert ist. Annemarie geißelt darin auch die reaktionäre und gewalttätige rassistische Politik des Ku-Klux-Klan und der Veteranen aus dem Sezessionskrieg. Hin und wieder verwendet sie noch Fotos der FSA, jedoch kommt dies immer seltener vor. Manchmal schickt ihr Otto Kleiber, der Chefredakteur der *National-Zeitung*, Artikel zurück, die seiner Meinung nach »(mit zu viel) wirtschaftlichem Material belastet« und nicht »feuilletonistisch« genug sind. Thomas Mann dagegen begrüßt sehr den »stark sozialistischen und mit Roosevelt sympathisierenden«[27] Standpunkt, den Annemarie in ihrem Artikel »Das Drama der amerikanischen Südstaaten« einnimmt. Er setzt sich dafür ein, daß der Text in der Zeitschrift *Maß und Wert*[28] publiziert wird, was im März 1939 auch geschieht. Man findet darin die folgende Passage, die den kämpferischen Ton der Autorin gut illustriert:

> Der Weiße, der mit so grausamen Methoden den Neger in Abhängigkeit und Schrecken erhält, fürchtet offenbar die andere Rasse mehr, als er sie verachtet. Er beruft sich auf die wirtschaftliche Untüchtigkeit des Negers und auf seine moralischen Defekte, um die unwürdigen Verteidigungswaffen zu rechtfertigen, derer er sich bedient. [...] Aber, wenn es sich um die Verteidigung und den Anspruch einer höheren Rasse handelt – nicht um einen Klassenkampf also –, wie ist es dann zu erklären, daß die große Zahl der weißen Sharecropper auf den Plantagen unter den gleichen Bedingungen leben muß wie die Neger, in der gleichen Abhängigkeit, in der gleichen Armut ? [...]
>
> Vor einigen Jahren gründete eine Handvoll mutiger Männer und Frauen dieser entrechteten Klasse eine Art ländlicher Gewerkschaft [...]. Nicht so ganz abgestumpft und resigniert wie die meisten ihrer Schicksalsgenossen, waren sie offenbar noch imstande, den revolutionären Hauch zu spüren, der seit der großen Wirtschaftskrise über den Baum-

wollfeldern der Plantagen weht. Weiße und Farbige gehören dieser Union an, und es ist ihr erstes Ziel, die beiden Rassen miteinander zu versöhnen, sie davon zu überzeugen, daß ihre traditionelle Feindschaft nur dazu dient, die Macht des »Landlords«, des gemeinsamen Ausbeuters und Bedrückers, zu stärken.

Zurück aus Georgia, trifft Annemarie Mitte Dezember in New York wieder mit Erika Mann zusammen. Da sie beide dringend Konzentration brauchen, um zu schreiben, beschließen sie, sich für zehn Tage nach Boonton im Staat New Jersey zurückzuziehen. Während Annemarie ihre Artikel redigiert, arbeitet Erika an ihrem Buchprojekt über die Erziehung der deutschen Jugend durch die Nazis.[29] Am 22. Dezember 1937 schreibt sie an ihren Bruder: »Wir arbeiten wie die Närrinnen, die wir sind. Miro nur aus Hang zum Unfug, ich weil ich das Buch doch so gerne fertig machen wollte.« Dann fügt sie hinzu: »Mit Miroding mache ich wieder recht seltsame, aber auch rührende Erfahrungen – was für eine zarte Käuzin!« Und vier Tage später: »... kleiner Kummer über Miro-Prinzeß, die ihrerseits plötzlich, und seit acht Jahren zum ersten Mal wieder, meinetwegen verzweifeln möchte.«

Tatsächlich versucht Annemarie, die nach der intensiven Arbeit der letzten drei Monate erschöpft ist und nun seit sehr langer Zeit plötzlich mit Erika allein ist, von ihr mehr als eine einfache Freundschaft zu bekommen. Sie hat das Gefühl, daß die Liebe der Tochter des Zauberers die unverzichtbare Voraussetzung dafür ist, ihrer Einsamkeit zu entkommen, Selbstvertrauen zu gewinnen und wenigstens ein wenig Stabilität zu erringen. Aber sie bekommt eine sanfte Abfuhr. Die Versuchung durch das Rauschgift, die sie während der Reportagen in den Südstaaten in Schach halten konnte, wird wieder wach – zu stark, um ihr nicht zu erliegen. Da sie um jeden Preis aufhören möchte, eine Belastung für Erika zu sein und sie zu vereinnah-

men, sieht sie wie immer in solchen Fällen nur zwei Lösungen: ihren Rückfall in die Drogensucht zu verschleiern oder aber weit wegzufahren.

Genau zu diesem Zeitpunkt, im Januar 1938, als Erika auf Vortragsreise ist, schlägt Joris Ivens Annemarie vor, ihn nach China zu begleiten, wo er einen Film drehen soll.[30] Sie denkt eine Zeitlang ernsthaft darüber nach, die Einladung anzunehmen, aber da Erika sich über die wahren Gründe für den Einstieg in dieses Projekt nicht täuschen läßt, sagt sie ab und kehrt lieber in die Schweiz zurück.

Ohnehin erträgt sie das Leben in den amerikanischen Städten nicht mehr. Schon bei ihrem ersten Besuch im Jahr 1936 erschien New York ihr wie eine »steinerne Monstrosität«[31], wo der Mensch sich selbst eine Grube gräbt und sich mit dem Autoverkehr ein Bein stellt, der doch eigentlich im Gegenteil die Fortbewegung erleichtern soll. Die Straßentunnel, die unter dem Hudson verlaufen, schienen ihr geradewegs aus einer Novelle von Kafka aufzutauchen, und die Anstrengungen der Regierung, die Randgebiete zu sanieren und instand zu setzen, hielt sie für eine Herkulesarbeit. Auch ein Jahr später schlägt New York, »die Wirklichkeit jener Vision einer ›übermenschlichen Stadt‹«,[32] sie in die Flucht. Jeder Vorwand ist ihr recht, um sich ans Steuer zu setzen und dem Moloch zu entfliehen. So schreckt sie im Januar 1938 nicht davor zurück, siebenhundert Kilometer nach Cincinnati (Ohio) zu fahren... wo Erika einen Vortrag hält.

Dies ist die letzte Reise, bevor die Stunde der Rückkehr nach Europa schlägt. Am 12. Februar geht Annemarie zusammen mit Klaus an Bord der *Île de France*. Reiseziel: Le Havre.

Elftes Kapitel

Die Mohnfelder

(1938)

In Genf (Juni 1939)

> Die Bekanntschaft mit dem Laster war wie eine zweite Vertreibung aus dem Paradies.
>
> Annemarie Schwarzenbach, *Das glückliche Tal*

Die Erde, die Annemarie am 18. Februar 1938 betritt, wird wie von dem dumpfen Grollen eines Vulkans vor einem verhängnisvollen Ausbruch erschüttert. Während ihrer Abwesenheit ist das Unheil, das Europa heimgesucht hat, nicht abgewendet. Es ist im Gegenteil schlimmer geworden. An dem Tag, als die *Île de France* in New York in See stach, wurde der österreichische Kanzler Schuschnigg zu Hitler nach Berchtesgaden bestellt und genötigt, Seyß-Inquart, den Chef der österreichischen Nazis, zum Innenminister zu ernennen. »Die Demokratien schauen zu. Das Unheil geht weiter«, notiert Klaus Mann auf dem Passagierschiff.

Für Annemarie hat die Überfahrt sehr schlecht begonnen: Ihr ist gleich am zweiten Tag ihr Bargeld gestohlen worden. Zum Glück handelte es sich nur um dreißig Dollar. Viel schwerwiegender und aufreibender war der Kampf, den sie in jedem Augenblick gegen ihre überwältigenden Entzugserscheinungen kämpfen mußte. Getreu ihrem Entschluß, ihre Freunde nicht länger mit ihren Drogenproblemen zu belasten, hat sie darüber kein Wort zu Klaus gesagt. Am sechsten und letzten Tag ist sie jedoch mit ihrer Widerstandskraft am Ende und läßt sich vom Bordarzt zwei Ampullen Morphium verschreiben.

Der Teufelskreis ist von neuem in Gang gesetzt. Kaum in Pa-

ris angekommen, nimmt Annemarie Kontakt zu Mopsa Sternheim auf, die nach wie vor ohne Unterlaß die Rolle der »Thun«-Beschafferin spielt. Klaus bemerkt das alles erst bei Miros Weiterreise am 20. Februar auf der Gare de l'Est. Diese Entdeckung ruft in ihm zwei scheinbar paradoxe Reaktionen hervor: Einerseits ist er sehr verärgert über Annemaries Fähigkeit zur Verstellung – was sehr gut nachvollziehbar ist. Andererseits – und das ist überraschender – hat der Rückfall seiner Freundin eine unmittelbar ansteckende Wirkung: Am selben Tag macht er einer dreimonatigen Abstinenz ein Ende (und nicht einer fünfmonatigen, wie er in seinem Tagebuch behauptet) und verabreicht sich eine so hohe Dosis, daß ihm übel wird. Noch erstaunlicher ist, daß er am Tag darauf einen »strengen [...] prinzipiellen Brief« an Annemarie schreibt, wobei er immerhin so ehrlich ist, in seinem Tagebuch einzuräumen, daß er eigentlich nicht in der Position ist, ihr Vorwürfe zu machen.

In diesen Tagen überschlagen sich die politischen Ereignisse. Hitler ist durch seinen Mißerfolg von 1934 frustriert[1] und hat nicht die Absicht, noch Zeit zu verschwenden. Nachdem er Schuschnigg zum Rücktritt gezwungen und Seyß-Inquart zum Kanzler gemacht hat, hält er am 14. März triumphalen Einzug in Wien. Damit ist der ›Anschluß‹ Österreichs besiegelt. Die großen Mächte begnügen sich mit einem schwachen Protest gegen den Schachzug der deutschen Armee – und schweigen. Die Annexion Österreichs wird im April durch ein Referendum ratifiziert und vom Vereinigten Königreich behandelt, als handele es sich um eine Anwendung des Völkerrechts auf Selbstbestimmung. Frankreich wird von schweren inneren Krisen geschüttelt und hat nicht die militärischen Mittel einzugreifen. Wie viele Menschen sind sich darüber im klaren, daß dies der Anfang vom Ende ist? Klaus Mann spielt ein weiteres Mal die Rolle der Kassandra: »Man wird *alles* zulassen; Francos Sieg; die Gleichschaltung der C.S.R.«[2]

Dies ist die Stunde der Solidarität mit den Verfolgten – mit

den Antifaschisten, die in einem von den Braunhemden besetzten Land gefangen sind. Aber Erika und Klaus Mann sind Verbannte, und die Hände sind ihnen gebunden. Annemarie weiß, daß sie auf sie zählen: Sie soll Magnus Henning, Freund der beiden, Pianist und Komponist der *Pfeffermühle,* aus Österreich heraushelfen, und sie soll versuchen, die Verbindung zwischen den deutschen Flüchtlingen und dem österreichischen Widerstand herzustellen. Sie will die Geschwister dieses Mal auf keinen Fall enttäuschen. Daher konsultiert sie unmittelbar nach ihrer Rückkehr aus den Vereinigten Staaten Doktor Ruppaner, jenen Psychiater aus Samedan, bei dem sie schon Anfang 1935 in Behandlung war, und verbringt einige Tage in seiner Klinik. Auf diese Weise kann sie Klaus am 18. März bestätigen: »Ich bin gesund u. brav u. verfügbar, um über die oesterreichische Grenze zu fahren.« Zwei Tage danach bricht sie »in geheimer Mission« auf. Ihr Ziel ist, mit dem Auto über Innsbruck, Kitzbühel, Salzburg und Linz nach Wien zu gelangen. Kaum hat sie die Schweiz verlassen, ist sie vollkommen niedergeschmettert angesichts der Veränderungen, die sich innerhalb kürzester Zeit ereignet haben. In diesem Österreich im Belagerungszustand ein Hotelzimmer zu finden gleicht einer Großtat. Überall behelmte Soldaten mit Maschinengewehren. In Salzburg hat man keine Zeit verloren: Der Dollfuß-Platz wurde in Adolf-Hitler-Platz umgetauft. Hier fotografiert Annemarie Jugendliche, die im Gleichschritt marschieren, und Arbeitslose, die Schlange stehen, um eine Beihilfe der nationalsozialistischen Partei in Empfang zu nehmen – ein lächerliches Almosen, das aber nötig ist, um ihre Stimmen zu kaufen. In Wien sind die jüdischen Geschäfte geplündert. Aber das ist noch nicht das Schlimmste:

> Jeden Tag trifft man in den Straßen »Kolonnen«, Gruppen von harmlosen Juden, die von Braunhemden bewacht und gezwungen werden, die Straßen und die Latrinen in den Ka-

> sernen zu reinigen. Diese Schikanen sind die bevorzugte Zerstreuung der Nazis. Hin und wieder kommt es vor, daß ein deutscher SS-Offizier bemerkt, daß die österreichischen Nazis sich auf diese Weise amüsieren, und sie diskret daran erinnert, daß diese schlechte Behandlung der Juden im Programm des Führers nicht vorgesehen ist. Es ist schwer vorzustellen, welche Reaktionen in den primitiven Hirnen angesichts solcher Observationen ablaufen, aber sicher ist, daß sie obrigkeitshörig sind und gehorchen.[3]

Wie immer gelingt es Annemarie, das Vertrauen der kleinen Leute zu gewinnen, so daß sie den Puls des Volkes fühlen kann. Wie stellt sie das an? Offenbar nichts einfacher als das: Im Arbeiterviertel Ottakring, wo Dollfuß im Jahr 1934 auf die Roten schießen ließ, betritt sie zum Beispiel eine Weinstube, die die Inschrift »Nur arische Bedienung« trägt und in der ein Hitler-Porträt an der Wand hängt. Als sie Platz genommen hat, bestellt sie ein Bier und beginnt auf ganz zwanglose Weise ein Gespräch mit den beiden Kellnerinnen. Werden sie an diesem Abend bei der großen Parade der SA dabeisein? Die eine schweigt mißtrauisch; die andere, der das schwer auf dem Herzen zu liegen scheint, erklärt, daß diese Propagandaveranstaltungen täglich stattfänden und daß »damit ... die Deutschen keinen Hund mehr hinter dem Ofen hervor (locken)!« Es fällt Annemarie auf, daß die junge Frau nicht »die Nazis«, sondern »die Deutschen« gesagt hat, und sie fragt nach, ob es österreichische SA ist, die aufmarschieren wird: »›Meistens sind es Deutsche‹, antwortet das Mädchen, ›und auf jeden Fall ist es organisiert, anbefohlen, kommandiert von Deutschen. Wo unsere österreichischen Soldaten und sogar unsere Nazis hingekommen sind, das weiß kein Mensch. Denen traut man nicht.‹« So sammelt sie nach und nach präzise Informationen über die Geisteshaltung der Österreicher und die Lage im Land. Auf diesem Umweg bekommt sie gelegentlich Hinweise auf die Men-

schen, zu denen sie Verbindung aufnehmen soll. Unter den Menschen, die sie aufsuchen muß, ist ein Funktionär der »Revolutionären Sozialisten«, der bereits inhaftiert worden ist. Bei der zweiten Adresse trifft sie auf ein Paar, das gerade beim gemeinsamen Essen sitzt. Sie fragt den Mann, ob er eine Botschaft für seinen »Genossen« hat, der in die Schweiz geflohen ist, und gibt seine Antwort in einem ihrer Artikel wieder:

> Genosse – das gibt es jetzt nicht mehr. Man muß sich anpassen. [...] ich bin seit 1934 arbeitslos gewesen. Ich war Straßenbahnschaffner. Unter der »schwarzen Regierung« war ich ein Ausgestoßener. Jetzt habe ich meine Stellung wieder. Meine Frau [...] fährt morgen mit einem »Kraft durch Freude«-Zug nach München. Ferien, eine schöne Reise, alles bezahlt. Einzige Bedingung: daß ich meine Beziehungen zu den früheren Genossen löse. [...] Soll man das ausschlagen? Weiter hungern? Immer ausgestoßen sein? Wofür? Was hat unsere ganze Parteiopposition geholfen? Hat uns etwa das Ausland geholfen, wie Herr Schuschnigg es uns versprochen hat? Hat uns Herr Schuschnigg geholfen? Im letzten Augenblick hat er uns gerufen, hat an die Arbeiter, an das Volk appelliert – als es zu spät war! Bei uns hier in Ottakring haben sich ein paar Arbeiter zusammengetan, haben die Straße verbarrikadiert und geschossen, als die deutschen Truppen einzogen. Einige sind tot, einige verwundet; und wen man sonst noch erwischen konnte, der sitzt jetzt im Konzentrationslager. Und wem wurde dadurch geholfen? Idioten waren das. Nein, ich mache nicht mehr mit. Ich habe genug von der »Illegalität«.[4]

Im Verlauf desselben Artikels analysiert Annemarie die Situation, die einige Wochen später mit dem Referendum zur Ratifizierung vom ›Anschluß‹ Österreichs eintritt. Sie beobachtet, daß die Linke vom neuen Regime keineswegs verfolgt, sondern

eher hofiert wird. Dagegen werden die Reihen der Generäle und Obersten sowie der Justizbeamten, die nach der Ermordung von Dollfuß gegen Nazis vorgegangen sind, von der Gestapo radikal gesäubert. Aber Annemarie vertraut auf die Fähigkeit des österreichischen Volkes, angemessen zu reagieren, und sie hofft, daß eine Volksfront gebildet oder aber eine Bauern- und Arbeiterpartei gegründet wird. Daher läßt sie den Artikel relativ optimistisch enden: »Hitler besitzt nichts von der hohen staatsmännischen Einsicht Bismarcks: Er scheint nicht zu wissen, daß man weder eine so tiefverwurzelte Tradition noch auch nur den Keim einer Freiheitsidee durch Mittel der Gewalt und des Terrors ersticken kann.«

Es sieht so aus, als ob Annemarie reichlich Gebrauch von ihrem Diplomatenpaß gemacht hat, um österreichischen Antifaschisten zur Flucht in die Schweiz zu verhelfen. Aber sie hat ihre Kräfte überschätzt. Ihr Körper streikt. Gleich nach ihrer Rückkehr aus Österreich muß sie für etwa zehn Tage ins Krankenhaus. Genau zur selben Zeit muß auch Klaus Mann sich in einer Zürcher Privatklinik unter der Aufsicht von Doktor Ludwig Binswanger[5] einer Entziehungskur unterziehen. Kaum ist er entlassen, hat er einen Rückfall: »Vielleicht sehr schlimm. Aber so schön. Bringe ich Reue auf? Ja. Nein.«[6] Das europäische Elend und die Drogen vergiften allmählich das Blut dieser beiden hypersensiblen Wesen.

Parallel zu den politischen Ereignissen ist das Jahr 1938 für Annemarie ein verfluchtes Jahr. Sie muß einen permanenten Kampf gegen ihre »Nerven« führen und gerät wiederholt in eine »Krise der Vitalität«, die sie so beschreibt: »... nicht mehr leben wollen u. die Ausflucht in die Traumatmosphäre u. Erleichterung des Thuns suchen.«[7] Von den elf Monaten zwischen Anfang April 1938 und Ende Februar 1939 verbringt sie sechs in Kliniken, im Verlauf von fünf Aufenthalten, die von Mal zu Mal länger dauern. Zwischen zwei Rückfällen halten die Ver-

sprechungen und guten Vorsätze der Zerreißprobe in der Wirklichkeit nicht lange stand.

Einen Monat nach ihrer Entlassung aus dem Krankenhaus, um den 12. Mai herum, muß sie erneut in die Klinik von Dr. Ruppaner in Samedan aufgenommen werden. In einem Brief an Klaus Mann gibt sie zu, daß sie sich hat »gehen lassen«, und schwört den Göttern, daß sie sich so etwas nicht noch einmal erlauben wird. Ihre Selbstanalyse ist von erstaunlich hellseherischer Klarheit:

> [...] meine Labilität und Instinktlosigkeit gegenüber meinen Kräften, meine ohnedies schwache Vitalität, der nicht sehr kräftige Wille zur Selbsterhaltung: Das sind Faktoren, die die Morphium-Versuchung unterstützen und sie gefährlicher machen. Und deshalb habe ich keine Wahl. Denn dem Entschluß und Willen zum Leben steht als zweite Möglichkeit etwas gegenüber, was keine Möglichkeit ist, sondern eine schlichte Selbst-Verurteilung, die ich nicht mehr bemänteln und bagatellisieren darf: krank zu sein, den abseitigen Dämmerungs-Traum mehr lieben als das Leben.[8]

Nun bedeutet aber Leben für sie in jener Zeit, alle Kräfte in den Dienst des antifaschistischen Kampfes zu stellen. Daher kann sie sich »die geringste Konzession an die Erleichterungen der Droge nicht erlauben«; der Entscheidung, die sie getroffen hat, vollkommen und »seltsam ›ergeben‹«[9], wartet sie darauf, daß die Entzugserscheinungen einsetzen. Es scheint jedoch, daß sie das nahezu Unmögliche geschafft hat, sich während ihres Aufenthaltes in Samedan erneut zu vergiften. Sie muß in ein Krankenhaus eingewiesen werden, wo eine Magenspülung und weitere unangenehme Behandlungen vorgenommen werden. Da sie nicht damit einverstanden ist, daß man sie mehrere Tage in diesem Krankenhaus behalten möchte, kleidet sie sich an und geht zu Fuß im Schneegestöber – und das im Mai! – die Strecke

bis zu Dr. Ruppaners Klinik. Dort kommt sie »zähneklappernd und halb ohnmächtig« an. Sie gibt ohne weiteres zu, daß diese Tat Ausdruck ihrer »zeitweisen Unzurechnungsfähigkeit«[10] ist.

In Samedan unterzieht Annemarie sich offensichtlich zum ersten Mal einer Insulin-Koma-Therapie. Diese Behandlung ruft einen hypoglykämischen Schock hervor, der zu einer Neuorganisation der geistigen Tätigkeiten führen kann.[11] Schlafmittel und Eukodal-Tabletten ergänzen die Kur, denn der Arzt ist der Ansicht, daß der sehr geschwächte Organismus seiner Patientin geschont werden muß; sie wiegt bei einer Größe von einem Meter und sechsundsiebzig nicht mehr als fünfzig Kilogramm. Aber als die Klinik in den Tagen um den 25. Mai herum schließt, muß sie die Behandlung in Bocken unter ärztlicher Aufsicht fortsetzen. Da Renée Schwarzenbach sieht, daß ihre Tochter trotz allem ihre journalistische und schriftstellerische Arbeit ausübt, ist sie bereit, alles zu tun, um ihr zu helfen und sie vor einer Verschlechterung ihres Zustandes zu bewahren. »Sie weiß es, daß Thun nicht primär, sondern die Folge einer tödlichen Lebensangst sei, u. jener Neigung zum Entgleiten, die mich in das persische Abenteuer trieb, u. einer Sucht ins Dunkle, die wir beide, Du u. ich, nur allzu gut kennen«, erklärt Annemarie Klaus Mann.[12]

Wenn ihre Briefe sich auch wie so häufig beruhigend lesen, so ist ihr Zustand, von außen betrachtet, doch ganz offensichtlich viel schlechter, und in Klaus Manns Tagebuch hallt die wachsende Sorge ihrer Freunde nach. Am 1. Juni versucht Erika, Annemarie »zur strengen Kur abzuholen«, aber Renée Schwarzenbach widersetzt sich, so daß Klaus am selben Tag so weit geht, ihr in seinem Tagebuch eine »diabolische Rolle« zu attestieren.

Eine andere Freundin scheint mehr Erfolg zu haben, obwohl sie erst vor einem knappen Monat in Annemaries Leben getreten ist: Anita Forrer. Sie ist die Tochter eines renommierten Politikers und Rechtsanwaltes aus Sankt Gallen, im Jahr 1900

geboren. Sie hatte im Alter von gerade neunzehn Jahren die Kühnheit, dem Dichter Rainer Maria Rilke zu schreiben, nachdem sie ihn bei einer Lesung seiner Werke gehört hatte: »Wie schön müßte es sein, Sie kennenzulernen. Nur weil es unmöglich ist, darf ich es Ihnen schreiben.« Postwendend antwortete er ihr: »Wie soll ich Ihnen danken? Da fühl ich mich recht arm vor einem jungen Mädchen«, und ihr Briefwechsel setzte sich bis zu Rilkes Tod sechs Jahre später fort. Trotz der »solid-bürgerlichen Art«[13], die diese sieben Jahre ältere Frau auszeichnet, fühlt Annemarie sich in ihrer Nähe auf Anhieb sicher. Da Renée Schwarzenbach diese Verbindung gern sieht, ist sie damit einverstanden, daß Annemarie nach ihrer Entlassung aus der Klinik von Samedan im Schloß Bothmar bei Malans in Graubünden unterkommt, in dem Anita Forrer einen Teil des Südflügels gemietet hat. Die Fortdauer der medizinischen Betreuung ist durch den Besitzer des Schlosses, einen »ausgezeichneten Arzt« namens Doktor von Salis, und durch eine »gute« Krankenschwester aus Davos gewährleistet. Über ihre Beziehung zu Anita, genannt »Nickie«, schreibt Annemarie am 22. Mai an Klaus: »Sie hat eine Liebe zwischen uns akzeptiert u. Tatsache werden lassen, die mich erschüttert u. mir sehr viel Vertrauen für die Zukunft gibt.«

Als einen Monat später ein erneuter Rückfall stattfindet, muß das vollständige Scheitern der Behandlung eingeräumt werden. Dieses Mal muß Annemarie sechs Wochen in der geschlossenen Abteilung von Dr. Binswanger in Kreuzlingen bei Konstanz bleiben, am Südufer des Bodensees. Innerhalb von zwei Wochen ist die Entziehungskur beendet, und der Arzt kann mit der psychiatrischen Behandlung beginnen. Ein unbedingtes Gebot: Die Isolierung der Patientin muß total sein. Sie kann arbeiten, schreiben, lesen, aber es ist ausgeschlossen, daß sie die Klinik verläßt oder Besuch bekommt. Sie nutzt diese Situation dafür, ihre Biographie über Lorenz Saladin abzuschließen, die im darauffolgenden Oktober erscheint, und schreibt

einen sehr langen Aufsatz über den Bergsteiger, der schon im August in der Zeitschrift *Atlantis* und auch auf englisch im *Geographical Magazine* veröffentlicht wird. Aber als die Arbeit beendet ist, wird sie unruhig und fühlt sich wie ein Tiger im Käfig. Um so mehr, als die Geschwister Mann und Therese Giehse einen Teil des Sommers in Annemaries Haus in Sils verbringen und sie sich gerne zu ihnen gesellen würde.[14] Außerdem hat sie den quälenden Eindruck, daß man inmitten all dieser Geisteskranken auch sie für eine Verrückte hält. Ein Trost ist, daß ihre Eltern sie unterstützen, so gut sie können, indem sie ihr »zärtlich zuredende, von Vorwürfen freie Briefe«[15] senden. Aber diese Aufmunterung ist sehr relativ, denn die Tochter nimmt immer die Zweischneidigkeit der Dinge wahr, in diesem Fall ihre Verpflichtung gegenüber ihrer Familie. Klaus bedauert das »pauvre enfant«[16] und analysiert ihre Lage so: »Ihr ausgeprägtes moralisches Gefühl im Widerstreit mit den selbstzerstörerischen Tendenzen ihrer Psyche – und Physis.« Wahrscheinlich gibt er eine Diagnose wieder, über die er die Ärzte seiner Umgebung – etwa Martin Gumpert – hat sprechen hören, wenn er dieses Wort hinzufügt: »Schizophrenie ...«[17]

Am 2. August 1938, am Tag nach dem Schweizer Nationalfeiertag, kommt Renée Schwarzenbach in der Absicht nach Kreuzlingen, ihre Tochter nach diesen vier Wochen der Internierung mitzunehmen. Aber Doktor Binswanger lehnt dies kategorisch ab: Nur eine mehrmonatige Isolierung würde seiner Patientin ermöglichen, sich wieder in den Griff zu bekommen. Als Annemarie sich dagegen auflehnt, wie eine Aussätzige in Quarantäne zu leben, und darum bittet, wieder ins normale Leben zurückkehren zu dürfen, da der Entzug ja abgeschlossen ist, beschwört der Arzt ihre Mutter, nicht auf sie zu hören. Weiß sie denn nicht, daß ihre Tochter in unnachahmlicher Weise die Kunst beherrscht, ihre Mitmenschen um den Finger zu wickeln? Seiner Ansicht nach besteht in einem solchen Fall die einzige Lösung in der harten Gangart. Da Renée Schwar-

zenbach jedoch ziemlich erschüttert vom Anblick der Geisteskranken ist, die durch den Klinikpark wandern, schlägt sie sich auf die Seite ihrer Tochter und nimmt sie mit nach Bocken. Keine zwei Wochen später ist Annemarie erneut in Sils, wo sie Erika, Klaus und Therese Giehse wiedersieht. Am Abend des 14. August kommt Thomas Mann, der eine Woche im nahegelegenen Hotel Margna verbringt, auf einen Kaffee und einen Likör ins Jägerhaus. Vier Tage darauf gibt Annemarie ihm jenen Artikel über die Südstaaten der USA, dessen Publikation er unterstützen wird. Aber bereits Ende August 1938 verschlechtert ihr Zustand sich wieder. Als Thomas Mann sie bald darauf am 9. und 10. September in Küsnacht empfängt, nennt er sie in seinem Tagebuch »verödeter Engel«.[18]

In der Hoffnung, daß die Arbeit ihr helfen wird, diese neue Krise zu überwinden, mobilisiert Annemarie ihre letzten Reserven und nimmt am 19. September das Flugzeug nach Prag, gerade als der Vulkan am stärksten brodelt. Ermutigt durch die Leichtigkeit, mit der er Österreich annektieren konnte, übt Hitler nun Druck auf die tschechische Regierung aus, um die Angliederung von drei Millionen Sudentendeutschen ans Deutsche Reich zu erreichen. Annemarie fotografiert Kinder, die mit ihren Müttern vor dem von Henlein eingesetzten Terrorregime fliehen, Flüchtlinge, die vom Roten Kreuz und der kommunistischen Organisation *Solidarität* empfangen werden. Im Hotel Ambassador begegnet sie den besten Journalisten der internationalen Presse, von denen einige vor rund vierzehn Tagen angekommen sind. Überzeugt »von der Ungeheuerlichkeit und Schamlosigkeit der dort geübten Kunst der Lüge, Entstellung und glatten Erfindung von Tatsachen«[19], haben sie das Gefühl, eine »mehr moralische als nur politische Aufgabe« zu erfüllen, wenn sie die Tschechoslowakei gegen Hitler unterstützen, und alle erwarten fieberhaft das Ergebnis seiner Verhandlungen mit Chamberlain in Bad Godesberg. Am 23. September erklärt Prag die Generalmobilmachung. Da die ausländischen Korre-

spondenten nicht mehr die Möglichkeit haben, mit ihren Redaktionen in Verbindung zu treten, sind sie für die Dauer von achtundvierzig Stunden zur Untätigkeit verurteilt – und sie fragen sich, ob sie sich nicht in Zukunft Brieftauben zulegen sollten! Niemals zuvor schien der Krieg so unmittelbar bevorzustehen. Annemarie fährt trotzdem fort, ihre Artikel zu schreiben, auch wenn die Arbeitsbedingungen schwieriger geworden sind, wie ein Zusatz unter einem unveröffentlichten Artikel bezeugt: »Fehler bitte zu entschuldigen, da ohne Licht getippt.«[20]

Am 25. funktionieren die Telefonleitungen und einige Fluglinien wieder. Am 29. nimmt Annemarie das Sonderflugzeug in die Schweiz, das von Swissair geschickt wurde, um die Schweizer Journalisten nach Hause zu bringen. Am nächsten Tag werden Daladier und Chamberlain wie Friedensretter bejubelt. Das, was Klaus Mann als »Verrat der Demokratien« bezeichnet, kommentiert sie einige Wochen später in einem Brief an Claude Bourdet: »Man hat Unrecht, wenn man Hitler allein für diese ganze fatale Entwicklung verantwortlich macht. Es würde keinen Faschismus geben, wenn die Demokratien nicht versagen würden und wenn der Kampf, den die sozialdemokratische und kommunistische Partei gegen die Mißstände der bürgerlichen Demokratie führen, nicht in Partei-Doktrinen und Programmen ersticken würde.«[21] Wohl wissend, daß Frankreich da mitmacht, drückt sie ihre Hoffnung aus, daß das Heimatland ihres Freundes – das seit ihrer Heirat im Mai 1935 auch ihre Wahlheimat ist – inmitten Europas die Rolle spielen wird, die ihm als Bollwerk humanistischer und freiheitlicher Werte zukommt.

Mitte Oktober muß Annemarie im Kampf gegen ihre »Nerven« kapitulieren. Als sie in die Klinik Bellevue in Yverdon, einer Stadt ganz im Süden des Sees von Neuchâtel, geht, rechnet sie damit, höchstens sechs Wochen hier zu bleiben. Aber Ende 1938 kündigen alle ihre Briefe an Martha Cadisch, die beauftragt ist, das Jägerhaus zu betreuen, immer neue Zeitpunkte für

In Prag (29. September 1938)

ihre Rückkehr an. Am Ende dauert dieser Klinikaufenthalt fast dreieinhalb Monate.

In der Abteilung von Professor Georgi in der Klinik Bellevue sind die Bedingungen anfangs genauso wie bei Dr. Binswanger: Insulin-Therapie in der geschlossenen Abteilung. Aber dieses Mal ist die Behandlung langwieriger und quälender. »Wenn doch nur diese letzte enorme Anstrengung mich rettet«, schreibt sie an Claude Bourdet am 21. November. Die Ärzte sind von ihrer Widerstandskraft überrascht und loben ihre Entschlossenheit. Im Laufe dieser ersten Phase, die ihren Organismus einer wahren Tortur unterwirft, muß Annemarie fortwährend darum kämpfen, nicht in Verzweiflung zu verfallen. Sie ist unfähig zu schreiben, dafür liest sie viel französische Literatur – Bernanos, Nizan, »Schriftsteller der Volksfront«[22] – und außerdem Zeitungen, die allerdings kaum erfreuliche Nachrichten enthalten.

Als der Entzug geschafft ist und sie sich allmählich wieder besser fühlt, hofft sie, daß sie bald »einmal allein hinausgehen, in den Hügeln und im Wald bleiben kann«.[23] Aber sie erfährt, daß man vorhat, sie noch mehrere Monate in Yverdon zu behalten. Nach rund acht Wochen der Internierung gerät ihre »heftige Sehnsucht nach Alleinsein und Freiheit«[24] in Konflikt mit der Entscheidung der Ärzteschaft: »Die Verkettung der Katastrophen begann und verschlimmerte sich von Tag zu Tag – obwohl die Ärzte, ich gebe es zu, ihr Möglichstes getan haben.«[25] Zweifel und Ängste bestürmen sie: Sollten die Ärzte recht haben? Sollte sie wirklich krank sein? Am 11. Dezember gibt sie den »Kampf gegen die Resignation«[26] auf und versinkt in tiefste Verzweiflung. Obwohl sie erst dreißig Jahre alt ist, spürt sie mit jeder Faser ihres Körpers und ihrer Seele, daß sie so, von Rückfall zu Rückfall, nicht mehr lange wird leben können. Von der Vorahnung ihres nahen Todes getrieben, schreibt sie ihr Testament.

Was würde im Fall ihres jähen Todes mit ihren Manuskrip-

ten geschehen, mit den Briefen ihrer Freunde, mit ihren Tagebüchern, Reiseaufzeichnungen und Fotos? Allein der Gedanke, ihre Familie – speziell ihre Mutter – könnte ihre Nase in ihre persönlichen Angelegenheiten stecken, ist ihr unerträglich. Daher entscheidet sie, daß niemand vor Anita Forrer in ihr Haus in Sils eindringen und ihre Papiere durchsehen darf, und sie vertraut ihr und Erika Mann die Aufgabe an, diejenigen Texte herauszugeben, die sie eines großen Publikums für würdig halten. Außerdem vererbt sie ihren ganzen Besitz an ihren jüngeren Bruder, und sie bittet ihn, innerhalb von fünf bis zehn Jahren Erika Mann die Summe von zehntausend Schweizer Franken zukommen zu lassen, davon zweitausend in den ersten sechs Monaten nach ihrem Tod. Anita Forrer erbt ihren Schmuck und wird beauftragt, »Andenken« zwischen Therese Giehse, Claude Clarac, Klaus Mann, Michael Logan und Barbara Wright aufzuteilen. Den Erlös aus dem Verkauf ihrer Möbel und anderer Gegenstände soll Hans Schwarzenbach an eine Hilfsorganisation für Verfolgte des Naziregimes weitergeben. Annemarie schließt ihr Testament mit den Worten: »Ich danke allen, die mir im Leben zur Seite standen, insbesondere meinen Eltern.«

Die Sackgasse, in der sie sich befindet, erinnert sie gleichzeitig auf eigenartige Weise an ihre Erlebnisse in Persien vor dreieinhalb Jahren. Sie denkt an das liegengebliebene Manuskript von *Tod in Persien* und entschließt sich, daraus jetzt sofort eine Erzählung mit dem Titel *Das glückliche Tal* zu machen: »Die Trostlosigkeit von damals, die unsägliche Unruhe von heute lösen sich ab, das persische Tal wandelt sich zur bewohnten Erde, die lokale Ausweglosigkeit des Morphiums (das ich auch im alten Manuskript nicht beim Namen nannte) wird zum Problem, wie man leben, wie man es ertragen soll«, schreibt sie am 4. Januar 1939 an ihren Freund Alfred Wolkenberg. Sie wirft sich mit einer solchen Raserei in die Schriftstellerei, daß sie nicht mehr schläft, nicht mehr ißt und von Tag zu Tag weiter abma-

gert. Professor Georgi und sein Team möchten ihr verbieten zu arbeiten, aber angesichts der erbitterten Entschlossenheit ihrer Patientin finden sie offensichtlich keine andere Lösung, als es ihr zu gestatten und ihr einen Sonderstatus zuzugestehen. Sie darf nun aus der Klinik hinaus und lange Spaziergänge machen. Die Ärzte nehmen auch Kontakt zu Anita Forrer auf, und in den beiden letzten Monaten ihres Aufenthaltes in Yverdon darf Annemarie mit ihrem Auto ans andere Ende der Schweiz fahren, um ihre Freundin zu besuchen.

Zu dieser an sich schon ungewöhnlichen Situation kommt hinzu, daß sie sich »auf das Gefährlichste« an ihre Ärztin Gustava Favez »attachiert«[27] hat. Da sie sich von dieser Frau verstanden und geliebt fühlt, hat sie keine Lust mehr, die Klinik zu verlassen, so daß die Ärztin in eine sehr heikle Lage kommt.[28] Aber Annemarie schafft es, ihren Willen durchzusetzen: Es ist nun beschlossene Sache, daß sie in der Klinik bleiben wird, bis sie das Buch abgeschlossen hat.

Ende Januar 1939 schildert sie in einem Brief an Klaus Mann ihre schriftstellerische Arbeit mit diesen Worten:

> Ich [...] habe in meinem Leben noch nie so angestrengt gearbeitet. Ich wollte hinzusetzen: »unermüdlich« – aber genau betrachtet, bin ich am Rand der Erschöpfung. [...] Ich schreibe morgens, mittags, abends, treibe nichts anderes und bringe auf diese Weise täglich nur etwa zwei Seiten fertig. Aber Du mußt wissen, daß es etwa so ist, als schriebe ich täglich zwei G e d i c h t e [...] Meine orientalischen Erinnerungen werden darin gewissermaßen abgeklärt, gedeutet, symbolisch umgewandelt – und es ist alles wie ein Notschrei und schrecklich mühsam. Allmählich werde ich auch närrisch dabei.

So närrisch, daß sie die Vorhänge ihres Zimmers am hellen Tag schließt, sich die Ohren mit Watte verstopft und zu weinen an-

fängt, wenn eine Krankenschwester sie stört. Das Schreiben ist eine Qual und zugleich eine Notwendigkeit. Zum ersten Mal in ihrem Leben ist es ihr unmöglich, anders als »in absoluter Konzentration und Aufrichtigkeit«[29] zu schreiben. Sie bemerkt nicht, wohin dieser Zustand der Trance, »dieser gefährliche Stil«,[30] sie führt. Sie zweifelt daran, daß das Resultat irgend jemanden interessieren könnte, und denkt, daß es eines Tages darum gehen wird, »die Beziehung zur Welt wieder zu finden«[31]. Aber zum jetzigen Zeitpunkt sucht sie »jedes Wort wie ein verlorenes Stück Gold«[32] – Worte, die auf rund einhundertundfünfzig Seiten zu einem schmerzlichen, endlos langen Singsang verschmelzen.

In *Das glückliche Tal* fließen alle Erfahrungen aus ihren drei Aufenthalten im Orient in Bilder und Erinnerungen ein, die plötzlich einen ungeahnten Sinn annehmen. Persien und seine grenzenlosen kahlen Landschaften werden nun zum Spiegelbild ihres Schicksals, ihrer Neigung zur Hoffnungslosigkeit, ihrer Zweifel und ihrer Not. So wie der Boden aus Geröll unaufhörlich den kargen Abhang hinunterrieselt, entgleitet ihr ständig auch die Wirklichkeit: »Das ist das Geheimnis: Ich weiß nicht, was außerhalb von mir existiert. Ich bin unschuldig, solange ich den geweihten Ort, geweihten, magischen Namen nicht erreiche [...] Ach, den Boden betreten, ihn durch meinen Atem lebendig machen! Ach, Wirklichkeit, Wirklichkeit!«[33]

In einer Sprache von ergreifender Poesie, die manchmal an ein halluzinatorisches Delirium grenzt, setzt sie sich mit all den Themen auseinander, aus denen ihr Leben gewoben ist: Einsamkeit, Existenzangst, Leiden, Freiheitsdurst, Flucht ins Rauschgift, unstillbares Bedürfnis nach Liebe, Revolte, Heimweh, Sehnsucht nach der Kindheit... Hier ein Beispiel für den Stil, in dem sie ihre Irrfahrt heraufbeschwört:

> Jeden Abend nehme ich Abschied – und am Morgen bin ich dem Unbekannten nahe. Vorbei, zu Ende die Abenteuer,

aber tausend Wirklichkeiten sind zu bestehen. Ich greife an, ich werfe mich ihnen entgegen, ich liebe – und ich vergesse nichts. Zedern bleiben zurück, Ölhaine, Gesänge – Säulen, Segel, Zelte. Und die Hufspuren berittener Völker auf dem Marsch. Mehr noch die Ferne, ach, die Ferne! – Wie ein scheuendes Pferd will meine Ungeduld ausbrechen, nach rechts, nach links – und stürzt immer vorwärts. Es kostet mich weiße Nächte, sie einzuholen... die Wege sind wallend verhüllt wie Milchstraßen. Kälte, Hunger, Durst – ich habe, was ich wollte, und nirgends, mein Haupt zu betten. Keine helfende Hand! – Würde ich jetzt, nach einer einzigen solchen Nacht, in euren Gassen auftauchen, die Nachbarn würden mich nicht mehr kennen. Ich wäre nicht anders als die Blinden, Stummen und Bettler. Ich höre: »Wohl bekomm's« – aber ich würde die Suppe verschmähen, die euer Mitleid den Armen reicht. Der Hunger ist mein Freund. Alle Ermüdungen sind mir willkommen. Und ich liege an den Quellen... unfähig, meinen Durst zu löschen. Was tut es? Meine Ungeduld ist schon über alle Berge.[34]

In anderen Passagen versucht sie, ihren Lebensstil gegenüber denjenigen zu rechtfertigen, die ihn mißbilligen:

Der Preis für *»Das Gute Leben«* war zu hoch. Ich erinnere mich an alle Warnungen, die man mir zukommen ließ, und an alle Ratschläge. Aber ihr habt eine Sprache verwendet, die ich nicht mehr verstand. Man hat auch Anklage gegen mich erhoben, wegen Fahnenflucht, [...] Aber man vergaß, mir zu sagen, wer der Richter sein würde. [...]

Da warnt ihr mich: »Du entfremdest dich unseren Sitten und Gewohnheiten. Besinne dich: Der Mensch braucht einen Halt, deshalb wurde die Moral erfunden [...]. Besinne dich: nicht ungestraft... Es geht um dein Glück.«

– Richtig: *Das Glück* hat das letzte Wort. Und man soll es nicht ungestraft verachten. Verstehe ich die einfachsten Dinge nicht mehr? [...]

Wenn der Wall eurer Sitten und Gewohnheiten nicht mehr standhält? Eure Maße und Ziele nicht mehr gelten?[35]

Die letzten Kapitel des Buches handeln von der zentralen Episode aus *Tod in Persien:* dem Aufenthalt in Teheran, der Liebe zu Yale, dem Zeltlager im Lar-Tal, der Begegnung mit dem Engel. Aber Annemarie zieht es vor, die Erzählerin in einen Erzähler zu verwandeln, wahrscheinlich weil sie ihr Manuskript für eine Veröffentlichung vorsieht. Tatsächlich erscheint *Das glückliche Tal* mit Illustrationen von Eugen Früh 1940 in der Zürcher Edition Morgarten unter dem Namen Annemarie Clark-Schwarzenbach. Obwohl der Zeitpunkt für die Veröffentlichung in politischer Hinsicht wenig geeignet ist, sind die Rezensionen in der Schweizer Presse ziemlich positiv. Der Literaturkritiker Charly Clerc, dem die *Lyrische Novelle* nicht gefallen hat, schreibt in *La Gazette de Lausanne:* »Es ist unmöglich, dieses Buch zu klassifizieren oder zusammenzufassen. Aber es ist ein ungeheuer ergreifendes Prosagedicht. Und damit habe ich noch nichts von der handwerklichen Gewandtheit und der robusten Eleganz gesagt, und auch nichts von jener Ausnahmeerscheinung, die eine so vollkommen und wunderbar kosmopolitische junge Frau bei uns bedeutet.« Mabel Zuppinger, spätere Chefredakteurin der Monatszeitschrift *Annabelle,* geht in *Die Weltwoche* noch weiter. Nachdem sie ein Beispiel von der visionären Kraft gegeben hat, mit der Annemarie die persischen Landschaften vor dem Auge des Lesers entstehen läßt, spricht sie einen höchst beunruhigenden Aspekt des Buches an: »Es ist die nicht endenwollende, die verzweifelte und ermattende Suche nach dem, was hinter den Dingen steht; nach dem ewig ungelösten Rätsel der Erde; das wohl seit urdenklicher Zeit schon Menschen ausziehen ließ in unbekannte Län-

der und fremde Gegenden, weil sie glaubten und hofften, den endlosen Horizont der Welt endlich doch noch einmal zu erreichen; das sie Entbehrungen, Hunger und die letzte Einsamkeit auf sich nehmen ließ, um der Befreiung entgegen zu wandern, dieser Befreiung, die sie doch nur in sich selber finden können.«[36]

Das glückliche Tal enthält viele der schönsten Passagen, die Annemarie geschrieben hat, anrührende Textstellen, deren Lyrik und Musikalität von außergewöhnlicher Zauberkraft sind. Es ist außerdem ein wertvolles Dokument, das in einer authentischen Sprache ein ganz dichtes und nahes Bild vom inneren Universum seiner Autorin bietet, von ihrer Leuchtkraft, ihren Widersprüchen, ihren Abgründen. Und der häufig beschwörende und gleichförmige Stil drückt in vollendeter Weise aus, wie unmöglich es ihr ist, einen Ausweg aus ihrer Tragik zu finden.

Der Chefarzt der Klinik Bellevue gibt Annemarie die Erlaubnis, über Weihnachten einige Tage bei Anita Forrer zu verbringen. Als ihr zu Ohren kommt, daß ihre Schwester Suzanne Öhman mit ihrem Mann und ihren Kindern in der Schweiz ist, verläßt sie Schloß Bothmar früher als geplant und erscheint eines Abends unangemeldet in Bocken. Die ganze Familie ist beieinander und ist überrascht und erschrocken, sie so mager und so bleich zu sehen. Auf Suzanne, die sie seit achtzehn Monaten nicht gesehen hat, macht sie den Eindruck eines wandelnden Leichnams, als ob sie beim leichtesten Hauch zusammenbrechen würde. Nach dem Abendessen jedoch erhebt sie sich und geht mit unsicheren Schritten zum Klavier. Sie setzt sich, legt die Hände auf die Tasten, und das Wunder geschieht. Die herzzerreißende Emotion und die erschütternde Intensität, mit der Annemarie an diesem Abend ein Stück von Händel spielt, als sei es das letzte Mal, bleiben Suzanne für immer ins Gedächtnis eingebrannt.

Zwölftes Kapitel

In Afghanistan mit Ella Maillart

(1939–1940)

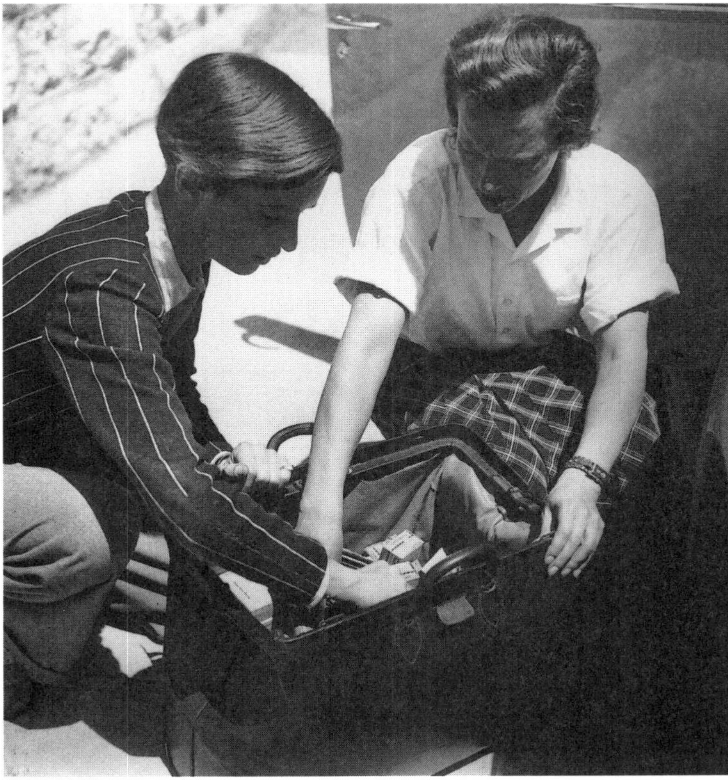

Mit Ella Maillart in Genf (Juni 1939)

> Jetzt, da sie den Dämon Vergangenheit ausgetrieben hatte und sich wieder jungfräulich fühlte, war sie bereit, von neuem eine Beute des Lebens zu werden.
>
> Ella Maillart, *Der bittere Weg*

Mitte September 1938, unmittelbar vor ihrer Abfahrt nach Prag, lernte Annemarie durch gemeinsame Freunde Ella Maillart kennen. Henri Seyrig und seine Frau Hermine de Saussure wußten vom Interesse beider Schweizerinnen an Expeditionen in weit entfernte Regionen. Die Genfer Nomadin behielt Annemarie von jener ersten Begegnung in Zürich als eine elegante junge Frau in grauem Kostüm in Erinnerung, »so schmal, daß sie fast ätherisch wirkte«. Im Laufe ihres Gespräches fiel ihr die »grüblerische, traurige« Haltung der anderen auf – als ob sie einer »inneren Musik (lausche)«.[1] Annemarie ihrerseits war von der Liste der Reiseziele ihrer Gesprächspartnerin stark beeindruckt: Rußland, Turkestan, Mandschurei, China, Tibet, Kaschmir, Iran, Afghanistan.[2] Ella Maillart erzählte ihr von ihrem letzten Buch, *Oasis interdites*[3], in dem sie ihre Reise quer durch China von Osten nach Westen in Begleitung von Peter Fleming geschildert hat, dem Korrespondenten der *Times*. Annemarie liest dieses Buch bald darauf in Yverdon während der ersten Phase ihrer Entziehungskur. Sowie sie wieder zu schreiben imstande ist, verfaßt sie darüber einen langen Artikel für die Monatszeitschrift *Annabelle:* Sie liebt dieses Buch, weil es die Frage nach dem Warum der Reise stellt – eine Frage, die ihr

nur zu vertraut ist. Was könnte legitimer sein als das Bedürfnis, das Mysterium der Welt zu sehen, zu verstehen und auszuforschen? Und sie fügt hinzu: »Wer einmal sich aus den Bindungen der Gewohnheit befreit hat, wer einmal seine Einsamkeit inmitten des großen, wunderbaren Gefüges, das sich die Welt nennt, begriffen hat, ihr begegnet ist, den wird es immer von Neuem zu dieser Begegnung treiben.«[4]

Von nun an schreiben die beiden Frauen einander regelmäßig. Annemarie verspricht ihrer neuen Freundin, alles zu tun, um ihre »Gesundheit und das Gleichgewicht des Geistes« wiederzufinden.[5] Auf ihre Bitte hin besucht Ella Maillart sie am 31. Dezember 1939 in Yverdon. Annemarie beklagt sich über den Kampf, den sie unentwegt mit den Ärzten kämpfen muß, wenn sie nicht wie die anderen Patienten der erzwungenen Arbeitsruhe unterworfen sein, sondern ihre schwierige schriftstellerische Arbeit fortsetzen will. An diesem Tag entdecken sie auf einem langen Spaziergang mit Ellas Schlittenhund am Ufer des zugefrorenen Sees, daß sie beide sich nichts sehnlicher wünschen, als den Sinn des Lebens zu finden, und daß sie bereit sind, dafür jedes Risiko einzugehen. In einem Moment, als Annemarie an ihrer geistigen Gesundheit zweifelt, fühlt sie sich durch die Resonanz, die sie bei der Genferin findet, unendlich beruhigt. Und als der Chefarzt zugibt, daß ihr Fall von allen bekannten Verläufen abweicht und er mit seinem Latein am Ende ist, resümiert sie: »Es bestätigt mir nur, daß ich nicht krank und keine Morphinistin bin, und das ist gut.«[6]

Bei ihrem Besuch verspricht Ella Annemarie, sie in Sils zu besuchen, sobald sie die Klinik verlassen hat. Sie hält, was sie verspricht: Zwei Monate später laufen sie gemeinsam den Abhang des Fex-Tals hinunter, und Ella Maillart hat nun Gelegenheit, ihre Freundin in aller Ruhe zu beobachten und sich folgendes Bild einzuprägen:

> Die weit auseinanderstehenden Augen zeigten unter Brauen, die viel dunkler als ihr Haar waren, wechselnde Schattierungen von dunkelblauem Grau. Diese Augen gehörten zu einer Seele, die Schönheit liebte und oft vor einer unharmonischen Welt zurückschreckte; sie konnten strahlen vor Begeisterung, vor Liebe, sie konnten einen anlächeln, aber lachen sah ich sie nie. Wenn man die Nase genau betrachtete, stellte man fest, daß sie fleischiger war, als man zuerst annahm; sie deutete darauf hin, daß (ihre) Konstitution vielleicht doch nicht so schwach war, wie sie zu sein schien. Um den bleichen, unregelmäßig geschnittenen Mund lag Melancholie – die Lippen inhalierten mit stummer Gier Rauch. [...] Das kleine Kinn wirkte besonders jugendlich und erinnerte an ein versonnenes Kind, das Schutz sucht. Ihre Hände glichen denen eines geduldigen Künstlers, der mit seinem Meißel eine gerade Linie zu ziehen versteht.[7]

Am Abend, bevor ihre Freundin wieder aufbricht, macht Annemarie sich Sorgen, daß ihr Auto wegen der großen Kälte versagen könnte, und erwähnt ganz nebenbei, daß ihr Vater demnächst ihren alten Mercedes-Mannheim durch einen Ford ersetzen wird. Ein Ford! Augenblicklich malt Ella Maillart sich die märchenhafte Reise aus, die man mit diesem Auto auf der neuen Straße im Norden Afghanistans bis zu den Bergen Kafiristans[8] unternehmen könnte, wo sie schon seit langem einen traditionellen asiatischen Stamm erforschen möchte – in der Hoffnung, eines Tages als Ethnologin anerkannt zu werden.

Als sie sieht, mit welcher Begeisterung Annemarie auf diese Projektidee reagiert, kommt Ella auf den Boden der Tatsachen zurück. Wie könnte diese junge Frau in ihrem Zustand extremer Abmagerung überhaupt eine derartig aufreibende Reise durchstehen? Annemarie verspricht, alle erforderlichen Anstrengungen zu unternehmen: weniger rauchen, mehr essen, Sport treiben, endgültig auf Rauschgift verzichten. Aufzubre-

chen ist für sie eine absolute Notwendigkeit. Denn sie spürt, daß der Abschluß von *Das glückliche Tal* eine Leere in ihr zurückgelassen hat, die sie für die schlimmsten Versuchungen anfällig macht. Sie braucht eine Beschäftigung, die sie von sich selbst abrückt, Verpflichtungen, die sie disziplinieren:

> Wenn ich weiter aufs Geratewohl lebe, von Episode zu Episode, nur zufällig einer Gefahr entkomme, indem ich in einer anderen untergehe, wenn ich im Provisorium bleibe, hier und da eine leichte Aufgabe übernehme, dabei eine kleine Linderung und einen Trost von einer Freundin erwarte oder von einem Erfolg, dann wird all das nicht dafür ausreichen, daß ich lerne zu leben und mich gegenüber den Schwierigkeiten meines Charakters, meiner leicht reizbaren Nerven, meiner Ängste zu behaupten. Wenn man einmal akzeptiert hat, daß man sich dem Leben stellen muß, ohne Scham und ohne Selbstmitleid, dann muß man die Bedingungen herausfinden und ihnen mutig folgen. Nein, ich habe keine Angst. Aber ich hätte schreckliche Angst, hier zu bleiben und abzuwarten.[9]

Diese Argumente lassen Ella Maillarts letzte Bedenken schnell versiegen. Annemaries Intelligenz, ihr Mut und ihre Gradlinigkeit imponieren ihr, und sie möchte ihr aufrichtig helfen, »das zu finden, was jeder von uns allein finden muß«[10]. Sie stimmten zuvor schon darin überein, daß sie sich vom europäischen Chaos entfernen müßten, wenn sie lernen wollten, sich selber zu erkennen und jenes Absolute zu entdecken, dem sie beide – die eine wie die andere – sich unterwerfen wollten. Diese Reise kommt gerade zur rechten Zeit. Und obwohl mehrere Freunde Kini – Ellas Spitzname – vorhersagen, daß sie mit einer solchen Begleiterin nicht weit kommen wird, ist sie überzeugt, daß ihr das, woran andere gescheitert sind, gelingen wird.

Als Renée Schwarzenbach von diesem Plan erfährt, reagiert

sie sehr wohlwollend und ist der Meinung, daß ihre Tochter sich im Interesse ihrer Karriere als Fotojournalistin und Schriftstellerin die einmalige Chance nicht entgehen lassen sollte, eine so renommierte Reisende wie Ella Maillart zu begleiten. Jener sagt sie allerdings kurz vor der Abreise in einem Telefongespräch, in dem sie ihr viel Glück wünscht: »Ich entlaste Sie von jeder Verantwortung, falls Sie Annemarie nicht bis zu ihrem archäologischen Arbeitsort in Afghanistan mitnehmen können. Lassen Sie sie, wo Sie möchten, *sie ist leider hoffnungslos.*«[11]

Frau Doktor Gustava Favez fürchtet, daß die Gesundheit ihrer Patientin durch die Reise zu sehr belastet werden könnte, aber Annemarie versichert ihr, eine »eiserne Konstitution« zu haben. Hat sie das nicht schon bei ihrer letzten Entziehungskur bewiesen? Ohnehin hat sie nicht die Absicht, Ella bis Kafiristan zu begleiten. Wenn sie zu erschöpft sein sollte, wird sie in Kabul bleiben, und sonst wird sie auf der Ausgrabungsstätte von Bagram arbeiten, die von dem Archäologen Joseph Hackin[12], einem Freund von Kini, geleitet wird. Die Sorgen von Frau Doktor Favez sind unglücklicherweise berechtigt: Kurz nachdem Annemarie Yverdon verlassen hat, durchlebt sie erneut eine »Krise«, die ihr schreckliche Angst um den wirklichen Zustand ihrer Gesundheit einflößt. Ihre Ärztin bemüht sich sehr, sie zu beruhigen, und erklärt ihr, daß diese Reaktion nach der monatelangen Isolation und der Intensität, mit der sie ihr Manuskript zu Ende geschrieben hat, ganz normal sei. In Wirklichkeit weiß sie jedoch, daß eine chronisch Morphiumsüchtige praktisch unheilbar ist, und sie hat keine andere Wahl, als ihre Patientin in ihrem heroischen Bemühen zu ermutigen, ihr dauerhaft gestörtes Gleichgewicht wiederzuerlangen.

Zum Glück helfen die Reisevorbereitungen[13] Annemarie ein wenig, Abstand zu ihren persönlichen Problemen zu gewinnen. Wichtiger als alles andere ist zunächst die Frage des Autos, ohne das nicht einmal die Idee zu dieser Reise geboren worden wäre. Ihre Wahl fällt sehr schnell auf den Ford Roadster 18.

Auch wenn dieses Modell für die geplante Reise bestens geeignet zu sein scheint, muß es unbedingt mit einer Spezialausstattung für Berge und Wüsten ausgerüstet werden: Die Achsen und die Reifen werden verstärkt, der Originalkühler wird durch einen anderen ersetzt, der den extremen Temperaturen noch besser standhalten kann. Außerdem brauchen sie ein zweites Reserverad, einen Vierzig-Liter-Benzinkanister, zwei Wasserkanister von jeweils fünfzehn Litern, zahlreiche Ersatzteile, eine Benzinpumpe, Ketten ... Schließlich läßt Annemarie sich in einer Werkstatt in Silvaplana in die Geheimnisse der Automechanik einweisen, damit sie bei Pannen wenigstens die einfachsten Reparaturen selber ausführen kann. Sie besorgt auch die notwendigen Landkarten, außerdem alle erforderlichen Papiere und Genehmigungen. Hierbei macht sie eifrigen Gebrauch von ihrem Diplomatenpaß, der gerade verlängert worden ist. Ein ausgezeichneter Grund, ihre Scheidung auf später zu verschieben.

Da die beiden Frauen vorhaben, ihre Expedition durch Reiseberichte und Fotografien zu finanzieren, nimmt Annemarie auch Kontakt zu Verlegern und Chefredakteuren auf. Mit der Zürcher Agentur Press-Service wird ein Vertrag unterzeichnet, der ihnen für die Rechte an ihren Negativen eine Abschlagszahlung in Höhe von tausend Schweizer Franken zusichert. Von der *Zürcher Illustrierten* bekommen sie fünfhundert Franken für das Erstnutzungsrecht an den Fotos, während *Die Weltwoche* ihnen dreihundert Schweizer Franken zahlt. Sie hoffen, auch englischsprachige Zeitschriften wie das *Geographical Magazine* zu interessieren. Hinzu kommen Aufträge von mehreren Schweizer Tages- und Wochenzeitungen, und der Morgarten Verlag, der Ende 1939 *Das glückliche Tal* herausgeben soll, erklärt sich bereit, den Bericht über ihre Reise zu veröffentlichen. Schließlich erhält Annemarie dafür, daß sie sich verpflichtet, Objekte mitzubringen, einen Zuschuß von einem Zürcher Museum. Um sich genauer über die Länder zu informieren, die sie

bereisen wollen, fahren die beiden Schweizerinnen im Mai nach London und Paris, wo sie in Museen gehen, geographische Gesellschaften aufsuchen und Orientspezialisten befragen. Anläßlich ihres Aufenthaltes in der französischen Hauptstadt macht Ella Maillart ihre Freundin mit Blaise Cendrars bekannt, und die Genferin berichtet, daß der Verfasser des Romans *Moravagine* sehr angetan von Annemarie ist und darauf brennt, sie so schnell wie möglich wiederzusehen.

Anfang Juni kehren die beiden Frauen nach Genf zurück, um ihre Ausrüstung zusammenzustellen. Die Ladung, die sie in ihrem Ford unterbringen müssen, ist gewaltig: Zelt, Schlafsäcke, Schreibmaschinen, Werkzeugkasten, Reiseapotheke, Küchengeschirr, Proviant und so weiter, nicht zu vergessen ein Koffer mit Filmen für ihre fünf Kameras – darunter zahlreiche 16-mm-Filme – und eine Kiste mit Büchern.

Am Vorabend ihrer Abfahrt lassen sich die beiden Reisenden mit dem prächtig glänzenden Ford Deluxe fotografieren. Ella zeigt ein strahlendes Lächeln. Annemarie ist sehr mager und von der Krankheit gezeichnet, und sie wirkt traurig und wie verirrt. Offensichtlich gehen sie nicht mit der gleichen inneren Einstellung auf diese lange Reise, die für die Dauer von einem Jahr geplant ist, und der Ausdruck ihrer Gesichter spiegelt diesen Unterschied wider. Während Ella Maillart sich darauf freut, der »Ratlosigkeit [...], die in Europa herrschte«[14], zu entkommen, und hofft, auf dieser Reise Selbstbeherrschung zu gewinnen und ihre Freundin vor dem Rauschgift zu retten, ist Annemarie eher gespalten. Da sie spürt, daß der Krieg unmittelbar bevorsteht, hat sie Skrupel, in die Wüste zu gehen, während sie doch für dringlichere Aufgaben gebraucht werden könnte. Trotzdem sagt sie sich, daß sie nicht unersetzbar ist, und um das zu korrigieren, was sie »verspätete Kindheitsfehler«[15] nennt, zieht sie es vor, sich einem »Leben [...] ohne Zärtlichkeit«[16] zu stellen: den Anforderungen einer besonders schwierigen Reise. Angesichts der Verpflichtungen, die sie gegenüber Ella Maillart

und der Schweizer Presse eingegangen ist, gibt es kein Zurück. Dies ist die Reise der letzten Chance, und sie vergleicht sie mit »einer Reifeprüfung«[17].

6. Juni 1939. An Bord des Ford, der im Kanton Graubünden angemeldet ist (GR 2111), verlassen Annemarie und Ella Genf in Richtung Simplon. Sie sind entschlossen, »mit Verstand zu reisen«, das heißt, sie wollen sich nicht zum Sklaven des Autos oder vorprogrammierter Etappen machen, sondern sich die Zeit nehmen, die Gegenden, durch die sie kommen, aufmerksam wahrzunehmen. Annemarie sitzt am Steuer, und von sehr seltenen Ausnahmen abgesehen, wird das auf der gesamten Reise so bleiben. Ein Jahr später beschreibt sie den großen Aufbruch in den Orient wie folgt:

> Ich wollte auf der Paßhöhe, kurz vor der Grenze, noch umkehren, und es schien mir dann, der Blick in das Gelobte Land könne nur der Blick zurück sein, in die von der Abendsonne verklärten Täler, und ich hätte alles darum gegeben, hätte ich noch einmal durch eine mit runden Steinen gepflasterte Dorfgasse gehen dürfen, wo braune Ziegen sich um den Brunnen drängten und ich das Dängeln von Sensen, das Rauschen milchigen Wassers hören, den Geruch von Heu, Nußblättern und frischem Schwarzbrot einatmen konnte. [...] man fuhr eine letzte Anhöhe hinauf, um eine letzte Kurve, es schien unwiderruflich und unwiederbringlich. Jetzt begreift man plötzlich, wenn auch nur für einen Augenblick, diese Kraft der Wirklichkeit, daß man umkehren, auf der gleichen Straße zurückfahren könnte, ein paar Stunden oder wenige Tage nur brauchen würde, um ein Antlitz wiederzusehen, einen Blick zu tun, alles wiedergutzumachen... Es gibt keinen zwingenden Grund, um gegen diese Möglichkeit etwas einzuwenden. Der Mensch ist frei – frei, zu wählen, zu leben oder zu sterben. Die Gründe, die wir unseren

> Entschlüssen unterschieben, sind immer nur Vorwände, um unsere Schwachheit zu verdecken. Aber ich glaube, daß der Entschluß selbst weder richtig noch falsch sein kann, wohl aber unwiderruflich ist.[18]

Statt mit dem idyllischen Anblick einer friedlichen Schweiz konfrontieren die ersten Kilometer die beiden Reisenden mit den letzten Manifestationen eines Europas, das vom Faschismus überzogen ist: in der Umgebung von Triest riesige Inschriften, die den Duce rühmen, und in Klostar die Hitlergrüße einer ganzen Schulklasse mit ihrem Lehrer. Schon auf den jugoslawischen Straßen offenbart jedes Schlagloch, wie empfindlich das Fahrgestell des Ford ist, und Ella Maillart begreift schnell, daß diese Reise anders als ihre bisherigen sein wird: Anstatt sich auf die »objektive Welt« zu konzentrieren, sind ihre Gedanken vollkommen besetzt von den Qualen ihrer Begleiterin, die sich in exzessivem Tabak- und Kaffeekonsum äußern. Als sie nach einer Woche in Sofia ankommen, machen die Scherben einer Ampulle auf den Fliesen des Badezimmers Ella Maillart schlagartig klar, wie sehr sie die Schwierigkeiten der Mission unterschätzt hat, der sie sich verschrieben hat. Ihr Vertrauen ist erschüttert, aber nicht zerstört. Sie versucht, Annemarie zur Vernunft zu bringen und ihr bewußtzumachen, daß sie ihre Intelligenz und ihre vielseitigen Gaben vergeudet. Obwohl sie weiß, daß die kompetentesten Personen in diesem Bereich, die Ärzte, es nicht geschafft haben, Annemarie von ihrer Sucht zu heilen, glaubt sie, ein starker Wille würde reichen, um vom Rauschgift loszukommen. Sie hält eine harte Gangart für das Angemessenste und beschließt, sich vom Leiden ihrer Freundin nicht erweichen zu lassen und sie auch nicht zu bemuttern, wie alle ihr Nahestehenden es bisher getan haben. Annemarie ihrerseits bewundert Ella so sehr, daß diese ungewohnte Behandlung ihr Eindruck macht. Als ihre ersten Versuche, sich mit ihr zu duzen, scheitern, gibt sie dies für immer auf.

Nachdem sie Bulgarien verlassen haben, tauchen die weißen Moscheen des alten Andrianopel[19] auf. Da den beiden Reisenden in Istanbul davon abgeraten wird, die schlechten Straßen durch Anatolien zu benutzen, schiffen sie sich mit dem Ford auf einem Frachtschiff ein und landen drei Tage später in Trapezunt am anderen Ufer des Schwarzen Meeres. Sie nutzen diese erzwungene Ruhepause dafür, mit der Arbeit an ihren Artikeln zu beginnen, und Ella Maillart wird Zeugin des Perfektionismus, der charakteristisch für Annemaries Arbeitsweise ist: »Ich habe gesehen, wie sie nacheinander sieben Blätter Papier in die Schreibmaschine spannte, bevor ein bestimmter Satz die Vollkommenheit erlangt hatte, die allein sie befriedigen konnte. Schreiben war der Gottesdienst ihres Lebens, er beherrschte sie ganz und gar.«[20]

Sie fahren quer durch das türkische Armenien und erreichen die Stadt Erserum nicht weit von der Quelle des Euphrat, kommen am Ararat vorbei und schließlich zu einem iranischen Grenzposten, wo der Anblick zweier Frauen im Auto ungeheures Erstaunen hervorruft. Ein sintflutartiges Gewitter in Maku, die blaue Moschee von Täbris, Sultanieh, Kaswin, und schließlich ist Annemarie wieder in Teheran, wo sie einen Apotheker trifft, der ihr eine alte Rechnung präsentiert. Wegen einer Cholera-Epidemie sitzen die beiden Reisenden drei Wochen lang in der Hauptstadt fest. Als sie die Fahrt fortsetzen, hängt Annemarie eine Kette mit großen türkisblauen Perlen über den Kühler des Autos: Sie gelten in den asiatischen Ländern als Schutz vor dem bösen Blick.

Nachdem sie ein letztes Mal den vom Schnee gestreiften Kegel des Demawend bewundert und den Paß von Firuzkuh überquert haben, fahren sie zum Kaspischen Meer hinunter, baden in dem lauen Wasser und begeben sich dann – ein brutaler Kontrast – in die turkmenische Steppe, die sich vor ihnen weit ausdehnt:

Zu meiner Linken sah ich, an einem Horizont, der jetzt erloschen und bleifarbig war, ein paar elende Ziegenfilz-Zelte und die sonderbar gravitätischen Silhouetten einiger magerer Kamele. Ein Hund bellte. Und von der Kaspisee her, aus Westen, kamen mit langsamem Flügelschlag weiße Geier. Das war alles. Die Steppe breitete sich aus in Ödnis, Schweigen, die Hitze war tödlich, die Nacht vereinigte sich mit diesem »Anfang Asiens« zu einer düsteren Vision.[21]

In dieser feindseligen Landschaft, die sogar von den Nomaden verlassen wurde, ragt ein gigantisches, strenges Bauwerk auf: der Gumbad-i-Kabus, ein Königsgrab aus dem Jahr 999. In Meschhed funkelt die vergoldete Kuppel des Grabmals von Imam Reza, der 819 gestorben ist. Und das »unsterbliche Blau« der Moschee der Königin Gauhar Schad. Zwei Tage später erreichen die beiden Schweizerinnen endlich Afghanistan, das Land heißblütiger Reiter, die unter ihren weißen Turbanen hochmütig und stolz aussehen, das Land der Jurten und schwarzen Zelte und vor allem eine Gegend, in der Gastfreundschaft kein leeres Wort ist. Nachdem sie unter sengender Sonne eine gelbe Wüste durchquert haben, kommen sie kurz vor dem 1. August in Herat an, wo ein brütend heißer Wind aus den Steppen Turkestans weht: der Wind der hundertzwanzig Tage.

Bis hierher kannte Ella Maillart die Strecke: Denn zwei Jahre zuvor hatte sie die Fahrt in umgekehrter Richtung in Autos und Lastwagen zurückgelegt und in überfüllten Karawansereien haltmachen müssen. Nach der alten Hauptstadt der Timuriden ist für beide Frauen alles neu und unbekannt auf der Route, die sie nun wahrscheinlich als erste mit dem Auto befahren: Sie führt gen Norden quer durch das afghanische Turkestan, und es handelt sich dabei um nichts anderes als die alte Seidenstraße. Die Namen der Städte und Dörfer – Kala-Nau, Bala Murghab, Kaissar, Maimeneh, Andchoi, Schirbichan, Balch – erscheinen und verschwinden in dem langsamen Rhythmus, in

dem die beiden Reisenden auf den schlechten Straßen der Karawanen und den Maultierpfaden vorankommen. Die Zwischenfälle sind Legion: Versinken in Sanddünen, Reifenpannen, Sandstürme, Überquerungen von Flußfurten, steile Anhöhen, auf denen das Auto fast den Geist aufgibt...

Offensichtlich rufen diese beiden Frauen, die allein in einem Ford unterwegs sind, große Neugier hervor, und wo immer sie hinkommen, werden ihnen, getreu der afghanischen Tradition, Unterkunft und Essen angeboten. Mal sind es Honoratioren – Bürgermeister, Gouverneure oder reiche Afghanen –, die sie zum Tee, zum Pilaf oder Schaf am Spieß einladen, mal ist es ein Bauer, der ihnen seinen einzigen Reichtum darreicht: Melonen, Rosinen oder Pfirsiche. In den Nomadenzelten gibt es immer ein Fladenbrot mit einem Becher Mast, eine Art Sauermilch, oder Kaimak, mit Zucker schaumig geschlagenes Eiweiß. Wenn sie Hilfe finden, um den Ford aus einer Wagenfurche oder einem Graben zu schieben, ist es undenkbar, sich mit einem Geldschein zu bedanken – die Afghanen sind zu stolz, um Trinkgeld anzunehmen –, aber ihre Reiseapotheke leistet dieser vollkommen mittellosen Bevölkerung wichtige Dienste.

Als sie Masar-i-Scherif erreichen, nehmen sie sich gerade eben die Zeit, den Motor von all dem angesammelten Löß zu reinigen, um gleich danach die Fahrt zum bläulichen Massiv des Hindukusch fortzusetzen. Taschkurgan, Heibag. In Pol-i-Khumri, mitten in einer entsetzlich einsamen Region, entdecken sie zu ihrem Erstaunen eine große Baustelle, die von deutschen Ingenieuren geleitet wird: Die Firma Siemens baut hier einen Staudamm, der eine Spinnerei und eine Zuckerraffinerie mit Strom versorgen soll. Hunderte von Arbeitern, die auf dieser Baustelle beschäftigt sind, sind ehemalige afghanische Nomaden, die nun zu einer seßhaften Tätigkeit gezwungen sind. Wie können diese Männer es ertragen, acht Stunden täglich in den Fabriken zu arbeiten, »wo der Maschinenlärm den Gesang des Steppenwindes ersetzt hat«[22]?, fragen sich die bei-

In Afghanistan (Herbst 1939)

den Frauen, als sie mit diesem brutalen Einbruch von Gott Fortschritt in ein so wildes Land konfrontiert sind.

Glücklicherweise wird diese verwirrende Begegnung einige Tage später von einem traumhaft schönen Anblick verdrängt, als in 1500 Meter Höhe das friedliche Bamian-Tal vor ihnen liegt. Die berühmten Buddhas, die in die rosafarbene Felswand aus Sandstein gemeißelt sind, sind schon von der Gewalt fanatischer arabischer und muslimischer Bilderstürmer gezeichnet. Die Schönheit dieser Landschaft bewegt die beiden Reisenden, für eine Woche hier ihr Zelt aufzuschlagen und die benachbarten Täler zu erkunden. Als sie den Schibartu-Paß überqueren, versetzt der unvergeßliche Anblick des Bend-i-Emir, eines natürlichen Dammes mit zahllosen Seen in allen Blautönen und auf verschiedenen Höhen, sie in Erstaunen. Ein letztes Glück genau in dem Moment, als die Dinge sich zum Schlechten wenden. Annemarie hat sich erkältet, und ein hartnäckiges Fieber will nicht wieder nachlassen. Sie entscheidet daher, möglichst schnell zur DAFA[23] zu fahren, die Joseph Hackin auf den Grabungsstätten von Bagram leitet. Obwohl die Objekte, die im Laufe des Sommers ausgegraben wurden, gerade eingepackt werden, können Annemarie und Ella die Grabungsstätte besichtigen, bevor sie zu ihrer letzten kurzen Etappe aufbrechen. Kabul ist nur noch etwa fünfzig Kilometer entfernt.

In den letzten Augusttagen – als Ribbentrop in Moskau den deutsch-sowjetischen Nichtangriffspakt unterzeichnet – erreichen die beiden Schweizerinnen nach zwölf Wochen Fahrt endlich die afghanische Hauptstadt, die schon die Truppen von Alexander dem Großen, Dschingis Khan, Tamerlan und Babur vorbeiziehen sah. Am 1. September 1939 überfällt Hitler Polen. In Europa ist Krieg.

In Kabul kommen die beiden Frauen zunächst in der Wohnung von Gabriel und Marthe Monod unter, Freunden von Ella Maillart. Gleich nach ihrer Ankunft konsultiert Annemarie ei-

nen Arzt der britischen Gesandtschaft. Er diagnostiziert eine Bronchitis und verordnet ihr zehn Tage absolute Ruhe. Sie leidet außerdem unter einem dreifachen Furunkel, das ein tiefes Loch an ihrem Nacken verursacht hat und ihren Kopf unbeweglich macht. Fiebrig, zu einer quälenden Untätigkeit gezwungen, ohne Informationen über das Schicksal ihrer Familie und ihrer Freunde, verfällt sie in tiefes Grübeln und erkennt die ganze Distanz, die sie von Ella trennt: von dieser Frau, deren Charakterstärke sie bewundert, die aber so losgelöst von menschlichen Leidenschaften ist. Es ist Annemarie unbegreiflich, daß die Genferin daran denken kann, nach Indien zu gehen und sich der Meditation zu widmen, während in Europa Unschuldige getötet werden. Ella ihrerseits ist sich nicht darüber im klaren, daß die Freundin den Drang nach unentwegter Aktivität hat, um sich selbst ihre Leistungsfähigkeit zu beweisen und sich vor dem Abgleiten in eine Depression zu schützen. Als sie Annemarie ein weiteres Mal auffordert, sich zu entspannen, anstatt ihre Qualen zu kultivieren, bekommt sie zur Antwort: »Aber so lassen Sie mich doch in Ruhe, lassen Sie mir wenigstens mein Leiden!«[24] Ella hat es satt, sich weiter auf die Probleme ihrer Freundin einzustellen, und eine Zeitlang gibt sie es auf zu verstehen, warum Annemarie darauf besteht, »den komplizierten, grausamen Weg der Hölle«[25] zu wählen. Auf jeden Fall werden sie sich trennen, denn man hat Annemarie vorgeschlagen, in der französischen Gesandtschaft zu wohnen, wo es wesentlich komfortabler ist. Als die beiden Frauen ihre Sachen sortieren, nimmt Annemarie eine Subkutannadel aus einem Koffer und übergibt sie ihrer Freundin mit der Versicherung, diese Reise habe sie vom Rauschgift befreit. Ella beschließt, ihr zu glauben.

Annemarie leidet seit mehreren Wochen unter Schlaflosigkeit, magert in besorgniserregender Weise ab, raucht mehr als je zuvor. Gleich am Anfang ihres Aufenthaltes in Kabul hat sie von ihrer Freundin verlangt, Codeinsirup zu kaufen, damit sie

ihren hartnäckigen Husten lindern kann. Da Ella die »Tugenden« dieses Medikaments nicht kennt, hat sie den Wunsch erfüllt. Am 2. September schreibt Annemarie in ihr Tagebuch: »Ich habe erbrochen, ich mache wieder Fehler, grobe Fehler, weil ich, schwach zum Umfallen, der gräßlichen Depression zu Leibe gehen wollte.« Mit anderen Worten: Sie hat es geschafft, sich Drogen zu besorgen. Aber wie? Indem sie sich die Mithilfe von verschiedenen Personen gesichert hat. Zunächst von Lorenz Keel, einem Landsmann, der in Afghanistan den Schweizerischen Handels- und Industrie-Verein vertritt und unter anderem pharmazeutische Produkte verkauft, außerdem von den Ärzten Moodey und Perlmann, den Ärzten der britischen und deutschen Gesandtschaft. Als sie Entzugserscheinungen hat, wird sie gewalttätig. Als Keel ihr eines Tages nicht mehr als zwei Morphiumampullen gibt, zertrümmert sie sein Fenster, bedroht ihn und stürzt zu einem der beiden Ärzte, um mehr zu bekommen.

Am 12. September notiert sie in ihrem Tagebuch: »Ich muß gesund werden und es wieder von mir abschütteln. Ich habe nicht vergessen, daß ich – wenn ich nicht zu leben vermag aus eigenen Kräften – nicht mehr heimkehren werde, sondern hier ein Ende machen.« Zwei Wochen später sieht sie keinen Ausweg mehr und gesteht ihrer Freundin, daß sie sie belogen hat. Obwohl dieses Geständnis den Bruch ihres Paktes anzeigt, erkennt Ella Maillart, daß ihre harte Haltung teilweise verantwortlich für Annemaries Mangel an Vertrauen ist. Sie unterstützt sie, so gut sie kann, während einer Entziehungskur, die von Dr. Perlmann geleitet wird, aber offensichtlich gelingt es Annemarie nicht, mit den reduzierten Dosen auszukommen, die ihr verordnet sind.

Seit dem Kriegsausbruch in Europa dürfen Ausländer nicht ins Landesinnere Afghanistans reisen. Ella Maillart macht sich daher keine Hoffnung mehr, nach Kafiristan fahren zu können. Sie entschließt sich deshalb, eine Einladung nach Neu-Delhi an-

zunehmen, aber sie will erst aufbrechen, wenn eine Lösung für Annemarie gefunden ist. Glücklicherweise kommt einer der Archäologen der DAFA, Jacques Meunié, um Material abzuholen, und ist bereit, die junge Frau ins Lager von Konduz mitzunehmen. Am 21. Oktober trennen sich die Gefährtinnen. Es ist ein Moment intensiven Gefühls, denn trotz der dramatischen Lage weiß die eine wie die andere, daß ihre Freundschaft den Belastungen der vergangenen Monate standgehalten hat. Am Tag darauf bricht Annemarie von Kabul ins afghanische Turkestan auf, »ohne Spritze, ohne eine einzige Ampulle«. Und sie fügt hinzu – aber wie oft hat sie nicht schon diese Worte geschrieben oder ausgesprochen? –: »Es ist mein letzter Versuch.«[26]

Was Annemarie versuchen möchte, ist in Wahrheit nicht mehr und nicht weniger als eine selbst gesteuerte Entziehungskur, die ihrem Körper einen brutalen kalten Entzug auferlegt. In den ersten Tagen ist jede Stunde ein Leidensweg. Ihr einziger Halt in diesem Ozean aus Schmerzen ist die unumstößliche Gegenwart von Jacques Meunié und das Sprichwort, das er ihr aufsagt: »Man muß nicht hoffen, um zu beginnen, und nicht erfolgreich sein, um weiterzumachen.« Nach zwei Tagen Autofahrt erreichen sie über Haibak die DAFA in Taschkurgan und begeben sich in das Dorf Deh Hassan, um dort die Reste einer alten Stadt zu erforschen, die vor hundertundfünfzig Jahren wegen Wassermangels von ihren Bewohnern verlassen wurde. Die Ruinen liegen in der Wüste, etwa dreißig Kilometer von der sowjetischen Grenze entfernt, die durch den Oxus (oder Amu-Darja) markiert wird. Hier bläst ein eisiger Wind, und bald ist die Straße von dickem Schnee bedeckt. Annemaries Einkapselung ist total, und ihre Not erreicht am 29. Oktober ihren Höhepunkt. An diesem Tag rennt sie in die Wüste und schreit ihre Pein unter Tränen dem »sterbenden Land«[27] entgegen: »Wird Gott nie seinen Frieden mit mir machen?«[28] Aber in die-

ser Verlassenheit am Ende der Welt kann allein sie eine Antwort geben: »Ich bin von etwas anderem gezeichnet, und es ist gnadenlos.«[29]

Nach zwei Wochen, in denen die Archäologen unter extrem unkomfortablen Bedingungen gelebt haben und heftige Regenfälle und Sandstürme über sich ergehen lassen mußten, kehren sie nach Kabul zurück. Da es Annemarie ein weiteres Mal gelungen ist – und viel schneller, als sie zu hoffen gewagt hatte –, sich für den Moment von den Drogen loszusagen, nimmt sie Kontakt zu den Schweizer Zeitungen auf, denen sie Artikel zugesagt hat, und stürzt sich mit großem Eifer in die Arbeit. Entgegen Ella Maillarts Rat, Europa so lange wie möglich fernzubleiben, beschließt sie, dorthin zurückzufahren, denn sie glaubt, daß ihr Platz an der Seite derer ist, die gegen Hitler kämpfen. Außerdem ist es ihr wichtig, ein Zeichen zu setzen und zum Beispiel dem Chefredakteur der *Zürcher Illustrierten* deutlich zu machen, daß ihr jeder Auftrag, den er ihr anvertraut, willkommen ist, und sei er noch so bescheiden.

Unglücklicherweise wird das mühsam hergestellte fragile Gleichgewicht sehr bald durch den Zustand der Trance bedroht, in den sie sich im Laufe des Dezember 1939 hineinarbeitet – ein Zustand, der an die nervenaufreibende Konzentration erinnert, mit der sie vor einem Jahr *Das glückliche Tal* geschrieben hat. Zu dieser Nervenkrise kommt eine emotionale Krise hinzu, denn sie hat sich leidenschaftlich in Ria Hackin verliebt, die sie in all den Wochen mit mütterlicher Hingabe gepflegt hat. Obwohl Ria auf Anhieb eine tiefe Zuneigung zu Annemarie gefaßt hat, fühlt sie sich bald von dem exzessiven Charakter dieser Beziehung überfordert, von diesem Durst nach dem Absoluten, der die junge Frau eine Liebe verlangen läßt, »die mit unseren gegenwärtigen Begrenzungen nicht vereinbar ist«[30]. Ria schreibt am 14. März 1940 an Ella Maillart: »Als alles fast zum Drama wurde, als die Szenen unerträglich wurden und die Forderungen immer größer, als mein Geist nur noch

In Taschkurgan (Afghanisch-Turkestan, Oktober 1939)

damit beschäftigt und ich am Ende meiner Nerven war, mußte ich mir eingestehen, daß ich einen Fehler gemacht hatte.«

Am 18. Dezember besiegelt Annemarie ihre Trennung, indem sie *Die menschliche Landschaft*[31] schreibt, einen Text von fünf Seiten, den sie Ria widmet und der mit einer Art Hymne auf den Trennungsschmerz und auf die wiedergeborene Freude am Leben endet – an diesem Leben, das doch nach ihren Worten nichts als »eines vergeblichen Opfers Dauer« ist, und die Frage aufwirft: »Werde ich immer so leben, bis zum Rande der Erschöpfung, und die furchtbaren Verwundungen davontragen und dann wieder aufbrechen, leeren Herzens?«[32]

Drei Tage später verläßt sie in Begleitung von Jacques Meunié endgültig Afghanistan. Hinter Jalalabad überquert der Ford den Chaiber-Paß. Peschawar, Delhi, Agra. Am 28. Dezember treffen sie Ella in Indore. Ella freut sich festzustellen, daß ihre Freundin nicht mehr »die Augen eines toten Fisches«[33] hat. Während der fünf Tage, die sie zusammen verbringen, besuchen sie die Ruinen von Mandu, und im Verlauf ihrer langen Diskussionen spüren sie ihre Freundschaft stärker und belastbarer werden. Ella rät Annemarie zu einem anderen Leben, nicht an ihren Ängsten und Qualen ausgerichtet, sondern an der positiven Seite jeder durchlebten Erfahrung, und sie versucht, sie zu überzeugen, in Indien zu bleiben und ihre Existenz auf neue Grundlagen zu stellen. Aber Annemarie muß fort: um sich im Kampf zu engagieren und Rias wegen, die sie beschwört, sich so weit wie möglich von ihr zu entfernen. Am 7. Januar sticht sie in Bombay an Bord der *Conte Biancamano* nach Genua in See, nicht ohne zuvor Ella geschrieben zu haben:

> Ich hätte bei Ihnen bleiben wollen. Noch nie habe ich so deutlich die Ruhe gespürt [...], die Sie mir geben können, und so gut verstanden, was Sie von mir möchten. Aber ich glaube, versprechen zu können, daß ich nicht vergessen werde. Und andererseits sollte ich mein Gleichgewicht nicht

nur suchen, indem ich mich an Sie hänge. Das Wesentliche ist, daß Sie mich nicht fallengelassen haben und daß ich also nicht etwa eine Freundschaft getötet habe, die mir am Herzen liegt. Sie wissen das. Was bleibt, ist eine lebendige, starke Sache, eine Hoffnung, und auch das macht mir sehr viel Mut.[34]

Ella Maillart ist dadurch nicht beruhigt, und in ihren Briefen gibt sie Annemarie weitere Ratschläge. Hier folgen die ersten, die sie am 23. Januar formuliert hat:

In der Annahme, daß sie eine regelmäßige Arbeit finden werden, der Sie auf Biegen und Brechen Ihre ganze Intelligenz widmen werden (weil die Arbeit Sie vor Ihren Anfällen von autobiographischer Arbeit und vor der Nicht-Arbeit retten wird), flehe ich Sie an, alle Personen, mit denen Sie Beziehungen eingehen, mit äußerster Vorsicht zu prüfen. Meiden Sie alles, was anziehend ist, originell, ergreifend, bedauerlich, wert, gerettet zu werden, aufregend ... Sie sind noch nicht in der Lage, Herrin möglicher Situationen zu sein, und Sie werden nur in neuen Strudeln versinken [...].

Ich bitte Sie, lesen Sie nicht voller Gefühl die Schreckensnachrichten über Polen, Finnland, die Tschechoslowakei, oder [...] lesen Sie so wenig wie möglich davon. Noch sind Sie nicht normal, Sie sind eine große Verwundete, die von nun an anstelle der vielen Freundinnen selber für sich sorgen wird.

Vielleicht kommen alle diese Ratschläge schon zu spät. [...] Denn Sie sind wie ein Blitzableiter – genauso dünn sind Sie schon –, der die Katastrophen anzieht, [...] und ich glaube, daß Sie sich das unbewußt auch wünschen, weil Sie die Vorstellung haben, daß Katastrophen Ihnen ein intensiveres Lebensgefühl geben. Aber jetzt wissen Sie, daß dieses Spiel droht, Sie zu zerstören.

Im selben Brief setzt Ella Maillart sehr darauf, daß die bevorstehende zweiwöchige Schiffahrt Annemaries Entscheidungen festigen wird. Trotzdem macht sie deutlich, daß diese Hoffnung »wider jede Vernunft« ist – und ihre Intuition täuscht sie nicht. Während der Überfahrt verfällt ihre Freundin erneut in eine Schreibbessenheit, die sie täglich einen Artikel schreiben läßt. Außerdem wird sie wieder von der »Kabuler Krankheit«[35] heimgesucht, und dieses Mal richten die Staphylokokken ihre Verwüstungen nicht am Nacken, sondern am Kinn an. Die Reise ist ereignisreich. Da das Schiff zu einer italienischen Gesellschaft, der Lloyd Triestino, gehört, wird es zunächst in Aden von den Engländern festgehalten. Nach einem Zwischenstop in Massaoua, einem eritreischen Hafen unter italienischem Protektorat, geht die Fahrt durch den Suez-Kanal weiter, dann erreichen sie Port-Saïd, wo der europäische Winter abrupt den sengenden Hauch der arabischen Wüsten ablöst. Aber die Engländer leiten das Schiff über Haifa um, um sich zu vergewissern, daß die Ladung nicht für das Deutsche Reich bestimmt ist. Auf offener See vor Toulon tritt eine weitere Verspätung ein: Der *Orazio*, einem Schiff derselben Gesellschaft, muß geholfen werden, da ein Feuer an Bord ausgebrochen ist, das mehrere hundert Opfer fordert. Nach einem achtundvierzigstündigen Alptraum verläßt Annemarie endlich am 23. Januar 1940 in Genua das Schiff. Nachdem der Ford tapfer die steilsten Berge des Hindukusch bewältigt hat, überquert er den Gotthard… und hat in dem Moment seine erste Panne, als sie Zürich erreicht.

In beruflicher Hinsicht ist die Ernte dieser Expedition ansehnlich. Annemarie bringt Hunderte von Fotos mit, und nahezu sechzig Artikel und Reportagen werden in etwa zehn Zeitungen zwischen Juli 1939 und September 1940 veröffentlicht. Die im Laufe der Reise verfaßten Texte behandeln die unterschiedlichsten Aspekte der besuchten Gegenden: Politik, Ökonomie,

Die *Conte Biancamano,* fotografiert von Annemarie Schwarzenbach bei einem kurzen Zwischenstop in Massaoua (Eritrea, Januar 1940)

Geschichte, Geographie, Archäologie, Handwerk, Alltagsleben und mehr. Im allerersten zum Beispiel beschäftigt die Journalistin sich mit der Türkei und schreibt, daß dieses Land im Europa von morgen eine nicht unwichtige Rolle spielen wird. Viele Male stellt sie die geopolitische Lage Afghanistans dar, das sich zwischen den Sowjetrepubliken und dem britischen Indien im Schraubstock befindet. Annemarie betont die strategische Bedeutung dieses Landes, dessen Rolle des »eigentlichen Nervenzentrums der Weltpolitik« sie ahnt, und sie drückt die Furcht vor einem »russischen Einfall in Turkestan«[36] aus.

Mehrfach beklagt sie die Folgen des Fortschritts, durch die die Nomaden gezwungen sind, seßhaft zu werden und einen Glückszustand abzuschaffen, dessen Geheimnis diese Völker kennen. »Keine Schulen und Spitäler ohne Fabriken, keine Fabriken ohne Proletariat, keine Proletarier ohne Ausbeutung, keine Ausbeutung ohne Klassenhaß. Und auf den Straßen, die man dem Fortschritt öffnet, rollen eines Tages die Kriegsmaschinen.«[37] Sie reflektiert auch die Stellung der afghanischen Frau, Gefangene des Tschador, der ihr Gesicht vor den Blicken der Männer verbirgt:

> Wir mögen heute in Europa skeptisch geworden sein gegenüber den Schlagworten von Freiheit, Verantwortung, gleichem Recht für alle und dergleichen mehr. Aber es genügt, die dumpfe Knechtschaft von nahem gesehen zu haben, die aus Gottes Geschöpfen freudlose, angsterfüllte Wesen macht – und man wird die Entmutigung abschütteln wie einen bösen Traum und wieder der Vernunft das Wort reden, die uns auffordert, an die schlichten Ziele eines menschenwürdigen Daseins zu glauben und sich dafür einzusetzen.[38]

Sätze, von denen man glauben könnte, daß sie heute geschrieben wurden.

Neben den Artikeln über die verschiedenen Aspekte der af-

ghanischen Wirklichkeit hat Annemarie zwölf persönlichere Texte geschrieben, darunter *Die menschliche Landschaft*. Sie umfassen die gesamte Expedition, von der Türkei über die Einschiffung in Bombay bis zur Rückkehr nach Europa. Schreibweise und Tonfall dieser fünfunddreißig Seiten, die überwiegend in einer Art Schwebezustand aufgezeichnet wurden, erinnern an *Das glückliche Tal*. Die Autorin plant, sie in das Buch aufzunehmen, das sie dem Morgarten Verlag zugesagt hat: ein Sammelband, dem sie den Titel *Die vierzig Säulen der Erinnerung*[39] gibt und den sie gern mit Fotografien von der Reise illustrieren möchte. Da sie findet, daß bestimmte Texte auch in eine Tageszeitung passen könnten, hat sie einige von Kabul aus mit folgenden Worten an den Chefredakteur der *National-Zeitung* geschickt: »Man kann es nicht mehr Artikel oder auch nur Reisebeschreibungen nennen. Aber es ist, sicherlich, die wichtigste und aufrichtigste Arbeit und vielleicht das einzige Resultat dieser Reise.«[40] Eine Reise, von der Annemarie schreibt, daß sie wie jede Reise »ein konzentriertes Abbild unserer Existenz«[41] ist:

> Immer aufs neue der Morgenstunde, dem Tag, der immer wieder entfremdeten Welt begegnen, sie berühren und dem erschütterten Herzen ein einziges Wort abringen – und wissen: Das ist nicht von Dauer, das ist der Augenblick des Abschieds, schon vergessen. Du aber mußt, während du noch erschöpft und von Schmerz erblindet bist, wieder aufbrechen, weiterleben, und wer lohnt es dir? Lohnt sich die Mühe?[42]

»Wo erwarten mich die großen Tröstungen – wo endlich?« fragt sie sich selbst in *Das glückliche Tal*. Am Ende der Fahrt durch Afghanistan, dieser »Reise durch eine lange Nacht«[43], ist die Frage, die zum Aufbruch geführt hat – »Wo ist das Versprochene Land?«[44] –, noch immer unbeantwortet. Als sie wieder

europäischen Boden betritt, ist Annemarie fest davon überzeugt, daß sie ihn so bald nicht wieder verlassen wird. Dennoch aber schließt sie knapp zwei Monate später *Die vierzig Säulen der Erinnerung* mit beschwörenden Worten, die wie ein Aufruf zum erneuten Aufbruch klingen: »Erinnerst du dich an die Straße, die im Norden gerade und schimmernd wie ein Pfeil immer vorauslief, durch unaufhörliche Dämmerungen?«

Dreizehntes Kapitel

Verwüsteter Engel

(1940–1941)

In Sils-Baselgia (1938)

> Es gibt Fahrten, die sehen ganz so aus, als sollten sie ein Bild des Lebens abgeben, als stellten sie ein Sinnbild des Daseins dar.
>
> Joseph Conrad, *Jugend*

Während die *Conte Biancamano* sich der Küste Europas nähert, wird in Annemarie die Erinnerung an die Freunde lebendig, die sie vor sieben Monaten verlassen hat. Ihre Gedanken gehen zuerst zu Klaus und Erika. Wo sind sie? Wahrscheinlich in den Vereinigten Staaten – aber sie ist sich dessen nicht sicher. Tatsächlich hat Klaus Mann nach dem vorgeblich Frieden sichernden Münchner Abkommen, das er als Verrat von seiten der Demokratien bewertete, beschlossen, nach Amerika ins Exil zu gehen und sich im Hotel Bedford niederzulassen. Und da sein Vater, ebenfalls im Jahr 1939, eine Professur in Princeton, New Jersey, angenommen hat, befinden sich die meisten Mitglieder der Familie Mann nun an der Ostküste.

Am 18. Januar 1940 greift Annemarie auf hoher See zur Feder, um wieder Kontakt zu Klaus aufzunehmen, und erklärt ihm die Gründe für ihre Expedition nach Afghanistan – »Ich mußte once and for good Schluß mit einem guten Teil Vergangenheit machen« –, erzählt ihm von den überstandenen Durststrecken und versichert ihn ihrer unverbrüchlichen Freundschaft. Hat er das Exemplar von *Das glückliche Tal* erhalten, das sie ihm zugedacht hat? Sie verspricht, ihrerseits so schnell wie möglich seinen letzten Roman, *Der Vulkan,* zu lesen, der

kurz vor ihrer Abreise in Amsterdam erschienen ist. Sie berichtet ihm auch von ihren bevorstehenden Projekten – das gesamte Material aus Afghanistan auszuwerten – und von ihrer Hoffnung, eine Arbeit als Auslandskorrespondentin zu finden, zum Beispiel in Skandinavien, da ihr französischer Paß ihr nun den Weg in Länder wie Polen oder die Tschechoslowakei versperrt.

Die Rede ist auch von ihrer finanziellen Situation, die sich in den letzten Monaten sehr verschlechtert hat. Als sie noch in Kabul war, hat ihr jüngerer Bruder Hasi ihr geschrieben, daß die Firma Schwarzenbach eine schwere Krise durchmachte. Und wirklich stellt sich einige Monate später heraus, daß ihre Familie drei Viertel ihres Vermögens verloren hat. Unter diesen Umständen rechnet Annemarie zuerst damit, auf den Luxus des Hauses in Sils verzichten zu müssen. Als ihr Vater ihr aber versichert, daß er nach wie vor imstande sein werde, die Miete zu zahlen, ist sie froh, den Zufluchtsort im Engadin halten zu können, wo sie zugleich ausruhen und arbeiten kann.

Das Wiedersehen mit Sils muß jedoch noch warten, da Annemarie gleich nach ihrer Ankunft in Zürich wegen einer von Staphylokokken verursachten Hautentzündung, unter der sie seit Monaten leidet, ins Krankenhaus muß. Nachdem sie glücklicherweise mit Hilfe eines Impfstoffes davon befreit worden ist, macht sie sich mit einer Freundin, Lotti Baumann, auf den Weg nach Graubünden und verbringt die folgenden Wochen damit, die Negative der Fotos aus Afghanistan – sowohl ihre eigenen als auch die von Ella Maillart – zu numerieren, zu ordnen, zu Serien zusammenzustellen und die Bildunterschriften zu schreiben: eine aufwendige Arbeit. Außerdem muß sie, um die vor der Reise erhaltenen Vorschüsse einzulösen, die versprochenen Artikel schreiben, und sie verhandelt mit französisch- und englischsprachigen Zeitschriften. Da sie mit der Arbeit, die ihre Presseagentur während ihrer Abwesenheit geleistet hat, und mit deren mangelnder Initiative unzufrieden ist, muß sie, um Geld zu verdienen, selbst auf die Suche nach interessierten Zeitun-

gen gehen. Trotz der Entfernung wird Ella Maillart gewissenhaft über die Entwicklung informiert, denn Annemarie bemüht sich unablässig darum, auch die Texte und Fotos ihrer Begleiterin unterzubringen und den Ertrag mit ihr genau zu teilen: »Vormittags schreibe ich, wenn Artikel abzuliefern sind. Nach dem Frühstück gehe ich spazieren oder fahre zwei Stunden lang Ski. Anschließend bearbeite ich unsere Fotoreportagen«, schreibt sie ihr am 24. Januar 1940. Sie ist übrigens auch in enger Verbindung mit Dagmar Maillart, Ellas Mutter, die ebenfalls mit den journalistischen und fotografischen Materialien ihrer Tochter befaßt ist.

Drinnen im Jägerhaus mischt sich der starke Geruch von Annemaries Zigaretten mit dem schwächeren Duft des Arvenholzes, mit dem die Wände getäfelt sind. Ihr Arbeitszimmer mit Blick auf den See ist mit Büchern, Blumen, Souvenirs, bronzenen Gegenständen, die sie von ihren Fernreisen mitgebracht hat, vollgestopft. Auf einem alten Hocker sind in einem großen geöffneten Koffer jeweils diejenigen Filme und Fotos zu sehen, die sie gerade ordnet. Draußen vor dem Haus sieht der Ford mit der türkisblauen Perlenkette, die noch immer über dem Kühler hängt, wie ein großes Tier aus, das von einem anderen Planeten heruntergefallen ist – und erweckt die Neugier der Passanten. In Sils freuen sich alle, daß die Frau Doktor wieder da ist. Man kennt ihre Energie, ihren Mut, ihren starken Willen. Man weiß auch von ihren Schwächen, ihren Krankheiten, ihren zahlreichen Klinikaufenthalten. Man bewundert ihre menschliche Wärme, ihre einfache und natürliche Großzügigkeit, ihre Güte, ihre Liebe zu Kindern. Aber wie fühlt sie selbst sich nach ihrer Rückkehr aus Afghanistan? Sie vertraut Ella Maillart an:

> Ich sehe, daß ich viel zu nervös bin, und ich leide immerzu an Müdigkeit und Qualen. Aber ich glaube nicht mehr an die These von der »Befreiung« und der endgültigen Heilung. Ich

> glaube, daß eine unaufhörliche Anstrengung erforderlich ist. [...] Ich lasse mich nicht niederdrücken, weder von mir selbst noch vom Krieg. Ich glaube, akzeptieren zu müssen, daß für mich zwar ein gutes und verantwortliches Leben möglich ist, daß ich aber *niemals* vor Glück überschäumen werde. [...] Und ich glaube nicht, daß ich durch den Verzicht auf Drogen Glück, eine schlagartige Freude oder ein leichtes Leben ohne Leiden erlange. Aber ich glaube, daß das Leiden (nicht die »Katastrophe«) die Voraussetzung für alles ist, was ich aus meinem Leben oder meiner Begabung machen kann.[1]

Im März bekommt Annemarie mehrfach Besuch, unter anderem von Busy Bodmer. Während dieses Aufenthaltes vertieft sich ihre gegenseitige Zuneigung. Hinzu kommt, daß sie nun das Interesse am Journalismus teilen. Denn seit zwei Jahren liefert Busy an die Wochenzeitung *Die Weltwoche* regelmäßig Beiträge in der Rubrik »Die elegante Frau und ihr Heim«. Außerdem schreibt sie für die im März 1938 gegründete, monatlich erscheinende Frauenzeitschrift *Annabelle*. Deren Chefredakteurin ist Mabel Zuppinger, die ihre eigenen Artikel unter dem Pseudonym »Claudine« veröffentlicht. Hier hat Annemarie im Januar 1939 ihre Rezension von Ella Maillarts Buch *Oasis Interdites* und zwei Ausgaben später das *Interview ohne Reporter* veröffentlicht. In einer langen Einleitung zu diesem Artikel, die wahrscheinlich von Mabel Zuppinger verfaßt wurde, ist folgendes zu lesen:

> Das Schreiben bedeutet für sie weder Zeitvertreib noch Sport. Sie faßt es auf als einen strengen und anspruchsvollen Dienst. Daß sie den Ernst ihres Berufes mit der natürlichen Güte und Anmut ihres Geschlechts zu verbinden weiß, daß sie auch in kühnen und aufreibenden Abenteuern, auf gefährlichen Fahrten durch wilde und gefährliche Län-

der nie ihren Dienst vergißt und nie sich selbst, sondern immer ihrer Aufgabe lebt, gibt ihren Arbeiten – Reportagen und Reisebüchern – Bedeutung und Wert.

Busy Bodmers Besuch in Sils hat also auch berufliche Gründe. An den langen Abenden, die sie gemeinsam am Kamin verbringen, erzählt Annemarie ihr in allen Einzelheiten von den Stationen ihrer afghanischen Expedition, und in der *Annabelle* vom Juni 1940 erscheint mit der Signatur »M.-L. B.« (Marie-Louise Bodmer) ein großer zweiseitiger Artikel, der mit sieben Fotos und einer Landkarte illustriert ist und die Reise mit Ella Maillart nachzeichnet.

Ebenfalls im März 1940 lernt Annemarie eine Frau näher kennen, deren Weg den ihren in den letzten fünf Jahren mehrfach in den Luxushotels von Sankt Moritz gekreuzt hat: Es handelt sich um Margot von Opel, die Ehefrau von Fritz von Opel[2]. Im März 1929 hatte der Automobilhersteller eine ökonomische Krise kommen sehen, sein Unternehmen in eine Aktiengesellschaft umgewandelt und achtzig Prozent seiner Anteile an General Motors verkauft – zwei Jahre später die restlichen zwanzig Prozent. Da der Nationalsozialismus ihm nichts Gutes verhieß, verließ er Deutschland sehr bald und ging in die Schweiz: eine Zwischenstation, denn er plante, sich so bald wie möglich in den USA niederzulassen, wohin er quasi sein ganzes Vermögen hatte transferieren lassen. In dieser Situation – dem unmittelbar bevorstehenden schmerzhaften Bruch mit ihren Wurzeln und allen Lebensgewohnheiten – nähert Margot von Opel sich der acht Jahre jüngeren Annemarie. Gemeinsam unternehmen sie lange Ausritte; bald schon vergißt die Schweizerin darüber ihre Arbeit, und es dauert nicht lange, bis in ihrem Kopf die Idee entsteht, der Freundin in die USA zu folgen. Ein solcher Plan brächte ihrer Meinung nach mehrere Vorteile mit sich: Er würde ihr vor allem erlauben, Klaus und Erika wiederzusehen und der Falle eines zunehmend

von den Nazis bedrohten Europa zu entfliehen. Vielleicht hätte sie sogar auch bessere Berufsaussichten. Sicher, sie könnte den Posten in der Pressestelle des Internationalen Roten Kreuzes annehmen, der ihr angeboten wurde; gewiß, sie könnte eine Stelle als Kriegsberichterstatterin finden. Aber sie fühlt sich nicht stark genug, um diese Aufgaben zu übernehmen. Und Margot von Opel ihrerseits glaubt wie schon manche vor ihr, daß sie Annemarie am besten dabei helfen kann, ihre Dämonen zu vertreiben, wenn sie sie mit aufmerksamer Fürsorge umgibt und ihr materielle Sicherheit bietet.

Noch zögert Annemarie. Sie fährt fort, ihr in Afghanistan angesammeltes Material auszuwerten, bereitet zwei Vorträge vor; einen davon hält sie unter dem Titel *Das Afghanistan von heute* im April in Sankt Gallen. Von diesem Vortrag erstellt sie für das Londoner *Geographical Magazine* eine englische Fassung, die dort im September desselben Jahres unter dem Titel *Afghanistan in Transition* erscheint. Am stärksten aber liegt ihr die Arbeit am Herzen, die sie dem Morgarten Verlag versprochen hat: In ihrer Vorstellung werden *Die vierzig Säulen der Erinnerung* keine politische oder geographische Arbeit sein – was außerhalb ihrer Kompetenz läge –, sondern ein Bildband, in dem Fotos mit poetischen Texten abwechseln. Sie denkt daher daran, die besten Fotos auszuwählen, die Ella Maillart und sie selbst auf ihrer Reise aufgenommen haben, und da zehntausend Exemplare verkauft werden müssen, damit das Projekt erfolgreich ist, beginnt sie wegen einer parallelen bilingualen Veröffentlichung in der Schweiz und in England zu verhandeln.

Am 28. April schreibt sie von Zürich aus an Ella Maillart, daß es ihr gutgehe: »Meine Freunde erkennen mich nicht wieder. Ich erinnere mich an die Drogen nur noch undeutlich, mit einem vagen Erstaunen.« Dennoch stellen die Ungewißheiten, die sie bedrängen, ihre Nerven auf eine harte Probe. Wie wird der Krieg weitergehen? Wird es ihr nun, da ihre Familie ihr keine ausreichenden Bezüge mehr zusichern kann, gelingen,

von ihrer Tätigkeit als Journalistin zu leben? Soll sie ihr Glück versuchen und den Umstand nutzen, daß ihr Bruder bereit ist, ihr dreitausend Schweizer Franken zu geben, damit sie eine neue Reise unternimmt? Allerdings scheint keines der Reiseziele, die sie seit ihrer Rückkehr aus Afghanistan ins Auge gefaßt hat – Skandinavien, Alaska, Britisch-Kolumbien –, in Frage zu kommen. Und dann entscheidet sie von heute auf morgen, Margot nach Amerika zu begleiten. Die Abreise ist mehr als überstürzt. Annemarie hat gerade noch die Zeit, sich zu vergewissern, daß die Chefredakteure an Artikeln interessiert sind, und sich gegenüber fünf Zeitungen zur Lieferung einer bestimmten Menge von Reportagen zu verpflichten.

Aber wer wird sich um das Haus in Sils kümmern, wer wird die Versicherung des Ford kündigen, Anfragen wegen Texten und Fotos von der Afghanistanreise bearbeiten, mit der Schweizer Presse über das Material aus den Vereinigten Staaten verhandeln? Angesichts der Dringlichkeit drängt sich ihr ein Name auf: Busy Bodmer. Ihre Beziehungen zur Welt der Presse, ihre Kompetenz als Journalistin und ihre nie in Frage gestellte Freundschaft machen sie zu einer berufenen Vertrauensperson. Busy ist weit davon entfernt, die Erwartungen ihrer Freundin zu enttäuschen, und sie ist sehr gern bereit, Annemarie für die gesamte Dauer ihrer Abwesenheit in der Schweiz zu vertreten. Diese enge Zusammenarbeit findet zweieinhalb Jahre lang im Rahmen einer intensiven Korrespondenz statt. An die fünfundfünfzig Briefe aus jener Zeit, die Busy aufgehoben hat, sind eine wahre Fundgrube an Informationen über die außerordentliche Professionalität, mit der Annemarie ihre journalistische und literarische Arbeit anpackte, und außerdem über ihre psychische Verfassung in ihren letzten Lebensjahren. Der ganz einzigartige Charakter dieses Briefwechsels rührt daher, daß Busy Bodmer so geistesgegenwärtig war, von sechzehn ihrer eigenen Briefe Durchschläge zu machen. Anders als bei allen anderen Korrespondenzen von Annemarie, bei denen stets die zweite Stimme

fehlt, verfügt man hier also über einen echten Dialog. Ihm ist zu entnehmen, daß Busy eine hingebungsvolle und selbstlose Freundin war. Da sie zutiefst von Annemaries Begabung überzeugt war, hat sie keine Mühe gescheut, sie zu unterstützen und zu ermutigen. Die folgenden Zeilen sind ein besonders beredtes Zeugnis ihrer unerschütterlichen Freundschaft zu ihrem »Silser Burschen«, wie sie sie nannte:

> Ich will nicht, daß Du Dich über Dich ärgern mußt, ich will nicht, daß Du enttäuscht wirst und den Glauben an Dich und Deine Arbeit verlierst! Ja, das ist mein fester Wille, denn ich hab Dich so lieb, wie ein Kamerad seinen besten Kameraden nicht lieber haben kann, lieb, wie eine ganz gute Schwester; so lieb, daß ich für Dich wirklich durchs Feuer gehen könnte... und ich schätze Dich und Dein Wissen und Können so hoch, daß ich all meine Kraft und Energie einsetze, Dir zu helfen, Dir beizustehen, daß Du arbeiten, schöpferisch wirken kannst, damit Dir die verdiente Anerkennung und der verdiente Erfolg beschieden sein wird [...] Was haben wir Freunde denn für eine schönere, würdigere Ambition, als Dich in Deinem Schaffen zu fördern, als Dir und Deinem Können die Möglichkeit zu geben, sich weiterzuentwickeln und sich zur schönsten Blüte zu entfalten?[3]

Am 4. Mai 1940 befindet Annemarie sich in Begleitung der von Opels in Genua. Vor der Atlantiküberquerung konkretisiert sie die mündliche Absprache mit Busy durch einen formellen Vertrag: Letztere wird darin beauftragt, den Kontakt zu Schweizer Redaktionen zu halten, um das Fotomaterial und die Artikel ihrer Freundin unterzubringen. Sie ist bevollmächtigt, gegebenenfalls die Texte zu bearbeiten und zu vervollständigen und die Bildunterschriften der Fotos zu schreiben. Annemarie stellt ihr eine Bankvollmacht aus, mit der sie alle notwendigen Transaktionen ausführen kann, zum Beispiel Beträge abheben, um

die Abzüge der Negative zu bezahlen, oder empfangene Honorare einzahlen. Aber Busys Aufgaben reichen noch weiter: Annemarie verläßt sich auch darauf, daß sie Untermieter für das Haus in Sils finden und dafür sorgen wird, daß Martha Cadisch, die das Jägerhaus in Ordnung hält, ihr monatliches Entgelt von zwanzig Schweizer Franken bekommt. Der Vertrag legt fest, daß Busy Bodmer von den Summen, die die Redaktionen zahlen, einen Anteil von zwanzig Prozent erhält. Doch ihre Buchführung belegt, daß die Auslagen insgesamt höher waren als die Honorare der Zeitungen und Zeitschriften.

Als Annemarie wieder in Genua ist – an dem Ort, wo sie drei Monate zuvor das Schiff aus Bombay verlassen hat –, überkommt sie das eigentümliche Gefühl, den Faden ihrer Reise wiederaufzunehmen und sie weiter in Richtung Westen fortzusetzen. Aber dieser erneute Aufbruch fällt ihr schwer, und sie vertraut Busy an: »Es ist, wie wenn man gehorsam und trotzdem blind in sein Schicksal hineingeht. Aber ich mußte es so machen, und das soll genügen, daß ich es jetzt auch mutig weiterverfolge.«[4] Tatsächlich bleibt ihr nichts anderes übrig als zu gehen, denn ihre Mutter wünscht es so, und wenn ihre Familie ihr Geld gibt, dann nur, um sicherzustellen, daß sie Europa so schnell wie möglich verläßt. Gewiß, sie reist gemeinsam mit einer Frau, die sie liebt, aber sie leidet doch darunter, ihr Heimatland in einem Moment zu verlassen, in dem alles dafür spricht, daß der Krieg vor der Tür steht: »Wirklich, der Himmel behüte dieses schöne und geliebte Land«, schließt sie ihren Brief an Busy, wie um das Schicksal zu beeinflussen. Aber umsonst. Die *Manhattan* ist mitten auf dem Atlantik, als ihre schlimmsten Befürchtungen sich bewahrheiten: Am 10. Mai greift die Wehrmacht überraschend die Niederlande und Belgien an und verletzt auf diese Weise deren Neutralität. Nach ihrer Ankunft am 13. Mai in New York lebt Annemarie im Takt der beklemmenden Nachrichten, die das Radio aussendet. Am Tag darauf gelingt es den deutschen Panzerdivisionen, die

französische Verteidigungslinie bei Sedan zu durchstoßen. Tag für Tag rücken die Deutschen weiter vor und erreichen nach einem Monat Paris.

Von Anfang an steht also dieser Amerika-Aufenthalt unter dunklen Vorzeichen. Genau so wie die politischen Ereignisse entwickelt sich auch Annemaries Privatleben im Laufe der nächsten Monate immer schlechter. Zunächst trifft sie Klaus und Erika wieder, mal im Hotel Bedford und mal bei deren Eltern in Princeton, und sie ist entschlossen, ihr Vertrauen zurückzugewinnen. Aber sie fühlt in grausamer Weise den Graben, der die Manns, die sich mit Leib und Seele dem antifaschistischen Kampf verschrieben haben, und die von Opels trennt. Außerdem bringt die Anwesenheit Fritz von Opels sie zur Verzweiflung, und zwar vor allem aus zwei Gründen: Zum einen ist er ein Hindernis in ihrer Beziehung zu Margot; und zum anderen engagiert er sich nicht aktiv gegen Hitler, obwohl er ein entschiedener Gegner der Nazis ist. Daß die von Opels an Miros Seite sind, macht Klaus und Erika mißtrauisch. Und übrigens nicht nur sie. Gerade als Fritz von Opel im Begriff war, sich nach Amerika einzuschiffen, machte seine deutsche Herkunft ihn in den Augen der Behörden verdächtig, und seine Abfahrt mußte verschoben werden. Unter dem Verdacht der Spionage wird er im Dezember 1941 nach dem Kriegseintritt der USA sogar gemeinsam mit seiner Frau in Miami inhaftiert.

Jedenfalls steht der antifaschistische Kampf im Mittelpunkt von Annemaries Denken und Handeln, sowie sie amerikanischen Boden betritt. Sie hat ein schlechtes Gewissen, zu weit weg zu sein, um die Leiden derer, die sie zurückgelassen hat, zu teilen, und sich nicht im Zentrum der Ereignisse zu befinden. Sie teilt diese Zwangsvorstellung mit Klaus Mann, der wie sie den schlimmsten Ängsten preisgegeben ist und sich fragt, ob er nicht nach Europa zurückkehren müßte, um »sich zur Verfügung zu stellen«. Aber »WEM? WOFÜR?«[5], schreibt er in sein Tagebuch.

Mitten in diesem »ungeheuren Albtraum«[6] gibt es einen enormen Trost: Am 16. Mai appelliert Roosevelt vor dem Kongreß an die Amerikaner, ihrem Isolationismus ein Ende zu machen und sich auf den Kriegseintritt vorzubereiten. Sofort wird eine Anhebung des Militärbudgets verabschiedet. In einem ihrer ersten Artikel äußert Annemarie sich erleichtert darüber, daß man jenseits des Atlantiks begriffen hat, »daß eine plötzlich in den Bereich des Möglichen gerückte Niederlage der Alliierten in Europa den Untergang eines moralischen Prinzips, einer Weltanschauung bedeuten würde, die auch die der amerikanischen Demokratie ist, eine Niederlage, die also den innersten Gehalt des amerikanischen Ideals, der amerikanischen Zukunftsidee unmittelbar bedrohen würde«. Und sie schließt mit den Worten: »Der Präsident hat nur vorgetragen, was heute schon jeder Amerikaner weiß: Es gehe um Sein oder Nichtsein, dies- wie jenseits des Ozeans.«[7] Ihr Optimismus bekommt schnell einen Dämpfer, als sie erfährt, daß die Gewerkschaftsorganisation CIO, die sie während der allerersten Kämpfe von John Lewis für die Rechte der Arbeiter nachdrücklich verteidigt hat, aus Sorge, die eigenen Rechte könnten in Frage gestellt werden, gegen Roosevelts Militärprogramm protestiert.

Nach dem Einmarsch der Deutschen in den Niederlanden verdoppeln die Flüchtlingshilfsorganisationen, die in den Vereinigten Staaten gegründet wurden, ihre Anstrengungen. Unter der Leitung des Präsidenten der Universität Newark, Doktor Frank Kingdon, arbeitet das Emergency Rescue Committee (ERC) zum Beispiel daran, bedrohten Personen Schiffsfahrkarten, Transitvisa, Affidavits[8] und Aufenthaltsgenehmigungen zu beschaffen. Klaus und Erika engagieren sich in diesem Komitee, das von Eleanor Roosevelt, Thomas Mann und Albert Einstein unterstützt wird. Man bemüht sich hier vor allem darum, die Gefangenen in den Konzentrationslagern von Gurs, Le Vernet und Les Milles sowie die Intellektuellen, die von der Verhaftung durch die Gestapo bedroht sind, zu retten. Als Anne-

marie in New York eintrifft, ist die Familie Mann in großer Sorge um Thomas' Bruder Heinrich, dessen Frau Nelly und Golo, den jüngeren Bruder von Klaus und Erika. Am 23. Mai, am Tag nach einem Lunch bei Thomas Mann, schickt sie ein Telegramm an Busy Bodmer und bittet sie, Nachforschungen anzustellen. Man schlägt ihr vor, in einem Komitee mitzuarbeiten, das Flüchtlingskindern hilft, »aber Erika ist mit mir einer Meinung, daß ich mich da raushalten sollte. Es ist nicht meine Art zu arbeiten, diese Art von Tratsch, weiblichem Ehrgeiz, gesellschaftlichen Ereignissen, gemischt mit Komiteesitzungen und vagen Plänen – das ist so ›dilettantisch‹, das macht mich krank.«[9] Klaus' Plan, eine neue Zeitschrift zu gründen, sagt ihr mehr zu, und sie ist nun bereit, bei reichen Amerikanern um Geld zu bitten. Sie schreibt ihm: »Der Plan beschäftigt mich durchaus, weil es an der Zeit ist, unsere Kräfte zu sammeln, so wie es 1933 in Amsterdam der Fall war. Damals warst Du für die Aufgabe geschickt, und wirst es also jetzt wohl auch sein, zumal Du in Amerika schon sehr eingewöhnt und zu Hause bist und es ja jetzt außer Zweifel steht, daß die Sammlung unserer Kräfte nur noch in diesem Land möglich sein wird.«[10] Ihre wenigen Versuche, Menschen zu finden, die bereit sind, Klaus' Projekt mitzufinanzieren, sind erfolglos. Es gelingt, die erste Nummer der *Decision* im Januar 1941 herauszubringen, aber die Zeitschrift hält sich nur ein einziges Jahr lang – um den Preis zahlloser Schwierigkeiten, die ihren Chefredakteur zur Verzweiflung und in einen Selbstmordversuch treiben.

Zu dem Zeitpunkt, als Annemarie die zitierten Sätze an Klaus schreibt, hat sie New York verlassen, um sich mit dem Ehepaar von Opel »in einer grünen Ecke«[11] niederzulassen; in Lowell, Massachusetts. Einen Monat später finden die beiden Freundinnen im selben Staat ein Haus in Siasconset, auf der Insel Nantucket, wo sie den ganzen Sommer über bleiben. So wie Margot erträgt auch Annemarie den hektischen Rhythmus der Großstadt schlecht, und die ersten vier Wochen, die mit dem

Umzug, mit Verabredungen, Ausgehen und anstrengenden Cocktailpartys angefüllt sind, machen ihr klar, daß sie nichts mehr ersehnt, als sich in ihr Arbeitszimmer zu setzen und zu schreiben. Im übrigen muß sie ihre Verträge mit den Schweizer Zeitungen erfüllen. Seit ihrer Ankunft in den Vereinigten Staaten hat sie, neben Aufsätzen über den willkommenen Stimmungsumschwung der Amerikaner und deren eventuelles Engagement im Krieg, zum Beispiel einen Text über die Weltausstellung in New York geschrieben. Dieser Artikel ist ihr besonders wichtig, da sie auf der *Manhattan* sechzehn Frauen aus ihrem Heimatland getroffen hat, die im Schweizer Pavillon als Kellnerinnen, Kassiererinnen und Empfangsdamen arbeiten sollen. Aber sie ist nicht mit ganzem Herzen dabei. Marschall Pétain hat gerade um Waffenstillstand gebeten. In den letzten Sätzen ihres Artikels zählt sie die Pavillons der Länder auf, die bereits von Hitler unterjocht wurden, und sie schließt mit einem beschwörenden Bild, das wie eine Metapher wirkt: »Am Wasser werfen die Flügel einer holländischen Windmühle ihren unbeweglichen Schatten.«[12] Aus jedem oder fast jedem ihrer Aufsätze klingt klar heraus, daß der bloße Anblick des Wortes KRIEG, das sich von Tag zu Tag in den Schlagzeilen der Zeitungen breiter macht, ihr das Dasein verleidet und daß sie sich, »während bei uns die Toten sich häufen und die namenlosen Flüchtlinge auf den Landstraßen sich stauen«, alle Freude versagt.[13]

Wie jedes Jahr ist Alfred Schwarzenbach für einige Wochen am New Yorker Sitz seines Unternehmens, der von seinem jüngsten Sohn Freddy geleitet wird, und als er Mitte Juni in die Schweiz zurückkehren möchte, hat er Schwierigkeiten, einen Flug zu bekommen. Annemarie würde gern mit ihrem Vater nach Hause reisen, aber da er weiß, daß Renée sehr dagegen ist, überredet er seine Tochter, dem Krieg fernzubleiben, und er sichert ihr zu, daß sie ein Minimum an monatlicher Unterstützung erhalten wird, solange sie auf dem amerikanischen

Kontinent bleibt. Annemarie hat das Gefühl, daß eine Falle zuschnappt. Es ist ihr verwehrt, in ihr Heimatland zurückzukehren. Es ist ihr verwehrt, nach Alaska zu gehen und die Reportagen zu machen, die die *Zürcher Illustrierte* von ihr erwartet – man würde ihr kein Visum für die Wiedereinreise in die USA geben. Mit einemmal sieht es so aus, als seien die Früchte ihrer Arbeit der letzten Jahre vernichtet, und dies, nachdem sie es gerade einigermaßen geschafft hat, sich eine Leserschaft aufzubauen. Was für eine Zukunft hat jetzt noch ein deutschsprachiger Schriftsteller? Wird sie in englischer Sprache schreiben müssen wie ihr Freund Klaus, der sich bereits seit mehr als einem Jahr beherzt damit auseinandersetzt? Aber »das wäre nicht dasselbe. Das würde alles, was ich habe, verderben«, schreibt sie an Ella Maillart. Und da sie nicht weiß, auf welcher Hochzeit sie tanzen soll, drückt sie ein Gefühl aus, das viele Emigranten mit ihr teilen: »Ich weiß es wirklich nicht, und deswegen fühle ich mich unsicher inmitten der Sicherheit, ruhelos mitten im Frieden, und warte ab.«[14]

Dennoch sind die Schritte, die sie seit ihrer Ankunft in New York unternommen hat, nicht ergebnislos geblieben: Sie hat bereits einige Fotos aus Kabul an die Zeitschrift *Asia* verkauft, Kontakt zu den Zeitschriften *Travel, Nation, Washington Post* und *Life* aufgenommen, vor Ort einen Literaturagenten namens Doktor Franz Horch gefunden, und obendrein äußert der Intercontinental News Service Interesse an ihren Artikeln aus der *Zürcher Illustrierte.* Aber diese Erfolge, die eigentlich sehr relativ sind, werden durch eine schmerzhafte Realität entwertet: ein Gefühl der Lähmung, die ungewisse Zukunft, die Unkenntnis dessen, was wirklich in Europa und speziell in der Schweiz geschieht. Trotz der eher beruhigenden Briefe ihrer Freunde wird Annemarie regelrecht von der Vorstellung verfolgt, daß ihr Heimatland sich in eine wahre Tragödie verstricken könnte: Sie ist der Meinung, daß die Schweiz – obwohl von Hitler verschont – anders als Finnland, das sich hartnäckig

und heroisch gegen die Rote Armee zur Wehr gesetzt hat, nicht das Glück hatte, für die Verteidigung der demokratischen Werte zu kämpfen, auf denen sie basiert. Als Freunde aus Washington sie drängen, einen Artikel über dieses kleine Modell einer Demokratie zu schreiben, das von faschistisch regierten oder besetzten Ländern umstellt ist, macht sie sich an einen Artikel mit dem Titel *Die Schweiz, das Land, das nicht zum Schuß kam*[15], in dem sie die Sorge, ihr Land könnte ein Satellit oder sogar ein Vasall Deutschlands werden, wie folgt formuliert:

> Von dem Tag an, als Frankreich aufgab, war die Schweiz dazu verurteilt, deutsche Forderungen zu erfüllen. Vom gleichen Tag an war die schweizerische Unabhängigkeit eine Fiktion. Auch die schweizerische Neutralität ist nur noch ein leeres Wort, ein überkommener Begriff, an den sich allerdings viele Schweizer klammern wie an den Begriff der schweizerischen Freiheit. [...] Was will denn die kleine Schweiz tun, wenn morgen die Deutschen den Durchmarsch oder die Auslieferung der Schweizer Flugplätze verlangen oder die Lieferung von Gold oder Lebensmitteln oder auch nur die Auslieferung eines einzigen deutschen Flüchtlings, der in der Schweiz politisches Asylrecht genießt? Wird die Regierung der Schweiz es auf sich nehmen, die deutschen Forderungen abzulehnen, und ihre Städte und Dörfer in Brand schießen und Tausende oder Zehntausende ihrer jungen Leute töten lassen? [...] Im Augenblick, da die Schweiz den ersten Flüchtling an Deutschland ausliefern und die alte Tradition ihres Asylrechtes verletzen muß, ist sie schon nicht mehr der gleiche Staat, nicht mehr die geglückte föderative Demokratie, welche der europäischen Föderation der Zukunft als Beispiel dienen sollte.

Und sie geißelt die sakrosankte Vorstellung von der Neutralität:

Denn das Deutschland Hitlers nicht zu provozieren, ihm gegenüber die Gesetze der Neutralität und des Völkerrechts zu halten, ist ja ganz sinnlos: weil dieses Land weder solche noch andere Gesetze und Verpflichtungen anerkennt, sondern nur Gesetze seiner »Dynamik«, das heißt seines Eroberungs- und Machtwillens. Die Schweiz wird von Hitler nicht mehr oder weniger angegriffen, nicht mehr oder weniger geschont, weil sie sich ihm gegenüber neutral verhielt, sondern die Behandlung, die sie erfahren wird, richtet sich allein danach, was für Hitler nützlich sein wird. Es ist müßig, sich genau vorzustellen, welche Forderungen und Ansinnen Deutschland in nächster Zeit an die Schweiz stellen könnte. Wohl aber muß man sich klarmachen, daß die Schweiz sich fügen müßte. Deutschland kann und wird die Auslieferung von Flüchtlingen, das Verbot von Zeitungen und Büchern, die Entlassung von antifaschistisch gesinnten Beamten aus dem Staatsdienst, die Diffamierung der Juden verlangen. Jede einzelne dieser Forderungen widerspricht den demokratischen Gesetzen und Ideologien der Schweiz. Sie widersprechen auch den Empfindungen der Mehrzahl der Schweizer. In der Schweiz war es aber bisher unmöglich, etwas durchzusetzen, was die Majorität der Bürger ablehnte. In einem von Hitler beherrschten Europa wird die Schweizer Regierung ihre Bürger nicht mehr um ihre Meinung fragen und danach handeln können. Die Schweiz wird den Namen einer echten Demokratie so wenig verdienen wie einer der von Deutschland eroberten Staaten.

Dieser Artikel wird zu ihren Lebzeiten nicht veröffentlicht. Aber was Annemarie vor allem beklagt, sind die Verleugnungen und die manchmal kränkenden Kommentare ihrer Schweizer Freunde:

> Da merkte ich, daß denen bereits nicht mehr selbstverständlich war, so zu denken und zu urteilen wie früher. Sie machten schon vieles mit, nahmen schon vieles hin, was wir früher bekämpft hätten. Und statt zuzugeben, wir seien in der Schweiz eben gezwungen, dies und jenes hinzunehmen – verdrehten sie schon alles. Das erst finde ich schlimm. Denn [...] dann hätten ja die Sieger recht mit ihrer Menschenverachtung und hätten recht, so mit den Völkern umzugehen.[16]

Diese Befürchtungen destabilisieren Annemarie in einem solchen Ausmaß, daß sie nicht mehr schreiben kann, ohne getrunken zu haben. Trockenen Whisky und Gin – »oder gemeinen kalifornischen Wein, von dem ein Glas genügt, einen umzuschmeißen«, präzisiert Margot von Opel, die später beteuert, in jenem Sommer 1940 auf Nantucket eine wahre Leidenszeit durchlebt zu haben.[17] In Wirklichkeit haben die Probleme bereits in New York begonnen, kaum zwei Wochen nach ihrer Ankunft. Im Plaza, dem berühmten Luxushotel in der Fifth Avenue gegenüber dem Central Park, hatte Annemarie unter dem Einfluß von Alkohol und Rauschgift regelrechte Wutanfälle. Die Gäste im Zimmer neben den von Opels beschwerten sich über Geschrei und den Lärm von an die Wand geworfenen Gegenständen. Schon zu diesem Zeitpunkt konsumiert sie, ohne daß Margot davon weiß, Benzedrin, ein stimulierendes Psychopharmakon, das zur Gruppe der Amphetamine gehört und in jeder Drogerie von New York frei verkäuflich ist. Zu Beginn ihres Aufenthaltes auf Nantucket geht sie noch für eine Stunde mit Margot an den Strand und reitet mit ihr aus. Aber schon sehr bald schließt sie sich bei zugezogenen Vorhängen ein, weigert sich zu essen, raucht und trinkt. Die Beziehung zwischen den beiden Frauen wird immer angespannter. Dann fährt Annemarie allein für drei Tage nach New York. Sie will Erika Mann noch einmal vor deren Abfahrt an die Westküste sehen. Als sie nach Nantucket zurückkehrt, ist sie in einem sol-

chen Erregungszustand, daß Margot sie diesmal verdächtigt, Drogen genommen zu haben. Annemarie gibt es schließlich zu, auch weil das Benzedrin ihr einen schier unerträglichen Juckreiz verursacht. Margot berichtet:

> Sie hat in all der Zeit nicht geschlafen – stand nachts mit dem Kopf an die Wand gelehnt im Zimmer – riß sich Haut und Nägel herunter und war in einem Zustand, daß sie mich schließlich eines Abends (unglücklicherweise hatte ich einen verbundenen Arm infolge eines Schlüsselbeinbruchs und mußte Fritz zur Hilfe rufen – was natürlich in jeder Beziehung fürchterlich war!) angriff und mir den Hals zudrücken wollte.[18]

Am 23. Juli 1940 erzählt Annemarie Klaus Mann von denselben Ereignissen in einer weit weniger dramatischen Form:

> Ich weiß nicht, wie Dir [...] erzählen, was bei mir immer alles nicht stimmt. Es wäre natürlich ganz und gar verfehlt, das aufzuschreiben, worüber Margot und ich halbe Tage und Nächte lang reden, so intensiv und ehrlich von beiden Seiten, daß man sich fast um Kopf und Kragen redet. Denn was von allen minor difficulties und allen im Moment empfindlich schmerzenden Anlässen schließlich übrig bleibt, ist doch: daß ich in der so oder so gearteten Umgebung mich zwar leicht adaptiere, auch nichts entgegenzusetzen habe, aber unglücklich bin, weil ich noch nicht seßhaft, auch wiederum von keiner Umgebung überzeugt bin, sie sei die meinige. Und vielleicht ist es wirklich so, daß ich unglücklich sein will, d. h. die Spannungen von außen brauche, und darum schon wieder auf die Landstraße möchte. [...] Jedenfalls aber ist es doch klar, daß für den Anderen, für Margot, nur übrig bleibt: ich sei zum Zusammenleben und zur Liebe nicht fähig und nicht bereit.[19]

Auf Nantucket (Sommer 1940)

Klaus antwortet ihr gleich mit einer »kleinen Gardinenpredigt« und beschuldigt sie, daß sie »schon wieder von den Mohnfeldern träume« – was sie kategorisch verneint –, wirft ihr ihren »morbiden Trotz« und ihre »Sucht, leiden zu wollen« vor. Diese Vorwürfe treffen sie schwer, denn auch andere haben sie ihr schon gemacht, Freunde, von denen sie weiß, daß sie so etwas nicht leichtfertig aussprechen und ihr Bestes wollen. Hat Ella Maillart sie nicht einmal in Kabul bezichtigt, daß sie sich »von Katastrophen (nähre)«? In dem Bemühen, sich selbst klar zu erkennen, antwortet sie Klaus am 1. August, daß sie sich vor folgende existentielle Frage gestellt sieht:

> [...] ob ich fähig sei, ein Gefühl zu erwidern, eine Liebe zu halten, irgendeinen Einsatz zu leisten – ohne dabei diese innere Freiheit einzubüßen, die ich brauche, um zu schreiben –, oder ob ich für dieses Mich-in-die-Wüste-Begeben von anderen Menschen Verzeihung und Verständnis verlangen kann – oder auf jede Form eines irgendwie freundlichen, zivilen Lebens, auf jede Bindung verzichten muß (was mich sehr ängstigt)?

Sie fragt sich, ob sie die »romantische Unsicherheit der Landstraße« braucht, und auf der Suche nach den Gründen für ihre Unruhe legt sie Wert auf folgende Unterscheidung: »ob ich krank bin, oder aber, ob ich es nicht fertigbringe, meine Art zu schreiben mit den Forderungen des normalen Lebens zu vereinen.«

Während sie diese Überlegungen anstellt, muß Annemarie sich mit einem ungeheuren Gefühlswirrwarr herumschlagen. Im allgemeinen ist sie diejenige, die hartnäckig einer Frau nachstellt, die älter als sie selbst ist. Aber dieses Mal sind die Rollen vertauscht: Eine sehr junge Frau hat sich leidenschaftlich in sie verliebt. Ein junges Mädchen von dreiundzwanzig Jahren, das

Anfang Juni nach der Veröffentlichung seines ersten Romans, *The heart is a lonely hunter*[20], zur literarischen Entdeckung des Jahres wurde: Carson McCullers.

Innerhalb weniger Tage treibt dieser plötzliche Ruhm die Amerikanerin aus ihrem Herkunftsland Georgia nach New York. Kaum sind Carson und ihr Mann Reeves dort angekommen, und bevor sie überhaupt die Zeit haben, sich eine Wohnung zu suchen, finden sie sich am 12. Juni im Hotel Bedford wieder, inmitten europäischer Exil-Intellektueller. An diesem Tag lernt sie Klaus und Erika Mann kennen – und Annemarie. Von dieser Begegnung, die eine der wichtigsten in Carsons Leben sein wird, erzählt sie in ihrer Autobiographie *Illuminations and Night Glare:*

> Sie hatte ein Gesicht, von dem ich wußte, daß es mich bis ans Ende meiner Tage verfolgen würde, schön, blond, mit kurzen glatten Haaren. Auf ihrem Gesicht lag ein Ausdruck des Leidens, den ich mir nicht erklären konnte. Da sie einfach prachtvoll aussah, konnte ich nur an Myschkins Begegnung mit Nastasja Filippowna in *Der Idiot* denken, bei der er »Schrecken, Mitleid und Liebe« empfand. Sie wurde mir von Erika als Madame Clark vorgestellt. Ihr Kleid war das Höchste an schlichter sommerlicher Eleganz, und selbst ich erkannte es als Kreation eines der großen Pariser Couturiers. [...] Sie bat mich sofort, sie Annemarie zu nennen, und wir wurden auf der Stelle Freundinnen.[21]

Bevor Annemarie weiß, daß sie die Autorin jenes Buches vor sich hat, von dem die ganze literarische Welt New Yorks spricht, fühlt sie sich stark berührt durch die »Mischung von frühreifer Resignation und Unschuld«[22], die sie auf den ersten Blick an der jungen Frau wahrnimmt. Am Tag darauf sehen sie sich in der Bar des Bedford wieder und verabreden sich für den nächsten Tag. Annemarie muß New York an diesem Freitag

wieder verlassen, um Margot von Opel in Lowell zu treffen. Aber vorher möchte sie ein Interview mit Carson machen, um ihren Schweizer Lesern über diesen Erstlingsroman zu berichten, der auf Anhieb den Preis für das »Buch des Monats« bekommen hat, und über dieses Amerika, das verborgene Talente aufzuspüren weiß, sogar in den Tiefen einer Kleinstadt in den Südstaaten.

Die beiden Frauen treffen sich am 14. Juni zur Mittagszeit in einem Restaurant. Die junge Amerikanerin bestellt ein Glas Milch und ein Butterbrot. Sie ist so fasziniert von der androgynen Schönheit ihrer Gesprächspartnerin, daß sie nichts essen kann. Auf der anderen Seite des etwas schmutzigen Tisches schlürft Annemarie einen Kaffee – und raucht. Und erzählt. Carson gibt in ihren Lebenserinnerungen den folgenden Dialog wieder:

> »Du weißt nicht, was das bedeutet, von dieser schrecklichen Abhängigkeit geheilt zu sein.«
> »Von welcher schrecklichen Abhängigkeit?« fragte ich.
> »Hat dir niemand erzählt, was mit mir los ist?«
> »Nein«, sagte ich. »Was gibt es denn zu erzählen?«
> »Ich habe Morphium genommen, seit ich achtzehn Jahre alt war.«[23]

Und als Carson fragt, seit wann sie kein Morphium mehr nimmt, antwortet Annemarie: »Seit heute.«

Später schreibt die Amerikanerin: »Ihr Gesicht war ein Donatello, mit den glatten blonden Haaren, die wie bei einem Jungen geschnitten waren. Ihr dunkelblauer Blick erforschte ihr Gegenüber in aller Ruhe. Ihr Mund war kindlich und weich.«[24] Annemarie ihrerseits beschreibt »... das blasse Kindergesicht, die phantasievollen, weiten grauen Augen und den klugen und kindlichen, zugleich traurigen und tapferen Ausdruck«[25]. Im Laufe des Gesprächs glaubt Carson McCullers in Annemarie

das Spiegelbild ihrer selbst, ihre Doppelgängerin zu erkennen. Tatsächlich sind die Parallelen zwischen den beiden Frauen frappierend: Beide haben ihr erstes Buch im Alter von dreiundzwanzig Jahren veröffentlicht; beide hätten beinahe Karriere als Pianistin gemacht; beide haben unter der Herrschsucht einer besitzergreifenden Mutter gelitten. Und auf den berühmten Bildern von Cartier-Bresson und Louise Dahl-Wolfe hat auch Carson eine androgyne Ausstrahlung, und auch sie zieht sich gern wie ein Junge an. Auch sie schreibt über die Einsamkeit des Menschen, über seinen Wunsch nach grenzenloser Liebe. Auch sie reagiert hochsensibel auf leidende Menschen. So sind es ihr »erstaunlicher Sinn für das Menschliche« und ihre Fähigkeit, »die Persönlichkeiten von Schwarzen mit derselben Einfachheit und derselben Gerechtigkeit wie die ihrer eigenen Rasse« nachzuzeichnen, die den Schriftsteller Richard Wright am stärksten beeindrucken. Hat Carson die Fotos gesehen, die Annemarie 1938 in den Südstaaten aufgenommen hat? Das ist wenig wahrscheinlich, aber ohne Zweifel hätte sie darin ihren eigenen Blick wiedergefunden, ihre eigene »Haltung gegenüber dem Leben«, die ihr ermöglicht, »dem Druck ihrer Umgebung zu entgehen und Schwarze wie Weiße zu versammeln, mit dem gleichen Verständnis und der gleichen Zärtlichkeit«.[26]

Gleich nach diesem Treffen macht Annemarie sich daran, ihren Artikel zu schreiben. Jedoch ist es in Wahrheit nicht Carsons Buch, das sie interessiert. Die zweite Hälfte ihres Textes handelt von ihrer eigenen Isolation und ihrer Verzweiflung, in Amerika so weit von den europäischen Schlachtfeldern entfernt zu sein. In die erste, unveröffentlichte Fassung fügt sie einen langen, von ihr selbst übersetzten Auszug aus einem »reizenden Brief«[27] von Carson ein. Einem Brief, der Einblick in die Inhalte und die Art ihres Austausches gibt:

> Ich glaube, Sie haben mir Glück gebracht, denn nachdem ich Freitag mit Ihnen geluncht hatte, fanden mein Mann und ich

> genau die Sorte von Apartment, die wir suchten. Es ist ruhig, das ist für mich das Wichtigste, und im fünften Stock eines Gebäudes an der Elften Straße West. Jetzt suche ich nach einem Klavier, einem Bett und einem Arbeitstisch. Nächsten Freitag hoffen wir einzuziehen.
>
> Ich glaube, diese typische New Yorker Neurose, diese fast unheimliche Spannung ist vor allem durch den Lärm verursacht. Sogar wenn kein vernehmbares Geräusch da ist, so wirkt doch ein Gefühl von Vibration, ein leises Hämmern im eigenen Blut so ununterbrochen, daß es schwer ist, ruhig und friedlich zu sein. Ich glaube nicht, daß sich irgend jemand daran jemals ganz gewöhnen kann.
>
> Diesen Morgen beim Erwachen dachte ich an die Brahms-Sonate in d-Moll für Violine und Klavier und fühle mich seither in einer sonderbaren Weise glücklich. Sobald wir eingezogen sind, werde ich ernstlich zu arbeiten beginnen … und die Arbeit wird anders und reiner sein, als was ich bisher geschrieben habe. Allgemein gesprochen, versuche ich, auf eine neue poetische Form hinzuarbeiten, einen poetischen Stil, der gleichermaßen von Imagination und Ton abhängig wäre, dessen eigentliche Wirkung aber mehr aus der psychischen, inneren Welt des Lesers hervorginge als aus einer offensichtlichen und leicht zu erreichenden technischen Vollkommenheit. Natürlich spreche ich von ›Poesie‹ im abstrakten Sinne, Verse interessieren mich zur Zeit wenig. Wahrscheinlich werde ich Jahre brauchen, um die richtige Technik zu finden und genau den Ton zu entdecken, den ich brauche. Die letzten Sätze klingen eher wortreich und unklar. Vielleicht ist es jetzt nicht der Augenblick für »Ästhetik«. Vielleicht werden alle guten Menschen ohnehin innerhalb eines Jahrzehntes tot sein …[28]

Carson und Annemarie sind also wie dafür gemacht, einander zu verstehen, und sie haben sich auf Anhieb viel zu sagen, un-

ter anderem »über die schwierige, nie ganz zu lösende, qualvoll bedrängende Aufgabe des Schreibens«[29]. Ihre Begegnung vom 14. Juni – oder eine andere? – dauert bis spät in die Nacht und versetzt Reeves in heftige Wut. Er leidet darunter, daß seine Frau in eine Frau verliebt ist, und wird gewalttätig. Was Annemarie betrifft, so ist sie sicherlich durchaus empfänglich für die Schmeicheleien, aber sie kann die Gefühle der jungen Amerikanerin nicht erwidern und erträgt es nicht, daß ihre Beziehung zu Margot davon beeinträchtigt wird. Zugleich fühlt sie sich von Carsons Hartnäckigkeit beträchtlich gestört. In demselben Brief vom 23. Juli an Klaus Mann, in dem sie ihre Unfähigkeit zu lieben erwägt, schreibt sie:

> Am wenigsten wirst Du verstehen, daß der Anlaß zu einer so intensiven Krise jenes Mädchen Carson McCullers war, die schwer krank ist[30] und in einer so merkwürdig abseitigen Vorstellungswelt lebt, daß man ihr mit keiner Realität auch nur beikommen kann. Und während ich glaube, mit aller behandelnden, erwägenden Vorsicht vorgegangen zu sein, erwartet sie, ich würde, da ich doch ihr Schicksal sei, morgen oder eines Tages kommen. Ihr Mann hat sie nun deswegen verlassen. Margot hat natürlich recht zu sagen, an solchen Dingen *sei* man nicht unschuldig.

In Wahrheit ist es nicht Reeves, der Carson verläßt, sondern es ist umgekehrt. Carson ist eingeladen, an der Bread Loaf Writer's Conference teilzunehmen – einem jährlich stattfindenden wichtigen literarischen Treffen, das den Schriftstellern Gelegenheit gibt, sich untereinander auszutauschen und zwei Wochen lang unter guten Bedingungen zu arbeiten. Mitte August reist sie nach Vermont. Allein. Sie hofft, daß Annemarie sich ihr bald anschließt, aber so sehr sie sie auch am Telefon bestürmt – nichts passiert. Carson gibt es auf, sie zu überreden, nach Bread Loaf zu kommen, und schlägt ihr nun ein Treffen

Ende des Monats in Boston vor, wo sie mit ihrem Verleger Robert Linscott verabredet ist. Annemarie läßt sich nicht umstimmen und bittet den Verleger am 23. August in einem Brief, der jungen Frau zu helfen, ihre Enttäuschung zu überwinden: »Ich bin untröstlich, daß ich nicht imstande bin, etwas für Carson zu tun. Ich mag sie sehr, ich wünschte, die Welt wäre anders und es wäre leichter für Carson, ihr zu begegnen. Ich möchte ihr niemals weh tun. Aber sie ist sehr naiv und will bestimmte Realitäten nicht wahrhaben.«

Anfang September ist Carson McCullers zurück in New York, zieht aus der ehelichen Wohnung aus und lebt von nun an in Brooklyn Heights in dem dreistöckigen Haus, das George Davis, Chefredakreur von *Harper's Bazaar*, gerade angemietet hat. Auch Wystan H. Auden ist dort gelandet, so daß sie nun mit Erika Manns Ehemann unter einem Dach lebt! Sehr schnell wird die Middagh Street 7 bei einer Gruppe von Intellektuellen und Künstlern eine so begehrte Adresse, daß man sich auf eine Warteliste setzen lassen muß, wenn man ein Zimmer bekommen möchte. Dort wohnen in der ersten Zeit die Striptease-Tänzerin Gipsy Rose Lee, der Komponist Benjamin Britten und sein Freund, der Tenor Peter Pears, der Dichter Louis MacNeice und Janet Flanner, die berühmte Chronistin des *New Yorker*. Später: Richard Wright, Golo Mann, Jane und Paul Bowles, Christopher Isherwood, Leonard Bernstein, Kurt Weill, Salvador Dalí und seine Frau Gala, Aaron Copland, Denis de Rougemont – und viele andere. In dieser Gruppe findet Klaus Mann übrigens Schriftsteller, die bereit sind, mit ihm in *Decision* zusammenzuarbeiten, jener neuen Zeitschrift, die er als »ein Instrument, um die Beziehungen zwischen amerikanischer und europäischer Geisteswelt zu intensivieren«[31], versteht und deren erste Ausgabe er für Januar 1941 vorbereitet. Unter den Namen, die ganz oben auf der Titelseite stehen, sind Wystan H. Auden, Janet Flanner und Christopher Isherwood.

Am 26. September, eine Woche nach seiner Rückkehr von

der Westküste, essen Klaus und Annemarie zusammen. Sie ist gerade mit Margot von Opel von der Insel Nantucket zurückgekommen. Die beiden Frauen logieren nicht am gleichen Ort: Annemarie wohnt im Bedford, Margot im Hotel Pierre. Am Vormittag vor diesem Treffen ruft Margot heimlich Klaus an, um ihn über den beklagenswerten Zustand der Schweizerin zu informieren. Annemarie ist sehr abgemagert und kann seit gut einem Monat nicht mehr arbeiten, da sie vollkommen von der Idee besessen ist, unbedingt nach Europa zurückkehren zu müssen. Abwechselnd erwägt sie, nach London zu gehen, um sich der Widerstandsbewegung um General de Gaulle anzuschließen, oder ihren Mann auf seinem Posten in Tetouan aufzusuchen. Gegenüber Arnold Kübler, der für Reportagen in der *Zürcher Zeitung* eine Vorauszahlung von fünfhundert Schweizer Franken geleistet hat, erklärt sie ihr Schweigen so:

> Ich weiß wohl, daß das Leben weitergeht und daß die Fische in Alaska und die Öltürme in Texas und sogar die Botanik weiterhin wichtig sein werden und daß die Mönche in Tibet es nicht einmal ahnen, wenn bei uns inzwischen unsere Welt in Flammen aufgeht. Und daß ich von Krieg nichts wissen wollte, nützt auch nichts: Jetzt ist es so geworden, wir wurden in unserer Welt vor diese Tatsache gestellt, uns bleibt keine Wahl. Und solange es so ist, könnte ich auch in Tibet keine Seligkeit finden und kann mich vorläufig einfach nicht auf Texasöl konzentrieren. Haben Sie also Geduld.[32]

Bis Mitte August hat sie jedoch Artikel über die Vereinigten Staaten in die Schweiz schicken können, vor allem über den Wahlkampf des Präsidenten, der in vollem Gang ist – ein Glücksfall für Hitler, schreibt sie, weil die Amerikaner dadurch bis zum November mit der Präsidentschaftswahl beschäftigt sind und den Krieg in Europa aus den Augen verlieren. Aber die Schweizer Redaktionen lehnen zahlreiche ihrer Artikel ab,

so auch die *Thurgauer Zeitung,* deren Chefredakteur Eric Streiff an Busy Bodmer schreibt: »Ich hatte gehofft, von A. Clark Schilderungen von Land und Leuten in Amerika zu erhalten; stattdessen schickte sie mir Aufsätze, in denen sie vor allem ihre persönlichen Gefühle und Empfindungen schildert. [...] Ich hoffe, daß die Aufsätze aus Alaska unser Bedürfnis nach sachlicher Berichterstattung besser befriedigen.«[33]

Am 30. September überstürzen sich die Ereignisse, als Annemarie erfährt, daß ihr Vater schwer erkrankt ist. Sie schickt sofort ein Telegramm an Busy Bodmer und bittet sie, in ihrem Namen einen Blumenstrauß nach Bocken schicken zu lassen. Zwar weiß sie, daß ihre Anwesenheit in der Schweiz unerwünscht ist, aber dennoch wird sie von der Idee verfolgt, sie könnte sich Europa allmählich wieder nähern, zumal sie hofft, ihre Arbeitsfähigkeit wiederzuerlangen, wenn sie sich von Margot von Opel entfernt. Spielen diese Gründe eine Rolle, als sie sich eine Fahrkarte für ein Schiff nach Marokko über Lissabon kauft? Oder tut sie dies auch, weil sie fühlt, daß sie in einen unkontrollierbaren psychischen Zustand abkippt, wie sie später schreibt: »Ich wußte jedenfalls, daß vom ersten Arzt zur Zwangsjacke nur ein Schritt ist.«[34] Sicher ist, daß sie zunächst nicht abreist. Hat sie dem Druck von Margot oder ihren Freunden nachgegeben? Hielt die Aussicht auf die so lange erwartete Ankunft vieler berühmter Emigranten, die das Glück hatten, den Lagern der Nazis zu entkommen, sie zurück? Tatsächlich legt am 1. Oktober die *Nea Hellas* in New York an. An Bord sind Golo Mann, Heinrich Mann und seine Frau Nelly, Franz Werfel und Alma Mahler. Alle fünf haben gemeinsam heimlich die spanische Grenze überschritten, bevor sie sich nach Lissabon einschifften. Sicher, Annemarie ist freiwillig im Exil, aber war sie nicht seit ihrer Mitwirkung an der *Sammlung* im Visier der deutschen Behörden? Außerdem vergißt sie bestimmt nicht, daß sie durch ihre Heirat Französin ist und daß Frankreich sich inzwischen unter dem Joch der Nazis befindet.

Das Schweigen, das sich seit Anfang Oktober zwischen ihr und ihren gewohnten Briefpartnern breitmacht, kündigt ihren Absturz in die Hölle an. Ruth Landshoff-York berichtet, daß Annemarie zu jener Zeit mit tränenüberströmtem Gesicht durch die Straßen New Yorks läuft. Am Abend des 18. Oktober ist Klaus Mann mit ihr und der Schriftstellerin Erica Andersen – eine der zahlreichen Bewunderinnen, die um sie kreisen – im Hotel Pierre. Der Abend wird gemeinsam mit Martin Gumpert in der Suite von Margot von Opel fortgesetzt. Am nächsten Tag hält Klaus in seinem Tagebuch fest:

> Miro, wieder in höchst beängstigenden Zuständen. Ihr schaurig sich verändernder Blick. Die verhängnisvolle Stelle zwischen den Augenbrauen. – – – – Ihre lügenhafte Beredtheit; dann – das plötzliche Zusammenklappen (nach einem Glas Whisky). Kopf sinkt nach vorn. Apathie des erschlaffenden Gesichtes – – – – Ich fürchte, daß es sehr ernst ist – diesmal. Lange Beratung mit Margot und Gumpert, da sie trotzig-schwankend zu Bett geht. G.: »Am Rande, wenn nicht schon im Beginn einer Psychose – – – .« Pauvre enfant.[35]

Kurz darauf versucht Annemarie, Margot von Opel im Schlaf zu erwürgen. Vor Entsetzen darüber, was sie beinahe getan hätte, bricht sie danach in Schreie aus, die mitten in der Nacht das ganze Hotel aufwecken. Margot und der in der Not herbeigerufene Martin Gumpert können den Hoteldirektor nur mit allergrößter Mühe davon abhalten, die Polizei zu benachrichtigen. Am nächsten Tag begibt sich Margot, die vollkommen hilflos ist, zum Sitz der Firma Schwarzenbach, um sich in ihrer Verzweiflung Annemaries Bruder anzuvertrauen: »Seine erste Reaktion (war), daß er sie von der Polizei festnehmen lassen wollte – und nur meine Einwendung, daß er sich ›den Skandal nicht leisten könne, weil das in allen Zeitungen er-

scheinen würde‹ (ich weiß leider, mit welchen Waffen mit dieser Art Leuten man kämpfen muß), hat ihn [...] davon abgehalten.«[36]

Wenig später kommt Erika Mann aus London zurück. Annemarie wird eingeladen, eine Woche in Princeton zu verbringen: ein willkommenes Zwischenspiel. Als sie Anfang November in New York Margot wiedertrifft, drängt letztere sie, einen Arzt zu konsultieren, und vorsichtshalber informiert sie Freddy Schwarzenbach über die Krise, die seine Schwester durchlebt. Der fragliche Arzt – »ein Roß«, wenn man Margot von Opel glauben will, die ausschließlich auf Doktor Sakel, den Erfinder der Insulinkur, schwört – hält es für unnötig, Annemarie einzuweisen, sondern verordnet eine einfache ambulante Behandlung. In diese Situation platzt die Nachricht vom Tod Alfred Schwarzenbachs, der einem Herzinfarkt erlegen ist. Annemarie ist untröstlich, daß sie in den letzten Stunden ihres Vaters nicht bei ihm war. Sie weiß außerdem, daß sie mit ihm einen wichtigen Fürsprecher verloren hat.

Eine Woche später hält sie nachts längere Zeit Erica Andersen am Telefon in Atem, indem sie ihr ankündigt, daß sie sich das Leben nehmen werde. Sie versucht es, indem sie einen außergewöhnlichen Cocktail schluckt: eine halbe Flasche Canadian Club, vier Schlaftabletten und ein halbes Fläschchen Benzedrin. Als Erica Andersen am Morgen voller Sorge ins Hotel kommt und Annemarie bewußtlos auf dem Boden ihres Zimmers im Bedford vorfindet, alarmiert sie Margot. Letztere holt einen Arzt. Als der den Zustand größter Erregung sieht, in dem Annemarie beim Aufwachen ist, bittet er Freddy Schwarzenbach telefonisch um Erlaubnis, seine Schwester in sein Krankenhaus bringen zu lassen. Diese Ereignisse verärgern Freddy über alle Maßen. Er ist nicht nur zornig auf seine Schwester, die in seinen Augen »ein verwöhntes und disziplinloses Geschöpf«[37] ist, sondern auch auf alle Frauen in ihrer Umgebung, allen voran Margot von Opel, und er scheut sich nicht, es sie

spüren zu lassen. Der Brief, den er am 28. November an seinen Bruder Hans schickt, zeigt deutlich seine Einstellung:

> Die Schlußfolgerung der Ärzte ist: [...] Annemarie sollte für über ein Jahr in ein Sanatorium in Topeka (Kansas), vielleicht zwei Jahre, dort würde sie *vielleicht* kuriert, Kostenpunkt: ca. $ 700.– im Monat, Totalsumme für 2 Jahre wäre 16 800 Dollar oder SFr. 70 000.– rund. Und das ist Annemarie mir bei weitem nicht wert. Läßt man sie so, wie sie ist, wird sie halt immer weiter runterkommen. – Also, was soll ich machen ???? Ich sag Dir, es kotzt mich an, mich mit Anm. rumzuschlagen, denn Du siehst sie ja doch nie allein, immer ist irgendein Weibsbild bei ihr und was für Weiber, ekelhaft. Die liebt sie alle und sagt mir zur gleichen Zeit, das seien eben die Weiber, die sie verrückt machen. Wer soll da noch draus kommen. Und sie ist eben nicht so verrückt, daß man sie in ein Irrenhaus tun kann, im Gegenteil, die weiß genau, was sie macht, und findet wahrscheinlich, solch ein Benehmen sei notwendig, um ein Genie zu sein. Und daß sie ein Genie ist, von dem ist sie überzeugt. – Sie hat auch gedichtet am Sonntag-Abend, und ich lege Dir diese Gedichte bei. – Überzeug Dich selbst.

Nachdem er vier Tage danach den Arzt gesprochen hat, der Annemarie ins Krankenhaus eingewiesen hat, fügt er hinzu: »Der Arzt [...] findet nun wieder, Annemarie sei vollständig normal. Sie hat ihm wieder mal was vorgelogen, und er glaubt ihr alles.«[38]

Da Annemaries Zustand sich nicht wirklich bessert, konsultiert Margot von Opel weiterhin Arzt um Arzt. Später sagt sie, daß sie im letzten Vierteljahr des Jahres 1940 elf Ärzte aufgesucht hat! Anfang Dezember empfiehlt einer von ihnen einen Aufenthalt in einem Sanatorium, und Annemarie geht aus freien Stücken hinein. Margot von Opel schreibt:

> Ich hatte von Anfang an abgeraten, diesen Platz zu wählen, weil A. für ein stilles »Erholungsheim« für alte Damen viel zu krank war und eine Pflege in einem N.Y. Hospital das einzig Richtige gewesen wäre. Aus diesem Sanatorium hat man dann A. bereits in der dritten Nacht fortgeschickt – und wollte sie in eine Klinik überführen, da sie getobt und solchen Krach gemacht hatte, daß der Arzt sie mit Rücksicht auf die andern Leute nicht behalten konnte.[39]

Am 17. Dezember beugt Annemarie sich ein weiteres Mal den vereinigten Instanzen Erika Mann und Margot von Opel: Sie erklärt sich einverstanden, für zwei Wochen in eine psychiatrische Klinik in Greenwich, Connecticut, zu gehen, um sich auszuruhen. Es ist verabredet, daß sie im Anschluß daran zunächst zu den Manns nach Princeton fahren und sich dann mit Margot in Florida treffen wird, wo Fritz von Opel seit Mitte November ungeduldig wartet. Margot hat Doktor Sakel aufgesucht und Annemarie versprochen, sich um sie zu kümmern. Aber nach drei Tagen in Greenwich hat Annemarie solche Gewaltausbrüche – sie tritt die Fensterscheiben ein –, daß man sie in eine Zwangsjacke steckt und in eine geschlossene Abteilung verlegt. Eines Abends kurz nach Weihnachten hat sie wie eine Offenbarung die Eingebung, daß dies die Stunde ihres Ausbruchs ist. Das Pflegepersonal bemerkt nicht, daß sie sich Richtung Ausgang bewegt, wo »wie durch ein Wunder«[40] der Schlüssel im Schloß steckt. Wenige Sekunden später ist sie wieder frei, und obwohl sofort der Alarm ausgelöst wird, findet man sie nicht inmitten der Büsche, zwischen denen sie sich versteckt hat, mit dem Gesicht zur Erde. Am frühen Morgen hält sie völlig durchgefroren ein Taxi an und läßt sich nach Manhattan zu ihrem Freund Alfred Wolkenberg fahren. Als sie die Manns anruft und sie anfleht, mit ihnen Silvester verbringen zu dürfen, stößt sie auf strikte Ablehnung. Ist es Grausamkeit oder Weitsicht angesichts einer grausamen Wirklichkeit? In den Vereinig-

ten Staaten macht sich jeder Flüchtling strafbar, egal ob er aus einer psychiatrischen Einrichtung oder aus einem Gefängnis geflohen ist.

Ruth Landshoff-York gehört zu den wenigen Freunden, die auf ihren Hilferuf antworten. Bei einem Besuch zeigt Annemarie ihr das Gedicht, das ihr, wie sie sagt, erlaubt hat auszubrechen. Ruth bezeugt: »An manchen Stellen hatten die Verse eine strenge Schönheit. Aber die Worte führten in vielen Richtungen nirgends hin. [...] Es war kein Gedicht. Und kein Bekenntnis. Und keine Auskunft. Sondern Durcheinander. Kettengedichte, die man bei Gesellschaftsspielen schreibt, sind ähnlich. Wenn keiner die vorhergehende Zeile weiß.«[41]

In den ersten Tagen des Januar 1941 bekommt Carson McCullers ein Telegramm von Annemarie. Da die junge Amerikanerin einen Monat zuvor krank geworden ist, ist sie kurz vor Weihnachten in ihre Geburtsstadt Columbus zurückgekehrt. Aber sie zögert keinen Moment, in den erstbesten Zug zu springen, um ihre Freundin zu treffen, die seit ihrem Ausbruch nur eine einzige Idee im Kopf hat: Margot von Opel zu überzeugen, nach New York zu kommen. Ihre täglichen Anrufe sind mit entsetzlichen Szenen verbunden. Als Carson bei Alfred Wolkenberg eintrifft, spielt Annemarie auf dem Klavier einige Takte von Mozart, die sie unablässig wiederholt. Sie bittet ihre Freundin, Margot von Opel anzurufen. Carson versucht, Annemarie zu beruhigen, aber sie ist keinem Argument mehr zugänglich. Sie bemächtigt sich des Telefons. Am anderen Ende der Leitung versucht Margot ein weiteres Mal, Annemarie dazu zu bewegen, ins Krankenhaus zu gehen. Um ihr diesen Schritt zu erleichtern, schlägt sie ihr sogar vor, sie zu begleiten. Voller Verzweiflung, sich derartig unverstanden zu fühlen, wirft Annemarie das Telefon zu Boden, schließt sich im Bad ein, öffnet sich die Pulsadern. Alarmiert von ihren und Carsons Schreien bricht die Polizei die Tür auf und bringt sie in einer Zwangsjacke ins öffentliche Krankenhaus von Belle-

vue – ein wahrer Schreckensort. Martin Gumpert hat gerade eben die Zeit gehabt, ihre aufgeschnittenen Handgelenke zuzunähen.

»Nach drei Tagen des Grauens«[42] setzt ihr Bruder durch, daß sie in eine Privatklinik in White Plains verlegt wird. Dort ist sie in der geschlossenen Abteilung einem sehr strengen Regiment unterworfen. Keine Post, keine Telefongespräche, überhaupt keinen Kontakt nach außen, weder zu ihren Freunden noch zu ihrem Bruder:

> Und dieses Mal, Ella, scheint die Tür geschlossen zu sein. Vom ersten Tag an haben die Ärzte mich in den Flur mit den schweren Fällen von Geisteskrankheit geworfen. Ich gehe zwischen ihnen umher, die meiste Zeit mit Bädern, »kalten Packungen« + anderen Zwangsjacken gequält – sogenannte Mittel zur »Entspannung« (!!). Die Schwestern führen es aus und wissen genauso wenig wie ich, warum die Ärzte mir all das antun. Diesmal kontrolliere ich meine Nerven, die überreizten, weil das kleinste Wort des Protestes oder die Bitte um Gerechtigkeit und eine menschlichere Behandlung mir die nächste Bestrafung einträgt. Ja, ich bin an einem sehr finsteren Ort, aber die Angst vor neuen Foltern hat mich eine Art des Selbstschutzes erlernen lassen, eine Form der Konzentration – ich vergesse, daß ich weder Tee noch Zigaretten bekomme, ich vergesse sogar stundenlang alle Furcht + alles Leiden. Aber, Ella, sich ans Leben zu erinnern, ein kleines Stückchen Himmel zu sehen oder die Nachmittagssonne auf meinem Gesicht zu spüren, könnte mich zum Weinen bringen. Früher einmal war ich frei. Oh, ich werde wieder frei sein. Aber wann? Ein einziger weiterer Tag in diesem stillen Gefängnis kommt mir unerträglich vor.[43]

Es ist Ella Maillart, der sich ihre Gedanken in diesen Momenten tiefster Verzweiflung zuwenden und der sie sich vom ersten

Tag an, da man ihr gestattet zu schreiben, offenbart. Noch darf sie keinen Füller benutzen, sondern nur einen Bleistift.

Während Sie in Indien bei Ihrem Meister größere innere Freiheit und Unabhängigkeit von äußeren Bedingungen finden, finde ich vielleicht durch diese schreckliche + harte Erfahrung den Weg aus meiner Abhängigkeit – von Freunden und von Drogen – hin zu derselben Freiheit. Deswegen bin ich glücklich, zu Ihnen zu sprechen, + ich bin sicher, daß Sie mir zuhören wollen.

Sie erinnern sich: Frau Forrer und sogar meine Mutter + jetzt in einer noch viel erstaunlicheren Weise Margot – auch Erika M. – landen immer da, mich in die Hände von Ärzten oder Fremden zu geben, denn sie fühlen sich unfähig, meine Liebe, meine Forderungen, meine Tendenz zur Selbstzerstörung zu verkraften. Wenn ich erst übergeben war, landete ich immer in der Zwangsjacke (von Forel, Yverdon, Binswanger bis Greenwich, N. Y. und hier), und dennoch dachten alle Ärzte am Anfang, daß ich absolut normal bin. Und der Umstand, daß ich jetzt mitten unter diesen Geisteskranken bin, ist ein schrecklicher Irrtum.

Aber jetzt bin ich zum ersten Mal gezwungen nachzugeben – und stelle fest, daß ich imstande bin, ohne Zigaretten, allein, in der Stille zu leben, meine Gemütsschwankungen, meine Ängste und meine Tränen zu kontrollieren, und ich frage mich: »Sollten die Ärzte [...] recht haben? War ich zu stolz? Werde ich in ein paar Wochen wie der Rest meiner *kranken* Kameraden ein Patient voller Dankbarkeit gegenüber dem Mann sein, den ich heute wegen seines Mangels an Liebe + wegen seiner Ungerechtigkeit verabscheue?«

Nein, Ella, ich kann die Mauern ertragen – kann mich dem Machtmißbrauch des Arztes beugen, plötzlich – weil ich darüber hinaus blicke – sehe und höre ich meinen Arzt nicht mehr, wohl wissend, daß mein äußeres Schicksal von ihm

> abhängt. Er nimmt mir meine Zigaretten weg – aber was ist, wenn ich es nicht mehr als Beraubung empfinde? Und langsam spüre ich, wie in mir die Wärme + die Liebe der Welt die Bitterkeit der Revolte besiegen, die mich beinahe zerstört hätte. Glauben Sie, daß ich auf dem richtigen Weg bin?[44]

Einige Abschnitte weiter oben analysiert sie ihre Beziehung zu Margot von Opel und die innere Entwicklung, die durch die Internierung angestoßen wurde:

> Was war falsch an mir? Margot – es ist wahr, daß sie mich zu sehr vereinnahmte, aber sie liebt mich, + ich würde mein Leben dafür geben, sie wiederzufinden, also hätte ich fähig sein sollen, die praktische Seite zu regeln – aber ich war es nicht. Ich habe das Opfer gebracht, auf mein Schiffsticket nach Lissabon-Marokko zu verzichten – aber ich habe ihr Angst gemacht. Und ich habe dasselbe mit anderen Freunden gemacht. Ich quälte sie mit meiner Liebe + diesem ungestümen »Antworte mir!« – Eines Tages sagte ein berühmter Arzt (Sakel) zu mir, daß ich keinen Selbstschutz hätte. Das ist sicherlich wahr. Aber zur gleichen Zeit sagte Margot mir (und sie ist nicht die erste), daß ich ihr Leben zerstöre... Und jetzt, Ella, da ich tödlich allein bin, mit dieser fremdartigen Dunkelheit konfrontiert, die ich niemals kannte (da ich immer einen Ausweg wie die Drogen hatte), + konfrontiert mit dem Schmerz, dem Entzug, den vergitterten Fenstern dieses Zimmers, das voller Schreie und Tränen dieser ärmsten aller Kreaturen ist – ich glaube, jetzt, Ella, verstehe ich klar [...]. Allein gelassen, ohne Telefon oder Zigarette, verloren, gelange ich zu einer anderen Form der Konzentration, viel näher an dem, was ich zum Schreiben brauchte, + noch viel näher an der Konzentration + inneren Befreiung, die Sie mich gelehrt haben.

Im Januar 1941 hat Annemarie endlich die Erlaubnis, Besuch von ihrem Bruder zu bekommen. Freddy Schwarzenbach nimmt an, daß die Entlassung seiner Schwester bevorstehe, aber das ist nicht der Fall. Die Ärzte teilen ihm mit, daß sie seine Schwester für geisteskrank halten und daß es unter diesen Umständen nur eine Lösung gibt, damit sie aus der Klinik entlassen werden kann: Sie muß die Vereinigten Staaten auf der Stelle verlassen und während der ganzen Überführung von einer Pflegerin begleitet werden. Diese »Deportation« – ein Ausdruck, den Margot von Opel gebraucht – bedeutet, daß Annemarie niemals wieder ein Visum für die Vereinigten Staaten erhalten wird. Weiß sie das? Vielleicht jetzt noch nicht, aber so oder so ist sie bereit, den hohen Preis zu zahlen, um dem »unnötigen Martyrium« zu entkommen, dem die »verantwortungslosen« und »engstirnigen« Ärzte sie unterworfen haben. Diese Worte benutzt sie, als sie Alfred Wolkenberg am 28. Januar schreibt, und sie fügt hinzu, daß man sie an diesem Tag einer Rückenmarkpunktion unterzogen hat, die ihr unerträgliche Kopfschmerzen verursacht hat, und daß man sie zwingt, über Stunden im Dunkeln liegen zu bleiben, mit dem Kopf nach unten.

Sie kennt nicht das genaue Datum ihrer Abreise, aber sie weiß, daß die Stunden gezählt sind. Sie schreibt gleich an Alfred Wolkenberg, um ihn zu beauftragen, alle ihre Angelegenheiten zu ordnen, seien sie privater oder beruflicher Natur. Sie nimmt auch wieder Kontakt zu Klaus Mann auf:

> Ich habe mich manchmal gefragt, was Du, auch was Eri Euch wohl vorgestellt haben mögt – *wer* sich meiner wohl annehme – wer mich aus den Händen der Polizei hole –, oder gibt es solche Grenzen der Freundschaft – daß, wenn einer wirklich in trouble ist, man ihn in *solchem* Elend einfach umkommen läßt.
>
> Aber lassen wir es [...] Ein solches Liebesverhältnis zur Welt wie meines (das sich in meinem Verhältnis zu Margot

> zuspitzte bis zum bitteren Ende) kann nur mit einer Niederlage enden, oder es muß in Haß umschlagen – oder man muß einmal die absolute, die schwarze Stille empfinden und darin die eigene Kraft und Unverletzlichkeit –[45]

Einige Wochen später verfaßt Margot von Opel für Busy Bodmer eine nuancierte Analyse der zurückliegenden Ereignisse:

> Das Schlimme bei Annemarie ist halt, daß in ihr diese unheilvolle Spaltung sitzt: eine klare Logik einerseits – und daneben das Dunkle, für mich – und ich glaube für uns alle, die sie lieb haben – Unfaßbare, das sie heute ins Morphium und morgen in einen andern Exzeß treibt. Es ist ja gleich, wie es sich äußert – nur ist es das eine Mal vielleicht äußerlich mit größeren Katastrophen als das andere Mal verbunden. Natürlich sind in ihren Argumenten tausend Wahrheiten und tausend Probleme, vor denen wir alle stehen und mit denen man sich hat im Leben herumschlagen müssen – auch das Problem: künstlerisches Schaffen, für das ein Mensch einerseits innerlich frei sein muß – andererseits aber der ewige Wunsch des Menschen an eine Bindung und Hingabe an den andern – nur sitzt eben der Unterschied zwischen Annemarie und dem – nennen wir es einmal »normalen« Menschen – darin, daß sie daran zerbricht, verzweifelt und sich »aus der Welt begibt« – entweder ins Morphium oder in die »Klinik« – während wir halt sagen: Man *muß* durch – und niemand nimmt es uns ab – und wir lassen Federn dabei – und Tränen – und werden älter – und stiller – und zum Schluß, wenn wir Glück haben: »weiser«. Annemarie kann und will es nicht wahrhaben, daß sie ein erwachsener Mensch ist. Sie ist ein Kind und bleibt es, weil sie es bleiben will. Sie hat oft laut geschrien: Willst Du denn wirklich, daß ich so sein soll wie all die Erwachsenen – hart und böse? Ja, Busy, da sitzt es.

Daß *ich* in Einzelheiten große Fehler gemacht habe, das weiß ich. Und wenn ich mir vorstelle, wieviel Schmerz ich dadurch auslöste, so möchte ich heute noch darüber weinen. Aber es gibt wohl das, was man nennt: Man kann nicht über seinen eigenen Schatten springen. Wenn Annemarie wieder und immer wieder an Wunden rührte, die nur mit viel Mühe und Tränen in meinem Leben verheilt sind – so habe ich um mich geschlagen und mich gewehrt. Und eins ist mir bei allem klar geworden: Man kann mit Annemarie als *Partner* nicht leben. Man kann mit ihr befreundet sein – man kann sie unendlich lieb haben – aber man kann und darf sie nicht in das eigene Leben hineinnehmen. Dem ist kein Mensch gewachsen. [...] Trotz Annemaries unheilvoller Vergangenheit – trotz all der Katastrophen der vergangenen Jahre habe ich im vorigen März geglaubt: Ich werde es schaffen. Sie kam in mein Leben, als ich selbst auf dem tiefsten und untersten Punkt angelangt war. (Und da liegt wahrscheinlich der Fehler!) Ich habe nie mit einem kranken Menschen zusammengelebt – ich weiß nicht, was es heißt, wenn von einem gewissen Moment an keine Einsicht, kein Verstehen und keine Vernunft mehr zählen. Ich habe es mir wohl zu leicht gemacht! Ich sagte mir: Wenn Annemarie in einem gesunden Leben lebt – wenn sie eine gewisse Form äußerer Sicherheit hat und sozusagen keine täglichen Sorgen – wenn sie arbeiten kann (selbst wenn Krieg und äußere Verhältnisse die eine oder andere Schwierigkeit in der Hinsicht machen – was Reisen usw. anbelangt), wenn sie gesundheitlich soweit in Ordnung ist, dann werden auch die Nerven besser sein – dann wird gar keine Neigung kommen, Drogen zu nehmen usw. Und so sah es ja auch wirklich im Anfang aus. Aber es war eine Täuschung – und das habe ich erst viel zu spät begriffen. Solange das Gefühl Annemaries zu mir ihr tatsächlich einziger Inhalt war – solange dieses Gefühl nicht im Kontrast stand zu dem, was man Leben und Welt nennt –

also in dem »Inselzustand St-Moritz« –, war alles gut. Dann aber konnte sie es nicht mehr rangieren. Sie stellte sich dauernd vor »Entscheidungen« (imaginären! denn kein Mensch forderte sie von ihr). Sie fürchtete, wählen zu müssen zwischen der Arbeit – ihren Freunden (Erika Mann) – und ihrem Gefühl zu mir. Ich habe damals entsetzliche Fehler gemacht. Ich selbst war in einer solchen inneren Verzweiflung – ich wurde mit dem Abschied von Europa nicht fertig – mit dieser neuen Welt und dem Schmerz der Trennung von all dem, was bisher mein Leben ausgemacht hat. Und ich fühlte mich wie vor der Tür stehen gelassen, als nun auch A. mich von ihrer »Welt« ausschloß, in die ich ihrer Ansicht nach nicht hineinpaßte, »weil Fritz eine zu große Belastung für mich sei« (weil er nicht *aktiv* auf der Seite ihrer Freunde kämpft!) [...]

Es sind in diesem Mädchen Dinge und Kräfte frei geworden – ich glaube, Busy – Sie würden wie ich daneben stehen und nur noch weinen – Man wehrt sich doch bis zum letzten gegen den Gedanken, an wirklichen Irrsinn zu glauben. Aber was ich in diesen Monaten gesehen habe – – ich kann es Ihnen nicht schildern. Es sind nicht mehr Zusammenbrüche wie noch im Frühjahr in der Schweiz, als ich mit ihr nachts nach Samedan fuhr! Es sind Höllen – –[46]

Höllen, die am Samstag, dem 1. Februar 1941, ein Ende nehmen. An diesem Tag betritt Annemarie die *Siboney* nach Lissabon mit dem Gefühl, »in diesem Land nichts als Trümmer und Unordnung zurück (zu lassen), was Pläne, Arbeit und alle Beziehungen betrifft, die ein Leben ausmachen«.[47] Dennoch denkt sie auf den noch rauchenden Ruinen schon daran, ein neues Leben anzufangen. Die Zukunft ist nicht tot. Hat sie nicht Klaus Mann selbst versichert: »Es gibt immer Felder, wo unsere Schlachten gemeinsame sein werden«[48]?

Vierzehntes Kapitel

Herz der Finsternis

(1941–1942)

In den USA (Sommer 1940)

Der Geist des Menschen enthält alle Möglichkeiten, weil alles in ihm ist, alle Vergangenheit und alle Zukunft.

Joseph Conrad, *Herz der Finsternis*

Obwohl Annemarie sich wie mit Waffengewalt abgeschoben fühlt und eine tiefe Bitterkeit empfindet, ist sie fest entschlossen, den Kopf oben zu halten. Sowie sie ihr Gleichgewicht halbwegs wiedergefunden hat, wird ihr bewußt, daß fast drei Monate vergangen sind, seit sie ihren letzten Artikel in die Schweiz geschickt hat. Diesen Text mit dem Titel *Der Kampf um die amerikanische Präsidentschaft* hatte sie am 1. November 1940 in Princeton geschrieben, also drei Tage vor den Präsidentschaftswahlen, bei denen der Demokrat Roosevelt gegen den Republikaner Willkie für eine dritte Amtszeit antrat. Unglücklicherweise hatten Probleme bei der Postbeförderung dazu geführt, daß die Redaktion der *Neuen Zürcher Zeitung* den Artikel zu spät bekommen hatte, nämlich erst nach Roosevelts Sieg. Dennoch fand man dort, daß die Journalistin die Stellungnahmen verschiedener Akteure des politischen Lebens Amerikas so interessant beleuchtet hatte, daß der Artikel auf der ersten Seite der Ausgabe vom 11. Dezember veröffentlicht wurde. Die Publikation eines Artikels über vier Spalten der größten Tageszeitung der deutschsprachigen Schweiz dokumentierte unbestreitbar die Anerkennung einer qualitativ hochwertigen Arbeit – und alle Freunde von Annemarie, die in der Schweiz

geblieben waren, freuten sich über diesen Erfolg. Ein Erfolg, der nicht allen ihren Texten beschieden war: Von den dreißig Artikeln, die sie zwischen Mai und Dezember 1940 geschrieben hat, wurde nur ein gutes Dutzend veröffentlicht.

Als man Annemarie in White Plains erlaubt zu schreiben, ist eine ihrer ersten Sorgen, die seit November eingetretene Verspätung wieder aufzuholen. Sie ist besonders unglücklich darüber, daß sie nur eine einzige Reportage an Arnold Kübler hat schicken können.[1] Um ihren Vertrag vernünftig zu erfüllen, würde sie gern fotografisches Material aus den Regierungsarchiven in Washington holen, aber ihr sind die Hände gebunden. Es gibt nur eine Lösung, nämlich an Alfred Wolkenbergs Freundschaft zu appellieren. In einem langen Brief listet sie die Dinge auf, die vor ihrer Abreise zu regeln sind, und bittet ihn, Kontakt zu Robert Capa im Hotel Bedford aufzunehmen – »das ist der Typ, der diese wunderbaren Fotos vom spanischen Krieg gemacht hat«[2] – und herauszubekommen, ob er ihr nicht einige Abzüge zu einem erschwinglichen Preis überlassen könnte. Sie denkt auch an die verschiedenen Agenturen, die ihr Arbeit vorgeschlagen haben: an die von Pierre Lazareff und an die Agentur Pix, die von Leon Daniel geleitet wird. Letzterer schickt ihr übrigens eine Vorauszahlung von fünfundsechzig Dollar für Berichte über Lissabon, und Alfred Wolkenberg findet tatsächlich bei Pix Fotos, die zur Illustration der Reportagen für Arnold Kübler geeignet sind.

Gleichzeitig arbeitet sie mit einem solchen Feuereifer, daß sie in den letzten zehn Tagen ihres Klinikaufenthaltes in White Plains zehn Artikel abschließt. Sieben davon werden schon kurz darauf in der Schweiz veröffentlicht. Sie handeln von verschiedenen Aspekten des amerikanischen Lebens: von der Wiederwahl Roosevelts, der Arbeiterbewegung, der Politik der Wiederaufrüstung, der Unterstützung der Landwirte, der Beschäftigung von Krankenschwestern in der Armee. Einen Artikel widmet Annemarie Chaplins Film *Der große Diktator,*

dessen Humor ihr nicht zusagt, und einen anderen Dorothy Thompson, deren antifaschistische Parteinahme, deren Mut und Integrität sie bewundert. Die berühmte New Yorker Journalistin des *Herald Tribune*[3], eine eingefleischte Republikanerin, war jahrelang eine erbitterte Gegnerin der Politik Roosevelts. Sie hielt ihm vor, gegenüber linken wie rechten Radikalen zu tolerant und zu liberal zu sein – gegenüber Gewerkschaften und Parteien, Großindustriellen und Kapitalisten. Nach einer Reise nach Europa Anfang 1940 machte sie einen spektakulären Gesinnungswandel durch und bezog öffentlich Position für den Präsidenten, da er es als absolute Priorität betrachtete, Großbritannien gegen die Achsenmächte zu unterstützen. Sie ging so weit, den Republikanern vorzuschlagen, keinen Gegenkandidaten aufzustellen, damit das Land nicht sechs Monate mit dem Wahlkampf verlöre und sich statt dessen auf die Außenpolitik und seine militärische Aufrüstung konzentrieren könne.

Während der Überquerung des Atlantiks schreibt Annemarie weiterhin in schnellem Rhythmus. Die *Siboney*, ein einfaches Schiff der American Export Lines, hat nur eine Klasse und bietet zwar Platz für etwa einhundertsechzig Passagiere, hat aber nur dreißig an Bord. Für die Überfahrt nach New York haben sich dagegen schon dreihundertfünfzig Passagiere einen Platz reserviert, die meisten von ihnen Flüchtlinge, die darauf brennen, der Verfolgung zu entkommen. Annemarie ist eine von vier Frauen an Bord. Die Reise hat sie ein kleines Vermögen gekostet: dreihundertfünfzig Dollar – mehr, als man vor dem Krieg für eine Fahrkarte erster Klasse auf so prachtvollen Schiffen wie der *Queen Mary* oder der *Normandie* bezahlen mußte, die die Strecke zwischen New York und Cherbourg in fünf Tagen schafften. Mit einem kurzen Zwischenstopp in Hamilton, der Hauptstadt der Bermudas, braucht sie dieses Mal zwölf Tage, um die portugiesische Hauptstadt zu erreichen.

Sowie sie das Schiff verlassen hat, schickt sie die Früchte der

Überfahrt an Busy Bodmer: neun Artikel, von denen sechs in den drei folgenden Monaten veröffentlicht werden. Sie fügt eine Liste von neunzehn Texten hinzu, die sie seit dem 1. Januar geschrieben hat, und kündigt an, das Pseudonym Clark nicht mehr zu verwenden. Von nun an schreibt sie unter ihrem wirklichen Namen: Annemarie Clarac-Schwarzenbach. In der Annahme, daß sie Ende Februar in Zürich sein wird, beschließt sie ihren Brief an Busy mit den Worten: »Ich bin kein Deserteur – und möchte es jetzt beweisen dürfen.«[4]

Wie gewohnt, wenn sie in einer fremden Stadt ankommt, gilt ihr erster Besuch der Schweizer Botschaft, denn hier findet sie immer Post vor. Diesmal erlebt sie zusätzlich die Überraschung, dort einen Freund zu treffen, den sie sieben Jahre zuvor in Ankara kennengelernt hat: Henri Martin, Schweizer Botschafter, seit kurzem in Lissabon im Amt. Er ist beeindruckt von Annemaries Intelligenz, der Qualität ihrer Arbeit und ihrem »angeborenen Sinn für den Journalismus«, und er schlägt ihr vor, in Lissabon, »dieser Beobachtungsstation über der brennenden Welt«, zu bleiben und hier für die Schweizer Zeitungen zu arbeiten. Er bietet ihr zugleich alle erdenklichen Erleichterungen an, damit sie Zugang zu notwendigen Informationen hat, und vermittelt ihr die besten Kontakte, indem er sie zusammen mit seinen eigenen Freunden in die Botschaft einlädt. Auf diese Weise lernt sie unter anderem Oberst Iselin kennen, den örtlichen Repräsentanten des Internationalen Komitees vom Roten Kreuz, und die Frau des ungarischen Konsuls, Viola Bajan, mit der sie in Briefkontakt bleiben wird. Annemarie bezaubert die Menschen, man schätzt das Gespräch mit ihr. Henri Martin leitet sie an, korrigiert ihre Artikel, hilft ihr durch Momente der Depression, die »eine Gefahr für ihr Leben« darstellen. Später wird er sagen: »Sie fragte mich immer um Rat und folgte meiner Auffassung wie ein Kind.«[5]

In diesem Klima aus Vertrauen und verläßlicher Freundschaft kommt Annemarie mit der Arbeit schnell voran. Der

Botschafter hatte es ganz richtig eingeschätzt, daß der Schweizer Presse Berichte über Lissabon sehr willkommen waren, da die portugiesische Hauptstadt einer der letzten freien Häfen an der Atlantikküste war und für den Nachschub an Waren in die Schweiz von größter Wichtigkeit. Über diese ganz entscheidende Frage des Transportes von lebenswichtigen Gütern – Getreide, Zucker, Kakao, Kaffee, Öl, Wolle, Baumwolle und so weiter – auf dem Land- und Seeweg schreibt Annemarie einen gut dokumentierten Artikel für die *NZZ*, der mit vier Fotos illustriert ist, und einen anderen mit dem Titel *Das Rote Kreuz in Lissabon*[6].[7] Arnold Kübler bekommt eine Reportage über *Die Schweizer Flotte im Hafen von Lissabon*[8], allerdings zu spät, um sie in der *Zürcher Illustrierten* zu veröffentlichen, denn sie hat ihr Erscheinen Ende Februar eingestellt und wird von der *Schweizer Illustrierten* übernommen. Kübler, der von nun an die Monatszeitschrift *Du* leitet, wählt für die zweite Nummer ein sehr bewegendes Foto und einen Text über die Schwierigkeiten der Flüchtlinge, einen Platz auf einem Schiff in die Vereinigten Staaten zu finden. Insgesamt schreibt Annemarie in den drei Wochen, die sie in Lissabon verbringt, sieben Aufsätze. Sieben Aufsätze, die ausnahmslos veröffentlicht werden. Aber sie will sich nicht länger aufhalten. Ihre Freunde erwarten sie und auch ihr Haus in Sils. Allerdings macht es ihr einige Sorgen, nach den Ereignissen von New York ihrer Mutter gegenübertreten zu müssen.

Am 7. April steigt sie in den Zug nach Madrid. Zufällig trifft sie Madeleine Cuénod, eine junge Frau von dreiundzwanzig Jahren aus Vevey, von der sie sagt, daß sie »seit der Abreise von Lissabon viel mehr als mein guter Stern«[9] ist. Sie haben sich durch Ella Maillart kennengelernt. Barcelona. Narbonne. Genf. »Es ist wunderbar, wieder in die Schweiz zu kommen, in dieses glückliche Land, und ich bete dafür, daß wir, die Schweizer, begreifen, daß diese Gunst, die uns erwiesen wird, nicht das Ergebnis eines Verdienstes, sondern eine große Verantwor-

tung ist«, schreibt sie an Ella. Aber dieses idyllische Wiedererkennen ist von kurzer Dauer, denn wie sie befürchtet hat, ist der Empfang durch ihre Familie eisig:

> Seit Vaters Tod ist Bocken ein bißchen verändert. Sie setzen mich unter schrecklichen Druck, klagen mich vor allem in grausamer Weise an, Drogen zu nehmen oder genommen zu haben. [...] Um die Nerven meiner Mutter zu schonen, bittet man mich, nicht in der Schweiz zu bleiben. Da Geldfragen damit verbunden sind, weiß ich nicht, was ich tun soll, außer ein Projekt zu verwirklichen, das in Lissabon entstanden ist, nämlich nach Afrika zu fahren.[10]

Kaum ist sie in ihre Heimat zurückgekehrt, wird sie aufgefordert, wieder zu gehen. Geisteskranke in Amerika, schwarzes Schaf in Bocken. Aber dies ist nur in Bocken der Fall, wo sie drei Tage lang die Vorwürfe ihrer Mutter erträgt. In Sils dagegen erwartet man sie sehnsüchtig. Seit ihrer Abreise in die Vereinigten Staaten gibt es nur wenige Briefe, in denen Busy Bodmer ihr nicht Grüße von ihren Freunden in Sils überbringt: »Jeder, sei es Fräulein Eggenberger vom Lädeli, Zuans von der Post, Schulzes, Gartmanns, Heiri Ritter etc. strahlen, wenn sie nach Dir fragen.« Was Martha Cadisch betrifft, so ist sie »die treueste, liebste, beste Seele, die ich mir nur denken kann. Sie lebt in Gedanken an Dich, sie lacht, trauert, wacht, schläft, alles nur in Gedanken an Dich. Leute, die es gut mit Dir meinen, liebt sie, die andern könnte sie umbringen. Wie ein Zerberus wacht sie über Dein Hab und Gut, und kein Unbefugter darf die Schwelle Deines Hauses überschreiten.«[11] Die Rückkehr der Frau Doktor ist in diesem kleinen Dorf im Engadin ein wirkliches Ereignis – und Martha Cadisch beschließt, zur Feier des Tages Annemaries Lieblingsessen zuzubereiten: »Knödel und Risotto«[12]. Am 17. März schreibt Annemarie ihr von Bocken und bestätigt ihr ihre Ankunft:

Meine liebe Martha!

Frau Bodmer und ich kommen am Freitag nach Sils! Vielleicht kommt noch Frl. Cuénod mit, aber das würde ich noch berichten.

Bitte heizen Sie die Stube gut ein. Die Schlafzimmer elektrisch anwärmen. Bad und Küche die Elektrizität anstellen lassen. Wir bringen Kaffee und Thee mit und Eier. Also besorgen Sie nur Brot, Butter, etwas Milch, eine Flasche Chianti und etwas Bündnerfleisch, für den ersten Abend. Lebensmittelkarte bringe ich mit.

Ich schicke meinen schwarzen Koffer und Grammophonplatten voraus. Der Schlüssel für den Koffer liegt hier bei, packen Sie bitte schon aus. Auch die Platten.

Sparen Sie nicht mit dem Heizen. Ich lege hier frs. 20.– bei für Ausgaben.

Also! Auf Wiedersehen! Liebe Grüße allen!

Ihre Annemarie Clarac.

Neben Annigna Godly, der Besitzerin der Pension Chastè, mit der Annemarie in Briefkontakt steht, gehört auch Pastor Ernst Schulthess zu ihren treuesten Silser Freunden. Freunde, die sie dringend braucht, denn ihre Familie hält das Haus für Luxus und hat den Mietvertrag für das Jägerhaus im Februar gekündigt. Für Annemarie gibt es nur einen Weg, diesen Zufluchtsort zu behalten: Sie muß den Vertrag übernehmen, damit nicht jemand anders das tut oder aber das Haus zum Verkauf angeboten wird. Doch wer wird in ihrer Abwesenheit die Miete bezahlen? Dies ist der Moment, in dem ihre Freunde einschreiten und sich absprechen, das Haus umschichtig zu mieten. Therese Giehse hat es bereits für anderthalb Monate im Sommer reserviert, Mabel Zuppinger erklärt sich sogar bereit, jedesmal, wenn es erforderlich ist, die Miete auszulegen. Busy Bodmer in ihrer Funktion als Literaturagentin übernimmt die Aufgabe, den Reservierungskalender zu führen.

Annemarie ist tief berührt von dem Empfang, den die Einwohner von Sils ihr bereiten, als sie am 21. März in Begleitung von Madeleine Cuénod und Busy Bodmer eintrifft. Aber sie weiß, daß sie hier nur zwei Wochen bleiben kann. Ihre Familie hat ihr siebentausend Schweizer Franken angeboten, damit sie Mitte April das Land verläßt. Zwei Wochen, die sie abermals dafür nutzt, die Fotos und Negative zu ordnen, die Ella Maillart und sie aus Afghanistan mitgebracht haben. Jeder Abzug wird mit einem Titel und/oder einer Legende versehen. Nachdem sie vom gesamten Material Listen erstellt hat, schickt sie Kopien davon an Herrn Häusermann von der Agentur Photo-Press, der autorisiert ist, die Rechte ausschließlich in der Schweiz zu verkaufen. Wie immer sorgfältig darauf bedacht, Ella Maillart über den Stand der Dinge zu informieren, sorgt sie dafür, daß Dagmar Maillart eine Kopie des Vertrages mit Häusermann und die fraglichen Listen erhält. So weiß Ella genau, was mit dem Agenten vereinbart ist.

Infolge des Krieges sehen einige Länder des Vorderen Orients sich ins Zentrum der aktuellen Ereignisse gerückt. Ihre Lage am Knotenpunkt der Verkehrswege zum Suez-Kanal und nach Indien macht sie zu strategischen Punkten – und der Irak ist der Haupt-Erdöllieferant der britischen Armee und Flotte. Die Zeitungen sind daher auf der Suche nach Unterlagen über die Region, und es erscheint Annemarie als ganz natürlich, daß die Wochenzeitung *Sie und Er* sich an sie wendet, um Fotos aus dem Irak, der Türkei, Syrien und sogar der Sowjetunion zu erhalten. Gleichzeitig bittet man sie um eine Reportage über die Teppiche und Stickereien des Orients. Zwischen Mitte April und Ende Juni 1941 sind zehn große Seiten von *Sie und Er* mit ihren Fotos illustriert, darunter einige von den Reisen des Jahres 1934. Im Oktober erscheint eine Fotoreportage mit dem Titel »Kommt nun die Reihe an Afghanistan?«[13].

Mit dieser journalistischen Arbeit ist Annemarie tagsüber beschäftigt. Nachts schreibt sie. Neun Seiten Prosa, *Die zärt-*

lichen Wege, unsere Einsamkeit[14], und ein Gedicht mit dem Titel *Das Namenlose*[15]. In dem ersten Text tauchen undeutliche Anklänge an Persien und die Türkei wieder auf. Noch einmal ruft sie die Erinnerung an jene Momente absoluter Verzweiflung wach, da nichts auf die Schreie der Not antwortet – einer Not, die so intensiv war, daß sie »eine Armee braver Leute zum Stehen bringen könnte«. Das frei gereimte Gedicht, das aus fünf Teilen auf acht Seiten besteht, greift die Episode der Flucht aus der Klinik von Greenwich auf.[16] In einem Brief an Alfred Wolkenberg vom 1. April 1941 schickt Annemarie ihm folgenden Auszug:

> Solche Nächte sind wiedererkannt,
> man bringt sie hin ohne Schlaf,
> du hast gut die Augen schließen und bist doch
> gebannt im stillen Umkreis,
> wie ein Träumer, der dem Mondlicht hörig wäre.
> Wenn du dich nur nicht fürchten wolltest.
> Die Dächer sind flach und weiß, und
> schneebedeckte Abhänge wachsen dir entgegen,
> von fallenden Flocken eingehüllt, so,
> daß noch ein Meteor aufgefangen, und
> eine Sternschnuppe darin lautlos versinken würde.
> Keinen Wunsch willst Du aussprechen, der nicht
> erfüllt ist. Möchtest die Hand nicht heben,
> sie könnte einen Schatten werfen.
> Und die Geige, die dich rührte,
> sie ist verstummt.

Und an die Adresse ihres Freundes fügt sie hinzu: »Natürlich verbringe ich rechte Agonien, aber was willst Du, es soll wohl so sein. In alte Fehler falle ich nicht zurück.« Diese Nächte, in denen sie sich dem Schreiben hingibt, reiben sie auf. »Was für ein Handwerk!« schreibt sie im selben Brief. Sie denkt auch

In Vevey (April 1941)

wieder an Carson McCullers, an ihre langen Diskussionen »über die schwierige, nie ganz zu lösende, nie erlösende, qualvoll bedrängende Aufgabe des Schreibens. Die Not, nur zu leben auf das Ziel hin, es ausdrücken zu wollen, die Not, dennoch leben zu müssen.«[17] Und sie erinnert sich wieder an das Manuskript, das Carson ihr in New York zu lesen gegeben hat und ihr widmen wollte: *Spiegelbild im goldnen Auge*. Annemarie mochte dieses Buch sehr. Ob es wohl schon veröffentlicht ist? Hat Carson Wort gehalten? Sie muß es unbedingt wissen. Am 10. April, am Vorabend ihrer Abreise nach Afrika, schreibt sie ihr:

> Carson, meine Kleine, mein Liebes [...] Ich erinnerte mich an das starke Glücksgefühl: Wenn dieses Buch, *»Reflections in a Golden Eye«*, gedruckt werden und mir gewidmet sein sollte, dann wäre das wahrscheinlich die einzige Spur, die ich in den USA hinterlassen hätte – aber auch wenn diese Vereinigten Staaten für mich eine schreckliche und schmerzliche Niederlage bedeuten, werde ich über diese einzige Spur glücklich sein: Zu wissen, daß ein solches Buch gelesen werden wird, daß eine tiefe Begabung wie Deine, Carson, Liebes, existiert, wird mich und meine Niederlage ausgleichen.[18]

Einige Stunden nachdem sie diese Zeilen geschrieben hat, findet sie in ihrer Post ein Paket, das nach Bocken adressiert war. Es ist das ersehnte Buch. Carson McCullers hat es ihr gleich nach seinem Erscheinen Mitte Februar geschickt. Annemarie liest auf der Vorsatzseite: »Für Annemarie Clarac-Schwarzenbach«. Sie nimmt erneut ihren Brief, dankt Carson warm, schreibt, daß sie nach ihrer Rückkehr aus Afrika das Buch gerne übersetzen würde, und fügt hinzu: »Carson, erinnere Dich unserer Momente des Verstehens und wie sehr ich Dich geliebt habe. Vergiß nie die ungeheure Verpflichtung zu arbei-

ten, laß Dich niemals davon abbringen, schreibe, und, Liebes, paß auf Dich auf.«

Annemarie verbringt diese letzte Woche bei Busy Bodmer im Zürcher Vorort Zollikon. Vor ihrer Abreise muß sie den Zeitungsredaktionen, für die sie arbeitet, Besuche abstatten. Drei von ihnen haben ihr Vorschüsse gezahlt: die *National-Zeitung, Die Weltwoche* und die *Thurgauer Zeitung*.

Am 12. April verläßt sie Zürich mit dem Zug, hält in Lausanne, in Vevey und schließlich in Genf, wo sie Dagmar Maillart und Gustava Favez besuchen möchte. Am 19. April überschreitet sie die Grenze. Es beginnt nun eine langwierige Reise durch Frankreich, auf der die Nächte von ständigem Umsteigen unterbrochen sind. Endlos reihen sich die Namen der Bahnhöfe aneinander: Aix-les-Bains, Lyon, Nîmes, Narbonne, Port-Bou, dann Barcelona und Madrid, und am 23. April erreicht sie schließlich Lissabon.

Schon als sie zwei Monate zuvor das Projekt plante, sich zu den Truppen des Freien Frankreichs in Afrika zu begeben, hat sie sich eine Fahrkarte für die Überfahrt auf dem portugiesischen Schiff *Colonial* gekauft. Aber jetzt weigert man sich, ihr die erforderlichen Visa auszustellen. Sie muß alle ihre Beziehungen spielen lassen und noch drei Wochen warten, bis sie in See stechen kann. Sie nutzt diese Zeit, mit der Erfüllung ihrer vertraglichen Verpflichtungen zu beginnen, und schreibt ein halbes Dutzend Aufsätze. Einer davon, der nicht veröffentlicht wird, handelt von dem Schweizer Künstler Edmond Bille. Anfang Mai besucht sie ihn auf seinem Anwesen in Quinta da Fonte in der Nähe von Sintra, etwa dreißig Kilometer von Lissabon entfernt. Da sie die Ausstellung verpaßt hat, die diesem Künstler soeben in der Hauptstadt gewidmet war, ist sie glücklich, dieselben Bilder nun an den Wänden seines Hauses zu sehen. Sie entdeckt darunter einen Kupferstich, der den Verlorenen Sohn darstellt, »der im Geröll, letzten Schneeflecken und dürftigen Grasbüscheln irgendwo hoch über den Talwei-

den trauernd den Hirtenstab aus der Hand sinken« gelassen hat.

Am 15. Mai 1941, zwei Tage bevor sie an Bord geht, schreibt sie an Annigna Godly: »Der Aufenthalt hier war so schön und befriedigend, daß mir der Abschied schwerfällt. Ich bin ungemein verwöhnt worden, oft muß ich mich fragen, mit was ich soviel Zuneigung und Wärme verdiene, die mir von allen Seiten entgegengebracht wird.«

»Ich werde einen neuen Teil der Welt entdecken«, hat sie am 23. März an Ella Maillart geschrieben, »und lernen, allein zu leben.« Ein Lernprozeß, der sich aus Überzeugungen speisen wird, die sie im Laufe der durchlittenen Ereignisse gewonnen hat und deren Kern sie Ella anvertraut:

> Das, was zählt, ist, die Bedingung dieses menschlichen Lebens zu akzeptieren, ohne dabei zu akzeptieren, daß es demütigend ist. Lieben, Ella, ist keine Sklaverei, sondern der Adel selbst, köstlicher Ausdruck unserer Sehnsucht, die Welt zu berühren, zu kommunizieren, [...] und das Verlangen, schließlich den Tod zu finden, nicht in feindlicher Weise, sondern als sehr sanfte Lösung, als universelles Verstehen, als Ende unserer beschwerlichen Begrenzung. [...] Lieben, dabei den Umstand unserer Einsamkeit annehmen, sich immer und immer wieder neu in eine verliebte Hinwendung zur Welt werfen und zum geliebten Wesen, den Schmerz unseres Daseins akzeptieren, ohne zu leugnen, daß wir tief im Innern wissen, wie aussichtslos unsere Liebe ist, und mutig bleiben: Das wollte ich sagen. [...] Ich sehe deutlich die Möglichkeit eines glücklicheren, richtigeren und vollständigeren Lebens. Wenn es mir nicht vergönnt ist, werde ich schon dankbar sein, dessen reichen, sanften und anrührenden Kontakt gespürt zu haben.

Die *Colonial* ist ein kleines portugiesisches Schiff. An Bord sind viele Portugiesen, die mit Frau und Kindern auf dem Weg in eine ihrer Kolonien sind – São Tomé, Angola, Mozambique –, Belgier, Franzosen, Flüchtlinge auf der Suche nach einem Asylland. Einige der Passagiere haben Bagdad oder Japan als Endziel und einige sogar die Vereinigten Staaten. Da der Suez-Kanal geschlossen ist, müssen sie den riesigen Umweg um das Kap der Guten Hoffnung machen. Ihren ersten Zwischenstopp legen sie in Funchal ein, der Hauptstadt Madeiras. Anschließend umfährt das Schiff weiträumig die Kanarischen Inseln, gelangt dann in die Klimazone, in der die Luft so heiß und feucht ist, daß das Atmen schwer wird. Am 23. Mai, an Annemaries 33. Geburtstag, überqueren sie den Wendekreis des Krebses. Nachdem sie backbord den Senegal, Guinea und Liberia hinter sich gelassen haben, fahren sie in den Hafen von Freetown (Sierra Leone) ein. Während der Fahrt hat die Schweizerin einen alten französischen Offizier kennengelernt, der ihr rät, hier mit ihm zusammen das Schiff zu verlassen und in den Tschad zu reisen. Und da niemand zu wissen scheint, welche Gebiete in Französisch-Äquatorialafrika mit dem Freien Frankreich in Verbindung sind, ist sie versucht, ihm zu folgen. Glücklicherweise verhindern die britischen Behörden, daß sie den Vichy-Funktionären in die Hände fällt. Im Golf von Guinea legt die *Colonial* bei der Insel São Tomé einen letzten Zwischenstopp ein, bei dem Annemarie die Kokosnußernte und Frauen am Waschplatz fotografiert, und überquert anschließend den Äquator. Über die Landungsbrücke von Pointe-Noir gelangt Annemarie wieder auf festen Boden. Um die fünfhundert Kilometer zurückzulegen, die sie von Brazzaville trennen, muß sie die Eisenbahn nehmen, die seit 1934 in Betrieb ist, denn dieser Abschnitt des Kongo-Flusses ist nicht schiffbar. Hier geschieht der erste Zwischenfall: Die Lokomotive entgleist. Es ist allerdings nicht dramatisch, denn die Wagen bleiben stehen. Annemarie nutzt die Gelegenheit, einige

Fotos zu machen, die sie später der Monatszeitschrift *Du* schickt.

Zu jener Zeit ist Brazzaville das Verwaltungszentrum von Französisch-Äquatorialafrika und ein wichtiger Standort der Widerstandsbewegung um General de Gaulle. Man braucht nur über den Kongo überzusetzen – den zweitwasserreichsten Fluß der Erde –, um nach Léopoldville, der Hauptstadt von Belgisch-Kongo, zu gelangen. Äußerlich haben die beiden Städte nicht viel gemeinsam. Während Léopoldville eine moderne Stadt mit Hotels, Geschäften, Im- und Exportgesellschaften und funkelnagelneuen Autos ist, hat Brazzaville ganz und gar die Ausstrahlung einer Garnisonsstadt. Aber in beiden Städten wird ein gnadenloser Kampf gegen die Nazis geführt, und Annemarie hat diese Reise mit der Absicht unternommen, sich einen Namen als Kriegskorrespondentin zu machen. Schon am 9. Juni schreibt sie:

> Wir teilen die Auffassung von Vichy nicht, daß Frankreich den Krieg verloren habe. Ein Teil von Frankreich hat eine Schlacht verloren, ein Teil der französischen Nation hat sich ergeben müssen. Die Regierung, die daraufhin ganz Frankreich und die Ehre der Nation dem Feind ausliefern wollte, hat einen Verrat begangen gegen uns und gegen unsere Verbündeten. Sie hat Verpflichtungen gebrochen und fährt fort, sie zu brechen, indem sie vorgibt, die neuen, gegenüber dem Sieger eingegangenen Verpflichtungen erfüllen zu müssen. Da sie wohl weiß, daß der Sieger seinerseits kein gegebenes Wort hält und daß der Pakt des Waffenstillstands also ein Scheingebilde ist, deckt sie mit ihrem Wort einen weiteren Verrat. Diese Verlogenheit, der wissentliche Mißbrauch des Wortes der nationalen Ehre, die es erfordere, die aus der Niederlage resultierenden Verpflichtungen gegenüber dem Feind einzuhalten, um in Wirklichkeit den Feind zu decken und zu unterstützen – dies ist die Quelle der fürchterlichen

Demoralisierung, welcher der Teil Frankreichs heute ausgeliefert ist, der sich ergeben hat.

Aber es ist nur ein Teil Frankreichs. [...] Die Kräfte des Freien Frankreichs in Afrika, Syrien und London sind heute die Quelle der moralischen Erneuerung und die Zukunftsgarantie der französischen Nation, die ihren Platz in der Zukunft der Völker wieder einnehmen muß.[19]

Als Frau eines Diplomaten wird sie in Léopoldville vom Schweizer Konsul, Herrn Orlandi, aufgenommen. Ihr zweites Empfehlungsschreiben ist an den Generalgouverneur von Belgisch-Kongo adressiert. Und als der Leiter des Informationsdienstes ihr vorschlägt, an den deutschen Sendungen mitzuarbeiten, die ab Anfang Juli von Radio Brazzaville ausgestrahlt werden sollen, sagt sie sofort zu. »Nie fühlte ich mich so nah am Geschehen, so positiv miteinbezogen in den bevorstehenden tragischen Kampf wie hier auf dem Territorium der Freien Französischen Regierung«, schreibt sie an Erika Mann, die selbst diese Art der Arbeit in London für den BBC macht. Aber Annemarie hat nicht mit der Atmosphäre der Verdächtigungen gerechnet, die in Léopoldville herrscht, und auch nicht mit den »bürgerlichen Vorurteilen«[20] der »Kolonisten«. Man fragt sich, was diese Abenteurerin, deren Familie exzellente Beziehungen zu Deutschland unterhält und deren Ehemann als Diplomat gezwungen ist, für die Vichy-Regierung zu arbeiten, eigentlich im Kongo will. Man ist empört über ihre unkonventionellen Umgangsformen, über die Anziehungskraft, die sie auf die Frauen der Offiziere und Diplomaten ausübt, und bald kursiert das Gerücht, daß sie eine Spionin im Dienst der Nazis sei. Die Einladungen werden seltener. Mehrfach laden die Militärbehörden sie zum Verhör vor, und zum ersten Mal in ihrem Leben ist sie mit Menschen konfrontiert, die nicht nur ihre Absichten anzweifeln, sondern sich weigern, ihren Rechtfertigungsversuchen den geringsten Glauben zu schenken: »Es zeigt sich bald,

daß das Feld der Anklagen uferlos ist und daß kein Mensch sich reinwaschen kann, sobald er einmal grundsätzlich als Angeklagter vor seinen Mitmenschen steht, die sich alle als seine Ankläger und Richter fühlen.«[21]

Dieses Gefühl, wehrlos einer blinden und ungerechten Macht ausgeliefert zu sein, veranlaßt Annemarie, von hier zu verschwinden. Sowieso hat sie nicht vorgehabt, lange in dieser Region mit dem anstrengenden Klima zu bleiben, wo die Post mehrere Monate braucht, um ihren Zielort zu erreichen. Sie erwägt, nach Ägypten oder Abessinien zu gehen oder sogar in den Vorderen Orient, aber dafür müssen ihr die Schweizer Redaktionen geeignete Informationen schicken, mit denen sie sich gegenüber den britischen Behörden als Kriegskorrespondentin ausweisen kann. Während sie darauf wartet, fährt sie fort zu schreiben. Zeitungsartikel und Prosagedichte. Eine Welt liegt zwischen diesen beiden Formen des Schreibens, so wie der Kongo die beiden Städte trennt, zwischen denen er hindurchströmt. Die journalistischen Texte sind reich an präzisen und objektiven Informationen über die aktuellen politischen und ökonomischen Realitäten. Als die Deutschen Ende Juni die Operation Barbarossa entfesseln, schreibt Annemarie für *Le Courrier d'Afrique* unter dem Titel *J'ai vu surgir le conflit*[22] ihren ersten Artikel in französischer Sprache. Darin sind folgende Sätze zu lesen:

> Der praktische Schachzug, sich mit Rußland zu verbünden, hat nicht genug gebracht, also hat Hitler den Kreuzzug gegen den Bolschewismus wieder aufgenommen. [...] Wenn die Deutschen sich beruhigt fühlen, den Feind Nummer eins des Nationalsozialismus wiedergefunden zu haben, indem sie in den Krieg gegen die Russen ziehen, haben wir noch bessere Gründe, damit unendlich zufrieden zu sein. Denn im Krieg wählt man seine Verbündeten nicht, man akzeptiert sie, um gegen den gemeinsamen Feind zu kämpfen.

Ihre Gedichte dagegen speisen sich aus den geheimsten Quellen ihrer Subjektivität. Inspiriert durch den majestätischen Strom, hat sie einen Zyklus mit dem Titel *Kongo-Ufer* begonnen, in dem sie ihr Heimweh nach ihrem Geburtsland und ihren existentiellen Schmerz mit Hilfe von Bildern ausdrückt, die manchmal an *Das glückliche Tal* erinnern:

Die Stunden verrinnen, ich wollte klagen,
sie haben mich seit vielen Tagen umhergetrieben,
und ich habe nur ein Leben. Vergeben
will ich es, hinbringen in der Schnelle
eines Herzschlags, ich habe doch Flammen
gesehen, und Opfer, habe doch Töne vernommen,
die wie hereinbrechendes Leid
alles Bedenken auslöschten, und Erinnerungen durchziehen
manchmal wie allmächtige Ströme die
Landschaft. Hundertmal hat meine arme
Seele den Tod geliebt, der ihr versagt ist.

Welche Verzehrung nährt immer wieder meinen Stolz
in solchen Niederlagen, welche Liebe
bringe ich diesem bleichen Himmel entgegen,
diesem zu kleinen Mond, und der Feuerkugel,
die sich im Namen des Göttergespanns und ewigen Rads
langsam emporschwingen wird, morgen.[23]

Als Annemarie von einem Genfer namens Vivien hört, dessen Plantage in Molanda im Herzen des tropischen Regenwaldes am Äquator liegt, sieht sie darin zu Recht ein Sujet, das die Schweizer Zeitungen interessieren könnte. Dies ist auch ein guter Anlaß, der ungesunden Atmosphäre von Léopoldville zu entkommen, und die Chance, das berühmte Buschleben kennenzulernen, von dem sie soviel gehört hat. Um Molanda zu erreichen, muß sie zwölfhundert Kilometer den Kongo hinauf-

fahren, bis nach Lisala, zu jener kleinen Station, die Joseph Conrad in *Herz der Finsternis* beschrieben hat. Der Wald ist so dicht, daß es unmöglich ist, einen Weg hineinzuschlagen. In den ersten Julitagen hat Annemarie als Journalistin Gelegenheit, ein »Serviceticket« für die *Colonel Chaltin,* ein kleines Dampfboot, zu bekommen. Ausgerüstet mit ihren beiden Reisesäcken, geht sie an Bord, gemeinsam mit sechs weiteren Personen: einem schottischen Missionarspaar, zwei französischen Offizieren und zwei Belgiern. Der Kapitän ist ein Flame, sein zweiter Offizier der einzige Weiße in der Mannschaft. Sieben Tage lang besteht der Horizont aus nichts anderem als der undurchdringlichen Mauer des grünen Waldes, der sich an beiden Ufern des Flusses ausdehnt, so weit das Auge reicht, nur hin und wieder unterbrochen durch kleine Dörfer aus Strohhütten, wo sie anhalten müssen und die Eingeborenen Holz auf das Boot laden lassen, damit sie ihren Weg mit Dampfkraft fortsetzen können. Die Stille ist sehr tief, nur manchmal durch Schreie von Vögeln oder Affen zerrissen oder vom Klang der Trommeln, die das herannahende Schiff ankündigen.

In Lisala stellt Annemarie fest, daß das Telegramm an Herrn und Frau Vivien, mit dem der Schweizer Konsul ihren Besuch angekündigt hat, nicht zugestellt worden ist. Denn nur zweimal im Monat holt und bringt ein Schwarzer die Post, und er braucht für die Strecke mit dem Fahrrad fünf Tage! Annemarie selbst muß zwölf Tage warten, bis sie ein Auto nach Molanda findet. Zwölf Tage, in denen sie das Leben im Busch ohne fließendes Wasser und ohne Elektrizität kennenlernt:

> Es ist sehr schwer, aber man kann nicht genau sagen, warum. Es ist, daß man keinerlei Schutz hat vor der Berührung mit der nackten Erde, dem wuchernden Dschungel, dem ewigen Wasserlauf des Kongo, dem Bleidach des Himmels, der schwülen Nacht, die unmerklich in den nächsten Tag übergeht. Und der Tag gleitet auch ganz still, es

wird rasch wieder dunkel, und man weiß nur, daß man müder wird.[24]

Sie wohnt bei einem alten Pflanzer, der ihr ein Zimmer gleich neben seinem kleinen Laden überlassen hat. Wenn sie morgens ihren Kaffee getrunken hat, geht sie zum Schreiben ins Interfina, das beste Geschäft der Station. Seine Besitzer haben sich im Laufe von drei Jahren ein schönes Haus aus Stein bauen können. Sie stellen Annemarie ihr Wohnzimmer zur Verfügung und essen auch meistens mit ihr. Bald lernt sie die etwa vierzig Weißen kennen, die in der Station leben: einige sind Portugiesen, die meisten aber Belgier. Die Hälfte von ihnen sind Geschäftsleute und Vertreter von Gesellschaften, die anderen sind Plantagenbesitzer oder Beamte. Einige Abende verbringt sie bei dem Richter, einem Luxemburger, der mit Hilfe elektrischer Batterien Radio hören kann. Inmitten des Nirgendwo mit London, Moskau und New York in Verbindung zu sein, grenzt an ein Wunder – und dazu einen Antilopenbraten zu genießen und elsässischen Himbeergeist zu trinken!

Endlich, am 22. Juli, gibt es einen Kleinlaster, der bereit ist, die zweihundert Kilometer nach Molanda zu fahren:

> Erst als wir gleich hinter der Anhöhe von Lisala von der Waldpiste aufgenommen wurden und die düstere, feuchte, luftlose Dämmerung des Dschungels sich über uns schloß, begriff ich, in welcher unnatürlichen Bedrückung der Mensch in diesem grünen Gefängnis leben müsse – gefangen, zugedeckt, wie auf einem Meeresgrund, die Augen gefangen an den immer gleichen Wänden starrenden Grüns.[25]

Aber nach einem Reisetag wird der Wald heller, und endlich ist der Himmel wieder zu sehen. Unter dem Sternenhimmel taucht am Ende einer Palmenallee das Haus der Viviens auf.

Die private Plantage, in der Annemarie fast zwei Monate

verbringen wird, ist mit zwölfhundertfünfzig Hektar nicht nur die größte im Kongo, sondern sie hat auch den Ruf, die am besten geführte zu sein. Vor fünfzehn Jahren haben die Viviens begonnen, den Wald zu roden, um robuste Palmen und Kaffeesträucher anzupflanzen. Neben zehn Tonnen Früchten produzieren sie nun täglich zwei Tonnen Palmöl. Ein Resultat, das sie kraft ihres Mutes, ihres Wissens und ihrer Ausdauer erzielen. Frau Vivien ist eine außergewöhnliche Persönlichkeit, eine Frau, die vor nichts Angst hat: nicht vor Elefanten und nicht vor Leoparden, die sie mit ihrem Gewehr erschießt, wenn sie ihre Felder zu verwüsten oder ihre Enten zu fressen drohen, nicht vor Hunderten von Schwarzen, die unter ihrer Aufsicht arbeiten. Als ihr Mann 1932 schwer krank wurde und in die Schweiz zurückkehren mußte, blieb sie allein in Molanda, und die Schwarzen, die die Lage ausnutzen und Däumchen drehen wollten, haben ihren Irrtum schnell begriffen. Inzwischen haben sie nicht nur Respekt vor ihr, sondern mögen sie viel lieber als die Missionare. »Sie ist fast eine legendäre Figur in dieser Gegend, und seit ich hierher kam, Schweizerin wie sie, Hosen trage wie sie, wie ein Junge aussehe, der so tut, als sei er eine Frau, glauben die Menschen von Gombe und Gwaka, daß alle Schweizer Frauen so merkwürdig sein müssen«[26], schreibt Annemarie voller Bewunderung für diese starke Frau, die sie entweder an ihre Mutter oder an Annigna Godly und sehr an Anita Forrer erinnert. Denn trotz ihres autoritären und maskulinen Auftretens kann Frau Vivien sanft und liebenswürdig sein, und ihr »schönes Gesicht einer edlen, ruhigen Bäuerin« ist »voller Güte, mit jenem Ausdruck von Resignation ohne Bitterkeit, der aus einfacher Weisheit entsteht«[27].

Molanda hat seinen Namen von einem kleinen Bach, der in dieser Gegend in den Mongala mündet, einen Nebenfluß des Kongo. Annemarie hat ein großes Haus für sich allein, das auf einer Anhöhe gebaut ist und ein Strohdach hat. Nach der feuchten, erstickenden Hitze des Tropenwaldes findet sie hier

ein angenehmeres Klima und eine Qualität von Stille, in der sie sich konzentrieren kann. Zuvor, so schreibt sie Ella Maillart, brauchte sie ein Aufputschmittel wie Alkohol oder Rauschgift, um ihre »innere Stimme« zu hören, und sie schreibt dann wie in Trance, meistens nachts. In Molanda ist sie gezwungen, ohne alle künstlichen Hilfsmittel auszukommen: »Und jetzt besteht eine Einheit zwischen dem, was in mir spricht, und der Außenwelt, und diese Durchdringung gibt mir ein sehr glückliches Gefühl des Einsseins, ich muß nicht länger meine Liebe und meine Sehnsucht zwischen diesem ›Ich‹, das schreibt, und dem Leben der Erde, die mich umgibt und meine Aufmerksamkeit verlangt, teilen. Beides befruchtet sich gegenseitig.«[28]

Drei Tage später, am 5. August, schickt sie Busy Bodmer eine Zusammenstellung von allem, was sie seit ihrer Abreise von Léopoldville geschrieben hat: fünfzehn Aufsätze und zwei poetische Texte – das fünfte und letzte Gedicht des Zyklus *Kongo-Ufer* und drei Seiten Prosa mit dem Titel *Der Krater der Tiere.*[29] Sie betont, daß diese Texte, die ihr von ihrer »inneren Stimme« diktiert wurden, wahrscheinlich einige formale Korrekturen brauchten, aber sie ergänzt:

> Das scheint mir nicht so wichtig, ich müßte mich eben bescheiden, die mir aufgetragene Aufgabe nur mäßig gut erfüllt zu haben. Aber wir sind nur Menschen – und wenn Gott uns seine Botschaften schickt, damit wir uns getröstet seiner erinnern, so werden sie in unseren Zungen ausgedrückt immer die Spuren unserer menschlichen Bedingtheiten tragen.
>
> Wenn Ihr in der Schweiz dafür seid, daß diese Sachen erscheinen, dann wartet also bitte nicht darauf, daß ich eventuell etwas daran verbessern werde. Es würde mir auch solche Freude machen, sie gedruckt und versorgt zu wissen. Denn ich glaube nicht mehr so sicher wie früher, daß ich eines fernen Tages viel gelernt haben und etwas sehr, sehr Schönes schreiben werde. Es ist mir mit dieser Bemerkung

sehr ernst. [...] Ich sehe immer mehr, daß unser Streben nach Vollkommenheit und größerem Verstehen eigentlich identisch ist mit dem Lebenstrieb selbst, und ebenso kontinuierlich – aber die Ansprüche, die schon nur durch die Konditionen dieses Lebens an uns gestellt werden, nehmen unsere Kräfte meistens derart in Anspruch, daß wir uns um eine gewisse äußere Balance und Stabilität bemühen müssen, um es nur ordentlich führen zu können. Dabei werden oft die Stimmen übertönt, die nach Vervollkommnung verlangen, und wir hören sie nur noch in seltenen Augenblicken der Erschütterung, manchmal im Traum, oft in der Liebe, wenn wir im Begegnen und Verschmelzen mit dem Geliebten ahnen, was die Befreiung aus den Grenzen des Individuums, das Verschmelzen im All sein wird, wenn wir mit unbegrenzten Kräften des Gehörs und Auges und Verstehens eins sein werden mit dem Wesen, das uns im irdischen Dasein nur ahnungsvoll zuweilen anrührt und mahnt. Wenn ich gut schreibe, tu ich es, indem ich mich einfach bemühe, es zu vernehmen – aber die dabei geübte Willensanstrengung und Konzentration zehrt einen auf, und ich versäume dabei eben jene Selbstschutzmaßnahmen, mich im äußerlichen Leben zu »stabilisieren« – nicht, weil ich Ruhe und Ausgeglichenheit verachte oder nicht nötig hätte, sondern weil ich fürchte, sie sozusagen betrügerisch zu erwerben, nämlich auf Kosten der Seele, die man oft unwillkürlich abstumpft. Ich sehe aber ringsum Menschen meines Alters, die weit gesetzter und sicherer leben als ich – und mein sogenanntes »jugendliches Aussehen« entspricht einer inneren Haltung, welche Ella M. als »Widerstand gegen das Erwachsensein« bezeichnete. Falls man dies von einem 33jährigen Menschen sagen kann, so hatte sie ziemlich recht. Aber die Anstrengung, so vielleicht empfänglicher, aber auch verletzlicher zu bleiben, ist so, daß ich z. B. vor einigen Tagen, als ich den *Krater der Tiere* geschrieben hatte, einfach nicht mehr konnte und als

> Resultat eine Flucht in die Krankheit durchmachte, die mich jetzt noch schüttelt. – [...] ich habe Heimweh, und es fehlt mir, daß ich keine Erleichterung, gar keinen menschlich zärtlichen Trost erwarten kann, ich finde mich nach jeder Bemühung, ein wenig Arbeit getan zu haben, allein wieder. Oft habe ich das Gefühl, mich unheimlich schnell einem Ende der Kräfte zu nähern.[30]

Als Annemarie diesen Brief schreibt, bereitet sie sich gerade darauf vor, Molanda zu verlassen. Frau Vivien hat bald wahrgenommen, daß das Schreiben an ihren Nerven zehrt. Nachdem sie sie in der kürzlich zurückliegenden Krise wie eine Mutter gepflegt hat, rät sie ihr, sich abzulenken und ihre Reise ins Herz der Finsternis fortzusetzen, und sie beschließt, sie zu begleiten. Der Chrysler der Viviens wird für eine fünf- bis sechswöchige Reise ausgerüstet, die sie bis zur Grenze von Uganda und Ruanda führen soll, in die Gegend der großen Seen, dann in Richtung Norden nach Äquatorialafrika. Tagelang folgen die beiden Frauen der dunklen Straße durch den dichten Wald. Die Dörfer lösen einander ab: Bumba, Aketi, Buta. Annemarie fotografiert Elefanten, Pygmäenfrauen, die auf die Fähre über den Ituri warten, Männer, die Tänze zelebrieren, und Arbeiter, die in den Goldminen von Kilo Moto graben. Aber sie sehnt sich mit ganzer Seele danach, endlich dieses grüne Gefängnis zu verlassen und in den offenen Raum der Savanne herauszukommen:

> Es nahm kein Ende, und ich versuchte vergeblich, mich auf der Karte zu vergewissern, daß das Reich des Äquator-Waldes irdisch und begrenzt ist und ich den Fuß des Ruwenzori, die Ufer der großen Seen und die herrlichen Gebirge im innersten Afrika erreichen würde. Es geschah bei Nacht. Aber ich war an die schwere Luft des Waldinneren so gewöhnt und spürte so greifbar die ständige Nähe des wuchernden

Dickichts, der hängenden Lianen, der faulenden und geborstenen, zum unsichtbaren Himmel starrenden Stämme, und ich hatte so lange im engen Kreis dieser schleichenden Bedrohungen gelebt und nach aus den Ästen glühenden Augen gespäht, daß ich den ersten Hauch der Befreiung untrüglich erkannte. Ging mein Atem leichter? – Sah ich im leichten, bewegten Dunkel die Ränder der Lichtung, die Mais- und Bananenfelder, die blauen Hügel in der Ferne? – Hörte ich in der Stille das schläfrige Ziehen der Wolken und Vögel? – Ich jubelte, ich wollte weinen und blieb reglos vor Glück.

Am nächsten Morgen verließ ich die runde Hütte, in der ich geschlafen hatte, und sah vom Rand einer Anhöhe aus in eine von Hügeln durchsetzte, zu herrlichen Bergen ansteigende Ebene, von Bläue, Nebel, Wolken und sich ankündenden Lichtfluten durchwallt. Der Ort, wo ich mich befand, hieß Beni. Zurückschauend konnte man dunkle, in die Savanne reichende Zungen des verebbenden Waldes erkennen, aber sie verloren sich im lichten Wogen der Gräser. Vor mir, nicht weit, befreite sich der gewaltige Fuß des Ruwenzori aus reichem Grün. Eine Straße schlängelte sich den Bergen zu, der ich folgen würde. Segen schwebte über der in feierlicher Morgenstille badenden und zum Licht emportauchenden Erde, dem Herzen Afrikas.[31]

Annemarie findet vertraute Landschaften wieder: Seen – die nicht nach Sankt Moritz, Silvaplana oder Sils benannt sind, sondern nach Kivu, Edouard, Albert – und eine gebirgige Landschaft, die sie an die Alpen in ihrem geliebten Engadin erinnert. Der höchste Gipfel des Ruwenzori-Gebirges, das Mt.-Stanley-Massiv, erhebt sich 5109 Meter hoch. Die beiden Frauen fahren nun entlang der Grenze zum Sudan, passieren Äquatorialafrika, besuchen Fort-Archambault und Fort-Lamy.

Annemarie nimmt von dieser Reise ins Herz Afrikas die unauslöschliche Erinnerung an das Glück mit, das sie angesichts

Auf dem Kongo (Sommer 1941)

der »makellosen Pracht der großen Berge des Kivu«[32] empfunden hat – ein Gefühl, das ihre Wahrnehmungsfähigkeit vervielfacht und zugleich dem Schreiben einen Sinn zurückgibt. Diese Erfahrung findet ihren Widerhall in einer anderen, die sie zwei Monate zuvor in Léopoldville gemacht hat, als sie die Zielscheibe ungerechter Anklagen war: Eines Nachts, als sie einen Eukalyptusbaum im hellen Mondschein betrachtete, hatte sie das Gefühl, daß dieser Baum ihre ganze Aufmerksamkeit auf sich zog, »wie himmlische Musik«[33], und daß es ihre Pflicht war, sich nicht von den Zufälligkeiten der äußeren Welt ablenken zu lassen, sondern sich darauf zu konzentrieren, »die Musik der Welt in Bewegung«[34] zu hören, und sich zu bemühen, Zugang zur Wahrheit, zum wahren Wort zu finden. Seit diesem Erlebnis, das wie eine Art Erleuchtung wirkte, entwickelt Annemarie eine sehr persönliche Theorie der Wirklichkeit, die sie mehrfach in ihren Briefen an Ella Maillart und Carson McCullers darstellt. Danach gibt es auf der einen Seite die künstliche und belanglose Wirklichkeit der Welt, der Gesellschaft – die falsche Wirklichkeit –, und auf der anderen Seite die tiefere Wirklichkeit der Seele, die sich mit der Welt zu vereinen sucht. Unsere Seele ist unser »inneres Selbst«, der reine, unverwundbare und ewige Teil unserer selbst. Unglücklicherweise tritt unserem inneren Selbst unser »niedriges Selbst« entgegen, das zu sehr von den Zufälligkeiten und den Konventionen der Welt, die uns umgibt, abhängig ist. Aber je mehr man leidet, je stärker man sich an Problemen reibt, desto mehr entledigt man sich des niedrigen Selbst und ermöglicht so seiner Seele, sich zu befreien. Frei zu sein heißt, stärker zu bleiben als die Ereignisse. Mit anderen Worten: Wenn man sich vollständig von den Zufälligkeiten löst und nicht zuläßt, von ihnen krank gemacht zu werden, erreicht man innere Freiheit. Sicherlich kann diese Ablösung nicht ohne Leiden vonstatten gehen, aber sie ist die unverzichtbare Voraussetzung dafür, die innere Stimme zu hören.

Diesen Prozeß hat Annemarie Schwarzenbach schon während ihrer Internierung in der Klinik von White Plains durchlebt. Seit sie entschieden hatte, es nicht mehr als Verlust zu empfinden, daß ihr die Zigaretten weggenommen wurden, hat sie die Fähigkeit wiedergefunden, ihre Auflehnung zu überwinden und ein liebevolles Verhältnis zur Welt zu entwickeln. Und als sie in Afrika mit Menschen konfrontiert war, die sich weigerten, an die Lauterkeit ihrer Absichten zu glauben, und sie von denen, die sie für Verbündete hielt, wie eine Feindin behandelt wurde, hat sie diese Erfahrung erneut gemacht. Indem sie sich aus der »falschen Wirklichkeit« herauswand, entledigte sie sich ihres niedrigen Selbst und eroberte sich Stück für Stück den Raum an Freiheit, der unentbehrlich für die Erfüllung des heiligen Auftrags ist, der ihr von Gott gegeben wurde: schreiben und Worte finden, die der Wahrheit so nahe wie möglich kommen.

> Ich habe begriffen, daß »diese Leute«, die mir so großes Unrecht zugefügt haben, gar nicht mal meine Feinde sind, sondern daß sie unfrei sind, daß sie Angst haben und daß ihr Glauben, Ella, ebenso wie ihr Urteil auf einer willkürlichen und vergänglichen Ebene liegt. Damit wir die Quellen unseres Glaubens, unseres Bewußtseins, unseres Wissens um Gut und Böse, unserer Liebe zur Welt, unserer Partner wiederfinden können, müßten wir unser ganzes Wesen erneuern, jedes Wort, jeden Atemzug, und alles in dem einzigen ehrlichen Licht unserer Begegnung mit dem göttlichen Antlitz prüfen. Wir finden es im Gesicht der Menschen wieder, aber es ist ein langer Weg, und darin liegt das einzige wahre Mitgefühl, die einzige Brüderlichkeit.
>
> Alles, was mir zu tun blieb, war, einen Weg zu finden, um nicht von jener zufälligen Macht der äußeren Welt *verwundet* zu werden. Denn ich kann von den Menschen getötet werden, so wie vom Hunger oder von einem Stein, und ich

kann durch die Umstände gezwungen sein, Tag und Nacht zu kämpfen, um mein Brot zu verdienen oder, wie hier, um meine nackte Existenz zu verteidigen, und dennoch berührt all das nicht das, was ich vom Ewigen in mir trage, und wir sind trotzdem frei geboren, außerhalb jedes Gesetzes dieser Welt.

Es ist merkwürdig, daß ich diese zweifache Erfahrung im letzten Jahr brauchte, die Zwangsjacke und die psychologische Revolte, weil ich mich für das Opfer einer ausweglosen Liebe hielt und meine ganze Hoffnung darein setzte, in den Krieg gehen zu können, ein Opfer, das ich gerecht und edel fand, mein Beitrag zu jener »Wirklichkeit« außerhalb von uns. Und jetzt in diesem Land, da mein äußeres Ziel beinahe erreicht ist, sehe ich mich auch durch die Macht der Menschen und der Dinge zurückgewiesen. Damit ich verstehe, daß unsere Beziehung zur Welt sich auf einer unendlich viel wahreren und unverwundbaren Ebene abspielen muß, das ist die der Seele, die der Kinder Gottes.[35]

Zweifellos war diese persönliche Philosophie von dem beeinflußt, was Ella Maillart ihr brieflich über die Lektionen ihrer Meister in Indien übermittelt hat, und Annemarie fühlte sich in ihren Ideen bestätigt, zum Beispiel durch den Satz eines Weisen, den die Genferin zitierte: »Empfangt von dieser Welt so viele Schläge, wie Ihr könnt: Das wird Euch zu einem Zustand führen, in dem Ihr Euch Gottes bewußt seid.« Oder auch: »Alles, was Euch hilft, Euer Ego zu überwinden – alles, was das niedrige Selbst schwächt –, ist Tugend und das Gegenteil vom Laster. Die vollständige Vernichtung des Egos ist die höchste Tugend.« Ella Maillart staunt bald, wie schnell und gut ihre Freundin die Unterweisung in sich aufgenommen hat:

Ja, man kann die Welt nicht außerhalb von sich selbst »erreichen«, denn die Welt ist voller Irrtümer: Man kann sie nur

> in sich selbst erreichen. Sie sagen so zutreffende Dinge über die, die hassen, weil sie Angst haben oder weil sie ihre Liebe auf einer willkürlichen und vergänglichen Ebene leben, daß ich mich frage, ob Sie in Ihrer Nähe einen wohltuenden Einfluß haben, der Ihnen bei der Entdeckung dieser Dinge hilft? Oder haben Sie sie einfach in sich selbst – wie ich schon immer glaube? Sie erinnern sich an mein Leitmotiv[36]: Alles, was Sie bisher für sich selbst gehalten haben, ist nicht Ihre wahre Natur!
>
> Kurz, Sie verstehen jetzt, daß die Welt und Sie selbst, so wie Sie sie kannten, nicht die letzte Wirklichkeit sind – auch wenn sie nur dank dieser Wirklichkeit existieren. Ich glaube, daß Ihr Herz und sein großer Durst Sie nach und nach herausfinden lassen, was wichtig zu wissen ist. [...] Alles, was ich Ihnen hier sage, ist sehr trocken und abstrakt, aber ich glaube, daß Sie es mit der Wahrheit werden anreichern können, die in Ihrem Herzen ist und die dort schon immer ist: Es ist an Ihnen, zu lernen und sie zu hören; und wenn Sie ihr gehorchen, werden Sie in sich eine Beruhigung und Entfaltung spüren, die Sie begreifen läßt, daß Sie im Wahren sind. Und dann erneuern Sie Schritt für Schritt Ihr ganzes Dasein, und Sie sind in der Lage, das Göttliche im Gesicht der Menschen zu sehen.[37]

Als Ella Maillart diesen Brief schreibt, befindet Annemarie sich seit einer Woche in Thysville (heute: Mbanza-Ngungu), einer Stadt etwa hundert Kilometer südlich von Léopoldville. Sie ist seit vier Monaten von ihrer Reise ins Herz des schwarzen Kontinents zurück, die sie gemeinsam mit Frau Vivien unternommen hat. Mitte September 1941 hat sie sich auf derselben Route wie auf dem Hinweg wieder in die Hauptstadt von Belgisch-Kongo begeben, das heißt, sie ist den großen Fluß wieder hinuntergefahren, diese »Bleiader im unerforschten Ozean des Urwalds«[38]. In diesen zwei Monaten hat sie ihre Verpflichtun-

gen gegenüber ihren Schweizer Geldgebern nicht vergessen und ihnen sogar von unterwegs Aufsätze geschickt – *Die Savanne, Berge im innersten Afrika,* dann von Lisala aus *Die sieben Wunder des Kongo*[39]. Zurück in Léopoldville, setzt sie ihre Arbeit mit so anhaltender Ausdauer fort, daß sie allein im Laufe des Monats September ein gutes Dutzend Aufsätze produziert, Texte, die wahrscheinlich niemals ihr Ziel erreicht haben, denn man hat bis heute keine Spur von ihnen gefunden.[40]

In Léopoldville ist der Empfang angenehmer, als sie nach der Feindseligkeit vom Juni vermuten konnte. Allerdings weigert man sich trotz der Hilfe belgischer und britischer Behörden, ihr ein Visum für Ägypten auszustellen. Sie hat sich zunächst große Hoffnungen gemacht, in diesem Land als Kriegskorrespondentin zu arbeiten, aber ihre jüngsten Überlegungen bringen sie nun zu der Auffassung, daß ihre journalistische Tätigkeit »nicht wirklich von Bedeutung ist, verglichen mit einer einzigen Seite ernsthafter Schriftstellerei«[41]. Dies ist es, was Ella Maillart ihr während der Reise nach Afghanistan begreiflich machen wollte, indem sie sie beschwor, sie solle »aufhören, von einem Land zum anderen oder von einem Kontinent zum nächsten zu laufen« und sich »an einer Aktivität ohne wirkliche Grundlage zu berauschen«[42]. Jetzt, da Annemarie sicher ist, daß sie nicht nach Kairo gehen wird, kann sie ihre ganze Energie im Dienst der »ernsthaften Schriftstellerei« und des Buches der Wahrheit mobilisieren. Und es ist kein Zufall, wenn sie damit in Léopoldville ausgerechnet am 22. Oktober 1941 beginnt, am Geburtstag ihres Vaters. Vier Monate später, am 20. Februar 1942, setzt sie den Schlußpunkt unter ein Manuskript von dreihundertfünfundsiebzig Seiten, das den Titel trägt: *Das Wunder des Baums.*

Die Rahmenhandlung dieses dreiteiligen Werkes läßt sich wie folgt zusammenfassen: Marc, ein junger Schweizer, ist durch zufällige Umstände nach Afrika geführt worden, wo er aufgrund eines Verdachtes der Behörden und wegen seines ex-

zessiven Alkoholkonsums interniert wird. Nach einer Flucht, die wie durch ein Wunder gelingt, wird er erneut gefaßt. Als er mit der Unbarmherzigkeit der Gefängniswelt konfrontiert wird, gelingt es ihm dennoch, in sich selbst die notwendigen Kräfte zu finden, um sich von der realen Welt zu lösen und die Erfahrung innerer Freiheit zu machen. Nach seiner Entlassung begegnet er Louise, der Frau eines englischen Piloten, der im Krieg umgekommen ist. Aber bald gerät ihre Liebe in Konflikt mit der Tatsache, daß sie beide ihre Seele verraten müßten, um zusammenzubleiben. Louise zieht es vor, ihre Liebe zu opfern: Sie zwingt Marc, sie zu verlassen, damit er seine Freiheit aufrechterhalten kann.

Das Wunder des Baums speist sich aus Annemaries jüngsten Erfahrungen: Man erkennt insbesondere die Liebesgeschichte, die sie in den Vereinigten Staaten mit Margot von Opel erlebt hat, die Flucht aus der Klinik von White Plains, die Schwierigkeiten mit den kongolesischen Behörden, die Ratschläge von Ella Maillart. Dieses Buch ist vor allen Dingen die Übersetzung von Annemaries philosophischer Entwicklung – einer Philosophie, die wesentlich auf Verzicht beruht. Es geht darum, sich von jeder Sehnsucht loszusagen, auf die Liebe und sogar auf die Existenz zu verzichten. Schon auf den ersten Seiten schreibt sie über Marc: »Er durfte Hunger und Durst nicht mehr spüren, keine Liebe und keinen Haß mehr empfinden, noch die Hitze dieses lähmenden Landes, noch die Fremde, er mußte seine Verzweiflung eindämmen, er durfte weder Zweifel noch Furcht kennen – er durfte [...] kaum mehr ein Mensch sein.«[43] Diese Idee knüpft an die Sehnsucht an, die schon in *Das glückliche Tal* zum Ausdruck kommt, nämlich der »Stummheit der Kreatur« so nah wie möglich zu kommen, sich die Natur zum Vorbild zu nehmen, die von den Ereignissen der Welt unbeirrt bleibt. Genau dies versucht Annemarie im übrigen, wenn sie sich in der Einsamkeit des Schreibens verschanzt. Indem sie die äußere Welt vergißt, lebt sie nur noch für ihr Manuskript, die-

sen »unfehlbaren Richter«, der ein Ausdruck der Gnade Gottes ist. In einem Zustand der Konzentration, den sie als »Agonie« oder »Trance«[44] bezeichnet, folgen die Visionen einander – wie Träume, »die fast verblassen, wenn wir versuchen, sie mit Worten zu erfassen«[45]. Sie hat das Gefühl, daß sie die Worte stammelt; aber wenn sie sie erneut liest, wundert sie sich, daß ihre eigene Feder sie geschrieben hat, denn »die Schönheit und die Kraft des Stils«[46] scheinen ihr jenseits ihrer eigenen Fähigkeiten zu liegen.

Nach zwei Monaten hat sie die beiden ersten Teile ihres Manuskriptes fast abgeschlossen. Aber sie leidet unter der sengenden Hitze, die in Léopoldville herrscht – und unter den Gerüchten über ihre Beziehung zu einer Engländerin. Ein gewisses Geheimnis umgibt diese Frau, wahrscheinlich die Ehefrau eines Diplomaten. Annemarie erwähnt sie in keinem ihrer Briefe an Busy Bodmer. Lediglich gegenüber Ella Maillart und Carson McCullers offenbart sie die Existenz dieser Freundin, nennt jedoch niemals ihren Namen. So erfährt man, daß die Gegenwart und Freundschaft dieser Frau ihr am Anfang ihres Afrikaaufenthaltes, als sie den Verdächtigungen der Behörden ausgesetzt war, sehr geholfen haben. Man liest außerdem, daß die Unbekannte nach Annemaries Rückkehr aus Molanda eine Skulptur von ihrem Kopf angefertigt hat – eine Büste, die der Schriftsteller John Latouche einige Zeit später in der Eingangshalle einer Botschaft in Léopoldville entdeckt. Sie ist es auch, die Annemarie rät, sich nach Thysville zurückzuziehen und hier ihr Manuskript zu beenden. Auch wenn dieser Ort nur siebenhundert Meter über dem Meeresspiegel liegt, bekommt man hier besser Luft als in der Hauptstadt. Kurz vor Weihnachten fährt Annemarie allein dorthin. Sie liebt diese hügelige Landschaft mit den Eukalyptusbäumen. Am 26. Dezember beginnt sie mit dem dritten Teil von *Das Wunder des Baums,* dem wichtigsten und schwierigsten. Sie führt ein regelmäßiges Leben, das ganz und gar um das Schreiben herum organisiert ist: »Morgens arbeite

ich drei Stunden, nach dem Mittagessen noch einmal eine oder zwei Stunden. Vor dem Frühstück und um fünf Uhr nachmittags gehe ich schwimmen. Bis ungefähr halb acht mache ich einen großen Spaziergang, oft allein, manchmal mit Freunden, und abends habe ich eine Stunde der Einkehr, der Konzentration, der Andacht, der Befreiung in der Stille.«[47]

Als ihre englische Freundin Mitte Januar mit der Absicht, zwei Wochen in Thysville zu bleiben, zu Besuch kommt, fürchtet Annemarie zunächst, daß deren Anwesenheit die innere Ruhe zunichte machen wird, die sie mit einiger Mühe gefunden hat – die notwendige Voraussetzung dafür, daß sie mit der Arbeit vorankommt. Indessen fällt dieses Problem gerade mit dem Thema zusammen, das sie in ihrem Manuskript behandelt, und zwar so genau, daß die Realität und das Buch einander wechselseitig befruchten: Soll Marc bei Louise bleiben? Und soll Annemarie bei dieser Frau bleiben, die ihr mit Liebe begegnet? Die Antwort ist nein, »denn ich wußte immer, daß den Beziehungen zwischen uns Menschen Grenzen gesetzt sind. So wie wir uns selbst mit dem Nächsten und Liebsten und mit keinem Partner und Objekt in dieser Welt ganz vereinen können, – so wie das völlige Aufgehen und Verstehen erst möglich sein wird, wenn unsere Seele aus dem Panzer der an die Erde gebundenen Persönlichkeit befreit sein wird – so werden wir in diesem Leben das Absolute, das lückenlose Wissen, die ungebrochene Wahrheit und das vollkommen dem Sinn gleiche Wort immer nur anstreben und ahnen.«[48]

Am 1. Februar nimmt sie das letzte Kapitel von *Das Wunder des Baums* in Angriff, muß jedoch wenig später wegen eines Malariaanfalls ins Krankenhaus, der, wie sie sagt, von der enormen Anstrengung der »›poetischen‹ Konzentration«[49] der letzten Wochen hervorgerufen wurde. Nach ihrer Entlassung am 17. Februar braucht sie nur noch drei Tage, bis sie ihr Manuskript mit dem Satz abschließt: »Und du gehst, bist unverletzt, wie in Flammen gehärtet, leicht.«[50] Worte, die sie an sich

selbst zu richten scheint und die sie in anderer Form gegenüber Carson McCullers wiederholt: »Als ich das Buch beendet hatte, fühlte ich mich zum ersten Mal frei und hatte vor nichts Angst, das mir passieren könnte.«[51] Jetzt, da sie ohne das geringste Zugeständnis an die »falsche Wirklichkeit« der Welt und der Menschen die ganze Wahrheit gesagt hat, möchte sie aufbrechen, in die Schweiz oder nach Lissabon zurückkehren. Aber angesichts der Verdächtigungen, denen sie seit ihrer Ankunft in Afrika ausgesetzt war, macht sie sich Sorgen, daß man nun, da sie nach Europa zurückkehren möchte, das Manuskript von *Das Wunder des Baums* beschlagnahmen wird – in ihren Augen ihr kostbarstes Gut. Sie beschließt, den Ereignissen zuvorzukommen, und gibt es einem der höchsten Regierungsbeamten zu lesen. »Alle meine Freunde haben geglaubt, daß ich verrückt geworden sei«, schreibt sie an Ella Maillart.[52] Am nächsten Tag wird sie von dem betreffenden Beamten vorgeladen, und er wirft ihr vor, ein negatives Bild von Belgisch-Kongo zu zeichnen. Zwei Stunden lang verteidigt sie ihre Sichtweise Schritt für Schritt, indem sie zu zeigen versucht, was allein sie hat sagen wollen: daß nämlich die Ordnung der Welt – nicht speziell die des Kongo – ungerecht und unrein ist. Sie muß anschließend noch zwei Tage auf die Entscheidung der Behörden warten. Aber während ihre Freunde immer unruhiger werden, verspürt sie selbst merkwürdigerweise ein intensives Gefühl inneren Friedens:

> Ich versuchte, mich an den Gedanken zu gewöhnen, in Afrika irgendwo interniert leben zu müssen und mein Buch zu verlieren. Ich glaubte jetzt zu verstehen, daß dieses Buch nicht wichtig sei. Es ist so verletzbar und vergänglich wie jeder irdische Besitz und jede irdische Gestaltung. Es würde vielleicht, falls es erscheinen könnte, keinen Menschen fesseln, keinem einen Schritt weiterhelfen – was es aber mir gegeben hatte, als Manifestation meines inneren Willens und

als Stärkung und Erweiterung meiner inneren Freiheit – das war unverletzlich, unverlierbar.[53]

Schließlich wird ihr Text genehmigt und dem Schweizer Konsulat versiegelt übergeben, wo dank der Fürsorge ihres Freundes Henri Martin schon seit Januar ein Visum für Portugal auf sie wartet.

Am 14. März 1942 geht Annemarie Schwarzenbach mit dem Reiseziel Lissabon im angolanischen Hafen Luanda an Bord des Schiffes *SS Quanza*. Nicht ohne Bedauern verläßt sie jene Freundin, die ihr so sehr geholfen hat und sie nun brauchte. Auf dem Schiff sind Franzosen, Belgier, Holländer, Schweizer, einige aus Internierungslagern befreite Italiener – Menschen, die glücklich sind, in ihr Heimatland zurückzukehren, auch wenn sie dafür nahestehende Menschen verlassen müssen und sich der Risiken bewußt sind, die sie eingehen. Als sie herkamen, erinnert Annemarie sich, waren sie dagegen glücklich, dem europäischen Inferno zu entkommen. Warum sind wir so abhängig von unseren unmittelbaren Wahrnehmungen, von dieser äußeren Welt, die wir Realität nennen? Was ist die andere Realität? Aufgewühlt durch diese Fragen tippt sie während der zweiwöchigen Überfahrt einen achtzigseitigen Text mit dem Titel *Beim Verlassen Afrikas* in die Maschine. Die dreiundzwanzig ersten Seiten sind nach ihren eigenen Worten »Reise-Notizen«, die von ihrem ersten Aufenthalt in Léopoldville, ihrer Reise in den Kongo und ins Herz des Regenwaldes handeln. Sie berichtet eingangs über die ungerechten Verdächtigungen gegen ihre Person und beschließt das Manuskript mit der Episode von dem Buch, das der Zensur der kongolesischen Behörden unterworfen war. Annemarie zieht die Bilanz ihres zehnmonatigen Aufenthaltes in Afrika:

> Hier hatte ich gelernt, die Furcht vor irdischen Gewalten zu überwinden, hier hatte ich die Quelle wahrer Freude und eine innere Freiheit gefunden, die einer neuen Lebensfreude gleichkamen und all meine Fähigkeiten gesteigert hatten. Hier hatte ich gelernt, unser wahres, unzerstörbares Selbst von jener verletzlichen Persönlichkeit zu unterscheiden, die von der Gunst oder Ungunst der irdischen Umgebung und Partnerschaft abhängt. Und hier hatte ich endlich, in meinem Gebirgs-Exil, zum ersten Mal die Möglichkeit geahnt, dieses sterbliche, verletzliche, leidende Selbst dem Wissen und Willen unseres allein wirklichen und ewigen Selbst unterzuordnen, das sich in unserem untrüglichen Gewissen und unserer tiefsten Freiheit manifestiert. Ja, dieser Ort in den Bergen des Bas-Congo war mir so etwas wie ein irdisches Paradies geworden, und ich wußte, daß ich Heimweh nach Afrika haben würde.[54]

Diese philosophische Entwicklung hinterläßt auch Spuren in ihren Ideen von einem politischen Engagement. Die Enttäuschungen, die sie mit den Behörden von Brazzaville erlebt hat, lassen sie schlußfolgern, daß man die Welt nicht in böse Nazis und gute Verbündete teilen kann. Denn wenn diese Unterscheidung zuträfe, wäre es unbegreiflich, daß Menschen, die sich im selben Kampf wie sie engagierten, ihr so feindselig gegenübertraten:

> Ich glaube, daß jeder unglückliche Mensch mein Bruder ist, selbst wenn er unter unbeweisbaren Verdächtigungen, als Kommunist oder Nazi oder Defätist, in einem Lager gefangen sitzt. Aber ich glaube nicht, daß irgendein Mensch mein Bruder ist, nur weil er aus zufälligen Gründen, etwa als »Freier Franzose«, politisch auf der gleichen Seite steht wie ich.[55]

In der Konsequenz glaubt sie nicht mehr daran, daß dieses oder jenes politische System in der Lage ist, das Elend der Menschheit zu lindern. Sie hält weiterhin die Diktatur der Nazis für das schlimmste aller Regime, aber sie muß festzustellen, daß auf der Seite der faschistischen Staaten wie der Demokratien dieselben Übel existieren:

> Ich sah, daß mein »Antifaschismus« aus einer anderen Quelle stammte als die Einstellung zum Krieg, welche die meisten Feinde der Achsenmächte in diesem Krieg erfüllt. Die Überzeugung, daß man die Achsenmächte besiegen müsse, um einen besseren Frieden errichten zu können, ist heute weit verbreitet. Aber sie hat die verschiedensten Gründe, die sich oft weit von der schlichten Idee entfernen, die Sache der Freiheit zum Sieg zu bringen. Und daher wird uns der Sieg der Alliierten zunächst nicht mehr geben, als eine Chance, diesen Sieg zum Besten der leidenden Menschheit auszuwerten – nicht mehr als eine Chance...
>
> Vorläufig verbreitete aber der Krieg seine Schrecken – und sie sind nicht nur äußere Zerstörungen, sie sind Verheerungen für die Seelen. Der Haß wird genährt und gepriesen, und die Verrohung, die ich mitansehen mußte, ist bestürzend. Statt den Krieg als tragische Notwendigkeit und als Prüfung zu betrachten, begrüßen viele ihn jubelnd, wenn er ihnen Gelegenheit zur Rache gibt. Und er dient als Ausrede für die Betätigung der niedrigsten Instinkte, welche unsere »Zivilisation« sonst überdeckt und vertuscht.[56]

Was sie von nun an interessiert, ist, »die tiefen Wurzeln unserer europäischen Krise zu verstehen« und »die Quelle der realen Kräfte zu suchen, die wir während und nach diesem entsetzlichen Krieg brauchen, um in jeder Seele den Widerstand nicht nur gegen den Faschismus aufzubauen, sondern gegen all das Böse und das ganze ›falsche Leben‹, das er hervorbringt«[57].

Angesichts dessen, was sie »das unermeßliche Problem der Welt« nennt, beabsichtigt sie, »in der Bescheidenheit der Arbeit zu verharren, ohne das Ende abzusehen«[58].

Tatsächlich wird sie schon bei ihrer Ankunft in Lissabon am 30. März erneut von ihrem journalistischen Engagement gepackt, das nahezu sieben Monate lang unterbrochen war. Henri Martin bringt sie mit Antonio Ferro in Kontakt, dem Direktor der nationalen Propaganda, und mit Doktor Tavarez de Almeira, dem Direktor der staatlichen Presse.[59] Als Schweizer Konsul begrüßt er es, wenn portugiesische und Schweizer Journalisten dazu beitragen, die kulturellen und touristischen Beziehungen zwischen beiden Ländern zu intensivieren, und er ist überaus zufrieden mit der Qualität von Annemaries Arbeit. Innerhalb von sieben Wochen schreibt sie an die zwanzig Aufsätze, von denen etwa zwei Drittel in der Schweizer Presse erscheinen, insbesondere über die portugiesische Jugend, über die Handelsbeziehungen und den diplomatischen Verkehr zwischen Portugal und der Schweiz. Sie macht das so gut, daß Henri Martin ihr vorschlägt, in Lissabon als Korrespondentin der *NZZ* zu arbeiten – ein Vorschlag, über den sie in Ruhe nachdenken möchte, denn bevor sie irgendeine Entscheidung treffen kann, muß sie zunächst ihre eheliche Situation klären.

Seit fast einem Jahr versucht sie nun, ihren Schweizer Paß zurückzubekommen, da ihre französische Staatsangehörigkeit ihr verbietet, länger als drei Monate in Sils zu bleiben. Busy Bodmer hat Himmel und Hölle in Bewegung gesetzt, um das Problem zu lösen, sie hat Kontakt zu Personen aufgenommen, die in juristischen Fragen kompetent sind, hat Hans Schwarzenbach verständigt, und alle Überlegungen führten zu dem Ergebnis, daß die Scheidung die einzige Lösung sei. Aus diesem Grund möchte Annemarie so schnell wie möglich Claude Clarac in Tetouan treffen, der Hauptstadt des Protektorats Spanisch-Marokko, wo er seit dem Waffenstillstand den Posten des Konsuls innehat. Ihre Ankunft ist für Ende Mai geplant. In der

Zwischenzeit trifft sie zufällig eine Kindheitsfreundin, Marie-Louise Lüscher, genannt Bumy. Die Familien Schwarzenbach und Lüscher haben sich früher häufig getroffen, und als Annemarie erfährt, daß Bumy ihren Vater in Sevilla besuchen soll, beschließt sie mitzufahren. Am 25. Mai fliegen die beiden Frauen nach Madrid. Marie-Louise Lüscher berichtet:

> Annemarie hatte von ihrem Manuskript *Das Wunder des Baums* zu Papa gesprochen. So nahm er uns mit von Sevilla aus auf seine Eukalyptus-Plantage bei Huelva. Annemarie ging zu vielen der silbergrauen Stämme hin und berührte sie und horchte auf das »Singen« der bläulichen Blätter.
>
> Auch Papa hatte eine Schwäche für Annemarie und sagte dann, nachdem wir uns verabschiedet hatten, von ihr, irgendwie ergriffen: »Welche Tragik.«[60]

Am 27. Mai ist Annemarie erneut auf dem Madrider Flughafen, um nach Tanger zu fliegen. Dort wird sie von Claude Clarac erwartet. Fünf Jahre haben sie sich nicht gesehen, aber offensichtlich hat weder die Zeit noch die Entfernung der Zuneigung etwas anhaben können, die sie füreinander fühlen. Claude findet seine Frau entspannter und ruhiger, zuversichtlicher und bei besserer Gesundheit als beim letzten Mal. Annemarie erliegt auf Anhieb dem Reiz Marokkos und freut sich, daß ihr Mann sie begleitet und ihr das Land zeigt. Schon am 2. Juni sind sie in Casablanca. Am darauffolgenden Tag lernt sie in Rabat den Kommandanten Faure kennen, Chef der Abteilung für Jugend und Sport, so daß sie einen Artikel über die Jugendbewegungen schreiben kann, der an ihren in Portugal verfaßten Text anknüpft. Anschließend fahren sie nach Tetouan, nicht ohne einen Abstecher nach Meknès und zur archäologischen Ausgrabungsstätte des römischen Ortes Volubilis am Fuß des Mittleren Atlasgebirges zu machen. Am 7. Juni schreibt Annemarie an Busy Bodmer:

Claude und ich machten dann noch eine unvergleichlich schöne Fahrt über Meknès, und ich habe wieder Stoff zum Schreiben: Ich bin froh, jetzt im stillen Tetouan einige Wochen genau das Leben zu führen, wie es für mich am richtigsten ist – mit viel Arbeit, langen Spaziergängen, einer Bibliothek und Abenden mit etwas Musik. Claude hat einen Vergrößerungsapparat, so daß wir uns auch mit Fotos amüsieren und ich einige schöne Bilder heimbringen kann.

Für einen Diplomaten, dessen Aufgabe es ist, das Vichy-Regime zu repräsentieren, ist die Situation außerordentlich schwierig, so daß Annemaries moralische Unterstützung Clarac hoch willkommen ist: »Unsere Ideen, unsere Einstellungen zu den Ereignissen und den Dingen ergänzten sich, ohne ganz gleich zu sein. Sie hatte obendrein das Gefühl, daß in der schrecklichen Krise, mit der Frankreich und die Franzosen sich herumschlugen, ihre Anwesenheit an meiner Seite ein wertvoller Solidaritätsbeweis sei. Und tatsächlich war ihre kurze Zeit in Tetouan für mich eine Oase inmitten der Wüste.«[61]

Innerhalb von zwei Wochen ist ein Dutzend Artikel fertig zur Veröffentlichung. Acht davon werden von der Schweizer Presse angenommen. Annemarie beschreibt darin das Leben in Marokko. Die Städte, die sie besucht hat, die Landschaften, die sie berührt haben, insbesondere das bläuliche Rif-Gebirge, das von ihrem Schreibtisch aus zu sehen ist. Aber bald hat sie Lust, in eine andere schriftstellerische Gattung zu wechseln und wieder auf jene Stimme zu hören, die sie so deutlich vernommen hat, als sie *Das Wunder des Baums* schrieb. Ein Zyklus von vier Gedichten mit dem Titel *Aus Tetouan*[62] nimmt Form an. Kaum sind die Bilder aufgetaucht, entfliehen sie schon dem Zugriff, und der Sinn verflüchtigt sich.

Am 26. Juni 1942 schickt sie ein Lebenszeichen an Carson McCullers. Während ihres Aufenthaltes im Kongo hat sie ihr häufig geschrieben und sie regelmäßig ihrer Zuneigung versi-

chert. Sie hat mit ihr gesprochen, als ob sie mit sich selbst spräche, denn sie sind, wie sie sagt, brüderlich und schwesterlich vereint in derselben Auffassung von ihrem Beruf als Schriftstellerinnen, dem alles andere unterzuordnen sei. Als sie erfährt, daß Carson im vergangenen Jahr schwer erkrankt ist – die Amerikanerin erlitt mit vierundzwanzig Jahren einen Herzanfall –, macht sie sich Sorgen um deren Gesundheit und versucht, ihr Mut zu machen und sie zur Geduld zu ermuntern:

> Sag nicht, daß wir uns nie wiedersehen. Auch dies ist nur eine Frage des Zufalls – aber ich lebe mit dem intensiven Wunsch nach Liebe + Freundschaft zu Dir – das Gefühl, daß Du lebst + mich liebst, daß Du in demselben absoluten Geist schreibst, – + daß Deine Bücher besser und reiner als meine sein könnten – dies ist eine Hoffnung + ein Trost für mich.[63]

Ein halbes Jahr zuvor, am 29. Dezember 1941, hat sie ihr geschrieben, daß ihr Gedicht *The Twisted Trinity*[64] als Leitspruch von *Das Wunder des Baums* dienen könnte und daß sie, Carson, daher die Person ist, die dieses Buch am besten verstehen, lieben und übersetzen könnte. Von Lissabon aus hat sie ihr folgende Zeilen gesandt:

> Ich glaube immer noch, daß die spirituellen Kräfte, die ernste + wahre Beziehung zwischen menschlichen Wesen, die einander lieben, stärker sind als die materiellen Hindernisse der äußeren Welt – so wie die ernste + wahre Beziehung zu irgendeinem Freund, irgendeinem äußeren Objekt – einem Stein, einem Baum – stärker ist als die künstliche Trennung, die uns von der zerbrochenen Einheit aufgenötigt wird. Ich bin sehr geduldig, was kommende Ereignisse betrifft.[65]

Diese Idee berührt Carson so sehr, daß sie ihre Arbeit an *Frankie* unterbricht, um eine Kurzgeschichte mit dem Titel *Ein*

Baum. Ein Felsen. Eine Wolke zu schreiben. Im Mittelpunkt steht ein Vagabund, der einem blutjungen Zeitungsjungen seine persönliche Theorie von der Liebe auseinandersetzt, die er entwickelt hat, nachdem er von seiner Frau verlassen wurde: Der Wunsch, mit der Liebe zu einem Menschen zu beginnen, ist ein Fehler, denn dies ist das höchste und schwierigste Stadium der Liebe. Anfangen muß man vielmehr ganz bescheiden, indem man einen Stein liebt, einen Baum, eine Wolke. Diese Erzählung wird im November veröffentlicht und in eine Anthologie der besten amerikanischen Kurzgeschichten des Jahres 1942 aufgenommen.

Ende Juni schlägt die Stunde des Aufbruchs nach Sils. Claude Clarac begleitet seine Frau nach Ceuta, wo sie das Schiff nach Europa nehmen muß. Zwischen ihnen ist nicht mehr die Rede von Scheidung. Im Gegenteil: Annemarie hat beschlossen, im Herbst wiederzukommen. Alle ihre Briefe, die sie von Tetouan aus verschickt hat, sind voll überströmender Begeisterung. Sie sagt, daß sie sich in Zukunft stärker in der Lage fühlt, sich den Erfordernissen der Karriere ihres Mannes anzupassen. Das Transitvisum für die Hin- und Rückfahrt mit Gültigkeit bis zum 31. Oktober, das der französische Konsul Clarac ihr ausgestellt hat, garantiert, daß sie sich wiedersehen werden. Aber ihr Abschied ist schmerzhaft, als ob der Moment der Trennung von einem Schatten der Vorahnung verfinstert würde. Er schreibt ihr sofort nach ihrer Abfahrt:

> Mein Liebes, [...] mein Herz war sehr schwer, als ich Dich am Kai von Ceuta entschwinden sah. Ich habe mich durch Deine bloße Anwesenheit an meiner Seite plötzlich so glücklich gefühlt, daß ich fürchte, diese unverdiente Freude mit neuen Querschlägen und mit dem langen Warten auf Deine Rückkehr zu bezahlen. Tief im Innern habe ich niemals das starke Vertrauen verloren, das ich in Dich gesetzt hatte, in

Dein Herz und Deine Intelligenz. Das war eins von diesen intuitiven Gefühlen, die weiter reichen als alle unsere Überlegungen. Wir haben einander wiedergefunden, reifer, besser gewappnet gegen die Schwierigkeiten eines Lebens, das hart zu sein verspricht, um die Verläßlichkeit unserer wechselseitigen Zuneigung festzustellen, um ihre Bedeutung zu vertiefen und gemeinsam der Zukunft entgegenzusehen. Ich zähle von jetzt an die Tage bis Oktober, und ich werde verzweifeln, falls irgendein Ereignis Deine Reise nach Tetouan im Herbst verzögern sollte. [...] Ich brauche Dich in der Luft, die ich atme. Die Einsamkeit, die oft eine Freude ist, ist aufreibend, wenn die Nerven in jeder Sekunde auf den Ansturm der Verzweiflung reagieren müssen, die die Tatsachen und die Vorstellungskraft heute nur zu leicht hervorrufen. Wenn Du bei mir bist, fühle ich mich meiner selbst, meines Mutes und meiner Geduld sicherer. Dein Rat, Deine warmherzige Unterstützung, die ich immer finden werde, wenn ich sie brauche, stärken mich gegen die Unsicherheiten, die mir zusetzen, und ich fühle mich ruhiger. Ich schäme mich ein wenig, wenn ich daran denke, daß ich Dir nicht ebenso viel zurückgebe. Aber ich wäre kein Mann, wenn ich nicht egoistisch wäre, und sehr viel Literatur ermutigt mich zu glauben, daß das uneigennützige Geben den Frauen im allgemeinen gefällt.[66]

Auch Annemarie schreibt ihm während ihrer Reise in die Schweiz: zuerst aus Algeciras, dann aus Madrid. Sie überquert die französische Grenze in Cerbère und trifft in Genf ihren Bruder Hans. Er teilt ihr mit, daß ihre Mutter einen ziemlich schweren Sturz mit dem Pferd gehabt habe. Da sie unter einer starken Gehirnerschütterung leidet, braucht sie absolute Ruhe. Annemarie muß zehn Tage warten, bis sie sie wiedersieht. Renée findet, daß sie »ziemlich gut aussieht«, aber sie hat das Gefühl, daß ihre Tochter »unter der Wirkung eines Giftes«

steht.[67] Etwas später schickt Annemarie ihr Schallplatten. Am 24. Juli schreibt Renée ihr mit unsicherer Hand ein Dankeswort. Wenn ihre Beziehung zur Mutter Annemarie auch immer noch bekümmert, so ist sie doch nicht mehr so quälend wie früher, denn sie ist überzeugt, daß die Versöhnung bevorsteht.

Anfang Juli verbringt sie nach ihrer Rückkehr aus Marokko zunächst vierzehn Tage bei Busy Bodmer, wo sie stets mit offenen Armen aufgenommen wird. Bevor sie nach Sils aufbricht, hat sie einige Dinge im Zusammenhang mit dem Erbe zu erledigen, das ihr die vier Monate zuvor verstorbene Großmutter väterlicherseits hinterlassen hat. Ein willkommener Geldbetrag, denn kaum ist sie im Engadin angekommen, da meldet sich ein Interessent, der das Jägerhaus kaufen möchte und eine wahre Panik im Dorf auslöst. Alle ihre Freunde werden dafür gebraucht, die notwendigen Schritte zu beschleunigen, damit sie diesem Eindringling zuvorkommen kann.

Annemaries zweite Sorge im Laufe dieses Sommers 1942 gilt der Sicherung ihrer beruflichen Zukunft. Mit Worten, die wärmer nicht sein könnten, hat Henri Martin den Leiter der *NZZ* zu überzeugen versucht, sie zur Korrespondentin in Lissabon zu ernennen:

> Mit ihrer Begabung zur Schilderung, ihrem Interesse an sozialen Problemen, ihrer scharfen Beobachtungsgabe, ihrem Sinn für die internationale Politik und ihrem Gespür in den Interviews halte ich Frau Schwarzenbach für eine Journalistin, die von größtem Nutzen sein kann. Außerdem wird es ihr nie an den besten Quellen und an Empfehlungen fehlen. [...] Sie hat hier sehr gute Arbeit geleistet, was ihr noch durch den Umstand erleichtert wurde, daß sie als Frau von Welt überall eingeladen wurde.[68]

Am 30. August übergibt Annemarie eine Kopie dieses Briefes an Karl von Schumacher, den Chefredakteur der *Weltwoche*,

und sie bietet ihm an, in Lissabon auch für ihn zu arbeiten. Da sie sich jedoch darüber im klaren ist, daß das begrenzte Interesse der Schweizer Presse an Artikeln über Portugal nicht die ständige Präsenz eines Korrespondenten rechtfertigt, schlägt sie vor, sich nur zweimal im Jahr dort aufzuhalten und zusätzlich Reportagen über Madrid und Marokko zu liefern.

Aber ihre Hauptbeschäftigung ist das Manuskript von *Das Wunder des Baums*. Die Leute, denen sie es zu lesen gegeben hat, haben ihr bestätigt, daß es in der ursprünglichen Form nicht veröffentlicht werden kann. Mabel Zuppinger, die ihre Ferien im Jägerhaus verbringt, gerade als »die Göttliche«[69] dort eintrifft, findet, daß die beiden ersten Drittel nicht das hohe Niveau des dritten haben. Charly Clerc, der Literaturkritiker, der seit *Freunde um Bernhard* Annemaries gesamten Werdegang verfolgt hat, erliegt zwar dem Charme dieses »Romans einer spirituellen Entwicklung«, von dem er einige Seiten für »ebenso magisch wie wunderbar«[70] hält, empfiehlt ihr aber, ihn um fünfzig oder hundert Seiten zu kürzen. Da sie überzeugt ist, daß diese Kritiken berechtigt sind, macht Annemarie sich sofort an die Aufgabe, wenigstens die beiden ersten Teile noch einmal neu zu schreiben. Sie braucht dafür absolute Ruhe und erneut solche Bedingungen wie in Thysville, als sie *Das Wunder des Baums* zu Ende geschrieben hat. Das bedeutet vor allem, daß sie darauf verzichten muß, alle die Freunde bei sich zu empfangen, die sie so gerne einladen möchte. Nach der Abreise von Mabel Zuppinger leistet ihr im August ausschließlich Therese Giehse Gesellschaft. Es folgen für Annemarie Wochen von einer Konzentration, die einem »religiösen Unternehmen oder einer Meditation gleicht«[71] – einer Konzentration, die sie übermenschliche Anstrengungen kostet. Die ganze Zeit befürchtet sie, vor dem Aufbruch nach Lissabon und Tetouan nicht fertig zu werden. Isabelle Trümpy[72], eine Freundin, die sie regelmäßig am späten Nachmittag trifft, spricht von ihrem »Bedürfnis, das Unsagbare zu sagen«, und fügt hinzu: »Diese Stunden, in de-

nen sie schrieb oder, besser, in denen sie sich bemühte, eine Welt außerhalb unserer normalen Grenzen zu erreichen, waren ihre glücklichsten, trotz ihrer oftmals extremen Herbheit. [...] Sie hatte die Leidenschaft des Künstlers, der nicht anders kann, als sich aufzuzehren – um schöpferisch zu sein, um die Hand nach der Unendlichkeit auszustrecken.«[73]

Tatsächlich verwandelt Annemarie ihren Roman in ein Prosagedicht, das »mehr als eine völlig neue Fassung des ersten Manuskripts«[74] ist. Nach fünf Wochen verbissener Arbeit schreibt sie Klaus Mann am 2. September: »Ich habe das Gefühl, daß ich zum ersten Mal schreibe, wie ich es sollte – ich gebe mein Bestes; ich scheue keine Mühe. Das Ergebnis ist sehr überraschend + weit jenseits meines eigenen Wissens oder Denkens – aber wenn ich es lese, finde ich, daß jedes Wort + jede Zeile wahr ist und direkt aus der gemeinsamen Quelle von Erfahrung und Unschuld kommt.« Sie mißt diesem Gedicht mit dem Titel *Marc* eine solche Bedeutung bei, daß sie es dazu bestimmt, definitiv *Das Wunder des Baums* zu ersetzen. Sie fügt in ihrem Brief an Klaus Mann hinzu, daß sie ihm vom Kongo aus ein Manuskript geschickt hat, aber sie ergänzt: »Beachte es nicht – es wird verbrannt + vernichtet.«

In der Tat ist es ein vollkommen anderer Text, der entsteht, ein Text, über den Annemarie nichts Genaues weiß, wenn sie die Feder zur Hand nimmt und sich ihrer Inspiration überläßt. Er beginnt wie der Roman, aber in einer knapperen Form, die den geistigen Zustand der Autorin perfekt wiedergibt: »In ihm begann ein wunderbarer Prozeß, dem er keinen Namen zu geben, dem er kaum zu lauschen vermochte, der ihn wie eine Heimsuchung quälte und ihn dennoch ungeteilt, unwiderstehlich in Anspruch nahm.«[75] Marc ist nun die einzige Figur in diesem langen Klagelied, das von einem Gedanken zum anderen um ständig wechselnde Gegenstände irrt. Die Erinnerungen aus den vergangenen Reisen mischen sich mit biblischen Bildern, Beschwörungen mit Klagen. Das Gedicht besteht aus vier Tei-

len und entrollt sich über dreiundsechzig Seiten, in deren Verlauf die Zeilen immer kürzer werden, um schließlich manchmal nicht mehr als zwei oder drei Worte zu enthalten. Die Verzweiflung ist allgegenwärtig. Verzweiflung zu leben – »Warum werden wir in die Welt gestoßen?«[76] –, die Kindheit verloren zu haben – »Das ist vorbei wie das Paradies«[77] –, Verzweiflung zu lieben – »denn die Liebe ist unserer Trauer so nah«[78]. Wie kann man das Wort, das man weitergeben muß, »unseres Herzens Not ... entreißen, damit es des unvergänglichen Teils unserer Wanderung Zeuge sei und andere anrühre«[79]. Wie kann man das ausdrücken, »was vielleicht nicht mehr unsere Zunge ist«? Annemarie hat das Gefühl, sich wiederzufinden – »wie einst, vor der weißen Seite, / die von unserem Schmerz nicht berührt, / von unserer Reue nicht verbrannt wurde, und / die unser Zweifel unbefleckt ließ. Und / nichts ist neu als die tägliche Anstrengung.«[80]

Am 5. September schreibt sie ein Wort nieder, das auf der letzten Seite ihres Manuskriptes nur eine Zeile beansprucht: »Fanfaren!« Ein Wort, das wie ein Aufruf zu neuem Aufbruch klingt. Getreu dem Bild, von dem sie seit ihrer Kindheit unaufhörlich verfolgt wurde, schreibt sie diese Worte – ihre letzten Worte: »Und wir sehen ihn davongehen, den Verlorenen Sohn.«

So endet das vierte Kapitel. Es ist nicht als das letzte gedacht. Annemarie hat die Absicht fortzufahren. Wie? Sie weiß es selbst noch nicht. Die innere Stimme soll sie führen ...

Aber das Schicksal hat anders entschieden.

Fünfzehntes Kapitel

Der Sturz
(1942)

Im Jägerhaus (September 1942)

Das einsame Sterben [...] ist nur Symbol des einsamen Lebens.

Annemarie Schwarzenbach, *Gespräch*

Der 6. September 1942 ist ein besonders strahlender Spätsommer-Sonntag. In Sils ist es friedlich. Die Saison ist beendet. Ein einziges Hotel ist noch geöffnet: die Pension Chastè, wenige Schritte vom Jägerhaus entfernt.

Annemarie hat für diesen Tag eine Kutsche bestellt, um mit ihren Freundinnen Isabelle Trümpy und Mutz Burkholter nach Sankt Moritz zu fahren. Es ist vierzehn Uhr, als die drei Frauen das Jägerhaus verlassen. Auf der asphaltierten Straße von Silvaplana treffen sie eine andere Freundin, Helen Rutishauser, die auf einem Herrenfahrrad sitzt, einem alten Klappergestell in jämmerlichem Zustand. Hat sie Annemarie vorgeschlagen, die Plätze zu tauschen, oder war es umgekehrt? Jedenfalls kommt es einige Minuten später zum Sturz.

Es wird berichtet, Annemarie habe ausprobieren wollen, ob sie immer noch freihändig fahren konnte. Es heißt auch, die Straße sei uneben gewesen; der Kopf der jungen Frau sei gegen einen scharfkantigen Stein geprallt; die klaffende Wunde habe heftig geblutet; Annemarie habe noch drei Tage lang im Koma gelegen.

Dr. Heinrich, der Arzt, der an ihr Bett gerufen wird – sie ist sofort nach Hause transportiert worden –, stellt in Wirklichkeit an der linken Schläfe nahe dem Haarsansatz eine große

Schramme fest, die jedoch nicht so schwerwiegend ist, daß sie genäht werden müßte. Annemarie ist bei Bewußtsein, aber sehr unruhig. Aus Sicht des Arztes ist es eindeutig, daß sie an einer schweren Gehirnerschütterung leidet, aber zugleich ist er sich darüber im klaren, daß er es mit einem ernsten psychiatrischen Syndrom zu tun hat. Die beiden Freundinnen, die bei der Patientin wachen, informieren ihn darüber, daß sie gerade eine Entziehungskur hinter sich hat und daß sie vor allem kein Morphium bekommen darf. Er verordnet ihr ein Beruhigungsmittel. Da er fürchtet, es könnte eine Gehirnblutung eintreten, kommt er im Laufe des Nachmittags mehrfach, um ihren Blutdruck zu kontrollieren. Er hat die größten Schwierigkeiten, Annemaries Ruhelosigkeit zu bändigen. Zwei Tage später wird er in den Militärdienst abberufen und muß sie der Pflege des Kollegen anvertrauen, der ihn vertritt.

Am 11. September trifft Hans Schwarzenbach in Sils ein. Seine Mutter kann ihn nicht begleiten, denn sie hat sich noch nicht ganz von ihrem Sturz vom Pferd erholt. Der Arzt, Dr. Paul Gut, findet Annemaries Zustand zunehmend besorgniserregend. In Absprache mit Hans beschließt er, Annemarie im Krankenwagen ins Rives de Prangins transportieren zu lassen, in die Klinik von Doktor Forel, in der Gustava Favez seit 1940 tätig ist. Sie ist es, die die Kranke aufnimmt. Annemarie erkennt sie nur zeitweilig. Das Ärzteteam setzt alle Hebel in Bewegung, um die Kranke aus ihrer »geistigen Verwirrung«[1] herauszuholen.

Claude Clarac erfährt am Abend, bevor er nach Frankreich in den Urlaub aufbricht, vom Unfall seiner Frau. Von Marseille aus telefoniert er mit Doktor Forel. Der rät ihm, seine Mutter in Nantes zu besuchen und erst am Ende seines Europaaufenthaltes nach Prangins zu kommen. Er glaubt, daß Annemarie bis dahin so weit genesen sein wird, daß sie mit ihrem Mann nach Tetouan zurückkehren kann.

Am 1. Oktober trifft Claude Clarac in Prangins ein. Er kann

Der Silser See

nicht mit Frau Doktor Favez sprechen, da sie sich aus beruflichen Gründen in Genf befindet. Unter dem Vorwand, es gehe Annemarie ausgerechnet an diesem Tag besser und man müsse ihr jede Aufregung ersparen, untersagt Doktor Forel ihm, sie zu sehen. Zutiefst traurig fährt Claude Clarac wieder ab, nicht ohne bei dem Arzt eine kurze handgeschriebene Botschaft für seine Frau hinterlassen zu haben. »Ich vereinbarte mit dem Arzt, Frau Schwarzenbach alle Entscheidungen zu überlassen.«[2]

Claude Clarac behält Doktor Forels Auftreten in sehr schlechter Erinnerung:

> Ich glaubte, in seinen Ausführungen eine gewisse Scharlatanerie zu entdecken, was durch zahlreiche Unstimmigkeiten verstärkt wurde. Vor allem, weil er mir zunächst gesagt hatte, daß Annemaries Heilung vielleicht sehr lange dauern würde, um mich gleich anschließend aufzufordern, sie mit nach Tetouan zu nehmen. Ich machte ihn darauf aufmerksam, daß es zumindest leichtsinnig wirkte, eine solche Reise mit einer Kranken zu machen, die so geschwächt war, daß mir der Zutritt zu ihrem Zimmer verwehrt wurde.[3]

Gustava Favez erklärt später, daß Doktor Forel ihm das Schlimmste ersparen wollte: Annemarie »lag meistens auf dem Fußboden und reagierte in primitivster Weise, nicht wie ein menschliches Wesen«[4].

Am 5. Oktober besucht Renée Schwarzenbach Annemarie in Prangins. Sie trifft sie »in einem beklagenswerten Zustand«[5] an. Die Ärzte dagegen stellen eine Besserung fest und empfehlen ihr, Annemarie nach Bocken mitzunehmen. Die Mutter reist zusammen mit ihrer Tochter ab und engagiert eine Krankenpflegerin, denn die junge Frau kann weder gehen noch ohne Hilfe essen. Einige Familienmitglieder erkennt sie nicht mehr. Es ist die Rede von einer »toxischen Enzephalitis«, das heißt

von einer Gehirnerkrankung im Zusammenhang mit dem jahrelangen Drogenmißbrauch.

Am 15. Oktober fährt Marie-Louise Bodmer nach Bocken, um Annemarie zu besuchen. Am selben Abend schreibt sie in ihr Tagebuch: »Herzzerbrechendes Schauspiel.« Ihre Freundin hat sie nicht erkannt, sie lag wie ein Tier auf dem Fußboden. Am selben Tag schreibt Gustava Favez an Marie-Louise Bodmer: »Es ging ihr besser, und sie nahm ihre Rückkehr nach Bocken vollkommen wahr. Seitdem hatten wir ziemlich gute Nachrichten. Offensichtlich ist es unmöglich, die Reaktionen vorherzusehen, aber mit ein wenig Optimismus – weil man es so sehr wünscht – kann man sich einen günstigen Ausgang ihrer geistigen Verwirrung vorstellen.«

Alle maßgeblichen Personen stimmen darin überein, daß Annemaries Rekonvaleszenz langwierig sein wird, und da Renée Schwarzenbach weiß, wie sehr ihre Tochter an ihrem Haus in Sils hängt, beschließt sie mit Einverständnis des Hausarztes, sie in Begleitung von zwei Pflegerinnen dorthin zu schicken. Am 19. Oktober tritt Annemarie ihre letzte Reise nach Sils an. Da die Pflegerinnen angewiesen sind, keinerlei Besuche zuzulassen, ist sie nun vollkommen isoliert und von ihren Freunden abgeschnitten. In Sils versagen schnell ihre Kräfte. Ihre Mutter kommt sie einmal wöchentlich besuchen, aber schon bei ihrem zweiten Besuch erkennt Annemarie sie nicht mehr. Ihre Schwester Suzanne Öhman, die in der Nähe von Stockholm lebt, erhält ein Telegramm, in dem eine Freundin aus Sils sich über die Brutalität empört, mit der die Pflegerinnen Annemarie behandeln. Suzanne Öhman organisiert sofort ihre Abreise und beantragt die erforderlichen Visa, um so schnell wie möglich in die Schweiz zu reisen.

Am 8. November kommt der Psychiater Manfred Bleuler – Sohn des berühmten Psychiaters Eugen Bleuler, der den Begriff »Schizophrenie« prägte – an Annemaries Krankenbett.

Auf den Tag genau zehn Wochen nach ihrem Unfall, am

Sonntag, dem 15. November, als die Glocken von Sils die Gläubigen in die Kirche rufen, stirbt Annemarie – einsam – im Jägerhaus.

»Hundertmal hat meine arme Seele den Tod geliebt, der ihr versagt ist«[6], hat sie achtzehn Monate zuvor am Ufer des Kongo geschrieben. Der Tod hat sie endlich erhört – dieser Tod, den sie in *Marc* ein letztes Mal so ergreifend beschwört:

> Manchmal möchte ich mit der Hand nach meinem Herzen
> greifen,
> ob es noch schlägt und das gleiche ist. Es schlägt langsam,
> wie im Traum. Die Schläfen beben, der Atem müht sich, und
> die Brust ist so klein geworden,
> so schmächtig, damit ihre Enge
> dies bißchen Leben und Bewegung nicht störe, um das wir
> kämpfen müssen. Die Bilder sagen, es sei wie das zu
> schwache
> Licht einer Kerze. Aber plötzlich spüre ich dann, wie es
> emporschlagen und übermächtig werden könnte, und eine
> Geisterhelle verbreiten, die still und fürchterlich ist.
>
> Ich denke an das gesprengte Rund der Bergspitzen, die uns
> mit ihrem Leuchten und ihrer Bläue gnädig waren,
> und ich denke an die Lieblichkeit des Bachs, der in der
> Mittagshitze, zur Erntezeit, soviel über silberne Steine
> rieselnde Kühle verbreitete
> und an die Schwemme, wo abends die goldenen Pferde
> standen und ihre Mähnen schüttelten,
> und an die Wüste.
>
> Aber wenn ich in der Nacht wach werde, und mein Blick
> aus dem Dunkel, in der bleischweren Luft schwebend,
> blind und wie vernichtet ist, und wenn dann dieses
> Weben ringsum beginnt,

wenn meine Hand schlaff, und meine Füße weit sind,
und ich mir nicht mehr gehöre, und allein das
einsam schlagende Herz wie der Kindheit Brunnen rauscht,
und ich immer noch, in solcher Heimsuchung, lauschen
muß,
dann erhebt sich das Sterben über den Zauberrand der jetzt
in tiefem Schlaf liegenden Welt,
und ich bin nicht mehr.[7]

Epilog

Titelblatt von *Sie und Er* (20. November 1942)

Die Wahrheit ist, daß mir auf Erden nicht zu helfen war.

Heinrich von Kleist

15. November 1942. – Bei seiner Ankunft in Tanger findet Claude Clarac ein Telegramm vor, in dem ihm der Tod seiner Frau mitgeteilt wird: »Ich war wie vor den Kopf geschlagen. Tatsächlich hatte ich immer geglaubt, daß ihr Allgemeinzustand keinen Grund zur Besorgnis gab und daß die geistige Verwirrung, unter der sie litt, ihr Leben nicht in Gefahr brachte. Der Schlag machte mich nahezu gefühllos, da er so unerwartet und schmerzhaft war. Erst nach mehreren Tagen konnte ich mich aus meinem Kummer lösen.«[1] Am Abend bekommt Annigna Godly die Erlaubnis, das Jägerhaus zu betreten und Annemarie auf ihrem Totenbett zu sehen: »Sie gehörte jetzt zu uns, wie die ewigen Berge«, schreibt sie an Busy Bodmer.[2]

16. November 1942. – Eine Anzeige erscheint in der *Neuen Zürcher Zeitung*. Sie wurde bereits am Tag von Annemaries Tod verfaßt und lautet wie folgt: »Heute früh wurde unsere liebe Annemarie Clarac-Schwarzenbach von ihrem schweren Leiden erlöst.« Die Familie hat Claude Clarac an die erste Stelle der Hinterbliebenen gesetzt; es folgen dann die Namen ihrer Mutter und ihrer Brüder und Schwestern mit den jeweiligen Angehörigen.

Am selben Tag trifft Renée Schwarzenbach in Sils ein und

meldet den Todesfall auf dem örtlichen Standesamt. Sie fotografiert Annemarie auf ihrem Totenbett, dann räumt sie sämtliche Papiere ihrer Tochter aus dem Jägerhaus, lädt den Sarg in ihr Auto und fährt nach Bocken zurück.

Mehrere Tageszeitungen melden den Tod der Journalistin.

18. November 1942, 11 Uhr. – Annemaries Familie und einige ihrer engen Freunde versammeln sich im Krematorium von Zürich um den Sarg, der mit weißen Astern bedeckt ist. Ein Violoncello spielt die Litanei *Ruh'n in Frieden alle Seelen*[3] von Schubert und ein Largo aus einer Kantate von Bach. In seiner ausführlichen Würdigung der Verstorbenen vergleicht Pastor Spinner Annemaries Einsamkeit mit der Nietzsches, als dieser sechzig Jahre zuvor in Sils *Also sprach Zarathustra* schrieb:

> Auch sie immer auf der Suche nach der idealen Freundschaft, der entscheidenden Hilfe. Denn im Grunde war sie doch sehr hilfsbedürftig. Ein Leben in solcher Intensität gelebt, daß es – nach Jahren kurz – doch in der Fülle des Erlebten und Erschauten, des Durchkämpften und Durchlittenen ein langes Leben bedeutet, mußte sich verzehren wie die Kerze, die in der eignen Flamme schwindet. Und was waren alle Gefahren, die ihr je auf ihren oft abenteuerlich anmutenden Reisen drohten, gegenüber den Gefährdungen, die ihr ständig aus ihrem eignen Innern erwuchsen. War es die Überfülle der Gaben einer genialen Natur, die immer ins Maßlose ging, ein An-sich-selber-Kranken, das sie durch alle Unrast riß? Es drohten dämonisch zerstörende Mächte. Sie kämpfte – kämpfte mit immer neuer Energie einen Kampf gegen ihr Schicksal. Durch alle Niederlagen ging eine Sehnsucht nach echtem Leben, nach einem harmonischen Ausgleich, die sich immer mehr in die ewigen Worte religiösen Suchens und Ringens kleidete.[4]

Annemarie wird anschließend im Familiengrab auf dem Friedhof von Horgen beigesetzt. Im selben Augenblick beginnen alle Glocken der Kirchen in Sils zu Ehren der Frau Doktor zu läuten, die es verstanden hat, von allen Dorfbewohnern geliebt zu werden.

Aus verkehrstechnischen Gründen – abgesehen von den kriegsbedingten Schwierigkeiten einer Reise nach Europa – hat Claude Clarac die Fahrt nicht machen können. Er hat Renée Schwarzenbach ein Telegramm geschickt und sie gebeten, Annemaries letzte Ruhestätte in Sils-Baselgia zu lassen. Claudes Telegramm kommt zu spät, aber Renée Schwarzenbach scheint anfangs nichts dagegen zu haben, Annemaries sterbliche Überreste eventuell nach Sils überführen zu lassen. Zwei Jahre später scheint Claude Clarac weniger zuversichtlich zu sein. Er hält dennoch den Wunsch aufrecht, der Erinnerung an Annemarie in Sils-Baselgia »eine Art Altar zu widmen«[5]: »Sicher, ihre Überreste wären dort einsamer gewesen als in Horgen, nahe bei ihrem Vater. Aber wir hätten dorthin pilgern können, der eine oder andere von uns, und in jener Landschaft, die sie so sehr geliebt hat, eine lebendigere und tiefere Erinnerung an ihr Wirken finden können.«[6] Dieser Plan wird jedoch fallengelassen.

Die ersten Artikel erscheinen in der Schweizer Presse. Insgesamt werden es etwa zwanzig sein. Sie beklagen einhellig das grausame Ende einer »außergewöhnlich begabten« Frau von vierunddreißig Jahren, beleuchten ihren Werdegang, die vielfältigen Facetten ihrer Tätigkeit, ihre Empfindsamkeit, ihre Offenheit gegenüber der Welt, ihre Professionalität. Die Baseler Tageszeitung *National-Zeitung*, in der Annemarie die meisten Artikel veröffentlicht hat, erinnert an die Eleganz ihres Stils, an ihre so lebendigen Schilderungen ferner Gegenden und unbekannter Völker und betont, daß »ihr wichtigstes Gepäck die Schreibmaschine war«.

20. November 1942. – Die Wochenzeitung *Sie und Er*, für die Annemarie zahlreiche Fotoreportagen durchgeführt hat, ehrt die verstorbene Journalistin mit einem ganzseitigen Porträt auf der Titelseite, das vier Jahre zuvor von der Fotografin Marianne Feilchenfeldt-Breslauer aufgenommen wurde. *Die Weltwoche* widmet ihr eine halbe Seite, würdigt ihre unstillbare Neugier, ihren immer neuen und offenen Blick auf die Welt. Und Manuel Gasser ergänzt: »Sie war wie jener Mann, der verzweifelt eine bestimmte Tür sucht, die mit einem Kreuz markiert ist, und plötzlich bemerkt, daß dieses Zeichen mit Kreide auf alle Türen gezeichnet ist.«

Die meisten im Ausland lebenden Freunde von Annemarie erfahren erst mit mehreren Tagen oder sogar Wochen Verspätung von ihrem Tod. Der Extremfall: Ella Maillart erhält erst am 15. Februar 1943 das Telegramm, mit dem Doktor Forel ihr die traurige Nachricht übermittelt! Es kursieren die phantastischsten Gerüchte über die Umstände ihres Todes. In seiner Autobiographie schreibt Klaus Mann:

> Annemarie [...] das liebe »Schweizerkind«... Du weißt ja, daß auch sie sich zurückgezogen hat: leider nicht ohne Krampf und Qual. Es war ein Radunfall, wie man mir jetzt berichtet. Ja, ein ordinäres Fahrrad ging mit ihr durch wie ein wildes Pferd. Im Engadin gibt es sehr steile Straßen mit vielen Kurven – so geschah es denn. Das ungebärdige Vehikel schleuderte unser Schweizerkind gegen einen Schweizerbaum, daran ihr Kopf – ihr schöner, lieber Kopf: »ihr schönes Gesicht eines untröstlichen Engels« – gräßlich zu Schaden kam. Sie war nicht gleich tot, sondern lebte noch wochenlang in reduziertem Zustand. Makaber-ausgefallenes Martyrium, verhängt von schaurig unergründlicher Instanz! Als ob es auf den Schlachtfeldern, in den Vernichtungslagern und Folterkellern nicht genug der grausam langwierigen Agonie gegeben hätte![7]

Claude Bourdet erfährt erst 1945 bei seiner Rückkehr aus Buchenwald von Annemaries Tod. Ein Reitunfall, sagt man ihm. »Oder hat sie sich das Leben genommen, wie sie es so oft wollte?«[8] fragt er sich noch Jahre später.

Dezember 1942. – Carson McCullers erhält die Nachricht von Klaus Mann:

> Heute nachmittag kam Dein Brief. Ich habe ihn stundenlang angesehen, ohne es glauben zu können. Heute hat es geschneit. Ich war den ganzen Tag im Wald spazierengegangen und hatte mich Annemarie ganz besonders nah gefühlt, so daß der Schnee wie der in ihrem Land war und die schwarzen Tannen ihr Wald. Als ich schließlich nach Hause kam, war da der Brief. Es gibt nichts dazu zu sagen. Du weißt, was Annemarie mir bedeutet hat.[9]

4. Dezember 1942. – Claude Clarac schreibt an Busy Bodmer:

> Das, was mir in Ihrem Brief, wenn ich ihn lese, ein wenig Trost gibt, das ist der Eindruck, mit Ihnen, die Sie wie ich Annemarie gekannt, geliebt, bewundert haben, ein Gespräch über sie begonnen zu haben. Hier, wo sie nur wenig Zeit verbracht hat, ist das nicht möglich. Indem wir von ihr sprechen, könnten wir ihre Anwesenheit heraufbeschwören und auf diese Weise ihre nicht hinnehmbare Abwesenheit lindern, die als real zu akzeptieren ich mich weigere. Immer habe ich ihre Silhouette vor Augen, ihre Gesten, ihre feinen Hände, die auf eine ganz persönliche Art zu verstehen schienen, wenn sie mit den Fingerspitzen etwas berührte, und vor allem diesen unvergeßlichen Blick, den sie hatte und der jenseits der äußeren Erscheinung der Dinge eine für andere unsichtbare Realität sah, voller mystischer Bedeutung und von poetischer Tiefe. Sie hatte Tetouan geliebt, wo sie die Berge

ihrer Kindheit wiedergefunden hatte. Und dann habe ich sie in diesem zu kurzen Sommermonat so wiedergefunden, wie ich sie mir erträumt habe, wie ich immer wußte, daß sie war, aber wie ich es noch nicht durchschaut hatte. [...] Vor mir geöffnet sah ich einen langen Weg des Glücks an ihrer Seite, einen von uns beiden frei gewählten Weg. Die Zerreißproben Frankreichs haben unsere Herzen einander noch nähergebracht, denn sie wußte, wie sehr ich darunter litt. Ich fand in ihrer natürlichen Großzügigkeit einen sehr kostbaren moralischen Halt, der mir heute grausam fehlt. In der Ruhe, die sie hier genoß, fiel ihr die Arbeit leicht. Das Bewußtsein davon, was ich ihr auf diese Weise geben konnte – so wenig es war –, rechtfertigte in gewissem Sinn das Wunder ihrer Präsenz in meiner Nähe. Wunder ist das richtige Wort. Nicht daß ich jemals aufgehört hätte, mich darauf zu verlassen. Aber die Freude, die sie mir inmitten von soviel Traurigkeit gespendet hat, erschien mir zu intensiv, zu unverdient, als daß das Schicksal sich dafür nicht grausam rächen würde. Vielleicht hat auch sie es so empfunden. Die resignierte, aber herzergreifende Traurigkeit, die sie ausstrahlte, als sie mich in Ceuta verließ, hatte mich für einen kurzen Moment wie eine Vorahnung getroffen. Ich hatte das Gefühl mit einem Schulterzucken abgetan. Als sie diese Küste zurückließ, wo wir uns wiedergefunden hatten, schien es, als ob sie sich in ein Abenteuer begäbe, von dem sie nicht zurückkommen würde.

Clarac kennt die testamentarischen Verfügungen seiner Frau nicht. Er macht sich große Sorgen darüber, was mit ihren Werken geschieht: »Insbesondere bedrückt mich, daß ihre Arbeiten in hastige Hände gelangen, verstreut oder aber teilweise vernichtet werden könnten. Ich wünschte, daß alles, ohne irgendeine Ausnahme, aufbewahrt würde – veröffentlichte und unveröffentlichte Manuskripte, Zeitungsartikel etc.«

Mitte Dezember 1942. – Anita Forrer kehrt nach drei Monaten Abwesenheit aus den Vereinigten Staaten zurück. Sie weiß nicht, daß sie die Nachlaßverwalterin für Annemaries sämtliche persönliche Papiere, Briefe und Manuskripte ist. Erst im Frühjahr des darauffolgenden Jahres wird sie darüber informiert.

Januar 1943. – In der *Gazette de Lausanne* vom 3. Januar schreibt Charly Clerc:

> Ich hoffe, demnächst von einem einzigartigen Buch sprechen zu können, das tief und wunderbar rein in der Form ist, *Das Wunder des Baums* von Annemarie Clarac-Schwarzenbach! Als sie vor einem Monat starb, hinterließ sie uns das Manuskript, zu dem ihr Denken im Lauf der letzten Wochen immer wieder zurückkehrte. [...] Soll ich sagen, daß man ihr nicht den Platz eingeräumt hat, den sie verdient hätte? Ich sage vor allem, daß Freundschaften sie umgeben haben, die ihre vielseitige und brennende Seele bis zum letzten Moment anzuziehen wußte.

Und nachdem er eine Passage aus *Das glückliche Tal* zitiert hat, schließt er: »Ja, etwas Beflügeltes!«

Renée Schwarzenbach bittet Marie-Louise Bodmer, ihr alle Texte ihrer Tochter auszuhändigen – Artikel, Gedichte und so weiter.

Als Hommage an Annemarie und um den Lesern eine andere Facette ihrer Kreativität zu entdecken, veröffentlicht die Zeitschrift *Annabelle* in voller Länge das vierte Gedicht des Zyklus *Kongo-Ufer* und ein großformatiges Foto, das Margareta Fellerer aufgenommen hat.

12. Februar 1943. – *Die Tat* veröffentlicht einen Nachruf auf Annemarie mit dem Titel *Zwischen Afrika und Europa.*

März 1943. – Die Monatszeitschrift *Du* bringt eine siebenseitige Hommage an Annemarie Schwarzenbach. Der Chefredakteur Arnold Kübler würdigt in einem langen Artikel das professionelle Selbstverständnis der Journalistin und schildert ihre außergewöhnliche Ausstrahlung. Außerdem zeichnet er mit Hilfe von Fotos, die sie seit 1934 im Zuge der verschiedenen Reportagen für die *Zürcher Illustrierte* gemacht hat, ihren Berufsweg nach. Er interpretiert ihr Leben und insbesondere ihr journalistisches Werk als eine leidenschaftliche Suche nach der Wahrheit jenseits der sichtbaren Erscheinung der Dinge und schließt mit diesen Worten, die, wie er anmerkt, auch Nietzsche auf sich anwandte: *Fugitivus errans.*

April 1943. – Als Anita Forrer über ihre Funktion als Nachlaßverwalterin informiert wird, bittet sie Renée Schwarzenbach, ihr Annemaries Briefe und Manuskripte zurückzugeben. Sie stellt schnell fest, daß sich in der enormen Menge der Dokumente, die ihr ausgehändigt wurden, nur noch etwa zehn Briefe befinden. In der Zwischenzeit hat die Mutter die gesamte Korrespondenz ihrer Tochter vernichtet – Hunderte von Briefen, darunter die von Klaus und Erika Mann, von Carson McCullers, Claude Bourdet, Roger Martin du Gard, Ella Maillart, um nur ihre bekanntesten Briefpartner zu nennen. Da sie der Meinung ist, daß die wenigen erhaltenen Briefe zu alt sind und »ohne irgendwelchen Inhalt, der ihre Aufbewahrung rechtfertigen würde«[10], vernichtet Anita Forrer sie.

Mit dem Einverständnis der Familie Schwarzenbach entscheidet sie, die Erinnerung an Annemarie in Ehren zu halten, indem ihre gesamten Bücher der Gemeindebibliothek von Sils gestiftet werden. Unter den Dokumenten, die man ihr übergeben hat, entdeckt sie private Tagebücher. Sie informiert Renée Schwarzenbach, die sie zu lesen wünscht. Anita Forrer zögert nicht einen Augenblick, sie ihr anzuvertrauen. Renée Schwarzenbach und ihre Mutter Clara Wille sind sich darin einig, daß

diese Dokumente vernichtet werden müssen. Dem widersetzt sich Anita Forrer, und der Konflikt bricht auf.

Mabel Zuppinger und Pastor Spinner teilen der Nachlaßverwalterin einen Wunsch mit, den viele von Annemaries Freunden teilen: daß *Marc* veröffentlicht werde. Anita Forrer schreibt zu dieser Angelegenheit: »Ich las das Manuskript durch, mehrere Male, und finde es absolut krank, d. h., es hat immer einzelne, schöne Stellen, aber schwebt ohne Substanz in der Luft. Claudine[11] selbst sagte, man müßte jemand haben, der Kommentare dazu schreiben würde.«[12] Charly Clerc, der um seine Einschätzung gebeten wird, antwortet, daß er die erste Version vorziehen würde.

25. September 1943. – Clara Wille schreibt an Anita Forrer:

Liebe Frau Anita,

ich hoffe, Sie wissen, wie sehr ich mich stets freue, wenn Sie mal kommen – und Sie sollten auch wissen, wie sehr ich immer zu Annemarie hielt und diese liebhatte. Es ist ganz gewiß nur in deren Interesse, daß ich Sie bitte, diese von Annemarie selbst sicher längst vergessenen Tagebücher zu ignorieren! – Jemand, der so gerne und so viel schrieb wie Annemarie, die überdies mir des öfteren sagte, daß sie nie etwas thun würde, nie etwas gegen ihre Mutter – kann natürlich nicht verantwortlich gemacht werden für solch unüberlegte momentane Ergüsse, und überdies Ergüsse, die nur ihr selbst schaden würden! – Es sind ja wirklich für jeden Andern sehr unwichtige Dinge, und der einfachste Takt verbietet, sie (zu nicht ganz saubern Zwecken) zu verwenden. – Sie sehen ja, wie ehrlich Renée ist, sonst hätte sie sie gar nicht weiter beachtet und sofort getilgt – und Sie haben auch selbst schon einiges weggethan – so muß dies nun auch mit diesen »Tagebüchern« geschehen – Ich wenigstens nehme die volle Verantwortung dafür, und fand immer das Aufrühren

jedweden Unerfreulichen und jeden Schmutzes eine Niedertracht. – Glauben Sie mir, liebe Frau Anita – es ist so. Es sind schon der »wilden« Gerüchte genug.

28. September 1943. – Anita Forrer antwortet Clara Wille:

Sehr geehrte Frau General Wille,

es überraschte mich sehr, aus Ihrem Brief zu ersehen, daß Sie mir Motive zumuten, die, wie Sie ja schließlich wissen müssen, meinem Wesen absolut fremd sind. Ich bin überzeugt, daß Ihnen persönlich alles fern lag, was mich beleidigen wollte, aber Sie werden verstehen, daß diese Art Diskussion, komme sie von welcher Seite sie wolle, mir traurig ist und unangenehm, und deshalb m[ö]chte ich darauf garnicht weiter eingehen.

Festzustellen wäre noch, daß die Tagebücher zu den Dokumenten gehören, die mir laut Testament anvertraut sind. Als Renée mich bat, sie ihr leihweise zu überlassen, habe ich nicht gezögert, das zu tun. Selbstverständlich erwartete ich die Rückgabe derselben. Ich bestehe darauf, daß die Tagebücher wieder in meinen Besitz gelangen, denn ich habe das absolute Recht darauf.

Empfangen Sie, sehr geehrte Frau General Wille, den Ausdruck meiner vorzüglichen Hochachtung.

Annemaries Tagebücher sind niemals an die rechtmäßige Person zurückgegeben worden. Ein einziges ist – teilweise – der Vernichtung entgangen. Anita Forrer hat es erst später zwischen verschiedenen Manuskripten entdeckt. Es handelt sich um ein Tagebuch, das 1939 während der Afghanistanreise entstand. Anita Forrer vertraut es Ella Maillart an, die auf der Schreibmaschine eine Kopie davon macht – eine Kopie, die offensichtlich unvollständig ist. Das Original dieses Tagebuchs ist bis heute unauffindbar.

14. November 1944. – In der Bibliothek von Sils, der Anita Forrer die Bücher aus Annemaries Besitz gestiftet hat, findet eine Einweihungszeremonie statt.

9. November 1945. – Als Renée Schwarzenbach erfährt, daß Ella Maillart ein Buch über die Reise nach Afghanistan mit Annemarie schreibt, fordert sie sie auf, es ihr und ihren Kindern vor der Veröffentlichung vorzulegen. Ella Maillart muß einige »Richtigstellungen« vornehmen, insbesondere eine Passage streichen, in der Renée in einem unvorteilhaften Licht erscheinen würde, und Annemarie den Decknamen »Christina« geben.

1947. – Ella Maillarts Bericht wird in London unter dem Titel *The Cruel Way* veröffentlicht.

1952. – Das Buch erscheint in Genf in einer französischen Übersetzung, die Ella Maillart selbst besorgt hat, unter dem Titel *La voie cruelle.*

1980. – Anita Forrer übergibt alle Dokumente Annemarie Schwarzenbachs dem Literaturarchiv der Schweizerischen Nationalbibliothek in Bern.

1985. – Zwei Schweizer Forscher stoßen fast gleichzeitig auf den Nachlaß im Schweizerischen Literaturarchiv in Bern. Zwei Jahre später veröffentlicht Charles Linsmayer *Das glückliche Tal.*

1988. – Mit *Lyrische Novelle* macht Roger Perret im Lenos Verlag den Auftakt der Veröffentlichung ausgewählter Werke von Annemarie Schwarzenbach. Zwölf Bücher – darunter drei Werke, die zu Lebzeiten der Autorin nicht veröffentlicht wur-

den, vier Bände mit Reportagen sowie im belgischen Verlag Esperluète Gedichte – werden zwischen 1988 und 2007 veröffentlicht. Fast ein halbes Jahrhundert nach ihrem Tod tauchen Leben und Werk Annemarie Schwarzenbachs aus der Vergessenheit auf.

Anhang

Chronologie

1908 Am 23. Mai Geburt von Annemarie Minna Renée Schwarzenbach in Zürich als drittes Kind des Seidenfabrikanten Alfred Schwarzenbach und seiner Frau Renée Schwarzenbach-Wille, einer Tochter von General Ulrich Wille und Clara von Bismarck.

1912 Umzug der Familie auf den Besitz in Bocken oberhalb des Dorfs Horgen.

1916 Privatunterricht bis 1923. Klavier- und Reitunterricht.

1923 Zweijähriger Besuch einer Privatschule in Zürich.

1924 Eintritt in den Wandervogel. Textbeiträge für die Zeitschrift der Jugendbewegung.

1925 Konfirmation bei Pastor Ernst Merz.
Zweijähriger Besuch des Hochalpinen Instituts für junge Mädchen in Fetan.

1927 Abitur. Beginn des Geschichtsstudiums an der Universität Zürich.

1928 *Oktober:* Aufnahme eines zweisemestrigen Studiums an der Pariser Sorbonne.

1929 *13. Oktober:* Publikation der Kurzgeschichte *Erik* in der Zürcher Tageszeitung *Neue Zürcher Zeitung (NZZ)*

1930 *24. April:* Essay über die Jugend in der *NZZ*.
Im Juni Begegnung mit Claude Bourdet und im September mit Erika Mann. Niederschrift der Kurzgeschichte *Ruth,* die zwei Jahre später veröffentlicht wird.
Dezember: Organisation einer Vortragsveranstaltung für Klaus und Erika Mann in Zürich.

1931 25 *April:* Abschluß der Dissertation über die Geschichte des Hochengadin.

Juni: Publikation des ersten Romans, *Freunde um Bernhard.*

August: Arbeit am zweiten Roman mit dem Titel *Aufbruch im Herbst,* der verschollen ist.

Anfang September: Niederschrift von Artikeln für den ersten Band des Schweizer Reiseführers für den Piper Verlag.

Ende September: Umzug nach Berlin. Niederschrift der *Lyrischen Novelle.* Erste journalistische Arbeiten (für die Rubrik Kino in der *NZZ*).

1932 *Mai:* Reise nach Venedig mit Klaus und Erika Mann. Niederschrift des Dramas *Cromwell.*

Sommer: Reise nach Stockholm und Finnland.

September: Mehrere Artikel für den zweiten Band des Piper-Reiseführers.

Oktober: Erstmaliger Konsum von Morphium.

1933 Niederschrift von *Flucht nach oben.* Publikation der *Lyrischen Novelle.*

Mai: Projekt einer antifaschistischen Revue mit Klaus Mann und Claude Bourdet. Reportage in den spanischen Pyrenäen mit der Fotografin Marianne Breslauer.

Juni: Treffen mit Catherine Pozzi und Jean Paulhan in Paris.

Mitte Oktober: Aufbruch zu einer sechsmonatigen Reise in den Vorderen Orient mit einer Gruppe von Archäologen (Türkei, Syrien, Libanon, Palästina, Irak, Persien).

1934 Niederschrift und Veröffentlichung des Reisetagebuches *Winter in Vorderasien.*

Beginn eines Zyklus von Kurzgeschichten, die durch den Aufenthalt im Orient inspiriert sind *(Der Falkenkäfig).*

August: Teilnahme am sowjetischen Schriftstellerkongreß in Moskau mit Klaus Mann.

September–Dezember: Aufenthalt in Teheran, Arbeit als Archäologin in der Ausgrabungsstätte von Rhages. Verlobung mit Claude Clarac, dem Zweiten Sekretär in der französischen Gesandtschaft in Persien.

27. Dezember: Öffentliche Fürsprache für Erika Manns antifaschistisches Kabarett, nachdem es Opfer einer Hetzkampagne der Schweizer Frontisten wurde.

1935 *Januar:* Entziehungskur in der Klinik von Samedan. Selbstmordversuch. Anmietung des Jägerhauses in Sils-Baselgia für ein Jahr.

März: Reise nach Nantes ohne Claude Clarac, um die zukünftigen Schwiegereltern kennenzulernen.

21. Mai: Heirat mit Claude Clarac in Teheran. Beginn der Arbeit an *Tod in Persien.* Beziehung zu Barbara Wright.

Oktober: Rückkehr in die Schweiz. Entziehungskur in Prangins.

1936 Sommer mit Klaus und Erika Mann in Mallorca, an der Côte d'Azur, in Sils.

Klaus Mann und sein Vater setzen sich vergeblich für die Veröffentlichung des Zyklus orientalischer Erzählungen ein.

Ende August: Überfahrt in die USA und Realisierung einer Serie von Reportagen mit Barbara Wright in Maine.

1937 Reportagen im Industriegebiet von Pittsburgh.

Mitte Februar: Rückkehr in die Schweiz.

Mai: Reise über die baltischen Staaten nach Moskau, Beginn der Recherchen zur Biographie des Alpinisten Lorenz Saladin mit dem Ziel, eine Biographie über ihn zu schreiben. Rückkehr über Schweden. Sommer in Sils mit Klaus und Erika Mann, Therese Giehse, Barbara Wright, Michael Logan und Claude Clarac.

5. Oktober: Ankunft in New York mit Barbara Wright. Reportagen in den Südstaaten.

1938 *Februar:* Rückkehr nach Europa. Entziehungskuren in Samedan, Kreuzlingen, Yverdon.
März: direkt nach dem ›Anschluß‹ Österreichs Reise nach Wien mit der Absicht, den Kontakt zwischen deutschen Emigranten und dem österreichischen Widerstand herzustellen.
September: Reportage in Prag unmittelbar vor dem Münchner Abkommen.
Erste Begegnung mit Ella Maillart.
Oktober: Veröffentlichung von *Lorenz Saladin. Ein Leben für die Berge.* Beginn der Arbeit an *Das glückliche Tal* in der Klinik von Yverdon.
11. Dezember: Niederschrift des Testaments.

1939 *Februar:* Plan einer Reise nach Afghanistan mit Ella Maillart.
6. Juni: Aufbruch von Genf. Ankunft in Kabul Ende August. Drogensucht.
Ende Oktober: Trennung von Ella Maillart und Anschluß an das Archäologenteam von Joseph Hackin im afghanischen Tukestan.
Beginn der Arbeit am Zyklus *Die vierzig Säulen der Erinnerung.*
Ende Dezember: Abreise aus Afghanistan und Wiedersehen mit Ella Maillart in Indien.

1940 *Anfang Januar:* Rückkehr nach Europa.
Mai: Abreise in die USA mit Margot von Opel. Marie-Louise Bodmer wird Annemarie Schwarzenbachs Agentin in der Schweiz.
Juni: erste Begegnung mit Carson McCullers in New York. Drogensucht.
Oktober: psychotische Krise.

November: Tod des Vaters. Selbstmordversuch, Klinikeinweisung, Flucht aus der Klinik von Greenwich.

1941 Selbstmordversuch, Internierung in der Psychiatrie. Entlassung nur unter der Bedingung der sofortigen Ausreise aus den USA. Einschiffung am 1. Februar und Rückkehr in die Schweiz über Lissabon. Hier dreiwöchiger Aufenthalt und Wiederaufnahme der journalistischen Tätigkeit.

14. Februar: Carson McCullers Roman *Reflections in a Golden Eye (Spiegelbild im goldnen Auge)* erscheint, der Annemarie Schwarzenbach gewidmet ist.

April: Ausreise aus der Schweiz auf Anordnung der Mutter. Reise über Lissabon nach Belgisch-Kongo mit der Absicht, sich den freien französischen Truppen anzuschließen.

Juli: Schiffahrt auf dem Kongo flußaufwärts bis Lisala, Niederschrift des Klagelieder-Zyklus *Kongo-Ufer,* anschließend Reise ins Innere des afrikanischen Kontinents.

Ende Oktober: Nach der Rückkehr nach Léopoldville Aufnahme der Arbeit an *Das Wunder des Baums.*

1942 *Ende Februar:* Abschluß des Romans in Thysville, anschließend Einschiffung nach Lissabon. Während der Überfahrt Niederschrift von *Beim Verlassen Afrikas.*

Ende Mai: Wiedersehen mit ihrem Ehemann, dem französischen Diplomaten, in Tetouan. Niederschrift des Gedichtzyklus *Aus Tetouan.*

Ende Juni: Rückkehr nach Sils. Transformation von *Das Wunder des Baums* in ein Prosagedicht mit dem Titel *Marc.*

6. September: Sturz mit dem Fahrrad.

15. November: Tod in Sils.

Bibliographie

Werke von Annemarie Schwarzenbach

Veröffentlichungen in französischer Sprache

La Vallée heureuse. Éditions de l'Aire/Éditions du Griot, Lausanne, Boulogne 1991.
Nouvelle lyrique. Verdier, Lagrasse 1994.
Orient exils. Autrement 1994; neuaufgelegt bei Payot, Paris 2000, 2003.
La Mort en Perse. Payot, Paris 1997, 1998, 2001.
Loin de New York. Reportages et photographies (1936–1938). Payot, Paris 2000.
Où est la terre des promesses? Avec Ella Maillart en Afghanistan (1939–1949). Payot, Paris 2002, 2004.
Visions d'Afghanistan. Payot, Paris 2002.
Bleu immortel. Voyages en Afghanistan, Éditions Zoé, Genève 2003.
Le Refuge des cimes. Payot, Paris 2004.
Rives du Congo. Tétouan / Kongo-Ufer. Aus Tetouan. Deutsch-französische Gedichtsammlung, Esperluète Éditions, Noville-sur-Mehaigne, Belgien 2005.
Hiver au Proche-Orient. Payot, Paris 2006.
Nouvelle Parisienne (1929). In: Inverses, Châtillon 2006.
Lettres à Claude Bourdet. Éditions Zoé, Genève 2008.
Les Quarante colonnes du souvenir / Die vierzig Säulen der Erinnerung. Deutsch-französische Ausgabe, Esperluète Éditions, Noville-sur-Mehaigne, Belgien 2008.

Veröffentlichungen in deutscher Sprache

Literarische und wissenschaftliche Werke[1]

Erik [1928]. Neue Zürcher Zeitung, 13. Oktober 1929.

Ruth [1930]. Amalthea Almanach, Zürich, Leipzig, Wien 1932.

Beiträge zur Geschichte des Oberengadins im Mittelalter und zu Beginn der Neuzeit. Dissertation, 1931.

Freunde um Bernhard. Almathea Verlag, Zürich, Leipzig, Wien 1931; wieder erschienen bei Lenos, Basel 1993.

Lyrische Novelle [1931]. Rowohlt, Berlin 1933; wieder erschienen bei Lenos, Basel 1998.

Das Buch von der Schweiz. Ost und Süd. Piper, München 1932.

Das Buch von der Schweiz. Nord und West. Piper, München 1933.

Flucht nach oben [1933]. Lenos, Basel 1999.

Winter in Vorderasien. Tagebuch einer Reise. Rascher, Zürich 1934; wieder erschienen bei Lenos, Basel 2002.

Tod in Persien [1935–1936]. Lenos, Basel 1995.

Der Falkenkäfig [1935–1936], teilweise veröffentlicht unter dem Titel Bei diesem Regen. Lenos, Basel 1989.

Lorenz Saladin. Ein Leben für die Berge. Hallwag, München 1938.

Kongo-Ufer [1941]. Aus Tetouan [1942]. Deutsch-französische Ausgabe, Esperluète Éditions, Noville-sur-Mehaigne, Belgien 2005.

Das glückliche Tal [1938]. Morgarten, Zürich 1940; wieder erschienen bei Huber, Frauenfeld 1987, und bei Lenos, Basel 2006.

Die vierzig Säulen der Erinnerung / Les Quarante colonnes du souvenir [1939–1940]. Deutsch-französische Ausgabe, Esperluète Éditions, Noville-sur-Mehaigne, Belgien, 2008.

Aufsätze, Reportagen und Fotografien, Briefwechsel

Auf der Schattenseite. Reportagen und Fotografien. Lenos, Basel 1990.

»Wir werden es schon zuwege bringen, das Leben.« Annemarie Schwarzenbach an Erika und Klaus Mann, Briefe [1930–1942]. Herausgegeben von Uta Fleischmann, Centaurus, Herbolzheim 1993.

Jenseits von New York. Reportagen und Fotografien [1936–1938]. Lenos, Basel 1997.

Alle Wege sind offen. Die Reise nach Afghanistan [1939–1940]. Lenos, Basel 2000.

Insel Europa. Reportagen und Feuilletons [1930–1942]. Lenos, Basel 2005.

Die weißen Ebenen [1941]. In: Geschichten von unterwegs. Auf Reisen. Lenos, Basel 2005.

Zwischen 1930 und 1942 hat Annemarie Schwarzenbach vor allem in Schweizer Zeitungen und Zeitschriften ungefähr zweihundertneunzig Aufsätze und Fotoreportagen über Themen veröffentlicht, die wesentlich Deutschland, Österreich, das Baltikum, Skandinavien, Spanien, Portugal, den Iran, Afghanistan, die Vereinigten Staaten, den Kongo und Marokko betrafen. Ungefähr einhundertfünfundzwanzig Aufsätze wurden von der Presse nicht angenommen. Sie befinden sich als Typoskripte im Schweizerischen Literaturarchiv (Bern).

Das fotografische Werk, das im Archiv von Bern registriert ist, umfaßt mehr als zweitausend Negative.

Die wichtigsten unveröffentlichten Texte, die im Schweizerischen Literaturarchiv zugänglich sind

Gespräch. Ohne Ort, 1928.
Das Märchen von der gefangenen Prinzessin, Paris, Januar 1929.
Pariser Novelle I / Pariser Novelle II. Ohne Ort, 1929.
Paris III. Ohne Ort, 1930.
Römische Skizze. Ohne Ort, 1930.
Der Hut. Ohne Ort, 22. November 1930.
Yelinda. Ohne Ort, 27. Dezember 1930.
Cromwell. Ohne Ort, 1932.
Der Fluß. Ohne Ort, 1933.
Die zärtlichen Wege, unsere Einsamkeit. Sils, Frühling 1941.
Das Namenlose. Sils, März/April 1941.
Der Krater der Tiere. Molanda, 31. Juli bis 1. August 1941.
Das Wunder des Baums. Léopoldville/Thysville, 22. Oktober 1941 bis 20. Februar 1942.
Beim Verlassen Afrikas. Luanda/Lissabon, 14.–30. März 1942.
Marc. Sils, Sommer 1942.

Herkunft der wichtigsten Briefwechsel

An Klaus und Erika Mann: Monacensia, München.
An Claude Bourdet: Privatbesitz der Familie Bourdet, Paris, Frankreich.
An Marie-Louise Bodmer: Privatbesitz Esther Gambaro, Schwyz, Schweiz.
An Ella Maillart: Schweizerisches Literaturarchiv, Bern.
An Carson McCullers: Archiv des Harry Ransom Humanities Research Center, Austin, Texas.
An Martha Cadisch: Privatbesitz Gitta Bühler-Schmid und Annemarie Ruoss-Schmid, Binz, Schweiz.

An Albrecht Haushofer: Schweizerisches Literaturarchiv, Bern.
An Ernst Merz und an Alfred Wolkenberg: Privatbesitz Roger Perret, Zürich.

Zeitungen und Zeitschriften, in denen Annemarie Schwarzenbach veröffentlicht hat (in chronologischer Reihenfolge)

Wandervogel
Neue Zürcher Zeitung
Schweizer Student
Zürcher Illustrierte
Schweizer Illustrierte
Die Weltwoche
Schweizer Frauenkalender
Die Sammlung
National-Zeitung
Zürcher Post
ABC
Luzerner Tageblatt
Thurgauer Zeitung
Atlantis
Geographical Magazine
Annabelle
Maß und Wert
Sie und Er
Der Bund
Schweizer Radio-Zeitung
Auto
Die Tat
Schweizer Frauenblatt
Du
Le Courrier d'Afrique
Schweizer Illustrierte Zeitung

Die Familie Mann[2]

Keiser-Hayne, Helga: Erika Mann und ihr politisches Kabarett »Die Pfeffermühle« 1933–1937. Rowohlt, Reinbek 1995.
Kroll, Fredric: Klaus-Mann-Schriftenreihe, 7 Bände. Klaus Blahak, Wiesbaden 1976–2006.
Kröger, Ute: »Wie ich leben soll, weiß ich noch nicht«. Limmat Verlag, Zürich 2005.
Lühe, Irmela von der: Erika Mann. Campus, Frankfurt/M. 1994.
Mann, Erika: Briefe und Antworten. dtv, München 1984/85.
– : Mein Vater, der Zauberer. Rowohlt, Reinbek 1996.
Mann, Golo: Eine Jugend in Deutschland. S. Fischer, Frankfurt/M. 1986.
Mann, Katia: Thomas Mann. Albin Michel, Paris 1975.
Mann, Klaus: Mephisto. Querido, Amsterdam 1936 (Rowohlt, Reinbek 2006).
– : Der Vulkan. Querido, Amsterdam 1939 (Rowohlt, Reinbek 2002).
– : Der Wendepunkt. S. Fischer, Frankfurt/M. 1952 (Rowohlt, Reinbek 2006).
– : Briefe und Antworten. Ellermann, München 1975 (Rowohlt, Reinbek 1991).
– : Treffpunkt im Unendlichen. S. Fischer, Berlin 1932 (Rowohlt, Reinbek 1987).
– : Die neuen Eltern. Aufsätze, Reden, Kritiken 1924–1933. Rowohlt, Reinbek 1992.
– : Zahnärzte und Künstler. Aufsätze, Reden, Kritiken 1933–1936. Rowohlt, Reinbek 1993.
– : Das Wunder von Madrid. Aufsätze, Reden, Kritiken 1936–1938. Rowohlt, Reinbek 1993.
– : Zweimal Deutschland. Aufsätze, Reden, Kritiken 1938–1942. Rowohlt, Reinbek 1994.

– : Auf verlorenem Posten. Aufsätze, Reden, Kritiken 1942–1949. Rowohlt, Reinbek 1994.
– : Alexander. Rowohlt, Reinbek 2006.
– : Flucht in den Norden. Querido, Amsterdam 1934 (Rowohlt, Reinbek 2003).
– : Tagebücher. Edition Spangenberg, München 1989–1991 (Rowohlt, Reinbek 1995).
– : Speed. Rowohlt, Reinbek 1990.
Mann, Klaus und Erika: Escape to Life. Houghton Mifflin, Boston 1939 (Rowohlt, Reinbek 2001).
Mann, Thomas: Briefe. S. Fischer, Frankfurt/M. 1961, 1963, 1965 (S. Fischer, Frankfurt/M. 2004).
– : Tagebuch. S. Fischer, Frankfurt/M. 1977–1995 (S. Fischer, Frankfurt/M. 1993).
Naumann, Uwe: Klaus Mann. Rowohlt, Reinbek 1984.
Schänzler, Nicole: Klaus Mann. Aufbau, Berlin 2001.
Schröter, Klaus: Thomas Mann. Rowohlt, Hamburg 1964.

Claude Bourdet und Catherine Pozzi

Bourdet, Claude: L'Aventure incertaine. Stock, Paris 1975.
– : L'Europe truquée. Seghers, Paris 1977.
– : Mes batailles. Éditions In Fine, Paris 1993.
Lawrence, Joseph: Catherine Pozzi. Une robe couleur de temps. La Différence, Paris 1988.
Pozzi, Catherine: Tagebuch (1913–1934). Ramsay, Paris 1987; wieder erschienen bei Seghers, Paris 1990.
– : Correspondance avec Jean Paulhan (1926–1934). Claire Paulhan, Paris 2000.

Der Orient

Byron, Robert: La Route d'Oxiane. Payot, Paris 1993.
Gorshenina, Svetlana/Rapin, Claude: De Kaboul à Samarcande. Gallimard, Paris 2001.
Maillart, Ella: Croisières et caravanes. Payot, Paris 1993.
– : La voie cruelle. Deux femmes, une Ford vers l'Afghanistan. Payot, Paris 2001. Auf deutsch: Der bittere Weg. Mit Annemarie Schwarzenbach unterwegs nach Afghanistan. Lenos, Zürich 2003.
Ramade, Frédéric/Bailhache, Alexandre: La Perse des écrivains voyageurs. Chêne, Paris 1999.
Sackville-West, Vita: Une Anglaise en Orient. Anatolia/Éditions du Rocher, Monaco 1996.

Carson McCullers

McCullers, Carson: Romans et nouvelles. Hachette, Paris 1994.
– : Illumination et nuits blanches, Editions 10/18, Paris 2001. Auf deutsch: Autobiographie. btb, München 2003.
Spencer Carr, Virginia: The Lonely Hunter. Carrol & Graf Publishers, New York 1985.
Savigneau, Josyane: Carson McCullers. Un cœur de jeune fille. Stock, Paris 1995.
Tournier, Jacques: À la recherche de Carson McCullers. Retour à Nayack. Calmann-Lévy, Paris 2001.

Die Schweiz

Gilliard, Charles: Histoire de la Suisse. PUF, Paris 1944.
Jost, Hans-Ulrich: Le Salaire des neutres. Denoël, Paris 1999.
Meienberg, Nicolas: Le Délire général. Zoé, Carouge-Genève 1988.
Ziegler, Jean: La Suisse, l'or et les morts. Seuil, Paris 1997.

Die Drogensucht

Boulgakov, Mikhaïl: Morphine. Mille et une Nuits, Paris 2000.
Cocteau, Jean: Opium. Stock, Paris 1983.
Farrère, Claude: Fumée d'opium. Mille et une Nuits, Paris 2002.
Journal d'un morphinomane. Allia, Paris 1997.
Salgues, Yves: L'Heroïne. Une vie. Lattès, Paris 1987.
Tailhade, Laurent: La noir idole. Mille et une Nuits, Paris 2001.

Andere Themen

Aberdam, Daniel: Berlin entre les deux guerres: une symbiose judéo-allemande? L'Harmattan, Paris 2000.
Conrad, Joseph: Jugend. S. Fischer, Frankfurt/M. 1963.
Cornevin, Robert: L'Afrique noire de 1919 à nos jours. PUF, Paris 1973.
David, Claude: Hitler et le nazisme. PUF, Paris 1972.
Droz, Jacques: Histoire de l'Allemagne. PUF, Paris 1970.
Eisner, Lotte H.: F. W. Murnau. Le Terrain vague, Paris 1964.
Giehse, Therese: Ich habe nichts zum Sagen. Gespräche mit Monika Sperr. Rowohlt, Reinbek 1973.
Kaspi, André: Les Américains. Seuil, Paris 1986.

Landshoff-Yorck, Ruth: Klatsch, Ruhm und kleine Feuer. Biographische Impressionen. Fischer, Frankfurt/M. 1997.

Merz, Ernst: Tradition und Einkehr. Castrum Peregrini Presse, Amsterdam 1985.

Palmier, Jean-Michel: Weimar en exil. Payot, Paris 1988.

– : Retour à Berlin. Payot, Paris 1989.

Rilke, Rainer Maria und Forrer, Anita: Briefwechsel. Insel, Frankfurt/M. 1982.

– und Pozzi, Catherine: Correspondance (1924–1925). La Différence, Paris 1990.

Sahl, Hans: Survivre est un métier. Austral, Paris 1995. Aus: Memoiren eines Moralisten/Das Exil im Exil, Luchterhand Literaturverlag, Hamburg 1990.

Tamagne, Florence: Histoire de l'homosexualité en Europe. Berlin, Londres, Paris (1919–1939). Seuil, Paris 2000.

Danksagung

Zahlreiche Menschen haben mich im Laufe dieser Arbeit in vielfältigster Hinsicht unterstützt. Dafür, daß sie mich bestärkt haben, danke ich sehr herzlich Tina d'Agostini, Bologna; Christian Aliverti, Zürich; Egon Ammann, Zürch; Barbara Andrunik, Krakau; Nasser Bakhti, Genf; Anne und Armelle de Bascher, Barbechat; André Bodmer, Thalwil; Freddy Bodmer, Aarau; Carole Bonstein, Genf; Herbert und Maryse Bonstein, Lausanne; Jean-Claude Bouffard, Paris; Catherine und Nicolas Bourdet, Paris; Gitta Bühler-Schmid und Annemarie Ruoss-Schmid, Binz; Dominique Denvil, Paris; Regina Dieterle, Zürich; Dagmar Ernst, Senantes; Gérard Favez, Saint-Sulpice; Walter Feilchenfeldt, Zürich; Thomas Feitknecht, Bern; Monica Fiorini, Bologna; Marie-Luise Flammersfeld, Zürich; Armand Forel, Nyon; Nelly Fray, Périgueux; Cécile Faure-Frèrebeau, Saint-Germain-en-Laye; Esther Gambaro, Luzern; Huldrych Gastpar, Bern; Areti Georgiadou, Frankfurt; Christina Godly, Sils; Heinz Gruner, Horgen; Cathérine Guérin, Paris; Michel Guinard, Bern; Dirk Heisserer, München; Anneliese Hollmann, Chambésy; Barbara Hummel, München; Marie-Claire Jur, Sankt Moritz; Urs Kienberger, Sils-Maria; John Kinsella, Paris; Fredric Kroll, Freiburg im Breisgau; Inès Lacroix-Pozzi, Suresnes; Marie-Annick Lerat, Paris; Valeska Lindtberg-Hirsch, Zürich; Marie-Louise Lüscher, Zürich; Jean-Pascal Mahieu, Nantes; Frido Mann, Zürich; Ursula de Meuron, Chézard; Éric Müller, Genf; Nicole Müller, Küsnacht; Uwe Naumann, Hamburg; Henri Pagau-Clarac, Oudon; Mario Pasa, Paris; Roger Perret, Zürich; Alexandra Prusa, Zürich; Frédéric Ramade, Pa-

ris; Sébastien Reichmann, Paris; Françoise Renard-Couture, Paris; Yvette de Rougemont, Colombier; Nathalie de Saint-Phalle, Paris/Naples; Rainer Schachner, Paris; Veit Schmidinger, München; François Schwarzenbach, Thalwil; Marlis Stähli, Zürich; Rudolph Straub, Zürich/Uzès; Dieter Strauss, Santiago de Chile; Enrico Valsangiacomo, Marin; Elvira Willems, Berlin; Isabelle Wybo-Wehrli, Brüssel.

Auch wenn sie bedauerlicherweise nicht mehr am Leben sind, so gilt doch mein herzlicher Dank Claude Clarac, Marianne Feilchenfeldt-Breslauer, Suzanne Öhman-Schwarzenbach, Igor Pahlen und Gundalena von Weizsäcker-Wille. Sie haben mir die Archive ihrer Erinnerung großzügig geöffnet.

Schließlich danke ich meiner Familie und meinen Freunden für die Geduld, die sie aufbringen mußten, als die Vorbereitung und Niederschrift dieser Biographie mich ganz in Anspruch nahmen.

Anmerkungen

Prolog

1 Nicole Müller und Dominique Grente, *Der untröstliche Engel*, Knesebeck, München 1995

2 Inzwischen sind drei weitere Bücher hinzugekommen: *Flucht nach oben*, ein zweisprachiger Band mit den beiden Gedichtzyklen *Kongo-Ufer* und *Aus Tetouan* sowie *Die vierzig Säulen der Erinnerung*. (Anm. der Übersetzerin)

3 Auch im Original heißt es »die dunkle Seite«.

4 Unklassifizierbare Schriftstellerin – sie schrieb den Essay *Peau d'âme* und die Novelle *Agnès*, sie war Philosophin, Dichterin, Tagebuchautorin, Briefeschreiberin, Übersetzerin von Gedichten Stefan Georges, Catherine Pozzi (1882–1934) korrespondierte unter anderem mit R. M. Rilke, J. Paulhan, E. R. Curtius, L. Massignon, J. Maritain, D. Halévy und M. Schwob.

5 An Erika Mann, 3. Januar 1932.

1. Bocken, ein goldener Käfig (1908–1923)

1 Schweizerisches Literaturarchiv Bern.

2 An Claude Bourdet, 8. Februar 1934.

3 Valeska Hirsch wirkte in Zürich als Pianistin in der *Pfeffermühle* mit. Sie wurde von Erika Mann auf Vermittlung von Annemarie Schwarzenbach zunächst 1933 und quasi als Alibischweizerin erneut im Jahr 1936 engagiert, da nun nach den Auflagen der Fremdenpolizei dem Kabarett mindestens zwei Schweizer angehören mußten. Ute Kröger, *Wie ich leben soll, weiß ich noch nicht,* Limmat Verlag, Zürich 2005, S. 159; Helga Keiser-Hayne, *Erika Mann und ihr politisches Kabarett »Die Pfeffermühle« 1933–1937,* Rowohlt, Hamburg 1995, S. 233. (Anm. der Übersetzerin)

4 *Interview ohne Reporter,* in: *Annabelle,* März 1939.

5 *Das Märchen von der gefangenen Prinzessin,* 1929, Typoskript, S. 1.

6 *Pariser Novelle II,* 1929, Typoskript, S. 24.

7 Gundalena Wille heiratete 1937 den Physiker Carl Friedrich von Weizsäcker, der ein älterer Bruder des späteren deutschen Bundespräsidenten Richard von Weizsäcker war. (Anm. der Übersetzerin)

8 *Das glückliche Tal,* Lenos, Basel 2006, S. 92.

2. Erste Abflüge (1923–1930)

1 *Zur Mädchenfrage*, in: *Wandervogel*, Oktober 1925.
2 An Ernst Merz, 12. Februar 1926.
3 Ebd.
4 Ella Maillart, *Der bittere Weg. Mit Annemarie Schwarzenbach unterwegs nach Afghanistan*, Lenos, Basel 2003, S. 92.
5 *Gespräch*, 1928, Typoskript, S. 1.
6 Ernst Merz, *Tradition und Einkehr*, Castrum Peregrini Presse, Amsterdam 1985, S. 89.
7 *Pariser Novelle II*, a.a.O., S. 11.
8 *Pariser Novelle I*, 1929, Typoskript, S. 7.
9 An Albrecht Haushofer, undatiert, vermutlich Ende September 1929.
10 An Ernst Merz, 10. September 1929.
11 *Pariser Novelle II*, a.a.O., S. 4.
12 *Gespräch*, a.a.O., S. 3 f.
13 *Stellung der Jugend*, in: *Neue Zürcher Zeitung* vom 20. April 1930.
14 Ebd.
15 Ebd.
16 *Pariser Novelle I*, a.a.O., S. 9.
17 *Pariser Novelle II*, a.a.O., S. 11 f.
18 Von 1947 bis 1950 reaktivierte Claude Bourdet (1909–1996) die Zeitschrift *Combat*. Er war einer der Gründer von *L'Observateur*, woraus später *France-Observateur* und schließlich *Le Nouvel Observateur* wurde. 1960 war er Mitbegründer der *Parti Socialiste Unifié* (PSU).
19 Es handelt sich um drei undatierte Manuskriptseiten mit dem Titel *Annemarie Schwarzenbach*. Nach Claude Bourdets Tod im Jahr 1996 wurden sie in einem Umschlag mit 57 Briefen, Karten und Telegrammen gefunden, die die Schweizerin ihm zwischen 1931 und 1938 geschickt hat.
20 Claude Bourdet an Catherine Pozzi, 24. Juli 1930.

3. Die Enfants terribles (1930)

1 An Erika Mann, 28. Oktober 1930.
2 An Erika Mann, Anfang Oktober 1930.
3 An Erika Mann, 15. Oktober 1930.
4 An Erika Mann, 24. Dezember 1932.
5 An Erika Mann, 3. März 1931.
6 *Freunde um Bernhard,* Almathea Verlag, Wien, München 1931; Neuauflage bei Lenos, Basel 1993.
7 An Erika Mann, 18. August 1931.
8 Oskar Maria Graf, *Reise in die Sowjetunion, 1934,* Luchterhand, Neuwied/Rhein 1974.
9 Klaus Mann, *Die neuen Eltern. Aufsätze, Reden, Kritiken 1924–1933,* Rowohlt, Reinbek 1992, S. 142.
10 Ebd., S. 318 ff.
11 An Erika Mann, Dezember 1930.
12 *Neue Zürcher Zeitung* vom 10. November 1929.
13 *Tagebuch aus Kabul,* 30. August 1939, unveröffentlicht.
14 *Interview ohne Reporter,* a.a.O.
15 »Schwierigkeit zu sein«.
16 *Freunde um Bernhard,* Lenos, Basel 1993, S.184.
17 An Erika Mann, 24. Dezember 1930.
18 Klaus Mann, *Der Wendepunkt,* Rowohlt, Reinbek 2002, S. 332.
19 Klaus Mann, *Die neuen Eltern. Aufsätze, Reden, Kritiken 1924–1933,* a.a.O., S. 305.

1 An Erika Mann, Mai 1931.
2 Der Koblenzer Verleger Karl Baedeker (1801–1859) rief 1839 eine detailreiche Reiseführerreihe ins Leben, die schnell berühmt wurde und in zahlreiche Sprachen übersetzt worden ist.
3 An Erika Mann, August 1931.
4 An Erika Mann, September 1931.
5 An Erika Mann, Anfang Dezember 1931.
6 An Erika Mann, September/Oktober 1931.
7 Ruth Landshoff-Yorck, *Klatsch, Ruhm und kleine Feuer. Biographische Impressionen,* Fischer, Frankfurt/M. 1997, S. 176.
8 An Erika Mann, 30. Oktober 1931.
9 An Erika Mann, 9. November 1931.
10 An Erika Mann, Dezember 1931.
11 An Erika Mann, 21. September 1931.
12 Interview mit Carole Bonstein, Regisseurin des Films *Une Suisse rebelle, Annemarie Schwarzenbach,* Troubadour Films, 2000.
13 *Lyrische Novelle,* Lenos, Basel 1988.
14 An Charly Clerc, 15. Juni 1933.
15 Klaus Mann, *Zahnärzte und Künstler,* Rowohlt, Reinbek 1993, S. 33.
16 Es handelt sich um die Rolle der Lehrerin »Fräulein von Atten«. (Anm. der Übersetzerin)
17 An Erika Mann, Dezember 1931.
18 Klaus Mann, *Die neuen Eltern. Aufsätze, Reden, Kritiken 1924–1933,* a.a.O., S. 381.
19 »...ihr schönes Antlitz eines untröstlichen Engels...«
20 Klaus Mann, *Der Wendepunkt,* a.a.O., S. 381.
21 Ebd., S. 383.
22 Ebd., S. 333.

23 Ella Maillart, *Der bittere Weg*, a.a.O., S. 45.

24 Dahinter steckt ein deutsch-französisches Wortspiel mit den Vokabeln Gift (»poison«) und Fisch (»poisson«). (Anm. der Übersetzerin)

1 Klaus Mann, *Der Wendepunkt,* a.a.O., S. 353ff., und *Tagebücher,* 14. Juli 1933, Rowohlt, Reinbek 1995, S. 64.
2 Klaus Mann, *Tagebücher,* 28. Februar 1933, a.a.O., S. 121.
3 Klaus Mann, *Der Wendepunkt,* a.a.O., S. 395f.
4 An Klaus Mann, 8. April 1933.
5 An Claude Bourdet, April (?) 1933.
6 *Flucht nach oben,* Lenos, Basel 1999.
7 Ebd., S.128.
8 Diese Vermutung ist um so mehr gerechtfertigt, als Annemarie mit dem Verleger Emil Oprecht und seiner Frau befreundet war. Es ist belegt, daß sie bis an ihr Lebensende mit Emmie Oprecht korrespondierte.
9 An Claude Bourdet, 16. April 1933.
10 Vgl. Annemarie Schwarzenbachs Brief an ihren Onkel Georg Reinhardt vom 23. Mai 1933.
11 Klaus Mann notiert in sein Tagebuch: »Annemarie über eine Zeitschrift – sie, ich, Claude Bourdet. Eine große Chance. Hoffentlich – – –« *Tagebücher,* 3. Mai 1933, a.a.O., S. 133.
12 An Claude Bourdet, 4. Mai 1933. »Dévouément« bedeutet »Hingabe«.
13 Catherine Pozzi an Claude Bourdet, Juni 1933.
14 Damals wurde ein Buch von fünfhundert Seiten für ungefähr dreizehn Schweizer Franken verkauft.
15 Vgl. Annemarie Schwarzenbachs Brief an Georg Reinhart vom 23. Mai 1933.
16 *Nouvelle Revue française.*
17 Catherine Pozzi an Claude Bourdet, 14. Juni 1933.
18 Die von Catherine Pozzi benutzte Formulierung »communiste encore inappliquée« ist offensichtlich eine Anspielung auf den Roman *Le guerrier appliqué,* den Jean Paulhan 1917 veröffentlichte und in dem die Hauptperson sich

bemüht (»s'applique«), sich ein »kriegerisches Bewußtsein« zu schmieden.

19 Catherine Pozzi an Claude Bourdet, 15. Juli 1933.

20 Klaus Mann, *Tagebücher*, 22. Juli 1933, a. a O., S. 158.

21 An Claude Bourdet, 23. August 1933.

22 An Klaus Mann, 17. September 1933. (In *»Wir werden es schon zuwege bringen, das Leben«. Annemarie Schwarzenbach an Erika und Klaus Mann,* hrsg. von Uta Fleischmann, ist dieser Brief irrtümlich auf den 15. Oktober 1933 datiert.)

23 Marianne Breslauer an Dominique Laure Miermont, 8. Januar 1989.

24 *Kino in der spanischen Provinz,* in: *Neue Zürcher Zeitung,* 30. 9. 1934.

25 An Claude Bourdet, 28. August 1933.

26 Claude Bourdet, *Un homme nouveau en Europe: Dollfuß,* in: *L'Illustration,* 12. August 1933.

27 Ebd.

28 An Claude Bourdet im Jahr 1933, wahrscheinlich im August.

29 *Tod in Persien,* Lenos, Basel 2003, S. 120.

6. Sehnsucht nach dem Orient (1934)

1 *Winter in Vorderasien,* Rascher, Zürich 1934, Lenos, Basel 2002, S. 22.
2 Ebd., S. 50.
3 Ebd., S. 49.
4 Henri Seyrig (1895–1973), französischer Archäologe, wurde 1929 zum Direktor des Antikendienstes von Syrien und dem Libanon ernannt (damals unter französischem Mandat). Er heiratete Hermine de Saussure (Miette mit Spitznamen, Kindheitsfreundin von Ella Maillart, die gemeinsam mit ihr ihren ersten Beruf als Seefahrerin ausübte). Mit ihr hatte er eine Tochter, die 1932 in Beirut zur Welt kam: die spätere Schauspielerin Delphine Seyrig (verstorben 1990). Nach dem Krieg leitete er das Französische Institut für Archäologie in Beirut.
5 Daniel Schlumberger (1904–1972) war zwischen 1929 und 1941 Henri Seyrigs engster Mitarbeiter in Beirut. 1945 eröffnete er wieder die DAFA (Französische archäologische Delegation in Afghanistan), die er bis 1965 leitete. Anschließend war er Direktor des Französischen Instituts für Archäologie in Beirut.
6 *Winter in Vorderasien,* a.a.O., S. 62.
7 Ebd., S. 78.
8 Ebd., S. 81.
9 Ebd., S. 82.
10 Pyramidenartige Stufentempel. (Anm. der Übersetzerin)
11 Ebd., S. 166 f.
12 Ebd., S. 161, 163 f.
13 An Klaus Mann, 3. April 1934.
14 Max Rascher an Annemarie Schwarzenbach, 6. Juli 1934.
15 An Max Rascher, 7. Juli 1934.
16 An Claude Bourdet, 1. November 1933.
17 *Winter in Vorderasien,* a.a.O., S. 64.

18 An Claude Bourdet, 4. April 1934.
19 An Klaus Mann, 4. Juli 1934.
20 An Max Rascher, 10. Juli 1934.
21 An Claude Bourdet, 14. Juli 1934.
22 An Klaus Mann, 4. Juli 1934.
23 Klaus Mann, *Der Wendepunkt,* a.a.O., S. 462.
24 Ebd., S. 455 f.
25 *Notizen zum Schriftstellerkongreß in Moskau,* 22. August 1934, unveröffentlicht zu Lebzeiten der Autorin, 1990 erschienen bei Lenos, Basel, in *Auf der Schattenseite. Reportagen und Fotografien,* S. 46.
26 Oskar Maria Graf, *Reise in die Sowjetunion,* a.a.O.
27 *Auf der Schattenseite,* Lenos, Basel 1990, S. 46.
28 Ebd., S. 50, im Original: »Individualisme – non, individu – oui!«
29 Ebd., S. 50 f.
30 Ebd., S. 51.
31 An Claude Bourdet, 31. August 1934.
32 An Claude Bourdet, 19. August 1934.
33 *Auf der Schattenseite,* a.a.O., S. 58 f.
34 An Claude Bourdet, 31. August 1934.

7. Persien (1934–1935)

1 An Klaus Mann, 7. Mai 1934.
2 Claude Bourdet, *Annemarie Schwarzenbach,* unveröffentlichtes Manuskript.
3 An Claude Bourdet, 14. Juli 1934.
4 Claude Bourdet, *Annemarie Schwarzenbach.*
5 Klaus Mann, *Tagebücher,* a.a.O., 5. September 1934.
6 Ebd., 27. Oktober 1935.
7 An Claude Bourdet, 24. September 1934.
8 Claude Clarac an Roger Perret, 23. Januar 1986.
9 »... denn dies ist sie mehr als alles andere für mich ...«
10 Auch im Original: »mein Vater vielleicht«.
11 Claude Bourdet an Catherine Pozzi, 25. Oktober 1934.
12 Jean Pozzi, damals französischer Botschafter in Persien, war der Bruder von Catherine Pozzi.
13 Als Mitglied der Résistance wurde Claude Bourdet Ende März 1944 von der Gestapo verhaftet und in den Lagern Neuengamme, Oranienburg und Buchenwald interniert.
14 Claude Bourdet, *Annemarie Schwarzenbach.*
15 Klaus Mann, *Tagebücher,* a.a.O., 30. November 1934. »... das Ende der Freundschaft ...«
16 Erika Mann an Eva Hermann, 18. April 1933.
17 Thomas Mann, *Tagebuch,* 13. November 1934. Fischer, Frankfurt/M. 1993.
18 Ebd., 20. November 1934.
19 An Klaus Mann, 5. Juli 1934.
20 Klaus Mann, *Tagebücher,* a.a.O., 31. Dezember 1934.
21 Lisa von Cramm, Ehefrau des Tennischampions Gottfried von Cramm.
22 Claude Bourdet, *Annemarie Schwarzenbach.*
23 Aus diesem Grund hat das Paar schon im März Hochzeitskarten mit der Mitteilung drucken lassen, ihre Heirat habe im April in Beirut stattgefunden.

24 Vera Borea (1899–1987), Komteß venezianischer Herkunft, gründete Anfang der dreißiger Jahre in der rue Saint-Honoré ein Haus für Haute Couture, das sie nach zwanzig Jahren Geschäftstätigkeit an eine amerikanische Firma verkaufte.

25 An Claude Bourdet, wahrscheinlich Februar 1935.

26 An Klaus Mann, 23. Februar 1935.

27 An Claude Bourdet, 14. April 1935.

28 Ebd.

29 An Klaus Mann, 6. April 1935.

30 An Claude Bourdet, 28. März 1935.

31 Ella Maillart, *Der bittere Weg*, a.a.O., S. 21.

32 Undatierter Brief an seine Schwester Annick (wahrscheinlich Ende 1934).

33 Claude Clarac an Dominique Laure Miermont, 23. Juli 1989.

8. Tod in Persien (1935)

1 Heute ist dieses Gebäude der Sitz der italienischen Botschaft.
2 An Klaus Mann, 4. November 1934.
3 Die zwölf anderen sind zusammen mit zwei weiteren Erzählungen aus derselben Zeit in der Schweiz unter dem Titel *Bei diesem Regen* (Lenos, Basel 1989) und in Frankreich unter dem Titel *Orient exils* (Payot, »Petite Bibliothèque Payot/Voyageurs«, Paris 2003) erschienen.
4 An Claude Bourdet, 14. Juni 1935.
5 *Bei diesem Regen,* Lenos, Basel 1989, S. 137.
6 Ebd., S. 107.
7 An Claude Bourdet, 27. Juli 1935.
8 An Klaus Mann, 19. Mai 1935.
9 An Klaus Mann, 8. Juli 1935.
10 An Claude Bourdet, 27. Juli 1935.
11 Ebd.
12 An Klaus Mann, 19. Mai 1935.
13 Klaus Mann, *Tagebücher,* a.a.O., 3. September 1935.
14 *Tod in Persien,* a.a.O., S. 11.
15 *Tod in Persien,* a.a.O., S. 39.
16 An Klaus Mann, 9. August 1935.
17 An Klaus Mann, 26. August 1935.
18 Klaus Mann, *Tagebücher,* a.a.O., 20. September 1935.
19 An Klaus Mann, 9. August 1935.
20 An Klaus Mann, 27. September 1935.
21 »... eine Entscheidung treffen ...«
22 Claude Clarac an Dominique Laure Miermont, 13. August 1989.
23 Claude Clarac an Dominique Laure Miermont, 23. Juli 1989.

1 Klaus Mann, *Tagebücher,* a.a.O., 15. Januar 1935.
2 Ebd., 9. Januar 1935.
3 Ebd., 11. Januar 1935.
4 Ebd., 22. Oktober 1935.
5 Ebd., 26. Oktober 1935.
6 So wurde sie von Therese Giehse genannt.
7 Erika Mann an Klaus Mann, 12. Oktober 1935.
8 Klaus Mann, *Tagebücher,* a.a.O., 27. Oktober 1935.
9 »Pistolenschuß«.
10 Ebd., 14. November 1935.
11 An Klaus Mann, 17. November 1935.
12 Ebd.
13 Klaus Mann an Katia Mann, 7. Juni 1937.
14 Klaus Mann, *Tagebücher,* a.a.O., 23. November 1935.
15 An Klaus Mann, Ende November 1935
16 Ebd.
17 An Klaus Mann, 28. Januar 1936.
18 Klaus Mann, *Tagebücher,* a.a.O., 13. Dezember 1935.
19 *Das Buch von der Schweiz. Ost und Süd.* Piper, München 1932, S. 178.
20 An Erika Mann, 6. Januar 1933.
21 *Das Buch von der Schweiz. Ost und Süd,* a.a.O., S. 178.
22 An Klaus Mann, 8. Februar 1934.
23 An Klaus Mann, 12. Juni 1935.
24 Sonia Sekula, Schweizer Schriftstellerin und Malerin, geboren 1918. Sie emigrierte 1942 in die USA, wo sie mit den Surrealisten um André Breton und Künstlern wie John Cage, Merce Cunningham und Morton Feldmann verkehrte. Nach ihrer Rückkehr in die Schweiz im Jahr 1955 folgten wiederholt Aufenthalte in psychiatrischen Kliniken. Sie nahm sich 1963 in Zürich das Leben.
25 Klaus Mann, *Tagebücher,* a.a.O., 11. Januar 1936.

26 An Klaus Mann, 28. Januar 1936.

27 Marie-Louise Bodmer, geborene Preiswerk, ist die Enkelin von Jules Maggi, dem Gründer der gleichnamigen Lebensmittelfirma.

28 Erika Mann an Busy Bodmer, 21. November 1935.

29 Klaus Mann, *Tagebücher,* a.a.O., 7. März 1936.

30 *Ankunft in Mallorca, National-Zeitung,* 11. Juni 1936.

31 Klaus Mann, *Tagebücher,* a.a.O., 20. Juni 1936.

32 Thomas Mann, *Tagebuch,* 27. Juli 1936.

33 An Busy Bodmer, 18. Juli 1936.

34 An Busy Bodmer, 16. August 1936.

35 An Klaus Mann, 9. August 1936.

36 Ebd.

37 Ebd.

10. Die neue Welt (1936–1937)

1 *Jenseits von New York*, Lenos, Basel 1997, S. 39.
2 Ebd., S. 41f.
3 Erika Mann an Katia Mann, 27. November 1936.
4 Erika Mann an Klaus Mann, 1. Februar 1937.
5 An Klaus Mann, 5. März 1937.
6 *Die eiserne Stadt Amerikas*, in *Die Weltwoche*, 26. März 1937. *Auf der Schattenseite*, Lenos, Basel 1995, S. 138.
7 Ebd., S. 138.
8 *Bilder als Dokumente: die Zeitschrift Life*, wahrscheinlich November 1937. *Auf der Schattenseite*, a.a.O., S. 138.
9 *Bei den Vereinigten Bergarbeitern Amerikas*, in *ABC*, 13. Mai 1937.
10 *Die eiserne Stadt Amerikas*, a.a.O., S. 142.
11 Ebd.
12 *Bei den Vereinigten Bergarbeitern Amerikas*, a.a.O., 13. Mai 1937.
13 An Arnold Kübler, 4. Februar 1938.
14 Renée Schwarzenbach an Ernst Merz, 11. August 1937.
15 Lorenz Saladin. *Ein Leben für die Berge*, Hallwag, München 1938. Erscheint im Jahr 2008 neu bei Lenos, Basel.
16 *Kleine Begegnungen in Deutschland*, wahrscheinlich Mai 1937, in Auszügen zu Lebzeiten der Autorin veröffentlicht. *Auf der Schattenseite*, a.a.O., S. 108–109.
17 *Kleine Begegnungen in Danzig*, Luzerner Tageblatt, 4. September 1937. *Auf der Schattenseite*, a.a.O., S. 114.
18 An Klaus Mann, 2. Juni 1937.
19 An Klaus Mann, 11. September 1937.
20 *Jenseits von New York*, a.a.O., S. 81.
21 Ebd., S. 83.
22 Ebd., S. 85.
23 Ebd., S. 85.
24 Ebd., S. 118.

25 Myles Horton (1905–1990). Seine 1932 gegründete Schule engagierte sich auch im Kampf zur Verteidigung der Menschenrechte und insbesondere gegen die Rassentrennung und den Analphabetismus von Schwarzen.

26 Ebd., S. 100.

27 Thomas Mann an Ferdinand Lion, 25. August 1938.

28 Diese zweimal monatlich erscheinende literarische Zeitschrift »für die freie deutsche Kultur«, die von Thomas Mann gegründet und von Emil Oprecht herausgegeben wurde, trat für einen »militanten Humanismus« ein. Sie erschien von 1937 bis 1940. Es arbeiteten unter anderem R. Musil, H. Broch, H. Hesse, A. Kolb und G. Kaiser mit.

29 Das Buch wurde 1938 unter dem Titel *Zehn Millionen Kinder* im Amsterdamer Querido Verlag veröffentlicht. In Deutschland erschien es 1986 bei Rowohlt, Reinbek.

30 Es handelt sich um den Film *Die 400 Millionen,* in dem Ivens die Sache der Chinesen gegen die Japaner verteidigt.

31 *Jenseits von New York,* a.a.O., S. 34.

32 Ebd.

11. Die Mohnfelder (1938)

1 Am 25. Juli 1934 hatte Hitler einen ersten ›Anschluß‹-Versuch unternommen, indem er Dollfuß durch österreichische Nazis ermorden ließ. Doch Italien hatte sich diesem Staatsstreich widersetzt.

2 Klaus Mann, *Tagebücher,* a.a.O., 22. März 1938.

3 *L'Autriche attend un nouveau libérateur (Österreich wartet auf einen neuen Befreier),* französischer Artikel, mit »Annemarie Clark« signiert, unveröffentlicht.

4 *Massenverhaftungen im österreichischen Offizierskorps: Nationalsozialismus ohne Maske?* Annemarie Schwarzenbach schrieb diesen Artikel am 24. April 1939. Er wurde zu ihren Lebzeiten nicht veröffentlicht. *Auf der Schattenseite,* a.a.O., S. 187–195.

5 Ludwig Binswanger war mit Sigmund Freud befreundet. Er begründete die »Daseinsanalyse«, eine Verbindung von Psychoanalyse und Existenzphilosophie, die von Martin Heideggers Phänomenologie inspiriert war.

6 Klaus Mann, *Tagebücher,* a.a.O., 12. April 1938.

7 An Klaus Mann, 18. März 1938.

8 An Klaus Mann, 14. Mai 1938.

9 Ebd.

10 An Klaus Mann, 22. Mai 1938.

11 1927 entdeckt der Arzt Manfred Joshua Sakel (1900–1957) die heilsame Wirkung des hypoglykämischen Komas, das durch die Verabreichung hoher Insulindosen verursacht wird. Nachdem er mit dieser Methode gute Ergebnisse bei Morphiumsüchtigen erzielt hat, wendet er sie auch bei der Behandlung von Schizophrenen an. Wegen der Veränderung der Nervenzellen, die sie hervorruft, wird die Insulin-Schock-Behandlung heute nicht mehr angewandt. Zur Information: Die Neuroleptika wurden erst in den fünfziger Jahren entdeckt.

12 An Klaus Mann, 22. Mai 1938.

13 Ebd.

14 Während dieses Aufenthaltes arbeiten Klaus und Erika Mann gemeinsam an *Escape to Life,* einer Art *Who's Who* der exilierten deutschen Intelligenz. Am 25. September 1938 fährt Klaus Mann wieder nach New York. 1942 wird er als Soldat in die US-Army aufgenommen und verläßt ein Jahr später die USA, um am Italienfeldzug teilzunehmen.

15 An Klaus Mann, 30. Juli 1938.

16 Das »arme Kind«.

17 Klaus Mann, *Tagebücher,* a.a.O., 22. Juli 1938.

18 Thomas Mann, *Tagebuch,* 9. September 1938.

19 *Unfreiwilliger Streik der Prager Korrespondenten.* Annemarie Schwarzenbach schrieb diesen Artikel am 27. September 1938. Er wurde zu ihren Lebzeiten nicht veröffentlicht. Erschienen in *Auf der Schattenseite,* a.a.O., S. 200–204.

20 Ebd., S. 375.

21 An Claude Bourdet, 21. November 1938.

22 Ebd.

23 An Ella Maillart, 11. Dezember 1938.

25 Ebd.

26 An Claude Bourdet, 21. November 1938.

27 An Klaus Mann, Ende Januar 1939.

28 Dies ist wahrscheinlich der Grund für ihre Entlassung. Einige Zeit danach findet Gustava Favez eine Anstellung bei Doktor Forel in der Klinik von Prangins, in die Annemarie im September 1942 aufgenommen wird.

29 An Charly Clerc, 7. April 1940.

30 Ebd.

31 An Alfred Wolkenberg, 4. Januar 1939.

32 An Ella Maillart, 7. Janaur 1939.

33 *Das glückliche Tal,* a.a.O., S. 18 f.

34 Ebd., S. 114 f.

35 Ebd., S. 97 f.

36 *Die Weltwoche*, 2. Februar 1940, Nr. 325, S. 10.

12. In Afghanistan mit Ella Maillart (1939–1940)

1 Ella Maillart, *Der bittere Weg,* Lenos, Basel 2003, S. 92.

2 Bevor sie die Reisen unternahm, die sie berühmt machten, war Ella Maillart Ski-Champion. Außerdem war sie begeisterte Seglerin und trat bei den Olympischen Spielen 1924 in Paris für die Schweiz im Wettkampf der Einhandsegler an.

3 Die deutsche Übersetzung war damals gerade bei Rowohlt erschienen. Im Jahr 2003 brachte der Baseler Lenos Verlag das Buch unter dem Titel *Verbotene Reise* erneut heraus.

4 *Eine Schweizerin reitet durch verbotenes Land,* in: *Annabelle,* Januar 1939.

5 An Ella Maillart, 24. November 1938.

6 An Alfred Wolkenberg, 4. Januar 1939.

7 Ella Maillart, *Der bittere Weg,* a.a.O., S. 9 f.

8 Heute Nuristan.

9 An Ella Maillart, März 1939.

10 Ella Maillart, *Der bittere Weg,* a.a.O., S. 12.

11 Ella Maillart an Annemarie Schwarzenbach, 23. Januar 1940. (Der kursiv gesetzte Satz ist im Original deutsch.)

12 Joseph Hackin (1886–1941), französischer Orientalist und Archäologe, Chefkonservator des Museums Guimet, anschließend von 1929 bis 1941 Direktor der Französischen archäologischen Delegation in Afghanistan (DAFA). Er war Teilnehmer der berühmten gelben Kreuzfahrt quer durch Zentralasien in den Jahren 1931 und 1932, die von Citroën organisiert wurde. Sein Name und der seiner Frau und Mitarbeiterin Ria sind vor allem mit der Entdeckung einer Schatzkammer in der Grabungsstätte Bagram verbunden, deren kostbare Gegenstände vom Reichtum Afghanistans im Imperium Kouchan (2. Jahrhundert n. Chr.) zeugen. Nachdem er sich 1940 in London dem Freien Frankreich angeschlossen hatte, ertrank er mit seiner Frau

und seinem Architekten Jean Carl am 24. Februar 1941 im Meer: Das Schiff, das sie zu einer neuen Mission in Afghanistan bringen sollte, wurde von den Deutschen versenkt.

13 Ella Maillart hat von dieser Reise ausführlich in ihrem Buch *The Cruel Way* (französisch: *La voie cruelle,* deutsch: *Der bittere Weg*) berichtet. Auf Verlangen der Familie Schwarzenbach hat sie darin Annemaries Identität unter dem Decknamen Christina verborgen.

14 Ella Maillart, *Der bittere Weg,* a.a.O., S. 37.

15 An Erika Mann, 14. Juni 1939.

16 Ebd.

17 Ebd.

18 *Nach Westen,* in: *National-Zeitung,* 21. Mai 1940. *Auf der Schattenseite,* a.a.O., S. 255f.

19 Heute heißt die Stadt Edirne.

20 Ella Maillart, *Der bittere Weg,* a.a.O., S. 10.

21 *Alle Wege sind offen,* a.a.O., S. 36f.

22 *Nomaden als Achtstunden-Arbeiter,* in: *Zürcher Illustrierte,* 12. April 1940.

23 Französische archäologische Delegation in Afghanistan.

24 *Kabuler Tagebuch,* 2. September 1939. Der Titel wurde einem Manuskript, dessen Original verschwunden ist, von Dominique Laure Miermont gegeben. Gefunden wurden nur elf Seiten, die auf der Maschine geschrieben wurden (sehr wahrscheinlich von Ella Maillart) und von schweren Fehlern wimmeln – Anzeichen einer unzureichenden Kenntnis der deutschen Sprache. Einige Kommentare sind hinzugefügt worden, die beweisen, daß mehrfach Passagen weggelassen worden sind. Aus diesen Gründen kann die Echtheit dieses Dokuments nicht mit absoluter Sicherheit gewährleistet werden.

25 Ella Maillart, *Der bittere Weg,* a.a.O., S. 92.

26 *Kabuler Tagebuch,* 25. Okt 1939.

27 *Alle Wege sind offen,* a.a.O., S. 60.

28 *Kabuler Tagebuch,* 30. Oktober 1939.
29 Ebd.
30 Ella Maillart, *Der bittere Weg,* a.a.O., S. 95.
31 Unveröffentlicht.
32 *Kabuler Tagebuch,* 20. Dezember 1939.
33 Ella Maillart, *Der bittere Weg,* a.a.O., S. 245.
34 An Ella Maillart, 6. Januar 1940.
35 An Klaus Mann, 18. Januar 1940.
36 *Aus dem heutigen Afghanistan,* unter dem Titel *L'Afghanistan aujourd'hui* veröffentlicht in *Visions d'Afghanistan,* Payot, »Petite Bibliothèque Payot/Voyageurs«, Paris 2002, édition hors commerce, S. 53 f.
37 *Der Friedensmonat,* in: *National-Zeitung,* 5. Februar 1940. *Auf der Schattenseite,* a.a.O., S. 217.
38 *Alle Wege sind offen,* a.a.O., S. 71.
39 *Die vierzig Säulen der Erinnerung* erscheint Anfang 2008 in einer deutsch-französischen Ausgabe bei Esperluète Éditions, Noville-sur-Mehaigne, Belgien.
40 An Otto Kleiber, 20. Dezember 1939.
41 *Alle Wege sind offen,* a.a.O., S. 31.
42 Ebd., S. 117.
43 *Die vierzig Säulen der Erinnerung.*
44 *Alle Wege sind offen,* a.a.O., S. 125.

13. Verwüsteter Engel (1940–1941)

1 An Ella Maillart, 24. Februar 1940.

2 Enkel von Adam von Opel, der die gleichnamige Firma im Jahr 1862 gründete. Fritz von Opel war der Erfinder des Rennautos, das am 23. Mai 1928 (Annemaries zwanzigster Geburtstag!) in Berlin einen Weltrekord aufstellte, als es die Geschwindigkeit von 230 km/h erreichte.

3 Busy Bodmer an Annemarie Schwarzenbach, 21. August 1940.

4 An Busy Bodmer, 4. Mai 1940.

5 Klaus Mann, *Tagebücher,* a.a.O., 30. Mai 1940.

6 Ebd., 26. Mai 1940.

7 *Amerikanischer Stimmungsumschwung,* in: *Luzerner Tagblatt,* 5. Juni 1940.

8 Bürgschaftserklärung, mit der sich eine Person im Zielland des Emigranten verpflichtet, für dessen Unterhalt aufzukommen.

9 An Ella Maillart, 15. Juni 1940. Im Original in englischer Sprache.

10 An Klaus Mann, 21. Juni 1940.

11 An Ella Maillart, 15. Juni 1940. Im Original in englischer Sprache.

12 *Amerikanisches Tagebuch: die Weltausstellung,* 1. Juni 1940, zu Lebzeiten der Autorin unveröffentlicht. Erschienen in *Auf der Schattenseite,* a.a.O., S. 259–261.

13 *Carson McCullers, eine junge Amerikanerin,* in: *National-Zeitung,* 7. Juli 1940.

14 An Ella Maillart, 15. Juni 1940. Im Original in englischer Sprache.

15 *Die Schweiz, das Land, das nicht zum Schuß kam,* in: *Der Alltag,* Nr. 2, 1987, S. 17–21.

16 An Annigna Godly, 21. September 1940.

17 Margot von Opel an Busy Bodmer, 21. März 1941.

18 Margot von Opel an Busy Bodmer, 19. Januar 1941.
19 An Klaus Mann, 23. Juli 1940.
20 Auf deutsch unter dem Titel *Das Herz ist ein einsamer Jäger* erschienen.
21 Carson McCullers, *Autobiographie,* btb, München 2003, S. 64.
22 *Auf der Schattenseite,* a.a.O., S. 264.
23 Carson McCullers, *Autobiographie,* a.a.O., S. 64.
24 Unveröffentlichter Aufsatz, ohne Titel und ohne Datum (zitiert bei Josyane Savigneau, *Carson McCullers. Un cœur de jeune fille,* Stock, Paris 1995, S. 95 f.).
25 *Carson McCullers, eine junge Amerikanerin,* a.a.O.
26 Richard Wright, *New Republic,* 5. August 1940.
27 An Klaus Mann, 21. Juni 1940.
28 *Carson McCullers,* Juni 1940, zu Lebzeiten der Autorin nicht veröffentlicht. *Auf der Schattenseite,* a.a.O., S. 265 f.
29 Ebd.
30 Annemarie Schwarzenbach spielt hier auf die Krankheit an, der Carson McCullers im Alter von fünfzig Jahren erliegen sollte. Anscheinend litt die Amerikanerin unter den Folgen eines schweren Gelenkrheumatismus, der in ihrer Jugend nicht erkannt worden war.
31 *Decision,* Editorial, Januar 1941.
32 An Arnold Kübler, 16. September 1940.
33 Eric Streiff an Busy Bodmer, zitiert in einem Brief von Busy Bodmer an Annemarie Schwarzenbach, 21. August 1940.
34 An Klaus Mann, 28. Januar 1941.
35 »Armes Kind«.
36 Margot von Opel an Busy Bodmer, 21. März 1941.
37 Margot von Opel an Busy Bodmer, 19. Januar 1941.
38 Freddy Schwarzenbach an Hans Schwarzenbach, 28. November/2. Dezember 1940.
39 Margot von Opel an Busy Bodmer, 19. Januar 1941.
40 Margot von Opel an Busy Bodmer, 22. März 1941.

41 Ruth Landshoff-Yorck, a.a.O., S.173 f.
42 An Ella Maillart, Januar 1941. Im Original in englischer Sprache.
43 Ebd.
44 Ebd.
45 An Klaus Mann, 28. Januar 1941.
46 Margot von Opel an Busy Bodmer, 21. März 1941.
47 An Alfred Wolkenberg, 28. Januar 1941.
48 An Klaus Mann, 28. Januar 1941.

14. Herz der Finsternis (1941–1942)

1 Diese vierseitige Reportage, die am 14. Februar 1941 erschien, handelt von der Schiffahrt auf den großen amerikanischen Flüssen und ist mit Fotos von Paul Briol illustriert. Dieser Amerikaner Schweizer Herkunft liebte die alten Dampfschiffe und Raddampfer, die nach und nach nur noch zu touristischen Zwecken eingesetzt wurden.

2 An Alfred Wolkenberg, 28./29. Januar 1941.

3 Dorothy Thompson war mit dem Schriftsteller Sinclair Lewis (Nobelpreis 1930) verheiratet. Sie war in den zwanziger Jahren in Wien und Berlin Korrespondentin einer Zeitung aus Philadelphia. In dieser Funktion wurde sie eine wichtige Expertin für europäische Angelegenheiten.

4 An Busy Bodmer, 14. Februar 1941.

5 Henri Martin an Marie-Louise Bodmer-Preiswerk, Lissabon, 8. Dezember 1942.

6 *Neue Zürcher Zeitung,* 18. März 1941.

7 Wegen kriegsbedingter Verkehrsprobleme hat das Internationale Komitee vom Roten Kreuz eine ständige Vertretung in Lissabon eingerichtet, und auch die Vertretungen der besiegten Länder sind ins Exil in die portugiesische Hauptstadt gegangen. Aus diesem Grund gehen alle Postsendungen zwischen dem Freien Frankreich und den Gefangenenlagern in den besetzten Gebieten über Lissabon.

8 *Die Schweizer Flotte im Hafen von Lissabon,* in: *Schweizer Illustrierte,* 26. März 1941.

9 An Alfred Wolkenberg, 1. April 1941.

10 An Ella Maillart, 23. März 1941, im Original französisch mit englischen Einschüben.

11 Busy Bodmer an Annemarie Schwarzenbach, 21. August 1940.

12 Martha Cadisch an Busy Bodmer, 22. Februar 1941.

13 *Sie und Er,* 24. Oktober 1941.

14 Frühling 1941. Unveröffentlicht.
15 März-April 1941. Unveröffentlicht.
16 Dies ist sehr wahrscheinlich eine erste Version des Gedichtes, das Annemarie Ruth Landshoff-Yorck zu lesen gegeben hat, als sie sie bei Alfred Wolkenberg besuchte (siehe Seite 329).
17 *Carson McCullers, eine junge Amerikanerin,* a.a.O.
18 Annemarie Schwarzenbach hat alle Briefe an Carson McCullers auf englisch geschrieben.
19 *Irgendwo in Französisch-Westafrika,* 9. Juni 1941. *Auf der Schattenseite,* a.a.O., S. 300–302.
20 An Busy Bodmer, 14. Juni 1941.
21 *Beim Verlassen Afrikas,* 14.–30. März 1942. Unveröffentlicht.
22 *Ich habe den Konflikt herannahen gesehen.*
23 *Kongo-Ufer,* IV, 26. Juni 1941. Veröffentlicht in *Rives du Congo. Tétouan / Kongo-Ufer. Aus Tetouan,* zweisprachige Gedichtsammlung, Esperluète Éditions, Noville-sur-Mehaigne, Belgien 2005.
24 *Kleines Kongo-Tagebuch,* III, in: *National-Zeitung,* 20. April 1942.
25 *Beim Verlassen Afrikas,* S. 22.
26 An Carson McCullers, 29. Juli 1941.
27 An Ella Maillart, 2. August 1941.
28 Ebd.
29 *Der Krater der Tiere,* 31. Juli bis 1. August 1941. Unveröffentlicht.
30 An Busy Bodmer, 5. August 1941.
31 *Beim Verlassen Afrikas,* S. 22–23.
32 An Ella Maillart, 21. November 1941.
33 *Das Wunder des Baums,* 22. Oktober 1941 bis 20. Februar 1942. Unveröffentlicht.
34 An Carson McCullers, 3. Oktober 1941.
35 An Ella Maillart, 21. November 1941.

36 Im französischen Original verwendet Ella Maillart das deutsche Wort »Leitmotiv«.
37 Ella Maillart an Annemarie Schwarzenbach, 7. Januar 1942.
38 *Kleines Kongo-Tagebuch,* a.a.O., IV, 4. Mai 1942.
39 Alle drei genannten Aufsätze blieben unveröffentlicht.
40 Da es sich um sechs verschiedene Postsendungen handelt, ist es auch möglich, daß bestimmte Aufsätze, die nicht an Busy Bodmer, sondern direkt an die Redaktionen versandt wurden, keine Abnehmer gefunden haben.
41 An Carson McCullers, 3. Oktober 1941.
42 Ella Maillart an Annemarie Schwarzenbach, 7. Januar 1942.
43 *Das Wunder des Baums,* S. 10.
44 An Ella Maillart, 1. Februar 1942.
45 An Carson McCullers, 29. Dezember 1941.
46 An Ella Maillart, 17. Februar 1942.
47 An Ella Maillart, 11. Januar 1942.
48 *Beim Verlassen Afrikas,* S. 54.
49 An Ella Maillart, 17. Februar 1942.
50 *Das Wunder des Baums,* S. 375.
51 An Carson McCullers, 20. März 1942.
52 An Ella Maillart, 18. März 1942, im Original in englischer Sprache.
53 *Beim Verlassen Afrikas,* S. 79.
54 Ebd., S. 44 f.
55 Ebd., S. 38.
56 Ebd., S. 36f.
57 An Ella Maillart, 18. März 1942, im Original in englischer Sprache.
58 An Ella Maillart, 17. Februar 1942.
59 Diese streng staatlichen Informationsquellen erklären wahrscheinlich, daß sie dem offiziellen Diskurs folgt und Lobreden auf das faschistische Regime von Salazar hält.

60 *Erinnerungen an Annemarie Schwarzenbach,* in: *Schweizer Frauenblatt,* Juli/August 1988.
61 Claude Clarac an Ella Maillart, 18. Februar 1944.
62 *Kongo-Ufer. Aus Tetouan/Rives du Congo. Tétouan,* a.a.O.
63 An Carson McCullers, 20. März 1942.
64 Dieses Gedicht ist die erste Version von *Stone is not Stone.*
65 An Carson McCullers, 22. Mai 1942.
66 Claude Clarac an Annemarie Schwarzenbach, 2. Juli 1942.
67 Renée Schwarzenbach an Ella Maillart, 21. August 1943.
68 Henri Martin an Doktor Weibel, 18. August 1942.
69 So bezeichnet Mabel Zuppinger Annemarie in einem Brief an Busy Bodmer.
70 Auszüge aus einem Brief von Charly Clerc an Annemarie Schwarzenbach, die die Empfängerin kopiert hat.
71 An Klaus Mann, 2. September 1942.
72 Isabelle Trümpy (1903–1951): Die Tochter eines angesehenen Bürgers aus Mitlödi (Kanton Glarus) nimmt an Autorennen teil und wird als Fliegerin berühmt, als sie allein über das Hoggargebirge fliegt. Rilke widmete ihr ein Gedicht in *Vergers.*
73 Isabelle Trümpy an Ella Maillart (?), 18. Dezember 1943.
74 An Klaus Mann, 2. September 1942. Im Original in englischer Sprache.
75 *Marc,* Sommer 1942, Typoskript, S. 1.
76 Ebd., S. 52.
77 Ebd., S. 47.
78 Ebd., S. 15.
79 Ebd., S. 37.
80 Ebd., S. 49f.

15. Der Sturz (1942)

1 Gustava Favez an Busy Bodmer, 1. Oktober 1942.
2 Claude Clarac an Ella Maillart, 18. Februar 1944.
3 Ebd.
4 Anita Forrer an Ella Maillart, 7. August 1944.
5 Renée Schwarzenbach an Ella Maillart, 21. August 1943.
6 *Kongo-Ufer,* IV, a.a.O., S. 28.
7 *Marc,* a.a.O., S. 13.

Epilog

1 Claude Clarac an Ella Maillart, 18. Februar 1944.
2 Annigna Godly an Busy Bodmer, 15. November 1942.
3 Litanei auf das Fest Allerheiligen, D. 343.
4 Schweizerisches Literaturarchiv Bern.
5 Claude Clarac an Ella Maillart, 1. Dezember 1944.
6 Claude Clarac an Busy Bodmer, 4. Dezember 1942.
7 Klaus Mann, *Der Wendepunkt,* S. 687f.
8 Claude Bourdet, *Annemarie Schwarzenbach.*
9 Carson McCullers an Klaus Mann, 1. Dezember 1942.
10 Anita Forrer an Ella Maillart, 3. November 1943.
11 Mabel Zuppinger signierte ihre Artikel mit dem Pseudonym »Claudine«.
12 Anita Forrer an Dagmar Maillart, 28. August 1943.

Anhang

1 In französischer Sprache geschrieben.

2 Die Jahresangaben in Klammern beziehen sich auf das Datum der Niederschrift, sofern es vom Erscheinungsdatum abweicht.

3 Sofern es sich bei den Werken der Manns, aus denen in dieser Biographie zitiert wird, nicht um Erstveröffentlichungen handelt, wird jeweils in Klammern die hier verwendete Ausgabe genannt.

Personenregister

Inhaltsverzeichnis

Wilfried Meichtry

Verliebte Feinde

Iris und Peter von Roten

Biographie eines Paares
656 Seiten mit zahlreichen Abbildungen
ISBN 978-3-250-10487-2

Ich glaube, wir gehören eher zu den Glücklichen in einer schwierigen Ehe als zu den im Grunde Unbeteiligten in einer glücklichen Ehe.«

Iris von Roten, promovierte Juristin aus evangelisch-großbürgerlichem Haus, wurde 1958 mit ihrem Buch *Frauen im Laufgitter* über Nacht zur meistgehaßten Frau in der Schweiz und zu einer über die Grenzen hinaus bekanntgewordenen Frauenrechtlerin. Verheiratet war sie mit dem katholisch-konservativen Walliser Patrizier, promovierten Juristen und Politiker Peter von Roten. Für die Ehe, hatte Iris von Roten durchgesetzt, mußte von Anfang an völlige Eigenständigkeit jedes Partners in ökonomischen, politischen, beruflichen und sexuellen Belangen gelten.

Wilfried Meichtry erzählt die spannende private und politische wie kulturelle Zeitgeschichte der Schweiz im 20. Jahrhundert, es ist auch eine Geschichte der Frauenbewegung, des konservativsten Katholizismus und ein Bild der 50er Jahre des vorigen Jahrhunderts.

»Für jeden, der sich, ewig unentschlossen, nicht traut, lebendig zu sein, ist dies die richtige Lektüre.«

Elisabeth von Thadden, Die Zeit

Ammann Verlag

Alejandra Pizarnik

In einem Anfang war die Liebe Gewalt

Tagebücher
Aus dem argentinischen Spanisch
von Klaus Laabs
500 Seiten. Halbleinen
ISBN 978-3-250-10484-1

Alejandra Pizarnik, junges Ausnahmetalent und Enfant terrible der literarischen Szene von Buenos Aires in den 50er und 60er Jahren gilt heute als die bedeutendste jüdische Dichterin der spanischen Sprache und ist sicherlich eine der eindrucksvollsten lyrischen Stimmen Lateinamerikas.

Ihre künstlerischen Notate von 1955–1971 sind das eindrucksvolle Dokument einer rundum katastrophischen Existenz, deren unerbittliches Ringen um die Sprache nur im rauschhaften Nachtleben oder in der bedingungslosen Hingabe an ein verstehendes und schützendes Gegenüber (gleich welchen Geschlechts) zu stillen ist – mit Sicherheit einer der faszinierendsten Tagebuchtexte des vergangenen Jahrhunderts.

»Das ist die prophetische, zugleich die endzeitliche Rede einer Autorin, die sich nie für eine professionelle Schriftstellerin, sondern stets für eine Anfängerin und nur in ihren schlimmsten Träumen für die ›größte Dichterin‹ gehalten hat; die ihre Sprache niemals wirklich beherrschte und sich deshalb lieber von ihr beherrschen ließ; für die der Schrei und das Schweigen wahrhaftiger waren als alles, was sie hätte schreiben können.«

Felix Philipp Ingold, Manuskripte

Ammann Verlag

Erika Burkart

Die Vikarin

Bericht und Sage
300 Seiten
ISBN 978-3-250-60101-2
MERIDIANE 101

Es dürfte das offenste Buch von Erika Burkart sein. Es wären ihre Lebenserinnerungen, konkret und beinahe dokumentarisch, wäre sie nicht eine Poetin und poetische Erzählerin. Sie beschreibt ihr Elternhaus, die Mutter, Lehrerin, eine großmütige Leidende, der Vater Urwaldjäger und Trinker. Gemeinsam bewohnen sie ein altes Haus, die ehemalige Sommerresidenz der Fürstäbte von Muri, und betreiben darin eine Gastwirtschaft.

Die Tochter wird Lehrerin, doch ohne feste Anstellung: Sie versieht Stellvertretungen, springt da und dort im Lande ein, wo eine Lehrerin gefragt ist, sie ist das, was man in der Schweiz eine Vikarin nennt. Wir erfahren viel über die Kriegszeit in der Schweiz, die Not und Armut allenthalben, viel über die verschiedenen sozialen Schichten, aus denen die Schülerinnen und Schüler stammen, wir erahnen aber auch das bewegte Privatleben der Erzählerin im Zeitraum von 1942 bis gegen Ende der fünfziger Jahre.

»Wer auch immer ein Buch von ihr zur Hand nimmt, ist eingeladen, an diesem Kosmos teilzuhaben. Denn nicht nur Schreiben, auch Lesen ist gerettetes Leben.«

Markus Bundi, Aargauer Zeitung

Ammann Verlag

Prolog

Ich frage mich, wie die Leute das Leben der Dichter beschreiben können, da doch die Dichter selber ihr eigenes Leben nicht zu beschreiben vermögen. Es gibt darin viel zu viel Geheimnisvolles, zu viele wahre Lügen, zu viel Verstrickung. Was soll man über sehr innige Freundschaften sagen, die man mit Liebe verwechseln muß und die doch etwas anderes sind, über die Grenzen zwischen Liebe und Freundschaft, über jene Zone des Herzens, an der unbekannte Sinne teilhaben und das keiner von allen, die ein Seriendasein leben, je begreifen kann? Daten greifen ineinander über, Jahre verwirren sich. Der Schnee schmilzt, die Füße sind beflügelt, es bleiben keine Spuren zurück.

Jean Cocteau, *Opium*

Zeit nahegelegt hatte, war ich in der glücklichen Lage, Zugang zu Catherine Pozzis[4] Briefwechsel mit ihrem Sohn Claude Bourdet zu bekommen. Diese Literatin, die eine Zeitlang die Geliebte Paul Valérys war und Anfang des 20. Jahrhunderts viele Intellektuelle mit ihrer Intelligenz und ihrer Bildung beeindruckte, war Annemarie Schwarzenbach im Juni 1933 begegnet. Sowie die junge Frau wieder gegangen war, hatte Catherine Pozzi sich beeilt, ihrem Sohn ihre Eindrücke zu schildern: »Welche Anmut in diesem ernsten Gesicht. Aber sie hat einen unruhigen Blick, wie durch unsichtbare Schmerzen heimgesucht. [...] Man hat bei ihr das Gefühl einer merkwürdigen Instabilität. Sie steckt einen mit dem Leiden an Europa an.«

Über die außergewöhnliche psychologische Intuition, die Catherine Pozzi hier unter Beweis stellt, kann man nur staunen. Wie? Sie hat Annemarie Schwarzenbach nicht länger als eine »gute Stunde« gesehen, und schon hat sie das Wesentliche erfaßt! Aber vor allem inspiriert sie »ihr schönes Antlitz eines untröstlichen Engels« (Roger Martin du Gard) zu diesem ebenso unerwarteten wie ungewöhnlichen Ausdruck: »Leiden an Europa.« Mit drei kleinen Worten sagt die französische Dichterin alles – oder fast alles. Sie benennt zunächst die Qual, die Herz und Seele der Schweizerin erfüllt. Und sie sieht diese Qual als Teil eines Dramas, das im Moment, da sie spricht, das Drama eines ganzen Kontinents ist. Wie konnte sie wissen, daß Annemarie achtzehn Monate zuvor geschrieben hatte: »Ich finde, daß man Europa und die alten Wege für ein Weilchen verlassen sollte, hier verlangt man zu wenig Mut und zu viel Geduld von uns.«[5] Sie konnte es nicht wissen, aber alle Fibern ihres Verstandes und ihrer Empfindsamkeit flüsterten es ihr ein. Ihre weibliche Intuition ließ sie mit bestürzender Sicherheit in Annemarie Schwarzenbach das lebendige Spiegelbild der Konflikte und Krisen erkennen, die Europa erschütterten. Welch unendlich subtile und zutreffende Eingebung. Denn wie wir sehen werden, ist das Leben der Schweizerin das Abbild der Instabilität und des fortschreitenden Zusammenbruchs einer Gesellschaft und eines Kontinents, die ihre Orientierung verloren haben.

Wie ihr Leben und ihr Werk bezeugen, verabscheute Annemarie Schwarzenbach die Ideologien, denen Europa sich in den ersten vierzig Jahren des 20. Jahrhunderts verschrieb. Sie bezog von der ersten Stunde an Position gegen den Nationalsozialismus, und im Gegensatz zu vielen angesehenen Intellektuellen spürte sie auf Anhieb die gefährlichen Mechanismen des Kommunismus. Es war ebendiese genaue Kenntnis der Doppeldeutigkeit aller Dinge, die ihr 1940 die Kühnheit verlieh, die sogenannte Schweizer »Neutralität« zu geißeln.

Das Leiden an Europa treibt Annemarie Schwarzenbach auf die Straßen dreier Kontinente, in die wenig aussichtsreiche Suche nach Abhilfe. Im Laufe ihres so kurzen Lebens bereist sie Teile Asiens, Amerikas und Afrikas, prangert Ungerechtigkeiten an – die Rassendiskriminierung in den Vereinigten Staaten, die Ausbeutung der Pächter und der Arbeiter in den Spinnereien der Südstaaten, die Lebensbedingungen der Frauen in Afghanistan – und fördert jede Initiative, die geeignet ist, das Leben der Bedürftigsten zu verbessern. 1937 ergreift diese Tochter eines reichen Textilindustriellen Partei für die Arbeiter in den Spinnereien Amerikas und unterstützt die dortige Gewerkschaftsbewegung.

Der Blick, den Annemarie Schwarzenbach auf die Welt richtet, ist von Menschlichkeit und Humanismus geprägt. Aber es ist auch ein Blick, in dem ein echter subversiver Mut zu lesen ist. Ein Mut, der um so eindrucksvoller und bewundernswerter ist, als er im absoluten Gegensatz zur Zerbrechlichkeit ihrer Persönlichkeit steht. Allen Formen ihrer Schwäche und Abhängigkeit hat sie heldenhaft den Schutzschild ihres Geistes entgegengehalten. Das ist es, was aus ihr in Leben und Werk eine moderne Frau macht. Sie ist Pionierin in ihrem Verlangen nach Emanzipation, in ihrer Suche nach sich selbst, in ihrer Sehnsucht nach menschlicheren und gerechteren sozialen Umständen, sie ist als Fotojournalistin sensibel für die Probleme der Welt und zugleich eine Schriftstellerin, die radikal mit den Konventionen gebrochen und ihre eigene Poetik entwickelt hat, um der Einzigartigkeit ihrer Melodie Gehör zu verschaffen.

Heute ist Annemarie Schwarzenbach neben Nicolas Bouvier und Ella Maillart als eine der drei großen Schweizer Reiseschriftstellerinnen und -schriftsteller des 20. Jahrhunderts anerkannt. Gewiß, auch zu ihren Lebzeiten war ihr Bekanntheitsgrad alles andere als unerheblich: Im Oktober 1933 titelte eine Zürcher Wochenzeitung mit einem großformatigen Porträt von ihr und meldete den Beginn ihrer Berufslaufbahn im Vorderen Orient; und neun Jahre später ehrte eine andere Schweizer Zeitschrift die vorzeitig verstorbene Schweizerin, indem sie über die ganze Titelseite ein Foto von ihr veröffentlichte. Aber die Erinnerung an diese vielseitig begabte Frau mußte im Chaos einer vom Krieg zerrütteten Welt versinken.

Als der Frieden wiederhergestellt war, blieb es still um diese nach dem Absoluten Hungernde, die ihr kurzes Leben damit verbracht hatte, von einem Kontinent zum anderen zu irren, auf der Suche nach sich selbst und nach einem Sinn, der sich ihr unaufhörlich entzog. Dennoch konnte man hier und da Spuren ihres Weges auf dieser Erde entdecken sowie der Faszination, die sie auf viele ihrer Zeitgenossen ausgeübt hatte. Tatsächlich taucht ihr Name in den unterschiedlichsten und seltsamsten Zusammenhängen auf, angefangen bei der Widmung von Carson McCullers' berühmtem Roman *Spiegelbild im goldnen Auge* bis zu Klaus Manns Autobiographie *Der Wendepunkt*, in Thomas und Klaus Manns Tagebüchern sowie in Catherine Pozzis Briefwechsel mit ihrem Sohn Claude Bourdet. Die Signatur von Annemarie Schwarzenbach oder von Annemarie »Clarac-Schwarzenbach« erscheint natürlich auch unter den ungefähr dreihundert Aufsätzen, die sie für die Schweizer Presse geschrieben hat – einige davon zudem in englischer Sprache für das *Geographical Magazine* und auf französisch für die kongolesische Presse –, und auf sieben Büchern, die sie zwischen 1932 und 1940 veröffentlicht hat: zwei Reiseführer, ein Reisetagebuch, eine Biographie und drei literarische Arbeiten. Annemarie ist außerdem unter dem Decknamen Christina die Hauptperson in Ella Maillarts Buch *Der bittere Weg,* und sie hat die schriftstellerische Arbeit mehrerer deutscher und Schweizer Autoren inspiriert: Klaus Mann, Wilhelm Speyer, Ruth Landshoff-Yorck, Albrecht Haushofer. Erwähnt wird ihr Name auch von so berühmten Kritikern wie Carl Seelig, Entdecker und Vormund Robert Walsers, und Eduard Korrodi, *Neue Zürcher Zeitung,* die ihre Publikationen begleitet, kommentiert und sie ermutigt haben.

Wie kann man aus diesen in alle Richtungen zerstreuten Fragmenten das Puzzle von Annemarie Schwarzenbachs Leben rekonstruieren? Ist es nicht das beste, sich mit ihrer Lebensgeschichte im Zeitverlauf zu befassen? Letzteres ein Projekt, das heute um so gerechtfertigter ist, als die Länder, in denen die Journalistin ihre Reportagen gemacht hat – Afghanistan, Iran, Irak, Indien, Kongo etc. –, seit etlichen Jahren im Brennpunkt des Zeitgeschehens stehen. Das literarische, journalistische und fotografische Werk, das im Schweizerischen Literaturarchiv in Bern aufbewahrt wird, reicht weit über den Umfang dessen hinaus, was zu Lebzeiten dieser sehr produktiven Autorin publiziert wurde, und bleibt nach wie vor zu erforschen. Außerdem haben die Entdeckungen der letzten Zeit bewiesen, daß jederzeit Dokumente aus dem Nichts auftauchen können, in dem sie jahrzehntelang versunken waren. Irgendwo liegen als verschollen geltende Schriften, Filme, Fotos, Briefe – viele Briefe, denn Annemarie Schwarzenbach war auch eine unermüdliche Briefeschreiberin.

Die Arbeit des Biographen ist abwechselnd aufregend und deprimierend. Sie ist eine Einladung zur Reise und zugleich eine Verurteilung zum Umherirren. Das Leben eines Menschen zu beschreiben, den man nicht persönlich gekannt hat, bedeutet, sich in eine definitiv vergangene Zeit und an Schauplätze von Ereignissen zu versetzen, die sich uns großenteils entziehen. In gewisser Weise ist es eine archäologische Arbeit – eine Tätigkeit, die Annemarie Schwarzenbach gut kannte, da sie in Persien und Afghanistan mit Archäologen gearbeitet hat – und eine detektivische Arbeit. Denn jedes Wesen, ganz gleich, ob tot oder lebendig, ist ein Rätsel und wird es immer bleiben. Hier stößt das biographische Vorhaben an seine Grenzen, auch wenn es damit sicherlich nicht vergeblich wird. Der Biograph entfernt nicht den Schleier, sondern er begnügt sich damit, ihn anzuheben, mit einer scheuen Geste, in der sein Respekt vor jener Person sich ausdrücken sollte, die zu »entdecken« er sich erlaubt. Und wenn er manchmal angesichts seiner Kühnheit erschrickt, dann weiß er sie immer im Dienst seines Ziels, das kein anderes sein sollte als Würdigung und Anerkennung.

Erstes Kapitel

Bocken, ein goldener Käfig
(1908–1923)

Das Haus in Bocken heute

Zürich zu Beginn des 20. Jahrhunderts

Wie könnte das Leben anders sein als gerecht?

Annemarie Schwarzenbach, *Pariser Novelle II*

Als Wiege der zwinglischen Reformation ist Zürich im anbrechenden 20. Jahrhundert Schauplatz eines überaus rigorosen protestantischen Puritanismus – einer besonders verbreiteten Geisteshaltung in den Kreisen der Schweizer Großbourgeoisie, der Annemarie Schwarzenbach entstammt. Ihr Vater, Alfred Emil Schwarzenbach, geboren 1876, ist der zweite Sohn des sogenannten »großen« Robert Schwarzenbach. Dieser Unternehmer hat es geschafft, den kleinen, bereits florierenden Handel seines Vaters Johannes innerhalb von vierzig Jahren zu einem regelrechten Seidenimperium auszubauen. Alfred, ein ausgezeichneter Schüler, ist wie dafür bestimmt, ihm an die Spitze des Betriebes zu folgen. Nach dem Abitur studiert er zunächst Jura in Leipzig und Zürich, promoviert bald darauf und übernimmt im Jahr 1902 das väterliche Geschäft. Als er zwei Jahre später heiratet, prosperieren bereits Filialen in Deutschland, Frankreich, Italien und den Vereinigten Staaten. Die Schwarzenbachs sind schwerreiche Industrielle geworden, die weltweit etwa dreizehntausend Menschen beschäftigen. Der Hauptsitz des Unternehmens befindet sich in Thalwil, einer kleinen Gemeinde etwa zwanzig Kilometer von Zürich entfernt, am linken Ufer des Sees.

Annemaries Mutter, Renée Marie Wille, kommt vom gegenüberliegenden, vornehmeren Ufer. Sie ist die jüngste Tochter von Ulrich Wille und seiner Frau Clara. Letztere, eine geborene Gräfin von Bismarck, ist stolz darauf, eine Cousine dritten Grades des berühmten Eisernen Kanzlers, Otto von Bismarck, zu sein. Die Familie ihres Mannes stammt ursprünglich aus dem Kanton Neuchâtel und trug dort den Namen Vuille, bevor sie im 18. Jahrhundert nach Deutschland emigrierte. François Wille, Ulrichs Vater, war ein fortschrittlicher, demokratisch orientierter Journalist. Er heiratete gegen einigen Widerstand von seiten der Familie die Tochter eines reichen Hamburger Reeders. Nach der Revolution von 1848 konnte er die in Deutschland herrschende reaktionäre Atmosphäre nicht länger ertragen. Er kehrte in das Land seiner Vorfahren zurück und kaufte das prachtvolle Anwesen Mariafeld am rechten Ufer des Zürichsees, an der berühmten Goldenen Küste. Dort kam Renée 1883 zur Welt.

Zu dieser Zeit hat Annemaries Großvater mütterlicherseits, Ulrich Wille, die Position eines Oberstkorpskommandanten inne. Er geht in die Geschichte seines Landes ein, weil er 1914 zum General ernannt wird und während des Ersten Weltkrieges die Schweizer Truppen befehligt. Der Bundesrat hat offensichtlich keine Skrupel, einen Mann an die Spitze der Armee zu setzen, der Deutschland verehrt – schließlich ist seine Frau eine Bismarck! –, der mit Kaiser Wilhelm II., dem Paten eines seiner Söhne, privat verkehrt, der die französischsprachigen Schweizer und Frankreich haßt, Parlamentarier und Journalisten verachtet, eine Heidenangst vor den Roten hat und für seine Arroganz und sein autoritäres Verhalten berüchtigt ist. 1915 ist dieser Ausbildungschef der Armee drauf und dran, die Schweiz an der Seite Deutschlands in den Krieg eintreten zu lassen, und er beweist auf diese Weise, daß er das heilige Neutralitätsprinzip seines Landes nicht befolgt. Aber gerade als man versucht, ihn auf schonende Weise abzusetzen, stirbt überraschend der Offizier, der als sein Nachfolger vorgesehen ist, und

Annemarie Schwarzenbach

Eine beflügelte Ungeduld

Dominique Laure Miermont

Annemarie Schwarzenbach

Eine beflügelte Ungeduld

Biographie

Aus dem Französischen von
Susanne Wittek

Ammann Verlag

Die Originalausgabe erschien 2004
unter dem Titel *Annemarie Schwarzenbach ou le mal d'Europe*
bei Éditions Payot & Rivages in Paris.

Seit der französischen Erstveröffentlichung gewonnene
Erkenntnisse über Annemarie Schwarzenbach
wurden nach den Angaben der Autorin in der
deutschen Übersetzung berücksichtigt.
Interpunktions- und Rechtschreibfehler in zitierten
deutschsprachigen Briefen und Texten wurden behutsam
nach den geltenden Regeln korrigiert.

Die Übersetzung wurde gefördert durch das
Französische Kulturministerium, Centre National du Livre.

Bildnachweise:
Ungeklärte Rechte: S. 20, 40, 47, 130, 176, 287, 391.
Schweizerisches Literaturarchiv Bern: S. 82, 137, 188, 218, 259, 291, 364.
Privatbesitz Marie-Louise Bodmer-Preiswerk, © 2004 Esther Gambaro:
S. 181, 196, 205, 208, 246, 268, 281, 315, 338, 348, 388.
Privatbesitz Familie Bourdet: S. 57, 106, 168.
Archiv Marianne Feilchenfeldt-Breslauer Zürich: S. 8, 122, 296, 398.
Thomas-Mann-Förderkreis München e.V. Sammlung Anita Naef: S. 62, 73, 96.
Monacensia, Literaturarchiv und Bibliothek München: S. 223.
Privatbesitz Henri Pagau-Clarac: S. 8, 20, 154.
Ullstein: S. 106.

Erste Auflage

www.ammann.ch

Satz: Gaby Michel, Hamburg
Druck und Bindung: Bercker, Kevelaer
ISBN 978-3-250-10520-6

infolgedessen kann Ulrich Wille bis zum Kriegsende auf seinem Posten als General bleiben. In Mariafeld ist militärische Disziplin obligatorisch, und Renée Wille wird preußisch erzogen.

Wie Alfred Schwarzenbach, den sie 1904 heiratet, ist sie eins von fünf Geschwistern. Davon sind zwei Mädchen und drei Jungen, eine Konstellation, die sich auch in der Familie wiederholen wird, die sie beide nun gemeinsam gründen.

Als Annemarie Minna Renée Schwarzenbach am 23. Mai 1908 zur Welt kommt, hat sie bereits einen Bruder und eine Schwester. Robert-Ulrich (genannt Robuli) wurde im Jahr 1904 und Suzanne im Jahr 1906 geboren. Drei Jahre nach Annemarie kommt Alfred (Freddy) zur Welt, und 1913 folgt Hans (Hasi). Bei dem Ältesten der Jungen tritt 1907 – wie es heißt, als Folge eines heftigen Schocks – eine Aphasie ein. Er wird der Obhut des Doktor Kölle, Leiter des Zentrums für Epilepsie in Zürich, anvertraut. Als der Arzt in den Ruhestand geht und sich mit seiner Familie im Jahr 1909 in Stuttgart-Möhringen niederläßt, zieht Robert-Ulrich mit und bleibt für den Rest seines Lebens bei ihnen. Trotz der Entfernung holen seine Eltern ihn regelmäßig für mehrwöchige Aufenthalte in ihr Haus in Bocken, und er posiert auf zahlreichen Fotos des Familienalbums zwischen seinen Brüdern und Schwestern.

Während der ersten sieben Jahre ihrer Ehe wohnen Annemaries Eltern in einem Zürcher Wohnviertel. Aber die Familie wächst und wächst, und da Alfred Schwarzenbach in die Nähe seines Unternehmens in Thalwil ziehen möchte, kauft er 1911 die Domäne Bocken oberhalb des Dorfes Horgen. Das Patrizierhaus – Glanzstück dieses Besitzes – wurde Ende des 17. Jahrhunderts vom Zürcher Bürgermeister erbaut. Später wurde es in ein Gasthaus umgewandelt und lockte jahrzehntelang viele Spaziergänger an, die von der heilkräftigen, klaren Luft und dem außergewöhnlich schönen Ausblick auf den See und die umliegenden Hügel fasziniert waren.

Vor dem Umzug beauftragt Alfred Schwarzenbach zwei Architekten der Region damit, den Umbau dieses imposanten fünfstöckigen Gebäudes zu betreuen und daraus einen komfortablen und funktionalen Herrensitz zu machen. Er läßt an der Westseite, die dem See zugewandt ist, einen etwas niedrigeren Flügel anbauen. Der »Textilbaron« legt Wert auf eine Ausstattung, die dem neuesten Stand des technischen Fortschritts entspricht: Elektrizität, Zentralheizung, Telefon, an eine biologische Kläranlage angeschlossene sanitäre Einrichtungen. Zahlreiche Anpflanzungen, vor allem Bäume und Stauden, sollen die Gärten und den Park, der dieses prächtige Domizil umgibt, verschönern. Um zum Haus zu gelangen, muß man zunächst die tiefer liegende Toreinfahrt passieren und anschließend eine sanft ansteigende Lindenallee emporgehen. Nach links erstreckt sich eine weite Rasenfläche, gesäumt von Buchen, die die Bewohner des Anwesens vor neugierigen Blicken schützen.

Alfred teilt mit seiner Frau eine wahre Leidenschaft fürs Reiten. Am Eingang seines Besitzes läßt er ein großes Gebäude errichten, in dem Pferdeställe, eine Garage und im Jahr 1926 eine überdachte Manege untergebracht werden. Er vergrößert die Domäne durch den Ankauf benachbarter Grundstücke. Auf einem befindet sich ein Gutshof aus dem Jahr 1805. Er läßt ihn renovieren, erweitert ihn um ein Verwalterhaus und etwas später um einen ultramodernen Stall, den er direkt aus Amerika importiert. Bocken wird ein bedeutender landwirtschaftlicher Betrieb, der auf Kraftfutter, Käseherstellung, Vieh-, Schweine- und Geflügelzucht spezialisiert ist. Einige Jahre später wird er für seine Leghornzucht, sein »veredeltes Landschwein« und seine hochmodernen Einrichtungen über die Landesgrenzen hinaus bekannt sein. Die erste Grastrocknungsanlage und das erste Silo der Schweiz werden auf diesem Modellhof in Betrieb genommen, und Landwirte kommen aus allen Himmelsrichtungen, um den berühmten Stall zu bewundern.

An diesem idyllischen, paradiesischen Ort verbringt Annemarie ihre Kindheit. Sie ist lebhaft und abenteuerlustig und kann sich nach Herzenslust in der weitläufigen Domäne Bokken austoben. Die terrassierten Gärten, das große Wasserbekken im Park, die hügeligen Felder und ein nahe gelegener Bach eröffnen ihr tausend und eine Gelegenheit zum Spiel. Außerdem hat ihr Vater zwischen den Pferdeställen und dem Wohnhaus einen kleinen Pavillon bauen lassen, der speziell für die Kinder reserviert ist. Und wenn sie genug davon hat, mit ihren Brüdern und ihrer Schwester herumzustromern, schließt sie sich den Kindern vom Gutshof an und überläßt sich anderen Zeitvertreiben, die manchmal noch aufregender oder sogar gefährlicher sind.

Sie ist ein ziemlich sportliches Kind. Natürlich reitet sie, außerdem schwimmt sie gern und setzt einigen Ehrgeiz darein, so elegant wie möglich »die Brücke zu machen« – eine Akrobatik, die sie noch im Erwachsenenalter vollführt. Zu ihren Spezialitäten gehört, mit voller Fahrt auf ihrem Fahrrad die Abhänge hinunterzurasen, und sie ist stolz festzustellen, daß keiner ihrer Spielkameraden es schafft, so lange wie sie den Lenker loszulassen.

Auf diese Weise erwirbt sie bald den Ruf, an ihr sei ein Junge verlorengegangen, zumal sie häufig die unverwüstlichen Lederhosen trägt, die ihre Mutter ihr aus Bayern mitgebracht hat. Als sie eines Tages in Begleitung ihres Onkels Ulrich Wille und ihrer Cousine Gundalena in diesem Aufzug in die Kirche gehen möchte, macht man ihr schnell klar, daß diese Hosen für ein schönes freies Leben in den Feldern sehr praktisch sein mögen, aber an heiligen Orten unpassend sind.

Es heißt, daß Gegensätze sich anziehen, und das könnte für niemanden besser zutreffen als für das Paar Renée und Alfred Schwarzenbach. Annemaries Vater ist ein zurückhaltender und bescheidener Mann. Er leidet an einer angeborenen Herzschwäche, die in seiner Jugend diagnostiziert wurde und an der schon sein Vater und sein Großvater gestorben sind. Zur Prophylaxe unternimmt er täglich lange Wanderungen, und im

Sommer spielt er im Engadin Golf. Gern läßt er sich in seiner Freizeit auf den zahlreichen Spazierwegen in der Umgebung von Bocken und am Seeufer von seinen Kindern begleiten. Beim Wandern erklärt er ihnen geduldig Naturphänomene, bestimmt Bäume und Pflanzen, beantwortet Fragen. Wie ihre Brüder und ihre Schwester Suzanne liebt Annemarie die besänftigende Gegenwart dieses umgänglichen und freundlichen Mannes, der so anders ist als seine herrische Frau.

Renée hinterläßt den Eindruck einer extrem autoritären Frau, die sicherlich auch liebenswürdig und großzügig sein kann, aber mit ihrem häufig unkontrollierten, brutalen Verhalten sensible Menschen, die mit weniger Abwehrpanzern gerüstet sind, tief verletzt. Als jüngste Tochter des Generals Wille mußte sie sich sehr früh gegenüber drei älteren Geschwistern behaupten, die ihr vermutlich nach Kräften das Leben schwergemacht haben. Aber sie war eine starke Persönlichkeit, und da sie obendrein das Lieblingskind ihres Vaters war, müssen sein Ansehen und seine Autorität auf sie ausgestrahlt und jene außerordentliche Selbstsicherheit gefördert haben, die ihr in die Wiege gelegt war. Sie bewundert ihren Vater, und sie ist stolz, eine Wille zu sein. Über Jahre sorgt die folgende Anekdote für Belustigung bei den Familientreffen: Als Kind fiel Renée eines Tages vom Pferd und saß weinend am Wegrand. Eine vorbeikommende Frau erkundigte sich freundlich nach dem Grund ihres Kummers. »Halt die Schnauze, alte Ziege!«, bekam sie zur Antwort. Freilich ist man von der verbalen Gewalt der Generalstochter nur mäßig überrascht, wenn man weiß, daß ihr Vater in seiner Ausdrucksweise nicht besonders feinsinnig war und Menschen mit niedrigerem sozialen Status von Herzen verachtete.

Es ist bezeichnend, daß Pfarrer Spinner am 30. April 1959 sogar in seiner »Trauerrede« über die Verstorbene sagt:

Sie hatte nicht die Gabe, sich bei den Menschen populär zu machen, und wollte sie nicht haben. [...] Die Verstorbene hat es vielen nicht leicht gemacht, mit ihr auszukommen, sie war viel zu impulsiv, leidenschaftlich und oft ungerecht in Liebe und Haß. [...] Die Intensität ihrer Teilnahme erlaubte ihr oft kein sachliches und geduldiges Abwägen.[1]

Von den vier Kindern, die in Bocken lebten, leidet Annemarie sicherlich am stärksten unter Renées unzugänglichem Charakter. Ihre Schwester Suzanne hat das Glück, ziemlich früh zu entkommen. Da ihr Lyzeum in Zürich liegt und damit für tägliches Pendeln zu weit entfernt ist, wohnt sie fünf Jahre lang bei ihrem Onkel Ulrich und seiner Frau Inez. Sie versteht sich mit ihren drei Cousinen so gut, daß sie quasi die vierte Tochter dieser Ersatzfamilie wird. Gleich nach dem Abitur heiratet sie einen schwedischen Diplomaten und zieht nach Stockholm. Sie ist gerade neunzehn Jahre alt. Auch die beiden Brüder schaffen es, ihre Vermeidungsstrategien zu entwickeln. Um dem mütterlichen Zorn zu entgehen, schrecken sie vor schweren Lügen nicht zurück – und das noch als Erwachsene. Als Hans nach dem Tod seines Vaters die Firma übernommen hat, kontrolliert Renée per Telefon, ob er frühmorgens bei der Arbeit ist, wie sie es für unbedingt erforderlich hält. Hans, der an ihre militärischen Methoden gewöhnt ist, erfindet ein Ausweichmanöver: Er läßt die Telefonverbindung seines Büros in seine Wohnung umleiten und macht seine Mutter auf diese Weise glauben, daß er schon im Morgengrauen im Einsatz sei.

Abgesehen von ihrer Liebe zu ihrem Vater und ihrer Bewunderung für ihren Mann hat Renée Schwarzenbach mindestens drei weitere Leidenschaften: Pferde, Musik – vor allem die Richard Wagners – und Emmy Krüger.

Die Familie erzählt gern, daß sie eine exzellente Reiterin sei, weil ihr Vater genau am Tag ihrer Geburt zum Ausbildungschef der Armee ernannt wurde. In Begleitung ihres Reitlehrers nimmt sie regelmäßig in der Schweiz und im Ausland an Pferderennen teil, und häufig gewinnt sie Preise. Auf vielen Fotos kann man sie in Reithosen sehen, mit der Peitsche in der Hand. Und dieses Attribut paßt zu dem Stil, in dem sie das Gut verwaltet und ihre Leute – außer ihrer Familie ein gutes Dutzend Hausangestellte – herumkommandiert.

Annemarie und ihr Bruder Hans reiten regelmäßig: Annemarie aus Pflichtgefühl, Hans aus echter Neigung. 1960 nimmt er in Rom an den Olympischen Spielen teil und gewinnt für die Schweizer Mannschaft die Silbermedaille – ein Sieg, mit dem sich seine Mutter nicht mehr schmücken kann, da sie im Jahr zuvor gestorben ist.

Nach dem Tod ihres Mannes im Jahr 1940 stürzt Renée sich ganz in die Pferdezucht, und bald weckt der Stammbaum ihres Hengstes Padischa das Interesse der europäischen Gestüte.

Ihre zweite Leidenschaft macht Bocken zum Schauplatz musikalischer und kultureller Ereignisse, die von der feinen Zürcher Gesellschaft sehr geschätzt werden. Man empfängt hier lokale Künstler, aber auch einen so berühmten Schriftsteller wie Gerhart Hauptmann und viele Musiker, unter ihnen die Komponisten Richard Strauss, Arthur Honegger und Eugène d'Albert, den Pianisten Wilhelm Backhaus, die Dirigenten Bruno Walter, Arturo Toscanini, Arthur Nikisch und Wilhelm Furtwängler. Richard Wagner und seine Frau Cosima waren noch bei Renées Eltern in Mariafeld zu Gast. In den zwanziger Jahren sind es dann der Sohn Siegfried und seine Frau Winifred, die sich mit den Schwarzenbachs anfreunden. Sie kommen häufig nach Bocken, und jedesmal begegnen sie dort einer gemeinsamen Freundin wieder: Emmy Krüger.

Diese Mezzosopranistin begann gerade ihre Karriere im städtischen Theater von Zürich, als sie Renée Schwarzenbach im Jahr 1910 kennenlernte. Sie war vierundzwanzig Jahre alt. Damals begeisterte sie das Publikum mit ihrer Interpretation der Ortrud in *Lohengrin,* anschließend in der Titelrolle des *Rosen-*

kavalier. Renée widmet ihr einen wahren Kult, und eine zärtliche Freundschaft verbindet die beiden Frauen nahezu vierzig Jahre lang. Emmy Krüger hat ihr eigenes Zimmer in Bocken, und ihr Badezimmer ist das luxuriöseste des ganzen Hauses. Bis heute kann man dort die Armaturen bewundern, die ganz aus Silber und Bakelit bestehen. Aber das Erstaunlichste ist ein Badeaccessoire, dessen Funktion nicht auf Anhieb ersichtlich ist: eine Art Schulterhalfter mit vielen kleinen Löchern, das der Diva erlaubte zu duschen, ohne daß die Haare naß wurden! Im übrigen wird Renée auch wegen Emmy Krüger im Jahr 1919 zur Mitbegründerin der Zürcher Festspiele.

Renée fotografiert ihre Geliebte in allen möglichen Kostümierungen, denn eine vierte Leidenschaft kommt hinzu: die Fotografie und der Film. Renée ist eine der ersten Schweizerinnen, die schon Ende der zwanziger Jahre eine 16-mm-Kamera benutzen. Ihre Manie, alles, was sie sieht, auf die Linse zu bannen, beschert uns heute eine Art stummer Chronik des Lebens der Familie Schwarzenbach. Sie hat die Negative der Fotos in orangefarbene Umschläge einsortiert, darauf sorgfältig Datum und Gegenstand notiert und der Nachwelt auf diese Weise mehr als neuntausend Negative auf Glasplatten und Celluloidträgern aus der Zeit von 1903 bis 1937 hinterlassen. Viele bezeugen die zahlreichen Reisen durch Europa, die sie gemeinsam mit Emmy Krüger unternommen hat. Es kam sogar recht häufig vor, daß Alfred sich ihnen anschloß. In seiner immer sanften und umgänglichen Art hat er sich anscheinend mit dieser unverbrüchlichen Liebesbeziehung arrangiert.

Renée fotografiert häufig ihre Kinder, und ihr Objektiv richtet sich offensichtlich vorzugsweise auf Annemarie, wobei sie keineswegs versucht, ihre Vorliebe zu verbergen. Suzanne macht sehr früh die bittere Erfahrung, regelmäßig von ihrer Schwester, die angeblich hübscher, lebhafter, anziehender und intelligenter ist, in den Schatten gestellt zu werden. Alfred Schwarzenbach muß manchmal zugunsten seiner älteren Tochter eingreifen, und wenn die Situation unerträglich für sie wird, geht er gelegentlich so weit, sie von Bocken wegzuschicken.

Es heißt, Renée sei bei ihrer dritten Niederkunft beinahe an einem Blutsturz gestorben. Ist dies der Grund für die besitzergreifende Liebe, die sie ihrer jüngsten Tochter zuwendet? Erzählt wird auch, daß sie als Kind ein Junge sein wollte und daß sie diesen Wunsch auf Annemarie übertragen hat, in der sie ihr Ebenbild zu erkennen glaubte. Jedenfalls hatte sie Spaß daran, Annemarie in allen Arten männlicher Verkleidung zu fotografieren: als Page, Matrose, Soldat, Hirt, Rosenkavalier...

Während Suzanne sich weigert, diese Maskeraden mitzumachen, findet Annemarie Gefallen daran, zum Beispiel in militärischem Aufzug zu erscheinen, allein oder an der Seite ihrer beiden jüngeren Brüder. Als ihr Großvater mütterlicherseits 1914 zum General ernannt wird, ist sie erst sechs Jahre alt, und da sie von seiner Uniform beeindruckt ist, erklärt sie jedem, der es hören will, daß auch sie später General werden wird – was ihre Mutter vermutlich begeistert. Als Alfred Schwarzenbach im Ersten Weltkrieg seine Pflicht als Kommandant in der Schweizer Armee erfüllt, fotografiert Renée mehrfach ihre drei jüngeren Kinder, wie sie, als Soldaten verkleidet, strammstehen. Das ist ihre ganz private Armee; sie nennt sie ihre »Leibwache« und fördert damit das Klima militärischer Disziplin, das sie in Bokken herrschen läßt. Ein Klima, auf das Annemarie als Erwachsene hoch allergisch reagieren wird: Als ihr Freund Claude Bourdet 1934 seinen Militärdienst in der Armee ableistet, stört es sie, daß er für ihr Empfinden zu lange die Uniform trägt, die sie – wenig überraschend – als »Verkleidung« bezeichnet.[2]

Zwanzig Jahre früher jedoch ist sie noch ganz dem Zugriff ihrer Mutter ausgesetzt. Renée erstickt sie mit ihrer Fürsorge. Sie beschließt unter dem Vorwand, ihre Tochter erhole sich schlecht von einer Scharlacherkrankung und einem Keuchhusten, sie endgültig zu Hause zu behalten. Infolgedessen hat Annemarie die örtliche Grundschule nur einige Wochen lang besucht. Bis sie vierzehn Jahre alt ist, hat sie eine Hauslehrerin, ein gewisses Fräulein Zweifel (!), deren Unterricht ihr nicht lange gefallen zu haben scheint. Gewiß, anfangs kann sie ihren privilegierten Status in vollen Zügen genießen. »Krank« zu sein bringt Vorteile, besonders den, das Objekt ungeteilter Aufmerksamkeit und Pflege zu sein. Diese Erfahrung mütterlicher Zärtlichkeit prägt sie ein für allemal. Die Hände ihrer Mutter, diese sanften Hände, die sich auf ihre fiebrige Stirn legen, sie liebkosen und Trost spenden, sind für sie später, in den Momenten der Not, der Inbegriff eines Wohlbefindens, nach dem sie sich immer wieder verzweifelt sehnt. In ihren Texten ist häufig von Händen die Rede, die einander berühren und halten, sanft die Haut streifen – von großen Händen, in denen man sein Gesicht bergen kann. Ihr ganzes Leben lang wiederholt sie mehr oder weniger bewußt dieses Kindheitsmuster, indem sie, um Liebe und Zärtlichkeit zu bekommen, in die Rolle der Leidenden schlüpft. Die Kehrseite der Medaille ist, daß Annemarie als Auserwählte des mütterlichen Herzens sich deren Ansprüchen beugen und Punkt für Punkt ihren Erwartungen entsprechen muß, daß sie außerdem von anderen abgeschnitten und in eine Randständigkeit verwiesen wird, die für ein kleines Mädchen unüblich ist. Bald wird Annemarie klar, welchem starken Druck sie Tag für Tag ausgesetzt ist. Was mag in ihr vorgehen, wenn sie sieht, wie ihre Geschwister morgens losziehen und sich zu ihren Mitschülern gesellen? Die Fotos liefern Anhaltspunkte für eine Antwort. Tatsächlich ist nur auf wenigen ein Lächeln angedeutet. Ihr Gesicht strahlt vielmehr eine zugleich wilde und ergebene Traurigkeit aus. Man ahnt, daß dieses Kind sehr früh Gründe hatte, über sich selbst und die Welt nachzudenken. In seinem intensiven und düsteren Blick sind fundamentale Fragen und so etwas wie die Enthüllung grausamer Wahrheiten zu lesen.

In ihrer tiefen Einsamkeit ist Annemarie gezwungen, Überlebensstrategien zu entwickeln. Zum Glück haben die Feen, die sich über ihre Wiege gebeugt haben, nicht mit ihren Gaben gegeizt. Außer Schönheit und Intelligenz haben sie ihr unter anderem die Liebe zur Musik mitgegeben. Wie bei allen jungen Mädchen aus »guter« Familie sind die Klavierstunden obligatorischer Bestandteil ihrer Erziehung. Annemarie zeigt hier eine so außergewöhnliche Begabung, daß sie die Aufmerksamkeit des Dirigenten Arthur Nikisch auf sich zieht. Als er 1919 nach Zürich kommt, um anläßlich der Eröffnung der Zürcher Festspiele Beethovens *Neunte Symphonie* zu dirigieren, wird er zuvor in Bocken empfangen. Renée möchte sicherlich ihr »Wunderkind« vorzeigen, das gerade eben elf Jahre alt ist, und offensichtlich ist Nikisch von Annemaries Klavierspiel sehr beeindruckt, denn er lädt sie in sein Konzert ein. Man gibt ihm zu verstehen, daß sie noch zu klein ist, um mitten im Publikum zu sitzen. Aber Nikisch ist nicht der Mann, der sich so leicht aus der Fassung bringen läßt: Er verschafft ihr einen Platz auf der Bühne, direkt neben seinem Dirigentenpult!

Nachdem Annemarie mehrere Jahre lang Einzelunterricht bekommen hat, besucht sie für einige Zeit das Konservatorium in Zürich. Im Februar 1924 trägt sie bei den traditionellen Schülerkonzerten eine Fantasie von Mozart vor. Gelegentlich spielt sie auch vierhändig. So erinnert sich zum Beispiel Valeska Lindtberg-Hirsch[3], mit ihr auf den Flügeln ihrer Mutter (einer professionellen Pianistin) ein Stück von Bach gespielt zu haben, das für zwei Klaviere umgeschrieben war.

Als Heranwachsende ist Annemarie virtuos genug, um das Klavierkonzert von Schumann zu spielen, ein Werk, das sie ganz besonders liebt. Das Niveau ihres Klavierspiels ist so hoch, daß sie eine Zeitlang eine Karriere als Konzertpianistin ins Auge faßt – General zu werden ist längst vom Tisch! –, aber ein anhaltender Krampf zwingt sie, den Plan fallenzulassen. Später wird sie sich bitter darüber beklagen, daß Gott ihr nicht das nötige Talent gegeben habe, der »innigsten und erhabensten aller Künste« angemessen zu dienen.

Die Musik spielt dennoch auch weiterhin eine herausragende Rolle in ihrem Leben, denn sie verbindet sich aufs engste mit einer anderen Tätigkeit, für die Annemarie ebenfalls sehr früh eine große Begabung erkennen läßt und der sie ihr Leben widmen wird: der Schriftstellerei. In einem *Interview ohne Reporter*, das 1939 veröffentlicht wird, berichtet sie:

> Schon als Kind hatte ich die Neigung, alles aufzuschreiben, was ich sah, tat, erlebte und empfand. Mit neun Jahren schrieb ich in ein liniertes Heft meinen ersten Roman; da ich wußte, daß Neunjährige von den Erwachsenen nicht ernst genommen werden, ließ ich den Helden elf Jahre alt sein.[4]

In denjenigen ihrer Werke, die den Charakter von Dichtungen oder Märchen haben, ist das Schreiben für sie ein Mittel, ihre Ängste und Qualen zu vertreiben. Das Schreiben ist ihre Zuflucht, es ist das weit geöffnete Fenster ihres goldenen Gefängnisses. Ist es Zufall, wenn einer ihrer allerersten erhaltenen Texte, datiert auf 1929, den aufschlußreichen Titel *Märchen von der gefangenen Prinzessin* trägt? Annemarie beschreibt darin die Entstehung ihrer Berufung als Schriftstellerin:

> Die Gedanken, die verloren sind in mir wie traurige Kinder, sammeln sich auf den weißen Blättern: Ich kann sie nicht behalten, denn sie würden mich quälen. Oft höre ich sie weinen (ich sagte ja, sie gleichen traurigen Kindern), und sie rütteln an meinem Herzen und begehren Einlaß. Was hilft es mir, mich zu verschließen: Kalt bin ich, und ich friere durch mein eigenes Kaltsein, und das Frieren ist Einsamkeit. Ich liebe meinen Schmerz.
>
> Da ließ ich die Gedanken wieder ein, und sie wärmten mich. Ich nahm die Feder, als sie alle gekommen waren, und nun sitze ich an meinem Tisch und schreibe. [...] Ich (weiß) kaum, was ich schreibe. Ich schließe die Augen, und Bilder

tauen auf: Bevor ich sie verlasse, werden Worte daraus, und ich weiß nicht, ob ein anderer sie lesen kann. Die in mein Zimmer kommen – die denken, daß ich krank sei.[5]

»Krank«: Das ist exakt der Ausdruck, mit dem Renée Schwarzenbach das Schreiben ihrer Tochter belegt, aber dieses Mal kann Annemarie nicht den geringsten Vorteil daraus beziehen, denn der Begriff hat nichts Mitfühlendes oder Teilnehmendes mehr. Wahrscheinlich rührt er einerseits aus der Sorge der Mutter, die mit ansieht, wie ihre Tochter sich mit außergewöhnlicher Leidenschaft und wahrer Besessenheit in die Schriftstellerei stürzt. Aber er drückt andererseits auch eine Wut aus: Gewohnt, daß alles sich ihrer Autorität unterwirft, kann diese Mutter es nicht ertragen, daß ihre Tochter sich einen ganz eigenen, jeder Kontrolle entzogenen Raum schafft. In ihren Augen ist die einsame Tätigkeit ihres Kindes eine gegen sie gerichtete Waffe, und sie ist verletzt. In Wahrheit ist das Schreiben für Annemarie vor allem eine lebensnotwendige Handlung, wie es im Bild von der Hitze, die ihr eiskaltes Herz schmelzen läßt, sehr deutlich zum Ausdruck kommt. Sie befindet sich in einem Dilemma aus unvereinbaren Anforderungen: ihre eigenen Sehnsüchte auszuleben und zugleich die Liebe ihrer Mutter zu behalten – eine ganz und gar unerfüllbare Aufgabe, die einen Teil ihres Lebensdramas ausmachen wird.

Ab 1920 – Annemarie ist zwölf Jahre alt – gibt Renée Schwarzenbach ihr den Spitznamen »Zwerg«, mit dem sie die Ambivalenz ihrer Gefühle ausdrückt, mehr noch: eine haßerfüllte Verachtung für dieses rebellische Kind, dessen Entwicklung allen ihren Hoffnungen zuwiderläuft. Hat die Haßliebe der Mutter zu ihrem Kind die Grenzen eines einfachen Wortes überschritten und sich auch in physischer Gewalt geäußert, wie Annemarie zwanzig Jahre später gegenüber Carson McCullers erklärt haben soll? Auch wenn die Berichterstattung der Amerikanerin wegen zahlreicher offenkundiger Ungenauigkeiten als unzuverlässig gelten muß, so ist sie doch höchst beunruhigend. Gewiß, früher war es üblich, Kinder zu schlagen, aber es ist leicht vorstellbar, welche verheerenden Folgen derartige Aggressionen auf einen so sensiblen und psychisch fragilen Menschen wie Annemarie haben konnten. Hier könnte der Keim des Schuldgefühls gelegt worden sein, das ihre Texte und ihre Korrespondenz durchzieht und sie ihr ganzes Leben lang daran hindert, sich von ihrer Mutter zu befreien.

Eine andere irritierende Einzelheit wird von Ella Maillart berichtet: 1939, als sie gemeinsam ihre Reise durch Afghanistan machten, vertraute Annemarie ihr an, daß Renée sie einmal zu einer Konsultation bei dem berühmten Carl Gustav Jung mitgenommen hat. Wie alt mag sie gewesen sein? Vermutlich zwischen zehn und fünfzehn Jahren. So unpräzise diese Information auch sein mag, so unwahrscheinlich ist doch, daß sie ganz und gar erfunden ist. Hatte die Mutter Gründe, um das psychische Gleichgewicht ihrer Tochter zu fürchten? Ist es diese Sorge, aus der heraus sie ihr 1925 schreibt, sie solle ihre Kräfte schonen und vor allem darauf achten, *gesund* zu sein, wobei sie dieses Wort unterstreicht?

Da die Texte und privaten Tagebücher, die Annemarie in ihren ersten fünfzehn Lebensjahren geschrieben hat, verschwunden sind, ist es nicht leicht, sich ein Bild von den Ereignissen zu machen, die ihr Leben in Bocken geprägt haben. Um so größere Bedeutung haben die Zeugnisse ihrer Schwester Suzanne und ihrer Cousine Gundalena sowie die Faktoren, die Annemarie in ihren späteren Texten selbst aufdeckt. Darunter befindet sich eine Passage, die besondere Aufmerksamkeit verdient:

> Früher als ich noch sehr klein war, kamen schöne Frauen auf Besuch in unser Haus. Sie saßen bei Mama und tranken Thee aus blauen Tassen. Wenn ich hineinging, um guten Tag zu sagen, zogen sie mich zu sich heran und streichelten mich.

> Und ihre weißen Hände dufteten – zart und süß, der Duft blieb noch eine Weile in meinem Kinderzimmer hängen, und ich saß still und atmete ihn ein. [...] Später [...] war nur eine, die schön war. [...] Diese Frau streichelte mich auch, zog mich an sich heran und sah mir ins Gesicht. Und da ich nun schon größer war, konnte ich bleiben und blieb neben ihr, die manchmal meine Hand hielt, während sie mit den fremden Besuchern sprach. Aber immer wandte sie sich zu mir zurück, redete selbst zu mir und lächelte, während sie mein Haar streichelte. Ich errötete und sah zu Mama hinüber, die mich rief und mich mit Aufträgen hinausschickte. Aber darin fühlte ich etwas Ungerechtes, und ich weinte heimlich darüber. Immer wenn man schöne Frauen traf, begann das Ungerechte und Unrechte.[6]

Tatsächlich ist es für die Heranwachsende, die sie nun ist, schwierig zu verstehen, warum die Zärtlichkeit, die sie zwischen ihrer Mutter und Emmy Krüger spürt, ihr selbst verwehrt sein soll. In diesem Zusammenhang beginnt sie, die Last der Konventionen und die engen Grenzen zu entdecken, die ihre Familie und ihre Klasse einschränken.

Wahrscheinlich hat Renée Schwarzenbach für ihre Tochter eine blendende Zukunft als elegante, kultivierte Hausherrin, als Musikerin und gute Reiterin erträumt. Im Grunde ein wenig ein Abbild ihrer selbst, aber doch vollkommener, denn Annemarie besitzt eine natürliche Vornehmheit, eine seltene Schönheit und Anmut, ganz abgesehen von ihrer außergewöhnlichen intellektuellen Gewandtheit. Sicher, Renée kann zufrieden sein, was die Musik betrifft. In der Reiterei jedoch hat Annemarie zwar beachtliche Anstrengungen unternommen, die hohen mütterlichen Erwartungen zu erfüllen, aber sie kann ihr nicht das Wasser reichen. Jedesmal, wenn ihr Pferd ein Hindernis überspringen soll, ist sie wie gelähmt. Mit zweiundzwanzig Jahren bekennt sie, noch immer nicht zu wissen, wie sie ihr

Pferd »halten« soll, und sie stürzt mehrfach. Sie hat das Gefühl, ein »Cirkus Kind« zu sein, ein Wort, das sie wiederholt benutzt, wenn sie von den Pferderennen spricht, an denen sie teilnehmen zu müssen meint, um der Familientradition Ehre zu machen. Dies immerhin gelingt ihr manchmal, auch wenn sie nicht so talentiert wie ihr jüngerer Bruder ist. 1939 erfüllt ein fünfter Platz sie mit einem enormen, wenn auch schnell verfliegenden Gefühl des Stolzes.

Der Bericht ihrer Cousine Gundalena von Weizsäcker-Wille[7] und bestimmte Passagen aus ihren eigenen Büchern enthüllen eine erstaunliche Besonderheit ihrer Persönlichkeit: ihr auffallendes Vergnügen an Mutproben. Schon als Kind erfand sie ein Spiel, bei dem eine brennende Papierkugel möglichst lange auf der flachen Hand zu halten war. Mit dem Risiko, sich schlimme Brandblasen zuzuziehen, ging sie immer wieder dieses Wagnis ein.

Annemarie selbst erzählt, daß sie als Kind, wenn ihr Geschichten aus der Bibel vorgelesen wurden, nur Verachtung für den Verlorenen Sohn empfand, dessen »Mut... nur so weit wie sein väterliches Erbteil (reichte)« und der nach Hause zurückkehrte, sowie er Hunger verspürte. Sie fügt hinzu: »Deserteur, Feigling, Betrüger – wäre er bei seiner Schweineherde geblieben!«[8] Sosehr sie solche Verhaltensweisen mißbilligt, so sehr ist doch ihr Interesse an diesem Gleichnis vom Verlorenen Sohn, der seine Familie verläßt, um in einem weit entfernten Land sein Leben zu leben, ein Vorzeichen ihres zukünftigen Schicksals.

Annemarie verspürt den Wunsch, sich von ihrem familiären Milieu abzugrenzen, wie es für die Jugend völlig natürlich ist. Zwar trifft sie ihre eigenen Entscheidungen mit großer Entschlossenheit, doch beginnt sie zugleich unter ihrer Andersartigkeit zu leiden, die – sie ahnt es – auf Dauer nicht mit der mütterlichen Liebe vereinbar ist. Da sie von der Schule und der Gesellschaft gleichaltriger Kinder ausgeschlossen gewesen ist, wird sie nun von einem Gefühl der Verlassenheit überwältigt. Dies ist wahrscheinlich insofern um so schmerzhafter, als das Band, das sie in ihrer Kindheit an ihre Mutter fesselte, tief in sie eingebrannt ist. Sie betrachtet diese unerträgliche Verlassenheit als eine Variante der Erbsünde, als eine Art Fluch, der auf ihr lastet und den sie ihr ganzes Leben lang bekämpfen wird, indem sie sich selbst bis an die Grenzen ihrer Kräfte Prüfungen auferlegt. Sie ist Gefangene einer Welt, in der die Last der Traditionen und die Rigidität von Konventionen bedrückend sind, und zugleich macht ihre Pflichttreue es ihr unmöglich, sich von ihrer Familie zu lösen, ohne sich als Verräterin zu fühlen.

Renée Schwarzenbach und deren Mutter Clara werden ihr gegenüber wesentlich weniger Skrupel erkennen lassen. Sie vernichten unmittelbar nach Annemaries Tod im November 1942 ihre privaten Tagebücher und Hunderte von Briefen, die die unermüdliche Briefeschreiberin erhalten hat. So ist die Nachwelt für alle Zeiten der Briefe von Klaus und Erika Mann, Erich Maria Remarque, Carson McCullers, Roger Martin du Gard, Claude Bourdet und vielen anderen beraubt.

Zweites Kapitel

Erste Abflüge

(1923–1930)

Im Institut Fetan (1925–1927)

Im Leben ist ja keine Gerechtigkeit: außer daß man für Leiden danken lernt.

Annemarie Schwarzenbach, *Pariser Novelle I*

Unerwartet öffnet sich der goldene Käfig, als Renée Schwarzenbach 1923 vorübergehend fort ist. Als Suzanne sieht, daß ihre Schwester sich zu Tode langweilt, nimmt sie sie mit ins Gymnasium, und Annemarie bekommt die Erlaubnis, an einigen Unterrichtsstunden teilzunehmen. Sie ist so begeistert, daß ihre Mutter sich überreden läßt, sie an der Privatschule Götz-Azzolini in Zürich anzumelden. Aber ihre schulischen Leistungen sind eher mäßig. Der Grund dafür ist einfach und wenig überraschend: Annemarie interessiert sich stärker für die Zerstreuungen in der Außenwelt als für die Lerninhalte, sie geht häufig ins Theater – und verliebt sich in eine junge Schauspielerin. Die Affäre kommt ihren Eltern zu Ohren. Sie entscheiden daraufhin, Annemarie nach Fetan im Unterengadin zu schikken, in ein Pensionat für junge Mädchen aus »guter Familie«. Annemarie bleibt dort von 1925 bis 1927 und bereitet sich auf die Matura vor. Diese vier letzten Jahre in der höheren Schule sind durch ihren Eintritt in den *Wandervogel* im Jahr 1924, ihre Begegnung mit Pfarrer Ernst Merz im selben Jahr und ihre ersten Veröffentlichungen geprägt.

Der *Wandervogel,* eine Jugendbewegung, die Anfang des 20. Jahrhunderts im Deutschen Reich starken Zulauf hat, propagiert eine Rückkehr zur Natur weit weg vom Lärm der Städte und vom modernen Technologiewahn, idealisiert die Freundschaft, die Treue, die Zugehörigkeit zu einer Gruppe oder zur »Gemeinschaft«. Die Grundtendenz ist pazifistisch und sozialistisch. Die Jugendlichen genießen es, sich außerhalb der Familie wiederzufinden, und singen auf Fahrten, in Zeltlagern und an abendlichen Lagerfeuern das ganze Repertoire deutscher Volkslieder. Auch weniger romantische und eher intellektuelle Aktivitäten sind an der Tagesordnung. Jungen und Mädchen werden angeleitet, Fragen zu debattieren, die zum Beispiel den Staat, die Kirche, die Familie, die Schule betreffen – und ihre Kritik nimmt kein Ende.

Im Herbst 1924, wenige Monate nach ihrem Eintritt in den *Wandervogel,* nimmt Annemarie im Rahmen eines Jugendtreffens an einer Tagung von Pfarrer Ernst Merz zum Thema *Einsamkeit, Freundschaft und Gemeinschaft* teil. Voller Enthusiasmus bittet sie ihn, ihr bei der Vorbereitung ihrer Konfirmation zu helfen. Ernst Merz wird später schreiben, daß die Zeit, die er mit ihr verbracht hat, zu den schönsten Momenten seiner pädagogischen Tätigkeit gehörte. Er ist von der Intelligenz und Lebhaftigkeit seiner Schülerin regelrecht verzaubert. Manchmal kehren sich die Rollen sogar beinahe um, da Annemarie mit großem Eifer darangeht, die letzten Fragen zu ergründen. Die Charakterstärke und der Weitblick dieses jungen Mädchens von sechzehn Jahren beeindrucken ihn, und zugleich ist er durchaus empfänglich für ihre Schönheit. Am Palmsonntag des folgenden Jahres wird sie in Bocken konfirmiert. Es mag erstaunen, daß die Familie Schwarzenbach Annemaries Wahl akzeptiert hat, denn Ernst Merz war ein offensichtlich antimilitaristischer Pfarrer und von den Ideen seines Lehrers Leonhard Ragaz, Begründer des religiösen Sozialismus, beeinflußt. Man mußte jedoch seine Qualitäten anerkennen, die seine kleinen »Fehler« weitgehend kompensierten. Renée Schwarzenbach blieb sogar viele Jahre lang mit ihm in Briefkontakt.

Die drei Aufsätze, die Annemarie zwischen 1925 und 1926